MICHELLE RAVEN

TURT/LE

Letzte Rettung

Die Romane von Michelle Raven bei LYX:

Romantic Thrill:
TURT/LE-Reihe:

1. TURT/LE. Gefährlicher Einsatz
2. TURT/LE. Riskantes Manöver
3. TURT/LE. Geheime Mission
4. TURT/LE. Brisanter Auftrag

4.5 TURT/LE. Dunkle Hoffnung *(E-Book-Novella)*

5. TURT/LE. Letzte Rettung

Hunter-Reihe:

1. Vertraute Gefahr
2. Riskante Nähe
3. Gefährliche Vergangenheit
4. Trügerisches Spiel
5. Späte Vergeltung

Dyson-Dilogie:

1. Eine unheilvolle Begegnung
2. Verhängnisvolle Jagd

Crossroads-Reihe:

1. Crossroads. Ohne Gnade
2. Crossroads. Ohne Ausweg

Außerdem erhältlich:
Tödliche Verfolgung
Verhängnisvolle Sehnsucht
Perfektion

Romantic Fantasy:
Ghostwalker-Reihe:

1. Ghostwalker. Die Spur der Katze
2. Ghostwalker. Pfad der Träume
3. Ghostwalker. Auf lautlosen Schwingen
4. Ghostwalker. Fluch der Wahrheit
5. Ghostwalker. Ruf der Erinnerung
6. Ghostwalker. Tag der Rache

Michelle Raven

LETZTE RETTUNG

Roman

LYX

LYX in der Bastei Lübbe AG
Dieser Titel ist auch als E-Book erschienen.

MIX
Papier aus verantwortungsvollen Quellen
FSC www.fsc.org
FSC® C083411

Dieses Buch ist ein fiktives Werk. Namen, Figuren, Unternehmen, Organisationen, Orte, Begebenheiten und Ereignisse werden fiktiv verwendet. Ähnlichkeit mit tatsächlichen Personen, realen Handlungen und Schauplätzen sind rein zufällig und nicht beabsichtigt.

Originalausgabe

Dieses Werk wurde vermittelt durch
die Medienagentur Montasser, München

Redaktion: Sonja Fehling
Satz: Greiner & Reichel, Köln
Gesetzt aus der New Caledonia 9,75/12,5
Druck und Verarbeitung: CPI books GmbH, Leck
Printed in Germany
ISBN 978-3-7363-0109-2

1 3 5 7 6 4 2

Sie finden uns im Internet unter www.lyx-verlag.de
Bitte beachten Sie auch: www.luebbe.de und www.lesejury.de

Glossar

BUD/S	Basic Underwater Demolition/SEAL-Training; sechsmonatiger Trainingskurs am Naval Special Warfare Training Center in Coronado, Kalifornien
CO	Commanding Officer; Kommandierender Offizier
ETA	Estimated Time of Arrival; voraussichtliche Ankunftszeit
ISAF	International Security Assistance Force; internationale Sicherheits- und Wiederaufbaumission in Afghanistan seit 2001
MRE	Meal Ready to Eat; Verpflegung für Soldaten im Kampfeinsatz
NGA	National Geospatial-Intelligence Agency; US-amerikanische Agentur für geographische Auswertung und Aufklärung
NSA	National Security Agency; Auslandsgeheimdienst der USA

PTSD	Posttraumatic Stress Disorder; Posttraumatische Belastungsstörung
SEAL	Sea, Air, Land; Spezialeinheit der US Navy
Swim-Buddy	Teampartner beim BUD/S
Tango	Terrorist
TURT/LE	Terrorism Undercover Reconnaissance Team/Ladies Elite; US-amerikanische Einheit für die terroristische Undercover-Aufklärung im Ausland. Es gibt sowohl weibliche als auch männliche Agenten.
XO	Executive Officer; Ausführender Offizier – Zweiter in der Befehlsfolge nach dem CO

Prolog

Lieutenant Commander Nathan »Red« Redfield wurde von einem starken Gefühl der Erleichterung erfasst, als er die Treppen im Staudamm hinablief. *Sie hatten es geschafft!* Oder vielmehr der Bombenexperte des SEAL-Teams hatte es geschafft. Schon immer hatte Red gewusst, dass Bull genial mit jeder Art von Sprengstoff umgehen konnte, aber er hatte schon fast nicht mehr daran geglaubt, dass sein Freund die vier Bomben in der kurzen verbliebenen Zeit noch entschärfen könnte. Wären sie explodiert, hätten sie die Staumauer zum Bersten gebracht, und alles unterhalb des Staudamms wäre überflutet worden. Städte, Straßen, Felder. Viele Menschen wären gestorben, und die Region hätte sich über Jahre hinweg nicht von diesem Terrorakt erholt.

Mansoor Rahid, Anführer der Terrorgruppe, hatte verloren. Schon seit gestern saß er in amerikanischer Militärhaft, und das Team hatte versucht, aus ihm herauszubekommen, wo der Anschlag stattfinden sollte. Doch er hatte nichts gesagt. Nur hämisch gegrinst und behauptet, dass sie alle sterben würden. Glücklicherweise hatten sie die Information dann von anderer Seite bekommen und eine Rettungsmission gestartet.

Red grinste, während das Adrenalin durch seinen Körper pumpte. Heute Abend musste er dringend mit seinem Team feiern. Die Männer hatten großartige Arbeit geleistet, und er war froh, dass er noch einmal ein neues Team aufgebaut hatte.

Gerade als Red im engen Treppenhaus an eine Abzweigung

kam, meldete sich sein Instinkt, und er verstärkte den Griff um seine Waffe. Eigentlich konnte dort niemand sein, weil Bull es bemerkt hätte, wenn jemand an ihm vorbeigekommen wäre. Ein kaum hörbares Geräusch ließ Red erstarren. Lautlos drehte er sich um. Es war nichts zu sehen. Der Gang lag leer hinter ihm, und auch vor ihm hielt sich niemand auf. Vielleicht hatte er sich den Laut nur eingebildet, oder es war ein typischer Klang für dieses Bauwerk.

Da Red nichts sehen konnte und das Geräusch nicht noch einmal auftrat, setzte er sich vorsichtig wieder in Bewegung. Noch immer warnte ihn sein Instinkt, doch solange er keinen Gegner sah, konnte er nichts dagegen tun. Vielleicht spielte ihm auch einfach seine Anspannung einen Streich.

»Wie lange dauert das denn noch?« Bulls Frage drang durch seinen Kopfhörer.

»Bin fast …« Das letzte Wort blieb ihm in der Kehle stecken, als ein elektrischer Stoß durch seinen Körper schoss und ihn paralysierte. Wie in Zeitlupe sah Red den Boden auf sich zukommen, Schmerz durchfuhr seine Seite und seinen Schädel, als er damit auf den harten Beton aufschlug. Unkontrollierbar zuckten seine Gliedmaßen, während sein Gehirn überraschend klar blieb. Deutlich hörte er, wie Bull durch den Kopfhörer seinen Namen rief, doch er konnte nicht antworten.

Dann spürte er, wie er hochgehoben wurde. Es mussten mehrere Männer sein – er war nicht gerade ein Leichtgewicht, vor allem nicht mit seiner vollen Ausrüstung –, doch er konnte niemanden erkennen. Einige Meter weiter war ein rechteckiges Loch in der Wand. Wie hatte er das übersehen können? Es war so groß, dass er hindurch getragen werden konnte. Dunkelheit umgab ihn, was die Sache noch schlimmer machte, besonders als hinter ihm eine Klappe geschlossen wurde und nicht einmal mehr das Licht aus dem Gang zu ihm drang. Wieder versuchte Red, sich zu bewegen, doch sein Körper reagierte nicht. Er spürte die Anwesenheit mehrerer Personen.

Durch seinen Kopfhörer hörte er die Stimmen seiner restlichen Teammitglieder, die anscheinend seinem Befehl nicht gefolgt waren und sich immer noch im Gebäude befanden. Oder wieder. Er wollte sich bemerkbar machen, brachte aber nur ein Stöhnen zustande. Jemand sagte seinen Namen, dann verlor er auch diese Verbindung, als ihm ein weiterer Stromstoß versetzt wurde – diesmal in den Hals. Ein Feuerwerk explodierte in seinem Schädel, dann versank er in Dunkelheit.

Es konnten Minuten oder auch Stunden vergangen sein, als Red wieder etwas wahrnahm. Zuerst war da nur Schmerz. Sein ganzer Körper fühlte sich an, als stünde er in Flammen. Mühsam unterdrückte Red ein Stöhnen. Obwohl er nichts sah, war er sich sicher, nicht allein zu sein. Seine Haut prickelte, und in seinem Kopf pochte es. Übelkeit wühlte in seinem Magen und ließ ihn wünschen, er könnte sich einfach irgendwo zusammenrollen und sterben. Doch er war immer noch ein SEAL, und SEALs gaben niemals auf. Nicht einmal, wenn ihnen sterbenselend war.

Red hätte mit den Augen gerollt, wenn das nicht so wehgetan hätte. Anstatt sich darauf zu konzentrieren, die Situation zu erfassen und sich irgendwie daraus zu befreien, suhlte er sich in Selbstmitleid. Ein paarmal zwinkerte er, sah jedoch immer noch nichts. Allerdings fühlte es sich auch nicht so an, als wäre sein Gesicht mit irgendetwas bedeckt. Ein leichter Hauch stickiger Luft strich ihm über die Wange. Also war es entweder sehr dunkel, oder seine Augen funktionierten nicht mehr. Seine Unruhe verstärkte sich. Es roch irgendwie … tot. Als wäre er in einem abgeschlossenen Raum oder tief unter der Erde – beides nicht gerade seine liebsten Orte.

Vorsichtig bewegte Red seine Finger und atmete innerlich auf, als wenigstens das funktionierte. Lautlos testete er sämtliche Gliedmaßen und kam zu dem Schluss, dass er nicht gefesselt war. Immerhin ein Vorteil, wenn sich schon alles andere gegen ihn verschworen hatte. Als Nächstes überprüfte er, ob seine Waffen noch vorhanden waren. Er trug nach wie vor seine schusssichere Weste und konnte einige Gegenstände in den Taschen fühlen, aber seine Pistole und das Kampfmesser waren verschwunden. Dies würde ihn jedoch nicht aufhalten – er hatte noch mehrere versteckte Waffen am Körper. Was ihn allerdings wirklich ärgerte, war die Tatsache, dass sein Headset fehlte, mit dem er Bull hätte kontaktieren können.

Irgendwie musste es ihm gelingen, hier herauszukommen – wo oder was auch immer »hier« war. Mit den Fingern tastete er den Untergrund ab, auf dem er lag. Er war rau, aber eben. Eine künstliche Struktur also. Das passte zu dem Geruch und seinem Gefühl, hinter Mauern eingeschlossen zu sein. Es bedeutete jedoch auch, dass es irgendwo einen Ausgang geben musste.

Geräuschlos richtete Red den Oberkörper auf und war erleichtert, dass er nur leichten Schwindel und geringe Übelkeit verspürte. Damit konnte er leben. Als SEAL hatte er gelernt, alles zu verdrängen, was ihn von einer Mission ablenken könnte – und dazu zählten auch Schmerz und andere Unpässlichkeiten. Ebenso lautlos kam er auf die Füße. Einen Moment lang schwankte er, dann fand er einen festen Stand. Mit ausgestreckten Armen tastete er nach einer Wand oder etwas, das ihm eine Richtung zeigen könnte, doch da war nichts.

Red zog sein Feuerzeug aus der Brusttasche, machte es aber nicht an, weil er befürchtete, dann entdeckt zu werden. Erst wollte er sich ein wenig von der Stelle entfernen, an der er aufgewacht war. Sollte jemand in der Nähe sein, wollte er ihn nicht auf seine Flucht aufmerksam machen.

Sicher suchten Bull und die anderen ihn schon. Er brauchte nur dorthin zurückzukehren, wo er hergekommen war, um wieder mit seinem Team vereint zu sein. Die Frage war nur, in welche Richtung er dafür gehen musste. Er konnte weder einen Ausgang sehen, noch hatte er einen Sinn dafür, wohin sein Weg ihn führen würde. Es war, als hätte ihn einfach jemand mitten im Nirgendwo abgeworfen.

Diese Vorstellung ließ Red die Zähne zusammenbeißen. Er hasste es, nicht die Kontrolle über eine Situation zu haben. Langsam setzte er sich in Bewegung und tastete vor jedem Schritt den Boden ab, um nicht ins Leere zu stürzen. Er war vielleicht zwei Meter weit gekommen, als er plötzlich gegen etwas Weiches lief. Es dauerte nur einen Sekundenbruchteil, bis er verstand, dass dort ein Mensch vor ihm stand. Dieser stieß etwas aus, das wie ein Fluch klang, und versuchte, ihn festzuhalten. Red reagierte automatisch: Mit einem harten Schlag schickte er den Mann zu Boden.

Rufe wurden laut, Geräusche von Schuhen, die auf den harten Boden trafen. Das Durchladen von Schusswaffen. Da Red nicht wusste, mit wie vielen Gegnern er es zu tun hatte, entschied er sich dafür, zu fliehen, auch wenn ihm dies gegen den Strich ging. Sich erschießen zu lassen brachte ihm allerdings auch nichts. Ein schwacher Lichtstrahl bewegte sich auf ihn zu, und Red rannte los. Solange es um ihn herum dunkel war, würden seine Gegner nicht sehen, wohin er lief. Er selbst zwar auch nicht, aber darauf konnte er jetzt keine Rücksicht nehmen.

Dumpf hallten seine Schritte durch das tunnelartige Gebilde. Dank des schwachen Lichtscheins konnte er jetzt wenigstens Umrisse erkennen, allerdings bedeutete das zwangsläufig, dass seine Verfolger ihn ebenfalls sehen konnten. Red bemühte sich, schneller zu laufen, aber irgendetwas ließ ihn immer wieder taumeln. Es war, als würden seine Muskeln nicht so kooperieren wie gewohnt. Schmerzen konnte er ignorieren, doch das hier war etwas anderes. Trotzdem lief er weiter, während er gleichzeitig seine Ersatzwaffe aus ihrem Versteck zog.

Unvermittelt gab sein Bein nach, und er stürzte vorwärts. Im letzten Moment konnte er sich abfangen, landete aber trotzdem auf dem Boden. Schwer atmend warf er sich herum und hob die Pistole. Seine Verfolger waren näher gekommen, und wenn er es richtig sah, waren sie deutlich in der Überzahl. Einer rief etwas, das Red nicht verstand, doch es war auch so klar, dass seine Gegner ihn nicht zum Kaffee einladen wollten. Und in diesem Zustand würde er ihnen nicht davonlaufen können, so viel stand fest.

Die Aussichten waren nicht gut, aber wenn er schon sterben musste, würde er so viele von diesen Verbrechern mitnehmen, wie er konnte. Sein Team würde sich dann um den Rest kümmern. Und vielleicht würden seine Leute ihn sogar noch rechtzeitig finden, wenn er die Terroristen einige Zeit aufhalten konnte.

Red presste die Zähne zusammen und machte sich bereit, bis zum letzten Atemzug zu kämpfen. Das war er sich, aber auch seinem Team und seinen Freunden schuldig. Er kam wieder auf die Füße und bewegte sich langsam rückwärts. Wenn er Glück hatte, gab es hier irgendwo einen Vorsprung oder einen anderen Gang, in dem er sich verschanzen konnte. Falls nicht, war es nur noch eine Frage der Zeit, bis er getroffen wurde. Es wunderte ihn sowieso, dass noch niemand begonnen hatte, auf ihn zu schießen. Worauf warteten sie? Oder wollten sie ihn lebend?

Diese Vorstellung war beinahe noch unangenehmer als die, hier zu sterben. Andererseits hatte er im persönlichen Kampf wesentlich bessere Aussichten, zu überleben. Besonders, wenn er nicht zögerte, seine Waffe einzusetzen. Red trat noch einen Schritt zurück und erstarrte, als er hinter sich eine Präsenz wahrnahm. Schnell wirbelte er herum, doch es war zu spät. Einer der Terroristen hob sein Gewehr und stieß es ihm mit dem Kolben zuerst ins Gesicht. Den Schmerz registrierte Red nur kurz, dann wurde es dunkel um ihn herum. Dankbar ließ er sich in die Bewusstlosigkeit sinken.

1

Fünfeinhalb Monate später

Captain Clint Hunter presste den Telefonhörer gegen sein Ohr und lauschte dem, was Joe Spade zu sagen hatte. »Und du bist dir ganz sicher, dass es Red ist?« Seit Monaten versuchten sie nun schon, den Aufenthaltsort ihres Freundes zu finden, und wie es aussah, war es ihnen endlich gelungen.

Joe räusperte sich. »Ja, wir haben einen Fotobeweis. Allerdings muss er noch offiziell identifiziert werden, fürchte ich.«

Clint schluckte schwer. »Ist es so schlimm?«

Allein die Vorstellung, dass sein Freund von seinen Entführern schlecht behandelt und sogar gefoltert worden war, ließ Übelkeit in ihm aufsteigen. Sie alle wussten, dass ihr Job gefährlich war und sie dabei sogar sterben konnten, aber eine monatelange Gefangenschaft war etwas völlig anderes. Darauf konnte sich niemand vorbereiten, und es kam auch nur sehr selten vor, dass ein Mitglied der Streitkräfte – und besonders der Spezialkräfte – in die Hände von Terroristen geriet. Wenn doch, war derjenige entweder innerhalb von ein paar Tagen tot oder konnte schnell befreit werden. Reds Fall schien dagegen anders gelagert zu sein. Einerseits freute Clint sich, dass der CO von SEAL-Team 8 noch lebte, andererseits hatte er aber auch Angst vor dem, was die lange Gefangenschaft in seinem Freund ausgelöst haben könnte.

»Ja.« Joes Stimme drang durch Clints Gedanken. »Ich schicke dir das Foto und den Bericht per Mail. Du solltest ganz schnell ein Team dorthin schicken, weil wir nicht wissen, wie lange dieses Lager noch bestehen bleibt. I-Mac und Nurja glauben, dass es noch vor dem Winter wieder abgebaut wird.«

Noch immer konnte Clint kaum glauben, dass den beiden das gelungen war, worum er selbst und viele andere SEALs und amerikanische Streitkräfte sich seit Monaten vergeblich bemüht hatten. »Wie geht es Nurja?«

»Laut I-Macs Aussage hat sie ihren Ausflug gut überstanden. Es war natürlich aufreibend für sie, nach dem, was sie in Mogadirs Lager durchgemacht hat, aber anscheinend ist sie inzwischen sehr stark und gefestigt. Sie lässt ausrichten, dass Red ihr verwirrt vorkam. Er hat weder richtig auf seinen Namen reagiert noch auf sie. Körperlich scheint es ihm auch nicht gut zu gehen, es könnte sein, dass er bei einer Rettungsaktion transportiert werden muss.«

Clint schloss kurz die Augen. »Ich verstehe. Sowie ich die Bestätigung habe, dass es sich um Red handelt, werde ich ein Team hinschicken.«

Das Geräusch einer eintreffenden Mail erklang, und Clint klickte automatisch auf das Symbol. Es war die versprochene Nachricht mit Reds Foto. Fassungslos starrte Clint es an und spürte, wie die altbekannte Wut wieder in ihm hochkam. Die Maus knackte protestierend, so fest hielt er sie umklammert. Gott, wenn er diese Mistkerle in die Hände bekam, würde er …

»Clint, bist du noch da?« Joes Frage klang besorgt.

»Ja.« Seine Stimme hörte sich noch rauer an als sonst, und er räusperte sich. »Ich werde mich gleich darum kümmern. Ich sage dir Bescheid, wenn sich etwas tut.«

»Alles klar. Viel Glück!«

»Danke.« Das würden sie auf jeden Fall brauchen, um diese Mission ohne Probleme durchzuziehen. »Bis später.«

Nachdem er aufgelegt hatte, vergrößerte Clint das Foto und

betrachtete es genauer. Es war leicht unscharf, aber das Gesicht des Gefangenen war trotzdem deutlich zu erkennen. Zumindest das, was nicht von einem Bart oder viel zu langen, verfilzten Haaren verdeckt war. Noch nie hatte er Red auf einer Mission mit mehr als einem Dreitagebart gesehen, ganz zu schweigen von den Haaren, die sich ihm ins Gesicht lockten. Deren Farbe könnte zumindest hinkommen, auch wenn sie durch die Dunkelheit in dem Gefängnis schwer zu bestimmen war.

Auch die Nase erinnerte Clint an die von Red: schmal, aber mit einem leichten Höcker an der Stelle, wo sie einmal gebrochen worden war. Eine Narbe, die vorher nicht da gewesen war, zog sich über die Wange bis in die Augenbraue hinein. Dunkle Schatten deuteten auf frische Misshandlungen hin. Was Clint aber am meisten an die Nieren ging, war der Ausdruck in den Augen. In Form und Farbe ähnelten sie denen von Red, doch bei seinem Freund hatte er nie so abgrundtiefe Verzweiflung und Hoffnungslosigkeit gesehen. Dem Mann auf dem Bild schien jeder Glaube abhandengekommen zu sein, jemals wieder freizukommen.

Clints Kehle zog sich zusammen, seine Augen begannen zu brennen. Als er Red kennengelernt hatte, war der ein immer gut gelaunter, zu Scherzen aufgelegter Mann gewesen. Obwohl Clint sein Vorgesetzter gewesen war, hatten sie sich sofort gut verstanden – gerade weil sie so gegensätzlich waren –, und schon bald waren sie Freunde geworden. Ein von einer Granate ausgelöster Hubschrauberabsturz vor einigen Jahren in Afghanistan, bei dem er nicht nur fünf seiner Männer verloren hatte, sondern auch schwer am Bein verletzt worden war, hatte Red verändert. Er war verschlossener geworden und wütender. Nahezu alle privaten Kontakte hatte er abgebrochen und sich ganz darauf konzentriert, wieder gesund zu werden, um weiter als SEAL arbeiten zu können.

Nach etlichen Monaten war ihm das tatsächlich gelungen, und während er ein neues Team aufgebaut hatte, war er wieder etwas zugänglicher geworden. Er hatte Clints Lebensgefährtin Karen gerettet, die bei einem Angriff auf die Ranch seiner Eltern schwer verletzt worden war. Ohne ihn wäre Karen vermutlich gestorben. Ein Schauder lief durch Clints Körper, wie immer, wenn er daran dachte, dass er fast die Liebe seines Lebens verloren hätte. Doch Red war dort gewesen, mit seinem neuen Team und ohne jeglichen Befehl. Die Männer hatten alle den Rauswurf aus der Navy riskiert, wenn bekannt geworden wäre, dass sie auf amerikanischem Boden operiert hatten.

Abrupt stand Clint auf und ging zum Fenster. Von dort aus konnte er den Übungsplatz des SEAL-Stützpunktes in Little Creek beobachten. Die Navy und besonders die SEALs waren seit über zwanzig Jahren seine Familie, sein Zuhause. Selbst als er einige Jahre auf der Ranch gelebt hatte, war er in Gedanken und im Herzen immer ein SEAL geblieben. Trotzdem würde er das alles ohne Bedauern aufgeben, wenn es der einzige Weg war, um seinen Freund zu retten. Es gab einfach Dinge, die wichtiger waren.

Doch zuerst würde er es auf offiziellem Wege versuchen. Vielleicht konnte er dem Oberkommando klarmachen, dass es auch in ihrem Interesse war, Red aus der Hand von Terroristen zu retten. Schon allein, um zu verhindern, dass Geheiminformationen in falsche Hände gerieten. Allerdings würde man wahrscheinlich davon ausgehen, dass die Entführer nach so langer Zeit bereits alles aus Red herausgepresst hatten, was der wusste. Das war zwar durchaus möglich, dennoch war es in Clints Augen die verdammte Pflicht der Navy, einen ihrer besten Männer nach Hause zu holen, wenn sie die Möglichkeit dazu hatte. Und er würde seinen gesamten Einfluss einbringen, um das Oberkommando davon zu überzeugen.

Lieutenant Chase »Devil« Devlin blickte auf, als er eine Veränderung spürte. Manchmal wusste er genau, was passieren würde – meist war es jedoch eher ein vages Gefühl. Genau wie heute. Wie immer frustrierte es ihn, wenn er keine genaueren Angaben bekam, aber er hatte gelernt, damit umzugehen. Überhaupt verließ er sich in der Regel mehr auf seine normalen Sinne – und vor allem seine Fähigkeiten als SEAL – und nutzte seine »Gabe« nur als zusätzliche Hilfe.

Aus Richtung der TURT-Baracke kam Matt auf ihn zugeeilt. Da Devil mit dem Leiter der Undercover-Gruppe beruflich normalerweise nicht so viel zu tun hatte, musste es etwas Wichtiges sein, wenn der ihn mitten im Training aufsuchte. Devil gab das Kommando an seinen XO Cat weiter und entfernte sich vom Team, um in Ruhe mit Matt sprechen zu können. Als der ehemalige SEAL näher kam, konnte Devil dessen Miene ansehen, dass er aufgebracht war. Seine graublauen Augen waren dunkler als sonst, und die Narbe an seiner Wange stach weiß auf seiner gebräunten Haut hervor.

So sah er in der Regel nur aus, wenn einem seiner Agenten etwas passiert war. *Amy!* Automatisch suchte Devil in seinem Kopf nach ihr und atmete erst wieder erleichtert auf, als er ihre beruhigende Präsenz spürte. Das war ihre Gabe. Während er selbst Ereignisse vorausahnen konnte, gelang es Amy, die Gefühle anderer Menschen zu spüren. Das funktionierte zwar nicht bei jedem, aber durch ihre gemeinsame Vergangenheit hatten sie sich schon immer besonders nahegestanden. Seit sie sich verliebt hatten, war ihre Verbindung noch viel stärker geworden. Sofern sie räumlich nicht zu weit voneinander getrennt waren, konnte Devil ihre Nähe immer spüren.

Auch wenn er das nie vor anderen zugeben würde, liebte er es, Amy immer bei sich zu haben und zu wissen, dass es ihr gut ging. Allerdings wurde es für ihn dadurch auch deutlich schwerer, in den Einsatz zu gehen, weil er dann vollständig von ihr getrennt war. Manchmal glaubte er, abhängig von diesem Gefühl zu sein. Nur sie schaffte es, seine oft chaotischen Gedanken und Gefühle zu ordnen und zu beruhigen. Wenn sie nachts neben ihm lag, konnte er ruhig schlafen. Es war, als hätte er endlich sein fehlendes Gegenstück gefunden, und er war verdammt dankbar dafür, dass Amy ihm verziehen hatte, sie damals im Stich gelassen zu haben.

Als Matt bei ihm ankam, war ihm plötzlich alles klar. »Ihr habt Red gefunden.«

Matt schnitt eine Grimasse. »Ich wünschte wirklich, du würdest das lassen. Das ist, als würde jemand immer die Pointe eines Witzes zuerst erzählen.«

»Tut mir leid.« Nein, nicht wirklich, aber er konnte verstehen, dass seine Fähigkeiten auf andere unheimlich wirkten. Glücklicherweise hatten weder sein Team noch die anderen SEALs und TURTs, die von seiner Begabung wussten, die Zusammenarbeit mit ihm aufgekündigt.

»Lügner.« Matt hob die Hand, als Devil etwas erwidern wollte. »Aber darüber können wir uns später noch unterhalten. Clint hat sich gemeldet. Sie haben Red in einem Terroristenlager entdeckt, und er versucht, das Oberkommando zu einer Rettungsmission zu bewegen. Wenn ihm das gelingt, würde er gerne Team 11 dafür anfordern. Ihr kennt Red und er euch, was die Sache erleichtern könnte.«

Devil nickte sofort. »Natürlich. Das Team wird fertig sein, wenn der Befehl kommt.«

Zum ersten Mal entspannte sich Matt ein wenig. »Danke.«

»Warum nimmt er nicht Team 8?«

»Sie haben gerade einen anderen Auftrag, aber selbst wenn nicht, wären sie einfach zu dicht dran. Das würde das Oberkommando nie zulassen.«

Das stimmte sicherlich: Devil hatte selbst gesehen, wie nahe sich gerade die drei überlebenden Mitglieder von Team 8 standen. Je länger sie nach Red gesucht hatten, desto stiller und in sich gekehrter waren sie geworden. Zwar hatten Bull und Tex dem Druck äußerlich standgehalten, doch innerlich waren sie bei jedem Fehlschlag ein wenig mehr gestorben. »Okay. Ich sage den anderen Bescheid. In einer Stunde sind wir abflugbereit.«

»Ich werde Clint die gute Nachricht überbringen.«

Sie beide wussten, wie persönlich Clint Hunter das Verschwinden seines Freundes genommen hatte – und vor allem die Tatsache, dass es ihnen in so vielen Monaten nicht gelungen war, ihn zu befreien. Wenn es jemanden gab, der alles dafür tun würde, Red wieder nach Hause zu bringen, dann war es Clint. Zur Not auch ohne offiziellen Befehl. Von daher konnte man nur hoffen, dass sie den Startschuss vom Oberkommando bekommen würden. Es wäre ein herber Verlust, wenn man Clint und andere gute SEALs deshalb aus der Navy ausschließen würde.

»Hast du schon genauere Infos über seinen Aufenthaltsort? Je mehr Vorbereitungszeit wir haben, desto besser.«

Matt schüttelte den Kopf. »Ich lasse sie mir schicken und leite sie dann an dich weiter.«

»Alles klar. Wenn der offizielle Befehl kommt, legen wir los.«

Zum ersten Mal erschien ein grimmiges Lächeln auf Matts Gesicht. »Gut. Und ich sorge dafür, dass die Terroristen nicht wieder verschwinden, ohne dass wir es mitbekommen.«

Interessiert betrachtete Devil ihn. »Wie das?«

»Ich habe ein paar Freunde, die für einige Zeit das Terroristenlager im Auge behalten können.«

Devil hob eine Augenbraue. »Offiziell?«

»Eine ausgedehnte Übung in unwegsamem Gelände.«

»Dann sollten wir sie nicht zu lange warten lassen. Und vor allem Red nicht.« Wie immer spürte er bei dem Gedanken an den SEAL eine Art Dringlichkeit. Zuerst hatte er dies damit begründet, dass er dem Entführten eine lange Leidenszeit ersparen wollte, doch in letzter Zeit hatte er das Gefühl, als würde noch etwas anderes dahinterstecken. Als würde ein noch viel schlimmeres Unglück passieren, wenn sie ihn nicht endlich da rausholten. Was das sein könnte, wusste er allerdings nicht. Und das frustrierte ihn mehr als alles andere.

Normalerweise hatte Clint nichts mit der Planung von Einsätzen zu tun, die nicht eins seiner Teams betrafen, aber hin und wieder wurde er aufgrund seiner langen Erfahrung als Berater hinzugezogen. Sowie entschieden war, dass es eine Rettungsmission für Red geben würde, brachte Clint sich ins Planungsteam ein. Seine Vorgesetzten versuchten, ihn davon abzuhalten, doch irgendwann sahen sie ein, dass Clint ohnehin keine Ruhe geben würde. Glücklicherweise hatte niemand Einwände dagegen, dass Team 11 die Rettungsaktion ausführen würde. Somit würde definitiv alles getan werden, um Red in Sicherheit zu bringen.

Aber das reichte Clint noch nicht. Er wollte dort sein und seinen Freund in Empfang nehmen, wenn dieser aus dem Lager befreit wurde. Sicher würde Red Probleme haben, sich an die neue Situation anzupassen, und Clint wollte, dass er dann ein bekanntes Gesicht sah. Einen Menschen, dem er vertrauen würde. Es war nicht ungefährlich, jemanden mit Reds Ausbildung da herauszuholen. Wenn er seine Retter für Feinde hielt, würde er sich vielleicht gegen sie zur Wehr setzen, und dazu wollte Clint es, wenn möglich, gar nicht erst kommen lassen.

Deshalb hatte er all seine Überredungskunst aufgewendet

und das Oberkommando davon überzeugt, ihn als Beobachter nach Afghanistan fliegen zu lassen, um zu verhindern, dass mögliche Geheiminformationen an falsche Ohren drangen. Zwar glaubte er nicht, dass Red etwas ausplaudern würde, aber irgendeine Geschichte musste er dem Oberkommando schließlich auftischen, und dank seines hohen Rangs war er genau der richtige Mann für so eine Mission – trotz seines für einen SEAL schon recht fortgeschrittenen Alters. Es war kaum zu glauben, wie jung er gewesen war, als er angefangen hatte. *Und wenn er weiterhin diesen Gedanken nachhing, würde er an Altersschwäche sterben, noch bevor der Flieger, in dem er jetzt saß, in Deutschland ankam.*

Der Red von früher hätte es unheimlich lustig gefunden, ihn so zu sehen, und sicher einige Scherze auf seine Kosten gemacht. Der Gedanke ließ das Band um Clints Brust enger werden. Gott, wie er seinen Freund vermisste! Zwar war ihre Verbindung nicht ganz so eng wie die, die er mit Matt, seinem Swim-Buddy, teilte. Aber seit Clint in Washington war und mit Reds Team 8 zusammenarbeitete, hatte sich eine Freundschaft zwischen ihnen entwickelt, die sich in den teils schweren Jahren noch gefestigt hatte. Hoffentlich erinnerte Red sich daran und ließ sich von ihm helfen.

Die restliche Zeit war Clint in seine Grübeleien versunken, sodass er überrascht aufsah, als das Flugzeug mit einem Ruck landete. Von der Ostküste aus dauerte der Flug zwar nicht so lang, aber in Kombination mit den viel zu engen Sitzreihen hatten die Stunden ausgereicht, um seine Muskeln zu verspannen. Leicht hinkend verließ er das Flugzeug und machte sich auf den Weg zum Militärtransport. Als er dort ankam, war Team 11 noch nicht da, doch es dauerte nicht lange, bis die Männer eintrafen. Keiner von ihnen scherzte – sie alle wussten, worum es bei dieser Mission ging.

Erst als sie Clint sahen, verzogen sich ihre ausdruckslosen Mienen zu einem Grinsen.

»Hey, niemand hat gesagt, dass du dabei sein wirst, East!« Doc, der Teamarzt, erreichte ihn als Erster und redete ihn wie früher mit seinem Team-Spitznamen an.

Sein freundschaftlicher Schlag gegen die Schulter ließ Clint beinahe zusammenzucken. »Es sollte eine Überraschung sein. Schön, dich zu sehen, Doc.«

»Gleichfalls.« Besorgnis trat in seine Augen. »Bist du verletzt?«

»Nein.« Um ihn abzulenken, wandte Clint sich an Cat, der ebenso wie Doc früher unter seinem Kommando in Team 11 gedient hatte. »Hallo, Cat.«

»East.« Wie immer war der Späher kein Freund vieler Worte. »Wie geht es Karen und Maya?«

»Danke, sehr gut. Sie senden ihre Grüße.«

Der Rest des Teams scharte sich um sie, und Clint fühlte sich in frühere Zeiten zurückversetzt, kam sich jedoch gleichzeitig auch ziemlich alt vor. Dieser Eindruck verstärkte sich sogar noch, nachdem er alle begrüßt hatte. Einige der neueren SEALs waren noch so *jung*.

Schließlich wandte Clint sich an Devil, den CO von Team 11. »Ist alles bereit? Die Maschine wartet schon.« Er wollte Red keine Sekunde länger als nötig in den Händen der Terroristen lassen.

»Wir haben alles, was wir brauchen. Den Rest bekommen wir vor Ort.« Devil hob die Stimme. »Okay, ihr Waschweiber, das reicht jetzt. Auf dem Rückflug haben wir noch genug Zeit für Unterhaltungen. Jetzt konzentrieren wir uns auf die Mission.«

Am liebsten hätte Clint geklatscht, so treffsicher hatte Devil das ausgedrückt, was er selbst in dieser Situation gesagt hätte. Offenbar war ihm das anzusehen, denn Devil neigte kaum sichtbar den Kopf. Clint wusste von Matt, dass es für den SEAL am Anfang nicht leicht gewesen war, sich als neuer CO des Teams zu behaupten, doch offenbar gelang ihm das inzwischen spielend. Trotz einiger Frotzeleien erreichte das Team in Rekordzeit die wartende Maschine.

Als sie abhob, waren alle bereits in die Planung des Einsatzes vertieft. Dadurch, dass sie so kurzfristig aufbrechen mussten, hatte die Zeit nicht gereicht, die Mission im Detail vorzubereiten. Interessiert hörte Clint zu, äußerte sich jedoch nur, wenn er direkt gefragt wurde. Das hier war nicht seine Show, sein Part kam erst dann, wenn Red befreit war und zu einem sicheren Stützpunkt gebracht wurde. So schwer es ihm auch fiel, nicht mit den anderen loszustürmen – wenigstens wusste er, dass Red in den besten Händen sein würde.

2

Geht weg! Vergebens versuchte Red, die verlockenden Träume zu vertreiben, die ihn seit ewig langer Zeit marterten. Zu Anfang hatte er sie noch genossen und gedacht, es wäre endlich so weit: Sein Team war da und würde ihn retten. Doch er war immer wieder enttäuscht worden. Irgendwann hatte er angefangen, die Träume zu hassen. Dafür, dass sie ihm Mut machten und ihn aufforderten, durchzuhalten, nur um ihn dann erneut in die Dunkelheit zurückfallen zu lassen. Niemand war je gekommen. Er hatte aufgehört, darauf zu hoffen. Stattdessen hatte er sich in sein Schicksal ergeben und gelernt, damit zu leben. Mit dem Hunger, der Folter, den Schmerzen. Der Einsamkeit.

Jetzt war die Einsamkeit sein Freund. Keine Stimmen, keine Geräusche. Keine neuen Qualen. Wenn es ganz still war, konnte er beinahe seine eigenen Gedanken hören und sich daran erinnern, wer er war. Meist herrschte dort allerdings nur Leere, nur noch ein Schatten von dem, was er einst gewesen war. Am Anfang war alles klar gewesen: sein Leben, seine Mission. Doch mit jedem Schlag, jeder neuen Folter hatte er sich tiefer in sich zurückgezogen, bis es ihm immer schwerer gefallen war, sich selbst wiederzufinden. An manchen Tagen gelang ihm das schon gar nicht mehr.

»Red. Hörst du mich?«

Warum zum Teufel ließen ihn diese Stimmen nicht in Ruhe? Sie waren schlimmer geworden, seit die Frau da gewesen war. Wahrscheinlich hatte er sich auch nur eingebildet, dass eine

Frauenstimme mit ihm geredet hatte. Es wäre nicht das erste Mal. Doch sie hatte so … echt gewirkt. Red glaubte sogar, dass sie seinen Namen genannt hatte. Aber das konnte nicht sein, niemand hier wusste, wie er hieß. Nicht einmal er selbst war sich noch sicher, ob es wirklich sein Name war.

Doch die Frau hatte ihn angeredet und ihm gesagt, er solle durchhalten, es werde jemand kommen, der ihm helfen würde. Dann hatte etwas geblitzt, und sie war verschwunden. Wie ein Trugbild, das ihm sein Unterbewusstsein vorgaukelte. Es gab sie gar nicht, so wie all die anderen, die er schon zu sehen geglaubt hatte. Nie war jemand geblieben, um ihn hier herauszuholen. Er weigerte sich, noch einmal darauf zu hoffen, dass seine Fantasien diesmal Wirklichkeit waren.

»Komm schon, Red, sieh mich an. Wir haben nicht viel Zeit.«

Die Stimme klang so verlockend. Ein Mann diesmal, vage vertraut. Wahrscheinlich ein neuer Versuch seiner Folterer, ihn zum Reden zu bringen. Doch er würde nicht darauf hereinfallen, egal, was sie taten. Ein Zittern lief durch seinen Körper, das er nicht aufhalten konnte. Die Reaktion machte ihn wütend, genauso wie seine Hilflosigkeit. Er wusste, dass er sterben würde – es war nur noch eine Frage von Tagen. Mehr als einmal hatte er Gespräche belauscht, in denen … So wie immer, wenn er versuchte, sich daran zu erinnern, senkte sich eine undurchdringliche Decke über seine Erinnerungen.

Die Wut wurde stärker und vermischte sich mit Angst und Abscheu. Das war nicht er, diese unbeherrschte Kreatur, doch er konnte nichts dagegen tun. Sie war einfach da und übernahm jeden Tag ein wenig mehr von ihm. Nicht mehr lange, und er würde vollständig aufhören zu existieren. Langsam hob er den Kopf und starrte dorthin, woher die Stimme kam. Wie immer war es stockdunkel in seinem Gefängnis, doch seine Augen waren daran gewöhnt. Dicht vor sich konnte er die Umrisse eines Mannes entdecken. Früher wäre es niemandem gelungen, sich ihm so weit zu nähern, ohne dass er es bemerkt hätte. Vielleicht war es auch kein Mensch – irgendetwas an seinen Augen war seltsam.

»Red, ich bin es, Devil. Erinnerst du dich an mich? Ich bin hier, um dir zu helfen. Aber wir haben nicht viel Zeit.«

Das hatte er schon gesagt. Aber was machte der Teufel hier? Wollte er ihn endlich holen? Es hatte lange genug gedauert. Wahrscheinlich hatte er es genossen, ihn so leiden zu sehen. Ein tiefes Grollen bildete sich in Reds Kehle, und er zerrte an seinen Handfesseln. So leicht würde er es dem Satan nicht machen.

Eine Hand legte sich auf seinen Mund, eine andere schloss sich um seine Finger. »Bitte, Red, wir müssen leise sein. Die Tangos könnten jeden Moment aufwachen.«

Während er darum kämpfte, wieder frei zu sein, drang ein Wort zu ihm durch: *Tangos*. Es kam aus seiner Vergangenheit, als er noch wusste, was es bedeutete. *Tangos – Terroristen.* Beinahe fühlte er die Ausrüstung an seinem Körper, das vertraute Gewicht von Waffen in seiner Hand. Wenn er …

»Es tut mir leid.« Etwas schoss auf ihn zu und traf ihn an der Schläfe.

Schmerz zuckte durch seinen Kopf, dann versank er in der Leere. *Endlich* war das letzte Wort, das durch seinen Schädel hallte.

»Shit.« Devil blickte auf Reds zusammengesunkene Gestalt hinunter und schüttelte den Kopf. Er hatte nicht gewollt, dass es so weit kam, aber er hatte auch keinen anderen Weg gesehen, Red ruhigzustellen.

Doc warf einen Blick zur Tür herein und erstarrte, als er Red erblickte. »Ist er …?«

»Nein, nur bewusstlos. Wir müssen ihn hier rausbringen, bevor jemand etwas merkt.«

»Brauchst du Hilfe?«

Devil hatte bereits eine Zange aus seiner Tasche gezogen und machte sich daran, Reds Hände zu befreien. »Nein, geht schon.« Schließlich war er selbst daran schuld, dass der Gefangene jetzt nicht mehr gehen konnte, sondern getragen werden musste. Devil presste die Zähne zusammen bei dem Gedanken, dass er Red noch mehr Schmerzen bereitet hatte. Aber sein Instinkt hatte ihn deutlich dazu gedrängt, sofort zu handeln, wenn er nicht wollte, dass ihre Befreiungsaktion aufflog.

Ohne größere Schwierigkeiten knackte er erst die Handschellen und dann die Ketten der eisernen Fußringe. Die Ringe selbst mussten an Reds Sprunggelenken bleiben. Um sie zu entfernen, fehlte Devil das nötige Gerät und vor allem die Zeit. Vorsichtig lud er sich Red auf die Schulter und trug ihn zur Tür. Es entsetzte ihn, wie leicht der SEAL war, doch gleichzeitig war er auch dankbar dafür: So konnte er ihn wenigstens ohne Probleme transportieren.

Als er bei Doc ankam, prüfte der zuerst Reds Puls und nickte dann. Erleichtert atmete Devil auf. Er hatte zwar extra nicht so hart zugeschlagen, aber bei Reds schlechtem Allgemeinzustand hätte er ihn damit auch töten können, und er glaubte nicht, dass er das je verwunden hätte. Es war eine Sache, jemanden bei einem Einsatz zu verlieren, doch eine ganz andere, wenn man die Schuld an dessen Tod trug. Egal, ob direkt oder indirekt.

Aber auch damit mussten sie sich später auseinandersetzen, jetzt zählte es nur, das gesamte Team und Red sicher aus dem Lager herauszubringen. So gerne Devil die Terroristen selbst unschädlich gemacht hätte: Es war weniger riskant, die Aktionen strikt zu trennen. Deshalb folgte er Doc, der sie auf schnellstem Wege aus dem Lager führte. Da die Hütte mittendrin lag, war die Gefahr, entdeckt zu werden, ziemlich hoch. Jederzeit konnte jemand aus seinem Zelt kommen oder im Licht des Mondes ihre Schatten auf den Zeltplanen sehen. Normalerweise hätten sie sich eine mondlose Nacht für einen Zugriff ausgesucht, aber sie hatten nicht riskieren können, Red noch länger dort zu lassen.

Gerade als Devil an dem letzten Zelt vorbeischlich, ertönte hinter ihm eine Stimme, die etwas auf Arabisch rief. Instinktiv warf er sich zu Boden, während Doc herumwirbelte und einen Schuss auf den Terroristen abgab. Glücklicherweise hatten sie für diesen Fall Schalldämpfer auf ihre Pistolen geschraubt, sodass nicht mehr als ein leises Ploppen zu hören war. Der Mann fiel wie ein Stein zu Boden und lag still da.

Dennoch würde es hier bald von Terroristen nur so wimmeln: Es war völlig unmöglich, dass sie den Schrei ihres Kumpanen nicht gehört hatten. Schnell rappelte Devil sich auf und rückte Red auf seiner Schulter zurecht.

»Lauf los!« Doc blickte ihn bei dem Befehl nicht an, sondern behielt das Lager im Auge.

So sehr es ihm auch missfiel, seine Männer zurückzulassen, wusste er doch, dass er Red in Sicherheit bringen musste. Ihr Kollege war das Ziel ihrer Mission und hatte oberste Priorität. Zum Glück vertraute Devil seinem Team: Sie würden ihre Arbeit machen, ohne dass er sie anleiten musste. Jeder von ihnen wusste genau, was zu tun war. Deshalb wandte er sich um und lief los. Mit der freien Hand schaltete er sein Mikrofon ein. »Team 11, Rückzug zum Treffpunkt, ich habe das Paket.«

In seinem Kopfhörer ertönte mehrmaliges Klicken – ein Zeichen, dass ihn seine Männer gehört hatten und den Befehl bestätigten. Als das erste Maschinengewehrfeuer ertönte, musste Devil sich zwingen, nicht zurückzukehren. Mit zusammengebissenen Zähnen hielt er weiterhin auf den Treffpunkt zu, der hinter einem Hügel lag. Dort wartete Clint Hunter mit einem Truppentransporter, um sie zu einem Hubschrauber zu bringen. Der wiederum war einige Kilometer vom Lager entfernt gelandet, damit ihn niemand hörte.

Mühsam kämpfte Devil sich den Hügel hinauf und war schon fast oben, als er eine Gestalt erblickte. Sofort hob er seine Waffe, erkannte jedoch im letzten Moment, dass es Clint war. »Du lebst wohl gern gefährlich, was? Beinahe hätte ich dich erschossen.«

»Ich kann schon auf mich aufpassen.« Clint schaffte es, seine raue Stimme so leise zu halten, dass niemand anders ihn hören konnte. »Gib mir Red, wenn du zu deinem Team zurückwillst.«

Das ließ Devil sich nicht zweimal sagen. Vorsichtig übergab er den Bewusstlosen an Clint. »Er war wach, aber ich musste ihn mit einem Schlag gegen die Schläfe betäuben, weil er unruhig wurde.«

Clint schnitt eine Grimasse, nickte aber. »Alles klar. Ich habe das Angriffsteam schon informiert, sie sind auf dem Weg.«

Was hieß, dass Devils Team schnell dort verschwinden musste, wenn es nicht von »freundlichem« Feuer getroffen werden wollte. Nach einem kurzen Händedruck lief er den Weg zurück, den er gekommen war.

Clint sah Devil einen Moment lang nach, bevor er sich um Red kümmerte. Ehrlicherweise würde er jetzt lieber in den Kampf ziehen, als sich ansehen zu müssen, welche Schäden mehrere Monate der Gefangenschaft und Folter bei Red angerichtet hatten. Wütend auf sich selbst hob er den SEAL auf seine Schulter und trug ihn zum Wagen. Er hatte seinen Freund und dessen Team damals nach Afghanistan geschickt, um Team 11 zu unterstützen. Das Wenigste, was er jetzt tun konnte, war, Red die Hilfe zukommen zu lassen, die er benötigte.

Am Mannschaftswagen angekommen öffnete Clint die hintere Tür und hob Red hinein. Da sie bereits vermutet hatten, dass er sich in einem schlechten Zustand befinden würde, hatten sie den Wagen extra als Krankentransport ausrüsten lassen. Neben den normalen Sitzreihen für das Team war auch eine Trage angebracht worden, auf die er Red vorsichtig bettete. In der fahlen Beleuchtung konnte Clint seinen Freund nun zum ersten Mal betrachten. Was er sah, ließ ihn beinahe mit seiner Waffe im Anschlag den Hügel wieder hinunterlaufen, um den Terroristen zu zeigen, was er von ihren Methoden hielt. Doch Red brauchte ihn, auch wenn er immer noch bewusstlos war.

Bevor Clint versuchte, seinen Freund aufzuwecken, legte er erst die Gurte an, die Red auf der Trage halten würden. Das tat er zwar nicht gern, aber er wollte auch nicht, dass Red sich oder andere verletzte oder während der Fahrt herunterfiel. Anschließend beugte Clint sich so über Red, dass der ihn beim Aufwachen sehen würde, und rüttelte dann vorsichtig an dessen Schulter.

»Red, wach auf. Ich bin es, Clint.«

Sein Freund rührte sich nicht, aber immerhin schien er regelmäßig zu atmen, und auch sein Herzschlag war in Ordnung. Clints Herz zog sich zusammen, als er erneut die Spuren von Folter an Reds Körper sah. Ältere Narben wurden von frischeren Schnitten und Verbrennungen überlagert. Die Stellen, an denen man Haut sehen konnte, waren fast ausschließlich mit Prellungen bedeckt. Das wirklich Erschreckende aber war, wie ausgezehrt Red wirkte. Fettpolster hatte er nie gehabt, doch er war kräftig und muskulös gewesen, während man jetzt deutlich die Knochen unter seiner Haut sehen konnte.

Über seine Wange zog sich eine lange Narbe, die bis zur

Braue reichte. Clint hob Reds Augenlid an und war erleichtert, als ihm die vertraute grüne Iris entgegenblickte. Wenigstens war das Auge offenbar nicht in Mitleidenschaft gezogen worden. Doch auch so wusste er, dass Reds Leben nie mehr so sein würde wie vorher. Clint wünschte, er könnte irgendetwas tun, um das Geschehene rückgängig zu machen, aber das war nicht möglich. Eines schwor er sich allerdings: Was auch immer er machen konnte, um Red die Rückkehr in sein normales Leben zu erleichtern – er würde es tun.

Zuerst musste er ihn aber unbedingt wachbekommen. Er wollte nicht, dass Red unterwegs aufwachte und sich nicht erklären konnte, wo er gerade war. In der Hoffnung, ihn mit einer Berührung wecken zu können, legte Clint seine Hand an die Wange seines Freundes. »Red, hörst du mich? Du bist in Sicherheit, niemand wird dir mehr etwas tun.«

Normalerweise hätte Red ihn ausgelacht, wenn er so mit ihm geredet hätte, doch diesmal rührte er sich nicht. Von seinen Lachfalten war nichts mehr zu sehen, stattdessen zogen sich scharfe Linien über seine Stirn und von seinen Mundwinkeln aus in Richtung Kinn. Schmerz bewirkte so etwas. Hoffentlich kam Doc bald zurück; der wusste sicher besser, was Red Linderung verschaffen würde. Clint konnte ihm zwar auch eine Morphiumspritze oder andere Schmerzmittel verabreichen, aber da er nicht wusste, weshalb sein Freund bewusstlos war, wollte er nichts riskieren. Es wäre furchtbar, ihn erst gerettet zu haben und dann doch noch zu verlieren.

Auch die andere Hand legte er an Reds Wange. »Komm schon, wach auf. Du willst doch wohl nicht die ganze Mission verpassen, oder?« Okay, das war gemein, aber bei jedem anderen SEAL wirkte diese Methode sofort, es sei denn, derjenige hing zu tief in der Bewusstlosigkeit fest.

Reds Lider zuckten, sein Atem ging schneller. Offenbar funktionierte die Strategie bei ihm immer noch, trotz der Gefangenschaft! Sofort verdoppelte Clint seine Bemühungen. »Im Dienst wird nicht geschlafen, Lieutenant Commander Redfield! Auf die Füße, aber sofort!« In der Ausbildung wurden diese Befehle den jungen SEAL-Anwärtern so stark eingetrichtert, dass sie diese nie wieder vergaßen und immer noch automatisch darauf reagierten. Red bewegte sich unruhig, seine Hände ballten sich zu Fäusten. Dann erstarrte er, und seine Augen flogen auf.

Clint beugte sich so über ihn, dass sein Freund ihn sehen konnte. »Es ist alles in Ordnung, Red, wir haben dich. Du erinnerst dich doch noch an mich, oder? Ich bin es, Clint Hunter.« Er hatte sich extra nicht wie die anderen mit Tarnfarben geschminkt, damit Red wenigstens ein vertrautes Gesicht sah. Trotzdem wirkte es nicht so, als würde sein Freund ihn erkennen. Unverständnis lag in seinen Augen, genau wie Angst. Und Misstrauen.

Sein Mund öffnete sich, aber es kam kein Wort heraus. Stattdessen versuchte er, sich aufzusetzen, wurde jedoch von den Gurten daran gehindert. Das verstärkte seine Panik noch. Immer heftiger wurden seine Bewegungen, bis Clint befürchtete, dass er sich noch mehr verletzen könnte. Er packte Red an den Armen und zwang ihn, still zu liegen.

»Das reicht, Red! Niemand wird dir etwas tun, ich verspreche es dir. Wir bringen dich nach Hause. Erinnerst du dich an das schöne alte Haus, das du von deiner Tante Martha geerbt hast?« Es tat weh, Red anzulügen, denn so bald würde er sicher nicht nach Hause zurückkehren. Zuerst einmal musste er in ein Krankenhaus und danach in eine Rehabilitationseinrichtung. Außerdem würde man ihn noch befragen, um herauszufinden, was er im Lager der Terroristen erlebt und gesagt hatte. Zu gerne hätte Clint ihm das erspart, aber er wusste, das Oberkommando würde darauf bestehen.

Als Red ruhiger wurde, richtete Clint sich langsam auf. Er hatte keine Ahnung, ob seine Worte zu seinem Freund durchgedrungen waren oder ob Red schlicht keine Kraft mehr hatte, noch weiter zu kämpfen. Sein heftiger Atem deutete auf Letzteres hin. Deshalb redete Clint einfach weiter, bis die anderen endlich eintrafen. Dankbar übergab er Reds Pflege an Doc, der sich sofort an die Arbeit machte. Clint ließ sich auf einen Sitz in der Nähe sinken und rieb sich mit beiden Händen übers Gesicht. Er konnte sich nicht daran erinnern, in seiner Zeit als SEAL je etwas Schlimmeres erlebt zu haben als die letzte halbe Stunde. Nur Ghosts Tod hatte ihn noch mehr getroffen.

Zu sehen, wie sehr Red litt, und ihm gleichzeitig nicht helfen oder das Erlebte ungeschehen machen zu können, war die Hölle. Clint hasste es, sich so hilflos vorzukommen, so … ungenügend. Es war klar, dass Red eine Form von Hilfe brauchte, die er ihm nicht geben konnte.

Devil setzte sich neben ihn und blickte ihn besorgt an. »Wie geht es ihm?«

Clint hob die Schultern. »Ich weiß es nicht. Immerhin ist er aufgewacht, aber ich glaube nicht, dass er mich erkennt oder versteht, dass wir ihm helfen wollen.«

»Er wird sich erinnern.«

Hoffnungsvoll blickte Clint ihn an. »Sagt dir das deine Eingebung?«

Bedauernd schüttelte Devil den Kopf. »Nein, aber Red ist stark.«

»Aber wird er auch vergessen können, was ihm angetan wurde?« Noch während er das sagte, wusste Clint die Antwort schon.

»Nein, so etwas vergisst man nie.« Devil war deutlich anzusehen, dass er sich an seine eigene Zeit als Gefangener von Mansoor Rahid erinnerte. »Aber man kann sich dem normalen

Leben wieder annähern, wenn man die richtige Hilfe und Unterstützung hat.«

Entschlossen blickte Clint auf Red hinunter. »Ich werde alles tun, was in meiner Macht steht.«

Devil lächelte schief. »Das ist gut, aber ich meinte eher persönliche Hilfe. Jemanden, der ihm wirklich nahesteht. Hat er eine Freundin?«

»Nein, jedenfalls keine feste.«

»Familie?«

Stumm schüttelte Clint den Kopf. »Leider nicht. Die SEALs waren seine Familie. *Sind* seine Familie.«

»Ich kann nur sagen, dass es mir unheimlich geholfen hat, Amy bei mir zu haben. Zu wissen, dass ich auf sie zählen kann und sie mich liebt – egal, was passiert. Bei Hawk und Jade war es genauso. Jade hat erst angefangen, ihr Trauma zu überwinden, als sie sich Hawk geöffnet hat. Nurja hat ihre Kinder und vor allem auch I-Mac.«

Clint hatte es noch nie erlebt, dass Devil über so persönliche Dinge sprach, deshalb nahm er seinen Einwand sehr ernst. »Das kann ich mir vorstellen, nur leider gibt es so jemanden definitiv nicht in Reds Leben. Aber ich werde sehen, was ich machen kann.«

Devil nickte, dann lehnte er sich im Sitz zurück und schloss die Augen.

Da ihr Gespräch damit beendet war, wandte Clint sich wieder Red zu, der immer noch von Doc behandelt wurde. »Wie sieht es aus?«

Der Blick des Teamarztes, als der sich aufrichtete, ließ Clint einen Schauder über den Rücken laufen. »Keine akut lebensgefährlichen Verletzungen zu finden. Red braucht vor allem Ruhe, deshalb werde ich ihm ein wenig Morphium spritzen. Im Krankenhaus wird er dann weiterbehandelt.«

Kaum hatte er das ausgesprochen, begann Red, sich herumzuwerfen, soweit die Gurte es zuließen. Sofort war Clint auf den Beinen und versuchte gemeinsam mit Doc, ihn zu beruhigen. Doch das stellte sich als unmöglich heraus.

Red warf seinen Kopf herum. »Nein!« Er wiederholte das Wort immer wieder auf Englisch und Dari.

Clint zerriss es fast das Herz, seinen Freund so zu sehen. Er nickte Doc zu, der das Morphium herausgeholt hatte. Mit einem flauen Gefühl im Magen hielt Clint Reds Arm fest, während Doc die Spritze setzte. Hoffentlich wirkte sie schnell, damit Red nicht länger leiden musste. Seine Wunden hatten wieder zu bluten begonnen, und durch die Gurte hatte er sich sicher noch weitere Blutergüsse zugezogen. Als Doc ihm ein Zeichen gab, ließ er Red los und trat einen Schritt zurück, um nicht bedrohlich auf ihn zu wirken.

»Es ist alles in Ordnung, Red. Wenn du aufwachst, bist du in Sicherheit. Wir werden uns um dich kümmern.«

Red blickte ihn direkt an, seine Augen waren weit aufgerissen. »Kein Krankenhaus! Nicht hier.«

Es waren die ersten klaren Worte, die er seit seiner Rettung gesagt hatte. Clint hockte sich neben ihn. »In Ordnung. Wir fliegen dich nach Deutschland und danach nach Hause.«

Er wusste nicht, ob Red ihn wirklich verstanden hatte, aber er schien sich ein wenig zu beruhigen. Allerdings konnte das auch am Morphium liegen, das sich langsam in seiner Blutbahn ausbreitete. Seine Augen wurden glasig, dann schloss er die Lider. Die Anspannung verließ seinen Körper, und er sackte in sich zusammen.

Einen Moment lang herrschte betretenes Schweigen, bevor Devil etwas sagte: »Fahren wir los. Je schneller wir am Flughafen ankommen, desto besser.«

Dem konnte Clint nur aus vollem Herzen zustimmen. Je

eher sie Red hier herausbrachten, desto besser für ihn. Als sich der Wagen in Bewegung setzte, wandte er sich Devil zu. »Wie ist es da unten gelaufen?«

»Wir konnten es eindämmen, bis das Aufräumteam eingetroffen ist. Offenbar waren nicht so viele Männer im Lager, deshalb war das kein Problem.« Seine gerunzelte Stirn zeigte jedoch, dass ihm irgendetwas daran nicht gefiel.

»Aber?«

»Ich finde es seltsam, dass eine wichtige westliche Geisel in dem kleinen Lager so nachlässig festgehalten wird. Was wollten sie damit bezwecken? Es wirkt beinahe, als hätten sie versucht, ihn endlich loszuwerden. Monatelang gab es keine vernünftige Spur, oder er wurde weggebracht, bevor ein Team zum Einsatz kam. Und jetzt ist er einfach so auffindbar und wird noch nicht mal stark gesichert? Das ergibt für mich keinen Sinn.«

Damit hatte Devil Clints geheime Befürchtungen ausgesprochen. »Ganz so leicht war es auch wieder nicht. Ohne Joe hätten wir ihn nie so schnell gefunden.«

Devil neigte den Kopf. »Das stimmt. Aber unsere Gegner wissen sicher auch, dass wir ein hervorragendes Satellitensystem haben, mit dem wir unsere Einsätze planen. Es standen nicht mal Wachen vor dem Lager oder wenigstens vor Reds Hütte.«

Clint rieb sich über die Stirn. »Wahrscheinlich weiß diese Gruppe hier gar nicht, wer Red ist. Sein Standort wurde ja einige Male gewechselt. Vielleicht sollten sie ihn nur einige Zeit ›aufbewahren‹, bis er wieder abgeholt wird. Hoffentlich bekommen wir bei den Befragungen potenzieller Gefangener etwas heraus. Vielleicht kann uns auch Red etwas dazu sagen.« Wobei ihm diese Möglichkeit derzeit eher gering erschien. Das Morphium wirkte nur bedingt, noch immer war Red unruhig.

»Wir werden es sehen. Hauptsache, wir haben Red endlich

gefunden, und er kommt nach Hause zurück.« Wieder schien Devil nicht ganz davon überzeugt zu sein, aber diesmal wollte Clint gar nicht wissen, welche Vorahnung der CO möglicherweise hatte. Wenn es etwas Konkretes wäre, würde er es sagen. Jetzt war es wichtiger, alles so zu regeln, dass Red die bestmögliche Pflege bekam.

3

Ein nervendes Piepsen drang in regelmäßigen Abständen an sein Ohr. Was zum Teufel war das? Red wollte den Arm ausstrecken, um das Geräusch zu vernichten, aber er wurde von irgendetwas festgehalten. Noch einmal versuchte er es, diesmal mit dem anderen Arm, doch auch dieser ließ sich nicht bewegen. Mühsam kämpfte er darum, seine Lider zu öffnen. Sie waren schwer wie Blei, aber schließlich gelang es ihm. Durch einen schmalen Spalt blinzelte er in ein helles Licht hinein. Ein Schmerz schoss durch seinen Schädel, der bis in den hintersten Teil seines Gehirns drang.

Es dauerte einen Moment, bis er etwas erkennen konnte. Er lag in einem seltsamen Bett mit Stangen an beiden Seiten. Seine Arme und Beine waren daran festgebunden, selbst über seine Brust spannte sich ein breiter Riemen. Furcht kroch durch seinen Körper, als er merkte, dass er nicht freikommen konnte, so sehr er es auch versuchte. Sein Instinkt brachte ihn dazu, keinen Laut von sich zu geben, damit niemand bemerkte, dass er wach war. Beherrschung war etwas, das ein SEAL schon am Anfang seiner Ausbildung lernte.

Doch es fiel ihm verdammt schwer, nicht mit all seiner Kraft an den Fesseln zu zerren, um sich zu befreien. Zuerst musste er mehr über seine Umgebung herausfinden und die Anzahl der Feinde, die in der Nähe waren. Noch einmal öffnete Red die Augen und ließ den Blick schweifen. Um das Bett herum war ein Vorhang gespannt, ein Gerät mit Monitoren stand neben ihm. Kabel führten von dort aus zu seinem Körper. Außer ihm war niemand hier, und er sah auch keine Kamera, mit der man ihn hätte beobachten können. Deshalb wagte er es, den Kopf ein wenig anzuheben und an sich hinunterzublicken.

Zuerst dachte er, jemand anders läge dort in seinem Bett. Sein Brustkorb war geradezu schmächtig im Gegensatz zu dem, an den er sich erinnerte. Die Haut war blass und von Narben, blutigen Wunden und Prellungen verunstaltet. In seiner Armbeuge und seinem Handrücken steckten Nadeln. Durch Schläuche wurde ihm irgendeine durchsichtige Flüssigkeit zugeführt. Das Piepsen wurde immer lauter und schneller, je länger er sich betrachtete. Der Rest seines Körpers war unter einem weißen Laken verborgen.

Einen Moment lang setzte sein Herz aus, als er sich fragte, ob noch alles vorhanden war. Doch dann spürte er die Fesseln an seinen Fußgelenken und atmete erleichtert aus, als er auch mit den Zehen wackeln konnte. Wenigstens das war noch in Ordnung, auch wenn sonst einiges im Argen zu liegen schien. War er auf einer Mission verletzt worden? Das würde zwar die Schmerzen erklären, aber nicht seinen offenbar sehr schlechten körperlichen Zustand. So etwas konnte nicht nach ein paar Tagen Krankenhausaufenthalt entstehen. Zumindest nahm er an, dass er in einem Hospital war: Es sah so aus, es hörte sich so an, und es roch so.

Der Nebel in seinem Gehirn lichtete sich langsam, und seine Anspannung wuchs. Irgendetwas war hier ganz und gar nicht richtig. Er erinnerte sich an … nichts. Nein, das stimmte nicht ganz. Da war Dunkelheit und dicke Mauern. Das Gefühl, tief unter der Erde eingeschlossen zu sein. Dann nichts mehr. Als hätte er aufgehört zu existieren. Aber er war doch eindeutig noch da. Was also war geschehen? Und wo war er hier? Die Angst in ihm verdichtete sich, drückte schwer auf seinen Brustkorb. Erneut versuchte er, sich zu befreien, doch es fehlte ihm die Kraft. Er war denjenigen, die ihn hierhergebracht hatten, hilflos ausgeliefert.

Dieser Gedanke machte ihn noch unruhiger. Auch wenn ihm ein Teil seiner Erinnerungen fehlte, wusste er genau, dass er sich nicht noch einmal fortbringen lassen durfte. Egal, wie schwach er war, er musste kämpfen. Für sich, aber auch für irgendetwas anderes, das er momentan ebenfalls vergessen hatte. Er wusste nur, dass er ein SEAL war, und SEALs gaben niemals auf. Nicht, solange noch ein Funken Leben in ihnen war. Red verzog den Mund. Viel mehr Leben war da offensichtlich auch nicht übrig, so wie er aussah. Aber davon würde er sich nicht abhalten lassen.

Wie gut, dass sie damals im BUD/S trainiert hatten, wie man solchen Fesseln entkam – und seither hatte er noch einiges dazugelernt. Allerdings dauerte es länger als gedacht, bis er endlich eine Hand befreit hatte. Das lag auch an den unförmigen Verbänden, die er um sein Handgelenk trug. Blut sickerte hindurch, aber er ignorierte es. Mit der freien Hand war es ein Leichtes, auch die andere und dann seine Füße aus den Fesseln zu lösen. Red setzte sich auf die Bettkante und schnitt eine Grimasse, als er das Laken entfernte. Der Rest seines Körpers sah nicht besser aus – und er war nackt. Das machte es schwieriger, ungesehen zu entkommen. Wobei er auch kein Problem damit hätte, ohne Kleidung zu fliehen, wenn es keine andere Möglichkeit gab.

Taumelnd kam er auf die Füße und stellte fest, dass er in den Beinen ebenfalls kaum noch Kraft hatte. Was zum Teufel war mit ihm passiert? Red biss die Zähne zusammen und griff nach den Schläuchen, die in seinem Arm steckten. Erst jetzt erinnerte er sich wieder daran, wie sehr er Krankenhäuser hasste. Warum das so war, blieb ihm allerdings verborgen. Es hatte etwas mit großen Schmerzen und Unsicherheit zu tun. Aber auch das war im Moment unerheblich. Jetzt zählte es nur, zu entkommen.

Mit einem Ruck zog er die Nadeln aus seinem Arm und die Saugnäpfe von seiner Brust. Der erwartete Alarm kam nicht – umso besser. Er griff nach dem Ständer, um sich daran hochzuziehen. Eine Ecke des Lakens presste er auf die Einstichwunden, um den Blutfluss zu stoppen. Danach wickelte er sich den Stoff um die Hüften und machte sich auf die Suche nach etwas, das er als Waffe verwenden konnte. Doch bis auf das Bett und die medizinischen Geräte war nichts in seinem durch Vorhänge abgetrennten Abteil zu finden. Mit raschen Bewegungen löste er die Beutel und Schläuche vom Ständer und nahm diesen in die Hände. Es war zwar nicht viel, aber vielleicht konnte er sich damit mögliche Angreifer eine Weile vom Leib halten.

Red griff nach dem Vorhang, hielt dann jedoch inne und lauschte. Es war nichts zu hören. Falls noch andere hier lagen, waren die außergewöhnlich leise. Auch das kam ihm verdächtig vor. Vorsichtig schob er den Stoff ein Stück zur Seite und blickte durch den Spalt. Ein Gang führte an weiteren Betten entlang, die alle leer waren. Gut so, damit wurde ihm seine Flucht extrem erleichtert. Niemand würde ihn sehen und einen Alarm auslösen. Geduckt lief Red vorwärts – oder taumelte vielmehr, aber er zog es vor, das zu ignorieren – und folgte dem Gang in die Richtung, in der er den Ausgang vermutete.

Er war beinahe bei der Tür angekommen, als er auf der anderen Seite Schritte hörte, die sich rasch näherten. Automatisch lehnte er sich an die Wand und hob seine provisorische Waffe. Die Tür schwang auf, und jemand kam hindurch. Im letzten Moment stoppte Red seinen Schlag, als er sah, dass es eine Frau war. Auch wenn sein Instinkt ihm sagte, dass er um seine Freiheit kämpfen musste, konnte er doch keine Frau absichtlich verletzen – zumindest nicht, solange sie ihn nicht bedrohte. Sie trug eine Schwesternuniform und schien noch nicht einmal bemerkt zu haben, dass er neben der Tür stand.

Eilig lief sie zu seinem Abteil und zog den Vorhang beiseite. Red wartete nicht auf ihre Reaktion, sondern schlüpfte durch die Türöffnung auf einen langen Flur hinaus. Zu beiden Seiten des Korridors gab es weitere Türen, doch er glaubte nicht, dass sie ins Freie führten. Auf den Ständer gestützt bewegte er sich so schnell vorwärts, wie es seine Verletzungen und sein geschwächter Zustand erlaubten. Mit jedem Meter, den er zurücklegte, schien er mehr Kraft zu verlieren. Inzwischen stolperte er mehr, als dass er zielstrebig vorwärts ging. Aber er würde nicht aufgeben. Vielleicht war dies seine einzige, letzte Chance zur Flucht.

Die Schmerzmittel, die man ihm wahrscheinlich verabreicht hatte, ließen langsam nach, und sein gesamter Körper fing an zu pochen. Er konnte nicht einmal sagen, was ihm nicht wehtat, aber manche Stellen schmerzten stärker als andere. Sein Oberschenkel zum Beispiel, den er sich vor Jahren verletzt hatte. Das war nicht gut – es hatte lange gedauert, bis er mit dem Bein wieder als SEAL auf Missionen hatte gehen können, doch jetzt fühlte es sich nicht so an, als würde er damit in nächster Zeit überhaupt noch irgendwohin kommen. Selbst der Weg zu den Türen am Ende des Gangs schien viel zu weit zu sein.

Red war so in seine eigene Welt vertieft, dass er zuerst gar nicht bemerkte, dass weitere Menschen auf den Flur gelaufen kamen. Das Rauschen in seinen Ohren war zu laut, um ihre Schritte zu hören. Doch dann drehte er sich um, schwankend wie ein Betrunkener, und hob seine provisorische Waffe. Dadurch verlor er allerdings den Halt und stolperte in Richtung Wand. Er konnte sich gerade noch mit einer Hand abstützen, bevor er auf dem Boden landete. Schwindel erfasste ihn bei der schnellen Bewegung, die Welt um ihn herum drehte sich.

Dunkle Tropfen zierten den hellen Boden, und für einen Moment fragte er sich, ob sie nur in seiner Einbildung existierten. Sein Magen hob sich, aber glücklicherweise war nichts darin. Grüne Gitter zuckten durch sein Gesichtsfeld, die auch dann noch existierten, als er die Augen schloss. Da der Schwindel sich dadurch noch zu verstärken schien, riss er die Lider schnell wieder auf. Er senkte den Kopf und atmete tief durch, um die Übelkeit zu vertreiben. Wieder fiel sein Blick auf die Tropfen. Sie waren rot. Wie Blut. Und sie markierten genau den Weg, den er genommen hatte. Selbst wenn er noch so schnell wäre, würde jeder ohne Probleme seiner Spur folgen können.

Andererseits wäre das sowieso kein Problem, solange er hier saß. Wann war er an der Wand heruntergerutscht und auf dem Boden gelandet? Es machte ihn nervös, dass er sich nicht daran erinnern konnte. Ein Schatten fiel über ihn und machte ihm bewusst, dass er nicht mehr allein war. Mühsam versuchte er, die Stütze hochzubekommen und sich zu verteidigen, doch es schien, als beständen seine Arme nur noch aus Gummi. Nein! Er konnte nicht aufgeben. Wenn er das tat, war er verloren!

Er musste … Was auch immer er tun musste, ging verloren, als jemand seinen Arm berührte. Ein leises Gemurmel erklang, das Red nicht verstehen konnte. Doch das war ohnehin egal – viel wichtiger war es, zu verhindern, dass ihn jemand anfasste. Verzweifelt versuchte er, sich zu befreien, aber der andere ließ ihn nicht los. Reds Arm schien Zentner zu wiegen, als er versuchte, ihn wegzuziehen. Die Bewegung ließ den Schwindel zurückkehren, die ganze Welt drehte sich um ihn. Mit dem Rücken prallte er auf den harten Boden, doch er bemerkte es kaum.

Jemand beugte sich über ihn, ein Mann mit vier Augen –

oder waren es sechs? Der Mund ähnelte einem Loch, das sich bewegte, doch Red hörte keinen Ton. Er schloss die Augen, riss sie allerdings sofort wieder auf, als er spürte, wie er hochgehoben wurde. Nein, sie durften ihn nicht verschleppen! Er musste sein Team informieren. Wo war sein Mikro? *Bull!* Rief er den Namen, oder hallte der nur durch seinen Kopf? Etwas Weiches streifte seinen nackten Rücken und die Rückseiten seiner Beine. Dann bewegte er sich vorwärts, allerdings nicht aus eigener Kraft.

Es fühlte sich an, als würde er schweben. Vielleicht war dies das Ende, das, worauf er seit Langem gewartet und wovor er sich gleichzeitig gefürchtet hatte. Jetzt stellte er allerdings fest, wie leicht es wäre, dem Gefühl einfach nachzugeben. Doch da war immer noch etwas am Rande seines Bewusstseins, das ihn daran hinderte, aufzugeben. Das ihn dazu zwang, alles auszuhalten, was mit ihm geschah. Etwas, das er noch sagen musste, bevor er starb. Red öffnete den Mund, aber es kam nichts heraus. So sehr er es auch versuchte, er konnte sich nicht mehr daran erinnern, was es war.

Da war nur der gleichmäßige Druck an seinem Arm, der ihm das Gefühl gab, dass ihn jemand im Hier und Jetzt festhielt. Wahrscheinlich war es bloß Einbildung, aber Red beschloss, sich daran zu klammern. Es war das Einzige, was ihn noch in dieser Welt hielt. Er spürte, wie er erneut hochgehoben wurde und auf einer noch weicheren Unterlage zum Liegen kam. Etwas stach ihn in den Arm und legte sich um seine Hand- und Fußgelenke. Er konnte sich nicht mehr rühren, selbst wenn er es gewollt hätte. Mit weit aufgerissenen Augen kämpfte er dagegen an, im Meer aus Dunkelheit zu versinken.

»Es ist alles in Ordnung, Red. Ich kümmere mich um dich.« Die vertraute Reibeisenstimme erklang überraschend klar an seinem Ohr. »Lass los, dir wird nichts geschehen.«

Damit riss auch der letzte Anker seines Bewusstseins, und er ging im Strudel des Vergessens unter.

Wie jeden Nachmittag, seit sie Red aus der Gefangenschaft befreit hatten, saß Clint nach Dienstschluss am Bett seines Freundes und wartete darauf, dass der wieder aufwachte. Nachdem Red im Krankenhaus in Deutschland beinahe die Flucht gelungen war und seine Verletzungen sich dadurch noch verschlimmert hatten, hatte man schweren Herzens entschieden, ihn in ein künstliches Koma zu versetzen, bis die schlimmsten Wunden verheilt waren und man ihn mit Infusionen in einen besseren körperlichen Zustand gebracht hatte. Dies war inzwischen der Fall, und so hatte man am Tag zuvor die Aufwachphase eingeleitet.

Doch noch immer zeigte Red keinerlei Anzeichen dafür, dass er bald aufwachen würde. Hatten die Strapazen seinem geschwächten Körper den Rest gegeben? Oder hatte er sich im Kopf in eine Welt geflüchtet, in der es keine Gefangenschaft und Folter gab? Daran, dass er gefoltert worden war, gab es keinerlei Zweifel. Am ganzen Körper trug er die Zeichen seiner Qualen. Als der behandelnde Arzt Clint das ganze Ausmaß der Schäden aufgezählt hatte, hätte er sich am liebsten die Ohren zugehalten. Aber das Mindeste, was er tun konnte, war, dem Arzt zuzuhören und dann zu entscheiden, wie sie weiter vorgehen würden, um Red wieder auf die Beine zu bekommen.

Für einen SEAL gab es nichts Schlimmeres, als still dazuliegen und sich körperlich nicht betätigen zu können. Das wusste Clint aus eigener Erfahrung, und I-Macs Schicksal hatte das noch bestätigt. Wenigstens schien Red keine so gravierenden Verletzungen erlitten zu haben, dass er für immer körperlich eingeschränkt sein würde. Zunächst musste er zu Kräften kommen, danach konnte er dann das körperliche Training wieder aufnehmen. Viel mehr Sorgen machte Clint allerdings Reds geistiger Zustand.

Während der Fahrt über Afghanistans holprige Straßen war Red verwirrt gewesen, genau wie am Flughafen und im Krankenhaus, und Clint war sich nicht sicher, ob sein Freund ihn überhaupt erkannt hatte. Oder vielmehr: Er war sich ziemlich sicher, dass es nicht so war. Eigentlich hatte Clint gehofft, Red durch seine Anwesenheit beruhigen zu können, doch anscheinend war eher das Gegenteil der Fall gewesen. Trotzdem schaffte er es nicht, sich von ihm fernzuhalten. Red war sein Freund, und er hatte geschworen, ihm zu helfen, falls er je in Not geraten sollte.

Da Red keine Familie mehr hatte, war Clint derjenige, der in gesundheitlichen Belangen für seinen Freund entschied, solange der nicht mehr dazu in der Lage war. Die Patientenvollmacht hatte Clint schon vor einigen Jahren unterschrieben, nachdem Red so schwer verletzt worden war und sich Gedanken über genau diesen Fall gemacht hatte. Jetzt war Clint froh darüber, auch wenn es eine enorme Verantwortung bedeutete. Doch egal, was passierte, er würde dafür sorgen, dass Red die Hilfe bekam, die er benötigte. Auch psychologische.

Es war klar, dass niemand fünf Monate der Tortur unbeschadet überstand, auch nicht jemand, der so stark war wie Red. Aufgrund seiner Ausbildung und der langen Erfahrung, auf die er zurückblicken konnte, hielt er eine Folter deutlich länger aus als ein normaler Mensch. Aber auch er hatte einen Punkt, an dem er die Schmerzen und die psychische Belastung nicht mehr ertragen konnte.

Das Problem bestand nun darin, an ihn heranzukommen und ihn dazu zu bewegen, sich helfen zu lassen. Doch dafür musste er zuerst einmal aufwachen. Der Arzt hatte gesagt, Clint solle mit Red reden und ihn an frühere Ereignisse erinnern – in der Hoffnung, dass er sich dadurch sicher genug fühlen würde, um aus dem Koma aufzuwachen. Genau dies versuchte Clint nun schon seit einiger Zeit, aber er konnte keine Regung bei Red beobachten. Sein Freund lag noch genauso still da wie am ersten Tag. Zu seinem eigenen Schutz war er immer noch ans Bett gebunden, so sehr Clint das auch missfiel. Es war einfach besser, als wenn Red sich noch einmal selbst verletzte, weil er zu früh aufstand.

So viele Nährstoffe er auch mit den Infusionen bekam, Red musste erst einmal wieder Muskeln aufbauen, bevor er sich weiter als ein paar Meter würde bewegen können. Sicher war er während seiner Gefangenschaft die meiste Zeit angekettet gewesen und hatte sich nicht viel rühren können, sonst wäre er nicht in einem so schlechten körperlichen Zustand. Dazu kam die Tatsache, dass er offenbar nur das Nötigste an Nahrung und Wasser bekommen hatte. Sein Gesicht wirkte ausgezehrt, die Augen schienen tief in den Höhlen zu liegen. Noch immer war seine Haut fahl, Falten durchzogen sie dort, wo sie sich nicht über die Knochen spannte.

Dass er unter diesen Umständen überhaupt so lange durchgehalten hatte, war fast ein Wunder. Hätte Clint gekonnt, wäre er nur zu gern noch einmal nach Afghanistan zurückgekehrt, um Red zu rächen. Leider waren die Terroristen außerhalb seiner Reichweite, weil sie der dortigen Regierung übergeben worden waren. Außerdem glaubte er nicht, dass diese Gruppe Red lange in ihrer Gewalt gehabt hatte – wer ihn ursprünglich entführt hatte und wozu, war noch immer nicht geklärt. Alle hofften, dass Red etwas dazu sagen könnte, wenn es ihm besser ging. Das Oberkommando scharrte praktisch schon mit den Hufen, um endlich mit der Befragung loszulegen.

Clint würde versuchen, seinen Freund so lange davor zu bewahren, bis er etwas sicherer in dieser Welt angekommen war, doch ewig würde er ihm die Prozedur nicht ersparen können. Vielleicht …

Ein leises Geräusch ließ ihn zum Bett hinübersehen. Red hatte die Augen geöffnet und blickte an die Decke. Für einen winzigen Moment befürchtete Clint schon, sein Freund sei gestorben, doch dann nahm er wieder das leise Piepsen des Herzmonitors wahr. Langsam richtete Clint sich auf, um Red nicht zu erschrecken. Der schien allerdings gar nicht zu bemerken, dass noch jemand im Raum war. Oder es war ihm schlicht egal.

Da Red als SEAL Zugang zu Geheiminformationen hatte, lag er in einem Einzelzimmer. Wenn Clint nicht zu Besuch war, wurden das Krankenhauspersonal oder andere Besucher stets von einem Soldaten begleitet, um sicherzustellen, dass Red in seinem verwirrten Zustand nichts ausplauderte, das dem Land gefährlich werden könnte. Es gefiel Clint nicht, seinen Freund so überwachen zu lassen, aber es war nun einmal das übliche Prozedere, und er konnte auch bei Red keine Ausnahme machen.

Deshalb war er froh, dass sein Freund jetzt, da er anscheinend aufwachte, nicht von Fremden umgeben war. Team 8 war noch im Einsatz, sollte aber jeden Tag wieder zurück sein, sodass er sich die Aufgabe der Krankenwache demnächst mit Reds Kollegen teilen konnte.

Langsam beugte Clint sich vor und legte seine Hand auf Reds Arm. Der zuckte wie unter einem Stromschlag zusammen und versuchte, seinen Arm außer Reichweite zu bringen. Die Gurte hinderten ihn jedoch daran, und nach einem Moment lag er wieder still da. Sein Atem klang allerdings jetzt lauter, und auch sein Herz schlug schneller. Um ihn nicht unnötig aufzuregen, zog Clint seine Hand zurück. Stattdessen begann er zu sprechen.

»Es ist alles in Ordnung, Red. Du bist wieder in den USA. In Little Creek, genauer gesagt. Du bist zu Hause.«

Red reagierte auf Clints Worte: Er hob den Kopf ein wenig, um Clint ansehen zu können. Da ihn das offensichtlich anstrengte, stand Clint auf und betätigte den Knopf, der das Kopfende des Bettes ein Stück anhob. Dadurch konnte Red ihm ins Gesicht sehen, vor allem aber hatte er so einen besseren Überblick über das Zimmer, und Clint wusste, dass sein Freund den brauchte, um seine Situation richtig einschätzen zu können.

»Ich bin im … Krankenhaus. Nicht zu … Hause.«

Erleichtert hob Clint die Mundwinkel zu einem Lächeln. »Das stimmt. Du bist im Boone Medical Center in Little Creek.«

Nachdem die Ärzte seine Verletzungen als nicht lebensgefährlich eingestuft hatten, war Red hierher verlegt worden, um sich zu erholen. Da es sich um ein militärisches Krankenhaus handelte, waren die Ärzte und das Pflegepersonal den Umgang mit hochausgebildeten Soldaten gewohnt und konnten sich so gut auf ihre Patienten einstellen.

Red verzog den Mund. »Boone? Du weißt, dass … ich es hier hasse.«

»Ja, und es tut mir leid, aber bevor du nach Hause kannst, muss dein Zustand sich erst bessern.« Clint beugte sich vor und stützte die Ellbogen auf die Knie. »Dann weißt du, wer ich bin?«

Red zog eine Augenbraue hoch, dann verzerrte er das Gesicht. »Au, verdammt, das tut weh. Was ist passiert, East?«

Am liebsten hätte Clint diese Frage nicht beantwortet, aber er konnte sie auch nicht ignorieren. »Erinnerst du dich daran, wie du in Afghanistan mit deinem Team Devil und Amy gerettet und den Terroristenanführer Mansoor Rahid gefangen genommen hast?«

Einen Moment lang schwieg Red, dann nickte er. »Ja.« Unsicherheit flackerte in seinen Augen auf. »Aber warum erinnere ich mich nicht daran, was danach mit ihnen passiert ist?«

Beruhigend lächelte Clint. »Weil du es gar nicht wissen kannst.«

»Oh, okay. Geht es ihnen gut?«

»Ja, sie sind wieder an der Westküste.« Clint atmete tief ein. »Erinnerst du dich auch an die Bomben im Staudamm?«

Diesmal brauchte Red länger für seine Antwort. »Vage. Ich war dort mit dem Team. Hat Bull die Bomben entschärft?«

»Das hat er, gerade noch rechtzeitig. Ihr habt damit vielen Menschen das Leben gerettet.«

»Das Team, sind alle rausgekommen?«

»Ja, es geht ihnen gut.« Allen außer Red. »Sie sind gerade auf einer Mission, müssten aber bald zurück sein.« Zu spät erkannte Clint seinen Fehler, als sich Verwirrung in Reds Miene ausbreitete, dicht gefolgt von Ärger.

»Was soll das heißen, sie sind … ohne mich im Einsatz? Ich bin immer noch … CO von Team 8!« Eine ungesunde Farbe trat in sein Gesicht, seine Brust hob und senkte sich viel zu schnell.

Beschwichtigend hob Clint die Hände. »Ja, das bist du. Aber derzeit bist du körperlich nicht fit genug, um auf eine Mission zu gehen. Erst mal päppeln wir dich wieder auf, dann sehen wir weiter.« Er brachte es nicht über sich, Red zu sagen, dass er vielleicht nie wieder ein SEAL-Team anführen würde.

»Hör auf, mit mir zu reden, als wäre ich … minderbemittelt! Ich will jetzt wissen, was hier los ist. Sofort!« Das Piepsen des Herzmonitors beschleunigte sich, die Ausschläge wurden stärker.

»Beruhige dich bitte, Red. Wenn du dich zu sehr aufregst, werden sie dich wieder sedieren, und das ist sicher nicht in deinem Sinne. Ich werde dir alles erzählen, was ich weiß, aber erst dann, wenn du es auch vertragen kannst.«

»Ich bin ein SEAL, ich kann …« Red brach ab, als die Tür aufgestoßen wurde.

Ein Pfleger kam herein, dicht gefolgt von einem Arzt. Der warf Clint einen angesäuerten Blick zu. »Sir, ich muss Sie bitten, den Raum zu verlassen. Der Patient braucht Ruhe und keine zusätzliche Aufregung.«

»Aber ich …« Widerwillig erhob Clint sich.

»Sofort!« Der Arzt warf einen Blick auf den Monitor, dann presste er eine Atemmaske über Reds Nase und Mund. »Kommen Sie morgen wieder, aber melden Sie sich vorher bei mir.«

Nach einem letzten Blick auf Red, der die Augen wieder geschlossen hatte, verließ Clint den Raum. Doch anstatt direkt nach Hause zu fahren, lehnte er sich im Gang an die Wand. Zuerst wollte er wissen, ob es Red gut ging oder sein Besuch ihm womöglich geschadet hatte. Er war so froh darüber gewesen, dass sein Freund ihn erkannt hatte und geistig klar zu sein schien, dass er ihm zu viel zugemutet hatte. Das würde ihm nicht noch einmal passieren – und wenn er nur noch mit Red über Botanik redete. Solange ihm das dabei half, wieder gesund zu werden, würde er auch das tun.

Es schien eine Ewigkeit zu dauern, bis der Arzt aus dem Zimmer kam. Er wirkte nicht mehr ganz so grimmig wie vorher, zog jedoch die Augenbrauen hoch, als er Clint sah. »Ich dachte, ich hätte Ihnen gesagt, dass Sie nach Hause fahren sollen.«

Clint schluckte die Erwiderung herunter, die ihm auf der Zunge lag. »Wie geht es Lieutenant Commander Redfield?«

Mit einem Seufzer rieb der Arzt sich über die Stirn. »So weit gut. Er ist noch sehr geschwächt, und es wäre besser, wenn er in nächster Zeit möglichst wenig Aufregung bekäme.«

Gewissensbisse breiteten sich in Clint aus. »Das war meine Schuld. Er hat gefragt, ob sein Team gut rausgekommen ist, und ich habe den Fehler gemacht, ihm zu sagen, dass die Männer gerade auf einer Mission sind. Es wird nicht wieder vorkommen.«

Interessiert blickte der Arzt ihn an. »Wie hat er auf Sie gewirkt? War er noch verwirrt?«

»Nicht so stark wie zu dem Zeitpunkt, als wir ihn befreit haben. Aber ich hatte das Gefühl, dass er momentan alles verdrängt, was mit der Gefangenschaft zu tun hat. Oder er erinnert sich wirklich nicht mehr daran. Es scheint, als würde er denken, seit der letzten Mission wären höchstens ein paar Tage vergangen.«

»Das ist ein Schutzmechanismus des Gehirns. Ich fürchte nur, diese Phase wird nicht anhalten. Irgendwann wird er sich erinnern. Vielleicht nicht an alles, aber sicher an einiges. Dann braucht er jemanden, der für ihn da ist und ihm das Gefühl vermittelt, dass er in Sicherheit ist und Freunde hat.«

»Ich werde mich um ihn kümmern, genauso wie seine anderen Freunde. Und ich werde mich bemühen, nichts mehr falsch zu machen, damit sich sein Zustand nicht verschlimmert.«

Der Arzt legte eine Hand auf Clints Schulter. »Stehen Sie ihm einfach zur Seite, alles andere wird sich irgendwie regeln. Wir können hier dafür sorgen, dass sein Körper sich erholt und sein Allgemeinzustand sich bessert. Aber ich möchte, dass er mit einem Psychiater spricht, sobald er dazu in der Lage ist.«

»Ich werde versuchen, ihn dazu zu bringen, aber ich kann nichts versprechen.«

Als Red vor einigen Jahren so schwer verletzt worden war und viele seiner Teammitglieder verloren hatte, war er auch nicht bereit gewesen, mit einem Psychiater zu reden. Er hatte die Ansicht vertreten, dass er mit der ganzen Sache schon allein zurechtkäme. Auf den ersten Blick war ihm das auch gelungen, aber er war nicht mehr der Gleiche gewesen wie zuvor. Von daher hatte Clint schlimmste Befürchtungen, dass die lange Gefangenschaft tiefe Schäden in Reds Psyche hinterlassen haben könnte. Hoffentlich war sein Freund diesmal bereit, professionelle Hilfe anzunehmen.

»Tun Sie das. Ich werde ihm natürlich auch meine fachliche Meinung dazu sagen, aber ich hatte mit genügend SEALs zu tun, um zu wissen, wie dickköpfig sie sein können.« Er blickte auf Clints Trident an der Brust und zuckte mit den Schultern. »Das werden Sie vermutlich auch schon gemerkt haben.«

»Durchaus.«

»Das kann sowohl zu seinem Vorteil als auch zu seinem Nachteil sein. Es wird Ihre Aufgabe sein, dafür zu sorgen, dass er seine Sturheit, seinen Durchhaltewillen und seine Kraft dafür einsetzt, die Geschehnisse hinter sich zu lassen.«

Warum musste Clint dabei an das SEAL-Motto *The only easy day was yesterday* denken? Aber er war noch nie vor einer Aufgabe zurückgeschreckt, und diesmal würde er ganz sicher nicht damit anfangen.

4

Als Red wieder aufwachte, brauchte er einen Moment, bis er sich daran erinnerte, wo er war. *Little Creek, Boone.* Shit, er hasste Krankenhäuser. Langsam hob er den Kopf und sah, dass er angegurtet war. Das hasste er noch viel mehr. Seine Hände ballten sich zu Fäusten, während er gegen die Hilflosigkeit ankämpfte, die ihn zu überrollen drohte. Im BUD/S-Training gab es Übungen, die ein ähnliches Gefühl in einem auslösten, und er hatte sie alle gemeistert. Einfach nur mit seinem Willen.

Wenn er in diesem Krankenhaus lag, musste er sehr schwer verletzt sein, aber er konnte nicht sagen, was bei ihm nicht stimmte. Er spürte keinerlei Schmerzen, nur ein dumpfes Pochen, das durch seinen gesamten Körper zog. Sämtliche seiner Gliedmaßen waren noch vorhanden, das war die Hauptsache. An allem anderen konnte er arbeiten. Er wollte so schnell wie möglich zu seinem Team zurückkehren. Letztes Mal hatte es etliche Monate gedauert, und er wusste, das Oberkommando würde ihm nicht noch einmal so viel Zeit geben. Schon gar nicht in seinem Alter. Sie würden versuchen, ihn zu einem Schreibtischjob zu verdonnern – das war sonnenklar. Aber das war nichts für ihn. Er musste sich bewegen, sonst würde er verrückt werden.

Genau das war auch sein derzeitiges Problem. Noch einmal testete Red die Gurte, doch sie waren so angebracht worden, dass er sie nicht entfernen konnte. Zumindest nicht, ohne sich dabei weitere Verletzungen zuzuziehen. Die Verbände an seinen Handgelenken zeigten, dass er es schon einmal versucht hatte. Der Hauch einer Erinnerung zuckte durch sein Gehirn. *Dunkelheit, das Flackern eines Feuers. Seine Hand- und Fußgelenke waren gefesselt. Schmerz stach in seine Seite, er hatte Probleme beim Atemholen. Gesichter, die wie Masken wirkten, höhnisches Gelächter und Anfeuerungsrufe.*

Mit einem Keuchen kehrte Red in die Realität zurück. Sein Herz raste, und das Atmen schmerzte. Er konnte die Feuchtigkeit spüren, die seinen ganzen Körper überzog. Das Krankenhaushemd klebte unangenehm an seiner Haut, das Laken umschlang ihn, als wollte es das Leben aus ihm herauspressen. Dieser Gedanke war so absurd, dass er Red aus seiner beginnenden Panik riss. Schwer atmend ließ er sich in das Kissen zurücksinken und starrte an die Decke, bis er sich wieder beruhigt hatte.

Er kannte solche Panikattacken: Nach seiner Verletzung und dem Tod seiner Männer hatte er sie hin und wieder bekommen, aber das hier war irgendwie anders. Da sein Mund sich wie ausgedörrt anfühlte, tastete er mit einer Hand nach dem Rufknopf, der neben ihm hing. Auch wenn er es hasste, auf Hilfe angewiesen zu sein, hielt er es keine Sekunde länger allein aus. Erst recht nicht, solange er sich nicht bewegen konnte. Er wollte so schnell wie möglich mit einem Arzt reden und verlangen, dass man die Gurte löste. Er war ein SEAL, kein Invalide, der sich noch nicht einmal selbst etwas zu trinken nehmen konnte!

Gerade als er noch einmal klingeln wollte, öffnete sich die Tür, und eine Schwester kam herein.

Lächelnd trat sie auf ihn zu. »Sie haben geklingelt?«

So sehr Red sich auch bemühte, er konnte sich zu keiner Gefühlsregung durchringen. »Ja. Könnte ich etwas zu trinken bekommen?«

»Natürlich.« Sofort kam sie zu seinem Bett herüber und goss Wasser in ein Glas. Anschließend steckte sie einen Strohhalm hinein. »Hier, bitte.« Sie hielt das Glas so, dass er mit seinen Lippen den Strohhalm erreichen konnte.

Red trank ein paar Schlucke und ließ dann den Kopf zurücksinken. »Danke. Können Sie mich jetzt bitte losbinden? Ich bin wach und werde mich oder andere sicher nicht verletzen.«

Bedauernd schüttelte sie den Kopf. »Es tut mir leid, das muss der Arzt entscheiden.«

Frustriert biss Red die Zähne zusammen. »Könnten Sie dann bitte einen Arzt holen? Ich brauche dringend ein wenig Bewegungsfreiheit.«

»Ich werde sehen, ob der behandelnde Arzt gerade Zeit hat.« So schnell, wie sie gekommen war, verschwand sie auch wieder.

Jetzt wirkte die Stille beinahe noch erdrückender. Sie schien sich über ihn zu legen, bis er zu ersticken drohte. Red musste seine ganze Selbstbeherrschung aufbringen, um nicht loszuschreien, nur um die lärmende Geräuschlosigkeit in seinem Schädel zu übertönen. Hätte er gekonnt, hätte er sich die Hände auf die Ohren gepresst, aber sie ließen sich nur wenige Millimeter bewegen.

Ein Klopfen ertönte, dann öffnete sich die Tür erneut. Doch anstatt eines Arztes blickte Bull ins Zimmer. Red konnte sich keinen willkommeneren Anblick vorstellen. Bis er seinem XO ins Gesicht sah. Normalerweise war Bull ein sehr guter Pokerspieler, diesmal schaffte er es jedoch nicht, seine Miene zu kontrollieren. Es dauerte einige Sekunden, bis er ein Lächeln zustande brachte.

»Hi Red! Wir haben gehört, dass du wieder aufgewacht bist. Hast du Lust auf ein wenig Gesellschaft?«

»Klar, komm rein.« Reds Stimme klang rau vor unterdrückten Gefühlen, aber er hoffte, dass Bull es nicht bemerkte.

Die Tür öffnete sich weiter, und Bull trat hindurch, dicht gefolgt von Tex. Der Texaner hatte sich besser unter Kontrolle, vielleicht war er durch Bulls seltsames Benehmen auch schon vorgewarnt gewesen.

»Howdy. Wie geht es dir?«

»Ich lebe noch. Wo ist der Rest des Teams?«

Bull hob die Schultern. »Sie wollten sich erst noch waschen. Tex und ich fanden es wichtiger, direkt hierherzukommen. Die anderen schauen später noch vorbei, falls du das möchtest.«

Red hatte keine Ahnung, ob er das wollte. Im Moment reichten ihm die einzigen beiden verbliebenen Mitglieder aus seinem alten Team. »Vielleicht lieber morgen. Setzt euch, wenn ihr irgendwo einen Platz findet.« Bei genauerer Betrachtung sahen die zwei aus, als wären sie gerade erst von einem mehrwöchigen Einsatz eingeflogen. »Wart ihr auf einer Trainingsmission?« Eigentlich sollte er über so etwas informiert sein, aber da er offensichtlich einige Zeit außer Gefecht gewesen war, konnte es sein, dass sein Team das Navy-Gelände zu Übungszwecken verlassen hatte.

Bull und Tex sahen sich an, bevor sie wieder zu Red blickten. Tex räusperte sich. »East hat gesagt, wir sollen nicht darüber reden.«

Ein schlechtes Gefühl breitete sich in Reds Magen aus. Als ihr Vorgesetzter konnte Clint zwar Missionen anordnen und auch Teams neu zusammenstellen, doch normalerweise hatte ein CO dabei immer Mitspracherecht und wurde über alles informiert, was vor sich ging. Nachdem Reds letztes Team so dezimiert gewesen war, hatte er sämtliche Neuzugänge akribisch selbst ausgesucht, sobald er wieder auf den Beinen gewesen war. Clint hatte ihm zwar mit Rat und Tat zur Seite gestanden, aber nicht ein einziges Mal versucht, über seinen Kopf hinweg zu entscheiden. Tatsächlich hatte er das Oberkommando sogar über Monate hingehalten und nicht einfach einen neuen CO für Team 8 bestimmt. Es war Red ein Rätsel, warum sein Freund ihn jetzt bei so etwas Einfachem wie einer Trainingsmission übergehen sollte.

»Warum?«

Diesmal antwortete Bull. »Damit du dich nicht aufregst. Du musst dich noch schonen und …«

Red unterbrach ihn. »Es regt mich erst recht auf, wenn ich das Gefühl habe, dass ihr mir etwas verheimlicht.«

Tex, der sich gerade erst gesetzt hatte, stand unsicher wieder auf. »Vielleicht sollten wir wiederkommen, wenn es dir besser geht.«

Ein Blick von Red reichte, um Tex erneut zum Sitzen zu bringen. Zufrieden wandte Red sich an Bull. »Spuck's aus. Was geht hier vor?«

Über Bulls Gesicht glitt ein Ausdruck, den Red nicht deuten konnte. »Du weißt wirklich nicht mehr, was passiert ist?«

»Die Bomben in dem Staudamm sind doch nicht explodiert, oder? Wurde ich dabei verletzt?« Allerdings hätte er dann wesentlich mehr Verletzungen davontragen müssen.

Bull schüttelte langsam den Kopf. »Nein, ich habe sie entschärft.«

Unruhe machte sich in Red breit. »Was ist dann geschehen? Wie bin ich hierhergekommen?«

»Du bist in dem verdammten Staudamm verschwunden! Wir haben dich überall gesucht, aber …« Tex brach ab und schluckte schwer.

Bull warf ihm einen warnenden Blick zu. »Das reicht, Tex.«

Angestrengt horchte Red in sich hinein, konnte sich jedoch nicht erklären, wovon die beiden überhaupt sprachen. Was sollte das heißen, er war verschwunden? Daran würde er sich doch wohl erinnern. »Weiter.«

»Red …«

»Nein, Bull, ich muss wissen, was passiert ist.«

Sein Freund zögerte einen Moment, dann presste er die Lippen zusammen. »Wir haben dich gesucht, dich aber nicht gefunden. Dein Headset lag in einem schmalen Tunnel, der durch den ganzen Staudamm führte, aber du warst weg.« Es war ihm anzusehen, wie sehr ihn das auch jetzt noch belastete.

Red meinte, sich an einen Hauch von Dunkelheit, Enge und abgestandener Luft zu erinnern. An einen Schmerz, der durch seinen gesamten Körper zog, und das Gefühl, getragen zu werden. »Aber ihr habt mich dann doch entdeckt. Wo war ich?«

»Zuerst konnte dich niemand finden, nicht mal Amy und Devil. Wir haben es immer wieder versucht, aber es gab keine Spur. Zumindest nicht, bis Joe Spade auf einem Satellitenbild ein Lager entdeckt hat. I-Mac und Nurja haben es überprüft und dich dort gefunden.«

Diese Erzählung hatte so große Lücken, dass eine ganze Elefantenherde hindurchgepasst hätte. Vor allem aber ergab sie überhaupt keinen Sinn. »Ein Lager im Staudamm? Und was haben I-Mac und Nurja mit der ganzen Sache zu tun?«

Bull blickte finster drein, doch er antwortete trotzdem. »Das Lager war hunderte Kilometer vom Staudamm entfernt. Das Oberkommando hat uns irgendwann von der Suche abgezogen und nach ein paar gescheiterten Rettungsmissionen entschieden, dich aufzugeben, sofern nicht handfeste Beweise auftauchen, dass du noch lebst. Aber die durften wir nicht besorgen, deshalb haben das I-Mac und Nurja erledigt. Sie sind privat nach Afghanistan geflogen und haben dich dort ausfindig gemacht. Nurja war toll, sie ist in das Lager gegangen und hat dich gesucht. Erinnerst du dich daran, dass sie mit dir gesprochen hat?«

Stumm schüttelte Red den Kopf, während das Gehörte in

seinem Kopf herumwirbelte. *Rettungsmissionen, Lager* … Wenn das Oberkommando ihn aufgegeben hatte, musste einige Zeit vergangen sein. Daran müsste er sich doch erinnern! Aber es war, als gäbe es in seinem Gehirn eine undurchdringbare Wand. »Was war das für ein Lager?«

Tex blickte ihn direkt an. »Terroristen. Team 11 und Clint haben dich rausgeholt, und das Aufräumkommando hat dafür gesorgt, dass diese Kerle keinen Schaden mehr anrichten.«

Red sah auf seine verbundenen Handgelenke und die blassen, viel zu dünnen Hände. Jetzt ergab sein Zustand endlich einen Sinn. »Wie lange war ich weg?«

»Es wäre vielleicht wirklich besser, wenn wir den Arzt oder Clint …«

»Wie lange?« Sein Schrei peitschte durch das Zimmer.

Bull wirkte elend, als er schließlich antwortete. »Über fünf Monate.«

Er sagte noch mehr, aber es ging in einem Strudel von Gefühlen und Geräuschen unter, der durch Reds Kopf raste und ihn mit sich in die Tiefe zog. Immer wieder hallten die Worte »fünf Monate« durch sein Gehirn. Wieso erinnerte er sich nicht an eine so lange Zeit? Irgendetwas musste doch da sein, nicht nur diese Leere, dieses Gefühl, einen Teil von sich selbst verloren zu haben. Aber vermutlich hatte er das tatsächlich. Wenn er so lange in der Hand von Terroristen gewesen war, konnte er nicht unbeschadet herausgekommen sein, das wusste er. Es war eher ein Wunder, dass er überhaupt noch lebte.

Aus der Ferne hörte Red seinen Namen, doch er reagierte nicht mehr darauf. Er verlor das Bewusstsein und tauchte in willkommene Schwärze.

Als er das nächste Mal aufwachte, saß Clint an seinem Bett. Das Gesicht seines Freundes wirkte noch kantiger als sonst, tiefe Schatten lagen unter seinen Augen. Die Lider hatte er geschlossen, anscheinend schlief er. Darüber war Red sehr froh, denn er musste sich erst mit dem auseinandersetzen, was er von Bull und Tex erfahren hatte. Monatelange Gefangenschaft, und das Oberkommando hatte ihn aufgegeben. Er konnte sich vorstellen, was das für seine Zukunft bei den SEALs bedeutete. Niemand würde ihm noch das Kommando über ein Team geben, nicht in seinem jetzigen körperlichen Zustand und erst recht nicht nach der psychischen Belastung, die er durchlitten hatte. Niemand konnte riskieren, eine tickende Zeitbombe auf eine heikle Mission zu schicken.

Wut kam in Red auf. Auf die Navy, das Schicksal, aber auch auf Clint. Er beugte sich vor und packte seinen vermeintlichen Freund am Arm. »Warum hast du mir nicht die Wahrheit gesagt?« Erst jetzt merkte er, dass die Gurte verschwunden waren und er sich frei bewegen konnte – abgesehen von den Schläuchen, mit denen er immer noch verbunden war.

Clints Lider hoben sich, und er blickte Red hellwach an. »Worüber?«

Diese Frage verstärkte Reds Ärger noch. »Stell dich nicht dumm! Bull und Tex haben mir gesagt, dass ich ein Gefangener der Tangos war – fünf Monate lang!«

In Clints Wange zuckte ein Muskel. »Ich weiß. Ich wünschte, sie hätten es gelassen.«

»Damit ich weiter hier liege und mich frage, was zur Hölle mit mir passiert ist?«

Clint umfasste Reds Hand und drückte sie. »Nein, damit eben nicht so etwas geschieht wie nach eurem Gespräch. Der Arzt musste dir ein Beruhigungsmittel geben.«

»Du denkst also, es ist besser, mich anzulügen? Ich dachte, du wärst mein Freund.« Bitterkeit schwang in seinen Worten mit.

Ein schmerzlicher Ausdruck glitt über Clints Gesicht. »Das bin ich. Was glaubst du, wie schwer es war, all die Monate nach dir zu suchen und nicht zu wissen, ob du überhaupt noch lebst? Zu wissen, dass du …« Er brach ab und rieb sich über das Gesicht. Mit seinen hellbraunen Augen blickte er Red eindringlich an.

»Ich schätze mal, nicht so schwer, wie Gefangener von Terroristen zu sein.« Reds Stimme klang genauso kalt, wie er sich innerlich fühlte.

Clint griff sich auch seine andere Hand. »Das ist mir bewusst. Ich hätte alles gegeben, um dir das zu ersparen. Aber ich werde jetzt alles tun, um dir zu helfen. Genau wie deine anderen Freunde.«

Reds Kehle zog sich zusammen. »Das ist nicht nötig, ich komme allein zurecht.«

»Red …«

»Kannst du dafür sorgen, dass ich Team 8 zurückbekomme? Ich gehe mal davon aus, inzwischen wurde ein anderer CO eingesetzt?« Clints schuldbewusste Miene bestätigte seine Vermutung.

»Wir müssen erst den abschließenden medizinischen und psychologischen Bericht abwarten, dann …«

Erneut unterbrach Red ihn. »Gib dir keine Mühe. Ich bin lange genug dabei, um zu wissen, wie das Oberkommando in solchen Fällen entscheidet. Ich bin raus. Ende, Schluss. Egal, wie gut ich meinen Job gemacht habe oder wie viele Jahre meines Lebens ich für die Teams gegeben habe.« Seine Kehle war inzwischen so eng, dass er kaum noch Luft bekam.

»Es gibt andere Möglichkeiten als den aktiven Dienst. Du könntest …«

»Das ist nichts für mich. Du weißt, dass ich im Feld am besten bin. Andere geben sich vielleicht mit einem Schreibtisch zufrieden, ich nicht.« Er sah, dass er Clint damit getroffen hatte, und fühlte eine gewisse Befriedigung, gleichzeitig jedoch auch Schmerz.

Clint atmete tief durch. »Im Moment ist es nur wichtig, dich wieder auf die Beine zu bekommen. Alles andere hat Zeit. Der Arzt hat gesagt, deine Werte sind bald so weit stabilisiert, dass du mit der Reha beginnen kannst.« Seine raue Stimme klang ruhig und gleichmäßig, was Red noch mehr ärgerte.

»Du brauchst dich nicht darum zu kümmern, um dein Gewissen zu entlasten. Ich schaffe das schon alleine.«

»Red …« Das Wort war so leise, dass Red es kaum verstand. Diesmal konnte er Clint noch deutlicher ansehen, dass er ihn verletzt hatte. Gut so.

Wenn er eines hasste, dann war es, bemitleidet zu werden. Und Almosen wollte er erst recht nicht. Oder mit ansehen, wie andere ihr Leben einfach so fortführen konnten – samt Job, Frau und Tochter –, während sein gesamter Lebensinhalt sich gerade auflöste. »Du brauchst hier auch nicht mehr vorbeizukommen, ich komme zurecht.«

Langsam richtete Clint sich auf. »Wie du möchtest. Wenn du es dir anders überlegst, weißt du ja, wie du mich erreichst. Ich helfe dir wirklich gerne, Red, aber das geht nur, wenn du mich auch helfen lässt. Solltest du irgendetwas brauchen, lass es mich wissen.«

»Ich will nur endlich meine Ruhe! Ist das zu viel verlangt?«

Clint antwortete darauf nur mit einem langen Blick, dann neigte er den Kopf und ging zur Tür. Dort zögerte er kurz und sprach schließlich, ohne sich zu ihm umzudrehen: »Ich bin froh, dass du wieder da bist, Red.«

Leise schloss er die Tür hinter sich, aber für Red klang das Geräusch beinahe wie ein Schuss. So, als hätte er gerade einen wichtigen Teil seines Lebens für immer verloren. Unwillig schüttelte er den Kopf. Niemand sollte sich in seine Angelegenheiten mischen, auch nicht Clint, egal, wie lange sie befreundet waren – und erst recht nicht in seiner Funktion als sein direkter Vorgesetzter. Er würde allein zurechtkommen, das tat er schon seit über zwanzig Jahren. Oder sogar noch länger, wenn er an seine Eltern dachte.

5

Da die Erinnerung an seine Jugend ihn noch mehr aufregte, schob Red den Gedanken schnell beiseite. Stattdessen setzte er sich langsam auf. Der vorher nur am Rande seines Bewusstseins wahrgenommene Schmerz wurde schärfer, aber er ignorierte ihn. Da er nicht mehr ans Bett gefesselt war, konnte er endlich aufstehen und sich ein wenig bewegen. Mit einer Grimasse stemmte er sich in die Höhe und hielt sich an der Stange fest, an der die Infusionsbeutel hingen. Da sie vermutlich einem Zweck dienten, nahm er den Ständer einfach mit. Zuerst machte er ein paar Schritte zum Fenster und blickte hinaus auf einen Parkplatz und eine angeschlossene Grünfläche. Die Bäume dort trugen keine Blätter mehr. Als er zur Mission aufgebrochen war, war es gerade Sommer gewesen.

Also hatte er wirklich etliche Monate seines Lebens verloren, ohne zu wissen, was währenddessen geschehen war. Ein Schauder lief durch seinen Körper, und er wandte sich vom Fenster ab. In langsamen Schritten durchquerte er das Zimmer und spürte, wie er immer schwächer wurde. Das war lächerlich! Normalerweise konnte er mit vollem Gepäck und in Stiefeln etliche Kilometer *joggen*, und jetzt schaffte er nicht mal ein paar Meter. Mit zusammengebissenen Zähnen erreichte er schließlich das angeschlossene Badezimmer, schob die Tür auf und tastete nach dem Lichtschalter.

Geblendet schloss er einen Moment die Augen, dann schlurfte er in den kleinen Raum. Obwohl der mit hellen Fliesen ausgestattet war und dadurch etwas größer wirkte, löste er ein Gefühl von Platzangst in Red aus. Schweiß trat ihm auf die Stirn und ließ das Krankenhaushemd an seinem Körper kleben – zumindest dort, wo es ihn überhaupt verdeckte. Ein kalter Lufthauch an seiner Rückseite zeigte ihm, dass es hinten offen war. Dadurch fühlte er sich nicht unbedingt besser.

Noch weniger half ihm der Blick in den Spiegel. Im ersten Moment wollte Red hinter sich schauen, um zu sehen, ob noch jemand anders im Raum war, doch es war tatsächlich sein eigenes Spiegelbild. Seine Haare waren viel zu lang, ein struppiger Bart verunzierte den unteren Teil seines Gesichts. Er wirkte um Jahre gealtert, seine Hautfarbe war fahl, die Wangen eingefallen. Eine lange Narbe zog sich von seiner Augenbraue über seine Wange hinunter. Sie sah weder elegant aus, noch wirkte er dadurch gefährlicher, sie machte ihn einfach nur hässlicher. Aber immerhin hatte er wohl Glück gehabt, dass sein Auge nicht in Mitleidenschaft gezogen worden war.

Ungeduldig zog Red mit seiner freien Hand das Hemd nach unten. Der Anblick seiner ausgemergelten Brust mit den vielen alten und neuen Narben war ein weiterer Schock für ihn. Er war nie so breit und muskulös gewesen wie Bull, aber man hatte ihm angesehen, wie gut trainiert er war. Jetzt waren da nur noch Haut und Knochen. Fast hätte er sich nicht getraut, weiter nach unten zu blicken, doch schließlich überwand er sich. Erleichtert atmete er auf, als er sah, dass zumindest noch alles vorhanden war. Seine Beine wirkten allerdings genauso schwach wie sein Oberkörper und seine Arme. Es würde viel Zeit kosten, sich wieder richtig in Form zu bringen, aber er würde es schaffen.

Mit diesem Entschluss ging es Red etwas besser. Mit der Hüfte lehnte er sich an das Waschbecken und drehte den Wasserhahn auf. Er hielt seine Hände unter den Wasserstrahl und genoss das Gefühl einen Moment lang, bevor er sein Gesicht hineintauchte. Es fühlte sich an, als hätte er so etwas Einfaches schon seit Monaten nicht mehr getan, deshalb genoss er es umso mehr. Mit einem Waschlappen und der flüssigen Seife schrubbte er sämtliche Körperstellen, die er erreichen konnte. Nur die besonders frischen Schnitte und Narben sparte er aus. An seinen Rücken kam er nicht, das würde jemand anders erledigen müssen.

Auch wenn Red es nicht zugeben wollte, er konnte sich kaum noch auf den Beinen halten. Seine Muskeln zitterten, sein Herz raste. Widerwillig zog er das Krankenhaushemd wieder über. Er musste sich dringend Kleidung und alles andere besorgen, was er hier benötigen würde. Langsam schlurfte er ins Zimmer zurück. Am liebsten wäre er gleich wieder ins Bett geschlüpft, aber er zwang sich dazu, in den schmalen Schrank zu blicken, der neben der Tür stand. Überrascht schaute er auf seine Sporttasche hinunter, die gut gefüllt schien. Daneben standen Schuhe, auf einem Bügel hing seine Lieblingsjacke. In einem weiteren Fach entdeckte er Waschzeug und einen Rasierapparat.

Genau auf Augenhöhe fand er sein Portemonnaie, sein Handy, etwas zu lesen, einige Getränkeflaschen und Süßigkeiten. Sogar an sein Lieblingslakritz hatte man gedacht. *Clint.* Er musste das getan haben, wenn Bull und die anderen gar nicht im Land gewesen waren. Reds schlechtes Gewissen meldete sich, aber er ignorierte es. Dann entdeckte er eine Kinderzeichnung, auf der zwei Personen abgebildet waren: ein Mann mit rötlichen Haaren und ein kleines blondes Mädchen. *Maya.* In kindlichen Buchstaben hatte sie »Werd schnell wieder gesund« darüber geschrieben.

Reds Kehle zog sich zusammen, während er das Bild anstarrte. Schon immer hatte er Clints kleine Tochter vergöttert und gerne mit ihr gespielt. Wenn er ganz ehrlich war, hatte er seinen Freund heimlich darum beneidet, eine Frau und eine Tochter zu haben. Natürlich hatte er Clint sein Glück gegönnt, aber es hatte ihm auch immer gezeigt, was ihm selbst fehlte. Wobei er vermutlich nicht einmal wüsste, was er mit einer Familie anfangen sollte – so etwas wie ein Familienleben hatte er nie erlebt. Nein, es war besser, bei seinen kurzen, belanglosen Affären zu bleiben.

Red schnitt eine Grimasse. Selbst das würde jetzt vermutlich der Vergangenheit angehören, so wie er im Moment aussah. An den Muskeln konnte er arbeiten, doch die Narben würden nicht wieder verschwinden. Ihn selbst störte so etwas generell nicht, aber Frauen waren da vermutlich deutlich empfindlicher. Kopfschüttelnd schloss er die Schranktür wieder, nachdem er sich sein Handy herausgenommen hatte. Zwar wollte er mit niemandem sprechen, doch vielleicht konnte er damit herausfinden, was in den letzten Monaten so alles geschehen war. Er hatte das Gefühl, aus einem langen Schlaf erwacht zu sein und nicht mehr synchron mit der restlichen Welt zu laufen.

Als er schließlich beim Bett ankam, zitterten seine Beine so stark, dass er sich gerade noch auf die Matratze setzen konnte. Das Handy legte er auf den Nachttisch und atmete tief durch, bis er das Gefühl hatte, sich wieder bewegen zu können. Gerade als er sein Bein nach oben schwingen wollte, öffnete sich die Tür.

Ein Arzt trat ein und sah ihn kopfschüttelnd an. »Ich hätte wissen müssen, dass es Sie nicht lange im Bett halten würde.« Er kam näher und streckte Red die Hand entgegen. »Hallo, ich bin Dr. Barton, Ihr behandelnder Arzt. Captain Hunter sagte mir, dass Sie wach sind und sicher Fragen haben werden.«

»Die habe ich.« Erneut versuchte Red, sein Bein zu bewegen, und diesmal schaffte er es. Als er schließlich wieder im Bett lag, keuchte er.

»Sie sollten noch nicht aufstehen, Lieutenant Commander, aber wenn Sie es unbedingt müssen, klingeln Sie beim nächsten Mal nach einem Pfleger. Das ist einfacher, als wenn wir Sie vom Boden aufklauben müssen.«

Red ignorierte den Kommentar und stellte lieber die Frage, die ihn am meisten beschäftigte. »Werde ich wieder in den aktiven Dienst zurückkehren können?«

Die Tatsache, dass der Arzt überhaupt nicht auf seine Direktheit reagierte, deutete darauf hin, dass er öfter mit Soldaten zu tun hatte, die nicht gerade zu den geduldigsten Patienten gehörten. Seelenruhig setzte der Doktor sich auf den Stuhl und legte das Klemmbrett auf seine Oberschenkel. Dann blickte er Red forschend an. »Die Frage kann ich Ihnen leider nicht beantworten. Es liegt nicht in meiner Macht, eine solche Entscheidung zu treffen. Zuerst müssen wir Sie wieder fit bekommen, bevor ich überhaupt eine Prognose wagen kann. Sie sind sehr geschwächt, offenbar haben Sie lange Zeit nicht genug zu essen und zu trinken bekommen. Außerdem fehlt Ihnen Bewegung, die Muskeln sind atrophiert. Dann sind da noch Ihre Verletzungen …« Er machte eine Pause und blickte auf seine Papiere hinunter.

Reds Mund war ganz trocken, Furcht kam in ihm auf. »Habe ich irgendwelche schwereren Verletzungen?«

»Abgesehen von unzähligen Narben, die erst alle vollständig verheilen müssen, wurden Ihnen vor einiger Zeit einige Rippen gebrochen, die zwar wieder angewachsen sind, aber nicht ganz gerade. Durch die Fehlernährung ist Ihre Niere geschädigt, wir werden sehen müssen, ob sie sich vollständig erholt. Ihre Lunge hört sich auch nicht ganz normal an, wir sind noch dabei, herauszufinden, woran es liegt. Ihr Oberschenkelknochen …«

»Das ist eine alte Verletzung. Ich konnte damit wieder auf

Mission gehen.« Mit jedem Wort des Arztes schien sein Job als SEAL in weitere Ferne zu rücken.

Der Arzt schob seine Brille zurecht. »Das steht auch in meinen Unterlagen. Aber es scheint so, als wäre irgendwann in den vergangenen Monaten etwas passiert, das zur Ablösung eines Knochensplitters geführt hat. Wir haben ihn entfernt, und die OP ist so weit gut verlaufen. Es ist aber wichtig, dass Sie jetzt erst mal vorsichtig sind, wenn Sie gehen. Okay?«

Red nickte schweigend.

»Was Ihr Gesicht angeht, ist die Narbe schon zu alt, um jetzt noch korrigierend einzugreifen. Ein Schönheitschirurg könnte aber …«

»Das ist unwichtig. Was ist mit den Infusionen, können die bald weg?«

Ein leichtes Lächeln erschien auf Bartons Gesicht. »Das ist die gute Nachricht: Da Sie jetzt wach sind, können Sie auch selbstständig essen und trinken und alles andere erledigen. Seien Sie am Anfang nur vorsichtig, Sie sind die feste Nahrung wahrscheinlich nicht mehr gewohnt. Wir beginnen mit Suppe und Joghurts und steigern uns dann.«

»In Ordnung. Wann kann es losgehen?«

»Ich lasse die Schläuche gleich entfernen.«

»Danke, Doktor.« Damit war er seinem Ziel zumindest einen Schritt näher. »Wie kann ich am besten wieder fit werden und meine Muskeln stärken?«

»Essen Sie, trinken Sie, ruhen Sie sich aus. Stehen Sie hin und wieder auf und gehen Sie ein paar Schritte, aber übertreiben Sie es nicht.« Sein Blick sagte, dass er das ernst meinte. »Wenn Sie den gesamten Gang entlanggehen können, ohne außer Atem zu geraten, können wir mit der Reha beginnen.«

»Okay.« Red plante, bereits in ein paar Tagen so weit zu sein. Je schneller er hier herauskam, desto besser.

Barton räusperte sich. »Ein weiterer Bestandteil Ihrer Therapie wird die Arbeit mit dem Psychologen sein.« Er hob die Hand, als Red etwas einwenden wollte. »Das ist nicht verhandelbar. Es ist nicht nur sehr wichtig für Ihre Gesundung, das Oberkommando besteht auch darauf. Jeder, der im Einsatz verletzt wurde oder etwas Traumatisches erlebt hat, bekommt einige Sitzungen beim Psychologen. Wenn Sie dem nicht zustimmen, sind Sie raus.«

Das war Red bewusst, aber er bekam schon feuchte Hände, wenn er nur daran dachte, jemanden in seinem Gehirn herumstochern zu lassen. Bei seiner letzten Verletzung war es auch so gewesen, und er hatte es gehasst. Besonders, weil der Psychologe immer wieder gefragt hatte, wie es ihm damit ginge, so viele Mitglieder seines Teams, so viele *Freunde*, verloren zu haben. Wie sollte es ihm damit schon gehen? Es riss ihm jedes Mal das Herz heraus, wenn er daran dachte – ganz zu schweigen von den Albträumen, in denen er den Absturz des Hubschraubers immer wieder erlebte.

»Haben Sie das verstanden, Lieutenant Commander?«

»Ja.« Die Antwort kam nur als Grollen heraus.

»Sind Sie damit einverstanden?«

»Ja.« Notgedrungen, weil er noch eine Chance haben wollte, ein SEAL zu bleiben.

»Sehr gut. Ich lasse den ersten Termin für nächste Woche eintragen. Solange Sie noch nicht richtig gehen können, werden Sie mit einem Rollstuhl zu Dr. Flynn gebracht.«

Red setzte sich gerader auf. »Nur über meine Leiche.«

»Lieutenant …«

»Nein. Wenn ich dort schon hinmuss, dann zu meinen Bedingungen. Der Psychologe sitzt hier im Gebäude, oder?«

»Ja, aber …«

»Dann werde ich es schaffen.«

Barton stieß einen tiefen Seufzer aus. »Okay, ich werde es so notieren. SEALs sind wirklich die schlimmsten Patienten, die man sich vorstellen kann.«

»Aber wir sind wenigstens so schnell wieder raus wie möglich.«

Der Arzt nickte. »Das stimmt, aber ich könnte einige Fälle nennen, in denen es den Patienten geschadet hat, zu früh entlassen zu werden.«

»Ich werde nicht dazugehören.«

Kopfschüttelnd stand Barton auf. »Das sagen sie alle.«

Das mochte sein, doch Red beabsichtigte, nicht so ein Fall zu sein. Er wusste, dass er es schaffen konnte, schließlich hatte er das schon einmal durchgemacht. Und diesmal hatte er wenigstens keine schweren Verletzungen, die das Aus bedeuten konnten. Er musste das Oberkommando nur davon überzeugen, dass er Team 8 wieder übernehmen konnte. Und das würde er, auch wenn er sich dafür von einem Psychologen auseinandernehmen lassen musste. Immerhin wusste er jetzt schon, worauf es ankam und was er sagen musste, um als einsatzfähig beurteilt zu werden. Beim letzten Mal hatte er bewiesen, dass die Einschätzung korrekt gewesen war.

An der Tür drehte Barton sich noch einmal zu ihm um. »Ich kann verstehen, dass Sie wieder zu Ihrem Team wollen, Lieutenant Commander Redfield. Aber bitte tun Sie sich und auch Ihren Leuten den Gefallen, Ihrem Körper und Ihrer Psyche die Zeit zu geben, die sie brauchen, um wieder ganz zu heilen. Nur dann können Sie Ihrem Land wirklich helfen.«

»Ich werde mich bemühen, Doktor.«

»Gut. Ich werde Ihnen jemanden schicken, der die Schläuche entfernt und Ihnen etwas zu essen und zu trinken bringt. Sie werden die Energie brauchen.«

»Danke.«

Als der Arzt das Zimmer verlassen hatte, lehnte Red sich erschöpft zurück. Es war erstaunlich, wie viel Kraft es ihn kostete, einfach nur so zu tun, als wäre er völlig in Ordnung und könnte bald wieder Bäume ausreißen. Tatsächlich fühlte er sich irgendwie … brüchig, als würde nur ein kleiner Stoß genügen, um ihn in tausend Stücke zerbersten zu lassen.

Vor I-Macs Büro blieb Nurja kurz stehen und richtete sich das vermutlich zu allen Seiten abstehende Haar, bevor sie anklopfte und dann die Tür aufschob. I-Mac, den Nurja als eine der wenigen mit seinem richtigen Namen John ansprach, drehte sich im Schreibtischstuhl zu ihr um, und ein breites Lächeln überzog sein Gesicht. Wie immer, wenn sie ihn sah, machte ihr Herz einen Hüpfer, bevor es umso schneller weiterschlug. Sie konnte sich nicht vorstellen, dass Johns Anblick jemals eine andere Reaktion in ihr auslösen würde.

Er stand jetzt auf und kam auf sie zu. Seine Augen leuchteten, unübersehbare Wärme lag darin. »Hallo, mein Schatz. Was für eine schöne Überraschung. Ich hatte gar nicht damit gerechnet, dass du heute kommst.« Er schlang die Arme um sie und zog sie an sich. Mit dem Mund fuhr er sanft über ihre Lippen.

Für einen kurzen Moment genoss Nurja einfach nur seine Nähe, seine Berührung, dann erinnerte sie sich wieder an den Grund, weshalb sie gekommen war, und schob ihn sanft von sich. »John …«

Bereitwillig ließ er sie los. »Entschuldige, ich weiß, dass es dir unangenehm ist, wenn ich das vor anderen Leuten mache. Aber ich konnte mich einfach nicht beherrschen, als ich dich gesehen habe. Kannst du dir vorstellen, wie unglaublich es für mich ist, das endlich tun zu können?« Seine Stimme klang heiser.

In seinem Blick konnte Nurja erkennen, dass er jedes Wort

ernst meinte. »Das geht mir genauso.« Etwas flammte in seinen Augen auf, und er beugte sich wieder zu ihr herunter. Schnell brachte sie etwas Abstand zwischen sie, damit er sie nicht erneut küssen konnte. Nicht, dass sie das nicht wollte, aber sie musste ihm erst erzählen, was passiert war. Der Gedanke an das, was mit ihren Verwandten geschehen war, sog jede Wärme und Freude aus ihrem Körper.

Offenbar konnte John ihr das ansehen, denn er schloss die Hände um ihre Oberarme und betrachtete sie besorgt. »Geht es dir nicht gut? Ist etwas mit den Kindern?«

Anstelle einer Antwort ging Nurja zur Tür und schob sie zu. Zwar wusste sie, dass sie den TURT/LEs vertrauen konnte, aber manchmal waren hier auch Besucher, und sie wollte nicht, dass jemand etwas mitbekam. Nicht, bevor sie beschlossen hatten, wie sie damit umgehen wollten. Als sie sich wieder umdrehte, wirkte Johns Miene wie versteinert, und er sah beinahe wie ein vollkommen anderer Mann aus. Es war sein SEAL-Gesicht, das wusste sie, trotzdem machte es ihr Angst.

»Den Kindern geht es gut und mir auch. Es ist nur …«

Er wurde blasser. »Bist du schwanger?«

Die Frage kam so unerwartet, dass Nurja ihn nur anstarren konnte. »Nein, wie kommst du darauf?«

Damit kehrte die Farbe in sein Gesicht zurück, und auf seinen Wangen breitete sich eine verlegene Röte aus. »Entschuldige, ich dachte nur, weil du so unerwartet aufgetaucht bist und die Tür hinter dir zugemacht hast …« Er zuckte mit den Schultern.

»Das ist das Einzige, was dir dazu eingefallen ist?« Nurja wusste nicht, ob sie lachen oder empört sein sollte.

»Äh, nun ja …« John brach ab und fuhr sich mit der Hand über das Gesicht. »Ich grabe mich gerade nur noch tiefer rein, oder?«

Verwirrt sah sie ihn an. »Was gräbst du?«

John winkte ab. »Nur eine Redewendung. Aber bevor wir die ganze Sache hoffentlich schnell wieder vergessen, möchte ich noch eines sagen: Ich hätte mich gefreut, wenn du schwanger gewesen wärst. Nicht, dass du denkst, ich wäre entsetzt gewesen oder so.«

Sprachlos blickte Nurja zu ihm auf. Sagte er das nur, damit sie kein schlechtes Gefühl hatte, wenn die Verhütung doch einmal versagte, oder meinte er es ernst? »Ich habe auch nicht erwartet, dass du dich absetzt, wenn ich schwanger wäre, John. Dafür bist du viel zu ehrenhaft.«

Er stieß einen tiefen Seufzer aus. »Offenbar bin ich heute nicht gut darin, mich verständlich zu machen. Was ich eigentlich sagen wollte, war Folgendes: Ich würde mich wirklich über ein Kind freuen. Aber ich verstehe natürlich, wenn dir sechs Kinder reichen. Du weißt, dass ich sie liebe, als wären es meine eigenen.«

Dass er sogar jetzt noch daran dachte, ihre tot geborene Tochter mit einzuschließen, trieb Nurja die Tränen in die Augen. »Danke, das bedeutet mir sehr viel.«

Sanft schloss John seine Hände um ihre Wangen und küsste sie. »*Ihr* bedeutet mir alles.«

Nurja spürte, wie sich auch die letzten Vorbehalte in ihr auflösten. »Und du uns. Ich hätte sehr gerne ein Kind mit dir zusammen, John. Aber vielleicht warten wir noch ein wenig, bis wir uns daran gewöhnt haben, ein Paar zu sein. Es ist alles noch so neu und …«

John legte die Finger über ihre Lippen. »Ich verstehe das und stimme dir zu. Ein wenig möchte ich dich gerne noch für mich allein haben.«

Das brachte Nurja zum Lachen. »Man kann das wohl kaum ›allein‹ nennen mit fünf Kindern im Haus.«

Er grinste schief. »Nein, aber sie sind alt genug, um sich auch ein wenig ohne uns zu beschäftigen. Bisher haben wir es ganz gut hinbekommen, auch mal Zeit zu zweit zu finden, oder?«

Allzu oft war das in den drei Wochen, seit sie sich zum ersten Mal geliebt hatten, nicht vorgekommen. Aber das lag auch daran, dass sie immer noch getrennte Schlafzimmer hatten. Wenn sie ehrlich war, störte es sie nicht einmal besonders, dass sie nicht in jeder freien Minute übereinander herfallen konnten. Im Gegenteil: Dadurch war es dann jedes Mal, wenn es klappte, etwas ganz Besonderes.

Bei der Erinnerung musste sie lächeln. »Ja, das haben wir.«

John stieß den angehaltenen Atem aus. »Puh, die Antwort kam so zögernd, dass ich schon anfing, mir Sorgen zu machen.« Sein Zwinkern zeigte ihr, dass er das nicht ernst meinte.

Nurja versetzte ihm einen Stups gegen die Brust. »Als wüsstest du nicht genau, wie gut es zwischen uns ist.«

Sofort wurde er ernst. »Das ist es. Alles, was ich mir je erträumt habe, und noch viel mehr.«

Stumm nickte sie, weil ihre Kehle so zugeschnürt war, dass sie nicht reden konnte.

»Ich bin froh, dass wir mal darüber geredet haben. Aber wenn es nicht darum ging, warum wolltest du mich dann so dringend sehen?«

Entsetzt über sich selbst schlug Nurja sich die Hand vor den Mund. »Wie konnte ich das vergessen? Meine Tante hat angerufen.«

»Oh, dann hat sie das Telefon bekommen, sehr gut.«

»Ja, danke, dass du es ihr geschickt hast. John, es sind Männer gekommen, die danach gefragt haben, was mit den Terroristen geschehen ist. Sie haben einige Dorfbewohner getötet und verschleppt und die Häuser zerstört.«

John fluchte unterdrückt. »Diese Schweine! Geht es deiner Tante und deinem Onkel gut?«

»So weit schon, aber sie haben alles verloren. Sie wollen jetzt zu einer ihrer Töchter ziehen.« Nurja rieb sich über die Stirn. »Meine Tante sagte, sie hätten nach dem Gefangenen gefragt. Offenbar wollen sie ihn zurückhaben.«

In Johns Wange zuckte ein Muskel. »Pech gehabt, sie kriegen ihn garantiert nicht wieder!«

»Meinst du, wir sollten Red warnen? Vermutlich werden diese Kerle ihn nicht finden, aber nur zur Sicherheit.«

»Ich werde mit Clint darüber sprechen. Wenn es geht, möchte ich Red nicht einer noch größeren psychischen Belastung aussetzen. Sein Zustand schien nicht so gut zu sein, als ich zuletzt mit Clint telefoniert habe.« Wut sprühte aus seinen Augen. »Und ich werde auch mit dem Oberkommando sprechen. Es kann ja nicht sein, dass diese Terroristen dort weiterhin die Bevölkerung terrorisieren.«

»Glaubst du, sie werden etwas unternehmen?«

»Ich weiß es nicht, aber ich muss es zumindest versuchen. Es war meine Schuld, dass deine Familie mit hineingezogen worden ist. Ich kann sie nicht einfach im Stich lassen.«

Unglücklich verzog Nurja den Mund. »Mir geht es genauso. Ich habe meine Tante gebeten hierherzukommen, aber sie hat sich geweigert, weil sie ihre Heimat nicht verlassen möchte.«

»Das kann ich verstehen. Vielleicht können wir sie irgendwie anders unterstützen. Wir können uns ja heute Abend etwas überlegen.«

Das entlockte Nurja ein schwaches Lächeln. »Kein Wunder, dass sie dich mag.«

»Ehrlich? Sie mag mich? Das beruht absolut auf Gegenseitigkeit.«

Erneut breitete sich Wärme in Nurjas Innerem aus. »Sie sagte, sie freut sich, dass wir zusammen glücklich sind.«

Johns Augenbrauen schossen in die Höhe. »Du hast es ihr gesagt?«

Seine Frage brachte ihre Wangen zum Glühen. »Nein! Nun ja, sie hat es mehr oder weniger erraten. Sie meinte, du siehst mich an, als wäre ich etwas Kostbares.«

»Das bist du ja auch.« Er beugte sich zu ihr hinunter und küsste sie. »Und jetzt rufe ich Clint an und spreche dann mit dem Oberkommando.«

6

Es schien ewig lange zu dauern, bis Clint endlich bei dem alten Haus am Stadtrand von Washington, D.C. ankam, das Red vor einigen Jahren von seiner Tante geerbt hatte. Noch immer hatte er den Schock nicht ganz verdaut, den ihm der Anruf von Reds Arzt aus dem Boone Medical Center bereitet hatte. Zuerst hatte er befürchtet, seinem Freund sei etwas passiert, doch inzwischen überwog die Wut. Wie konnte Red so fahrlässig mit seiner Gesundheit umgehen und eine Woche nachdem er aufgewacht war, einfach das Krankenhaus verlassen? Er hätte noch ein paar Wochen Physiotherapie vor sich gehabt, bevor er nach Hause zurückkehren sollte. Aber der verdammte Dickkopf hatte sich gestern einfach selbst entlassen. Den genauen Grund kannte Barton auch nicht, doch offensichtlich hatte Red nicht gut auf den Termin beim Psychologen reagiert und war auch mit dem Physiotherapeuten nicht zurechtgekommen.

Clint hätte gern den Ärzten oder dem Krankenhaus die Schuld dafür gegeben, aber er wusste: Nicht einmal er konnte Red aufhalten, wenn der sich etwas in den Kopf gesetzt hatte. Was Clint jedoch wirklich belastete, war die Tatsache, dass sein Freund sich weder an ihn noch an die Mitglieder seines Teams gewandt hatte. Anscheinend war er einfach mit einem Taxi nach Hause gefahren und hatte gedacht, das wäre so in Ordnung. Darauf, dass sich jemand Sorgen um ihn machen könnte, war er offensichtlich gar nicht gekommen. Und genau deshalb war Clint jetzt hier: Er würde Red die Meinung sagen, egal, ob der sie hören wollte oder nicht.

Langsam fuhr Clint die lange Auffahrt hinauf. Das Haus wirkte ein wenig wie eine alte Südstaatenvilla, besonders nachdem Red in seiner Freizeit viel Zeit in die Renovierung gesteckt hatte. Nach den Monaten seiner Abwesenheit war der Garten ein wenig verwildert, obwohl Clint hin und wieder nach dem Haus gesehen und einen Nachbarsjungen für das Rasenmähen bezahlt hatte. Jetzt im November wirkte alles etwas trüber als im Sommer, besonders an einem bedeckten Tag wie heute.

Hinter keinem der Fenster brannte Licht, das Haus schien verwaist. Ein enges Band schnürte sich um Clints Brustkorb, wie jedes Mal, wenn er in den vergangenen Monaten hierhergekommen war. Diesmal wusste er zwar wenigstens, dass Red die Gefangenschaft überlebt hatte, aber er fürchtete sich auch vor dem, was er vorfinden würde. Er biss die Zähne zusammen und stieg aus dem Wagen, den er in der Auffahrt geparkt hatte. Früher hätte Red schon auf der Veranda gestanden und ihn mit einem schiefen Grinsen empfangen. Jetzt aber blieb die Haustür zu.

Schweren Herzens stieg Clint die Stufen hinauf und drückte auf den Klingelknopf. Der Gong war im ganzen Haus zu hören – wenn Red da war, konnte er ihn auf keinen Fall überhören. Doch obwohl Clint einige Minuten wartete und noch einmal klingelte, passierte nichts. Vielleicht war Red auch einkaufen, doch eigentlich konnte Clint sich nicht vorstellen, dass sein Freund in diesem Zustand in der Gegend herumfuhr.

Trotzdem blickte er zur Sicherheit durch das Garagenfenster. Dort stand Reds Jeep, und es sah nicht so aus, als wäre der bewegt worden. Während Reds Abwesenheit hatte Clint sich nur darum gekümmert, dass der Wagen weiterhin fahrbereit war, ihn jedoch nicht benutzt. Mit einem schlechten Gefühl holte er den Schlüssel zu Reds Haus heraus und schloss die Tür auf. Drinnen empfing ihn Totenstille und der muffige Geruch, der in unbenutzten Häusern hing. War Red vielleicht gar nicht nach Hause zurückgekehrt, wie er es dem Arzt gesagt hatte? Aber wo konnte er dann sein? Die Möglichkeiten waren endlos und erschreckend.

Doch darüber würde er erst nachdenken, wenn er festgestellt hatte, dass Red wirklich nicht zu Hause war. Leise schloss er die Haustür hinter sich und trat in den langen Flur, der sich einmal durch das ganze Haus zog.

»Red, bist du da? Ich bin's, Clint!« Seine Stimme hallte laut durch das Gebäude, eigentlich konnte Red ihn nicht überhören. Aber es kam keine Antwort.

Okay, das reichte jetzt. Er hatte Red mitgeteilt, dass jemand anders im Haus war, für den Fall, dass er sich gerade in einer peinlichen Situation befand. Ab jetzt betrachtete Clint dies als einen Notfalleinsatz und würde erst wieder gehen, wenn er Red gefunden und sichergestellt hatte, dass es ihm gut ging. Im Grunde konnte er seinem Freund nicht einmal einen Vorwurf machen. Er wusste nicht, wie er selbst reagieren würde, wenn er jemals in eine solche Situation käme. Er hoffte, dass er sich dann von seiner Familie und seinen Freunden helfen lassen würde, aber mit Sicherheit konnte er das nicht sagen.

Methodisch ging er durch das Erdgeschoss und blickte in jedes Zimmer. Es sah alles noch genauso aus, wie Red es vor Monaten verlassen hatte. In der Küche stand keinerlei Geschirr, der Kühlschrank war bis auf einige Reste leer. Auch das Wohnzimmer war verwaist, genauso wie das Arbeitszimmer. Das Gästeschlafzimmer war ebenso unbenutzt wie das Bad. Langsam glaubte Clint, dass Red wirklich nicht nach Hause gekommen war. Sonst hätte es doch zumindest irgendeine Spur seiner Anwesenheit geben müssen.

Die Zimmer waren aufgeräumt, Clint hatte extra eine Putzkolonne hergeschickt, damit Red nicht in ein staubiges Haus zurückkehren musste. Blieb nur noch das Obergeschoss – und der Keller. Da er Letzteren zutiefst deprimierend fand, ging er zunächst nach oben. Die Treppe knarrte, als er die Stufen hinaufstieg. Auch dieses Geräusch war ihm von vielen Besuchen vertraut und versetzte ihm einen Stich. Wie oft hatte er darüber nachgegrübelt, was passieren würde, wenn Red nie zurückkäme – was es für ihn bedeuten würde, seinen Freund zu verlieren.

Natürlich war ihm bewusst, dass nicht automatisch alles gut werden würde, nur weil sie Red gefunden und zurückgebracht hatten. Doch offenbar hatte er diesen Gedanken lange Zeit ignoriert. Durch die furchtbaren Erfahrungen hatte sein Freund sich zwangsläufig verändert, sein früheres Leben kam ihm jetzt sicher fremd vor. Nun war es Clints Aufgabe, ihm dabei zu helfen, sich hier wieder zurechtzufinden. Sofern Red das zuließ. Schon nach seiner schweren Beinverletzung war es schwierig gewesen, zu ihm durchzudringen, und erst ein Aufenthalt bei Clints Eltern auf der Diamond Bar Ranch in Montana hatte geholfen. Diesmal würde Red vermutlich mehr brauchen als das.

Aber zuerst einmal musste Clint ihn überhaupt finden. Im oberen Stockwerk angekommen, öffnete er nacheinander sämtliche Türen. Auch hier war alles leer und unbenutzt. Am Ende des Flurs lag Reds Schlafzimmer, aber Clint zögerte, es zu betreten. Erst nach einem tiefen Atemzug klopfte er kurz und schob dann die Tür auf. Sein Blick fiel auf das zerwühlte Bett, und er war erleichtert, wenigstens ein kleines Lebenszeichen zu entdecken. Dann sah er die stille Gestalt am Fenster, und sein Herz zog sich zusammen.

Red wirkte so einsam und verloren, ganz anders als der immer fröhliche und kontaktfreudige Mann, den Clint damals kennengelernt hatte, als er an die Ostküste gekommen war. Es kostete ihn Überwindung, das Zimmer zu durchqueren und sich seinem Freund zu nähern. Neben ihm blieb er stehen, aber Red hatte sich immer noch nicht gerührt. Sein Blick war starr auf den Garten gerichtet, doch Clint bezweifelte, dass er überhaupt etwas sah.

»Red?« Keine Reaktion. Hätte Clint nicht gesehen, wie Reds Brust sich unter seinen Atemzügen bewegte, hätte er ihn für tot gehalten. Es fehlte jede Mimik, als wäre er nur noch eine leere Hülle. Clint berührte seinen Freund absichtlich nicht – bei einem SEAL wusste man nie, wie er darauf reagierte. Stattdessen blickte er ebenfalls in den Garten. »Ich habe den Nachbarsjungen weiter den Rasen mähen lassen, aber um alles andere musst du dich dann im Frühjahr selbst kümmern.« Die Hoffnung, dass Red reagieren würde, wenn er mit ihm über etwas ganz Normales sprach, erfüllte sich nicht. Sein Freund starrte weiter unbewegt nach draußen.

Clint versuchte etwas anderes. »Karen und Maya schicken ihre Grüße, sie möchten dich gerne besuchen, wollen aber warten, bis du dich wieder eingewöhnt hast. Wenn du sie irgendwann sehen möchtest, sag einfach Bescheid.«

Bildete er es sich nur ein, oder wurde Reds Miene bei Mayas Namen etwas weicher? Vielleicht half es, ihn daran zu erinnern, dass er nicht allein war, dass er viele Freunde hatte, die sich um ihn sorgten. »Bull lässt ausrichten, er kommt vorbei, sobald es der Dienstplan zulässt.« Seine wahre Nachricht hielt Clint noch zurück, weil er nicht wusste, wie Red auf Druck oder Kritik reagieren würde. »Ich bin sicher, der Rest des Teams wird früher oder später ebenfalls hier aufkreuzen.«

»Ich will niemanden sehen.« Reds Stimme klang rau, als hätte er sie länger nicht mehr benutzt.

Clint überdeckte seine Erleichterung mit einer gleichgültigen Miene. »Ich glaube kaum, dass du sie aufhalten kannst. Aber es ist dein Team, du wirst es besser wissen.«

»Sag das nicht!« Der Ausbruch kam unerwartet, genau wie der Ausdruck schmerzlichen Verlustes in Reds Augen.

»Was soll ich nicht sagen? Dass du sie nicht aufhalten kannst?«

»Dass es mein Team ist! Du weißt genau, dass sie das schon seit Monaten nicht mehr sind und auch nie wieder sein werden.« Aus jedem seiner Worte klangen Verzweiflung und Wut.

»Team 8 war immer dein Team, Red. Wenn du wieder fit bist …«

Weiter kam er nicht, denn Red fuhr zu ihm herum. »Ich kann noch so fit werden, wir wissen beide: Das Oberkommando wird mich nie wieder auf eine Mission schicken.«

Clint wollte seinen Freund beruhigen und ihm sagen, dass er auf jeden Fall wieder in den aktiven Dienst kommen würde, doch er konnte ihn auch nicht anlügen. »Das ist noch nicht endgültig entschieden. Wenn du weiter trainierst und die Termine mit Dr. Flynn wahrnimmst, hast du eine Chance.«

Red sah ihn abschätzig an. »Wie viele SEALs in meinem Alter kennst du, die nach so einer Erfahrung noch einmal ein Team anführen konnten?«

Es hatte keinen Zweck, die Sache schönzureden. »Keinen.«

»Eben.« Red drehte sich wieder zum Fenster um.

»Aber ich kenne auch keinen, der eine so schwere Oberschenkelverletzung hatte, damit noch zwei Tage herumgelaufen ist, einen Warlord gefasst hat und danach wieder als CO arbeiten konnte. Du kannst es wieder schaffen, wenn du an dich glaubst, Red. Und wenn nicht, hast du wenigstens dein Bestes gegeben.« Mit Ehrgeiz konnte man einen SEAL normalerweise immer packen.

Red schüttelte jedoch nur den Kopf. »Lass es, Clint. Es lohnt sich nicht.«

»Das finde ich schon. Ich glaube an dich, und dein Team tut es auch.«

Bitter lachte Red auf. »Dann seid ihr dumm. In den Augen des Oberkommandos bin ich beschädigte Ware. Und sie haben damit völlig recht. Sieh mich an, mit dieser Visage könnte ich mich nie mehr unbemerkt irgendwo einschleusen. Vom Körper will ich gar nicht sprechen. Vor allem aber setzen sie garantiert niemanden ein, der eine fünfmonatige Erinnerungslücke hat.«

Dem konnte Clint nicht widersprechen, aber er hasste es, dass sein Freund so einfach aufgab. »Du erinnerst dich wirklich an gar nichts?«

Wütend funkelte Red ihn an. »Haben sie dich hierhergeschickt, damit du mich ausfragst? So von Freund zu Freund? Vergiss es, ich habe keine Freunde mehr.«

Diese Aussage tat Clint weh, aber es würde auch nichts bringen, Red weiter zu einem Gespräch zu drängen. Im Moment kam man einfach nicht zu ihm durch. Deshalb hielt er seine Stimme betont ruhig, als er ihm antwortete. »Ich bin dein Freund, Red, und das weißt du. Ich hoffe, du meldest dich bei mir, wenn du reden möchtest oder einfach nur Gesellschaft brauchst.«

Für einen Augenblick lag eine solche Qual in Reds Blick, dass es Clint die Luft abschnürte. Dann schob sich wieder die unnahbare Maske davor, die er langsam zu hassen begann. »Ich möchte, dass du jetzt gehst.«

»Brauchst du noch etwas, soll ich dir was besorgen?«

»Danke, das kann ich schon selbst.« Red hielt sich so steif, als hätte er einen Besenstiel verschluckt. »Geh jetzt, bitte.« Ein Flehen lag in seiner Stimme, das Clint nicht ignorieren konnte.

»Okay, aber ich werde wiederkommen. Und noch einmal lasse ich mich nicht abweisen.« Er wusste zwar noch nicht, wie er das anstellen sollte, aber er würde sich etwas einfallen lassen.

Da Red sich wieder zum Fenster umgedreht hatte und nicht mehr antwortete, verließ Clint notgedrungen das Zimmer. An der Tür drehte er sich noch einmal um und sah, dass Red sich keinen Millimeter bewegt hatte. Er wirkte sogar noch einsamer und hoffnungsloser als vorher. Clint wünschte, er könnte irgendetwas tun, um Red die Last zu nehmen und ihm neue Hoffnung zu geben. Wenn Red jetzt aufgab, würde er nie wieder auf die Beine kommen, so viel war sicher. Und das konnte er einfach nicht zulassen. Sein Freund war auch immer für ihn und seine Familie dagewesen, jetzt war es an der Zeit, die Schulden zurückzuzahlen.

Sierra Morgan war gerade dabei, die Thera-Bänder zusammenzulegen, die sie bei ihrer letzten Patientin verwendet hatte, als es an der Tür klopfte. Verwundert sah sie auf die Uhr. Es stand niemand mehr in ihrem Terminkalender, sie hatte sich heute extra etwas früher freigenommen als sonst. Glücklicherweise konnte sie sich das als freischaffende Rehabilitationstrainerin so einteilen, wie es ihr am besten gefiel. Die meisten ihrer Patientinnen waren Soldatinnen, die im Dienst verletzt worden waren. Bei einigen ging es darum, sie wieder für ihre Arbeit bei der Army oder Navy fit zu machen, doch die meisten kämpften einfach nur darum, trotz ihrer oft permanenten Verletzungen wieder ein möglichst normales Leben führen zu können.

Als ehemalige Sanitäterin bei der Navy wusste Sierra ganz genau, woher ihre Patientinnen kamen und wie viel sie ihnen zumuten konnte. Zum Glück hatte sich das herumgesprochen, und sie bekam immer mehr Anfragen, sodass sie schon über Wochen ausgebucht war. Tatsächlich kamen inzwischen sogar schon Patientinnen aus anderen Bundesstaaten, die sich nur von ihr behandeln lassen wollten. Ihre Freundin Sadie hatte eine kleine Pension und profitierte inzwischen auch von den Frauen, die in der Zeit eine halbwegs bezahlbare Unterkunft benötigten.

Verspätet fiel Sierra wieder ein, dass es geklopft hatte. »Ja?«

Eine große Gestalt trat in den Raum, und Sierra wich unwillkürlich einen Schritt zurück, bevor sie sich wieder unter Kontrolle brachte. Es ärgerte sie, dass sie ihre Reaktionen immer noch nicht vollständig kontrollieren konnte. Trotzdem atmete sie erleichtert auf, als sie den Mann erkannte.

»Hallo Sierra, entschuldige die unangemeldete Störung.«

Lächelnd ging sie auf ihren Besucher zu. »Kein Problem. Ich freue mich, dich zu sehen, Clint.« Es war immer noch seltsam für sie, ihn nicht Captain zu nennen, wie sie es jahrelang in Little Creek getan hatte. »Wie geht es Karen?« Sie hatte Clints Lebensgefährtin behandelt, als diese von Terroristen angeschossen und lebensgefährlich verletzt worden war. Nachdem Karen mehrere Wochen im Krankenhaus gelegen hatte, war es Sierras Aufgabe gewesen, sie wieder zu mobilisieren und ihre Muskeln zu stärken.

»Sehr gut, dank deiner Hilfe.« Clint ergriff ihre Hand und drückte sie.

Hitze stieg ihr in die Wangen, und sie verfluchte wieder einmal ihre helle Haut. »Karen war eine sehr unkomplizierte Patientin. Ihr eiserner Wille hat sie so schnell wieder auf die Füße gebracht.«

Karen Lombard war wirklich eine bewundernswerte Frau, mit einer süßen Tochter und einem extrem gut aussehenden Mann. Und diese Reibeisenstimme … Ein Schauer lief über Sierras Rücken. Wie gut, dass sie dem anderen Geschlecht abgeschworen hatte und Clint so offensichtlich in seine Lebensgefährtin verliebt war, sonst wäre sie ernsthaft in Versuchung gekommen. Doch die Erinnerungen krochen sofort in ihr hoch, und jeglicher Gedanke, noch einmal eine Beziehung einzugehen, verging. Heimlich atmete sie durch.

»Was führt dich hierher?« Ihre Trainingsräume lagen am Rande von Washington, D. C., also nicht unbedingt in der Nähe von Little Creek. Für einen grundlosen Besuch war das ein sehr weiter Weg.

»Ich brauche deine Hilfe.«

Diese Worte jemals aus Clint Hunters Mund zu hören, hätte Sierra nicht erwartet. Forschend ließ sie ihren Blick über ihn gleiten. »Du siehst nicht so aus, als bräuchtest du Fitnesstipps von mir.«

Clints Mund verzog sich zu einem schiefen Lächeln. »Auch wenn ich mir sicher bin, dass du mir noch einige Dinge beibringen könntest – es geht nicht um mich.«

»Soll ich noch mal mit Karen arbeiten? Das mache ich gerne.«

Jegliche Weichheit verschwand aus Clints Gesicht, und Sierra richtete sich automatisch gerader auf. »Es geht auch nicht um Karen.« Mit einer Hand rieb er sich über die Haare, und erst jetzt fiel ihr auf, wie müde er wirkte. »Ein Freund von mir ist in Gefangenschaft geraten. Er konnte befreit werden, aber er ist körperlich sehr schwach und hat etliche Verletzungen davongetragen. Ich war eben bei ihm, und ich befürchte, er steht kurz davor, sich aufzugeben. Ich brauche jemanden, der ihn motiviert, weiterzumachen, und ihn körperlich wieder aufbaut.«

»Das tut mir sehr leid, Clint, wirklich. Aber du weißt, dass ich ihm nicht helfen kann. Ich trainiere nur mit Frauen und bin auch auf einige Zeit ausgebucht. Du findest sicher einen anderen Trainer, der sich um ihn kümmern kann. Wenn er in Gefangenschaft war, braucht er psychische Unterstützung, und die kann ich ihm nicht geben.« Allein der Gedanke daran, mit so einem Mann zu arbeiten, versetzte sie in Panik.

»Das weiß ich, Sierra, aber du bist meine letzte Hoffnung. Ich dringe nicht zu ihm durch, und er braucht unbedingt Hilfe. Eigentlich sollte er noch im Krankenhaus sein, aber er hat sich selbst entlassen, und jetzt hockt er in seinem dunklen Haus und brütet vor sich hin. Ich weiß, wie gut du bei Patienten bist, die ein Trauma erlitten haben.«

Sierra schüttelte den Kopf, während sie zurückwich. »Das kann ich nicht. Und du weißt auch genau, warum.«

Clint folgte ihr. »Glaub mir, ich würde dich nicht darum bitten, wenn es nicht wirklich wichtig wäre oder ich eine andere Lösung hätte. Mir ist bewusst, dass es nicht fair ist, so etwas von dir zu verlangen, und dass du gute Gründe hast, so einen Auftrag abzulehnen. Aber ich hoffe, du sagst trotzdem zu, denn ich weiß wirklich nicht mehr weiter. Die SEALs sind Reds Leben, und er ist gerade dabei, das alles zu verlieren.«

Sierra spürte, wie das Mitleid für den Fremden in ihr wuchs. »Ich kann auch keine Wunder bewirken, Clint. Die würde er aber brauchen, um wieder in den aktiven Dienst aufgenommen zu werden, wenn er in einem so schlechten Zustand ist, wie du es schilderst.«

Clints Miene spannte sich an. »Das ist mir bewusst. Aber ich muss es wenigstens versuchen. Für ihn, aber auch für die Teams.« Offenbar sah er, dass sie weich wurde, denn er sprach sofort weiter. »Bitte, Sierra. Sag mir, dass du ihm hilfst. Ich zahle dir auch das Doppelte von dem, was du normalerweise im Monat verdienen würdest. Damit könntest du dir bald die Praxiserweiterung leisten, die du dir schon so lange wünschst.«

Sierra verzog den Mund. »Das war unfair.« Einen Fremden hätte sie einfach abweisen können, aber Clint kannte ihre Träume genau.

Er neigte den Kopf. »Ich bin verzweifelt.«

Obwohl sie immer noch davon überzeugt war, einen großen Fehler zu begehen, nickte sie zögernd. »Also gut, ich sehe ihn mir einmal an und entscheide dann, ob ich ihm helfen kann.« Sie zog ihr Handy aus der Hosentasche, in dem sie ihre Termine gespeichert hatte. »Ich könnte morgen Nachmittag gegen drei Uhr.«

Clint rieb sich über die Stirn. »Ich hatte gehofft, wir könnten gleich zu ihm fahren. Er hat keinerlei Essen im Haus, ich wollte etwas besorgen und es ihm vorbeibringen. Bei der Gelegenheit könnte ich dich gleich vorstellen.« Unbehaglich sah er sie an. »Ich weiß, es ist viel verlangt, aber die Termine müssten bei ihm im Haus stattfinden – er wird es nicht verlassen. Aber er hat einen gut eingerichteten Fitnessraum. Alles, was du sonst noch brauchst, kannst du natürlich mitbringen.«

»Und was, wenn er mich gar nicht dort haben will?«

Entschlossenheit trat in Clints Miene. »Ich werde dafür sorgen, dass er es akzeptiert.«

Sierra blickte auf den Parkettboden und versuchte, rational zu denken. Ihr Leben war genau so, wie sie es brauchte: ruhig, gleichförmig und voller Zufriedenheit, was ihren Job betraf. Sie hatte lange darum gekämpft, es sich so einzurichten. Sollte sie jetzt wirklich alles auf den Kopf stellen und genau das tun, von dem sie sich geschworen hatte, es nie wieder zuzulassen? Sich von einem Mann abhängig zu machen, sich in die Nähe von jemandem zu begeben, der mental nicht stabil war? Das würde ein Desaster werden, sie konnte es schon ganz genau vor sich sehen.

Und trotzdem spürte sie, wie sie unwillkürlich nickte. »Also gut. Ich werde es versuchen, kann dir aber gleich sagen: Sowie ich merke, dass er nicht mitarbeitet, bin ich weg. Meine Zeit ist mir zu kostbar, um sie an jemanden zu verschwenden, der keinen Ehrgeiz hat.« Oh Gott, sie war eindeutig verrückt! Anders konnte sie es sich nicht erklären, warum sie einer solchen Sache zustimmte. Ja, das Geld konnte sie gut gebrauchen, aber wenn sie ganz ehrlich war, lag der Grund eher darin, dass sie niemanden im Stich lassen konnte, der litt.

Clints erleichtertes Lächeln sagte ihr, dass sie die richtige Entscheidung getroffen hatte. »Danke, Sierra, das bedeutet mir wirklich unheimlich viel. Du kannst mich jederzeit anrufen, wenn etwas sein sollte. Sag mir, was du brauchst, und ich besorge es.«

»Hoffen wir, dass dein Freund genauso froh sein wird, mich zu sehen.«

»Das wird er – wenn er schlau ist.« Aber sie konnte den leisen Zweifel in seiner Stimme hören.

7

Staunend sah Sierra zu dem großen Haus hinauf, das am Ende einer langen Auffahrt thronte. Das leicht verwilderte Grundstück hatte Ausmaße, die sie sich als Stadtkind kaum vorstellen konnte. Sie fragte sich, ob es hier überhaupt Nachbarn gab – von ihrem jetzigen Standort aus konnte sie jedenfalls keine Häuser entdecken. Wenn sie ehrlich war, hatte sie eher einen kleinen Bungalow erwartet. Dieses Haus schien nicht richtig zu einem SEAL zu passen. Was machte er mit so viel Platz, wenn er ganz allein hier lebte und noch dazu mehrmals im Jahr auf Auslandseinsätzen war? Es schien Verschwendung zu sein.

Clint lächelte ihr zu. »So habe ich auch geguckt, als ich das Haus vor einigen Jahren zum ersten Mal gesehen habe. Red hat es von seiner Tante geerbt und ist immer noch dabei, alles zu renovieren.« Seine Miene verdüsterte sich. »Vielmehr hat er das getan, bevor er …« Er brach ab und schluckte schwer.

Zögernd berührte Sierra seinen Arm. Wenn sie an einer Sache keine Zweifel hatte, dann daran, dass Clint sich große Sorgen um seinen Freund machte. Eigentlich konnte dieser »Red« gar kein schlechter Mensch sein, wenn er jemanden wie Clint Hunter zum Freund hatte. Allerdings wusste sie aus eigener Erfahrung, dass der Krieg jeden verändern konnte. Selbst die ausgeglichensten, freundlichsten Menschen verwandelten sich in verschlossene, tödliche Fremde. In diesem Augenblick stand sie kurz davor, einfach umzudrehen und wegzugehen. Solange sie es noch konnte.

Abrupt blieb sie stehen, während Clint weiter zur Tür ging. Nein, sie konnte das nicht tun! Ein Zittern lief durch ihren Körper, ihr Herz raste, ihre Hände waren schweißnass. Ihr Wagen kam ihr unglaublich weit weg vor, obwohl er nur wenige Meter entfernt stand. Auf gummigleichen Beinen machte sie einen Schritt darauf zu, nur um von einer Hand an ihrer Schulter aufgehalten zu werden. Erschreckt stolperte sie zur Seite.

»Entschuldige, ich wollte dich nicht erschrecken. Es ist alles in Ordnung, Sierra.« Clint schaffte es, seine raue Stimme irgendwie beruhigend klingen zu lassen. Wahrscheinlich redete er auf der Ranch seiner Eltern so mit den Pferden.

Dieser Gedanke war so absurd, dass er sie irgendwie entspannte. »Ich kann das nicht, Clint.« Sie hörte das Zittern in ihrer Stimme. Es war ihr peinlich, dass er sie so sah. Sonst bemühte sie sich immer, so zu wirken, als hätte sie alles im Griff, doch im Moment schaffte sie das nicht.

Mitgefühl lag in Clints Miene, vermutlich weil er genau wusste, was er von ihr verlangte. Er war einer der wenigen Menschen, der die Ereignisse in ihrer Vergangenheit hautnah miterlebt hatte. »Doch, du kannst es. Du bist stark, Sierra. Stell dir vor, wie viele neue Patienten du gewinnen kannst, wenn sich herumspricht, dass du einem SEAL geholfen hast.«

Bitter lachte Sierra auf. »Ganz ehrlich? Das ist mir im Moment völlig egal. Es hilft mir gar nichts, neue Patienten zu bekommen, wenn ich selbst danach ein Fall für die Klapsmühle bin.«

»Kannst du ihn dir nicht wenigstens ansehen? Ich werde auch die ganze Zeit im Haus bleiben, wenn du dich dann sicherer fühlst – wobei ich nicht denke, dass dir von Red irgendeine Gefahr droht. Wenn du danach immer noch der Meinung bist, dass du ihm nicht helfen kannst, werde ich das akzeptieren und jemand anderen suchen. Allerdings bist du eindeutig meine erste Wahl. Du hast das Fachwissen und auch das Einfühlungsvermögen, das Red jetzt braucht.«

Clint war wirklich ein Meister darin, sie gleichzeitig zu loben und ihr ein schlechtes Gewissen zu machen, für den Fall, dass sie ablehnte. Sie wusste nicht, ob sie ihn dafür bewundern oder kritisieren sollte. Schließlich nickte sie zögernd. »In Ordnung. Ich sehe ihn mir an. Aber wenn er irgendetwas tut, das mir nicht geheuer ist, werde ich die Trainingseinheit abbrechen. Und ich verspreche nicht mehr als diese eine Stunde. Letzten Endes ist mir meine eigene Gesundheit wichtiger.«

»Einverstanden.«

Langsam drehte Sierra sich wieder zum Haus um und holte tief Luft. Irgendwie wirkte es plötzlich viel bedrohlicher auf sie. Die vielen Fenster schienen sie anzustarren, die große Eingangstür sah aus wie ein Maul, das sie verschlingen würde, wenn sie ihm zu nahe kam. Sierra verdrehte die Augen. Jetzt übertrieb sie es wirklich. Es war einfach nur ein leicht verwittertes, altes Haus. Sie straffte die Schultern und ging mit festen Schritten darauf zu. An der Haustür angekommen wartete sie darauf, dass Clint klingelte, doch der holte stattdessen einen Schlüssel heraus und schob ihn ins Schloss.

Unsicher blickte sie ihn an. »Sollten wir wirklich einfach hier eindringen?«

Clint hob die Schultern. »Vorhin habe ich vergebens geklingelt, ich habe nicht vor, noch mehr Zeit zu verschwenden. Red wird bereits wissen, dass wir hier sind.« Damit stieß er die Tür auf und trat ins Haus. »Gehen wir erst in die Küche, damit ich die Lebensmittel in den Kühlschrank legen kann.«

Immer noch unbehaglich folgte sie ihm in das fremde Haus. Es hätte gemütlich wirken können, wenn ihm nicht der Geruch und die Atmosphäre eines Gebäudes angehaftet hätten, das schon eine Weile leer stand – als gäbe es darin nichts Lebendiges mehr. Ein Schauder kroch Sierra über den Rücken, und sie verschränkte die Arme vor der Brust. Schnell folgte sie Clint in die mit allen nötigen Utensilien und Geräten ausgestattete Küche. Sie schien fast neu zu sein, und es war deutlich zu spüren, dass sich jemand viel Mühe damit gegeben hatte.

Mit den Fingerspitzen strich Sierra über eine sanft glänzende weiße Schrankfront.

»Red hat die Küche vor einem Jahr selbst eingebaut. Davor hatte hier alles Sechzigerjahre-Flair, inklusive PVC-Boden und Blümchentapete.«

Sierra drehte sich zu Clint um. »Sie ist wunderschön.«

»Das ist sie. Und er kann sogar mit den Geräten umgehen.« Ein melancholischer Ausdruck lag in seinen Augen. »Wir waren hier immer gerne zum Essen.«

Da sie seinen Schmerz geradezu körperlich spüren konnte, lenkte Sierra ihn schnell ab. »Wolltest du nicht die Sachen auspacken?«

»Stimmt.« Clint stellte die Tüten auf den Tisch und packte sie systematisch aus. Anschließend ging er zum Kühlschrank und begann, die gekühlten Lebensmittel einzusortieren.

»Was zum Teufel ist hier los?« Die Stimme war nicht laut, aber sie kam so unerwartet aus Richtung Tür, dass Sierra erschreckt zusammenzuckte. Schnell drehte sie sich um und trat gleichzeitig hinter den Tisch, um eine Barriere zwischen sich und dem Unbekannten zu errichten.

Clint dagegen tat so, als wäre gar nichts geschehen. Ruhig stellte er weitere Lebensmittel in den Kühlschrank. »Wonach sieht es denn aus?« Erst jetzt drehte er sich zu dem Mann um. »Ich bringe dir etwas zu essen.«

»Darum habe ich dich nicht gebeten.« Die Stimme des Mannes klang, als hätte er sie länger nicht benutzt.

Sierra nutzte die Gelegenheit, ihn näher zu betrachten. Er

trug eine lose sitzende Jogginghose und ein ebenso lockeres T-Shirt. Seine Arme zeigten deutlich, dass er vor Kurzem einiges an Gewicht und Muskeln verloren hatte. Auch sein Gesicht war hager, tiefe Linien umgaben seine Mundwinkel und Augen. Die Lippen hatte er aufeinandergepresst, vermutlich vor Ärger. Mit den zusammengeschobenen Augenbrauen, den wirren Haaren und dem unrasierten Gesicht wirkte er ausgesprochen finster und keinesfalls wie jemand, mit dem sie näher zu tun haben wollte.

Eine tiefe Narbe spaltete eine seiner Augenbrauen und lief über seine Wange hinunter. Jetzt entdeckte Sierra auch andere Narben im Gesicht und an den Armen des Fremden. Gleichzeitig nahm sie wahr, wie viel Kraft es ihn kostete, sich aufrecht zu halten. Ein feiner Tremor lief durch seinen Körper. Clint hatte recht: Dieser Mann brauchte eindeutig ihre Hilfe.

»Und wer ist *sie*?« Das letzte Wort sagte er so, dass es wie eine Beleidigung klang.

Automatisch straffte Sierra die Schultern und sah ihm fest in die Augen. Wenn sie eins bei der Navy gelernt hatte, dann dass man nie Schwäche zeigte.

Clints Stimme klang hart, als er antwortete. »Darf ich vorstellen: Lieutenant Commander Nathan Redfield. Das hier ist deine neue Physiotherapeutin Lieutenant Sierra Morgan.«

Deutliche Abneigung lag in Redfields Blick. »Nein.« Das war das Einzige, was er dazu sagte, bevor er sich umdrehte.

»Stopp!« Clints Befehl hallte durch die Küche.

Der Mann gehorchte. Als ihm seine automatische Reaktion bewusst wurde, warf er Clint einen mörderischen Blick zu. »Du elender …«

»Ihre rechte Seite ist schwächer als Ihre linke. Außerdem haben Sie eine Schonhaltung, ich nehme an, Ihre Rippen sind oder waren gebrochen. Mit Ihren Füßen haben Sie auch ein

Problem, deshalb tragen Sie keine Schuhe. Ihr Kiefer scheint verschoben, ich gehe davon aus, dass Ihr Nacken auch völlig verkrampft ist. Soll ich weitermachen?« Als Sierra geendet hatte, herrschte einen Moment lang Schweigen.

Diesmal entlud sich der Zorn des Mannes über ihr. »Schaff sie hier raus, Clint.«

Red sah, wie die junge Frau blass wurde und unwillkürlich einen Schritt nach hinten machte. Gut so, sie hatte hier nichts zu suchen. Gleichzeitig verspürte er jedoch auch den Hauch eines schlechten Gewissens, schließlich war sie nur hier, um ihm zu helfen. Aber er bezweifelte, dass sie das konnte. Seine Wut verstärkte sich. Daran war nur Clint schuld! Er hätte sie gar nicht erst hierherbringen dürfen. Und sein elendes Essen konnte er auch gleich wieder mitnehmen. Wie kam er überhaupt dazu, hier Almosen zu verteilen, nachdem Red ihm deutlich gesagt hatte, dass er allein zurechtkam und ihn nicht sehen wollte?

»Hör auf, dich wie ein Idiot zu benehmen, Red!« Clint brauchte nicht die Stimme zu heben, um sein Missfallen auszudrücken.

»Das tue ich, wenn du aufhörst, dich in mein Leben einzumischen. Was hast du an ›Ich will meine Ruhe haben‹ nicht verstanden?«

Clints Gesichtszüge wurden etwas weicher. »Das verstehe ich schon, aber ich weiß auch, dass du jetzt nicht alleine sein solltest. Und wenn du wieder in den aktiven Dienst willst, brauchst du eine gute Physiotherapie. Da du die Behandlung im Krankenhaus ja abgebrochen hast, bleibt nur noch diese Möglichkeit.«

Damit hatte Clint vielleicht nicht unrecht, aber es war allein seine Sache. Außerdem glaubte er sowieso nicht mehr daran, dass er es schaffen konnte. Schon gar nicht nach dem Gespräch mit dem Psychologen. Red hatte genau erkannt, dass der Therapeut vom Oberkommando instruiert war, festzustellen, wie labil er war. »Das kann ich auch alleine.« Er verschränkte die Arme über der Brust und bemühte sich, den Schmerz zu ignorieren, der durch seine Rippen zog. Am liebsten hätte er sich irgendwo hingesetzt oder wenigstens angelehnt, doch er wollte sich keine Blöße geben. Umso wichtiger war es, Clint und die Frau so schnell wie möglich aus dem Haus zu bekommen. »Danke für den Versuch, aber ich brauche niemanden zum Trainieren. Und jetzt möchte ich gerne allein sein.« Bedeutungsvoll blickte er zur Tür.

Doch Clint rührte sich nicht. Stattdessen schaute er Red mit zusammengezogenen Augenbrauen an, als versuchte er, ihn zu verstehen. Wenn Red ehrlich war, verstand er sich selbst nicht ganz, er wusste nur, dass er die Gegenwart anderer Menschen nicht ertrug. Schon gar nicht, wenn sie ihn zwingen wollten, etwas zu tun, das er nicht wollte.

Die Frau, Lieutenant Sierra Was-auch-immer, sah zu Clint hinüber. »Ich denke, wir sollten seinen Wunsch respektieren. Ich kann sowieso nicht mit jemandem arbeiten, der sich dagegen sperrt. Es gibt genug Patienten, die mich brauchen *und* dankbar sind, dass ich ihnen helfe.« Sie wandte sich wieder Red zu. In ihren Augen lag ein Ausdruck von Mitleid. »Ich hoffe, dass es Ihnen bald wieder besser geht, Lieutenant Commander Redfield.«

Automatisch folgte Red ihr mit Blicken, als sie zur Tür ging. Sie hielt die Schultern sehr gerade – es war nicht zu übersehen, dass sie militärisch ausgebildet war. Was ihm aber noch auffiel, waren die weichen blonden Haarsträhnen, deren Spitzen ihre Schultern streiften, und vor allem ihr Po, der in der verblichenen Jeans wunderbar zur Geltung kam. Sofort hob Red den

Blick wieder. Er hatte nicht gedacht, dass er so etwas in seinem Zustand überhaupt bemerken würde. Aber offenbar funktionierten seine Augen noch, obwohl der Rest von ihm wie abgestorben war.

»Weißt du überhaupt, wie viel Mühe es mich gekostet hat, sie hierherzubekommen?« Clints Stimme klang müde.

Abrupt fuhr Red zu ihm herum und hielt sich schnell an der Arbeitsplatte fest, als sein Bein nachgeben wollte. »Vielleicht hättest du mich dann vorher fragen sollen, bevor du einfach irgendetwas arrangierst.«

»Damit du Nein sagst, ohne es überhaupt zu probieren?«

»Ganz genau. Ich bin erwachsen und kann selbst entscheiden, was ich mache.«

Clint schüttelte den Kopf. »Theoretisch mag das stimmen, aber praktisch habe ich ein Schriftstück, das es mir erlaubt, medizinische Entscheidungen für dich zu treffen, wenn du nicht dazu in der Lage bist.«

Ungläubig starrte Red ihn an. »Ich bin aber eindeutig dazu in der Lage, wie du sehen kannst.«

»Offensichtlich nicht, wenn du dich frühzeitig aus dem Krankenhaus entlässt und deine Physiotherapie abbrichst, obwohl du sie dringend benötigst. Deshalb entscheide ich bis auf Weiteres, was am besten für dich ist.«

Für einen kurzen Moment fehlten Red die Worte. »Du spinnst! Das würdest du nicht wagen.«

»Willst du mich wirklich herausfordern?« Clint trat dichter an ihn heran. »Ich bin immer noch dein Vorgesetzter, Red. Du hast eine einzige Chance, wenn du weiterhin im aktiven Dienst bleiben willst: Entweder du machst die Therapie, oder du bist endgültig raus.«

Reds Wut und Angst entluden sich in einem explosiven Gemisch. »Das kannst du nicht machen!«

In Clints Augen lag ein Gefühl, das Red nicht deuten konnte. Aber daran, dass sein Freund zu allem entschlossen war, bestand kein Zweifel. »Ich kann, und ich werde. Du bist ein guter SEAL, und ich möchte dich nicht verlieren. Was mir aber noch viel wichtiger ist: Du bist mein Freund, und ich will, dass es dir gut geht. Sierra ist eine Expertin in ihrem Bereich, sie hat damals auch Karen geholfen, nachdem sie angeschossen wurde. Vor allem aber war sie ebenfalls bei der Navy und kann sich in Soldaten hineinversetzen. Und sie weiß, was du brauchst, um wieder in den aktiven Dienst zu kommen.«

Red starrte auf den Fußboden. Er wollte auf keinen Fall, dass irgendjemand – und schon gar keine Frau – an seinem vernarbten Körper herumfummelte. Und das würde sie zwangsläufig, wenn sie die Therapie ernst nahm. »Ich glaube nicht, dass ich das kann.«

Clint legte seine Hand auf Reds Schulter, zog sie aber rasch zurück, als er sich versteifte. »Ich bitte dich nur, es zu versuchen und euch eine Chance zu geben. Wenn es wirklich nicht funktioniert, denken wir uns etwas anderes aus.«

»Wir.« Red konnte nicht verhindern, dass Bitterkeit in seiner Stimme mitschwang.

»Ja, wir. Dein Team wird dich auch sehr gerne unterstützen.«

Reds Herz zog sich zusammen. »Ich habe kein Team mehr.«

Clint sah aus, als würde er ihn am liebsten schütteln. »Doch, das hast du. Und wenn du wieder fit bist, hast du eine Chance, wieder als CO mit Team 8 auf Mission zu gehen. Wenn du das möchtest. Ich würde es auch verstehen, wenn du erst mal zur Ruhe kommen willst.«

Bitter lachte Red auf. »Und was dann? Du weißt, dass ich nicht zum Schreibtischtäter tauge. Die SEALs sind mein Leben, ich kann nichts anderes.«

»Das halte ich zwar für sehr übertrieben, aber wenn es so

kommen sollte, wird dir sicher etwas einfallen. Es gibt auch genug Jobs, bei denen sich der Papierkram in Grenzen hält.«

Red schnaubte ungläubig und deutete auf sein Gesicht. »Du glaubst doch nicht im Ernst, dass mich jemand im zivilen Sektor nehmen würde.«

Clints Lippen pressten sich zusammen. »Warum nicht? Aber das ist im Moment auch unwichtig. Wichtig ist nur, dass du deine Kraft und volle Beweglichkeit wiedergewinnst. Und dafür ist Sierra genau die Richtige.«

Es war klar, dass er verloren hatte. Im Moment saß Clint am längeren Hebel. »Also gut. Mach einen Termin mit ihr, und ich werde hingehen.«

Erleichtert lächelte Clint. »Schön. Ihr könnt sofort anfangen.«

8

Gott, worauf ließ er sich da ein? Er hatte es schon kaum ertragen, die paar Tage mit dem Therapeuten im Krankenhaus zu arbeiten, wie sollte er das erst bei einer Frau aushalten? Aber er wusste, Clint würde nicht eher Ruhe geben, bis er es zumindest versucht hatte. Die schnellste Art, ihn loszuwerden, war, darauf einzugehen und die Therapeutin dann diskret in die Wüste zu schicken. Auch wenn er nicht glaubte, dass Clint seine Drohung, ihn beim Oberkommando anzuschwärzen, wahr machen würde, wollte er doch nicht das Risiko eingehen, seine ohnehin schon sehr geringen Chancen noch weiter zu schmälern.

Clint ging zur Tür. »Dann werde ich mal sehen, ob sie noch da ist.« In der Öffnung blieb er stehen. »Kleiner Tipp: Der Kühlschrank ist voll. Iss etwas, du wirst es brauchen, wenn du mit Sierra trainierst.«

Bevor Red sich irgendetwas nehmen konnte, um es Clint an den Kopf zu werfen, war der schon im Flur verschwunden. Er musste eindeutig seine Reflexe trainieren, damit er bei der nächsten Gelegenheit schneller war. Und er war sich ziemlich sicher, dass die früher kommen würde, als ihm lieb war. Clint schien es als seine Aufgabe anzusehen, sich um ihn zu kümmern. Verstand er denn nicht, dass Red lieber allein sein wollte, um das Geschehene zu verarbeiten? Die Welt um ihn herum war so laut, hektisch und bunt, daran musste er sich erst wieder gewöhnen. Es war, als befände sich sein Gehirn noch woanders.

Eine Bewegung an der Tür ließ ihn aufblicken. Offenbar war

er länger in seine Gedanken versunken gewesen, als er gedacht hatte, denn plötzlich stand die Therapeutin vor ihm. Fast hatte er gehofft, sie sei bereits nach Hause gefahren. Suchend blickte er an ihr vorbei, doch sie war allein.

»Clint ist schon weggefahren. Bevor wir anfangen, möchte ich noch etwas klarstellen: Ich bin auch nicht begeistert von Clints Methoden, aber da ich sehe, dass Sie Bedarf haben, bin ich bereit, meinen Teil der Abmachung zu erfüllen. Dafür brauche ich aber Ihre Mitarbeit. Wenn Sie das nicht wollen, dann sagen Sie es am besten gleich, damit wir uns die Zeit sparen.« Sie hatte das Kinn gehoben, und ihre Miene drückte Entschlossenheit aus.

Wider Willen war Red von ihrer Art beeindruckt. Mit wenigen Worten hatte sie ihm klargemacht, dass sie ihre Aufgabe ernst nahm und ihm keine Spielchen durchgehen lassen würde. Er konnte sich jetzt entscheiden, ob er sie sofort nach Hause schicken und sich wieder in sein Schlafzimmer verkriechen wollte oder es zumindest versuchen würde. Vielleicht lag es an der geduldigen Art, wie sie ihn anblickte, jedenfalls ertappte er sich dabei, dass er ihr die Wahrheit sagte. Oder zumindest einen Teil davon.

»Ich weiß nicht, ob ich das kann. Im Moment ist es … schwierig für mich, einen anderen Menschen so nah an mich heranzulassen.« Verlegen wandte er sich ab. Er war ein erwachsener Mann, ein SEAL, verdammt noch mal! Früher lautete sein Motto: Nichts ist unmöglich. Und jetzt schwitzte er schon, wenn er nur daran dachte, eine Physiotherapie durchzuziehen. Dabei hatte er noch nicht einmal Angst vor den Schmerzen – die war er inzwischen gewohnt.

Ein leichtes Lächeln hob ihre Mundwinkel. »Das verstehe ich sehr gut. Wir können es gerne einfach versuchen, und Sie sagen mir, was für Sie in Ordnung ist und was nicht. Okay?«

Red wusste nicht, woran es lag, aber seltsamerweise vertraute er ihr und war sich sicher, dass sie die Vereinbarung einhalten würde. »Okay. Mein Übungsraum ist hinter der letzten Tür auf der linken Seite. Vielleicht sehen Sie ihn sich schon mal an, während ich mich umziehe.« Zwar trug er bereits eine Jogginghose, aber er brauchte eindeutig noch etwas Zeit für sich.

»Gerne.« Sie trat auf den Flur zurück und gab ihm genügend Raum, dass er die Küche verlassen konnte, ohne sie berühren zu müssen.

Dankbar nickte Red ihr zu und ging dann langsam zur Treppe. Es machte ihn wahnsinnig, dass er sich nicht schneller bewegen konnte, aber immerhin war er im Haus nicht mehr auf die Krücken angewiesen. Mit einer Hand am Geländer stieg er die Treppe hinauf und blieb am anderen Ende schwer atmend stehen. Es war unglaublich, wie sich Jahre der Fitness einfach so in Luft auflösen konnten. Als hätte er monatelang nur im Bett gelegen und sich nicht bewegt. Red verzog den Mund. Das wäre sicher die bessere Alternative gewesen.

Schnell drängte er jeden Gedanken an das, was geschehen war, beiseite und konzentrierte sich darauf, zu seinem Schlafzimmer zu kommen. Warum musste es sich auch ganz am Ende des Flurs befinden? Von sich selbst genervt, stieß er die Tür auf und zuckte zusammen, als sie gegen die Wand stieß. Kopfschüttelnd ging er zum Schrank und holte seine Sportsachen heraus. Früher hatte es ihm nichts ausgemacht, nur in Shorts zu trainieren, jetzt zog er sich ein T-Shirt dazu an. Zwar waren dann immer noch die Narben an seinen Beinen und Armen und im Gesicht zu sehen, aber er kam sich damit nicht mehr ganz so ausgeliefert vor.

Sierra hatte als Therapeutin sicher schon vieles gesehen und würde sich von seinen Verletzungen nicht schockieren lassen. Trotzdem fühlte er sich nicht wohl dabei, mit seiner Schwäche hausieren zu gehen. Dabei kam er sich so vor, als würde er mit einer aufgemalten Zielscheibe seinen Feinden gegenübertreten. Unbewaffnet und mit zusammengebundenen Händen. Aber Sierra war nicht seine Feindin, oder doch? Sicher war er sich da nicht. Nein, auch wenn er mit Clints Handlungsweise nicht einverstanden war – sein Freund würde ihm ganz bestimmt nicht schaden wollen. Außerdem erinnerte er sich daran, dass Clint ihm damals von Karens Therapeutin vorgeschwärmt hatte.

Es schien Ewigkeiten zu dauern, bis Red wieder im Erdgeschoss angekommen war. Vor seiner letzten Mission hatte er dafür nur wenige Sekunden gebraucht. Es fiel ihm schwer, sich vorzustellen, dass er irgendwann noch einmal so fit sein würde, während er gleichzeitig versuchte, seinen Puls wieder unter Kontrolle zu bekommen. Mit dem Ärmel wischte er über seine feuchte Stirn, damit Sierra nicht sah, dass ihn schon die kleinste Bewegung an den Rand seiner Kraft brachte. Humorlos lachte er auf. Als wüsste sie das nicht sowieso schon. Spätestens wenn sie die ersten Übungen mit ihm machte, würde sie seinen Zustand besser kennen als er selbst. Dieser Gedanke brachte ihn fast dazu, wieder umzukehren, doch er zwang sich, die letzten Schritte bis zu seinem Fitnessraum zu gehen.

Er hatte ihn sich nach seiner Beinverletzung eingerichtet und es mit Hilfe der verschiedenen Geräte tatsächlich geschafft, wieder in den aktiven Dienst gestellt zu werden. Noch jetzt erinnerte er sich an die quälende Schufterei, die Schmerzen und Zweifel, aber wenn das Ergebnis erneut so ausfiel, hatte er kein Problem damit, die ganze Prozedur zu wiederholen. Entschlossen schob Red die Tür auf und trat in den hellen Raum. Er hatte erwartet, ihn verstaubt und leblos deprimierend vorzufinden, doch offensichtlich hatte Clint ihn reinigen lassen. Sämtliche Geräte blitzten vor Sauberkeit und wirkten, als müsste er einfach nur darauf steigen, und schon wäre er wieder gesund. Leider war das nur eine Illusion.

Auf der Fensterbank entdeckte er sogar ein paar Pflanzen, ganz sicher das Werk von Karen, denn er bezweifelte, dass Clint an so etwas denken würde. In einem Sportraum hätten die Gewächse eigentlich lächerlich wirken müssen, stattdessen gaben sie dem Ganzen jedoch eine beinah heitere Note. Der Gedanke, dass Karen an ihn gedacht hatte, rührte ihn, doch er wollte nicht gleich wieder in seine depressive Stimmung verfallen und konzentrierte sich deshalb auf die Therapeutin.

Sierra stand in einer Ecke des Raumes, in der sie eine dünne Matte auf dem Boden ausgebreitet hatte. Auch sie hatte sich umgezogen und trug jetzt eine eng anliegende Jogahose und ein langärmeliges T-Shirt. Für einen Sekundenbruchteil glaubte Red, Unsicherheit in ihrer Miene zu erkennen, dann hob sie entschlossen das Kinn. »Das ist ein schöner Raum. Ich muss zugeben, als Clint sagte, Sie hätten einen eigenen Fitnessraum, hatte ich eher eine dunkle Spelunke erwartet, die nach Schweiß stinkt.«

Überrascht verspürte Red einen Funken Humor in seinem Innern aufblitzen, und sein Mundwinkel hob sich ein winziges Stück. »Danke.«

Röte stieg in Sierras Wangen. »Tut mir leid, das war vielleicht doch ein wenig zu ehrlich und überhaupt nicht nett. Dabei kenne ich Sie noch nicht einmal.«

»Kein Problem. Ich habe tatsächlich schon einige Studios gesehen, die dem ähnelten, was Sie beschrieben haben.« Der kleine Anflug von Heiterkeit verging. »Wollen wir anfangen? Ich möchte Ihnen nicht zu viel von Ihrer Zeit stehlen.«

Sierra legte den Kopf schräg und musterte ihn prüfend. »Sie haben gar nicht vor, der Sache eine Chance zu geben, oder?«

Red schwieg einen Moment. »Wenn wir gerade schon ehrlich sind: nein.«

Zu seiner Verwunderung packte sie nicht sofort ihre Sachen und verließ sein Haus. Stattdessen hielt sie ruhig seinen Blick. Ihre hellbraunen Augen waren genauso schön wie der Rest von ihr, wie Red bemerkte. »Darf ich fragen, warum nicht? Was haben Sie zu verlieren?«

Anstatt sie anzulügen oder zu schweigen, sagte er ihr die Wahrheit: »Weil Clint kein Recht hat, sich so in mein Leben einzumischen. Ich bin nach Hause gegangen, um meine Ruhe zu haben. Im Moment kann ich einfach keine Menschen um mich herum ertragen.« Den letzten Satz hatte er gar nicht sagen wollen. Er war niemandem Rechenschaft schuldig, schon gar nicht jemandem, den er nicht einmal kannte. Warum er ihr trotzdem so viel von sich erzählte, konnte er sich nicht erklären.

»Das kann ich nachvollziehen. Aber Sie wollen wieder in den aktiven Dienst zurück, das habe ich doch richtig verstanden?«

»Natürlich! Aber die Wahrscheinlichkeit, dass ich jemals wieder auf eine Mission gehe, ist mehr als gering.« Auch das hatte er nicht sagen wollen. Was hatte diese Frau nur an sich, das ihn so unvorsichtig werden ließ? Vielleicht lag es an ihrer vertrauenswürdigen Ausstrahlung oder daran, dass sie ihn offenbar wirklich verstand. Wütend auf sich selbst wandte Red sich ab. Vielleicht fand er seinen Verstand wieder, wenn er nicht mehr in ihre Augen blickte, die so viel zu sehen schienen.

»Dann geben Sie also einfach auf, ohne es überhaupt zu versuchen?« Sie sagte es ohne einen Vorwurf.

Wut stieg in Red auf, und er drehte sich wieder zu ihr um. »Nein! Aber ich kann alleine trainieren, das habe ich bei meiner letzten Verletzung auch getan.«

»Davon bin ich überzeugt.« Es klang, als meinte sie es ernst.

»Aber Ihnen ist sicher auch bewusst, in welch schlechtem körperlichen Zustand Sie sich befinden – der vermutlich anders ist als bei Ihrer vorherigen Verletzung. Ich oder ein anderer Therapeut können Ihnen dabei helfen, den bestmöglichen Zustand schneller wieder zu erreichen. Ich kann keine Wunder bewirken, aber ich weiß, was ich tue.«

Wahrscheinlich sollte er wütend werden, aber dafür konnte er keine Kraft aufbringen. Müde ließ er sich auf die Hantelbank sinken. »Wir drehen uns im Kreis, Lieutenant.« Mit den Fingern rieb er über seine schmerzenden Schläfen. »Was schlagen Sie vor?«

»Zuerst einmal möchte ich, dass Sie mich Sierra nennen. Ich bin nicht mehr bei der Navy, deshalb ist mein Rang unerheblich.« Sie wartete, bis Red nickte, dann fuhr sie fort: »Ich würde mir anschauen, wo genau Sie Probleme haben, und dann einen Trainingsplan entwickeln, der sich an diesen Schwachpunkten orientiert. Je länger wir trainieren, desto mehr werde ich den Plan an Ihre Fortschritte anpassen. Nach einiger Zeit brauchen Sie mich nicht mehr und können alleine trainieren, wenn Sie es nicht übertreiben.«

Red wünschte, sie wären bereits an diesem Punkt. Aber Sierra hatte recht: Am Anfang würde er sie brauchen, damit er seinen Körper nicht noch mehr kaputtmachte. Vielleicht würde es ja reichen, wenn sie ihm ein paar Übungen zeigte, die er dann selbst durchführen konnte. Erschreckend – er dachte also wirklich darüber nach, der Sache eine Chance zu geben. Andererseits: Wenn ihn das näher an seinen Posten bei den SEALs brachte, musste er es versuchen.

Mit einem tiefen Seufzer ließ er die Hände sinken. »In Ordnung, probieren wir es.«

Sierras Augenbrauen schoben sich zusammen. »Nein, Lieutenant Commander Redfield, so funktioniert die Sache nicht.

Entweder sind Sie mit Leib und Seele dabei und geben Ihr Bestes, oder wir können die Sache gleich vergessen. Oder haben Sie Ihrem Commander im Training auch gesagt: ›Ich probiere es, Sir.‹? Nein, Sie haben trotz aller Schmerzen und Müdigkeit ein Ziel vor Augen gehabt und ›Aye, Sir!‹ gebrüllt. Richtig?«

Nur zu gut konnte Red sich an das BUD/S-Training erinnern. Es war gleichzeitig die schlimmste und die beste Zeit seines Lebens gewesen. Die Erinnerung entlockte ihm ein leichtes Lächeln. »Meist war es ein ›Hooyah!‹.«

Ernst blickte Sierra ihn an. »Wenn das hier funktionieren soll, brauche ich die gleiche Leidenschaft und Leidensbereitschaft von Ihnen. Können Sie mir das geben?«

Sierra konnte sehen, dass der SEAL immer noch zögerte. Das ärgerte sie, zugleich verspürte sie jedoch auch Mitgefühl. Er musste Furchtbares durchgemacht haben – nicht nur die Narben sprachen davon, sondern auch der gehetzte Ausdruck in seinen Augen. Aber es brachte nichts, wenn sie jetzt zusagte, ihn zu trainieren, und er nur gezwungenermaßen mitmachte. Sie nahm ausschließlich Patienten an, die mehr als alles andere wieder auf die Beine kommen wollten. Genau deshalb war ihre Erfolgsquote so hoch: Die Patientinnen waren hochmotiviert und bereit, hart an der Überwindung ihrer Verletzungen zu arbeiten.

Viele von ihnen waren traumatisiert, hatten zusätzlich zu ihren physischen auch psychische Verletzungen erlitten. Doch Sierra hatte noch mit niemandem gearbeitet, der in Gefangenschaft gewesen war, geschweige denn über eine so lange Zeit. Das musste Narben hinterlassen haben, die sie nicht einmal erahnen konnte. Vielleicht sollte sie froh sein, dass er nicht mit ihr arbeiten wollte – sie hatte diesen Auftrag ja ohnehin nicht haben wollen. Seit sie ihn gesehen hatte, verspürte sie allerdings den Drang, ihm zu helfen. Er musste unglaublich stark sein, um diese Torturen überlebt zu haben. Die Narben sprachen eine deutliche Sprache: Er hatte nicht nur hungern müssen, sondern war auch gefoltert worden.

Da Sierra immer noch mit einigen Soldatinnen der Navy befreundet war, hatte sie natürlich von dem SEAL gehört, der auf einer Mission spurlos verschwunden und trotz intensiver Suche auch nach Monaten nicht gefunden worden war. Auch wenn die Details der Einsätze höchster Geheimhaltung unterlagen, war durchgesickert, dass er in Afghanistan entführt worden war. Von wem oder warum, war nie bekannt geworden, und sie fragte sich, ob er es überhaupt selbst wusste. Clint hatte gesagt, sein Freund erinnere sich nicht an die Gefangenschaft. Sierra fragte sich, ob das wirklich so war oder ob er es einfach nur so tief in sich verschloss, dass sein Gedächtnis im Moment keinen Zugriff darauf hatte.

Im Grunde genommen war das aber auch egal, sie war nur dafür zuständig, seinen Körper wieder fit zu machen. Um seine Psyche musste sich jemand anders kümmern, der sich damit auskannte. Sie hatte genug eigene Probleme. Wenn sie sich nicht einmal selbst helfen konnte – wie sollte ihr das dann bei einem anderen Menschen gelingen? Schnell schob sie den Gedanken an ihre eigenen Unzulänglichkeiten beiseite. Es ging hier um Lieutenant Commander Redfield, nicht um sie.

Da er immer noch nicht geantwortet hatte, ging sie davon aus, dass er nicht auf ihre Bedingung eingehen würde. Enttäuschung und Erleichterung wechselten sich in ihrem Innern ab. Sie konnte in ihr eigenes, ruhiges Leben zurückkehren und musste sich nicht mit dem unermesslichen Leid auseinandersetzen, das so offensichtlich in ihm lebte. Oder mit der Tatsache, dass sie sich weniger vor ihm fürchtete, als sie es eigentlich erwartet hatte. Sie war sich nicht sicher, ob es an ihm lag oder ob sie sich allgemein langsam von ihrer Vergangenheit erholte. Sie vermutete, eher Ersteres. Da war etwas an ihm, das sie zu ihm hinzog – sie wusste nur noch nicht genau, was.

Sierra hob ihre Matte vom Boden auf und rollte sie wieder zusammen. »Wenn Sie mit mir nicht zusammenarbeiten wollen oder können, sollten Sie sich einen anderen Therapeuten suchen. Ich bin sicher, Sie finden einen, der Ihnen helfen kann.« Sie hängte sich ihre Tasche über die Schulter und ging zur Tür. »Ich wünsche Ihnen viel Glück.«

Kurz vor dem Ausgang erklang seine raue Stimme: »Gehen Sie nicht. Bitte.«

Sierra schloss für einen Moment die Augen und drehte sich dann um. »Warum nicht?«

»Weil ich Sie brauche.« Auf seiner Miene war deutlich zu sehen, wie viel Überwindung ihn dieses Eingeständnis kostete. Er hob den Blick und schaute sie direkt an. »Sie können sicher sein, dass ich alles tun werde, um schnell wieder auf die Beine zu kommen.«

»Solange Sie sicher sind, dass Sie das für sich machen und nicht für irgendjemand anderen – oder weil Sie wollen, dass Clint Sie in Ruhe lässt.«

Red verzog den Mund. »Ich gebe zu, das ist ein Plus. Aber nein, ich weigere mich, aufzugeben und meine Karriere an den Nagel zu hängen, bevor ich von außen dazu gezwungen werde.«

»Okay.«

Unsicher blickte er sie an. »Dann bleiben Sie?«

Sierra stieß innerlich einen Seufzer aus und erkannte, dass sie verloren hatte. »Ja, ich denke, schon.« Sie legte ihre Matte zurück auf den Boden und stellte ihre Tasche darauf, nachdem sie einen Block und Stift herausgesucht hatte. »Sagen Sie mir, was Ihnen wehtut.«

Er verzog das Gesicht. »Wäre es nicht schneller, zu sagen, was nicht wehtut?«

»Und was ist das?«

»Ganz ehrlich? Ich weiß es nicht. Mein ganzer Körper ist ein einziger Schmerz, zusätzlich zu den Verletzungen quälen mich sämtliche Muskeln.«

Es war deutlich zu erkennen, wie unwohl er sich dabei fühlte, seine »Schwäche« zuzugeben. Darin waren vermutlich die meisten Männer gleich. Sie hatte das schon einmal erlebt, und damals war es nicht gut ausgegangen. Warnend zog sich ihr Magen zusammen. Wenn sie schlau war, würde sie so schnell wie möglich von hier verschwinden. Sie hatte keinerlei Verpflichtung dem Lieutenant Commander gegenüber. Dummerweise konnte sie es nicht mit ihrem Gewissen vereinbaren, jemanden, der ihre Hilfe benötigte, im Stich zu lassen, nur weil sie Angst hatte.

»Sierra?«

Die Stimme erklang so dicht bei ihr, dass Sierra erschreckt zurückzuckte. Eine Hand schloss sich um ihren Oberarm und hielt sie fest. *Nein, nicht noch einmal!* Panik durchzuckte sie, nahm ihr den Atem. Wie erstarrt stand sie da, unfähig, sich zu rühren. Genau wie damals. Ihre Narben begannen zu schmerzen, wie immer, wenn die Erinnerungen hochkamen. Gleich würde er …

»Sierra!« Sie wurde leicht geschüttelt, doch es kam kein Schmerz. »Hören Sie mich?«

Die Stimme war seltsam, sie passte nicht zu den Bildern, die vor ihrem inneren Auge abliefen. Blinzelnd hob sie die Lider. Wann hatte sie sie geschlossen? Ihre Sicht war erst verschwommen, dann wurde sie klarer. Ein Mann stand vor ihr und blickte besorgt auf sie hinunter. Es war seine Hand, die ihren Arm umfasst hielt. *Redfield.* Verdammt, sie hatte gewusst, dass es keine gute Idee war, diesen Job anzunehmen. Sierra versuchte, ihre Kehle so weit zu befeuchten, dass sie sprechen konnte.

»Ja, entschuldigen Sie, ich war in Gedanken.« Sie war stolz darauf, dass ihre Stimme so fest klang, obwohl ihre ganze Welt zu schwanken schien.

Offenbar war sie jedoch nicht ganz so überzeugend, wie sie gedacht hatte, denn Redfields Gesichtsausdruck änderte sich nicht. »Geht es Ihnen gut?«

Mit Mühe setzte Sierra ihre professionelle Miene auf. »Natürlich. Außerdem sind Sie hier der Patient, wir sollten uns lieber darum kümmern, dass Sie auf die Füße kommen.« Sowie sie die Worte ausgesprochen hatte, wusste sie, dass sie gerade etwas zerstört hatte.

Eine Maske schob sich über sein Gesicht, seine Augen schienen durch sie hindurch zu blicken. »Wenn Sie das sagen.«

Das war nicht gerade der ideale Start für die Therapie, aber sie konnte es nicht mehr ändern. Deshalb konzentrierte sie sich darauf, keine weiteren Fehler zu begehen. »Stellen Sie sich bitte ganz gerade hin, lassen Sie die Arme locker hängen. Die Füße ein Stück auseinander.«

Schweigend folgte der SEAL ihren Anweisungen. Sierra trat näher an ihn heran und begutachtete seine Haltung. »Arbeiten Sie nicht dagegen, wir können nur etwas gegen Ihre Schwachstellen unternehmen, wenn wir sie erkennen.« Sie wusste, dass sie etwas beinahe Unmögliches verlangte. Ein SEAL zeigte niemals eine Schwäche, im Ernstfall konnte das dazu führen, dass er starb. Es war eine Frage des Vertrauens, und sie wusste, dass sie ihm bisher noch keinen Grund dazu gegeben hatte, ihr zu vertrauen. »Ich will Ihnen wirklich nur helfen, Lieutenant Commander Redfield.«

Seine Augenbrauen schoben sich zusammen. »Wenn das

hier funktionieren soll, nennen Sie mich nicht Lieutenant Commander Redfield. Dabei komme ich mir vor wie auf dem Stützpunkt.«

Das war immerhin schon ein Anfang. »Wie soll ich Sie sonst nennen? Red?«

Sein Gesichtsausdruck wurde noch finsterer. »Das ist mein Spitzname in den Teams. Hier bin ich einfach nur Nathan.«

Einerseits gefiel es ihr, dass sie ihn mit seinem richtigen Namen anreden sollte – damit konnte sie vielleicht besser zu ihm durchdringen. Andererseits kam es ihr so vor, als fühlte er sich in seinem jetzigen Zustand nicht würdig genug, um Mitglied eines Teams zu sein. Das war gar nicht gut. Er musste davon überzeugt sein, es zu schaffen, sonst wurde die ganze Therapie schwieriger, wenn nicht gar unmöglich.

»Okay, Nathan. Bewegen Sie die Arme so weit nach oben, wie es geht. Einer nach dem anderen.« Sierra notierte die Ergebnisse der Übung. »Und jetzt nach hinten. Sagen Sie mir, wenn es wehtut.« Er versuchte zwar, seine Miene neutral zu halten, aber sie konnte an seinen Augen ablesen, welche Bewegungen ihm am meisten zu schaffen machten. »Gut, und jetzt zur Seite.« Sein Arm zitterte, und es war ihm anzusehen, dass er Schmerzen hatte. »Stopp!«

Fragend blickte Nathan sie an. »Was ist?«

»Hatte ich nicht gesagt, dass Sie mir sagen sollen, wenn etwas wehtut?«

Sein Mund verzog sich. »Dann müsste ich die ganze Zeit etwas sagen, denn es tut alles weh.«

»Das verstehe ich. Aber es geht darum, herauszufinden, wo Sie noch Blockaden haben oder wo Ihre Verletzungen noch abheilen müssen, bevor wir daran arbeiten können. Es würde die Sache erleichtern, wenn Sie mir sagen, wo Sie verletzt wurden.«

Ihre Aufforderung schien ihn noch verschlossener zu machen. »Ich erinnere mich nicht daran. Ich weiß das alles selbst nur aus zweiter Hand. Aber Sie können sich gerne den Bericht vom Arzt ansehen, da ist alles aufgelistet, was man entdeckt hat.«

»Das wäre gut, danke. Aber machen wir hier erst mal weiter. Können Sie das T-Shirt ausziehen? Es ist einfacher für mich, Ihren Zustand zu beurteilen, wenn ich Ihren Körper sehen kann.« Sierra hielt den Atem an. Viele ihrer Patientinnen hatten anfangs ein Problem damit, jemand anderem ihre Wunden zu zeigen – geschweige denn, sich anfassen zu lassen. Meist gelang es ihr, schnell das Vertrauen der Frauen zu gewinnen, doch sie befürchtete, dass Nathan ein härterer Fall sein würde.

9

Ein Muskel zuckte in seiner Wange, doch zu Sierras Überraschung protestierte Nathan nicht, sondern zog sich mit einem Ruck das T-Shirt über den Kopf. Es half ihr, dass sie schon viele furchtbare Verletzungen gesehen hatte – so schaffte sie es, seine Brust zu betrachten, ohne ihm zu zeigen, wie sehr sie das verabscheute, was man ihm angetan hatte. Vermutlich erwartete er, dass sie schreiend davonlief, doch den Gefallen würde sie ihm nicht tun.

Stattdessen trat Sierra näher und hob eine Hand. Nathans Lippen pressten sich fester zusammen, seine Augen verdunkelten sich. »Darf ich? Ich möchte überprüfen, wie gut die Rippen verheilt sind.«

Da er nicht zurückwich und die Hände weiterhin an seinen Seiten ließ, deutete sie das als Zustimmung. Aber es entging ihr nicht, dass seine Atmung schneller wurde und seine Hände sich zu Fäusten ballten.

»Woher wissen Sie das von den Rippen überhaupt?« Seine Stimme klang frostig.

Froh darüber, dass er mit ihr redete, legte Sierra ihm vorsichtig die Hand auf den Brustkorb. Deutlich spürte sie, wie er zusammenzuckte. »Ihre Schonhaltung deutet darauf hin. Sie stehen immer ein wenig schief, und Ihr Arm geht oft nach vorne, um die Seite zu schützen. Außerdem atmen Sie nicht wirklich tief durch. Klassische Zeichen für eine Rippenverletzung.«

Während ihrer Erklärung stand Nathan stocksteif da, er schien nicht einmal zu atmen. Aber sie konnte das Zittern spüren, das in Wellen durch seinen Körper lief. Da ihn ihre Berührung zu belasten schien, bemühte sie sich, sie so kurz wie möglich zu halten. Fachmännisch tastete sie seinen Brustkorb ab und konnte die Rippen deutlich unter der Haut spüren. An einigen konnte sie kleine Erhebungen fühlen, die zeigten, wo die Bruchstellen nicht ganz gleichmäßig wieder zusammengewachsen waren. Nathan konnte von Glück sagen, dass bei der Verletzung keine inneren Organe geschädigt worden waren. Unbehandelt hätte das leicht zum Tod führen können.

Als sie fertig war, bewegte sie noch einmal seine Arme und legte dabei ihre Hand auf seine Brustmuskeln, um deren Funktion zu prüfen. Auch das Schultergelenk testete sie. Auf einer Seite bewegte es sich nur eingeschränkt, und sie machte sich eine geistige Notiz, es so schnell wie möglich zu mobilisieren. Er würde es brauchen, um die Übungen gut durchführen zu können. Seine Brust, sein Bauch, seine Arme und Hände, selbst sein Hals waren überzogen von Narben. Manche schienen von Seilen, Handschellen und Ähnlichem zu stammen, andere sahen aus wie Zigarettennarben oder auch andere Verbrennungen. Es gab Schnitte von Messern, Striemen von Peitschen, und wenn sie sich nicht irrte, auch einige Schusswunden. Diese schienen allerdings älter zu sein.

Als SEAL hatte er sicher kein friedliches Leben geführt und war Verletzungen gewohnt. Doch das, was Nathan Redfield durchgemacht hatte, war Sierra noch bei keiner ihrer anderen Patientinnen begegnet. Meist behandelte sie Frauen mit Schuss- oder Explosionswunden, aber auch Schnittverletzungen, stumpfe Traumata, Autounfälle, Stürze oder Angriffe ohne Waffen waren schon Gründe für eine Therapie bei ihr gewesen. Einige ihrer Patientinnen hatten Gliedmaßen verloren oder waren am ganzen Körper mit Verbrennungsnarben überzogen. Natürlich waren all diese Verletzungen furchtbar, aber die Vorstellung, dass Nathan über Monate systematisch gequält worden war, ließ Übelkeit in ihr aufkommen.

Sierra nahm seine Hand in ihre und testete die Beweglichkeit seiner Finger. Einige schienen etwas steif zu sein, aber noch nicht so, dass sie ihn daran hindern würden, seinen Job weiter auszuüben. Mit etwas Glück konnte sie ihm dabei helfen, die Beweglichkeit wiederherzustellen oder zumindest zu verbessern.

»Haben Sie überall Gefühl in den Fingern?«

»Ja.« Es klang beinahe wie ein Grollen.

Sie blickte ihm ins Gesicht und versank in seinen grünen Augen. Die Farbe war ihr vorher gar nicht aufgefallen, doch jetzt stellte sie fest, dass es ein ganz klares Moosgrün war. Eingerahmt von dunklen Wimpern und Augenbrauen stachen sie aus seinem blassen Gesicht hervor. Die Wunde, die man ihm an der Wange zugefügt hatte, war offensichtlich nicht behandelt worden und hatte sich entzündet. Statt eines dünnen Strichs, der mit der Zeit fast verschwinden würde, war diese Narbe breit und noch immer gerötet. Es gab keine Möglichkeit, sie zu übersehen.

Obwohl es ihr furchtbar leidtat, dass er so deutlich gezeichnet worden war, stellte Sierra zu ihrer Überraschung fest, dass sie Nathan dadurch nicht weniger attraktiv fand. Im Gegenteil: Die Narbe ließ ihn sogar noch männlicher wirken. Innerlich schüttelte Sierra den Kopf über ihre lächerlichen Gedanken. Es interessierte sie nicht im Geringsten, wie ihr Patient aussah. Sie würde sich nur darum kümmern, dass er wieder auf die Beine kam.

»Was?«

Offenbar hatte sie ihn zu lange angestarrt. So viel zu ihrer Professionalität. Um ihre Verlegenheit zu überdecken, berührte sie mit den Fingern die Haut neben seiner Narbe. »Sind auch Sehnen und Nerven verletzt worden, oder ist die Wunde nur oberflächlich?«

Als Antwort verzog Nathan die Lippen zu einem übertriebenen Lächeln. Dadurch trat die Narbe noch mehr hervor, und der linke Mundwinkel hing etwas tiefer als der rechte. Davon abgesehen schien jedoch noch alles zu funktionieren. Er hatte Glück gehabt, wenn man davon bei einer solchen Verletzung überhaupt sprechen konnte.

»Gut. Was ist mit den Augenbrauen?« Wie auf Befehl hob und senkte Nathan die Brauen und zog sie anschließend zusammen. Auch hier konnte Sierra keine Funktionsstörung erkennen. »Sehr gut.«

Um nicht weiter seinem Blick ausgesetzt zu sein, trat sie um ihn herum. Der Anblick seines Rückens trieb ihr die Tränen in die Augen. Was vorher vermutlich eine glatte Fläche gewesen war, sah jetzt aus wie eine Kraterlandschaft. Wenn sie nicht alles täuschte, war Nathan immer wieder ausgepeitscht worden. Es gab auch längliche Brandnarben und Schnittwunden. Bei anderen Narben konnte sie die Herkunft nicht bestimmen. Sie wusste nur, dass Nathan unglaubliche Schmerzen erlitten haben musste. Wie er es geschafft hatte, das monatelang auszuhalten und psychisch halbwegs normal wieder herauszukommen, war ihr ein Rätsel. Aber vielleicht hatte ihm sein SEAL-Training dabei geholfen.

Oder das alles würde erst später in ihm hochbrodeln, deshalb war die psychologische Behandlung auch mindestens genauso wichtig wie die physische. Aber Clint hatte ja gesagt, er würde sich darum kümmern, dass Nathan weiterhin zum Psychologen ging. Hoffentlich würde es funktionieren, sonst konnte es durchaus sein, dass er zu einer tickenden Zeitbombe wurde. Und dann wollte sie auf keinen Fall in der Nähe sein. Sobald sie bemerken würde, dass Nathan nicht stabil war, würde sie gehen, auch wenn er noch so sehr ihre Hilfe brauchte. Sie musste sich schützen. Noch einmal wollte sie nicht in eine solche Situation geraten – es war schon schwierig genug gewesen, beim letzten Mal halbwegs intakt wieder herauszukommen.

Als sie sah, wie angespannt Nathans Schultern waren, schüttelte sie ihre Gedanken schnell ab. Es war einfach unprofessionell, die Wunden eines Patienten minutenlang anzustarren, ohne einen Ton zu sagen.

»Heben Sie bitte noch einmal die Arme.«

Wortlos gehorchte Nathan. Sie konnte deutlich sehen, wo das Narbengewebe sich spannte und seine Bewegungen behinderte. Viel würde sie daran nicht ändern können, aber vielleicht konnte sie ihm die Sache etwas erleichtern. Auch ein chirurgischer Eingriff wäre möglich, allerdings würde der Zeit in Anspruch nehmen, die er nicht hatte, wenn er schnell wieder seinen Dienst aufnehmen wollte. Trotz seiner hervorstehenden Knochen konnte sie die Ansätze seiner Muskeln sehen. Auch die breiten Schultern deuteten darauf hin, wie er aussehen würde, wenn er erst wieder fit war.

Nathan war etwa zwanzig Zentimeter größer als sie. Wenn er seine Kraft zurückgewann, wäre es ein Leichtes für ihn, sie zu überwältigen. Der Gedanke schoss so plötzlich durch ihren Kopf, dass Sierra Mühe hatte, ihn zurückzudrängen. Nathan würde ihr nichts tun, er hatte überhaupt keinen Grund dafür. Er war einfach nur ein weiterer Patient, den sie genauso behandeln würde wie alle anderen. Und in ein paar Monaten, wenn er sich wieder erholt hatte, würde sie die Therapie beenden und in ihre Welt zurückkehren. Die Frage war nur, in welchem Zustand.

Unter normalen Umständen hatte Red schon ein Problem damit, jemandem den Rücken zuzudrehen, dem er nicht vertraute, aber jetzt war er kurz davor, aus der Haut zu fahren. Im Spiegel hatte er gesehen, wie sein Rücken aussah, er konnte sich vorstellen, wie sein Anblick erst auf eine Frau wirken musste, selbst wenn Sierra beruflich ständig mit Verletzungen und Narben zu tun hatte. Ein Schauder fuhr durch seinen Körper. Die Muskeln in seinen Armen zitterten, lange würde er sie nicht mehr oben halten können. Es war so still hinter ihm, dass er schon befürchtete, die Therapeutin wäre bereits gegangen.

»Sierra?«

»Ja?«

»Kann ich die Arme jetzt wieder herunternehmen?«

Sie kam um ihn herum, ihre Wangen waren leicht gerötet. »Oh, ja, natürlich. Entschuldigen Sie, ich wollte Sie nicht so lange warten lassen.«

Erleichtert senkte Red die Arme und versuchte, das Zittern seiner Muskeln zu ignorieren. Früher hatte er unzählige Liegestütze geschafft, jetzt fühlte er sich schon zu schwach dafür, seine Arme länger als eine Minute hochzuhalten. Sierra hatte recht: So schlecht hatte er sich nicht einmal bei seiner Beinverletzung gefühlt. Damals hatte er zwar einige Zeit nicht gehen können, aber der Rest seines Körpers war in sehr guter Verfassung gewesen. Nun würde er ganz von vorne anfangen müssen, wenn er wieder zu Kräften kommen wollte. Für jemanden, der schon als Jugendlicher regelmäßig Sport getrieben hatte, war das ungewohnt. Er konnte sich an keine Zeit in seinem Leben erinnern, in der er nicht fit gewesen wäre.

»Und, wie sieht es aus?« Als er bemerkte, wie das klang, setzte er schnell noch hinzu: »Mit der Beweglichkeit, meine ich.« Auf keinen Fall wollte er von Sierra hören, wie furchtbar er aussah.

Sie kaute an ihrer Unterlippe, was trotz der Situation ein unerwartetes Kribbeln in ihm auslöste. »Einige Blockierungen können wir definitiv aufheben. Allerdings kann ich noch nicht sagen, inwiefern das Narbengewebe die vollständige Genesung behindern wird. Das werden wir während der Übungen beobachten müssen. Außerdem kommt es noch darauf an, ob die Muskeln und Sehnen geschädigt wurden oder die Verletzungen eher oberflächlicher Natur sind.«

Red konnte einige Bewegungen bis in sein Innerstes spüren, doch darüber wollte er im Moment nicht sprechen. »Das steht alles im Arztbericht.«

»Gut.« Einen Moment lang hielt sie seinen Blick, dann sah sie nach unten. »Wir sollten mit den ersten Übungen anfangen, damit es nicht ganz so spät wird.«

»Okay.« Je früher sie damit begannen, desto eher hatte er wieder seine Ruhe.

Sierra sah sich im Raum um. »Sie haben leider keinen Behandlungstisch, aber ich denke, der Boden wird fürs Erste auch gehen. Legen Sie sich bitte mit dem Rücken auf die Matte.«

Schweigend folgte Red ihren Anweisungen. Als SEAL war er es gewohnt, Befehlen zu folgen, selbst wenn sie höflich formuliert wurden. Das weiche Material rieb leicht an seinen Narben, doch er sagte nichts dazu. Im Training und auch auf Missionen hatte er schon deutlich unangenehmere Momente erlebt. Er versuchte, sich zu entspannen, aber es gelang ihm nicht ganz. Seine Augen folgten jeder ihrer Bewegungen, sein Herz klopfte schneller, je näher sie kam. Unauffällig wischte er sich die feuchten Handflächen an der Shorts ab. Was war nur mit ihm los?

Sierra ragte über ihm auf, und er sah, wie sie ihre Hände aneinander rieb.

»Was tun Sie da?«

Überrascht hielt sie in der Bewegung inne. »Ich wärme meine Hände an, damit meine Berührung nicht so unangenehm für Sie ist.«

Red sagte ihr nicht, dass ihm die Temperatur ihrer Hände völlig egal war – es war die Vorstellung der Berührung an sich, die ihm Probleme bereitete.

Offenbar waren ihm seine Gedanken anzusehen, denn sie hockte sich neben ihn und blickte ihn ernst an. »Ich muss Sie anfassen, wenn ich Ihnen helfen will, Nathan. Das gehört zu meinem Job.«

»Ich weiß.« Er versuchte, die Augen zu schließen, doch sie schienen seinen Befehlen nicht zu gehorchen.

»Und noch einmal: Sagen Sie mir unbedingt Bescheid, wenn Ihnen eine Bewegung wehtut. Nur dann weiß ich, wie viel wir Ihrem Körper im Moment zumuten können.« Streng sah sie ihn an. »Ich weiß, dass SEALs eine viel höhere Schmerztoleranz haben als normale Menschen, aber in diesem Fall möchte ich, dass Sie das SEAL-Training vergessen.«

»Ich versuche es.«

Sierra nickte ihm zu, dann rutschte sie an seiner Seite entlang nach unten. Der Griff um seinen Fuß war fester als erwartet, und Red zuckte automatisch zusammen. Auf ihren fragenden Blick hin schüttelte er den Kopf. Mühsam entspannte er seine Muskeln wieder und folgte Sierras Bewegungen, als sie die Funktionalität seines Beines testete. Red spürte ein Ziehen in seinen Muskeln und Sehnen, doch es hielt sich in Grenzen. Vermutlich lag das aber auch daran, dass Sierra sein Bein stützte und die Bewegungen sehr geschmeidig ausführte. Es gab kein Ziehen und Zerren, wie er es schon bei einigen anderen Therapeuten erlebt hatte.

Als sie zum anderen Bein wechselte, hatte er sich wieder ein wenig entspannt. Anscheinend merkte das auch Sierra, denn sie lächelte ihm zu. Es war erstaunlich, wie sehr sich ihr Gesicht dadurch verwandelte. Vorher hatte sie fast unnahbar gewirkt, ernst und verschlossen. Das Lächeln entzündete ein Licht in ihren Augen, das ihnen die Farbe von Bernsteinen verlieh. Red hatte beinahe vergessen, dass sie immer noch sein Bein bewegte, doch dann begann der Schmerz genau an der Stelle, wo er sich vor drei Jahren verletzt hatte. Das erste leichte Zwicken ignorierte er, bis der Schmerz immer schärfer wurde.

»Jetzt tut es weh.« Es kam ihm lächerlich vor, so etwas zu sagen, doch er wusste, dass Sierra nicht gut darauf reagieren würde, wenn er es ihr verschwieg.

Sofort stellte sie die Bewegung ein und legte sein Bein sanft zurück auf die Matte. Ihre Finger glitten über seinen Oberschenkel, und sie drückte vorsichtig mit den Daumen auf eine Stelle. »Hier?«

Dass Red mit der Hüfte hochruckte, um den Druck zu mindern, war vermutlich Antwort genug. »Ja.« Das kam mehr wie ein Krächzen heraus.

Sofort ließ der Druck nach, und Sierra strich mit beiden Händen beruhigend über die alte Narbe. Das fühlte sich richtig gut an, wenn man davon absah, dass ihn jemand berührte, den er gar nicht kannte. Unauffällig wischte sich Red mit dem Arm über die feuchte Stirn. Es war ihm peinlich, dass er schwitzte, obwohl er noch nicht einmal etwas getan hatte.

Nachdem der Schmerz völlig abgeklungen war, zog Sierra ihre Hände zurück. »Gibt es Röntgenbilder oder MRTs Ihres Körpers? Vielleicht kann ich darauf erkennen, welche Ursachen die Schmerzen haben könnten.«

Red verzog den Mund. »Außer, dass der Oberschenkelknochen gebrochen war und ich längere Zeit darauf herumgelaufen bin, sodass ich nicht nur den Knochen, sondern auch das Gewebe geschädigt habe?«

Ihre Augenbrauen hoben sich. »Sie sind mit einem Oberschenkelbruch herumgelaufen? Warum haben Sie das getan?«

Der Vorwurf in ihrer Stimme ärgerte ihn. »Leider konnte ich, nachdem unser Hubschrauber abgeschossen wurde und wir danach auch noch von Rebellen angegriffen wurden, nicht einfach einen Krankenwagen rufen, sondern musste erst dafür sorgen, dass die überlebenden Männer meines Teams in Sicherheit sind.« Sofort bereute er, davon angefangen zu haben. Jahrelang hatten ihm diese Szenen Albträume verursacht, und er war nicht bereit, mit jemandem darüber zu reden. Schon gar nicht mit einer Fremden, die Clint angeschleppt hatte. Ihre mitleidige Miene tat ein Übriges. »Vergessen Sie's.«

»Es tut mir leid, ich wollte keine schlechten Erinnerungen wecken. Ich hätte die Wunde nicht nur aus medizinischer Sicht betrachten sollen.« Sierra setzte sich auf ihre Hacken zurück. »Da Sie in den aktiven Dienst zurückgekehrt sind, nehme ich an, die Verletzung war geheilt?«

Red wog seine Worte sorgfältig ab. Sollte er die Wahrheit erzählen oder die Version, die er damals dem Oberkommando aufgetischt hatte, um wieder eingesetzt zu werden?

»Ich bin auf Ihrer Seite, Nathan. Clint hat mich engagiert, um Ihnen zu helfen. Ich bin nicht mehr bei der Navy und werde auch nicht von Ihrem Arbeitgeber für Ihre Behandlung bezahlt. Dementsprechend verlässt also nichts, was wir besprechen, diesen Raum.«

Red zog die Augenbrauen zusammen. »Wer bezahlt die Therapie dann?«

Überrascht sah sie ihn an. »Clint. Ich dachte, das hätte er Ihnen gesagt.«

Erneut stieg Ärger in ihm hoch. Er stützte sich auf die Ellbogen. »Ich kann meine eigene verdammte Behandlung bezahlen! Ich bin auf keine Almosen angewiesen.«

Sierras Augen weiteten sich erschreckt, und sie bewegte sich ein Stück von ihm weg. »Ich bin sicher, Clint will nur helfen und …«

»Es ist mir völlig egal, was der große Clint Hunter will! Entweder bezahle ich meine Behandlung selbst, oder wir hören sofort auf.«

Eine Weile blickte sie ihn nur schweigend an. »Sie setzen voraus, dass ich überhaupt noch mit Ihnen arbeiten möchte, obwohl Sie sich so aufführen.«

Red biss die Zähne zusammen. »Wie viel bezahlt er Ihnen?«

Energisch hob Sierra ihr Kinn. »Das Doppelte meiner monatlichen Einnahmen.«

Sprachlos starrte Red sie an. »Entweder verdienen Sie normalerweise sehr wenig, oder Sie nehmen Clint aus.«

Wütende Röte stieg in ihre Wangen, und sie stand auf. »Ich bin gut in meinem Job, und mein Terminkalender ist voll. Clint hat mir das Geld von sich aus angeboten. Aber ganz ehrlich: Ich habe den Auftrag nur angenommen, weil ich ihn und Karen mag und er mich darum gebeten hat. Unter normalen Umständen würde ich für kein Geld der Welt mit Ihnen arbeiten.«

Seltsamerweise schürte das seinen Ärger noch. »Warum nicht? Bin ich ein aussichtsloser Fall und würde Ihre Erfolgsbilanz trüben?«

Ihre Augen sprühten Feuer. »Nein, Sie sind ein Mann.« Damit drehte sie sich um und wollte davongehen.

Automatisch schoss Reds Arm nach oben, und seine Hand legte sich um ihr Fußgelenk. Sierra, die damit nicht gerechnet hatte, stolperte. Die harte Bewegung sandte einen Schmerz durch Reds Rippen, der ihn aufkeuchen ließ. Er löste seinen Griff und presste die Hand an seinen Brustkorb, um das Stechen darin zu lindern – auch wenn das nicht half, wie er schon einige Male hatte feststellen müssen.

»Haben Sie sich wehgetan?« Sierra kauerte neben ihm und hatte ihm die Hand auf die Schulter gelegt.

»Rippen.«

Sie schob seine Finger beiseite und strich sanft über seine Haut. »Sie wollten mir noch erzählen, ob Ihr Bein völlig wiederhergestellt war, als Sie wieder in den aktiven Dienst zurückgekehrt sind.«

Irritiert starrte Red sie an. »Das wollen … Sie unbedingt … jetzt wissen?«

»Ja. Ich nehme mal an, Sie haben den Ärzten und Therapeuten nicht gesagt, dass das Bein immer noch schmerzt.«

Sie hatte eine ziemlich gute Beobachtungsgabe, das musste man ihr lassen. »Es funktioniert doch. Ich hätte mein Team nie gefährdet, nur um weiter an Missionen teilnehmen zu können.« Und genau darüber musste er auch jetzt wieder nachdenken. Sollte er nach dem, was er erlebt hatte, überhaupt noch einmal ein Kommando übernehmen?

»Das wollte ich damit auch nicht sagen. Aber es ist wichtig, auf die Signale des Körpers zu achten. Das Bein tut nicht umsonst weh.«

Vermutlich weil es nie vollständig verheilt war. »Die Ärzte sagten, mehr könnten sie nicht tun. Sie haben sowieso nicht daran geglaubt, dass ich wieder in den aktiven Dienst zurückkehren würde.«

»Genau diese Kraft und Motivation brauchen wir auch diesmal.« Sierra zog ihre Hand weg und richtete sich auf. »Ist es jetzt besser?«

Erstaunt bemerkte Red, dass seine Rippen tatsächlich kaum noch schmerzten. »Wie haben Sie das gemacht?«

»Ich habe Sie abgelenkt und dafür gesorgt, dass sich Ihre Muskeln entspannen. Wenn Sie so verkrampft sind, drücken die Muskeln und Sehnen auf die verletzten Rippen und verursachen so die Schmerzen. Deshalb tut es auch beim Lachen oder Husten weh.«

»Danke.«

Sierra nickte ihm zu. »Gern geschehen. Dann werde ich jetzt mal gehen.«

»Ist unsere Therapiestunde schon zu Ende?« War das tatsächlich aus seinem Mund gekommen? Er sollte froh sein, sie los zu sein, stattdessen stellte er gerade fest, dass er noch nicht allein sein wollte. Und wenn er ganz ehrlich war, wollte er auch nicht irgendjemanden bei sich haben, sondern nur Sierra. Allerdings konnte er sich nicht erklären, warum das so war, und das machte ihn nervös. Er kannte sie doch überhaupt nicht. Eigentlich hatte er auch erwartet, dass ihre Berührungen ihm zuwider sein würden. Aber das Gegenteil war der Fall.

Ihr Blick war nicht zu deuten. »Da Sie mit der Bezahlung nicht einverstanden sind – und mich noch dazu beleidigt haben –, gehe ich davon aus, dass die Behandlung damit beendet ist.«

10

Ein Gefühl der Verlegenheit breitete sich in Red aus. Er hatte Sierra tatsächlich nicht anständig behandelt. Es war nicht ihre Schuld, dass Clints Bevormundung ihn ärgerte. Sie war sogar trotz seiner schlechten Laune hiergeblieben, was er ihr hoch anrechnete. »Entschuldigen Sie, ich hätte meinen Ärger nicht an Ihnen auslassen sollen.«

Ein schwaches Lächeln erschien auf ihrem Gesicht. »Viele meiner Patientinnen sind anfangs wütend. Wütend auf andere, auf das Schicksal und auch auf mich, wenn ich etwas von ihnen fordere. Aber ich denke, ich kann sagen: Wenn vielleicht auch nicht jede meiner Patientinnen am Ende der Behandlung vollständig geheilt war, so war doch zumindest ihre Lebensqualität danach deutlich gesteigert. Viele konnten zu ihrer Arbeit zurückkehren, und die anderen waren wesentlich mobiler und schmerzfreier als vorher. Dafür mache ich diese Arbeit, wobei ich zugeben muss, dass ich damit natürlich auch Geld verdienen muss und möchte. Ich …« Sie brach ab, und ein sehnsüchtiger Ausdruck huschte über ihr Gesicht.

»Was?«

Ihre Wangen verfärbten sich. »Ach, nichts. Ich wollte Sie nicht so zutexten. Schon gar nicht mit Eigenwerbung.«

»Ich höre Ihnen gerne zu.« Und zu Reds Erstaunen entsprach das sogar der Wahrheit. Er wusste es zwar nicht mit Bestimmtheit, aber er nahm an, dass er die ganzen Monate über kaum jemals eine Frauenstimme gehört hatte.

»Wie dem auch sei, die Frage ist jetzt, ob Sie die Therapie

mit mir weitermachen möchten oder nicht. Die Bezahlung müssten Sie dann mit Clint klären.«

Red wusste, wenn er keine Therapie machte, würde Clint nie Ruhe geben. Und wenn er ganz ehrlich war, gefiel ihm Sierra mit ihrer sanften Stimme, den großen Augen und dem weiblich gerundeten Körper deutlich besser als der Therapeut im Krankenhaus. Außerdem schien sie tatsächlich zu wissen, was sie tat – ein eindeutiges Plus.

Er räusperte sich. »Wenn Sie jemanden wie mich ertragen können, würde ich es gerne versuchen.«

Ernst nickte sie. »In Ordnung, versuchen wir es. Aber ich erwarte, dass Sie auf mich hören, Nathan. Wenn ich sage, dass Sie eine bestimmte Stelle schonen sollen, müssen Sie das tun. Ich werde nicht zusehen, wie Sie sich Ihren Körper ruinieren.«

»Was gibt es denn daran noch zu ruinieren?« Er deutete auf die Narben.

»Das ist nicht witzig! Haben Sie sich mal überlegt, was für ein Glück Sie haben, dass alles noch funktioniert? Dass Sie stehen und sogar gehen können? Viele Menschen wären froh darüber.« Ihre Stimme wurde sanfter. »Natürlich sind die Narben schlimm, besonders weil sie zeigen, dass Sie wahnsinnig gelitten haben müssen. Aber sie sind nur oberflächlich – alles, was wichtig ist, funktioniert noch.«

Einerseits hatte sie recht, andererseits wusste Red nicht, ob er wirklich so gut davongekommen war. Das würde sich wahrscheinlich erst mit der Zeit herausstellen. Aber jetzt, in diesem Moment, konnte er ihr zustimmen. Dafür, dass er in einem so schlechten Zustand gefunden worden war, ging es ihm inzwischen schon halbwegs gut.

»Ich verspreche, mich zu bemühen, alles so zu machen, wie Sie es anordnen.« Es konnte allerdings sein, dass er das ein oder andere Mal die Geduld verlieren und mehr tun würde, als sie abgesprochen hatten. Aber das musste Sierra ja jetzt noch nicht wissen.

Abwartend blickte sie ihn an.

»Muss ich noch einen feierlichen Eid schwören oder so?«

»Nein, aber wie wäre es, wenn Sie aufstehen würden?«

Erst jetzt bemerkte er, dass er immer noch auf dem Boden lag. Bei keinem anderen hätte er sich so sicher gefühlt, dass er sich freiwillig in eine so schutzlose Position begeben hätte. Automatisch wollte er sich elegant auf die Füße rollen, so wie früher, doch es gelang ihm nicht. Vermutlich sahen seine Bewegungen eher so aus wie bei einem alten Mann, bis er nach einer scheinbar endlosen Zeit endlich schwer atmend vor Sierra stand.

»Setzen Sie sich auf die Bank.« Sie deutete auf die gepolsterte Hantelbank. »Mit dem Rücken zu mir.«

Sofort zogen sich seine Muskeln zusammen bei dem Gedanken, dass sie erneut seinen Rücken sehen würde, doch er setzte sich wortlos hin. Als ihre Hand sich in seinen Nacken legte, zuckte er zusammen.

»Entspannen Sie sich. Ich will nur ein wenig Ihre Muskeln lockern.«

Das war leichter gesagt als getan: Seit er im Krankenhaus aufgewacht war, schien sein ganzer Körper nur noch verkrampft zu sein. Es half auch nicht gerade, dass er beim Gehen so unsicher war. Von den unruhigen Nächten ganz zu schweigen. Offenbar hatte er es in den letzten Monaten verlernt, sich zu entspannen.

Sanft rieb Sierra über seinen Nacken, seine Schultern und Oberarme, bis er sich zumindest ein wenig lockerer fühlte. Als ihre Daumen sich an verschiedenen Stellen in seine verkrampften Muskeln drückten, stöhnte Red auf. Es tat weh, gleichzeitig gab es ihm aber auch ein gutes Gefühl. Seine Augen schlossen sich wie von selbst, und er überließ Sierra willig die Kontrolle. Es fühlte sich beinahe so an wie in einem Dämmerzustand, aus dem er erst erwachte, als die Therapeutin seinen Arm bewegte.

»Ein bisschen was müssen Sie schon auch selbst tun.« In ihren Worten schwang Amüsiertheit mit.

Verlegen bemühte Red sich, ihren stummen Kommandos zu folgen und seine Arme durch verschiedene Übungen zu lockern und gleichzeitig die Muskeln zu aktivieren. Das war anstrengender als gedacht, aber er bemerkte, wie sein Körper sich wieder an die Bewegung gewöhnte. Als Sierra schließlich zurücktrat, lief Red der Schweiß über den Oberkörper. Langsam drehte er sich zu ihr um und sah, wie sie die Hände ausschüttelte. Erst jetzt ging ihm auf, wie anstrengend die Übungen für Sierra gewesen sein mussten, schließlich hatte sie die ganze Zeit das Gewicht seiner Arme gehalten und die Bewegungen mit ihm zusammen durchgeführt.

»Tun sie weh?«

Ertappt ließ Sierra ihre Hände sinken. »Ein wenig. Ich bin von meinen Patientinnen leichtere Arme mit einer kürzeren Reichweite gewohnt.«

»Ich würde mich dafür entschuldigen, aber eigentlich bin ich ganz zufrieden mit meinen Armen.« Er verzog das Gesicht. »Zumindest in ihrem normalen Zustand.«

»Ich auch.« Wieder schoss Röte in ihre Wangen. »Ich meine, es würde ja auch komisch aussehen, wenn Sie Frauenarme hätten.«

Das entlockte ihm den Ansatz eines Lächelns. »Allerdings.«

Sierra nahm sich ein Handtuch und warf ihm auch eines zu. »Ich denke, das reicht erst einmal für heute. Es bringt nichts, wenn wir am Anfang zu viel arbeiten. Machen Sie zwischendurch immer mal wieder Lockerungsübungen für Ihre Muskulatur. Wenn Sie etwas für die Beweglichkeit Ihrer Beine tun wollen, gehen Sie auf den Ergometer. Aber stellen Sie dort die unterste Stufe ein – es geht nur darum, Ihre Gelenke und Muskeln wieder an die Bewegung zu gewöhnen. Alles andere könnte Ihnen schaden.«

Red verzog den Mund. Die Vorstellung, ganz unten anfangen zu müssen, behagte ihm gar nicht.

Offenbar war ihm das anzusehen, denn Sierra blickte ihn streng an. »Ich meine das ernst. Wenn Sie das nicht können, machen Sie lieber gar nichts.«

»Aye, Lieutenant.« Er würde es versuchen. Oder zumindest immer sicherstellen, dass das Gerät auf der richtigen Stufe war, wenn sie kam.

»Denken Sie nicht, dass Sie mich betrügen können, Nathan. Ich merke es auf jeden Fall, wenn Sie sich nicht an meine Anweisungen halten.«

Und das glaubte er ihr sogar. »Ich werde mich daran halten, versprochen.«

Ihr Lächeln ließ sie deutlich jünger wirken. »Danke.«

Vermutlich brauchte Red ihr nicht zu erzählen, dass er nicht gerade der geduldigste Mensch auf Erden war – das hatte sie sicher schon selbst bemerkt. Diese Eigenschaft hatte sich während der letzten Monate nicht unbedingt verbessert, ganz im Gegenteil. Die Vorstellung, so viele Tage verloren zu haben, machte ihn krank. Wie immer, wenn er darüber nachdachte, begann sein Kopf zu schmerzen, und seine Muskeln verspannten sich. Gleichzeitig schien ihn die Kraft zu verlassen, und er begann zu schwanken. Punkte flimmerten vor seinen Augen und wurden von Bildern überlagert. Automatisch scheute er davor zurück. Etwas bohrte sich in seinen Rücken, und er wusste, dass eine Flucht unmöglich war. Gleich würden sie kommen und …

Eine weibliche Stimme sagte etwas, doch er konnte sie nicht

verstehen. Es war ungewöhnlich, normalerweise durften die Frauen nicht mit ihm reden. Wenn Sie es doch taten, wurden sie hart bestraft. Nachdem er das einmal miterlebt hatte, versuchte er nicht mehr, sie anzusprechen. Noch einmal wollte er nicht für so ein Leid verantwortlich sein.

Eine leichte Berührung an seiner Wange ließ ihn heftig zurückzucken. Der Druck in seinem Rücken wurde stärker, Schmerz breitete sich in ihm aus.

»Nathan, hören Sie mich? Es ist alles in Ordnung. Sie sind hier in Ihrem Haus.« Die Stimme klang sanft, gleichzeitig aber auch irgendwie befehlsgewohnt.

Das, was sie sagte, ergab allerdings keinen Sinn. Er konnte gar nicht zu Hause sein, es war nur eine Wunschvorstellung, eine Fata Morgana, wie er sie so oft erlebt hatte. Danach fühlte er sich noch elender und wünschte sich, er könnte endlich sterben. Vielleicht, wenn er die Augen schloss und einfach aufhörte zu atmen …

Sierra wusste nicht, was sie tun sollte. Gerade noch hatte Nathan sich ganz normal mit ihr unterhalten, und plötzlich war er … weg. Seine Augen starrten einfach durch sie hindurch, als wäre sie gar nicht da – oder er ganz woanders. Er schwankte und kippte dann nach hinten um, zu schnell, um ihn festzuhalten. Aber vermutlich wäre ihr das sowieso nicht gelungen, er wog einige Kilos mehr als sie. Sein Fall wurde von dem Ergometer neben ihm aufgehalten, mit dem Rücken stieß er gegen die Pedale. Unwillkürlich verzog Sierra das Gesicht. Das hatte sicher wehgetan, besonders da sein Rücken mit mehr oder weniger frischen Narben übersät war.

Sofort hockte sie sich neben ihn. »Nathan? Geht es Ihnen gut?«

Dumme Frage, es war offensichtlich, dass es ihm schlecht

ging. Seine Augen waren weit aufgerissen, das Gesicht kalkweiß. Schweiß glänzte auf seiner Haut. Als sie ihn vorsichtig an der Wange berührte, zuckte er heftig zurück. Abwehrend hob er die Hände, als erwartete er irgendetwas Furchtbares. Offenbar war er gerade in einer Erinnerung gefangen. Was auch immer er in diesem Moment erlebte, musste höllisch sein. Immer wieder versuchte sie, ihn mit ihrer Stimme und ihrer Berührung dort herauszuholen, doch er reagierte überhaupt nicht auf sie.

Dann schloss er die Augen und hörte auf zu atmen. Ihre Unruhe wurde zu blanker Furcht. Er konnte jetzt nicht sterben! Die Ärzte hätten ihn doch sicher im Krankenhaus behalten, wenn sein Zustand noch lebensbedrohlich wäre. Allerdings konnte es immer passieren, dass sich ein Gerinnsel im Kopf bildete oder er einen Herzinfarkt hatte. *Oh Gott!* Sie war es gewohnt, mit kranken Menschen zu arbeiten, doch die waren normalerweise nicht mehr in Lebensgefahr, wenn sie zu ihr kamen.

Mit beiden Händen packte sie Nathan an den Schultern und schüttelte ihn. »Nathan!« Seine Haut war kalt, so als hätte sein Körper bereits aufgegeben. Nein, das würde sie nicht zulassen! Sie hatte in ihrem Leben schon zu viele Leichen gesehen. Genau deshalb hatte sie sich eine Existenz aufgebaut, in der sie Menschen helfen konnte, wieder ins Leben zurückzufinden. Als Clint sie gebeten hatte, seinem Freund zu helfen, war ihr klar gewesen, dass diese Sache nicht gut ausgehen würde. Aber damit, dass Nathan ihr einfach unter den Fingern wegsterben würde, hatte sie nicht gerechnet.

Sein Kopf kippte nach hinten, während sie ihn schüttelte. Verzweifelt presste sie eine Hand auf sein Herz. Zu ihrer Erleichterung schlug es noch, wenn auch viel zu langsam. Es war fast, als würde er sich in einer Art Trance befinden, aus der er nicht mehr erwachen konnte. Deshalb tat sie das Einzige, was ihr einfiel: Sie gab Nathan eine kräftige Ohrfeige. Wie unter einem Stromschlag zuckte sein ganzer Körper zusammen. Seine Augen flogen auf, und er starrte sie an. Es dauerte unerträglich lange, bis er schließlich blinzelte und langsam die Spannung aus seinem Körper wich.

Auf seiner Wange war ein roter Abdruck zu erkennen, der leichte Schuldgefühle in Sierra auslöste. Sanft strich sie mit den Fingern darüber. »Geht es Ihnen jetzt wieder besser?«

Stumm sah Nathan sie an, sein Adamsapfel bewegte sich. Für einen Moment lagen in seinen Augen unermessliches Leid und Verwirrung, dann spannte seine Miene sich an, und sein Blick wurde undeutbar.

»Ja. Gehen Sie jetzt bitte.«

Zögernd zog Sierra ihre Hand zurück. »Sind Sie sicher? Ich könnte …«

»Ich komme zurecht. Gehen Sie.«

Das ließ sie sich nicht zweimal sagen. Sie wusste nur zu gut, wie es ausgehen konnte, wenn man versuchte, jemandem zu helfen, der das nicht wollte. Schnell verdrängte sie den Gedanken, bevor er sie in den Abgrund reißen konnte. »In Ordnung.« Sie zog ihre Visitenkarte aus der Tasche. »Wenn Sie etwas brauchen oder einen neuen Termin mit mir ausmachen wollen, rufen Sie mich an.«

Sie gab ihm die Karte, die er nur zögernd annahm. »Okay.«

Es war offensichtlich, dass sie nicht mehr aus ihm herausbekommen würde, deshalb nahm sie ihre Sachen und verließ den Raum. Als sie die Tür hinter sich geschlossen hatte, blieb sie stehen und atmete tief durch. Erst jetzt merkte sie, wie angespannt sie die ganze Zeit gewesen war. Fast hoffte sie, Nathan würde sich nicht mehr bei ihr melden, damit sie wieder zu ihrem normalen Leben zurückkehren konnte.

Sierra trat aus dem Haus und ließ die Tür sanft hinter sich ins Schloss fallen. Die kalte Nachtluft strich ihr über die Haut und ließ sie erzittern. Sie hätte sich zumindest ihre Jacke anziehen sollen, immerhin war es November, und in den Nächten lagen die Temperaturen teilweise nahe am Gefrierpunkt. Schnell ging sie zu ihrem Auto und schloss es auf. Dann warf sie ihre Tasche hinein und zog ihre Jacke über. Als sie einsteigen wollte, blickte sie noch einmal zum Haus hinüber. Sie erstarrte, als sie sah, dass Nathan am Fenster stand und sie beobachtete.

Zögernd hob sie die Hand, ließ sie aber wieder sinken, als er die Geste nicht erwiderte. Nach einer Weile, die ihr wie eine Ewigkeit vorkam, trat er zurück und ließ den Vorhang wieder fallen. Einige Sekunden später ging das Licht in dem Zimmer aus und tauchte das Haus ins Dunkel. Nachts wirkte es nicht mehr einladend, sondern ein wenig gruselig. Beinahe wie … tot. Darin erinnerte es sie an seinen Bewohner. Nathan hatte sich so tief in sich selbst zurückgezogen, dass er Gefahr lief, sich zu verlieren. Jedenfalls ging sie davon aus, dass er nicht immer so gewesen war. Die Lachfältchen um seine Augen deuteten an, dass er früher wesentlich fröhlicher gewesen war.

Natürlich erwartete sie nicht, dass er nach einer solchen Erfahrung ohne Probleme in sein normales Leben zurückkehrte. Das würde wohl niemandem gelingen. Solche Erlebnisse veränderten einen, selbst wenn man als Elitesoldat schon vieles gesehen und getan hatte. Fünf Monate in einem fremden Land und anderen Menschen ausgeliefert, die ihn offensichtlich gefoltert hatten – es wäre ein Wunder gewesen, wenn Nathan das einfach so weggesteckt hätte. Aus diesem Blickwinkel betrachtet, erschien er ihr sogar ziemlich normal. Jeder andere wäre sicher ein emotionales Wrack gewesen. Bis auf seinen kleinen Aussetzer am Ende der Therapiestunde war ihm kaum etwas anzumerken gewesen. Wenn man den verlorenen Blick in seinen grünen Augen ignorierte, was ihr zunehmend schwerer fiel. Sie kannte ihn zwar erst seit etwa einer Stunde, aber trotzdem hatte sie das seltsame Gefühl, dass sie irgendetwas verband.

Kopfschüttelnd startete Sierra den Motor und fuhr los. Genau deshalb hatte sie diesen Fall nicht annehmen wollen. Nicht nur, weil Nathan ein Mann war und sie keine Komplikationen gebrauchen konnte, sondern auch, weil er etwas erlebt hatte, das sie zumindest in sehr kleinem Ausmaß ebenfalls kannte. Die Trauer und Verzweiflung, die sie in seinen Augen zu erkennen glaubte, und dieser Selbsthass, der teilweise durchkam – all das fühlte sie ebenfalls.

Wut auf Clint kam in ihr hoch. Er hatte genau gewusst, dass sie verloren war, wenn sie Nathan erst einmal gesehen hatte. Deshalb hatte er sie gebeten, ihn sich zumindest einmal anzusehen. Dieser Mistkerl! Wütend schlug sie mit der flachen Hand auf das Lenkrad.

11

Red kauerte in einer Ecke seines Schlafzimmers und versuchte, die Bilder wieder aus seinem Kopf zu bekommen, die ohne Unterlass auf ihn einströmten. Als wäre eine Schranke in seinem Gehirn aufgegangen, die bisher verhindert hatte, dass er sich an die Monate seiner Gefangenschaft erinnerte. An viele Einzelheiten erinnerte er sich immer noch nicht, und er konnte auch nicht sagen, wann er was erlebt hatte – oder ob es sich überhaupt um eine wahre Begebenheit handelte und nicht nur seiner Fantasie entsprang.

Gott, bei einigen Bildern wünschte er, er hätte sie nur geträumt, doch seine vielen Verletzungen sprachen eine deutliche Sprache. Manchmal sah er Gesichter, von denen er annahm, dass er die zugehörigen Menschen getroffen hatte, aber sie blieben nie lange genug, um sie genauer beschreiben zu können. Fast wäre es ihm lieber, die Erinnerungen wären für immer begraben geblieben, andererseits hatte ihn dieses schwarze Loch in seinem Kopf auch wahnsinnig gemacht.

Er wusste nicht, was diesen plötzlichen Erinnerungsschub ausgelöst hatte, aber es war geschehen, als Sierra bei ihm gewesen war. Vielleicht hatte die Therapeutin durch ihre Nähe oder das, was sie gesagt hatte, irgendeine Blockade in ihm gelöst. Und die Art, wie sie ihn berührt hatte … Ein Schauer lief durch seinen Körper. Auch während seiner Gefangenschaft war er berührt worden, aber nie so sanft, so voller Sorge und Mitgefühl. Oder vielleicht auch Mitleid.

Sein Mund verzog sich. Er wollte kein Mitleid, schon gar

nicht von einer Fremden – oder einer Frau, die er in seinem früheren Leben gerne kennengelernt hätte, weil er sie unglaublich attraktiv fand, und das nicht nur äußerlich. Schon allein deswegen hätte er sie nie in sein Haus gelassen. Aber dieser verfluchte Clint hatte mal wieder eigenmächtig entschieden, was passieren sollte. Als wäre er sein Aufpasser! Er kam auch gut allein zurecht und brauchte keine Einmischung von seinem Boss.

Der Ärger staute sich in ihm auf, bis er meinte, explodieren zu müssen. Er hielt es nicht mehr auf dem Boden aus, er musste sich bewegen. So schnell es seine steifen Glieder erlaubten, erhob er sich und ging langsam zur Tür. Als er am Bett vorbeikam, sah er dort die Visitenkarte liegen. Sie sah so weiß und unschuldig aus, doch sie barg unglaublich viel Sprengstoff. Wenn er die Therapeutin weiter in Anspruch nahm, musste er damit rechnen, dass weitere Erinnerungen zurückkommen würden. Heute war er Sierra noch losgeworden, aber er glaubte nicht, dass sie sich immer so leicht abschieben ließ. Wenn er weiter mit ihr trainierte, würde sie ihm automatisch näherkommen. Und er war nicht sicher, ob er das ertragen konnte.

Dann war da noch die Sache mit Clint. Es widerstrebte ihm, sich einzugestehen, dass er die Hilfe tatsächlich gebrauchen konnte. Und so würde es wirken, wenn er Sierra weiter hierherkommen ließ. Es würde Clint darin bestätigen, dass er ihn behandeln durfte wie ein unmündiges Kind. Das konnte er nicht zulassen, wenn er jemals wieder auf die Füße kommen wollte. Red nahm die Visitenkarte in die Hand und zerknüllte sie in seiner Faust. Während er zur Tür ging, tauchte Sierras Gesicht vor seinem geistigen Auge auf. Sie wirkte ernst, der Blick ihrer hellbraunen Augen schien ihn zu durchdringen. Beinahe glaubte er, ihre Stimme zu hören, die ihm sagte, dass er sich nicht seine Zukunft verbauen solle, nur um sich etwas zu beweisen.

Abrupt blieb Red stehen. Es war *sein* Leben, er sollte das tun, was für *ihn* das Beste war. Und dazu gehörte es auch, Hilfe anzunehmen, die er dringend brauchte. Egal, ob es ihn störte, dass Clint sie ihm praktisch aufzwang. Damit konnte er sich später immer noch auseinandersetzen und Clint seine Meinung dazu sagen. Wichtig war jetzt nur, dass er wieder auf die Beine kam – je eher, desto besser. Schließlich wollte er irgendwann wieder CO von Team 8 sein, und das ging nur, wenn sein Körper wieder leistungsfähig war. Sierra konnte ihm dabei helfen – sie schien genau zu wissen, was sie tat.

Es gefiel ihm zwar nicht, dass sie offenbar mit Clint befreundet war, aber es wäre dumm, sie nur deswegen wegzuschicken. Stattdessen würde er mit ihr die Bezahlung besprechen und einen neuen Termin ausmachen. Je schneller er wieder auf die Beine kam, desto eher würde er den Einmischungen anderer Leute entgehen. Er war es gewohnt, allein zu sein und sein Leben so zu führen, wie es ihm gefiel – diesen Zustand wollte er so schnell wie möglich wiederherstellen.

Entschlossen stieg er die Treppe hinunter und ging in sein Büro. Dort schaltete er seinen Laptop an, den er seit seiner Rückkehr noch nicht wieder berührt hatte, und setzte sich in den Schreibtischstuhl. Es war seltsam, die vertrauten Buchstaben über den Bildschirm huschen zu sehen und die dazugehörigen Geräusche zu hören. Wie aus einer anderen Welt – einer, in der alles noch in Ordnung war. Aber das war es nicht mehr, und genau das machte ihn so verrückt. Wie konnte alles noch so aussehen wie vorher, wenn er selbst nicht mehr der Gleiche war?

Red atmete tief ein, bevor er das Passwort eingab und sein E-Mail-Programm öffnete. Eine Flut von Nachrichten überschwemmte ihn, es schien fast so, als hätte ihm jeder einzelne Mensch geschrieben, den er kannte. Und noch etliche mehr, deren Namen ihm nichts sagten. Einige Spam-Mails waren auch darunter, aber er hatte keinen Nerv, sich jetzt damit zu befassen. Stattdessen tippte er nur die Nachricht an Sierra ein. Bevor er sie losschickte, hängte er noch den Bericht seines Arztes an die Mail, auch wenn er sich dabei unwohl fühlte. Er verstand, dass sie die Informationen brauchte, wenn sie ihm helfen sollte, deshalb klickte er schließlich auf »Senden«.

Danach setzte er sich im Stuhl zurück und starrte auf den Bildschirm. Die Hintergrundgrafik zeigte ein Foto von dem ursprünglichen Team 8, das sie irgendwann einmal nach einer glücklich überstandenen Mission hatten machen lassen. Wenn er sich recht erinnerte, hatte sogar Clint auf den Auslöser gedrückt. Es war unglaublich, dass die meisten der Männer inzwischen tot waren – lediglich er selbst, Bull und Tex waren noch übrig. Eigentlich waren es nur Bull und Tex – er selbst war bloß noch ein Schatten des Mannes, den er dort auf dem Foto sah.

Damals war er tatsächlich glücklich gewesen, wie sein breites Lächeln deutlich zeigte. Er konnte sich nicht mehr vorstellen, wie sich so etwas anfühlte. Trotz seiner verkorksten Kindheit hatte er früher meist das Positive in allem gesehen, was um ihn herum passierte. Mit dem Tod seiner Männer hatte das abrupt geendet. Es hatte lange gedauert, bis er so weit darüber hinweggekommen war, dass er sich zumindest teilweise wieder so gefühlt hatte wie der Mensch, der er ursprünglich gewesen war. Dabei hatte es ihm auch geholfen, zusammen mit Bull und Tex ein neues Team aufzubauen. Die SEALs waren gut und zuverlässig gewesen, auch wenn es nicht mehr das gleiche Gefühl von Heimat gegeben hatte wie mit den anderen. Aber es war ein Neuanfang gewesen, und er hatte geglaubt, auf einem guten Weg zu sein.

Und dann war der Einsatz in Afghanistan gekommen und

hatte ihm alles genommen, das seinem Leben einen Sinn gegeben hatte. Seinen Körper, sein Team, sein Selbstvertrauen. Sogar seinen Erinnerungen konnte er nicht mehr trauen. Wie hatte das alles so schieflaufen können? Eigentlich war der Einsatz schon fast beendet gewesen, Bull hatte die Bomben im Staudamm im letzten Moment entschärft gehabt. Sie hätten nur noch das gesicherte Bauwerk an die regulären Einheiten übergeben müssen und wären nach Hause zurückgekehrt. Doch dann war er in die Hände der Terroristen geraten …

Er konnte sich immer noch nicht daran erinnern, wie es dazu gekommen war. In einem Moment war noch alles in Ordnung gewesen, im nächsten war er einfach verschwunden – aus einem auf allen Seiten abgesicherten Staudamm. Vermutlich waren die Entführer durch den Gang gekommen, durch den sie ihn dann letztendlich auch weggebracht hatten. Er war in den Plänen des Damms nicht verzeichnet und der Eingang von außen nicht zu erkennen gewesen, deshalb hatte sein Team dort keine Wachposten aufgestellt. Ein Fehler, doch der Zugriff hatte so schnell erfolgen müssen, dass sie keine Zeit für eine genaue Überprüfung des Bauwerks gehabt hatten. Viel wichtiger war es gewesen, die Bomben zu suchen und zu entschärfen.

Und *er* hatte den Preis dafür bezahlt. Soweit er wusste, war bisher noch kein Mitglied der Spezialkräfte monatelang gefangen gehalten worden. Entweder hatte man sie sofort umgebracht, oder sie waren schnell befreit worden. Red fragte sich, ob es nicht besser gewesen wäre, schnell zu sterben. Doch sowie ihm der Gedanke durch den Kopf schoss, wehrte er sich dagegen. Nein. Egal, was er erlebt hatte, er wollte diesen Terroristen nicht die Genugtuung geben, ihn gebrochen zu haben.

Dennoch blieb die Frage, warum sie ihn nicht sofort getötet hatten oder zumindest später, nachdem sie ihn gefoltert und befragt hatten. Trotz ihrer Quälereien hatte er ihnen sicher keine Informationen geliefert – spätestens nach einigen Wochen hätten sie die Geduld verlieren müssen. Was hatten sie davon gehabt, ihn immer wieder in neue Lager zu bringen? Damit hatten sie effektiv verhindert, dass er von den Suchtrupps gefunden werden konnte. Es machte ihn nervös, dass er sich die Handlungen der Terroristen nicht erklären konnte. Und wenn er es richtig verstanden hatte, war das Oberkommando genau deshalb ziemlich skeptisch ihm gegenüber.

Bei seiner Befragung hatte er das Gefühl gehabt, als gingen seine Vorgesetzten davon aus, dass er mit den Terroristen zusammengearbeitet hatte, um nicht ermordet zu werden. Red schnaubte. So viel zu ihrem Vertrauen in seine Fähigkeiten als SEAL und sein Pflichtgefühl gegenüber seinem Land. Das ärgerte ihn, vor allem aber machte es ihn nervös. Solange das Oberkommando an ihm zweifelte, würde er nicht wieder in seinen Job zurückkehren können – egal, ob er seinen Körper wieder in Form brachte oder nicht.

Dieses Problem würde er nicht selbst lösen können. Zumindest nicht, bis er sich vollständig erinnern und beweisen konnte, dass er sein Land nicht verraten hatte. Er war sich sehr sicher, dass er das nicht getan hatte, aber warum konnte er sich dann nicht erinnern? Es war, als gäbe es eine Blockade in seinem Gehirn, die ihn daran hinderte.

Unruhig stand er auf und ging zum Fenster. Inzwischen war es dunkel geworden, eine einsame Lampe beleuchtete seine Einfahrt. Schon immer hatte er es genossen, hier seine Ruhe zu haben und nichts von den Nachbarn mitzubekommen. Darüber war er auch immer noch froh, aber seit seiner Rückkehr fühlte es sich irgendwie so an, als wäre er der einzige Mensch auf der Welt. Als wäre an der Grenze seines Grundstücks ein Abgrund, der ihn jederzeit verschlucken konnte. Seltsamerweise war dieses Gefühl für kurze Zeit verschwunden, als Sierra bei ihm gewesen war. Und zum ersten Mal waren einige Erinnerungen zurückgekehrt. Was hatte sie an sich, dass sie solche Reaktionen in ihm auslösen konnte?

Vielleicht lag es an dem Ausdruck in ihren Augen, der gleichzeitig beruhigend war, aber auch so wirkte, als hätte sie ebenfalls etwas erlebt, das sie gezeichnet hatte. Aber das konnte auch seine Einbildung sein, und er übertrug nur seine Gedanken auf sie. Wenn …

Ein leises »Ping« ließ Red zusammenzucken. Suchend blickte er sich um, bis sein Blick auf den Laptop fiel. Genauso klang es, wenn er eine neue E-Mail bekam. Das hatte er tatsächlich vergessen. Langsam ging er zu seinem Schreibtisch hinüber und ließ sich in den Stuhl sinken. Wenn er auf Mission war, checkte er normalerweise nicht seine Mails, und er vermisste es während dieser Zeit auch nicht. Mit dem Mauszeiger klickte er auf das Programm und öffnete die neueste Mail, die gerade eingetroffen war. *Sierra.* Er hatte nicht damit gerechnet, dass sie so schnell antworten würde, besonders nicht, nachdem er sie praktisch aus dem Haus geworfen hatte. Es war erstaunlich, dass sie überhaupt noch mit ihm redete.

Hallo Nathan,
danke für die Arzt-Unterlagen, ich werde sie nachher durchlesen. Was einen neuen Termin angeht: Wie wäre es mit morgen, gegen 17 Uhr? Früher geht es bei mir leider nicht, weil ich noch andere Patienten habe. Ich schicke Ihnen aber einige Abbildungen von Übungen, die Sie auch ohne meine Hilfe machen können. Denken Sie daran, nicht zu viel von sich zu fordern. Wenn etwas wehtut, hören Sie bitte sofort mit der Übung auf, und weisen Sie mich stattdessen vor der Therapiestunde darauf hin, dann arbeiten wir zusammen daran.

Lassen Sie es mich wissen, wenn Ihnen der Termin nicht passt, dann überlegen wir uns etwas anderes.

Viele Grüße
Sierra

PS Geht es Ihnen gut? Wenn Sie mit jemandem reden möchten, bin ich jederzeit für Sie da …

Red wusste nicht, ob er sich über ihre Einmischung ärgern sollte oder nicht. Schließlich schüttelte er nur den Kopf. Er war sich ziemlich sicher, dass Sierra ihm tatsächlich nur ein Hilfsangebot gemacht hatte, das er annehmen konnte oder nicht. Da sie eigentlich nur die Aufgabe hatte, seinen Körper in Form zu bringen, war es sogar sehr nett von ihr, ihm ein Gespräch anzubieten. Deshalb klickte Red schließlich auf »Antworten« und tippte los.

Hallo Sierra,
der Termin passt mir. Kommen Sie wieder hierher? Danke auch für das Gesprächsangebot, aber ich komme zurecht.

Nathan

Zuerst hatte er noch schreiben wollen, dass es ihm gut ging, doch er hatte es nicht über sich gebracht, zu lügen. Nein, es ging ihm nicht gut, und das konnte auch jeder sehen, der Augen im Kopf hatte. Trotzdem hieß das nicht, dass er darüber reden wollte oder konnte. Mit der Hand rieb er sich über das Gesicht und bemerkte, dass seine Bartstoppeln beinahe schon einem Vollbart glichen. Vermutlich sah er aus wie ein Wilder – jemand, der auf seine Grundbedürfnisse reduziert worden war.

Es störte ihn, dass Sierra ihn so gesehen hatte. Dennoch schien sie keinerlei Berührungsängste zu haben, sie hatte sogar seine Wange angefasst.

Wieder ertönte ein »Ping«, und Red beugte sich gespannt vor. Eine Nachricht von Sierra erschien. Offenbar saß sie in diesem Moment genau wie er vor ihrem Computer. Die Vorstellung, genau zu wissen, was sie gerade tat, war irgendwie beruhigend. Es war fast ein wenig so … wie bei einem Online-Date. Red schnaubte. Der Gedanke war wirklich lächerlich!

Nathan,
ich werde um 17 Uhr bei Ihnen sein. Schlafen Sie gut, morgen wird ein anstrengender Tag.

Sierra

Schlaf. Red konnte sich nicht mehr daran erinnern, wann er das letzte Mal wirklich gut geschlafen hatte. Es schien Jahre her zu sein. Alle paar Minuten wachte er auf, und mittlerweile war er dazu übergegangen, das Licht anzulassen, weil er in Panik verfiel, wenn er seine Umgebung nicht sofort identifizieren konnte. Nicht, dass er das jemals öffentlich zugeben würde. Es war schlimm genug, dass er selbst es wusste. Der Arzt hatte ihm Schlaftabletten verschrieben, aber er hatte sie nicht genommen.

Ihm fehlten bereits so große Stücke seiner Erinnerung, dass er Angst hatte, durch die Schlaftabletten auch in der Gegenwart nichts mehr mitzubekommen. Dann schlief er lieber schlecht und kämpfte sich ohne Schlaf durch den Tag. Irgendwann würde er schon zusammenbrechen und schlafen, das kannte er von den SEAL-Missionen. Egal, wie lange sie dort hatten wach bleiben müssen, spätestens im Flugzeug hatte ihn der Schlaf übermannt. Seine frühere Fähigkeit, in jeder sich bietenden Situation schlafen zu können, hatte ihn allerdings verlassen.

Vielleicht würde es funktionieren, wenn er sich körperlich erschöpfte. Die Physiotherapie würde dabei sicher helfen, aber er bezweifelte, dass die Übungen ausreichten. Deshalb schaltete er den Laptop wieder aus und ging noch einmal in seinen Fitnessraum. Eine Weile betrachtete er die ganzen Geräte, die er in seinem jetzigen Zustand noch nicht benutzen konnte. Mit den Fingern strich er über die Gewichte, die er noch vor wenigen Monaten ohne Probleme längere Zeit hatte stemmen können. Jetzt wäre selbst das leichteste Gewicht zu schwer für ihn.

Red presste die Lippen zusammen. Das war nicht akzeptabel. Und wenn er dafür jeden Tag von morgens bis abends trainieren musste, er würde wieder zu seiner alten Form zurückfinden. Fast glaubte er, Sierras Stimme in seinem Ohr zu hören, die ihn warnte, es nicht zu übertreiben, doch er wusste genau, wie viel er sich zumuten konnte. Zuerst würde er es langsam angehen lassen und vor allem an seiner Ausdauer und Beweglichkeit arbeiten – alles andere würde danach kommen.

Entschlossen schwang er sich auf den Ergometer und stellte die Füße auf die Pedale. Mit einer Grimasse stellte er den Schwierigkeitsgrad auf Stufe eins, so wie Sierra es ihm geraten hatte. All das hatte er nach seiner Beinverletzung schon einmal mitgemacht, und er wusste genau, wie nervig es war. Langsam begann er zu treten und spürte, wie selbst der leichte Widerstand an seinen Muskeln zerrte. Gleichzeitig begann sein Herz schneller zu schlagen, sein Atem kam angestrengter. Selbst seine Rippen pochten im Takt seiner Bewegungen. Schweiß lief ihm übers Gesicht und tränkte sein T-Shirt. Aber er weigerte sich, aufzugeben, das lag nicht in seiner Natur. Ein SEAL gab niemals auf, egal wie schwierig sich eine Aufgabe gestaltete. Und Red hatte das Gefühl, dass dies seine bisher schwerste Prüfung werden würde.

12

Ein glühender Schmerz zog über Reds Rücken, und er biss die Zähne zusammen, um nicht aufzuschreien. Auf keinen Fall wollte er seinem Folterer die Genugtuung geben, ihn leiden zu sehen. Allerdings machte das den Mann nur wütender, sodass er sich immer neue Methoden ausdachte, wie er Red zum Schreien bringen könnte – und vor allem zum Reden. Er wollte wissen, wer Red war und natürlich geheime Informationen aus ihm herauspressen. Irgendwann würde er Erfolg haben, das war Red klar. Auch ein SEAL konnte nur eine bestimmte Menge an Leid ertragen, bevor er zusammenbrach. Dieser Punkt war nahe, das konnte er spüren.

Am Anfang hatte er noch die Tage gezählt und gehofft, es würde ihm irgendwie gelingen, freizukommen. Doch inzwischen glaubte er nicht mehr daran. Die Terroristen ließen ihm keine Möglichkeit, sich selbst zu befreien – und jemand anders suchte offenbar nicht mehr nach ihm. Er war sich sicher, dass sein Team sich bemüht hatte, ihn zu finden, aber auch sie mussten irgendwann aufgeben. Er war lange genug bei der Navy, um zu wissen, dass niemand unersetzbar war und das Oberkommando die Suche nach ihm irgendwann abblasen würde. Was sie vermutlich mittlerweile getan hatten.

Er war auf sich allein gestellt. Mit brennenden Augen starrte er auf die raue Lehmwand und wusste, dass er hier nicht wieder lebend herauskommen würde. Schon länger hatte er damit gerechnet, eines Tages auf einer seiner Missionen zu sterben, doch bisher hatte er immer gedacht, es würde im Kampf passie-

ren. Mit einer Waffe in der Hand oder zumindest der Chance, sich zur Wehr zu setzen. Stattdessen war er festgebunden wie ein Tier, während diese Schweine Hackfleisch aus ihm machten.

Abwechselnd benutzte der Folterer eine Peitsche mit langen Widerhaken, die sich bei jedem Schlag in Reds Haut bohrten, und einen Stab aus Metall, den er immer wieder ins Feuer hielt. Offenbar hatten seine Entführer inzwischen die Geduld verloren, denn mit jedem Tag verstärkten sie ihre Bemühungen, ihn doch noch zum Reden zu bringen. Und darin waren sie wirklich gut, das musste man ihnen lassen. Reds Finger waren taub, so fest waren seine Handgelenke zusammengeschnürt, nachdem ihm einmal beinahe die Flucht gelungen war.

Er schloss die Augen und erinnerte sich daran, wie er seine Hände losgerissen und sie um den Hals des Terroristen gelegt hatte. Entsetzen hatte in dessen Gesicht gestanden, doch Red hatte ihm nicht mehr die Gelegenheit gegeben, um Hilfe zu schreien. Mit ein wenig Druck an der richtigen Stelle war der Mann tot zu Boden gesackt. Daraufhin hatte Red schnell seine Fußfesseln gelöst, sich die Pistole des Terroristen geschnappt und sich dann zur Tür geschlichen. Gerade als er sie hatte öffnen wollen, war sie aufgestoßen worden, und einer der Wächter hatte hineingesehen. Vermutlich hatte er sich gewundert, dass es so still geworden war.

Automatisch hatte Red die Waffe gehoben, aber ihm war sofort klar gewesen, dass er nicht schießen konnte, wenn er nicht das ganze Lager hierherführen wollte. Seinem Gegner war das anscheinend auch bewusst gewesen, denn er hatte seine eigene Waffe gezogen und Red angegrinst. Verdammt! Wegen fehlender Optionen hatte Red sich schließlich dafür entschieden, den Mann auf herkömmliche Art auszuschalten. Er hatte sich auf ihn gestürzt und ihm die Waffe aus der Hand geschlagen. Dummerweise hatte sich dabei ein Schuss gelöst, und seine Flucht war gescheitert, noch bevor er überhaupt aus der Hütte herausgekommen war.

Zur Strafe hatte er den Terroristen bewusstlos geschlagen und ihm beide Arme gebrochen. Dann waren etliche Männer hereingestürmt und hatten ihn unter sich begraben. Das Gewicht auf seinen gebrochenen Rippen hatte ihm das Bewusstsein geraubt, und er war erst einige Zeit später wieder aufgewacht.

Red öffnete die Augen, als er sich daran erinnerte, was die Strafe für seinen Fluchtversuch gewesen war. Egal, wie lange er noch lebte, das würde er sicher nie vergessen. Aber wenn er Glück hatte, war die Quälerei bald vorbei. Er konnte spüren, wie sein Körper durch den Nahrungsentzug und die ständigen Folterungen immer schwächer wurde. Es war sein Pech, dass er vor seiner Gefangennahme in einem so guten körperlichen Zustand gewesen war. Jeder andere wäre schon längst gestorben. Ob man auf Befehl sterben konnte? Bisher hatte er sich dagegen gesträubt, aufzugeben, aber jetzt erkannte er, dass es sinnlos war, noch weiter zu kämpfen. Damit würde er sein Leid nur verlängern.

»Du kannst es dir viel leichter machen, wenn du uns endlich das sagst, was wir wissen wollen, Ungläubiger.« Das Englisch seines Folterers war kaum zu verstehen, doch er hatte wohl bemerkt, dass sein Gefangener überhaupt nicht reagierte, wenn er Arabisch sprach.

Er konnte ja nicht wissen, dass Red die Sprache inzwischen schon recht gut verstand, dank eines Mitgefangenen, mit dem er zeitweise die Zelle geteilt hatte. Red hatte nie erfahren, wo der Mann abgeblieben war, aber er fürchtete, dass er tot war. Noch etwas, das er nie vergessen würde. Die verzweifelten Schreie des Mannes mit anhören zu müssen, während der im Nebenzimmer gefoltert wurde, war beinahe schlimmer gewesen, als selbst gequält zu werden. Auf jeden Fall hatte der andere keine militärische Ausbildung durchlaufen, das war sofort ersichtlich gewesen. Red tippte auf Journalist oder etwas Ähnliches. Der Vorteil war, dass der Mann sowohl Englisch als auch Arabisch gesprochen hatte und ihm in den Wartezeiten einiges hatte beibringen können.

Es hatte Red zwar leidgetan, aber er hatte dem Mitgefangenen nichts über sich erzählt. Weder seinen Namen, noch woher er kam oder warum er hier war. Er wusste, wenn die Terroristen nichts aus ihm *herausbekämen, würden sie versuchen, es aus dem armen Teufel herauszufoltern. Und genau das war auch geschehen, nur dass der andere gar nichts zu erzählen gehabt hatte. Danach war der Anführer der Terroristen wutentbrannt zu Red gekommen und hatte ihn damit konfrontiert, dass der andere Gefangene nur seinetwegen so hatte leiden müssen. Ob sein Schweigen das wert gewesen sei?*

Damit hatte er einen wunden Punkt getroffen. Nein, grundsätzlich war kein Geheimnis auch nur ein einziges unschuldiges Menschenleben wert. Aber er wusste, dass noch viele andere Menschen zu Schaden kommen würden, wenn er anfing zu reden. Deshalb hielt er den Mund und versuchte, mit der Tatsache zurechtzukommen, dass jemand seinetwegen getötet worden war. Und der arme Kerl war nicht einmal der Einzige gewesen, den dieses Schicksal getroffen hatte. Shirin. *Ein Schauder lief durch Reds Körper, während hilflose Wut in ihm aufstieg. Noch immer konnte er sich an ihre sanften Augen erinnern.*

Wenn er doch nur die Zeit zurückdrehen könnte, doch es war unmöglich. Nichts von dem, was geschehen war, konnte rückgängig gemacht werden. Er würde für den Rest seines Lebens mit dieser Schuld leben müssen. Noch jetzt konnte er ihre Schreie hören, ihre flehenden Bitten … Sie gellten in seinen

Ohren, und er wünschte, er könnte die Hände darüber pressen, um sie nicht mehr ertragen zu müssen. Vor seinen Augen spielten sich wieder die furchtbaren Szenen ab, die sich für immer in sein Gedächtnis eingebrannt hatten.

Brutale Hände, die sie festhielten, die ihr die Kleidung vom Leib rissen. Ihre Haut war von Blutergüssen und Striemen übersät, offenbar hatten sie die Frau vorher gefoltert, bevor sie sie vor seine Zelle gebracht hatten, um ihn an ihren entsetzlichen Taten teilhaben zu lassen. Er hatte seine Augen schließen wollen, doch sie hatten ihn gezwungen zuzusehen. Übelkeit wühlte in seinem Magen, und er kämpfte dagegen an. Auf keinen Fall durfte er Schwäche zeigen, sonst würden sie es gnadenlos ausnutzen. Er musste stark bleiben …

Ein Klingeln riss Red aus seinem Albtraum. Keuchend und orientierungslos fuhr er in seinem Bett hoch und blickte wild um sich. Das Nachtlicht beleuchtete den ansonsten dunklen Raum und zeigte ihm, dass er allein war. Keine Terroristen, die ihn folterten oder eine Frau quälten, deren einziger Fehler es gewesen war, freundlich zu ihm zu sein. Übelkeit stieg in seiner Kehle auf, und Red warf die Bettdecke zur Seite. Dann schwang er die Beine aus dem Bett und stemmte sich hoch. Seine Muskeln zitterten, als er vorsichtig einige Schritte ging, doch er biss die Zähne zusammen und kämpfte sich vorwärts. Er wollte verdammt sein, wenn er es nicht einmal bis zum Bad schaffte!

Schließlich hatte er die wenigen Meter hinter sich gebracht und hockte sich vor die Toilette. Seine Hand krampfte sich um den Rand des Toilettendeckels, während er sich erbrach. Als sich nichts mehr in seinem Magen befand, lehnte er seine feuchte Stirn gegen seinen Arm und versuchte, die Kraft aufzubringen, sich zu erheben. Auf diese Weise würde er jedenfalls nicht wieder fit werden, so viel stand fest.

Mit letzter Kraft stemmte er sich hoch und hielt sich am Waschbecken fest, als sich alles um ihn herum drehte. Ein Blick in den Spiegel zeigte ihm, dass er kalkweiß war, seine Augen schienen tief in ihren Höhlen zu liegen. Die dunklen Ringe darunter ließen ihn krank wirken. In einem Wort: Er sah genauso aus, wie er sich fühlte. So konnte es nicht weitergehen. Wenn er jemals wieder so leistungsfähig werden wollte wie vor seiner Entführung, musste er lernen, das Essen bei sich zu behalten – egal, welche Bilder sich in seinem Kopf befanden.

Leichter gesagt als getan, aber er wusste, er würde kaputtgehen, wenn er es nicht schaffte, die Zeit seiner Gefangenschaft hinter sich zu lassen. Und das konnte er nicht, solange er weiterhin die Erinnerungen daran in seinen Träumen verarbeitete. Zumindest ging er davon aus, dass viele der Ereignisse, die er heute Nacht durchlebt hatte, wirklich passiert waren. Ganz sicher war er sich jedoch immer noch nicht.

Fest blickte er sich im Spiegel in die Augen und versuchte, dort eine Spur des Mannes wiederzufinden, der er früher gewesen war. Doch da war nur Leere, wenn man von der Mischung aus Entsetzen, Furcht und Scham einmal absah. Seine Hände spannten sich fester um das Porzellan. Nein, er würde nicht zulassen, dass diese Kerle gewannen! Er war ein SEAL, es brauchte mehr, um ihn zu brechen. Das hier war nur eine kleine Schwäche, sie würde vorübergehen, wenn er nur hart genug dagegen ankämpfte.

Ein Funken von Entschlossenheit trat in seine Augen – genau das, was er jetzt brauchte. Er würde sich weder von seinem Körper noch von seinen Erinnerungen unterkriegen lassen. Es gab viele Veteranen, die nicht mit dem zurechtkamen, was sie im Krieg gesehen hatten, und nie in ihr normales Leben zurückfanden. Wenn er es irgendwie verhindern konnte, wollte er nicht Teil dieser Statistik werden.

Verdammt! Red griff nach dem Zahnputzglas und schleuderte es gegen die Wand. Scherben explodierten in den Raum, streiften an unzähligen Stellen seine nackte Haut. Doch er merkte es gar nicht. Die Wut in ihm war so groß, dass er fast daran erstickte. Sein Brustkorb schmerzte, als er versuchte, Luft durch seine zusammengeschnürte Kehle zu bekommen, und ihm wurde bewusst, dass er gerade genau das Gegenteil von dem tat, was er sich eigentlich vorgenommen hatte. Nur langsam brachte er sich wieder unter Kontrolle. Seine schweren Atemzüge hallten laut durch den kleinen Raum. Vorsichtig beäugte er den Schaden, den er angerichtet hatte, und schnitt eine Grimasse.

Die Glassplitter hatten sich überall verteilt. Und er hatte keine Schuhe an. Grandios. Red nahm ein Handtuch und warf es auf den Boden. Mit einem anderen strich er vorsichtig über seine Haut, um eventuelle Splitter, die noch nicht in sein Fleisch eingedrungen waren, zu entfernen. Als er die vielen kleinen Wunden sah, verdrehte er die Augen. Nicht, dass er nicht schon genug Verletzungen und Narben hätte … Nachdem er kontrolliert hatte, dass er keinen der kleinen Schnitte versorgen musste, überlegte er, wie er jetzt am besten vorgehen sollte.

Doch das erneute Klingeln des Telefons unterbrach seine Gedanken. Kurz überlegte er, es einfach zu ignorieren, aber die Vorstellung, dass Clint dann eventuell wieder hier auftauchen würde, brachte ihn dazu, sich in Bewegung setzen. Sein Freund versuchte schon seit gestern Abend, ihn zu erreichen, aber Red hatte einfach keine Lust gehabt, mit ihm zu sprechen. Sicher wollte Clint ihn nur wieder belehren …

Schon beim ersten Schritt, den er auf die Fliesen setzte, bohrte sich eine kleine Glasscherbe in seine Fußsohle.

»Shit!« Fluchend versuchte er, weitere Scherben zu umgehen.

Eine Spur aus Blutstropfen zog sich über seine dunklen Fliesen und anschließend über den Holzboden, als er ins Schlafzimmer zurückkehrte, wo sein Handy lag. Er war es einfach nicht mehr gewohnt, das Telefon überall mit hinzunehmen, und er wusste auch nicht, ob er wirklich immer erreichbar sein wollte. Nachdem er so lange Zeit nicht hatte tun können, was er wollte, hatte er das Bedürfnis nach Freiheit und Ungestörtheit. Aber das schien sich hier nicht zu erfüllen, solange seine Freunde sich ständig in seine Angelegenheiten mischten.

Red nahm das Handy von der Fensterbank und blickte aufs Display. Das Klingeln hatte aufgehört, dafür tauchte jetzt das Symbol für eine Mailbox-Nachricht auf. Offenbar hatte er mit seinem Verdacht, dass es Clint war, richtig gelegen: Seine Nummer erschien unter dem Hinweis auf einen entgangenen Anruf. Kopfschüttelnd wollte Red das Handy wieder weglegen, aber dann wählte er doch die Mailbox an. Vielleicht hatte Clint ja auch Nachrichten vom Oberkommando. Sein Magen zog sich zusammen. Was sollte er tun, wenn sie ihn in den verletzungsbedingten Ruhestand schickten? Wenn ihm alles, wofür er in den letzten zwölf Jahren gearbeitet hatte, genommen wurde?

Seine Hand zitterte, als er auf das Icon für die Mailbox tippte und das Handy an sein Ohr hielt. Unvermittelt ertönte Clints Nachricht. »Hier ist Clint. Ruf mich zurück, sobald du diese Nachricht erhältst.«

Seiner Stimme war anzuhören, dass irgendetwas passiert war, über das er sich Sorgen machte. Jemand anders hätte diesen leichten Unterton vielleicht nicht bemerkt, aber Red arbeitete schon so lange mit Clint zusammen – und war fast ebenso lange mit ihm befreundet –, dass er die feinen Unterschiede erkennen konnte. Besser, er ließ ihn nicht länger warten. Er tippte auf »Zurückrufen« und lehnte sich gegen die Fensterbank.

Wie so oft zuvor blickte er auf sein Grundstück hinunter

und fühlte sich gleich etwas ruhiger. Irgendetwas an dem Anblick der Bäume, Blumen und Gräser versetzte ihn jedes Mal in einen beinah tranceartigen Zustand. Sein Herzschlag wurde langsamer, seine Atmung gleichmäßiger. Schon früher hatte er den Ausblick genossen, aber seit seiner Rückkehr zog er ihn fast magisch an. Vielleicht weil dies für ihn der Beweis war, dass er es wirklich nach Hause geschafft hatte. Monatelang hatte er nur die Wände von irgendwelchen Zellen gesehen, in denen er gefangen gehalten wurde – falls es nicht so dunkel gewesen war, dass er überhaupt nichts hatte erkennen können. Bei den wenigen Gelegenheiten, in denen er sich draußen hatte aufhalten können, war die Gegend grau und steinig gewesen. Kein Vergleich zu seinem grünen und an einigen Stellen dschungelartigen Garten.

»Red, hörst du mich?« Clints Stimme drang in seine Gedanken.

»Ja. Was willst du?« Wieder klang er gereizt. Er wusste nicht, warum gerade sein bester Freund diese Reaktion in ihm auslöste. Es war ungerecht, das war ihm bewusst, aber es gelang ihm auch nicht, es zu ändern.

Am anderen Ende entstand eine kleine Pause. »Danke, dass du zurückrufst. Warum bist du nicht ans Telefon gegangen?« Es war deutlich zu hören, dass Clint versuchte, ruhig und sachlich zu bleiben.

»Kannst du dir vorstellen, dass ich auch mal dusche oder andere Dinge tue, bei denen ich nicht gestört werden möchte?« Er kam sich vor wie ein Kind, das von seinen Eltern auf Schritt und Tritt beobachtet und verfolgt wurde. Das konnte er einfach nicht ertragen.

Ein tiefer Seufzer tönte durch die Leitung. »Entschuldige. Du weißt, dass ich mir Sorgen um dich mache. Ich werde aber versuchen, dich etwas weniger zu belästigen.«

Reds schlechtes Gewissen wuchs, aber er unterdrückte es. Clint war alt genug und konnte ein wenig Gegenwind vertragen. »Also, warum rufst du nun an?«

»Wie du ja weißt, haben I-Mac und Nurja dich in dem Lager gefunden …«

Red konnte es immer noch nicht ganz fassen, dass die beiden es riskiert hatten, nach Afghanistan zu reisen und ihn ausfindig zu machen. Mitten am Tag war Nurja in das Lager gekommen, um herauszufinden, ob er dort gefangen gehalten wurde. Für sie musste das sehr schwer gewesen sein, nachdem sie vor drei Jahren selbst in der Festung eines Warlords eingesperrt gewesen und gefoltert worden war. »Ich kann mich zwar leider immer noch nicht daran erinnern, dass Nurja mit mir gesprochen hat, aber es war unglaublich mutig von ihr – und von I-Mac.«

»Das finde ich auch. Jedenfalls sind sie zu dem Zeitpunkt in einem Dorf in der Nähe des Lagers untergekommen, in dem Nurjas Tante und Onkel leben. Jetzt sind dort Terroristen aufgetaucht und haben Fragen gestellt, was mit den Tangos passiert ist, die dich gefangen gehalten haben. Und wo du abgeblieben bist. Dabei haben sie auch Dorfbewohner verschleppt oder sogar getötet. Das ganze Dorf wurde mehr oder weniger dem Erdboden gleichgemacht.«

Red schloss die Augen. »Verdammt! Was ist mit Nurjas Verwandten?« Es wäre furchtbar, wenn sie gestorben wären, nur weil sie bei seiner Rettung geholfen hatten.

»Sie leben, aber sie haben ihr Haus verloren. Jetzt kommen sie bei einer Tochter unter.«

»Das ist gut. Was werden wir dagegen unternehmen?« Als Clint nicht sofort antwortete, sprach er weiter: »Wir können sie nicht im Stich lassen! Ohne sie wäre ich noch dort oder bereits tot. Und zum Dank haben sie jetzt alles verloren und schweben auch noch in Lebensgefahr. Das kann ich nicht zulassen,

Clint. Wenn die Navy nichts unternimmt, werde ich mir etwas überlegen.«

»Jetzt mal langsam. Ich habe dir das nicht gesagt, damit du ein schlechtes Gewissen hast oder ohne Plan losrennst. Dem Oberkommando ist die Situation bekannt, und man berät schon, wie man gegen die Terroristen vorgehen könnte. Du dagegen musst jetzt erst mal wieder auf die Beine kommen.«

Red schnaubte. »Und in der Zeit werden irgendwo meinetwegen Leute getötet. Da lehne ich mich natürlich gerne zurück und sehe zu, wie sich die Leichen häufen, während ich ein Bier schlürfe und mir den Sonnenuntergang anschaue.«

»Niemand hat gesagt, dass dir das Spaß macht oder egal ist. Aber du kannst nun mal im Moment nichts tun. Außerdem will das Oberkommando auf keinen Fall, dass du noch einmal in die Hände der Terroristen gerätst.« Clint gab einen Laut von sich, den Red nicht deuten konnte. »Ich übrigens auch nicht, genauso wenig wie dein Team und deine anderen Freunde. Wir sind froh, dich wiederzuhaben.«

Müde rieb Red sich über das Gesicht. »Wie geht es jetzt weiter?«

»Ich werde dir Bescheid sagen, wenn ich erfahre, was geplant ist. Kannst du dir vorstellen, warum diese Kerle nach dir suchen? Klar, niemand verliert gerne einen Gefangenen, aber eigentlich müssten sie wissen, dass sie nie mehr in deine Nähe kommen werden. Sie können dich nicht als Druckmittel benutzen und auch keine Informationen mehr aus dir herausholen. Warum also ist es ihnen so wichtig, zu erfahren, wo du jetzt bist?«

Ein Schauder lief über Reds Rücken bei der Vorstellung, noch einmal in die Hände der Terroristen zu geraten. »Ich habe ehrlich keine Ahnung. Ich weiß noch nicht mal, wer die überhaupt waren oder was sie wollten. Zumindest erinnere ich mich nicht mehr daran. Aber es ist schon ziemlich ungewöhnlich, dass diese Typen sich dafür interessieren, was aus ihren Gefangenen wird.« Er konnte sich nur schemenhaft an die Terroristen erinnern, doch sie waren ihm ganz normal vorgekommen. Sofern man bei solchen Schweinen, denen andere Menschen vollkommen egal waren, überhaupt von normal reden konnte.

»Ja, das macht mich ziemlich nervös. Nurja und I-Mac haben niemandem im Dorf gesagt, wer du bist, und es weiß auch niemand, dass I-Mac ein SEAL ist. Von daher sollten sie deine Identität nicht herausfinden können.« Clint räusperte sich. »Ehrlich gesagt finde ich es schon seltsam, dass sie dich so lange am Leben gelassen haben. Was könnten sie von dir gewollt haben, dass sie dich fünf Monate lang deswegen gefangen halten?«

Das hatte Red sich auch schon gefragt und bisher keine befriedigende Antwort darauf gefunden. Er wünschte wirklich, er würde sich nicht nur an ein paar Momente erinnern, sondern an alles – so schmerzhaft es auch sein mochte. Dann wüsste er vielleicht jetzt, was die Terroristen von ihm gewollt hatten.

»Ich habe keine Ahnung.« Frustriert ballte er eine Hand zur Faust.

»Okay, ich wollte dir nur Bescheid geben. Ich bin sicher, niemand kann irgendeine Verbindung zu dir herstellen, aber sei trotzdem vorsichtig, bis wir wissen, was da vor sich geht.«

Red verzog den Mund. »Ich bin sowieso nur hier im Haus, das ist wohl vorsichtig genug.«

»Gut, ich melde mich bei dir, sobald ich mehr erfahre. Wenn du irgendetwas brauchst, sag es mir bitte, dann besorge ich es und bringe es dir vorbei.«

Mit Mühe unterdrückte Red ein Seufzen. »Clint, das ist wirklich nett von dir, aber ich bin durchaus in der Lage, für mich selbst zu sorgen. Es reicht schon, dass du mir die Physiotherapeutin geschickt hast.«

»Dann siehst du sie weiterhin?« Der hoffnungsvolle Unterton in Clints Stimme war unüberhörbar.

Diesmal stöhnte Red laut auf. »Ja, sie kommt heute Abend vorbei. Und jetzt nerv mich nicht mehr deswegen.«

»Schon gut, schon gut. Und denk dran, dass du morgen einen Termin beim Psychologen hast. Das Oberkommando besteht darauf, wenn du wieder in den aktiven Dienst willst.« Mitgefühl klang in Clints Worten durch. Kein Soldat mochte es, wenn jemand in seinem Kopf herumwühlte, sie alle hatten schon darunter gelitten.

»Welche Uhrzeit war das noch mal?«

Am anderen Ende der Leitung ertönte ein Brummen. »Also hast du es wirklich vergessen. Zehn Uhr morgens. Schreib es dir auf, ich habe keine Lust, einen Anruf von Dr. Flynn zu bekommen, weil du den Termin schwänzt oder vergisst.«

»Ja, Dad.«

»Oh, das klang beinahe wie Maya, wenn sie etwas tun soll, was sie nicht mag. Soll ich rüberkommen und dir die Schnürsenkel zubinden? Ich könnte dir auch Zöpfe flechten.«

Red musste grinsen. »Idiot.«

»Hey, ich bin immer noch dein Vorgesetzter!«

»Oh, tut mir leid. Du bist ein Idiot, *Sir*.«

Clint lachte. »Schon besser.« Gleich darauf wurde er jedoch wieder ernst. »Ich habe dich wirklich vermisst, Red. Schön, dass du wieder da bist.«

Red wusste nicht, was er darauf antworten sollte. Als ihm endlich etwas einfiel, merkte er, dass Clint bereits die Verbindung beendet hatte. Geistesabwesend strich er über seine Brust und zuckte zusammen, als er eine der frischen Wunden berührte. Mit Abscheu blickte er an sich hinunter. Sein Körper fühlte sich an, als steckte er in einem viel zu engen Neoprenanzug. Aber wenn er noch länger hier herumstand, würde sich daran auch nichts ändern. Okay, er würde erst einmal die Verletzungen behandeln und das Bad aufräumen, danach musste er dringend die Übungen machen, die Sierra ihm aufgetragen hatte. Wenn sie nachher kam, wollte er gut vorbereitet sein.

13

Das zweite Treffen mit Nathan war deutlich weniger feindselig, als Sierra es erwartet hätte – zumindest in den ersten Minuten, in denen er ihr die Tür öffnete und sie sogar begrüßte. Er trug Sportkleidung, doch seine Füße waren erneut nackt. Müdigkeit und Vorsicht lagen in seinen Augen, was sich auch in seiner Körperhaltung ausdrückte. Seine Schultern waren gebeugt, ein Bein zog er leicht nach.

Sierra wartete, bis sie den Fitnessraum betreten hatten, bevor sie Nathan darauf ansprach. »Haben Sie heute schon viel getan?«

Er drehte sich nicht zu ihr um, als er antwortete: »Ich habe einige Telefonate geführt und mir mittags etwas zu essen gemacht.«

Sierra stemmte die Arme in die Hüften und wartete stumm, bis er sich endlich zu ihr umwandte. Als Reaktion auf seine Antwort zog sie lediglich eine Augenbraue hoch, doch Nathan schien sie auch ohne Worte zu verstehen.

Etwas glitt über seine Züge, das sie nicht deuten konnte. »Ich habe einige Übungen gemacht, um die Muskeln und Gelenke zu lockern.«

Für sie sah es eher so aus, als hätte er übertrieben, aber sie sagte nichts. Er hatte sowieso schon ein Problem damit, sich von jemandem helfen zu lassen, noch dazu von einer Frau. Wenn sie ihn jetzt noch kritisierte, würde er sie schneller zur Tür hinausbefördern, als ihr lieb war. Natürlich hatte sie diesen Job nicht unbedingt gewollt, doch sie würde trotzdem ihr Bestes geben.

»In Ordnung, dann wärmen wir Sie jetzt erst mal auf, bevor wir mit der Arbeit anfangen. Steigen Sie auf den Crosstrainer.« Während er ihrer Bitte nachkam, sah sie auf das Display und stellte die Maschine auf der kleinsten Stufe ein. Das würde reichen, um ihn ins Schwitzen zu bringen. »Gehen Sie ganz langsam und gleichmäßig. Wir wollen keine Muskeln überlasten.«

Gemächlich verlagerte Nathan sein Gewicht und setzte das Gerät damit in Bewegung. Seine Arme und Beine bewegten sich abwechselnd nach hinten und vorne, die Muskeln waren unter seiner Haut deutlich sichtbar. Einige Zeit sah Sierra ihm zu, dann ging sie zur Tür.

»Ich ziehe mich schnell um, dann können wir loslegen. Bleiben Sie bei dieser Geschwindigkeit.«

Als Antwort nickte er ihr knapp zu, sein Gesicht war eine Maske der Konzentration. Sie konnte es verstehen. Für einen gesunden Menschen war ein Crosstrainer meist gut zu benutzen, doch für jemanden, dessen Muskeln seit Monaten nicht gefordert worden waren und der am ganzen Körper Verletzungen hatte, war es ein ziemlicher Kampf, einen gleichbleibenden Rhythmus zu finden. Damit Nathan nicht zu lange warten musste, zog sie sich schnell im Bad um und band sich die Haare zu einem Zopf. Ein Blick in den Spiegel zeigte ihr, dass sie genauso aussah, wie sie sich fühlte: unsicher, verletzlich, nervös. So würde sie keinen Patienten dazu anspornen, das Beste aus sich herauszuholen.

Sierra holte tief Luft und straffte die Schultern. Ja, schon besser. Sie versuchte, ein Lächeln auf ihr Gesicht zu zwingen, aber es gelang ihr nicht. Doch das war auch egal, sie wollte sich keine Freunde machen, sondern professionell wirken. Und das tat sie jetzt, mehr oder weniger. Sie zog ihr T-Shirt ein Stück herunter, das dazu neigte, immer hochzurutschen, und kehrte dann in den Fitnessraum zurück. Nathan lief immer noch in langsamem Tempo auf dem Crosstrainer, offenbar hatte er ihren Befehl ernst genommen. Sehr gut, damit konnte sie arbeiten.

»Ich denke, das reicht. Passen Sie auf beim Runtersteigen.«

Da sie in diesem Moment um ihn herumging, sah sie seinen ungläubigen Gesichtsausdruck. »Lady, ich stand schon auf einem Crosstrainer, als Sie noch in Windeln um den Weihnachtsbaum gelaufen sind!« Trotz seiner Worte stieg er sehr vorsichtig vom Gerät.

Sierra war so überrascht von seinem Kommentar, dass sie laut loslachte. »Den Spruch muss ich mir merken.« Es dauerte einen Moment, bis sie sich beruhigt hatte. »Aber so viel jünger als Sie bin ich nun auch nicht.«

Seine Augenbrauen hoben sich. »Wirklich nicht? Sie sehen aber so aus.«

Mit Mühe unterdrückte sie einen Seufzer. Das passierte ihr öfter. Das fehlende Make-up und die hellblonden Haare ließen sie deutlich jünger wirken, als sie es eigentlich war. »Das mag sein, aber Tatsache ist nun mal, dass ich älter bin, als ich aussehe.«

Immer noch skeptisch trat Nathan näher an sie heran. »Zweiundzwanzig?«

Sierra verzog den Mund. Wenigstens durfte sie seiner Meinung nach schon selbst Alkohol kaufen. »Ich bin achtundzwanzig, bald neunundzwanzig.«

Nathan legte den Kopf schräg und nickte dann. »Okay. Aber immer noch deutlich jünger als ich.«

Sechs Jahre, um genau zu sein – sie hatte den Bericht des Arztes gelesen, auf dem auch sein Geburtsdatum stand. In seinem jetzigen Zustand hätte sie ihn sogar etwas älter geschätzt, wenn sie ehrlich war. »Genug geplaudert, fangen wir lieber mit der Therapie an, schließlich wollen wir Sie ja so schnell wie möglich fit bekommen, oder?«

Sofort verschloss sich seine Miene wieder, und Sierra bedauerte, dass sie nicht noch ein paar Minuten mit ihm über Unerhebliches geredet hatte. Vielleicht brauchte er das mindestens genauso sehr wie die körperlichen Übungen. Sie konnte sich nicht vorstellen, wie es war, fünf Monate lang niemanden zum Reden zu haben, keine Ablenkung, keine Freiheit. Nathan musste unglaublich stark sein, um so etwas aushalten zu können. Und das bewunderte sie an ihm.

Schließlich nickte er knapp. »Womit fangen wir an?«

»Waren Sie heute schon auf dem Ergometer?«

»Ja, zwanzig Minuten in der leichtesten Stellung.«

Scharf blickte sie ihn an, um herauszufinden, ob er die Wahrheit sagte, doch an seinem Gesicht war nichts Gegenteiliges abzulesen. »Sehr gut. Hatten Sie dabei Schmerzen?«

»Keine stärkeren.«

»Noch besser. Dann fangen wir heute mit dem Oberkörper an.«

Da sie seine Muskeln und Sehnen noch nicht überlasten wollte, ignorierte sie die Geräte und konzentrierte sich auf leichte, unkomplizierte Übungen, die trotzdem die Muskulatur stärken würden. Nathan folgte ihren Kommandos, ohne zu zögern, und führte alles genauso aus, wie sie es ihm sagte. Das zeigte einmal mehr, was für eine ausgezeichnete Ausbildung er durchlaufen hatte. Viele wurden ungeduldig, wenn sie die gleiche Übung dauernd wiederholen mussten, Nathan war es durch sein Training gewohnt.

»Sehr gut. Dann legen Sie sich jetzt auf den Rücken.«

Wortlos tat er, worum sie ihn bat, und legte sich auf die Matte. Dabei schloss er nicht die Augen, wie es viele ihrer Patientinnen taten, sondern hielt seinen Blick weiterhin auf sie gerichtet. Nach dem, was er erlebt haben musste, konnte sie das absolut nachvollziehen. Wenn sie ehrlich war, hatte sie selbst auch Probleme damit, die Kontrolle abzugeben. Andererseits machte das ihre heutige Aufgabe deutlich schwerer, denn irgendetwas an seinen grünen Augen faszinierte sie und lenkte sie immer wieder ab. Noch etwas, das ihr bei ihren Patientinnen nicht passierte. Und sie befürchtete, dass selbst ein anderer Mann nicht diese Wirkung auf sie hätte. Irgendetwas hatte Nathan an sich, das ihr erschreckend naheging. Und dagegen musste sie dringend etwas unternehmen.

Schnell hockte Sierra sich vor seine Füße und nahm einen davon in die Hände. Als sie die Fußsohle sah, holte sie erschrocken Luft. Zusätzlich zu den vielen Narben klaffte dort ein frischer Schnitt, der nur notdürftig mit einem Pflaster bedeckt worden war. Sie sah hoch und erkannte, dass Nathan ihr Zögern bemerkt hatte. Ein Muskel zuckte in seiner Wange. Er versuchte, sein Bein zurückzuziehen, doch sie ließ sein Fußgelenk nicht los.

»Wie ist das passiert?«

Erst sah es so aus, als wollte er nicht antworten, aber schließlich tat er es doch. »Ein Unfall.«

»Womit?«

Seine Lippen pressten sich zusammen. »Einem Zahnputzglas.«

Offenbar erwartete er einen Kommentar von ihr, doch sie hielt sich zurück. »Haben Sie Verbandszeug? Ich kann erst weitermachen, wenn der Fuß richtig verbunden ist. Oder möchten Sie jetzt aufhören, weil Sie Schmerzen haben?«

Er verzog den Mund. »Glauben Sie mir, so einen kleinen Schnitt spüre ich kaum noch.«

Und das fand sie unendlich traurig. Schnell stand sie auf. »Wo ist Ihr Verbandszeug?«

»Ich hole es.« Nathan wollte sich hochstemmen, doch Sierra legte ihm die Hand auf die Schulter.

»Sie bleiben hier liegen, damit Sie nicht alles vollbluten und noch mehr Schmutz in die Wunde gelangt.«

Schließlich gab er nach. »Im oberen Badezimmer, in dem Schrank unter dem Waschbecken.«

»Und wo genau ist das Badezimmer?«

Nachdem Nathan ihr den Weg erklärt hatte, lief sie schnell die Treppe hinauf und den langen Gang entlang. Hinter der angegebenen Tür fand sie tatsächlich das kleine Badezimmer und trat ein. Es war schlicht und wirkte sehr männlich mit den dunklen Bodenfliesen und hellen Wandfliesen. Keinerlei Dekoration löste die strengen Linien auf. Hätte nicht eine Zahnbürste auf der Ablage unter dem Spiegel gelegen, hätte sie geglaubt, dass hier überhaupt niemand lebte. Kopfschüttelnd zog sie die Schublade auf.

Gleich vorne lag eine Packung Schmerztabletten. Obwohl sie sich sagte, dass es sie nichts anging, blickte sie hinein. Es waren noch alle Tabletten da, genau wie sie es sich gedacht hatte. Auch das war eine Eigenschaft, die sie bei Männern schon öfter beobachtet hatte: Sie wollten nie zugeben, dass sie Hilfe brauchten. Offenbar kam es einem Eingeständnis von Schwäche gleich, wenn sie Schmerztabletten nahmen. Dabei war das völliger Unsinn: Die Tabletten sollten Nathan helfen, wieder gesund zu werden. Gerade jetzt, wo er seine Muskeln und Gelenke das erste Mal wieder richtig bewegte, würde er sicher starke Schmerzen haben. Doch sie wusste jetzt schon, wie ablehnend er reagieren würde, wenn sie ihm vorschlug, etwas dagegen einzunehmen.

Sierra stieß ihren angehaltenen Atem aus und konzentrierte sich darauf, den Verbandskasten zu finden. Das war nicht weiter schwer, denn das Innere des Schranks war genauso ordentlich und frei von Firlefanz wie der Rest des Bads. Obwohl sie sich fragte, wie wohl die restlichen Räume aussahen, widerstand Sierra der Versuchung, weitere Türen zu öffnen, und kehrte stattdessen in den Fitnessraum zurück.

Nathan lag noch in der gleichen Position dort, wie sie ihn zurückgelassen hatte, doch er hatte die Augen geschlossen. Seine Atemzüge gingen flach, aber gleichmäßig. Sierra nutzte die Gelegenheit, ihn genauer anzusehen. Im Vergleich zu ihrer ersten Begegnung war ein deutlicher Unterschied zu erkennen. Seine Augenringe waren noch dunkler geworden, die Falten tiefer. Was auch immer in der Zwischenzeit geschehen war, musste schlimm gewesen sein. Automatisch streckte sie die Hand aus, um über die Falten zwischen seinen Augenbrauen zu streichen, doch sie stoppte sich, bevor sie ihn berührte. Nathan würde es sicherlich nicht begrüßen, wenn eine nahezu Fremde ihn betatschte.

Stattdessen setzte sie sich wieder auf die Matte und nahm seinen Fuß in die Hand. Sowie sie ihn berührte, zuckte Nathan zusammen, und seine Augen flogen auf. »Entschuldigen Sie, ich wollte Sie nicht erschrecken.«

Er verzog den Mund. »Und ich wollte nicht einschlafen. Ich war wohl doch müder als gedacht.«

Sierra legte das Stück Watte beiseite, mit dem sie die Wunde gesäubert hatte, und begann, den Verband um Nathans Fuß zu wickeln. »Wenn Sie lieber schlafen wollen, kann ich …«

Er ließ sie nicht ausreden. »Schlafen kann ich heute Nacht, es ist wichtiger, dass ich wieder zu Kräften komme.«

Das sah sie zwar etwas anders, aber er würde sowieso nicht auf ihre Argumente hören. Deshalb konzentrierte sie sich ganz darauf, ihn zu verbinden. »Sie haben ein wirklich eindrucksvolles Haus. Clint sagte, Sie hätten es von Ihrer Tante geerbt.«

Zuerst sah es so aus, als wollte er nicht antworten, aber dann tat er es doch. »Von meiner Großtante, um genau zu sein. Ich bin hier aufgewachsen, seit ich acht Jahre alt war.«

Überrascht stellte Sierra ihre Bewegungen ein und blickte ihn an. »Oh, dann haben Ihre Eltern auch hier gelebt? Groß genug ist das Haus ja.«

Nathans Miene wurde noch unnahbarer. »Nein, nur meine Großtante und ich. Und ihre zwei Katzen.«

»Das tut mir leid. Es muss schlimm sein, seine Eltern schon so früh zu verlieren.«

In seine Augen trat ein Gefühl, das Sierra nicht deuten konnte. »Meine Eltern sind nicht tot. Jedenfalls nicht, dass ich wüsste.«

Verwirrung machte sich in ihr breit. »Aber …«

Wieder unterbrach Nathan sie. »Ich will nicht darüber reden. Sind Sie bald fertig mit dem Fuß?«

Es tat ihr weh, so abgefertigt zu werden, aber sicher hatte seine barsche Reaktion mit der Erinnerung an seine Kindheit zu tun. Sie fragte sich, was wohl dazu geführt hatte, dass er bei seiner Großtante aufgewachsen war und nicht bei seinen Eltern.

»Ja, natürlich.« Sierra befestigte den Stoffstreifen an Nathans Fuß und setzte sich dann auf. »Sind Sie bereit für die nächsten Übungen?«

Wortlos nickte er. Es dauerte lange, bis der Ausdruck von extremer Vorsicht aus seiner Miene wich, und er offenbar verstanden hatte, dass Sierra nicht vorhatte, ihn weiter auszuhorchen. Jeder Mensch hatte seine Geheimnisse, und gerade sie wusste, wie wichtig es war, Grenzen zu akzeptieren. Sie würde auch nicht wollen, dass er in ihrer Vergangenheit herumstocherte und damit alte Wunden wieder aufriss. Nicht, dass die jemals wirklich verheilt wären. Genau deshalb schwieg sie und konzentrierte sich ganz darauf, Nathans Körper so schnell wie möglich wieder fit zu bekommen. Je schneller ihr das gelang, desto eher konnte sie in ihr altes Leben zurückkehren – einem Leben ohne Männer mit schwieriger Vergangenheit und strahlend grünen Augen.

14

»Wann soll die Aktion steigen?« Der Terrorist stand einige Schritte entfernt und telefonierte, während er beobachtete, wie Red mit einem glühenden Stock gequält wurde.

Der Schmerz drohte Red das Bewusstsein zu rauben, aber er kämpfte dagegen an. Er wollte seinem Peiniger nicht den Triumph gönnen, ihn gebrochen zu haben. Seltsamerweise half es ihm, sich auf das Telefonat zu konzentrieren. Dann wartete er wenigstens nicht auf jeden neuen Stoß des Stocks. Es war von Vorteil, dass die Terroristen dachten, er verstünde kein Wort von dem, was sie sagten. Am Anfang war das auch noch so gewesen, doch inzwischen hatte er einiges aufgeschnappt.

Mit einem berechnenden Ausdruck im Gesicht lauschte der Anführer dem, was sein Gesprächspartner am anderen Ende der Leitung sagte. Offenbar malte er sich schon aus, wie er am besten an dem, was auch immer er plante, verdienen könnte.

»Ich verstehe, wenn Sie mir jetzt noch keine Details nennen wollen – das hat ja auch noch Zeit. Aber ich kann Ihnen natürlich nur dabei helfen, wenn ich irgendwann eingeweiht werde.« Ein zufriedenes Lächeln hob seine Mundwinkel. »Gut. Vor allem habe ich hier jemanden, der bei der Sache behilflich sein kann. Ein amerikanischer Soldat. Spezialkräfte. Genau.«

Red bemühte sich, keine Reaktion zu zeigen, obwohl sein Magen sich zusammenzog. Was auch immer sein Entführer mit ihm vorhatte, es war nichts Gutes. Und er würde ganz bestimmt nicht dabei mitmachen, so viel stand fest. Dann würden sie ihn wohl töten müssen. Sein Kiefer schmerzte, so fest presste er die Zähne zusammen. Gleichzeitig ballte er die Hände, die mit einer Kette an die niedrige Decke gefesselt waren, zu Fäusten.

»Ja, er wird keine Probleme bereiten, wenn ich erst mal mit ihm fertig bin.«

Davon träumst du wohl! *Wut stieg in Red auf. Egal, was der Anführer ihm antat, er würde nicht brechen. Niemals! In diesem Moment bohrte sich die Spitze des Stocks in seine Seite, und Red keuchte auf. Es fühlte sich an, als würde das Metall sich direkt durch seine Eingeweide graben. Ein letztes Mal wurde der Stab herumgedreht, dann verschwand er wieder. Erschöpft schloss Red die Augen und versuchte, sich zu regenerieren. Interessanterweise wurde sämtliche Folter nur bis zu einem bestimmten Punkt ausgeführt, und seine Peiniger achteten darauf, dass er nicht lebensgefährlich verletzt wurde. Offenbar hatten sie wirklich noch etwas mit ihm vor.*

Bisher war er davon ausgegangen, dass die Terroristen Informationen von ihm haben wollten, und vermutlich stimmte das auch. Aber wenn sie irgendetwas planten, bei dem sein Wissen helfen konnte – oder auch einfach nur seine Präsenz –, war er erst recht nicht bereit zu reden. Da eine Flucht derzeit ausweglos schien, musste er versuchen, so viel über das Vorhaben der Terroristen herauszufinden, wie er konnte, damit er es aufhalten konnte, wenn er erst wieder frei war.

Wenn … *Es war bereits so viel Zeit vergangen, aber nie hatte sich eine weitere Gelegenheit ergeben, zu fliehen. Und auch wenn es ihm noch einmal gelingen sollte, seine Fesseln zu lösen, wurde seine Hütte bewacht und das Lager auch. Hier herauszukommen war selbst in körperlich bestem Zustand fast unmöglich. Aber angenommen, ihm gelänge auch das, blieb immer noch die Tatsache, dass sich die Lager, in die er bisher gebracht worden war, fast ausnahmslos in menschenleeren Gegenden befanden. Wenn er zu Fuß zu fliehen versuchte, würde er sterben.*

Die Aussichtslosigkeit seiner Situation machte ihm fast mehr zu schaffen als die Schmerzen.

»Ihre Gruppierung wird kein Problem haben, hier Fuß zu fassen, wenn Sie die richtigen Verbündeten wählen. Mein Land liegt am Boden, der jahrelange Krieg mit den Amerikanern und anderen Ungläubigen hat die Menschen ausgelaugt. Sie werden sich nicht wehren, wenn jemand kommt und ihnen sagt, was sie zu tun haben.« Er lachte auf, obwohl Red überhaupt nichts Komisches an dem erkennen konnte, was er gesagt hatte. »Ja, natürlich wird meine Hilfe ihren Preis haben, aber ich denke, das dürfte kein Problem sein bei Ihren gut gefüllten Kriegskassen. Sie werden es nicht bereuen, mit mir Geschäfte zu machen.«

Die normalen afghanischen Terrorgruppen waren nicht unbedingt dafür bekannt, besonders viel Geld oder eine hochwertige Ausstattung zu besitzen. Einige wenige vielleicht schon, aber die Amerikaner und ihre Alliierten gingen seit Jahren rigoros dagegen vor. Mit Mogadir, Khalawihiri alias Jason Black und Mansoor hatten sie drei der einflussreicheren Gruppen bereits zerschlagen. Natürlich drängten immer wieder neue nach und versuchten, die Lücke zu füllen. Einigen gelang das sogar erschreckend gut. Fast täglich gab es neue Anschläge, einige mit vielen Toten.

Was Red aber noch mehr beunruhigte, war, dass der Gesprächspartner des Anführers offenbar nicht aus Afghanistan kam. Und Red kannte nur eine terroristische Vereinigung, die andere Länder erobern wollte und genug Geld hatte, sich Kooperationen mit den einheimischen Terroristen zu erkaufen. Der IS. Bisher hatte der vorwiegend in Syrien und dem Irak agiert, aber wenn er sich weiter nach Osten in Länder wie Afghanistan oder auch Pakistan ausbreitete, würde er irgendwann nicht mehr zu stoppen sein.

Ein brennender Schmerz zog durch Reds Rippen und riss ihn

wieder zurück in die Hölle seines Daseins. Er versuchte, dem Druck zu entkommen, indem er sich so weit zur Seite beugte, wie es ging, doch sein Folterer folgte ihm einfach. Die Frage war, wie lange die Terroristen noch versuchen würden, etwas aus ihm herauszubekommen. Es müsste ihnen doch inzwischen klar geworden sein, dass er niemals sein Land verraten würde. Egal, was sie mit ihm machten. Davon abgesehen wusste er auch nicht, was er ihnen erzählen könnte.

Als SEAL war er eher Ausführender als Geheimnisträger. Natürlich wusste er viel über die Struktur und Befehlsketten des amerikanischen Militärs, kannte den neuesten Stand der Technik und Waffen. Er hatte auch Kenntnis über einige Codes, doch die waren sicher gleich nach seinem Verschwinden geändert worden. Die Terroristen konnten vieles von dem auch einfach im Internet recherchieren oder in Büchern nachlesen, und sicher hatten sie das auch schon getan. Mittlerweile gab es etliche Special-Forces-Männer, die nach ihrem Ausscheiden aus dem Militärdienst Bücher schrieben oder Interviews gaben und offensichtlich gar nicht darüber nachdachten, dass sie damit ihren Feinden möglicherweise einen Vorteil verschafften.

Schwarze Punkte flimmerten vor Reds Augen, und er spürte, wie sein Körper immer schwächer wurde. Schon jetzt konnten seine Beine ihn kaum noch tragen, und er hing fast mit dem ganzen Gewicht an seinen Handgelenken. Die Ketten schnitten ihm in die Haut, und er konnte fühlen, wie Blut an seinen Armen hinunterlief. Auch das war schon fast zur Normalität geworden, und er fragte sich nicht mehr, warum er immer noch nicht gestorben war. Vielleicht war es ja jetzt endlich so weit. Der Folterer musste den glühenden Stock nur etwas länger gegen seinen Brustkorb pressen und …

»Das reicht jetzt!«

Mühsam öffnete Red die Augen und sah, dass der Anführer

sein Telefonat beendet hatte. Das Handy war verschwunden, dafür hatte er jetzt ein Messer in der Hand. Red wusste, was das bedeutete: Jetzt würde der Tag richtig ungemütlich werden. Die Folterer waren Untergebene, die meist nur das taten, was ihnen gesagt wurde. Der Anführer dagegen hatte eindeutig Spaß daran, ihn zu quälen und an seine Grenzen zu bringen. Das hatte er bereits mehrfach demonstriert, und Red hatte die Narben als Beweis. Zumindest wusste er jetzt, dass er die Sache auf jeden Fall überleben würde. Wenn er dem Telefonat Glauben schenken konnte, brauchte ihn der Terrorist für sein Geschäft mit dem IS. Lebend.

Am liebsten würde Red ihm das Spiel versauen, indem er schon vorher starb, aber er befürchtete, dass der Mistkerl das nicht zulassen würde. Red beobachtete den Mann genau, doch er konnte seine Absichten nicht erkennen. Seine dunklen Augen waren tot, ohne jeden Ausdruck. Nur manchmal, wenn er besonders abscheuliche Dinge tat, konnte man ihm ansehen, wie sehr er es genoss.

Jetzt blickte er Red direkt in die Augen, während er mit dem Messer spielte. Auch das war eine seiner Methoden, um die Angst seiner Gefangenen zu steigern – und sie funktionierte ziemlich gut. Red wünschte, die Prozedur würde endlich anfangen, damit er sie bald hinter sich hatte, aber der Bastard ließ sich gerne Zeit. Bei anderen Gefangenen hatte er damit sicher Erfolg gehabt, besonders wenn die wussten, was auf sie zukam. Red dagegen hatte sich angewöhnt, ihm einfach in die Augen zu sehen und dabei möglichst keinerlei Gefühl zu zeigen. Das kürzte die Wartezeit erheblich ab. So auch jetzt. Mit einer eleganten Bewegung verringerte der Terrorist den Abstand zwischen ihnen und presste die Klinge des Messers an Reds Kehle.

Der Druck war noch erträglich, aber Red konnte spüren, wie etwas Warmes über seinen Oberkörper lief. Vielleicht hatte er sich ja doch geirrt, und der Sadist würde sein Leben endlich beenden. Einerseits wünschte er sich das mehr als alles andere, gleichzeitig aber war immer noch ein Funken Kampfgeist in ihm, der nicht zuließ, dass er sich selbst das Leben nahm. Und der es auch dem Terroristen nicht gönnte, zu gewinnen. Wenn er starb, dann wollte er das im Kampf tun und nicht als hilfloses Opfer.

Bevor er weiter darüber nachdenken konnte, handelte er schon. Seine Beine schnellten hoch, und er stieß seine Knie in die Brust des Terroristen. Überrascht von seiner Aktion taumelte der Mann zurück und fing sich erst kurz vor der Tür wieder. Diesmal bereitete es Red keine Mühe, seine Miene zu entziffern. Der pure Hass lag darin. Der Anführer gab seinem Untergebenen einen Wink, woraufhin der erneut den glühenden Stock gegen Reds Körper presste. Automatisch zuckte Red zurück, doch er konnte nicht entkommen. Die glühende Hitze fraß sich in seine Haut, seine Muskeln und Sehnen.

Die Lippen fest aufeinandergepresst, um keinen Laut von sich zu geben, sah er den Bastard weiterhin an. Wenn der gedacht hatte, er würde jetzt klein beigeben, hatte er sich getäuscht. Jetzt, da Red wusste, dass etwas geplant war und er dabei mitwirken sollte, würde er erst recht nicht brechen. Vermutlich konnte der Anführer die Entschlossenheit in seinen Augen sehen, denn er gab dem anderen Mann erneut ein Zeichen. Der warf den Stock auf den Boden und ergriff stattdessen Reds Beine.

Obwohl seine Handgelenke dagegen protestierten, machte Red ihm die Aufgabe so schwer wie möglich. Trotzdem konnte er nicht verhindern, dass der Mann schließlich ein Seil darum schlang und die Beine nach hinten zog. Dadurch konnte Red sich nicht mehr als ein paar Zentimeter bewegen. Mehr Blut lief an seinen Handgelenken herunter, doch seine Aufmerksamkeit war nur auf den Terroristen gerichtet, der nun wieder mit dem Messer auf ihn zukam. Trotz seines überheblichen Lächelns war deutlich die Wut in seinem Gesicht zu erkennen.

»Das hättest du nicht tun sollen. Ich glaube, ich war bisher zu sanft mit dir, das wird sich nun ändern. Du wirst reden, Amerikaner. Das tun sie alle irgendwann.«

Red sah ihn nur stumm an. Viel mehr konnte er sowieso nicht tun.

Mit einem Schrei, der völlig unerwartet kam, stürzte der Terrorist vor und stieß das Messer auf Red nieder. Es traf ihn über der Augenbraue und bewegte sich dann nach unten. Ein brennender Schmerz ließ Red viel zu spät zurückzucken. Blut lief in sein Auge, und er konnte nichts mehr sehen. Für einen Moment war er vor Schmerz wie gelähmt, er hing nur schlaff an den Handschellen und hielt die Augen geschlossen, während immer mehr Blut auf seine Brust lief.

Grob umfasste der Terrorist Reds Kinn und hob seinen Kopf an. »Wetten, dass du mich jetzt nie wieder vergessen wirst?« Er ließ ihn los, sodass sein Kopf kraftlos nach unten sackte. Danach gab der Anführer seinem Untergebenen auf Farsi Anweisungen. »Sorg dafür, dass er nicht verblutet. Dann bestreut die Wunde mit Salz und reibt es schön ein.«

Die Kette an Reds Armen gab nach, und er fiel ungebremst zu Boden. Ein scharfer Schmerz zuckte durch seinen Kopf und ihm wurde schwarz vor Augen. Dankbar ließ er sich in die Bewusstlosigkeit sinken.

Mit wild klopfendem Herzen schreckte Red hoch, eine Hand auf seine Wunde gepresst. Etwas Warmes, Feuchtes drang an seine Handfläche und lief seinen Arm hinunter. Übelkeit wühlte in seinem Magen, während er sich zwang, die Finger zu heben. Fast erwartete er, Blut zu sehen, doch da war nichts. Er fing einen Tropfen auf, der über seine Wange lief. Es war eine Träne. Wütend hieb er auf die Armlehne des Sessels, in dem er eingeschlafen war. Er hasste es, sich als Opfer zu fühlen. Sein ganzes Leben lang hatte er hart dafür gearbeitet, sein Schicksal selbst zu bestimmen und von niemandem mehr abhängig zu sein. Und es war ihm gelungen – zumindest bis er gefangen genommen worden war.

Er stemmte sich hoch und hielt sich einen Moment lang fest, bis er sicher auf den Füßen stand. Nach diesem Traum fühlte er sich so substanzlos. Als wäre er gar nicht wirklich hier, sondern nur ein Schatten seiner selbst. Irgendwie hatte er sich in den letzten Tagen auch immer wieder gefragt, ob das Leben in Afghanistan nicht vielleicht die Realität war und sein Haus nur der Traum. Vielleicht war er gar nicht gerettet worden, sondern vegetierte immer noch im Lager der Terroristen vor sich hin und wartete auf den Tod.

Seltsamerweise hatte er sich nur in den Momenten wirklich lebendig gefühlt, als Sierra bei ihm gewesen war. Wenn sie ihn berührt hatte, um die Übungen mit ihm zu machen, hatte er sich irgendwie geerdet gefühlt. Seltsam. Vermutlich hatte es damit zu tun, dass ihn seit Monaten niemand mehr so sanft angefasst hatte. Und Sierras Attraktivität war auch nicht unbedingt hinderlich. Aber das würde er ihr sicherlich nicht sagen – er wollte ja nicht, dass sie schreiend davonlief. Ihm war völlig bewusst, wie er aussah und dass er mit seiner momentanen Stimmung auch nicht gerade Sympathiepunkte gewann. Sierra dagegen war eine gut aussehende junge Frau, die ein Leben in der Sonne führte. Sie war nicht dafür geschaffen, in seiner Schattenwelt zu existieren. Red schnaubte. Worüber dachte er hier eigentlich nach? Sie war nur dafür hier, ihn wieder auf die Beine zu bringen, sonst nichts.

Langsam ging er zu dem kleinen Gästebad, das sich im Erdgeschoss befand, und wusch sich das Gesicht mit eiskaltem Wasser. Falls er allerdings gedacht hatte, damit den Traum wegwaschen zu können, hatte er sich getäuscht. Er stand ihm noch genauso klar vor Augen wie im Schlaf. Zögernd hob Red den Kopf und starrte sein Spiegelbild an. Die Narbe sah noch genauso furchtbar aus wie vorher. Wäre sie damals gleich behandelt worden, hätte er jetzt vermutlich nur eine feine Linie dort, aber durch den Schmutz, der hineingelangt war, und vor allem die Behandlung mit Salz klafften die Ränder weit auseinander. Dazwischen lag eine tiefe Kluft, die auch jetzt noch rot war und nur langsam verblasste.

Normalerweise machte er sich nichts aus Narben – in seiner Zeit als SEAL hatte er einige davon angesammelt. Aber diese hier war etwas anderes: zum einen, weil sie mitten durch sein Gesicht ging, vor allem aber, weil sie ihm mit voller Absicht zugefügt worden war. Der Terrorist hatte ihm damit sein Selbstvertrauen nehmen wollen und auch seine Identität. Er hatte gewusst, dass Red für den Rest seines Lebens immer an diesen Moment denken würde, wenn er in den Spiegel blickte oder jemandem begegnete, der entsetzt zurückwich. Und instinktiv würde das jeder tun, der ihn zum ersten Mal sah.

Auch Sierras Blick war bei ihrem ersten Treffen zuerst zu seinem Gesicht gewandert, und er hatte das Entsetzen in ihren Augen sehen können. Danach allerdings hatte sie es bemerkenswert gut geschafft, ihre Reaktion zu verbergen. Wahrscheinlich weil sie darin schon Übung hatte – in ihrem Job hatte sie sicher schon viele furchtbare Narben gesehen. Er allerdings auch, und es ärgerte ihn, dass er nicht einfach darüber hinwegsehen konnte, so wie er es sonst immer getan hatte.

Mit einem von sich selbst genervten Schnauben richtete er sich auf. Anstatt sich zu bemitleiden, sollte er lieber über das nachdenken, an das er sich gerade erinnert hatte. Je länger er sich damit beschäftigte, desto sicherer war er, dass es sich nicht nur um einen Albtraum handelte, sondern um etwas, das er genau so erlebt hatte. Interessant war vor allem das Telefonat. Falls der Terrorist tatsächlich mit jemandem vom IS in Kontakt stand, war das eine wichtige Information. Sollte Afghanistan von der terroristischen Vereinigung überrannt werden, würden die Probleme sich noch verschärfen. Nicht nur für die Region, sondern für alle Menschen. Überall bestanden Abhängigkeiten und wirtschaftliche Interessen.

Seit Red wieder da war, hatte er nur wenig ferngesehen, aber die Entwicklungen überall auf der Welt beunruhigten ihn. Wenn weiterhin diese Massen an Flüchtlingen nach Europa strömten, würde die Stabilität dort nachhaltig beeinträchtigt. Und wenn dann neben den Syrern und Irakern auch noch Millionen von Menschen aus Afghanistan in Richtung scheinbarer Sicherheit aufbrechen würden, konnte das zu ernsthaften Problemen führen. Seiner Meinung nach musste härter gegen den IS vorgegangen werden und vor allem konsequenter. Davon abgesehen mussten sämtliche Gegner der Terroristen auch auf derselben Seite stehen und durften sich nicht noch untereinander bekriegen.

Aber das war jetzt zweitrangig. Die Frage war, was er unternehmen sollte. Die Informationen, die er bisher hatte, waren sehr dürftig und beruhten mehr auf Mutmaßungen. Red konnte sich nicht erinnern, ob er im Laufe der Monate noch mehr Gespräche belauscht hatte oder ob dies das einzige gewesen war. Mit vagen Vermutungen würde er niemanden überzeugen. Besonders da er dem Oberkommando bisher nichts davon gesagt hatte, dass er sich an einige Momente aus der Zeit seiner Gefangenschaft erinnerte. Am Anfang hatte das der Wahrheit entsprochen, doch in der letzten Therapiesitzung hatte er den

Psychologen angelogen, als sie darauf zu sprechen gekommen waren.

Auch das würde man gegen ihn auslegen, wenn es herauskam. Seine Glaubwürdigkeit war schon durch die Gefangenschaft erschüttert, wenn jetzt auch noch bekannt wurde, dass er danach gelogen hatte, würde er in der Navy nie wieder einen Job bekommen. Erst recht nicht als CO seines Teams. Andererseits würde er das ohnehin nicht, wenn das Oberkommando erfuhr, was er in Afghanistan durchlitten hatte. Es würde ihnen zwar furchtbar leidtun, aber sie würden ihn aus dem Dienst entfernen, weil er ein Sicherheitsrisiko war. Vielleicht würden sie sogar denken, dass er mit den Terroristen zusammenarbeitete, was auch seine relativ »einfach« abgelaufene Befreiung am Ende erklären würde.

Dieses Rätsel hatte er ebenfalls noch nicht geklärt. Monatelang hatten die Terroristen sich die größte Mühe gegeben, ihn ständig zu verlegen, damit ihn niemand finden konnte. Und die Bewachung war jedes Mal so stark gewesen, dass er keine Chance zur Flucht bekommen hatte. Im letzten Lager dagegen waren die Sicherheitsvorkehrungen sehr lasch gewesen, jedenfalls hatte Clint das erzählt. Er selbst konnte sich nicht mehr wirklich daran erinnern, sein Zustand war bereits zu schlecht gewesen. Natürlich konnte auch das ein Grund dafür gewesen sein, warum seine Hütte nicht besser bewacht worden war. Er hätte sowieso nicht aus eigener Kraft entkommen können.

Trotzdem passte so ein Verhalten nicht zum Anführer. Und wo war der überhaupt am Ende gewesen? Er war jedenfalls nicht unter den Männern, die getötet oder verhaftet worden waren. Von denen hatte Red Fotos gesehen. Das Oberkommando hatte gehofft, dadurch seine Erinnerungen anzuschieben, deshalb hatte der Psychologe sie ihm gezeigt und dabei ganz genau auf seine Reaktionen geachtet. Red hatte ihm allerdings keine gezeigt. Zum einen schon aus Prinzip nicht, aber auch, weil ihm die Fotos tatsächlich nichts gesagt hatten. Er kannte diese Männer nicht, oder er erinnerte sich zumindest nicht an sie.

Tatsächlich hätte er nicht einmal sagen können, wo sich das letzte Lager befunden hatte. Wenn er zuvor verlegt worden war, hatte er sich immer bemüht, auf die Umgebung zu achten. Beim letzten Mal hatten sie ihn jedoch einfach nur gefesselt in den Laderaum eines Transporters geworfen und waren mit ihm weggefahren. Der Terrorist, der auf ihn aufpassen sollte, hatte es einfacher gefunden, ihn niederzuschlagen, sodass er den ganzen Weg bewusstlos gewesen war. Was bedeutete, dass dieses Lager vermutlich nicht allzu weit entfernt gewesen war.

Red rieb sich über die Schläfen, die wieder zu pochen begannen. Vielleicht sollte er anhand einer Karte die Orte abstecken, wo man ihn gefangen gehalten hatte. Eventuell konnte man damit auch etwas über den Anführer herausfinden, denn der hatte ihn bei jeder dieser Stationen besucht. Nur nicht bei der letzten, wenn er sich recht erinnerte. Warum nicht? Hatte der Bastard ihn da schon aufgegeben? Oder gab es einen anderen Grund? Vielleicht hatte er etwas anderes zu tun gehabt. Einen Anschlag geplant oder ausgeführt. Oder er war gereist. Dass er seinen Versuch, seinen Gefangenen zum Reden zu bringen, einfach aufgegeben hatte, passte jedenfalls nicht zu dem Bild, das Red von ihm hatte. Wäre es so gewesen, hätte er Red getötet und nicht woanders hinbringen lassen.

Reds Haut begann zu kribbeln. Irgendetwas war da in seinem Kopf, an das er sich unbedingt wieder erinnern musste – das konnte er deutlich fühlen. Es war wichtig – für viele Menschen.

15

Irgendetwas beschäftigte Nathan, das hatte Sierra während der gesamten Dauer der Physiotherapie wahrgenommen. Er war noch stiller als sonst, seine Miene ernst, der Blick seiner Augen nach innen gekehrt. Da er sämtliche Übungen mitmachte und auch sonst jedem Befehl folgte, sagte sie während des Trainings nichts dazu. Es war erstaunlich, wie viel ein paar Tage ausmachen konnten. Natürlich war Nathans körperlicher Zustand immer noch schlecht – vor allem im Vergleich dazu, wie er sicher vorher gewesen war –, doch sie konnte bereits deutliche Verbesserungen in den Bewegungsabläufen sehen. Wenn er ging, wirkte es weniger steif, und seine Arme hatten einen wesentlich größeren Bewegungsradius als noch vor wenigen Tagen. Er musste unglaublich geübt haben in der Zeit, während sie ihre anderen Patientinnen betreut hatte. Auch hatte er ein wenig an Gewicht zugelegt, anscheinend aß er jetzt wenigstens.

Trotz der eindeutigen Fortschritte war ihm jedoch anzusehen, dass er immer noch sehr litt. Die Schatten unter seinen Augen waren noch dunkler geworden, die Falten um seine Mundwinkel und zwischen seinen Augenbrauen tiefer. Wenn sie raten müsste, würde sie sagen, er schlief schlecht oder gar nicht. Allerdings wusste sie nicht, ob das an den Schmerzen lag, die er sicher noch hatte, oder eher an der psychischen Belastung. Sie tippte auf die Psyche, denn Nathan hatte bereits bewiesen, dass er mit Schmerzen umgehen konnte. Sie hoffte, dass die körperliche Bewegung und Stärkung seines Körpers sich auch positiv auf seine Psyche auswirken würden. Das körperliche Training zumindest lief ziemlich gut, deshalb konnte sie eigentlich zufrieden sein und beruhigt nach Hause fahren. Aber irgendwie mochte sie sich noch nicht von ihm lösen.

Deshalb stand sie nach dem Training unentschlossen im Flur und schaffte es nicht, die Tür zu öffnen und das Haus zu verlassen. Mit einem tiefen Seufzer lehnte sie die Stirn gegen das Holz und schloss die Augen. Es war ein langer Tag gewesen, und sie hatte sich darauf gefreut, den Abend auf ihrem Sofa mit einem guten Buch zu verbringen. Sofern sie überhaupt noch eins würde halten können, ihre Arme schmerzten von den anstrengenden Übungen mit Nathan. Vielleicht würde sie sich auch einfach vor den Fernseher setzen und sich berieseln lassen, manchmal half ihr das ebenfalls dabei, sich zu entspannen. Nicht nur körperlich, sondern vor allem auch geistig, denn die Schicksale ihrer Patienten nahmen sie immer mit. Junge, gesunde Menschen, deren Leben von einem Moment auf den anderen auf den Kopf gestellt wurden und die oft lernen mussten, mit einer Behinderung zu leben.

Nathan war etwas älter als der Großteil ihrer Patientinnen. Mit Mitte dreißig hatten die meisten Frauen das Militär schon verlassen oder sich zumindest in den Innendienst versetzen lassen, weil sie eine Familie hatten und abends zu ihren Kindern nach Hause gehen wollten. Dieser Gedanke löste einen dumpfen Schmerz in Sierras Brust aus. Eigentlich hatte sie etwas Ähnliches geplant, doch dann war das Schicksal dazwischengekommen und hatte ihrem Leben eine andere Richtung gegeben.

Sie stöhnte auf. Entweder ging sie jetzt endlich durch diese Tür nach Hause, oder sie suchte Nathan und versuchte herauszubekommen, was genau ihn nicht schlafen ließ. Vielleicht konnte sie sich dann auch entspannen. Es konnte gut sein, dass

Nathan sie wegschicken würde – eigentlich rechnete sie sogar damit. Aber dann hatte sie es wenigstens versucht und musste sich nicht den ganzen Abend lang fragen, ob sie ihm vielleicht hätte helfen können. Ein nicht sehr damenhaftes Schnauben entfuhr ihr. Als ob ausgerechnet sie jemandem bei einem psychischen Problem helfen könnte. Sie schaffte es ja nicht einmal, ihre eigenen Dämonen loszuwerden, und die waren deutlich älter als die von Nathan.

Kopfschüttelnd ging Sierra zum Trainingsraum zurück und blickte durch die halb offene Tür. Beinahe hatte sie erwartet, dass Nathan bereits das Zimmer verlassen hätte, doch er saß mit dem Rücken zu ihr auf der Hantelbank und hatte das Gesicht in seinem T-Shirt vergraben. Der Drang, ihre Hand auf seine Schulter zu legen, wurde übermächtig, doch sie beherrschte sich. Sie hatte nicht vergessen, wozu Elitesoldaten fähig waren, wenn sie überrascht wurden. Meist hatten sie sich zwar völlig unter Kontrolle, aber nach dem, was Nathan vermutlich erlebt hatte, waren seine Nerven sicher nicht die besten.

Deshalb blieb sie in größerer Entfernung stehen, bevor sie ihn ansprach. »Nathan?«

Er zuckte zusammen und drehte sich dann schnell zu ihr um. Sofort verzog er das Gesicht und presste die Hand auf seine Rippen. »Ich dachte, Sie wären schon gegangen.«

»Es tut mir leid, ich wollte Sie nicht erschrecken.« Vorsichtig trat sie einen Schritt näher. »Kann ich Ihnen irgendwie helfen? Wenn Sie jemanden zum Reden brauchen oder einfach nur Gesellschaft …« Sierra war sich ziemlich sicher, dass er sofort ablehnen würde.

Stattdessen blickte er sie jedoch forschend an und nickte schließlich langsam. »Das wäre nett.« In einer fließenden Bewegung erhob er sich. »Haben Sie Hunger?«

Wie auf Stichwort knurrte Sierras Magen, und sie presste

rasch die Hand darauf. Verlegen lachte sie. »Es sieht so aus. Aber machen Sie sich bitte meinetwegen keine Mühe.«

Nathan kam auf sie zu. »Das ist kein Problem, ich wollte mir sowieso etwas machen. Mögen Sie Nudeln? Ich esse sie immer nach dem Training, wegen der Kohlenhydrate.«

»Gerne.« Glücklicherweise verlor sie bei ihrer Arbeit genug Kalorien, um nicht darauf achten zu müssen, was sie aß. Sie folgte ihm in die Küche und bewunderte erneut die glänzenden Geräte. »Kann ich Ihnen irgendwie zur Hand gehen?«

Zu ihrer Überraschung schenkte er ihr ein leichtes Lächeln. »Nein, danke. Ich komme zurecht.«

Und das glaubte sie ihm sogar. Trotz seines nur halb bekleideten Zustands wirkte er hier ganz zu Hause. Wenn sie sich nicht täuschte, war seine Miene auch nicht mehr so angespannt wie vorher, offenbar wirkte die Küche beruhigend auf ihn. Sierras Blick glitt über seine nackte Brust, und sie hatte das Gefühl, dass Nathan bereits etwas aufrechter stand als noch vor einigen Tagen.

Offenbar deutete er ihren Blick anders, denn seine Miene verschloss sich wieder. »Entschuldigen Sie mich für einen Moment, ich denke, ich mache mich erst noch etwas frisch. Was kann ich Ihnen so lange zu trinken anbieten?«

»Haben Sie Mineralwasser?«

Anstelle einer Antwort ging Nathan zum Kühlschrank und blickte hinein. »Ja.« Er nahm eine Flasche heraus und stellte sie Sierra zusammen mit einem Glas hin. »Ich bin sofort wieder da.«

Bevor sie antworten konnte, hatte er die Küche bereits verlassen. Wenn er wollte, konnte er sich unheimlich schnell bewegen. Wieder kam in ihr die Frage auf, wie viel er trainierte, wenn sie nicht da war. Sie hatte es zwar schon öfter erlebt, dass manche Patienten schneller auf die Therapie ansprachen als andere, aber dass jemand solche Fortschritte in so kurzer Zeit machte, war ungewöhnlich. Besonders wenn man Nathans Gesamtzustand betrachtete. Andererseits sollte sie froh darüber sein – so war ihre Aufgabe vermutlich in einigen Wochen erledigt.

Seltsamerweise versetzte ihr der Gedanke einen enttäuschten Stich, und ihr wurde bewusst, dass es sie gar nicht mehr so stark zu ihrem normalen Leben zurückzog wie am Anfang. Irgendetwas an Nathan ließ Gefühle in ihr aufkommen, die sie schon lange nicht mehr verspürt hatte. Und das machte ihr eine Heidenangst. Sie wollte nichts mehr für einen Mann empfinden, schon gar kein Interesse. Und ganz bestimmt wollte sie ihm nicht seine Last erleichtern und für ihn da sein. Das hatte sie alles schon hinter sich, und es war nicht gut ausgegangen. Noch einmal würde sie das nicht mitmachen.

Sierras Hand zitterte, als sie sich das Wasser eingoss. Gierig trank sie einen Schluck und versuchte, sich wieder zu beruhigen. Diesmal würde ihr das nicht wieder passieren. Sie wusste, was dabei herauskommen konnte, und würde alles tun, um das nicht noch einmal zuzulassen. Nein, sie war jetzt schlauer und vor allem vorsichtiger. Wenn sie Nathan nicht zu nah an sich heranließ, konnte gar nichts geschehen. Das Wasser gelangte in ihre Luftröhre, und sie begann zu husten.

Als Sierra sich wieder ein wenig beruhigt hatte, stützte sie den Ellbogen auf die Tischplatte und legte die Stirn in ihre Handfläche. Gott, was war nur mit ihr los? Normalerweise ließ sie sich von so etwas überhaupt nicht aus der Ruhe bringen. Eigentlich hatte sie gedacht, sich inzwischen wieder gut unter Kontrolle zu haben und ein halbwegs normaler Mensch zu sein. Allerdings hatte sie sich in den letzten Jahren auch hauptsächlich mit Frauen umgeben: ihren Patientinnen, Freundinnen … Männer hatte sie nur zusammen mit deren Frauen getroffen, so wie Clint oder Angehörige ihrer Patientinnen. Es hatte überhaupt kein Risiko bestanden, dass irgendein Mann sie faszinieren könnte. *Sicherheit* ... Die ganze Zeit hatte sie nur noch mit einem Sicherheitsnetz gelebt – in einer Taucherglocke, während das Leben um sie herumschwamm, ohne sie zu berühren.

Warum hatte sie das erst jetzt bemerkt? All die Jahre hatte sie sich vorgemacht, dass sie die Sache überwunden und ihr Leben wieder im Griff hätte, während sie sich eigentlich in einem Wandschrank versteckt und nur durch einen Spalt nach draußen gestarrt hatte. Was war aus der starken und unabhängigen Frau geworden, die zur Navy gegangen war und sich dort bis zum Lieutenant hochgearbeitet hatte? Sie schien überhaupt nicht mehr zu existieren und hatte stattdessen einer ängstlichen und übervorsichtigen Person Platz gemacht, die Sierra nicht wirklich mochte.

Deshalb hatte sie sich so in ihre Arbeit gestürzt – immer wenn sie einer Patientin helfen konnte, hatte sie sich gut gefühlt. Gebraucht. Als hätte ihr Leben noch einen Sinn. Alles andere ... war wie in einen Nebel getaucht. Sie aß etwas, sie schlief, sie fuhr zur Arbeit.

»Geht es Ihnen nicht gut?«

Nathans Frage ließ sie hochfahren, sie hatte ihn gar nicht zurückkommen hören. Hitze stieg ihr in die Wangen. »Doch, alles in Ordnung. Ich bin nur ein wenig müde.«

Sein Gesichtsausdruck zeigte, dass er ihr nicht glaubte, doch er sagte nichts dazu. Stattdessen setzte er sich zu ihr an den Tisch, nachdem er einen Topf mit Wasser auf den Herd gestellt hatte. Seine Haare waren feucht, offenbar hatte er geduscht, während sie in ihre Gedanken vertieft gewesen war. Er hatte einen Pullover und eine lange Hose angezogen. Nur seine Füße waren – wie immer – nackt. Irgendwie ließ ihn das nahbarer wirken, aber auch verletzlicher.

»Ich kann verstehen, wenn Sie müde sind und lieber nach Hause fahren wollen.«

Vielleicht sollte sie diesen Ausweg nutzen, um so viel Abstand wie möglich zwischen sie zu bringen. Dieser Nathan hier war viel zu gefährlich für ihr seelisches Gleichgewicht. Trotzdem schüttelte sie den Kopf. »Nein, es geht schon. Außerdem bin ich gespannt auf Ihre Nudeln.«

Das brachte ihr ein schiefes Lächeln ein. »Sie sind nichts Besonderes. Früher …« Er brach ab, und seine Miene verdüsterte sich.

Sierra legte ihre Hand auf seine. »Ich freue mich über Nudeln. Ich selbst ernähre mich meist von Salat oder Fertiggerichten.« Wenn sie abends müde nach Hause kam, hatte sie oft keine Lust mehr, richtig zu kochen. Und für wen sollte sie das auch tun? Nur für sich allein? Das war ihr zu langweilig.

Beinahe entsetzt sah Nathan sie an. »Ich hätte gedacht, Sie als Physiotherapeutin würden sich anders ernähren.«

Gespielt gleichgültig hob sie die Schultern. »Ich bin nicht perfekt.«

Richtiges Essen bekam sie momentan nur dann, wenn sie mit Freunden in ein Restaurant ging – was sehr selten vorkam –, oder am Wochenende bei ihren Eltern. Und jetzt offensichtlich auch bei Nathan. Machte sie einen Fehler, wenn sie zuließ, dass ihre Beziehung mit ihm eine andere Ebene betrat? Während sie mit ihm aß, war sie nicht mehr seine Therapeutin, sondern irgendetwas anderes, Intimeres. Das war unprofessionell. Andererseits hatte sie doch auch mit Karen gegessen, während sie ihr dabei geholfen hatte, wieder auf die Beine zu kommen. Der einzige Unterschied lag darin, dass Nathan ein Mann war. Wollte sie ihr Leben wirklich von so einer Kleinigkeit beeinflussen lassen?

Nathan zog seine Hand unter ihrer heraus. Erst jetzt bemerkte sie, dass sie ihn immer noch berührte. »Niemand ist perfekt, ich am allerwenigsten. Ich esse auch nicht jeden Tag frisch, erst recht nicht auf einer Mission, aber wenn ich zu Hause bin und Zeit habe, macht es mir Spaß zu kochen. Und vor allem zu essen.«

Sierra zog ihre kribbelnde Hand zurück und lächelte ihn an. »Ich liebe auch gutes Essen, so ist das nicht.«

»Dann ist es ja gut. Ich esse ungern allein.« In dem Moment, als er die Worte ausgesprochen hatte, erstarrte er. Seine Haut wurde aschfahl.

Alarmiert setzte Sierra sich auf und betrachtete ihn besorgt. »Ist alles in Ordnung?« Natürlich war es das nicht, das war unschwer zu erkennen.

Mit zitternder Hand strich Nathan sich über das Gesicht, als versuchte er, das, was er gerade gesehen hatte, zu vertreiben. »Ja …« Seine Stimme klang unsicher.

»Kann ich irgendwie …?«

»Nein!« Etwas ruhiger fuhr er fort: »Nein, danke, es geht schon. Nur eine … Erinnerung.« Er stand auf und ging zum Herd. Mit beiden Händen stützte er sich auf die Arbeitsplatte und ließ den Kopf nach vorne sinken.

Hilflos blickte Sierra auf seinen Rücken und wünschte, sie könnte irgendetwas tun, um es ihm leichter zu machen. Doch sie kannte ihn nicht und wusste auch nicht, was er genau erlebt hatte. Sollte sie es auf sich beruhen lassen oder versuchen, ihn zum Reden zu bringen? Vielleicht half es ihm, die Dinge auszusprechen, die ihn belasteten. Oder er verlor dadurch völlig den Halt …

»Erinnern Sie sich wieder an das, was geschehen ist?«

Anstelle einer Antwort öffnete Nathan eine Schranktür und holte eine Packung Nudeln heraus. Die schüttete er in das sprudelnde Wasser und schloss den Deckel wieder. Anschließend nahm er einen zweiten Topf heraus und bereitete darin eine Tomatensoße vor. Es dauerte einige Minuten, bis er etwas sagte.

»Ich weiß nicht, ob ich mich an alles erinnere – oder vielmehr: Ich weiß, dass meine Erinnerung löchrig ist. Aber es sind viele Dinge wieder da, die ich am liebsten vergessen würde.«

Sierra hatte keine Ahnung, was sie dazu sagen sollte. Es war furchtbar, dass er so etwas durchmachen musste, aber vielleicht war es ja auch besser, wenn er sich wieder erinnerte. Wenigstens musste er sich dann nicht immer fragen, was geschehen war. Andererseits war es nach dem, was er erlebt hatte, vermutlich ein Segen, das alles zu vergessen.

Während die Tomatensoße köchelte, rieb Nathan frischen Parmesan in eine Schüssel. Als die Gerüche in ihre Nase drangen, lief Sierra das Wasser im Mund zusammen. Wenn es so schmeckte, wie es roch und aussah, war sie froh, dass sie nicht nach Hause gefahren war. Genau beobachtete sie Nathans Bewegungen und stellte fest, dass keine Einschränkungen zu erkennen waren. Offenbar tat es ihm gut, das zu machen, was er schon früher gerne getan hatte. Die Routine führte dazu, dass er nicht mehr über jedes Heben und Senken seiner Arme nachdenken musste. Auch der Rest seines Körpers wirkte weniger steif und verspannt.

Da er gerade so in seinem Element zu sein schien und entspannter, als sie ihn je gesehen hatte, schwieg Sierra, bis Nathan das Essen zum Tisch gebracht hatte. »Danke, das sieht wunderbar aus und riecht köstlich.«

Das entlockte ihm den Hauch eines Lächelns. »Dann hoffe ich, es schmeckt auch so.«

»Da bin ich mir ziemlich sicher. Etwas, das so riecht, kann gar nicht schlecht schmecken.«

Sowie der Teller vor ihr stand, beugte sie sich vor und sog tief den wunderbaren Duft ein. Als sie den Blick hob, sah sie, dass

Nathan sich ebenfalls gesetzt hatte und sie anstarrte. Verlegen bemühte sie sich, nicht mehr so auszusehen, als würde sie sich gleich auf das Essen stürzen. Aber das fiel ihr sehr schwer.

Schließlich blinzelte Nathan und sah auf seine eigene Portion hinunter. Seine Finger färbten sich weiß, wo sie den Rand seines Tellers umfasst hielten. »Es ist so seltsam, wieder an einem Tisch zu sitzen, mit einer Gabel zu essen und vor allem das essen zu können, worauf man gerade Appetit hat.«

Sierras Herz zog sich zusammen, als sie sich vorstellte, was Nathan in den vergangenen Monaten durchlebt haben musste. Umso mehr bewunderte sie ihn für das, was er bereits erreicht hatte, seitdem er wieder frei war. »Das kann ich mir vorstellen. Dann freue ich mich noch mehr darüber, dass wir heute hier zusammen sitzen und das Essen genießen können.«

Langsam hob er wieder den Kopf. »Tut mir leid, ich fürchte, meine gesellschaftlichen Fähigkeiten sind etwas eingerostet.«

Sierra brachte ein Lächeln zustande. »Das geht mir genauso. Aber ich finde, Sie machen das großartig.«

Ihre Blicke trafen sich und verhakten sich ineinander. Im Licht der Küchenlampe wirkte das Grün seiner Iris besonders leuchtend, fast geheimnisvoll. Ein wenig Tomatensoße glänzte auf seiner Unterlippe und löste in Sierra den Wunsch aus, sie abzulecken. Sie könnte sich einfach vorbeugen und dann … Erschreckt zuckte Sierra vor diesen Gedanken zurück. Um sich abzulenken, tauchte sie ihre Gabel in die Nudeln, drehte sie auf dem Löffel und schob sie sich in den Mund. Sie hatte recht gehabt, es schmeckte fantastisch. Die Nudeln waren weder zu hart noch zu weich, die Soße schmeckte nach Tomaten und Gewürzen. Und der Käse … Es fiel ihr schwer, die Augen nicht zu schließen, während sie genüsslich kaute. Nach zwei weiteren Bissen sah sie auf und bemerkte, dass Nathan seinen Teller bereits halb geleert hatte.

Er sprach erst wieder, nachdem er sich noch einmal Nachschub geholt hatte. »Was meinten Sie damit, dass Ihre gesellschaftlichen Fähigkeiten auch eingerostet sind?«

Sierra erstarrte. Sie hatte gehofft, er hätte ihren Kommentar einfach überhört oder würde ihn ignorieren, aber da hatte sie sich offensichtlich getäuscht. Langsam ließ sie ihre Gabel sinken. »Was hat Ihnen Clint über mich erzählt?«

Nathans Stirn zog sich in Falten. »Nur, dass Sie Lieutenant in der Navy waren, eine sehr gute Physiotherapeutin sind und Karen geholfen haben.«

Gut, sie hatte zwar nicht erwartet, dass Clint etwas über ihre Vergangenheit ausgeplaudert hätte, aber sie war froh, dass sie sich wirklich auf ihn verlassen konnte. »Ich meinte damit nur, dass ich in letzter Zeit sehr viel gearbeitet habe und gesellschaftlich kaum unter Leuten war.« Was mit keinem Wort gelogen war. Trotzdem war es meilenweit von dem entfernt, was ihr tatsächlich passiert war.

Und wenn sie Nathans Blick richtig deutete, konnte er ihr das offensichtlich ansehen. Aber er nickte nur und bohrte nicht weiter. Vielleicht verstand er auch, dass es Dinge gab, die zu sehr schmerzten, als dass man sie einfach so erzählte. Noch dazu einem beinahe Fremden, dem das Leben ebenfalls übel mitgespielt hatte. Während Nathan seinen Teller leerte, überlegte Sierra, was passiert wäre, wenn sie sich früher kennengelernt hätten. Bevor ihr Leben zusammengebrochen und er in Afghanistan verschleppt worden war. Vermutlich gar nichts – SEALs gehörten damals nicht unbedingt zu ihrem Freundeskreis. Und wahrscheinlich hätte er sie nicht einmal bemerkt. Er dagegen wäre ihr aufgefallen. Allein durch seine Größe und die leuchtend grünen Augen. Und seinen Mund …

Innerlich über sich selbst den Kopf schüttelnd, richtete Sierra sich auf. Sie war nur hier, weil Nathan jemanden zum Reden brauchte, und nicht, um ihn anzuschmachten. Während der letzten halben Stunde hatten sie alles Mögliche getan, nur nicht viel geredet. Oder reichte ihm schon die Gesellschaft? »Das war wirklich sehr lecker. Kann ich Ihnen beim Abwasch helfen?«

Nathan stand auf und stellte die Teller zusammen. »Nicht nötig, ich habe einen Geschirrspüler.« Sein Blick traf ihren. »Ich freue mich, dass es Ihnen geschmeckt hat. Ich habe lange nicht mehr für jemand anderen gekocht.«

Irgendwie gefiel es ihr, die Erste zu sein, die in diesen Genuss gekommen war. »Ich fühle mich geehrt.«

Scharf blickte er sie an, doch als er erkannte, dass sie ihre Aussage völlig ernst meinte, grinste er schief. »Ich mich auch.«

Sierra blickte auf die Uhr. »Vermutlich sollte ich langsam nach Hause fahren.«

»Nein!«

16

Red schnitt innerlich eine Grimasse, als er Sierras erschrockene Miene sah. Vielleicht hätte er doch nicht ganz so energisch antworten sollen. Aber die Vorstellung, dass sie einfach gehen und all das Licht und die Wärme mitnehmen könnte, die er in ihrer Gegenwart spürte, war furchtbar. »Tut mir leid, natürlich können Sie gehen, wenn Sie das möchten. Ich hatte nur gehofft …« Verlegen brach er ab. Verdammt, seit wann war es so schwer für ihn, mit einer Frau zu reden? Früher hatte er damit nie Probleme gehabt. Damals hatte es ihm aber auch nie so viel bedeutet.

Sierra musterte ihn prüfend. »Was haben Sie gehofft?«

Nach kurzem Zögern antwortete er ihr: »Dass wir uns vielleicht noch ein wenig … unterhalten könnten. Ich weiß nicht, was ich tun soll.« Das klang, als wäre er noch ein Teenager. Kein Wunder, schließlich benahm er sich auch gerade wie einer.

»Wenn es etwas ist, bei dem ich Ihnen helfen kann, gerne.«

Ein Gefühl der Erleichterung machte sich in Red breit. »Danke.« Schnell brachte er die Teller zum Geschirrspüler und räumte sie ein. »Kann ich Ihnen noch einen Nachtisch anbieten?«

Sierra schüttelte den Kopf. »Nein, danke. Wenn ich noch mehr esse, platze ich.« Ihr Blick folgte jeder seiner Bewegungen, als würde sie ständig überprüfen, ob sein Körper so funktionierte, wie er sollte. Normalerweise würde ihn das ärgern, aber irgendwie fühlte er sich dadurch sicherer. Dass Sierra vielleicht auch ein wenig Gefallen an dem fand, was sie sah, wagte er gar nicht zu hoffen.

Er öffnete den Kühlschrank. »Noch etwas zu trinken?«

»Ich habe noch, danke.«

Da Red Durst hatte, nahm er sich eine Cola aus dem Kühlschrank und kehrte zum Tisch zurück. Als er Sierras Blick sah, zuckte er mit den Schultern. »Nicht sehr gesund, dafür hat sie viele Kalorien, und die brauche ich im Moment.«

»Oh nein, ich trinke durchaus auch mal eine Cola oder etwas anderes. Ich war nur entsetzt, dass Sie Pepsi bevorzugen.« Ihre Miene zeigte mehr als deutlich, was sie davon hielt.

Das brachte ihn zum Lachen. »Schuldig. Ich habe es mir irgendwann mal angewöhnt, als es keine andere Cola gab, und bin dabei geblieben. Aber eigentlich ziehe ich sowieso ein kühles Bier vor, wenn ich nicht gerade Medikamente nehme.«

Ihre Augenbrauen hoben sich. »Nehmen Sie denn welche?«

Die Frage verwunderte ihn, bis er sich daran erinnerte, dass sie im Bad gewesen war, wo er seine Medikamente aufbewahrte. Anscheinend hatte sie dort ein wenig geschnüffelt. Seltsamerweise löste der Gedanke ein warmes Gefühl in seinem Innern aus. Hätte Clint das Gleiche getan, hätte er sich geärgert. »Nein, momentan nicht. Sie machen mich nur müde. Die Schmerzen sind auch so zu ertragen. Ich trinke aber trotzdem keinen Alkohol, weil ich ihn einfach nicht mehr gewohnt bin und mich wahrscheinlich schon ein paar Schlucke umhauen würden.« Was nicht ganz stimmte. Eigentlich trank er nur nicht, weil er die Kontrolle über seinen Geist und Körper behalten wollte.

»Ich verstehe.« Tatsächlich lag ehrliches Verständnis in ihrem Blick.

Schnell wechselte Red das Thema. »Wir können uns auch ins Wohnzimmer setzen, wenn Sie möchten.«

»Das ist nicht nötig, mir gefällt Ihre Küche.« Sie schob die Augenbrauen zusammen. »Oder möchten Sie Ihre Beine ausstrecken?«

»Das kann ich auch hier.« Red ließ sich auf den Stuhl sinken und streckte die Beine unter dem Tisch aus. Eigentlich war es ihm ganz recht, wenn sie hier in der relativ neutralen Küche blieben. Im Wohnzimmer lagen einige sehr persönliche Gegenstände herum, und für das, was er mit Sierra bereden wollte, brauchte er innerlich ein wenig Abstand.

Nach einem tiefen Schluck von seiner angenehm kalten Cola lehnte er sich im Stuhl zurück. Es war unglaublich, wie sehr er solche Kleinigkeiten genoss, seit er wieder da war. Und er versuchte gerade, Zeit zu schinden, obwohl er wusste, dass Sierra müde war und nach Hause wollte.

Vorsichtig stellte er das Glas zurück, dann beugte er sich vor. »Die Erinnerungen an meine Gefangenschaft kommen langsam wieder, besonders nachts, wenn ich schlafe.« Er kam immer gern auf den Punkt, aber vielleicht überforderte er Sierra, wenn er so direkt war.

Doch sie blickte ihn nur mitfühlend an und nickte. »Das dachte ich mir.«

»Es …« Er räusperte sich. »Es ist so ungefähr das, was ich mir von meinen Verletzungen ausgehend auch vorgestellt hatte. Noch habe ich viele Lücken, aber mit der Zeit werde ich mich wahrscheinlich an das meiste wieder erinnern.«

»Das ist gut, oder?«

Red schnitt eine Grimasse. »Einerseits schon, andererseits könnte ich aber auch gut auf diese Erinnerungen verzichten. Auf lange Sicht ist es vermutlich besser, wenn ich genau weiß, was passiert ist. Vor allem auch im Hinblick auf meinen Job. Das Oberkommando wird mich nicht wieder als CO einsetzen, solange ich Erinnerungslücken habe. Wobei: Wahrscheinlich werden sie das Risiko auch dann nicht eingehen, wenn ich mich wieder an alles erinnere.«

»Sie wären dumm, Sie gehen zu lassen.«

Das entlockte Red ein schwaches Lächeln. »Meinen Sie wirklich? Es gibt genug junge, fitte, *unbeschädigte* SEALs, die das Kommando übernehmen könnten und einen guten Job machen würden. Ich dagegen könnte meine Männer in Lebensgefahr bringen, wenn ich im falschen Moment erstarre oder einen Anfall bekomme. Die Frage ist, ob meine Erfahrung und mein Wissen dieses Risiko aufwiegen.«

»Was sagt Ihr Team dazu?«

Nervös spielte Red mit seinem Glas. »Sie wollen, dass ich zurückkomme. Aber sie wissen auch nicht, was …« Er hielt den Blick fest auf die Flasche gerichtet.

Sanft legte Sierra ihre Hand auf seine und hielt sie still. »Ich denke schon, dass Ihre Leute sich vorstellen können, was Sie durchgemacht haben. Sie sind als Team doch sicher schon seit vielen Jahren zusammen, und Ihre Männer bauen auf Sie und Ihre Fähigkeiten. Solange Sie ehrlich zu ihnen sind, würde ich auf die Entscheidung Ihrer Leute vertrauen, Sie weiter als CO haben zu wollen.«

Red wusste nicht, ob er das konnte. Oder vielmehr: ob er sich selbst noch trauen konnte. Und das belastete ihn am meisten. Als SEAL war er sich seiner Leistungsfähigkeit immer sicher gewesen, nie hatte er gezweifelt oder gezögert. Nur wer selbstsicher war, konnte sich in eine unbekannte Situation begeben und innerhalb von Sekunden lebenswichtige Entscheidungen treffen. Unsicherheit war ein gefährlicherer Feind als jeder Terrorist. Allerdings hatte Sierra recht: Er würde auf jeden Fall mit Bull, Tex und den anderen reden müssen, bevor er sich wieder als CO einsetzen ließ, falls er je vom Oberkommando reaktiviert wurde.

»In meinen … Träumen kommen manchmal Hinweise vor, die für mich so klingen, als wäre etwas geplant, vielleicht ein größerer Anschlag im Ausland. Und es könnte mit dem IS zusammenhängen.«

Sierras Augen weiteten sich, instinktiv umklammerte sie seine Hand. »Oh Gott, wirklich? Das ist ja furchtbar! Was wollen Sie dagegen tun?«

Dass sie ihm einfach so glaubte, löste seine innere Anspannung ein wenig. Genau wie ihre Berührung. »Ehrlich gesagt, ich weiß es nicht. Ich kann die Informationen nicht belegen. Das Oberkommando würde mir nicht glauben, wenn ich ihnen etwas von Träumen erzähle. Für sie zählen nur harte Fakten.« Er stieß ein bitteres Lachen aus. »Die haben sie auch verlangt, bevor sie ein Rettungsteam losgeschickt haben. Wer weiß, wie viel früher sie mich schon hätten retten können, wenn sie einfach mal auf Verdacht eine Mission gestartet hätten.«

Sierras hellbraune Augen wurden dunkler. »Oh ja, das habe ich auch schon erlebt. Ich bin froh, dass Sie trotzdem gerettet wurden.«

»Das habe ich nur meinen Freunden zu verdanken. Sie haben Urlaub genommen und sind dorthin geflogen, um herauszufinden, ob ich mich wirklich in dem Lager aufhalte. Mit einem Foto als Beweis haben sie dann alles in Gang gesetzt.«

»Es muss schön sein, solche Freunde zu haben.«

Das war es, auch wenn er es in den letzten Wochen ignoriert hatte. »Ja.« Er räusperte sich. »Aber es gibt keine Möglichkeit, das, was ich als Gefangener gehört habe, zu beweisen. Die Terroristen werden keinen Aushang machen, bevor sie losschlagen. Und ich weiß ja noch nicht mal, wo. Oder wann. Oder was genau passieren soll. Bisher erinnere ich mich nur daran, dass der Anführer der Terroristen mich als Preis bei irgendeinem

Deal mit einer anderen Terrorgruppe einsetzen wollte. Das hat er in einem Telefonat gesagt.«

»Wissen Sie, was das für ein Handel sein könnte?«

Red schüttelte den Kopf. »Nein. Er sprach von einer ›Aktion‹, und ich glaube, sein Gesprächspartner war vom IS, weil er davon sprach, dass die Gruppierung in Afghanistan Fuß fassen will und eine gut gefüllte Kriegskasse hat.«

»Aber es hat niemand direkt etwas über einen Anschlag gesagt?«

»Nicht bei meiner letzten Erinnerung, aber irgendetwas in mir ist überzeugt davon, dass es um einen Anschlag geht, der vom IS mit Hilfe des Terroristen aus Afghanistan durchgeführt werden soll.«

Nachdenklich zupfte Sierra an ihrer Unterlippe. »Glauben Sie, es sind noch weitere Informationen dazu in Ihrem Gehirn vorhanden, oder haben Sie einfach nicht mehr mitbekommen?«

Red horchte in sich hinein. »Ich weiß es ehrlich nicht. Vielleicht gibt es da noch mehr, ich fange ja gerade erst an, mich zu erinnern.«

»Okay. Aber wir könnten versuchen, mit dem, was Sie schon haben, irgendwo weitere Informationen zu finden.«

Das »wir« klang auf jeden Fall sehr gut, wie Red zugeben musste. Es war die richtige Entscheidung gewesen, Sierra ins Vertrauen zu ziehen. »Das ist eine gute Idee. Ich kenne auch jemanden, der das tun könnte. Wenn es irgendwo im Netz etwas darüber zu finden gibt, wird er es entdecken.« Red war sich ziemlich sicher, dass I-Mac ihm helfen würde, wenn er ihn darum bat.

»Das klingt doch nach einem Plan.« Röte stieg in Sierras Wangen, und sie zog abrupt ihre Hand weg, die seine immer noch festgehalten hatte.

Bedauern durchzuckte Red. Es hatte sich gut angefühlt, wieder berührt zu werden. Und zwar nicht in einem medizinischen Sinne wie im Krankenhaus oder bei der Physiotherapie, sondern wie eine Frau einen Mann berühren würde, den sie mochte. Selbst wenn es bei Sierra vermutlich nur Mitleid gewesen war, er konnte momentan nicht wählerisch sein.

»Danke, dass Sie mir zugehört haben. Ich denke, ich werde versuchen, mich noch an weitere Details zu erinnern, vielleicht gelingt es mir ja. Wenn ich dann genug Informationen habe, kann ich mich immer noch an das Oberkommando wenden und hoffen, dass sie mir glauben werden.«

Sierra lächelte ihn an. »Ich habe Ihnen sehr gerne zugehört, und ich drücke Ihnen die Daumen, dass Ihnen noch mehr einfällt.« Sie biss sich auf die Lippe. »Darf ich Ihnen eine Frage stellen?«

Überrascht sah er sie an. »Natürlich.«

»Warum sind Sie damit nicht zu Clint gegangen? Er ist doch Ihr Freund, oder nicht?« Es war ihr deutlich anzusehen, wie viel Unbehagen es ihr bereitete, ihm eine so persönliche Frage zu stellen.

Die Frage war absolut berechtigt, doch Red hatte keine wirkliche Antwort darauf. Oder zumindest keine, die ihm gefiel. »Ja, Clint ist mein Freund. Aber auch mein Vorgesetzter. Vielleicht hätte er sich dazu verpflichtet gefühlt, die Information an das Oberkommando weiterzuleiten. Und ich weiß nicht, ob ich schon dazu bereit bin, mich von denen sezieren zu lassen.«

Sierra schwieg einen Moment, dann neigte sie den Kopf. »Das verstehe ich. Aber ich kann mir nicht vorstellen, dass Clint so etwas tun würde, wenn Sie es ihm im Vertrauen erzählen. Außer er würde eine so große Gefährdung sehen, dass ihm gar nichts anderes übrig bliebe, als damit zu seinen Vorgesetzten zu gehen.«

Red war sich dessen nicht so sicher. Auch wenn er es gerne glauben wollte, er war nicht bereit, darauf seine Zukunft zu verwetten. »Es gibt ja ohnehin nicht viel, was ich berichten könnte.«

»Deshalb müssen wir mehr herausbekommen. Und dann können wir immer noch überlegen, wie wir damit umgehen. Sie haben also überhaupt keine Idee, wann das Ganze stattfinden könnte?«

Stumm schüttelte Red den Kopf. »Ich weiß ja nicht mal, wann ich die Dinge erlebt habe, von denen der Traum handelte. Es könnte schon vor Monaten gewesen sein. Vielleicht ist das, wovon geredet wurde, auch schon längst passiert.«

»Wie wäre es, wenn Sie sich eine Auflistung aller Anschläge besorgen würden, die in den letzten fünfeinhalb Monaten verübt wurden. Vielleicht kommt Ihnen dann irgendetwas bekannt vor. Oder Sie erinnern sich an weitere Details.«

Das war tatsächlich keine schlechte Idee. Eigentlich hätte er auch selbst darauf kommen können, schließlich war er der Spezialist, wenn es um Terrorismus ging. »Ich werde mich darum kümmern.«

Ermunternd lächelte Sierra ihn an. »Sie werden es herausfinden, da bin ich ganz sicher.«

Ein unerwartetes Gefühl von Wärme breitete sich in ihm aus. »Wie kommen Sie darauf?«

»So konsequent, wie Sie an die Übungen herangehen, gehe ich davon aus, dass Sie auch alles andere mit der gleichen Beharrlichkeit tun werden. Außerdem wollen Sie den Anschlag ja bestimmt verhindern, sollte tatsächlich einer geplant sein.«

Reds Nackenmuskeln zogen sich warnend zusammen. »Allerdings.« Tief atmete er durch. »Danke für Ihre Zuversicht.«

Sierra berührte seine Hand mit ihren Fingerspitzen. »Solange Sie noch nicht ganz fit sind, werde ich das Vertrauen in Ihre

Fähigkeiten für Sie übernehmen. Ich bin mir aber sicher, dass Sie das bald wieder selbst hinbekommen.«

Seine Kehle schnürte sich zu, und plötzlich hatte er das seltsame Verlangen, Sierra zu umarmen. Nur mühsam hielt er sich zurück. »Danke.«

Mit einem leichten Lächeln ließ Sierra ihn los und stand auf. »Ich denke, ich werde dann jetzt mal nach Hause fahren. Oder brauchen Sie mich noch? Ich bleibe auch gerne noch etwas länger.«

Red erhob sich ebenfalls. Am liebsten hätte er sie tatsächlich gebeten, noch zu bleiben und die Stille im Haus zu füllen, doch sie sah müde aus, und er wollte sie nicht ausnutzen. Es wäre nicht gut, wenn er sich zu sehr an ihre Anwesenheit gewöhnte. Vor allem aber wollte er auch nicht, dass sie ihn sah – und hörte –, wenn er einen Albtraum hatte. Wenn ihn das schon selbst so erschreckte, konnte er sich vorstellen, wie er dabei auf andere wirken musste.

»Nein, ich komme zurecht. Vielen Dank, dass Sie geblieben sind.« Er führte sie zum Flur, wo sie ihre Sachen abgelegt hatte.

Sie schlüpfte in ihre Jacke und drehte sich dann zu ihm um. »Ich habe zu danken, immerhin habe ich etwas zu essen bekommen.«

»Dann sind wir wohl quitt.«

Sierra sah ihn einen Moment lang an und lachte dann. »Genau. Wir können das jederzeit gerne wiederholen.« Ein Ausdruck huschte über ihr Gesicht, den er nicht deuten konnte. Bedauern vielleicht?

»Gerne.« Red brachte sie zum Ausgang und öffnete die Tür. Bevor er sich davon abhalten konnte, beugte er sich zu ihr hinunter und küsste sie auf die Wange. »Kommen Sie gut nach Hause.« Ob sie hören konnte, wie rau seine Stimme klang?

Ihre Augen waren weit aufgerissen. Es sah aus, als wollte sie etwas sagen, doch schließlich nickte sie nur.

Red konnte nicht erkennen, ob sie entsetzt war, weil ein vernarbter Kerl wie er sie geküsst hatte, oder ob es sie einfach nur überrascht hatte. Um sich davon abzuhalten, sie noch einmal zu berühren, trat er einen Schritt zurück. »Wann können wir morgen die Therapie fortsetzen?«

Wenn sie ihm jetzt absagte, trug er die Schuld daran. Sicher war er mit dem Kuss zu weit gegangen.

»Moment, ich schaue mal in meinen Kalender.« Sie wühlte in ihrer Handtasche herum, zog einen kleinen Taschenkalender hervor und schlug ihn auf. »Morgen könnte ich schon morgens, wenn es Ihnen passt. Neun Uhr?«

Da er sowieso nie mehr als ein paar Stunden schlief, passte ihm das ausgezeichnet. »Ja, das geht.«

»Sehr gut, dann sehen wir uns morgen.«

Red krallte die Finger am Türrahmen fest, um sie nicht nach Sierra auszustrecken. Verdammt, was war nur mit ihm los? Es schien, als wäre er völlig ausgehungert nach Berührungen, obwohl er sie vor wenigen Tagen noch kaum hatte ertragen können. Den Physiotherapeuten in der Klinik hätte er beinahe zu Boden geschickt, als der eine seiner Narben angefasst hatte. Doch Sierra berührte ihn während der Therapie ständig, und seltsamerweise machte es ihm überhaupt nichts aus. Davon abgesehen, dass er sich wünschte, er würde noch so aussehen wie früher, damit sie seinen jetzigen Anblick nicht ertragen musste. Die Erinnerung daran wirkte wie eine kalte Dusche.

Sierra war perfekt, ihre Haut weich und samtig, ohne jeden Makel. Warum sollte sie sich für jemanden wie ihn interessieren – traumatisiert und am ganzen Körper vernarbt? Es war völlig aussichtslos. Je eher er sich das klarmachte, desto besser. Vielleicht konnte er so noch verhindern, dass er etwas anderes in ihr sah als seine Therapeutin. Zurückhaltend verabschiedete er sich von ihr und schloss leise die Tür. Dann lehnte er seine Stirn dagegen und versuchte, sich davon abzuhalten, Sierras schwingenden Hüften nachzusehen, während sie zu ihrem Auto ging. Was ihm mehr Willenskraft abverlangte, als er gedacht hätte.

Erst als Red die Wagentür zufallen hörte, hob er den Kopf und gestattete es sich, aus dem kleinen Fenster zu blicken, das in die Haustür eingelassen war. In der Dunkelheit konnte er nur Sierras Umrisse im Schein der Instrumentenbeleuchtung sehen, und er wünschte, wenigstens ihren Gesichtsausdruck erkennen zu können. War sie froh, ihn endlich los zu sein? Abrupt schlug Red mit der Hand gegen die Tür.

Noch nie in seinem Leben hatte er sich Frauen gegenüber so unsicher gefühlt. Es ärgerte ihn, dass er sich jetzt aufführte wie ein Teenager, nur weil er ein paar Narben mehr hatte. Entweder Sierra mochte ihn auch oder eben nicht. Wenn sie kein Interesse an ihm hatte, würde er das auch überleben. Es gab jetzt wesentlich wichtigere Dinge, über die er nachdenken sollte – Dinge, bei denen es wirklich um Leben und Tod ging. Trotzdem blieb er am Fenster stehen, bis die Rücklichter von Sierras Auto in der Dunkelheit verschwunden waren.

17

Sierra war tatsächlich ein wenig nervös, als sie am nächsten Morgen vor Nathans Haustür stand. Die halbe Nacht hatte sie wachgelegen und sich gefragt, ob sie sich den Abschiedskuss nur eingebildet hatte. Er war ja auch nur auf die Wange erfolgt und im Bruchteil einer Sekunde wieder vorbei gewesen. Trotzdem hatte sie sich unruhig hin und her gewälzt und sich gefragt, wie sie darauf reagieren sollte. Nathan war ihr Patient, und bisher hatte sie noch nie vor dem Problem gestanden, sich zu einem Patienten hingezogen zu fühlen – aus naheliegenden Gründen. Aber Nathan war anders, das hatte sie schon vom ersten Moment an gespürt. Normalerweise fühlte sie sich in Anwesenheit eines Mannes unsicher, doch bei Nathan war dieses Gefühl lange nicht so stark gewesen wie sonst.

Allerdings hatte sie auch geglaubt, sie sei vor ihm »sicher«, weil er sie zum einen an die dunkelste Zeit in ihrem Leben erinnerte und zum anderen aufgrund seiner eigenen Erlebnisse gar nicht in der Verfassung war, sich ihr zu nähern. Außerdem hatte sein anfängliches Benehmen nicht gerade positive Gefühle in ihr geweckt. Ganz im Gegenteil. Inzwischen kannte sie ihn jedoch etwas besser und wusste, dass er nur aus Selbstschutz so reagiert hatte. Aber es war müßig, darüber nachzudenken. Vermutlich war der Kuss einfach nur seine Art gewesen, sich bei ihr zu bedanken, oder er hatte überhaupt nicht darüber nachgedacht. Vielleicht hatte er Frauen früher immer so verabschiedet.

Warum der Gedanke einen leichten Groll in ihr auslöste,

konnte sie überhaupt nicht nachvollziehen. Sie war sich ja nicht einmal sicher, ob sie Nathan mochte, geschweige denn von ihm geküsst werden wollte. Gut, das entsprach nicht ganz der Wahrheit. Sie bewunderte ihn für seine Stärke, und sie fand ihn tatsächlich attraktiv, selbst mit den Narben. Aber das war noch lange kein Grund, sich über einen harmlosen Kuss Gedanken zu machen. Außerdem würde sie darauf wetten, dass er nicht die ganze Nacht darüber nachgedacht hatte. Wahrscheinlich hatte er den Kuss schon vergessen, nachdem er die Tür hinter ihr geschlossen hatte. Nur sie neigte dazu, mal wieder alles zu Tode zu analysieren. Von sich selbst genervt hob Sierra die Hand und drückte energisch auf die Klingel.

Fast sofort öffnete sich die Tür, als hätte Nathan bereits dahinter gestanden und nur darauf gewartet, dass sie endlich klingelte. Hitze schoss in ihre Wangen, und einen Moment lang stand sie nur da und starrte ihn an. Vielleicht fiel ihm das aber auch gar nicht auf, denn er selbst rührte sich ebenfalls nicht.

Schließlich räusperte Sierra sich. »Hallo.« *Oh ja, grandiose Einleitung.*

Doch das Wort brach den Bann, der sich über sie gelegt zu haben schien, und Nathan trat einen Schritt zurück. »Kommen Sie herein.«

Während Sierra der Aufforderung folgte, bemühte sie sich, Nathans Körper nicht zu streifen. Ein kurzer Blick in sein Gesicht zeigte ihr, dass er ihr Verhalten bemerkt hatte. Seine Miene verdunkelte sich, die Augenbrauen schoben sich zusammen. Was genau ihm missfiel, konnte Sierra nicht sagen. Tatsache war aber, dass sie ihn während des Trainings berühren musste. Deshalb gewöhnte sie sich besser schnell wieder daran, bevor die ganze Angelegenheit noch schwieriger und peinlicher wurde, als sie es sowieso schon war.

Schnell ging sie in Richtung des Trainingsraums und trat ein.

Durch das trübe Wetter wirkte das Zimmer düsterer als sonst, und Sierra schaltete das Licht ein. Glücklicherweise war es keine von diesen grellen, kalten Neonleuchten, sondern ein warmes Licht, das den Raum trotzdem erhellte. Als sie ein Handtuch auf dem Ergometer hängen sah, drehte sie sich zu Nathan um. »Haben Sie heute schon trainiert?«

Er nickte, ohne ihr direkt in die Augen zu blicken. »Ja, ich konnte nicht gut schlafen und …« Abrupt brach er ab. »Ich wollte schon aufgewärmt sein, damit wir gleich mit den Übungen beginnen können.«

Sierra bemühte sich um ein Lächeln. »Das ist gut.« Schnell griff sie in ihre Tasche und zog etwas heraus. »Ich habe Ihnen ein Notizbuch mitgebracht, falls Sie Ihre Träume notieren wollen – oder zumindest die wichtigen Informationen daraus.« Sie hielt es Nathan hin.

Als er es ihr abnahm, berührten sich ihre Finger. »Danke. Das ist …« Er brach ab und schüttelte den Kopf. »Es tut mir leid, ich hätte Sie gestern nicht küssen sollen, das weiß ich. Ich wollte Sie auf keinen Fall belästigen oder Ihnen den Aufenthalt hier unangenehm machen. Es wird nicht wieder vorkommen.«

Erstaunt sah Sierra ihn an. Sie hätte nicht gedacht, dass er den Kuss überhaupt erwähnen, geschweige denn sich dafür entschuldigen würde. Seltsam war nur, dass seine Ankündigung, den Vorfall nicht wiederholen zu wollen, Bedauern in ihr auslöste. »Eine Entschuldigung ist völlig unnötig. Ich bin davon ausgegangen, dass es einfach aus dem Moment heraus geschehen ist und nichts weiter zu bedeuten hatte. Oder nicht?«

Nathan schwieg einen Moment, seine Miene war undurchdringlich. Warum wünschte sie sich plötzlich, dass er dem Kuss doch eine Bedeutung zumaß? Dass er *sie* geküsst hatte und nicht irgendeine beliebige Frau, die gerade zur Stelle gewesen war.

»So ähnlich. Ich habe mich gefreut, dass Sie noch geblieben sind und mit mir geredet haben. Irgendwie erschien es mir richtig, mich dafür zu bedanken. Ich verstehe aber, dass es Ihnen unangenehm war, und dafür entschuldige ich mich.«

Jetzt tat es ihr leid, überhaupt so ein Aufhebens darum gemacht zu haben. »Warum denken Sie, es ist mir unangenehm gewesen?«

»Weil Sie mir nicht mal mehr in die Augen sehen können?«

Seine Antwort machte ihr bewusst, dass sie tatsächlich seine Brust anstarrte, anstatt ihm ins Gesicht zu blicken. Das war ihr wirklich peinlich, normalerweise hatte sie sich besser im Griff. Ganz bewusst hob sie den Kopf und schaute direkt in seine grünen Augen. Ein Ausdruck von Schmerz lag darin, den er versuchte vor ihr zu verbergen. Dadurch fühlte Sierra sich noch schlechter.

Langsam hob sie die Hand und legte sie auf Nathans Unterarm. »Es war mir nicht Ihretwegen unangenehm, sondern wegen meiner Reaktion darauf. Sie sind mein Patient, und ich sollte professioneller sein.«

»Sie waren doch professionell, ich habe ungebeten die Grenze überschritten.« Er schwieg einen Moment, dann legte er seine Hand auf ihre. »Es liegt also nicht an meinen Narben?«

Sierra riss die Augen auf. »Was? Nein, absolut nicht!« Etwas ruhiger fuhr sie fort: »Um ehrlich zu sein, nehme ich die Narben eigentlich kaum noch wahr. Natürlich sind sie da, aber ich sehe bei meinen Patienten den Menschen, nicht die Verletzungen. Denken Sie bitte nie, dass ich irgendetwas tue oder sage, weil Sie das Pech hatten, während Ihrer Arbeit verletzt zu werden. Das wird nie in meine Wertung einfließen. Eher im Gegenteil, ich bewundere sehr, dass Sie so etwas Furchtbares überlebt haben und nun versuchen, sich Ihren Platz im Leben wieder zu erkämpfen.«

Diesmal färbten sich *seine* Wangen rot, sodass die Narbe noch stärker hervortrat. »Danke.« Mit der Hand strich er sich über die Haare. »Okay, damit es nicht noch peinlicher wird, sollten wir uns vielleicht auf die Arbeit konzentrieren.« Vorsichtig, als wäre es ungeheuer wertvoll, legte er das Notizbuch auf die Fensterbank. »Danke noch einmal dafür, ich bin sicher, ich kann es gut gebrauchen.«

»Hatten Sie noch weitere Erinnerungen, die einen möglichen Anschlag betreffen?«

»Nein, noch nicht.« Trotzdem wirkte er unglaublich erschöpft, so als hätte er wieder nicht richtig geschlafen. Aber es gab nichts, was Sierra daran hätte ändern können, deshalb konzentrierte sie sich auf die Dinge, bei denen sie ihm helfen konnte. »Dann ziehe ich mich schnell um, damit wir anfangen können.« Nathan trug schon seine übliche Shorts und ein weites T-Shirt. Auf sein Nicken hin verließ Sierra den Raum und kehrte kurz darauf zurück.

Während sie ihre Haare zu einem Zopf band, ging sie auf Nathan zu, der an der Fensterbank lehnte und nach draußen schaute. »Im Sommer muss der Garten herrlich sein.«

Nathans Mundwinkel hoben sich ein wenig. »Das ist er. Und scheißviel Arbeit.« Als ihm bewusst wurde, was er gesagt hatte, richtete er sich schnell auf. »Tut mir leid, das hätte ich nicht sagen sollen.«

Sierra musste lachen. »Glauben Sie mir, ich habe schon jedes Schimpfwort gehört, das es gibt. Nicht umsonst war ich einige Jahre in der Navy.«

Er hob die Schultern. »Irgendwie vergesse ich das immer. Sie wirken so …«

Als er nicht weitersprach, hakte sie nach. »Was?«

»Irgendwie … jung. Unschuldig. Rein.«

Missmutig verzog Sierra den Mund. »Es sind die hellen Haare, oder? Es ist egal, was ich tue, die Leute haben immer diese Assoziationen, wenn sie mich sehen. Dabei bin ich nun wirklich kein Engel und kann durchaus für mich einstehen. Manchmal fluche ich sogar. Und einen normalen Mann kann ich ohne Probleme zu Boden schicken. Einen SEAL vielleicht eher nicht.«

»Das müssen wir irgendwann mal ausprobieren.«

Gespielt skeptisch blickte Sierra ihn an. »Ich will Sie nicht verletzen.«

Nathan richtete sich zu voller Größe auf und überragte sie damit um sicher zwanzig Zentimeter. »Ich glaube nicht, dass Sie das könnten.« Er lächelte reuig. »Okay, im Moment vielleicht schon, aber ich hoffe, dass dieser Zustand bald endet.«

»Das wird er. Wenn Sie so weitermachen, können Sie in zwei oder drei Wochen alleine trainieren und brauchen mich gar nicht mehr.«

Sofort wurde Nathan ernst, sein intensiver Blick bohrte sich in ihren. »Das hört sich vielleicht komisch an, besonders wenn man bedenkt, was für einen holprigen Start wir hatten, aber ich möchte das Training mit Ihnen noch gar nicht beenden. Es gibt noch einige Dinge, die Sie mir beibringen können, und ich merke, dass ich gezielter die Problemregionen angehe, wenn Sie mich anleiten.«

Wärme breitete sich in Sierras Innerem aus und auch Stolz darüber, dass Nathan ihre Arbeit schätzte. »Genau so soll es sein. Ich stehe natürlich auch danach noch zur Verfügung, aber das Gröbste haben wir dann hinter uns, und es geht nur noch um das Feintuning.«

»Schade.«

Es erschien ihr fast, als meinte Nathan das völlig ernst. Aber das konnte eigentlich nicht sein, es sei denn, er hatte sie falsch verstanden. Dabei konnte er das meiste tatsächlich schon selbst machen und brauchte sie nur noch für ganz spezielles Training und die Physiotherapie. Darüber sollte er doch froh sein … Um nicht länger darüber nachzugrübeln, schickte sie Nathan als Erstes aufs Gerät, damit sie sehen konnte, welche Fortschritte er gemacht hatte. Sie waren gewaltig, wenn man bedachte, dass er sich bei ihrem ersten Treffen gerade mal auf den Beinen hatte halten können. Zwar hatte er immer noch einiges vor sich, aber seine Kraft kehrte langsam zurück. Oder vielmehr: schneller als erwartet.

Während Sierra mit Nathan die Übungen durchging und ihn dabei auch berührte, versuchte sie, nicht darüber nachzudenken, wie gut sich seine Haut unter ihren Fingerspitzen anfühlte. Hitze ging von ihm aus, die langsam auch in ihren Körper sickerte. Vor allem aber wirkte er im Gegensatz zu ihrer ersten Begegnung jetzt richtig dynamisch. Es war wieder Leben in seinen Augen, und seine Haut hatte einen rosigen Schimmer dort, wo sie nicht zerstört war. Natürlich war ihr klar, dass er jetzt nicht plötzlich auf wundersame Weise kuriert war und vor allem auch psychisch noch eine lange Zeit brauchen würde, um die Gefangenschaft zu verarbeiten – falls ihm das überhaupt je vollständig gelang. Aber sie hatte nicht mehr das Gefühl, dass er eigentlich mit seinem Leben abgeschlossen hatte und sie ihn irgendwann tot vorfinden würde.

Ein Stich fuhr durch ihr Herz, der sie innehalten ließ. *Nein. Oh nein.* Noch einmal würde sie das nicht durchstehen. Auf keinen Fall durfte sie Nathan so nah an sich heranlassen, dass sie erneut in eine solche Situation geriet. Ihr Verstand sagte ihr zwar, dass es äußerst unwahrscheinlich war, zweimal dasselbe zu erleben, doch sie konnte das Risiko einfach nicht eingehen. Wenn sie ihr Herz schützen wollte, durfte sie in Nathan nur einen Patienten sehen. Nicht mehr und nicht weniger. Nur dann konnte sie ihren Seelenfrieden bewahren und ihm so gut helfen, wie er es verdiente.

Nach dem Training wischte sich Nathan den Schweiß vom Gesicht, bevor er sie ansah. »Haben Sie noch Zeit?«

Sierra sah auf die Uhr. »Nein, tut mir leid, ich muss gleich los, um den nächsten Termin nicht zu verpassen.« Nathan versuchte, sich nichts anmerken zu lassen, aber Sierra hatte das Gefühl, dass er enttäuscht war. Deshalb sprach sie gleich weiter, ohne vorher darüber nachzudenken. »Aber wie wäre es mit morgen Abend?«

Ein warmer Ausdruck trat in seine Augen. »Das würde mich freuen. Vielleicht könnten wir … ein wenig nach draußen gehen. Ich habe das Gefühl, als wäre ich immer noch irgendwo eingesperrt und bekäme nicht genug Luft.«

Sie wusste nicht, ob es wirklich eine gute Idee war, mit ihm draußen allein zu sein, aber so, wie er sie ansah, brachte sie es nicht über sich, abzulehnen. Die Wärme in seinen Augen nahm sie gefangen und ließ sie wider besseres Wissen zustimmen. »Wir können sehr gerne ein wenig spazieren gehen, ich bin auch viel zu oft drinnen, und die Natur fehlt mir. Allerdings wird es vermutlich schon dunkel sein, wenn ich fertig bin.«

»Das macht nichts.« Nathan deutete auf sein Gesicht. »Es ist auch besser, wenn mich niemand sieht.«

Sierras Herz zog sich zusammen, während sie gleichzeitig wütend wurde. »Das ist völliger Unsinn! Sie haben eine Narbe, na und? Es ist ja nicht so, als hätten Sie sich die ausgesucht. Es gibt überhaupt keinen Grund, sich deshalb zu schämen oder sich im Haus zu verkriechen!« Schwer atmend starrte sie ihn an.

Der Hauch eines Lächelns erschien auf seinem Gesicht. »Danke für die Verteidigung. Ich schäme mich nicht, aber ich weiß auch, dass die Leute starren und sich unwohl fühlen, wenn jemand anders aussieht als sie. Das mag ich mir nicht unbedingt antun – und vor allem auch nicht Ihnen.«

»Ja, ich weiß, wie die Leute sind, und das macht mich furchtbar wütend. Und es ärgert mich, wenn Sie denken, mich davor beschützen zu müssen. Ich kann damit umgehen.«

Sein Lächeln verbreiterte sich. »Verstanden.«

Sierra verdrehte die Augen. »Gut. Und jetzt muss ich mich wirklich beeilen, damit ich nicht zu spät komme.«

Nathan wurde wieder ernst. »Tut mir leid, dass ich Sie so lange aufgehalten habe. Fahren Sie vorsichtig.«

»Kein Problem. Und ich fahre immer vorsichtig.« Wenn man von ihrem Bleifuß absah, der hin und wieder zum Vorschein kam. Aber das musste Nathan ja nicht wissen.

Nach einem letzten Blick nahm sie ihre Sachen und verließ den Trainingsraum. Schnell zog sie sich um und eilte dann zu ihrem Wagen. Als sie einstieg, blickte sie noch einmal zum Haus zurück und sah, dass Nathan an der Tür stand. Einen Moment lang zögerte sie, weil etwas in ihr noch nicht gehen wollte, doch dann zwang sie sich dazu, sich hinzusetzen und den Motor anzulassen. Bevor sie die Tür schloss, winkte sie Nathan kurz zu. Er hob die Hand und trat dann zurück ins Haus.

Verdammt, sie wünschte wirklich, sie könnte bei ihm bleiben. Wer hätte gedacht, dass sich ihr erster Eindruck von ihm so schnell wandeln könnte?

18

Langsam kehrte Red ins Wohnzimmer zurück und starrte auf das Notizbuch, das Sierra ihm geschenkt hatte. Es wurde Zeit, dass er die leeren Seiten füllte. Je eher er sich erinnerte und herausfand, ob wirklich ein Anschlag bevorstand, desto schneller konnte er sein normales Leben fortsetzen. Entschlossen zog er den Stift aus der Lasche und schlug das Notizbuch auf. Einen Moment lang starrte er das Bild auf der Innenseite einfach nur an, dann begann er zu lachen. Es klang eingerostet, aber das war ihm egal. Mit den Fingerspitzen strich er über den grinsenden Seehund, den Sierra auf das Innencover gezeichnet hatte – eine Anspielung auf seine Tätigkeit als SEAL.

Doch schließlich riss er sich zusammen. Besser, er konzentrierte sich auf das, was in seiner Erinnerung vergraben lag. Vielleicht hatte er nur ein einziges Gespräch seines Entführers über den potenziellen Anschlag mitbekommen, und es gab keine weiteren Hinweise. Genauso gut konnte es aber sein, dass in seinem Gedächtnis noch andere Bruchstücke vergraben waren, und genau die musste er jetzt finden, bevor es zu spät war.

Kurz entschlossen wählte er I-Macs Nummer. Er wusste, sein Kollege konnte ihm am ehesten bei der Antwort auf die Frage helfen, wo in den letzten fünf Monaten Anschläge verübt worden waren. Red schätzte, dass schon einige Zeit vergangen war, seit er das Gespräch belauscht hatte, also hätte der Anschlag vermutlich in den letzten ein oder zwei Monaten geschehen müssen.

»MacPhearson.«

»Hallo I-Mac, hier ist Red.«

Einen Augenblick lang herrschte Stille am anderen Ende. »Red! Wie schön von dir zu hören!«

Schnell hielt Red den Hörer ein Stück vom Ohr weg, damit ihm bei I-Macs lautem Freudenausbruch nicht das Trommelfell platzte. »Ebenso. Ich wollte mich dafür bedanken, dass du und Nurja mich gesucht habt. Das war weit mehr, als ich je erwartet hätte.«

I-Mac senkte die Stimme auf ein erträgliches Maß. »Das haben wir gerne getan. Nurja hat sich auch gefreut, ihre Heimat wiederzusehen und ihre Verwandten.«

»Clint hat mir gesagt, dass die Terroristen das Dorf überfallen und Nurjas Verwandte alles verloren haben. Das tut mir sehr leid. Ich hoffe, sie sind gut bei ihrer Tochter untergekommen?«

Ein tiefer Atemzug erfüllte die Stille. »Ich weiß es nicht. Seit dem letzten Anruf konnten wir sie nicht mehr erreichen.«

Red presste eine Hand auf seinen Magen, in der Hoffnung, ihn dadurch zu beruhigen. Es gefiel ihm überhaupt nicht, dass die Dorfbewohner seinetwegen leiden mussten. Sie hatten nichts mit seiner Befreiung zu tun gehabt. Es gab keinen Grund für die Terroristen, sie zu verschleppen oder zu töten. Aber wie er aus eigener Erfahrung wusste, brauchte sein Entführer keinen besonderen Anlass dafür, jemanden umzubringen oder zu foltern. Es machte ihm einfach Spaß, andere Menschen leiden zu lassen. Wenn Nurjas Verwandte in seine Hände geraten waren, würden sie sich sicher schon wünschen, tot zu sein.

»Das tut mir leid. Ich wollte nicht, dass irgendjemandem etwas geschieht.«

I-Mac räusperte sich. »Das ist uns völlig klar, niemand gibt dir die Schuld. Wenn, dann muss ich mir Vorwürfe machen, weil ich wider besseres Wissen den einfachen Weg gewählt und bei Nurjas Verwandten übernachtet habe. Aber selbst wenn wir das nicht gemacht hätten, wäre das Dorf vermutlich sowieso in Verdacht geraten, aufgrund der Nähe zum Lager. Wir sind dabei, Nurjas Tante und Onkel zu suchen.«

Red fühlte sich unfähig, weil er ihnen nicht dabei helfen konnte. »Ich hoffe, es gelingt euch, sie zu finden.«

»Ich auch.«

»Sieht das Oberkommando einfach dabei zu, wie ein Dorf zur Strafe für das Eingreifen amerikanischer Streitkräfte zerstört wird?« Wieder regte sich die Wut in Red, die schon seit seiner Entführung in ihm gärte. Nein, wenn er ehrlich war, hatte er die Politik der Navy auch vorher schon nicht oft verstanden.

»Ich glaube, sie versuchen den Zusammenhang zu ignorieren. Da Nurja und ich privat dort waren und nicht auf Befehl des Oberkommandos, ist es nicht ihre Schuld, wenn jemand, der uns geholfen hat, zu Schaden kommt.«

»Wunderbar.«

»Ja.« Desillusion und Ärger schwangen in I-Macs Stimme mit. »Aber ich werde sie nicht im Stich lassen. Wenn die Navy sich nicht zuständig fühlt, werde ich eine andere Möglichkeit finden.«

Das glaubte Red ihm sogar, trotzdem würde es extrem schwierig werden. »Ich würde dir zu gerne helfen, aber ich fürchte, momentan bin ich körperlich noch nicht in der Verfassung.«

»Das weiß ich. Und ich würde es auch nie von dir verlangen. Du hast schon genug durchgemacht, Red. Deine Aufgabe ist es jetzt, dich zu erholen.«

Bitter lachte Red auf. »Vermutlich werde ich mich für den Rest meines Lebens erholen können. Jedenfalls, wenn es nach dem Willen des Oberkommandos geht. Oder glaubst du, sie werden jemanden wie mich noch einmal als CO einsetzen?«

»Sie wären dumm, wenn sie es nicht tun würden, aber da ich das Gleiche schon durchgemacht habe, muss ich dir leider zustimmen. Es wird sehr schwer werden, sie davon zu überzeugen, dass du wieder in den aktiven Dienst kannst.«

Er schätzte I-Macs Ehrlichkeit. »Ich werde es auf jeden Fall versuchen.« Red blickte auf das Notizbuch und atmete tief durch. »Noch eine andere Sache: Hast du zufällig eine Liste aller in den letzten fünf Monaten begangenen Attentate?«

»In Afghanistan?«

»Nein, überall auf der Welt.«

»Puh, das werden einige sein. Aber ich kann dir eine Liste besorgen, kein Problem.« I-Mac schwieg kurz. »Warum willst du das wissen? Hast du irgendetwas gehört?«

Red hatte fast vergessen, wie klug I-Mac war. Natürlich hatte er sofort die richtigen Rückschlüsse aus seiner Frage gezogen. Red zögerte, entschied dann aber, ihm die Wahrheit zu sagen. »Ich bin nicht ganz sicher. Es könnte um einen Anschlag gegangen sein. Aber genaue Details habe ich bisher noch nicht. Ich weiß auch nicht, wann genau der Anschlag stattfinden sollte.«

»Wir werden es herausfinden. Hast du Clint und das Oberkommando informiert?«

Genau die Frage hatte er eigentlich umgehen wollen. Aber wenn I-Mac ihm helfen sollte, musste er umfassend informiert sein. »Nein, noch nicht. Ich will zuerst etwas Handfestes haben, bevor ich wegen nichts die Pferde scheu mache.«

»Das mit dem Oberkommando verstehe ich, das würde ich genauso machen. Aber Clint ist dein Freund und vor allem auch ziemlich gut darin, solche Dinge zu bewerten. Ich würde ihm Bescheid sagen, aber das ist natürlich nur meine persönliche Meinung, und du kannst es so halten, wie du möchtest.«

Red rieb sich über die Stirn. »Das habe ich vor – sobald ich mehr habe als nur eine vage Vermutung. Momentan könnte Clint damit sowieso nichts anfangen.«

»Alles klar. Du bekommst die Liste so schnell wie möglich von mir. Aber es kann etwas dauern, bis ich alles zusammengetragen habe.«

Erleichtert atmete Red auf. »Danke, das hilft mir sehr weiter.«

»Kein Problem, wenn du noch etwas anderes brauchst, sag einfach Bescheid.«

»Ihr habt schon so viel getan …«

I-Mac unterbrach ihn. »Mir haben damals auch ganz viele geholfen, denen ich das nie zurückzahlen kann. Man lernt, damit zu leben und einfach nur dankbar zu sein. Davon abgesehen sollten SEALs zusammenhalten. Wir haben schließlich schon genug Feinde.«

»Das stimmt allerdings. Dann danke noch mal und bis demnächst.«

»Sag mir noch deine E-Mail-Adresse, dann muss ich sie nicht heraussuchen.«

Red diktierte sie ihm und legte nach einer kurzen Verabschiedung auf. Nachdenklich starrte er auf den Block vor sich, dann begann er zu schreiben. Es dauerte nicht lange, die wenigen Dinge zu notieren, an die er sich aus seinem Traum erinnerte. Sie füllten nicht einmal eine Seite. Red verzog den Mund. Vielleicht verrannte er sich auch einfach in etwas, weil er wollte, dass seine Gefangenschaft einen höheren Sinn gehabt hatte – dass er nicht völlig umsonst monatelang gefoltert worden war und jeden Tag mit dem Tod gerechnet hatte.

Unter normalen Umständen würde er nie an seinem Gedächtnis zweifeln, aber jetzt war er sich einfach nicht mehr sicher, was wirklich geschehen war – was er nur geträumt hatte oder was ihm vielleicht eingeredet worden war. Es konnte auch durchaus sein, dass sein Folterer ein Psychospielchen mit ihm gespielt hatte und ihn absichtlich in dem Glauben ließ, es sei ein Anschlag geplant, den er nicht verhindern konnte. Vielleicht dachte er aber auch schon zu weit. Der Terrorist hatte ihn quälen und Informationen von ihm erhalten wollen. Punkt.

Als Red fertig war, betrachtete er die Stichworte. Hinter vielen standen noch Fragezeichen, die er hoffentlich bald wegstreichen konnte, wenn er sich an mehr erinnerte. Vielleicht würde ihm auch I-Macs Liste der bereits verübten Anschläge weiterhelfen. Red fragte sich, ob es besser wäre, wenn das Attentat bereits während seiner Gefangenschaft verübt worden war oder wenn es noch bevorstand und er etwas dagegen unternehmen konnte. Vermutlich Letzteres, aber was, wenn das, was er tat, nicht reichte? Wenn er es zwar verhindern könnte, es aber aus irgendwelchen Gründen nicht schaffte?

Angewidert von seiner Unsicherheit warf Red den Stift auf den Tisch und stand auf. Da er das Gefühl hatte, sich den Dreck abwaschen zu müssen, der durch die Berührung des Terroristen in seiner Erinnerung entstanden war, stieg er langsam ins Obergeschoss. Mit geschlossenen Augen ließ er kurze Zeit später das heiße Wasser der Dusche auf seinen Kopf trommeln. Bilder entstanden vor seinem geistigen Auge und katapultierten ihn zurück in das Terroristenlager.

»Geh, du dreckiges Schwein.« Der Befehl wurde vom kräftigen Stoß eines Knüppels in seinen Rücken begleitet.

Red hatte damit gerechnet, trotzdem taumelte er vorwärts. Um seine Fußgelenke waren Ketten geschlungen, die ihm nur kleine Schritte erlaubten. Es war mehr ein Schlurfen als ein richtiges Gehen. Er fragte sich, ob er das überhaupt noch be-

herrschte, nach all der Zeit. Wie viele Tage waren vergangen seit seiner Entführung? Er konnte sich nicht erinnern. Am Anfang hatte er noch mitgezählt, doch irgendwann hatte er damit aufgehört. Wozu sollte er die Tage zählen, wenn sowieso niemand kam, der ihn befreite? Auch diese Hoffnung hatte er mittlerweile begraben.

Heftig blinzelte er in die grelle Sonne. Die meiste Zeit verbrachte er im Dunkeln, in irgendwelchen Häusern, Hütten oder Zelten. Nur selten wurde er herausgelassen, meist nur, wenn sie wieder den Standort wechselten. Oder der Anführer sich eine neue Art der Folterung ausgedacht hatte. Der raue Sandboden scheuerte an den frischen Wunden unter seinen Fußsohlen, und Red biss sich auf die Zunge, um den Sadisten nicht zu zeigen, wie sehr ihn das schmerzte. Er hoffte, er würde keine weite Strecke laufen müssen.

Wieder erhielt er einen Stoß, diesmal so stark, dass er sich nicht auf den Füßen halten konnte. Er kippte nach vorn und konnte nichts tun, um den Aufprall zu verhindern, denn seine Hände waren auf den Rücken gefesselt. Hart schlug er auf, ein Stein drückte sich in seine Wange. Seine Rippen schmerzten, dort, wo er mit ihnen auf dem Boden gelandet war. Mühsam rappelte Red sich auf – er wusste, sie würden ihn bestrafen, wenn er zu lange liegen blieb. Doch bevor er sich ganz erheben konnte, drückte ihn eine Hand auf der Schulter wieder nach unten, bis er im Sand kniete.

Sein Herz begann, schneller zu klopfen, und trotz der kühlen Luft brach ihm der Schweiß aus. Wenn er eines hasste, dann war es, nicht Herr der Lage zu sein und nicht zu wissen, was passieren würde. War heute der Tag, an dem sie ihn töten würden? Es gab gar keinen Grund, ihn noch am Leben zu lassen. Inzwischen musste auch sein Folterer gemerkt haben, dass er nichts sagen würde, egal, was er ihm noch antat. Vielleicht wür-

de der Bastard jetzt das tun, womit er Red schon seit Längerem drohte: sein Leben sehr schmerzhaft zu beenden.

Beinahe wünschte Red, es wäre jetzt endlich zu Ende und er bekäme seine Ruhe. Andererseits war noch ein letzter Funken Überlebenswillen in ihm übrig. Er wollte nicht hier sterben, inmitten eines Terroristenlagers, fernab seiner Heimat.

Aus Gewohnheit beobachtete Red alles, was um ihn herum passierte. Offenbar hatte der Terrorist eine ganze Vorstellung geplant: Seine Männer standen in einem Halbkreis um ihn herum und starrten ihn an. Red hob das Kinn und straffte die Schultern. Auch wenn ihm das nichts bringen würde, wollte er zumindest mit Würde gehen, wie ein SEAL. Noch immer hielt ihn jemand zu Boden gedrückt, als rechneten die Terroristen damit, dass er aufspringen und fortlaufen könnte. Red schluckte ein trockenes Lachen herunter. Er war gut, aber so gut nun auch wieder nicht.

In einer Mischung aus Erwartung, Gier und Häme starrten die Männer ihn an. Er wünschte, er hätte ein Maschinengewehr und könnte sie alle niedermähen, doch leider hatte er nicht einmal mehr ein Messer. Noch nie in seinem Leben hatte er sich so nackt gefühlt.

Red versuchte, sich vorzustellen, wie es wäre, endlich Frieden zu haben. Keine Schmerzen mehr, keine Angst, keine Wut. Ein Schuss, und alles wäre vorbei. Ja, die Vorstellung gefiel ihm durchaus. Noch besser würde es ihm aber gefallen, wenn er seinen Entführer und Folterer mit sich ins Grab nehmen könnte. Dieser Sadist wusste genau, wo es am meisten schmerzte, wie er die stärksten Reaktionen aus seinem Opfer herausholen konnte. Und dabei lächelte er die meiste Zeit so, als säßen sie sich bei einem Glas Wein gegenüber und erzählten sich alte Geschichten.

Red hatte gesehen, wie der Typ Menschen tötete, ohne eine

Miene zu verziehen. Männer, Frauen, Alte, Junge … Es war ihm einfach vollkommen egal. Was war bloß schiefgelaufen bei ihm, dass er sich so entwickelt hatte? Er schien nicht dumm zu sein, und er sah wie ein ganz normaler junger Mann aus, der durchaus in der Stadt einer höherwertigen Arbeit nachgehen könnte. Stattdessen lebte er im Verborgenen und führte eine Gruppe Terroristen an, die raubte, mordete und vorgab, das alles wäre Allahs Wille. Aber es brachte nichts, sich zu fragen, warum diese Leute so verblendet waren – das hatte Red schon vor langer Zeit gelernt.

Die Tatsache, dass es still wurde, zeigte ihm, dass die Wartezeit vorüber war. Sein Körper spannte sich an, während er sich für das wappnete, was als Nächstes passieren würde. Er erkannte die Stimme des Anführers sofort, als der etwas in einem afghanischen Dialekt sagte, von dem Red nicht mehr als ein paar Brocken verstand. Offenbar war es etwas Gutes, denn die Terroristen hoben die Arme und jubelten. Ein Gefühl der Erwartung, das beinahe mit Händen greifbar war, legte sich über die kleine Manege. Inzwischen glich Reds Herzschlag einem Trommelfeuer, und er hatte Probleme, die Geräusche außerhalb seines Körpers zu hören. Manchmal war das Warten auf den Schmerz oder den Tod schlimmer als die Folter selbst. Heute war anscheinend so ein Tag.

Etwas Hartes, Kaltes legte sich an seine Kehle, ein leichter Schmerz entstand, als der Druck stärker wurde. Ein Messer. Eine Kugel wäre Red lieber gewesen, aber er konnte es sich wohl kaum aussuchen. Der Drang, aufzuspringen, sich irgendwie zu wehren, wurde übermächtig. Er könnte sich auch einfach in das Messer werfen und damit dieser Qual ein Ende setzen, doch das entsprach nicht seinem Charakter. Blut lief an seinem Hals entlang unter seine Kleidung. Die Anspannung in ihm wurde immer unerträglicher, sein Atem flacher. Einmal zu tief atmen, und das Messer würde ihm die Kehle durchtrennen.

Die Erinnerung an seinen Job und seine Teammitglieder, seine Freunde und auch sein Haus schoss durch seinen Kopf und bestärkte ihn darin, bis zum letzten Atemzug zu kämpfen. Egal, wie aussichtslos es war. Egal, was dabei herauskam. Die Hauptsache war, dass er es versuchte. Dass er sich nicht aufgab und diesen menschenverachtenden Schweinen das Feld überließ.

Red betrachtete die Umgebung und blendete die Rufe der Männer um ihn herum aus. Stattdessen konzentrierte er sich darauf, herauszufinden, was hinter ihm vorging. Der Anführer stand einige Meter entfernt, das konnte Red an dessen Stimme hören. Außerdem sah er neben sich im Sand in der tief stehenden Sonne einen Schatten, was bedeutete, dass der Terrorist sich ein Stück links von ihm befand. Red würde nicht an ihn herankommen, ohne vorher von den anderen Männern überwältigt zu werden. Also brauchte er eine Waffe, vorzugsweise eine Pistole, aber ein Messer würde auch gehen.

Dicht hinter sich konnte er den Mann spüren, der ihm das Messer an die Kehle hielt. Als er einige Worte sagte, erkannte Red in ihm den Stellvertreter wieder. Den hatte er schon einige Male gesehen, er kam immer zusammen mit dem Anführer und wich bei den Foltersessions so gut wie nie von dessen Seite. Mit der anderen Hand hatte er Red in die Haare gegriffen und seinen Kopf nach hinten gezogen, wodurch seine Kehle noch angreifbarer wurde. Doch Red ignorierte den Schmerz in seinen Haarwurzeln und sah es als Chance. Unbewaffnet konnte man nur dann jemanden angreifen, wenn derjenige nah genug an einen herankam und nicht mit einem Angriff rechnete. Und die Wahrscheinlichkeit, dass sich jemand wehren würde, dem ein Messer an die Kehle gehalten wurde, war wohl nicht besonders groß.

19

Unauffällig lockerte Red seine Handgelenke, um im entscheidenden Moment richtig zupacken zu können. Es musste schnell gehen, ohne Überraschungsmoment hatte sein Plan keine Chance. Auch so standen die Erfolgsaussichten mehr als schlecht, aber es war nicht unmöglich. Während der Anführer weiter schwadronierte und ihm jeder gebannt zuhörte, beugte Red sich leicht vor. Dadurch schnitt das Messer tiefer in seinen Hals, aber das musste er riskieren. Wie erwartet folgte ihm der Stellvertreter in der Bewegung, wahrscheinlich hatte er den Befehl, ihn erst dann zu töten, wenn der Anführer es ihm sagte.

Das würde Red sich zunutze machen. Genau beobachtete er die Männer und wählte dann den Moment, in dem die meisten von ihnen nicht in seine Richtung blickten, zum Angriff. Hart schlug er mit dem Kopf nach hinten und erwischte wie erhofft den Kehlkopf seines Peinigers. Der stolperte zurück und ließ die Hand mit dem Messer sinken, während er mit der anderen seinen Hals umklammerte. Ein röchelndes Geräusch zeigte Red, dass er gut getroffen hatte. Blitzschnell schnappte er sich das Messer, durchschnitt seine Fesseln, packte den Terroristen und nutzte ihn gleichzeitig als menschlichen Schutzschild.

Inzwischen waren die anderen auf das Drama aufmerksam geworden, Pistolen wurden gezogen und auf ihn gerichtet. Vorsichtshalber ging Red einige Schritte zurück, während er den Arm um die Kehle des Mannes geschlungen hatte. Jetzt hätte er sein Team gebrauchen können, damit es ihm den Rücken freihielt. Vor allem hätten seine Männer über genug Feuerkraft verfügt, um die etwa dreißig Terroristen in Schach zu halten. Allein und nur mit einem Messer bewaffnet gestaltete sich das wesentlich schwieriger. Es sei denn, er schaltete den Anführer aus. Red drehte sich so, dass er ihn immer im Blick hatte.

Der Terrorist musterte ihn ebenso eindringlich, sein Mund war zu einer verächtlichen Grimasse verzogen. »Was glaubst du, was das wird? Du kommst hier nie lebend raus, Amerikaner, das sollte dir klar sein. Ein Befehl von mir, und du wirst abgeschossen wie ein räudiger Hund.« Sein Englisch war schlechter als sonst, ein deutliches Zeichen für seine Wut.

»Dann wird dein Mann hier auch sterben.« Der Stellvertreter stöhnte immer noch vor sich hin, wahrscheinlich wäre er zu Boden gesunken, wenn Red ihn nicht festgehalten hätte. Kein besonders guter Schutzschild.

»Ja und? Glaubst du, das wird mich daran hindern, dich zu töten?«

Vielleicht nicht, aber Red hoffte darauf, dass der Anführer seinen Stellvertreter nicht verlieren wollte. Dafür war der sicher zu wichtig. Das Messer immer noch an dessen Kehle gesetzt, bewegte Red sich langsam rückwärts auf die Häuser zu. Der Blick des Anführers folgte jeder seiner Bewegungen, genau wie die Waffen der Meute.

»Zurück, oder er ist tot.«

Der Anführer hielt eine Faust hoch, und seine Männer blieben stehen. Offenbar hatte er sie gut im Griff, trotzdem konnte sich jederzeit ein Schuss lösen. Besser, er beschleunigte seine Flucht.

Ein leichtes Lächeln lag auf dem Gesicht des Terroristen, als der ihn nun ansprach. »Was willst du damit erreichen? Du kannst sowieso nicht von hier entkommen. Und selbst wenn es dir gelingen sollte, wirst du nie lebendig bis zur nächsten Stadt kommen.«

Damit konnte er durchaus recht haben, wie Red zugeben musste. Er war auf einem Lastwagen über schlecht ausgebaute Wege hierhergebracht worden, und schon das hatte ewig gedauert. Zu Fuß, ohne Ausrüstung, ohne angemessene Kleidung, ohne Nahrung und Wasser war es ziemlich aussichtslos. Doch in seinen Augen war das immer noch besser, als weiterhin den Terroristen ausgeliefert zu sein.

»Das ist dann wohl mein Problem.« Red drückte das Messer noch fester in die Haut seiner Geisel, die daraufhin zusammenzuckte. »Waffen runter, sofort.«

Keiner der Terroristen reagierte, aber das hatte er auch nicht erwartet. Glücklicherweise war der Stellvertreter nicht gerade schmächtig, und Red konnte sich gut hinter ihm verbergen, während er sich weiter rückwärts bewegte. Schnell blickte er sich um und atmete erleichtert auf, als er niemanden hinter sich entdeckte. Offenbar hatte keiner damit gerechnet, dass er einen Fluchtversuch wagen könnte, und deshalb auch keine Wachen auf der Rückseite des kleinen Platzes aufgestellt. Vielleicht hatte er doch endlich mal etwas Glück.

Der Anführer schien sich allerdings keine Sorgen zu machen, dass sein Gefangener wirklich entkommen könnte. Das gefiel Red gar nicht, aber er musste jetzt weitermachen, egal, was passierte. Bevor er im Schatten eines Hauses verschwinden konnte, ertönte ein Schuss. Ein Ruck ging durch den Stellvertreter, dann erschlaffte er. Verdammt! Dieser Verrückte hatte auf seinen eigenen Mann geschossen! Blut bedeckte Reds Hände und Kleidung, selbst sein Gesicht fühlte sich feucht an. Da seine Geisel jetzt nur noch totes Gewicht war, ließ Red den Mann fallen und sprang geduckt nach hinten, um ein kleineres Ziel abzugeben. Nun musste er auch noch darauf achten, keine Spuren zu hinterlassen, denen seine Gegner folgen könnten.

Immer vorausgesetzt, er schaffte es überhaupt, sich ein Stück von den Terroristen zu entfernen. Seltsamerweise schoss niemand, wie er es erwartet hätte. Das Messer hielt er noch in der Hand, das erste Mal seit Monaten, dass er eine Waffe trug. Es fühlte sich unglaublich gut an, beinahe, als wäre es gestern gewesen.

Rasch tauchte er in den Schatten eines Hauses ein und bewegte sich an der Wand entlang, bis er eine Tür fand. Am liebsten hätte er so schnell wie möglich das Dorf verlassen, doch dafür war es noch zu hell. Die Terroristen würden ihn in der kargen Landschaft sofort entdecken und erschießen.

Allerdings gab es hier auch nicht sonderlich viele Häuser, in denen er sich verstecken könnte. Seine Feinde brauchten sich nur zu verteilen und alles abzusuchen, um ihn erneut zu schnappen. Es sei denn, es gab hier noch irgendein Geheimversteck, das die Terroristen nicht kannten. Zum Glück hatte er als SEAL immer wieder für genau solche Situationen trainiert – allerdings hatte er dann ein Team um sich gehabt.

Red biss die Zähne zusammen und weigerte sich aufzugeben. Er war schon so weit gekommen, jetzt würde er alles tun, um in Freiheit zu bleiben. Vorsichtig öffnete er die Tür und warf einen Blick in die karge Hütte. Sie schien leer zu sein, deshalb schlüpfte er rasch hinein und schloss die Tür wieder hinter sich. Nachdem er sich umgesehen hatte, eilte er durch den Raum. Es konnte nur noch Sekunden dauern, bis hier jemand nach ihm suchte. Er tauchte unter einem niedrigen Türrahmen hindurch in ein anderes Zimmer. Auch hier gab es keinerlei Versteckmöglichkeiten. Was würde er darum geben, jetzt in seinem eigenen verwinkelten Haus zu sein, in dem es Dutzende Nischen gab!

Die Sehnsucht in ihm war plötzlich so groß, dass er schwankte. Gott, er wollte nach Hause! Bisher war er immer gern unterwegs gewesen, hatte es sogar genossen, gefährliche Einsätze zu absolvieren. Doch das hier war etwas anderes. Hier gab es keine Mission, die er erfüllen musste. Hier hatte er nur die Wahl zwischen Leben und Tod.

Mit einem Ruck tauchte Red aus der Erinnerung auf. Sein Herz hämmerte, und er glaubte, immer noch die Kälte und die scharfkantigen Steine unter seinen Füßen zu spüren – die Hoffnung und auch die Angst, wieder von den Terroristen gefangen zu werden. Erst jetzt fiel ihm auf, dass ihm Wasser auf den Kopf trommelte, und er schaltete schnell die Dusche aus. Mit beiden Händen rieb er sich über das Gesicht und versuchte, die schrecklichen Bilder zu verdrängen. Doch es gelang ihm nicht. Stattdessen zog sich eine imaginäre Schlinge immer enger um seine Kehle, bis er das Gefühl hatte, ersticken zu müssen. Er hatte es in der Hand gehabt, schon deutlich früher wieder nach Hause zu kommen, doch er hatte versagt.

Nachdem er sich den ganzen Tag über in einem offenbar schon lange nicht mehr benutzten Verschlag neben einem Haus versteckt und dann nachts aus dem Dorf geschlichen hatte, war er tagelang durch die Wildnis geirrt, immer auf der Suche nach einer Siedlung oder irgendetwas, das ihm die Flucht erleichtert hätte. Doch da war nichts gewesen: nur öde Landschaft, Steine, Felsen, spärliche Vegetation. Kein Wasser, nichts, das man hätte essen können. Noch jetzt erinnerte er sich daran, wie er immer schwächer geworden war, bis er nur noch durch die Landschaft getorkelt und immer wieder hingefallen war. Am Anfang war er auch nachts weitergelaufen, um den Abstand zwischen sich und den Terroristen zu vergrößern, doch irgendwann hatte er einfach nicht mehr gekonnt. Vor allem hatte er nachts nicht gesehen, in welche Richtung er ging, da der Himmel meistens bewölkt gewesen war.

Die Gefahr, dass er unbeabsichtigt die Richtung änderte

und seinen Verfolgern wieder entgegenlief, war ihm zu groß gewesen. Deshalb hatte er versucht, nachts ein paar Stunden zu schlafen, so schwer ihm das auch in der Kälte gefallen war. Einmal hatte er eine kleine Erdhöhle entdeckt, in der ihn zumindest der scharfe Wind nicht erreichte. Es hatte sich beinahe heimelig angefühlt, und er war richtig eingeschlafen. Irgendwann war er jedoch wieder aufgeschreckt und hatte erkannt, welche Gefahr darin lauerte, tief zu schlafen. Wenn er nicht aufpasste, wachte er irgendwann gar nicht mehr auf. Und diesen Triumph wollte er seinen Entführern nicht gönnen.

Also hatte er sich nur noch kurze Nickerchen gestattet und die restliche Zeit dagelegen und auf jedes Geräusch gelauscht. Morgens war es immer schwerer geworden, überhaupt wieder hochzukommen und seine steifen Muskeln zur Kooperation zu bewegen. Inzwischen war auch vom Wasser nichts mehr übrig gewesen, das Brot schon lange aufgegessen. Seine Lage war immer verzweifelter geworden, bis er irgendwann mit den Kräften am Ende gewesen war. Er war hingefallen und nicht wieder aufgestanden. Sein Wille hatte ihn dazu gedrängt, zu kämpfen. Er hatte doch schon so viel durchgemacht und war immer wieder auf die Füße gekommen. Doch sein Körper hatte nicht mehr die Energie dazu aufgebracht. Auf allen vieren hatte er sich noch zu einem Erdloch geschleppt und dort auf den Tod gewartet. Sich selbst zu töten, hatte er nicht über sich gebracht, obwohl es sicher die leichtere Methode gewesen wäre. Doch irgendwo tief in seinem Innern hatte er wohl noch immer auf ein Wunder gehofft, das jedoch nie eingetreten war. Stattdessen war genau das passiert, was er die ganze Zeit befürchtet hatte. Die Terroristen hatten ihn gefunden.

Red verzog den Mund, als er an seine »Rettung« dachte. Zu dem Zeitpunkt war er kaum noch bei Bewusstsein gewesen, deshalb war seine Erinnerung daran etwas schwammig. Aber er wusste noch, dass er versucht hatte, seine Waffe zu heben, und ihm jemand aufs Handgelenk getreten war, um ihn daran zu hindern. Der Schmerz hatte sein Bewusstsein etwas geklärt, doch es war zu spät gewesen. Ein Schlag auf den Kopf hatte ihn betäubt, und er war erst wieder aufgewacht, als er zurück im Lager gewesen war. Verzweiflung hatte ihn ergriffen, und er hatte versucht, sich loszureißen, doch die Fesseln waren zu fest gewesen. Wieder war er der Bestrafung des Anführers wehrlos ausgeliefert gewesen.

Ein Schauder lief durch seinen Körper, als er sich an das erinnerte, was ihm angetan worden war. Hätte er damals wählen können, hätte er den Tod genommen. Doch der Anführer hatte noch etwas anderes mit ihm vorgehabt – das hatte er Red deutlich während der Tortur zu verstehen gegeben und auch, dass er noch lange auf seinen Tod würde warten müssen. Außerdem könne er sich schon darauf freuen, dass dieser garantiert sehr schmerzhaft sein würde. Zu dem Zeitpunkt hatte Red sich gewünscht zu sterben, doch im Nachhinein war er froh, dass er noch lebte. Er war befreit worden und wieder zu Hause. Am Ende hatte er doch gewonnen.

Allerdings hatte er einen hohen Preis dafür gezahlt. Red blickte auf seine vernarbten Arme und Beine hinunter. Es würde sicher kein Tag vergehen, an dem er nicht über seinen Folterer und das, was geschehen war, nachdenken würde. Und jeder andere, der ihn sah, auch. Wie sollte er so ein normales Leben führen? War es sein Schicksal, den Rest seines Lebens zurückgezogen zu verbringen? Früher war er gern unter Menschen gewesen, hatte viele Freunde gehabt und auch gern mal gefeiert. Jetzt war die Nähe anderer Mensch fast unerträglich für ihn.

Reds Hände ballten sich zu Fäusten, während die Wut in ihm überkochte. Er hasste es, diesem Terroristen eine so große Macht über sich zu geben. Eigentlich müsste er jetzt feiern, dass er diesen Mistkerl besiegt hatte und wieder zu Hause war. Vielleicht kam er aber auch erst in Feierlaune, wenn er sicher wusste, dass der Anführer hinter Gittern saß oder getötet worden war. Da der jedoch gar nicht im Lager gewesen war, als man Red befreit hatte, war diese Möglichkeit ziemlich gering. Clint hatte ihm Fotos von den Männern gezeigt, die verhaftet worden waren, aber es war keiner von denen dabei gewesen, die ihn entführt und gefoltert hatten.

Unruhig trat Red aus der Dusche, nahm sich ein Handtuch und trocknete sich schnell ab. Er wusste weder den Namen des Anführers, noch wo der beheimatet war. Vielleicht konnte er die Datenbank der bekannten Terroristen durchgehen und würde ihn dort entdecken. Er würde auch eine Phantomzeichnung anfertigen lassen, damit I-Mac den Terroristen im Internet suchen konnte. Irgendwie musste es doch möglich sein, den Anführer zu finden.

Red ging ins Wohnzimmer und machte sich Notizen zu der gerade erlebten Erinnerung. Offenbar hatte der Anführer tatsächlich noch etwas mit ihm vorgehabt. Hatte er damit das Gleiche gemeint, was er auch in dem Telefongespräch angedeutet hatte? Es machte Red verrückt, nicht zu wissen, was vor sich ging.

Noch schlimmer aber war für ihn die Vorstellung, dass er vielleicht etwas wusste, an das er sich nur nicht erinnerte. Und es gab keine Möglichkeit, diese Information bewusst herbeizuführen. Er konnte nur warten und hoffen, dass sie irgendwann von selbst kam.

20

I-Mac blickte auf, als Devil in sein Büro kam. Dessen Gesichtsausdruck war zwar neutral, aber da der SEAL nie etwas ohne wichtigen Grund tat, stieg I-Macs Anspannung beträchtlich. Die Tatsache, dass Nurja immer noch nichts von ihren Verwandten gehört hatte, trug auch nicht gerade dazu bei, dass er ruhiger wurde.

»Hast du mit Red gesprochen?«

Überrascht schob I-Mac die Augenbrauen zusammen. Diese Frage hatte er nicht erwartet. »Ja, er hat mich vorhin angerufen und darum gebeten, dass ich ihm eine Liste aller begangenen Attentate der letzten Monate zusammenstelle.«

Offenbar passte das zu dem, was Devil im Kopf herumging, denn der CO presste die Lippen aufeinander. »Er erinnert sich wieder, oder?«

I-Mac zögerte. Er wollte seinen Freund nicht verraten, nachdem der ihn extra um Geheimhaltung gebeten hatte. »Sagen wir es so: Er hat eine Ahnung, dass es irgendwo einen Anschlag geben könnte – oder bereits gegeben hat –, in den der Terrorist verwickelt ist, der ihn entführt hat.«

»Shit.« Devil ließ sich in den Stuhl vor I-Macs Schreibtisch fallen und rieb sich über den Nacken.

Besorgt blickte I-Mac ihn an. »Weißt du etwas darüber?« Es war zwar irgendwie merkwürdig, aber er hatte sich damit arrangiert, dass Devil die Gabe besaß, manche Dinge schon im Voraus zu ahnen.

Sein Kollege stieß hart den Atem aus. »Nein. Ich habe nur

schon seit einiger Zeit das Gefühl, dass etwas passieren wird. Ich weiß zwar nicht, was und wo, aber die Ahnung, dass wir irgendetwas tun müssen, um es zu verhindern, ist sehr stark. Ich glaube, es hat etwas mit Red zu tun, jedenfalls ist das Gefühl seit seiner Rückkehr immer stärker geworden. Und wenn du sagst, er hat sich nach Anschlägen erkundigt … lässt das bei mir sämtliche Alarmglocken läuten.«

»Dann ist es ja gut, dass ich die Liste so gut wie fertig habe. Vielleicht passt etwas darauf zu dem, was Red im Kopf hat, und wir können alle wieder beruhigt schlafen.« Noch während er das sagte, wusste I-Mac, dass es so leicht nicht werden würde.

Nachdenklich sah Devil ihn an. »Und was lässt dich sonst noch zu wenig schlafen?«

»Nurja …«

Mit einem alarmierten Ausdruck im Gesicht hob der CO die Hand. »Bitte sag es nicht, wenn es irgendwas mit Beziehungen zu tun hat.«

I-Mac stieß ein scharfes Lachen aus. »Als würde ich dir jemals so etwas erzählen.« Doch sofort wurde er wieder ernst. »Nurja hat immer noch nichts von ihren Verwandten gehört.«

»Du meinst die, die in dem Dorf in der Nähe des Lagers gelebt haben?«

»Genau. Ihre eine Cousine weiß nicht, wo sie jetzt sind, und hat versucht, ihre Schwestern zu kontaktieren, doch das ist nicht so einfach. Und je mehr Zeit vergeht, ohne dass wir etwas hören, desto wahrscheinlicher wird es, dass Reds Entführer sie gefunden und entweder gefangen genommen oder ermordet haben.« Die Schuldgefühle, die I-Mac seit Tagen verspürte, lasteten schwer auf seiner Brust.

Devil legte den Kopf schräg. »Sie könnten auch untergetaucht sein oder hatten vielleicht einfach noch keine Möglichkeit, sich zu melden.«

»Ja. Und ich wünsche mir wirklich, dass es so ist. Aber was, wenn nicht? Wenn sie irgendwo in einem Lager gefangen gehalten und befragt werden – so wie Red? Sie sind älter und keine SEALs, sie würden keinen Tag durchhalten.« I-Mac holte tief Luft, um sich zu beruhigen. »Nurja hat ihnen erzählt, wo sie jetzt lebt. Was ist, wenn sie hier rüberfliegen, um durch uns an Red heranzukommen?«

In Devils Augen trat ein undeutbarer Ausdruck. »Glaubst du wirklich, diese Kerle haben die Möglichkeit, in die USA zu reisen und Red zurückzuholen?«

»Die Terroristen, die von den Marines gefangen genommen wurden, waren kleine Leuchten. Die hätten nicht die Mittel und den Grips, um Red zu finden. Aber der Anführer ist noch frei. Was ist, wenn der motiviert genug ist, seinen Gefangenen zurückzuholen oder zu töten? Dann könnte es durchaus sein, dass er oder jemand, den er beauftragt hat, die weite Reise auf sich nimmt. Oder was ist, wenn wirklich ein Anschlag geplant ist und der Entführer ahnt, dass Red etwas darüber weiß. Vielleicht muss er ihn dann dringend zum Schweigen bringen und ist bereit, dafür über Leichen zu gehen. Dazu passt auch, das Dorf von Nurjas Verwandten zu zerstören und etliche Menschen zu töten.« Allein der Gedanke machte I-Mac wahnsinnig. »Nurjas Tante hat ja gesagt, dass nach Red gefragt wurde.«

»Vielleicht braucht der Terrorist ihn aber auch für irgendetwas ganz anderes. Es ist schon ungewöhnlich, dass er ihn so lange am Leben gelassen hat. Und dann noch relativ unbeschadet.«

Wütend fuhr I-Mac auf. »Das nennst du unbeschadet? Du hast ihn doch gesehen! Er war beinahe tot, als ihr ihn rausgeholt habt, und wenn ich den Berichten glauben darf, hat er überall Narben.«

Ärger flackerte in Devils grünen Augen auf. »Natürlich sind

seine Verletzungen furchtbar, das ist keine Frage. Ich meinte nur, dass er noch sämtliche Finger und Zehen und sonstige Körperteile hat, die nicht zwingend notwendig sind. Und er wurde offenbar nie so schwer verletzt, dass er in Lebensgefahr schwebte. Deshalb denke ich, der Entführer brauchte ihn noch für irgendetwas.«

Unbehaglich rieb I-Mac sich über die Haare. »Das kann sein. Wir müssen dafür sorgen, dass dieser Sadist ihn nie wieder in die Finger bekommt.«

Devil neigte den Kopf. »Der Meinung bin ich auch. Ich denke, ich werde dem Oberkommando ein bisschen Dampf machen, uns endlich noch mal rüberzuschicken, um die Terroristen auszuräuchern und bei der Gelegenheit auch gleich die Dorfbewohner zu befreien.«

Ein Hauch von Hoffnung keimte in I-Mac auf. »Meinst du, die hören auf dich? Für meinen Geschmack beraten die schon viel zu lange.«

»Das kann ich nicht sagen. Aber ich werde auf jeden Fall alles versuchen und so lange bohren, bis sie gar nicht mehr anders können. Tatsache ist, dass wir es uns nicht leisten können, einfach einen Terroristen entkommen zu lassen, der einen der unseren so lange in seiner Gewalt hatte.«

I-Mac hatte sich sowieso darüber gewundert, dass man einfach nur das Lager geräumt und überhaupt nicht weiter ermittelt hatte, wie Red dorthin gelangt war und wer für die ganze Misere verantwortlich war. »Ich wäre jedenfalls sehr dafür, den Bastard an seinen Eiern aufzuhängen und ihn langsam verrotten zu lassen.«

Ein breites Grinsen ließ Devils Zähne aufblitzen. »Gute Idee, das lässt sich sicher einrichten.« Jeglicher Ausdruck von Heiterkeit verschwand ebenso schnell wieder aus seinem Gesicht, wie er gekommen war. »Ich hätte aber auch nichts dagegen, ihn einfach zu erschießen, wenn er in mein Schussfeld gerät. Oder die Sache ein wenig hinauszuzögern, wenn wir ihn haben. Mal sehen, wie ihm seine eigene Medizin schmeckt.«

»Vermutlich nicht so gut wie das Austeilen.« I-Mac seufzte. »Ich wünschte wirklich, ich könnte mit.«

»Ich hätte dich auch sehr gerne dabei. Aber da wir es nicht ändern können … Wie wäre es, wenn du nach D. C. fährst und ein wenig auf Red achtest?«

I-Mac starrte ihn an. »Wie sollte ich das tun? Aber davon mal ganz abgesehen: Glaubst du, Red fände es lustig, wenn ich als sein Bodyguard auftrete? Vor allem, wo ich nicht mal mehr ein aktiver SEAL bin.«

Devil verdrehte die Augen. »Ich hatte angenommen, du gehst das ein wenig geschickter an. Denk dir etwas aus, wie du in seine Nähe kommst, ohne dass er misstrauisch wird oder glaubt, wir halten ihn für unfähig, sich selber zu beschützen.«

»Super. Hast du sonst noch irgendwelche tollen Vorschläge? Dir ist schon klar, dass ich hier einen Job habe und nicht einfach so weg kann? Und Nurja und die Kinder kann ich auch nicht allein lassen. Gerade jetzt nicht.«

»Dann nimm sie mit.«

Ablehnend schüttelte I-Mac den Kopf. »Glaubst du wirklich, Red würde jetzt fünf Kinder um sich haben wollen? Ich denke ja nicht mal, dass er *mich* sehen will.«

Devil hob die Schultern. »Probier es einfach aus. Wenn nicht, dann nicht. Aber ich denke, Red könnte jemanden gebrauchen, mit dem er reden kann. Clint sagt, er vergräbt sich in seinem Haus. Davon aber mal ganz abgesehen: Ich denke, zusammen habt ihr eine größere Chance, herauszufinden, was der Entführer vorhatte oder vielleicht noch vorhat.«

Damit hatte er vermutlich recht. Und es war auch nicht so, dass es I-Mac nicht an die Ostküste zog. Wäre er allein, hätte er den Flug direkt gebucht, aber er musste an Nurja und die Kinder denken. Auf keinen Fall würde er sie in Gefahr bringen. Noch einmal. Ihm reichte die Erinnerung an das Risiko, das Nurja eingegangen war, um Red zu identifizieren. Noch jetzt lief es ihm kalt über den Rücken, wenn er daran dachte, dass sie beinahe aufgeflogen wäre und nur die schnelle Reaktion ihrer Tante sie gerettet hatte.

Devil stand auf. »Ich muss wieder los.«

»Sagst du mir Bescheid, wenn ihr ausrückt?« Wie jedes Mal versetzte die Tatsache, dass sein Team ohne ihn in den Einsatz gehen würde, I-Mac einen Stich.

»Natürlich.« Devil ging zur Tür und zögerte kurz, bevor er sich noch einmal zu I-Mac umdrehte. »Mein Gefühl sagt mir, dass du dort sein solltest, I-Mac. Ich würde auch hinfliegen, aber das Team wird woanders gebraucht, und man würde uns ohnehin nicht dafür abstellen.«

»Ich verstehe. Ich werde sehen, was ich tun kann.«

Devil nickte ihm zu. »Danke.« So leise, wie er gekommen war, verschwand er wieder im Gang.

Mit der Zeit hatte I-Mac gelernt, auf Devils »Gefühle« zu hören. Der CO lag nie daneben. Er hatte zwar nicht immer eine konkrete Vorahnung, sondern oft nur ein Gefühl von drohender Gefahr, aber wenn er ihm sagte, er solle bei Red sein, dann musste er einen Weg finden, das möglich zu machen. Sein Magen zog sich zusammen bei dem Gedanken, Nurja allein zu lassen. Vielleicht konnte er einen seiner früheren Kollegen bitten, sie bei sich aufzunehmen. Allerdings ging das nicht, wenn das Team bald auf Mission ging. Eventuell konnte er noch Rock oder Matt fragen.

Aber zuerst musste er endlich seine Arbeit beenden, damit er pünktlich nach Hause fahren konnte. Er hatte das ganz dringende Verlangen, seine Freundin in die Arme zu schließen und für eine Weile alles andere zu vergessen. *Seine Freundin* … Schon das Wort ließ sein Herz schneller klopfen. Immerhin hatte er über drei Jahre darauf gewartet, endlich mit ihr zusammen zu sein, und dann sollte er ohne sie nach Washington fliegen? Er hielt es ja schon in der Zeit, die er bei der Arbeit verbrachte, kaum ohne sie aus.

Gutes Stichwort. Mit Mühe schob I-Mac die Gedanken beiseite und konzentrierte sich auf die Zusammenstellung der Liste. Es war erschreckend, wie viele Anschläge es in so kurzer Zeit gegeben hatte. Die ganze Welt schien momentan in Aufruhr zu sein, überall gab es Konflikte, Kriege oder eben Terrorattacken. Am häufigsten waren diese allerdings immer noch in Afghanistan, Syrien und im Irak. Für die Bevölkerung dieser Länder war es ein nie endender Albtraum und deshalb auch ein Grund zur Flucht in die Fremde.

Mit einem schlechten Gefühl im Magen beendete I-Mac die lange Liste und sandte sie in einer E-Mail an Red. Ob sie ihm weiterhelfen würde, konnte er nicht sagen, aber es war zumindest einen Versuch wert. Vielleicht erinnerte Red sich an etwas, das es ihnen ermöglichen würde, den Anschlag noch zu verhindern. Wobei das davon abhing, wo das Attentat stattfinden sollte – es gab etliche Länder, die nichts von einer Einmischung der USA in ihre Angelegenheiten hielten. In solchen Fällen konnte man die Informationen lediglich an den jeweiligen Geheimdienst weitergeben.

Aber das war alles noch Zukunftsmusik, zuerst musste Red das Material sichten, bevor sie das weitere Vorgehen beschließen konnten. Da er im Moment nichts weiter tun konnte, schaltete I-Mac seine PCs aus und machte sich auf den Heimweg.

Erstaunt sah Red auf, als es an seiner Tür klingelte. Er erwartete niemanden mehr. Bull und Tex hatten ihn vor einigen Stunden besucht, waren aber längst wieder gegangen. Obwohl er es vorher gar nicht geglaubt hätte, hatte er es sogar genossen, wieder einige Zeit mit seinen Freunden und Kollegen zu verbringen. Sie hatten ihn auf den neuesten Stand gebracht, was das Team und die Navy insgesamt anging und dann noch jede Menge Klatsch und Tratsch verbreitet. Gut, Letzteres war eher Tex' Aufgabe gewesen, der eine natürliche Begabung dafür hatte, jedes Gerücht aufzuschnappen, das umging. Bull dagegen hatte nur kopfschüttelnd und augenrollend dabeigesessen.

Grinsend stand Red auf und ging zur Haustür. Vielleicht war Tex noch eine gute Geschichte eingefallen. Oder es war Clint, der sich davon überzeugen wollte, dass sein Freund auch das tat, was er sich vorstellte. Mit einem tiefen Seufzer öffnete Red die Tür und hielt überrascht inne, als er sah, wer davor stand. Sierra trug Jeans, dicke Jacke und Mütze, ihre Wangen und Nase waren gerötet. Sie sah so unglaublich jung und frisch aus, dass Red sich im Gegensatz dazu furchtbar alt vorkam. Er wusste zwar nicht, warum sie gekommen war, aber er freute sich, dass sie da war.

»Hallo. Kommen Sie herein.«

Sierra folgte seiner Aufforderung und schloss die Tür hinter sich. »Brrr, es ist ganz schön kalt geworden. Ich kann den Winter fast schon schmecken.«

Das brachte Red zum Lachen. »Wir leben in Washington, hier wird es so gut wie nie wirklich kalt.«

Sierra blickte auf seine nackten Arme und Füße. »Offenbar haben Sie ein anderes Kälteempfinden als ich. Ich habe tatsächlich schon die Heizung angemacht.«

Red presste die Lippen zusammen, um ihr nicht zu sagen, dass sie gar nicht wusste, was Kälte war, solange sie noch keinen Winter in Afghanistan verbracht hatte. Mit der richtigen Ausrüstung war das kein Problem, aber wenn man nur in Fetzen oder sogar ganz nackt irgendwo angebunden war, während einem der eiskalte Wind in die Knochen fuhr, lernte man jedes bisschen Wärme zu schätzen. In seinem Haus war es dagegen geradezu tropisch warm. Sobald er sich einen langärmeligen Pullover überzog, fing er an zu schwitzen.

»Entschuldigen Sie, dass ich so unangemeldet hereinplatze, aber mir hat jemand einen Termin abgesagt, und ich habe mir gedacht, wir könnten unseren Spaziergang vielleicht schon heute machen.« Als er sie nur schweigend anstarrte, räusperte sie sich. »Natürlich nur, wenn Sie Lust und Zeit haben.«

Was für eine Frage! »Sehr gerne. Ich freue mich, dass Sie gekommen sind. Kleinen Moment, ich bin sofort fertig.« Red hob seine Jacke vom Haken und zog sie sich über. Um sich die Schuhe anzuziehen, musste er sich allerdings hinsetzen, weil er sonst das Gleichgewicht verloren hätte. Als er seinen Fuß hineinschob, bemerkte er Sierras Blick.

»Ziehen Sie gar keine Socken an?«

Zuerst wollte er ihr nicht antworten, dann sah er doch auf. »Nein.« Er beugte sich hinunter und band den Schnürsenkel zu. »Die Wolle kratzt an den Narben, und das macht mich wahnsinnig.«

Zu seiner Überraschung nickte Sierra. »Das haben mir schon einige Patienten berichtet. Ich kann mir vorstellen, wie unangenehm das sein muss. Aber so ganz ohne Socken frieren Sie sicher bei dem Wetter.«

Red hob die Schultern. »Eigentlich nicht. Wie Sie schon sagten, ich bin nicht sonderlich kälteempfindlich. Für einen kurzen Spaziergang wird es reichen.« Langsam stand er auf und kam neben Sierra zum Stehen. »Wollen wir?«

Ohne eine Miene zu verziehen, sah sie ihn an, und er hatte das Gefühl, dass sie ihn genau durchschaute. »Gerne.«

Kurzentschlossen griff Red nach seinem Autoschlüssel, bevor er die Haustür öffnete und Sierra vor sich hinaustreten ließ. »Wie wäre es, wenn wir zu einem Naturschutzgebiet in der Nähe fahren? Dort müssen wir nicht an der Straße entlanggehen.«

»Eine gute Idee.« Ein sehnsüchtiger Ausdruck glitt über Sierras Gesicht. »Ich bin in letzter Zeit viel zu selten dazu gekommen, mich in der Natur aufzuhalten. Früher bin ich regelmäßig gewandert, Fahrrad gefahren oder im Winter Ski gelaufen. Bei meiner Arbeit bewege ich mich zwar genug, aber mir fehlen die frische Luft und die weiten Ausblicke.«

»Die kann ich Ihnen bieten. Zu langen Wanderungen oder steilen Aufstiegen bin ich wohl noch nicht in der Lage, aber frische Luft und ein wenig Bewegung sollten drin sein.«

Ernst blickte sie ihn an. »Aber Sie sagen Bescheid, wenn es nicht mehr geht. Ich will nicht an einem Rückfall schuld sein.«

»Keine Angst, ich weiß, wie viel ich mir zumuten kann.« Jedenfalls hoffte er das. So oder so würde er sich auf keinen Fall die Gelegenheit entgehen lassen, mit Sierra zusammen zu sein.

Ihre skeptisch hochgezogene Augenbraue zeigte, dass sie ihm kein Wort glaubte, aber sie stieg trotzdem in seinen Wagen. Red schwang sich auf den Fahrersitz und startete den Motor. Damit Sierra nicht fror, schaltete er die Heizung an. Normalerweise verzichtete er darauf, außer im tiefsten Winter, doch wenn Sierra dann mit ihm fuhr, konnte er sich bestimmt schnell daran gewöhnen. Nachdem sie sich angeschnallt hatten, gab er vorsichtig Gas und fuhr die Auffahrt hinunter.

Er hatte nicht übertrieben: Das Naturschutzgebiet lag tatsächlich nur wenige Meilen entfernt, und er hatte es früher gern zum Joggen oder auch zum Abschalten genutzt. Bisher hatte er gar nicht bemerkt, wie sehr er das vermisst hatte, doch jetzt, als er die sanften Hügel sah, fragte er sich, warum er noch nicht früher hierhergekommen war. Natürlich konnte er noch keine großen Sprünge wagen, aber er hätte sich zumindest einfach hinsetzen und die Natur genießen können. Stattdessen hatte er sich im Haus verkrochen und sich in Selbstmitleid gesuhlt. Es wurde eindeutig Zeit, das zu ändern und endlich wieder zu handeln, anstatt nur zu reagieren.

Red war so in seine Gedanken versunken, dass er beinahe die Abfahrt zum Naturschutzgebiet verpasst hätte. In letzter Sekunde lenkte er den Jeep um die Kurve und kam auf dem kleinen Parkplatz zum Stehen. Als er Sierra anblickte, erkannte er, dass er sie vielleicht hätte vorwarnen sollen. Sie hatte die Hände um die Kante ihres Sitzes gekrallt und starrte mit geweiteten Augen auf den Abgrund, der sich nur wenige Meter vom Auto entfernt befand. Da es jetzt zu spät war, zuckte Red nur mit den Schultern und schaltete den Motor aus.

Langsam löste Sierra ihren Gurt. »Sie leben gerne gefährlich, oder?« Das brachte Red zum Lachen, doch Sierra zog nur die Augenbrauen zusammen. »Was ist daran so lustig?«

Red versuchte, seine Heiterkeit zu unterdrücken. »Ich bin ein SEAL, da ist das praktisch ein Teil der Berufsbeschreibung. Aber es tut mir leid, dass ich Sie nicht gewarnt habe.«

»Beim nächsten Mal weiß ich Bescheid und kann mich darauf vorbereiten.« Damit öffnete sie ihre Tür und trat nach draußen.

21

Eilig stieg Red aus dem Auto und beobachtete, wie Sierra den Kopf in die Höhe streckte und tief einatmete. Es war deutlich zu sehen, wie die Last von ihr abfiel, die sonst auf ihren Schultern lastete. Zum ersten Mal, seit er sie kannte, wirkte sie richtig entspannt. Da er sie nicht dabei stören wollte, wie sie den Anblick der Natur in sich aufsog, beschäftigte er sich damit, den Wagen abzuschließen und sich dann an seine Lieblingsstelle zu stellen. Von hier aus konnte man bis in die Smoky Mountains blicken, jedenfalls bei passendem Wetter. Im Moment war es dafür zu diesig, und es würde schon bald dunkel werden.

Sierra gesellte sich zu ihm. »Es ist wunderschön hier. Sie haben Glück, dass Sie so weit draußen leben.«

»Ich bin auch sehr froh, dass meine Großtante mir das Haus vor einigen Jahren vererbt hat. Davor habe ich in den Unterkünften auf der Basis oder in kleinen Apartments in der Nähe gelebt. Das war zwar auch in Ordnung, aber es ist schon etwas völlig anderes, sein eigenes Haus zu haben.«

Gemeinsam schlugen sie den Weg ein, der sanft nach unten führte. Vereinzelt standen Bäume am Wegesrand, doch die meiste Zeit hatte man freien Blick auf die umgebenden Hügel. Besonders grandios war die Aussicht im Herbst, wenn sich das Laub rot färbte und für ein paar Wochen in allen Farben leuchtete.

»Irgendwann möchte ich mir auch ein Haus kaufen, aber im Moment ist die Praxis wichtiger und frisst mein gesamtes Geld auf.« Sierra lächelte ihn an. »Eine Erbtante wäre natürlich auch nicht schlecht, aber leider gibt es keine in meiner Familie. Meine Eltern haben eine Wohnung im Umland und sonst habe ich keine Verwandten, die mir etwas vererben würden.«

Red zögerte einen Moment, dann sagte er das, was ihm auf der Zunge lag: »Tante Ida hat mich aufgenommen, als meine Mutter mich loswerden wollte. Ich bin bei ihr aufgewachsen. Als ich zur Navy ging, bin ich dann auf die Basis gezogen, um nicht so weit fahren zu müssen und weil ich Ida auch nicht länger im Weg sein wollte. Sie hatte schon weit mehr getan, als sie gemusst hätte.«

Sierra sagte nichts. Als Red einen Blick in ihre Richtung wagte, starrte sie ihn mit weit aufgerissenen Augen an. »Ihre Mutter hat Sie einfach aufgegeben?«

Schnaubend lachte Red auf. »So kann man es auch nennen. Meine Mutter war der Ansicht, ich hätte ihr schon genug das Leben versaut, und jetzt könnte sich mal jemand anders um mich kümmern. Deshalb hat sie mich bei ihrer Tante abgeladen und ist weggefahren, ohne sich noch einmal umzudrehen.« Da es so klang, als würde ihn die ganze Sache noch immer belasten, sprach er schnell weiter. »Und das war gut so. Das Leben bei Ida war deutlich angenehmer.«

Sierras Entsetzen war nicht zu übersehen. »Ich verstehe nicht, wie eine Mutter so etwas tun kann.«

Red hob die Schultern. »Sie können sie gerne fragen, wenn Sie ihr irgendwann einmal begegnen sollten. Ich habe sie seitdem nicht wiedergesehen und auch keinerlei Verlangen danach.«

Absichtlich sparte er das eine Mal aus, als sie versucht hatte, Geld von ihm zu erbetteln. Er hatte sie rausgeschmissen und ihr gesagt, dass er sie nie wiedersehen wolle. Damit war die Sache für ihn erledigt gewesen. Er hatte sich schon vor langer

Zeit damit abgefunden, dass er keine klassische Familie hatte so wie die meisten Leute, die er kannte. Dank Tante Ida war seine Kindheit trotzdem schön gewesen, und er hatte sich – seiner Meinung nach – gut entwickelt. Vielleicht hatte er dadurch sogar die Willensstärke und Leidensfähigkeit gewonnen, die er für seinen Job brauchte.

»Und wo war Ihr Vater? Warum hat er Sie nicht zu sich genommen?«

Red verzog den Mund. »Es gab nie einen.« Auf Sierras skeptischen Blick hin präzisierte er seine Aussage. »Rein technisch natürlich schon, aber ich habe ihn nie kennengelernt. Meine Mutter war so dumm, sich von einem Fremden schwängern zu lassen. Und als sie merkte, dass sie schwanger war, hatte er sich längst aus dem Staub gemacht. Ich werde nie erfahren, warum sie sich dafür entschieden hat, mich auszutragen, obwohl sie mich so offensichtlich nicht wollte.«

Sierra berührte seine Hand. »Ich bin auf jeden Fall sehr froh, dass sie es getan hat. Und dass Ihre Großtante Sie aufgenommen und großgezogen hat. Ich denke, sie hat einen guten Job gemacht.«

Sanft drückte Red ihre Finger. »Der Meinung bin ich auch. Ida war wirklich ein Kracher. Und ich bin glücklich, dass ich ihr Haus geerbt habe. Auch wenn ich einige Dinge verändert habe, kann ich sie dort immer noch spüren.«

Sierra lächelte ihn an. »Das ist ein schöner Gedanke.«

Sie gingen immer langsamer, bis sie schließlich ganz stehen blieben. Red fiel es unglaublich schwer, Sierra nicht anzufassen. Es war lächerlich, dass ihm gerade jetzt so etwas passierte. Normalerweise schaffte er es ohne Probleme, sämtliche Kontakte zu Frauen oberflächlich zu halten. Er mochte Frauen – und sie mochten ihn. Komplizierter wurde es nie. Doch während der Gefangenschaft hatte sich irgendetwas in ihm verändert, und das gefiel ihm überhaupt nicht. Er legte Wert darauf, sich immer unter Kontrolle zu haben. Jetzt allerdings strömten so viele Dinge auf ihn ein, dass er das Gefühl hatte, darin zu ertrinken.

Als Sierra seine Wange berührte, zuckte er zusammen. Mit den Fingerkuppen fuhr sie seine Wangenknochen nach und strich dann weiter nach unten bis zu seinem Kinn. Überall dort, wo sie ihn berührte, prickelte seine Haut. Lange hatte ihn niemand mehr so gestreichelt. Schon gar nicht jemand wie Sierra, die noch unschuldiger aussah als sonst mit ihren vom Wind zerzausten hellblonden Haaren. Sie sollte sich nicht mit jemandem wie ihm abgeben, einem alten Soldaten, der schon Menschen getötet hatte und der dank seines Entführers aussah wie ein wandelnder Flickenteppich.

»Sierra …«

Ihre Finger legten sich auf seine Lippen. »Lass mich.«

Er war zu schwach, um sie davon abzuhalten, zu lange hatte er sich danach gesehnt, so berührt zu werden. Wenn sie es unbedingt wollte, warum sollte er es dann nicht genießen? Also schloss er die Augen und ergab sich seinem Schicksal. Innerlich lachte er über diese Formulierung. Es gab wirklich Schlimmeres, als von einer schönen Frau angefasst zu werden. Um Sierra nicht ebenfalls zu berühren, ballte er die Hände an den Seiten zu Fäusten. Am liebsten hätte er sie an sich gezogen und seine Finger in ihren Haaren vergraben, doch das konnte er nicht tun. Ganz sicher wollte sie nicht von seinen rauen und mit unzähligen Narben bedeckten Händen angefasst werden.

Da er es nicht ertrug, sie nicht anzusehen, öffnete Red wieder die Augen. Sierra war ihm noch näher gekommen, eine Hand hatte sie ihm um den Nacken gelegt, mit der anderen fuhr sie seine Narbe nach. Red wollte sich von ihr lösen, doch sie hielt ihn fest. Dabei blickte sie ihm fest in die Augen.

»Es tut mir leid, dass du so leiden musstest, Nathan. Aber ich möchte nicht, dass du dich wegen deiner Narben zurückziehst. Sie sind jetzt ein Teil von dir, aber sie bestimmen in keiner Weise, wer du bist. Ich bin sicher, deine Freunde sagen dir das Gleiche. Oder hat dich jemand anders behandelt als sonst?«

Red rieb sich über seine schmerzende Brust. Sierra hatte die Angewohnheit, Themen anzusprechen, über die er nicht reden wollte – die noch zu sensibel waren, um sich mit jemand anderem darüber zu unterhalten. Dennoch schaffte sie es irgendwie, dass er doch antwortete.

»Ja, das haben sie.« Sierra zog die Augenbrauen zusammen. »Sie tun so, als wäre ich plötzlich unfähig, die einfachsten Dinge zu erledigen. Ständig rufen sie an oder kommen vorbei. Sie behandeln mich wie ein rohes Ei. Und gerade Clint neigt dazu, ständig etwas für mich zu bestimmen. Das geht mir furchtbar auf die Nerven.«

Ein Lächeln huschte über Sierras Gesicht, doch sie wurde sofort wieder ernst. »Das verstehe ich, aber mir ging es darum, ob jemand dich wegen der Narben nicht anfassen mag oder dir nicht mehr ins Gesicht sieht.«

Das Band um seinen Brustkorb schnürte sich enger zusammen. »Ja.«

Sierra blickte ihn zunächst ungläubig an, dann wurde ihr Ausdruck von Wut abgelöst. »Wer?«

»Ich.« Verdammt, das hatte er nicht sagen wollen.

Sierras Ärger verpuffte, stattdessen schimmerte Mitgefühl in ihren Augen. »Auch das kann ich nachvollziehen, aber ich bin sicher, das wird sich mit der Zeit geben. Besonders wenn du so gute Freunde hast, die sich um dich sorgen und dir helfen. Damit kannst du alles überwinden, auch wenn du anfangs vielleicht denkst, dass es dir nie gelingen wird.«

»Ich denke, nicht …«

Red hörte ein leises Klicken hinter sich und wirbelte automatisch herum. Sein verletztes Bein gab nach, und er schwankte kurz, bevor er sich wieder unter Kontrolle hatte. Diesen kurzen Augenblick nutzte der Angreifer, um sich auf ihn zu stürzen. Sierra stieß einen erschreckten Schrei aus, als sie von einem Arm getroffen wurde und auf den Abhang zutaumelte. Red wollte zu ihr, doch der Mann traf mit der Wucht einer Dampfwalze auf ihn und riss ihn mit sich zu Boden. Durch sein Gewicht wurde Red die Luft aus der Lunge gepresst, seine verletzten Rippen begannen zu pochen.

In diesem Moment setzte sein Training ein, und er fing an, sich zu wehren. Mit einer Hand drückte er gegen die Kehle seines Angreifers, der ihn zur gleichen Zeit mit Schlägen bearbeitete. Red schlang sein Bein um die Schenkel des Mannes und drehte ihn dann mit ganzer Kraft herum. Normalerweise funktionierte das problemlos, doch derzeit war er schwächer als gewöhnlich, deshalb musste er ziemlich kämpfen, um das gleiche Ergebnis zu erzielen. Das machte ihn noch wütender, und er setzte jeden Trick ein, den er kannte, um seinen Angreifer unschädlich zu machen.

Die Abwehr des Mannes wurde langsam schwächer, er schien nicht mit dieser Gegenwehr gerechnet zu haben. Red nutzte die Gelegenheit, um kurz zu Sierra hinüberzublicken. Es dauerte eine Sekunde, bis er verstand, was er da sah: Offenbar waren sie nicht nur von einem Angreifer überfallen worden – auch Sierra kämpfte mit jemandem. Doch falls der Mann gedacht hatte, ein leichtes Opfer vor sich zu haben, hatte er sich getäuscht. Sierra sah zwar aus, als könnte eine starke Windböe sie jederzeit umpusten, aber sie war Soldatin gewesen und damit absolut nicht wehrlos.

Reds Atem ging schwer, und er spürte, dass er langsam müde wurde. Wenn er die Angreifer besiegen wollte, musste er das schnell tun, solange er noch die Kraft dazu hatte. Das Adrenalin half ihm dabei, die Schmerzen zu ignorieren, die durch seinen Körper zogen. Lange würde das jedoch nicht anhalten, das wusste er aus Erfahrung. Deshalb legte er seinen Arm um die Kehle des Mannes und drückte zu. Verzweifelt kämpfte sein Gegner darum, freizukommen, aber Red schaffte es, ihn so lange festzuhalten, bis der Angreifer das Bewusstsein verlor.

Als er erschlaffte, schob Red ihn von sich und versuchte aufzustehen. Das war schwerer als gedacht. Ein Aufschrei von Sierra ließ ihn jedoch abrupt herumwirbeln. Ihr Gegner hatte ein Messer gezogen und hielt es ihr an die Kehle. Alles in Red erstarrte, während er auf die Stelle blickte, an der sich die Klinge gegen Sierras zarte Haut presste. Einige Tropfen Blut quollen bereits daraus hervor. Punkte flimmerten vor Reds Augen, ein hohes Sirren entstand in seinen Ohren. Seine Erinnerungen drohten ihn in den Abgrund zu ziehen, doch er kämpfte dagegen an.

»Aufstehen und Hände auf den Kopf!« Der Angreifer sah ihn direkt an, in seinen Augen war kein Gefühl zu erkennen.

Das war kein Gegner, der einfach so aufgeben würde oder dem es etwas ausmachen würde, eine unbeteiligte Frau zu töten. Red musste sich etwas einfallen lassen, wenn er Sierra retten wollte. »Was wollen Sie von uns? Ich habe ein wenig Geld dabei …«

»Mund halten und aufstehen! Ich will deine Hände sehen, sofort.«

Damit bestätigte sich Reds Verdacht, dass sie keineswegs zufällige Opfer waren. Die Kerle mussten ihnen gefolgt sein oder ihnen aufgelauert haben. Kein normaler Räuber würde sich zu dieser Uhrzeit und bei dem Wetter in dieser entlegenen Gegend aufhalten, in der Hoffnung, dass irgendjemand vorbeikam.

Red tat so, als versuchte er aufzustehen, und sackte wieder zurück. »Es geht nicht, ich bin verletzt.«

»Entweder du stehst jetzt sofort auf, oder deine kleine Freundin hier ist tot. Es liegt bei dir, mir ist es völlig egal.« Genauso sah er auch aus, er zeigte immer noch keinerlei Regung. Offenbar handelte es sich hier um einen professionellen Killer oder jemanden, der für eine bestimmte Sache alles tat.

»Ich versuche es ja!« Noch einmal bemühte Red sich, hochzukommen, und stützte sich dabei mit einer Hand hinten ab.

Dann ging alles ganz schnell. Sein Blick traf den von Sierra, und sie nickte ihm unauffällig zu. Offenbar hatte sie am Ausdruck seiner Augen erkannt, was er vorhatte. In einer raschen Bewegung zog er seine Pistole hinten aus seinem Hosenbund, stand gleichzeitig auf und schoss. Der Mann fiel nach hinten und riss Sierra mit sich. Red ließ die Waffe fallen und hechtete nach vorne. Gott, wenn sie verletzt oder sogar getötet worden war …

Der Angreifer war definitiv tot, eine dünne Blutspur lief aus dem Loch auf seiner Stirn. Seine Miene drückte Erstaunen aus, offenbar hatte er nicht mit einer Attacke gerechnet. Furcht schnürte Red die Kehle zu, als er sich Sierra zuwandte. Sie lag einfach nur still da und hatte die Augen geschlossen. Blut bedeckte ihr Gesicht und ihre Kleidung.

»Sierra?« Seine Stimme klang so rau, dass er sich selbst kaum verstand.

Ein Stöhnen ertönte hinter ihm, und Red wirbelte herum. Als er sah, dass der zweite Angreifer dabei war, sich aufzurichten, schlug er mit aller Kraft zu. Mit einem dumpfen Laut kippte der Mann wieder um und rührte sich nicht mehr. Red schüttelte seine schmerzende Hand aus und griff nach seiner Pistole. Es war unverantwortlich gewesen, sie einfach fallen zu lassen. Hätte der zweite Gegner sie in die Hände bekommen …

Schnell steckte er sie in seine Jackentasche und wandte sich dann wieder zu Sierra um.

Ihre Augen waren jetzt geöffnet, und sie starrte in den immer dunkler werdenden Himmel. Sofort beugte Red sich über sie. »Sierra, hörst du mich?«

Langsam blinzelte sie, dann richtete sie den Blick auf sein Gesicht. »Nathan?«

Das Gefühl der Erleichterung war so stark, dass Red froh war, bereits zu sitzen. Er glaubte nicht, dass ihn seine Beine in diesem Moment gehalten hätten. »Ja. Du bist in Sicherheit.«

Ihr Blick glitt zur Seite. »Ist er …«

»Er wird dir nicht mehr schaden.« Red zog ein Taschentuch heraus und begann, das Blut aus Sierras Gesicht zu entfernen. Glücklicherweise schien es nicht ihres zu sein. »Wie geht es dir?«

Sierra verzog den Mund. »Mein Kopf tut weh.«

»Vielleicht hast du ihn dir irgendwo angeschlagen, als ihr umgefallen seid. Ich werde gleich nachsehen.« Vorsichtig tupfte er ihren Hals ab und entdeckte zwei flache Schnittwunden. Erleichtert, dass es nicht mehr war, gab er Sierra das Taschentuch. »Halt es vorsichtig hier drauf.«

Sierra tat, worum er sie bat, und zuckte leicht zusammen. »Au.«

»Es tut mir so leid. Ich hätte besser aufpassen sollen.«

Irritiert blickte Sierra ihn an. »Woher hättest du wissen sollen, dass uns hier jemand angreift?«

Red biss die Zähne zusammen. »Ein SEAL ist sich immer seiner Umgebung bewusst und rechnet ständig mit dem Unerwarteten.«

»Hattest du deshalb eine Pistole dabei?«

Vorsichtig tastete Red ihren Hinterkopf ab. »Ohne würde ich mich nackt fühlen.« Er sagte ihr nicht, dass er die Sicherheit einer Waffe mittlerweile brauchte wie die Luft zum Atmen, nachdem er so lange völlig hilflos gewesen war. Sierra schien ihn allerdings auch so zu verstehen, wie er an ihrem Blick ablesen konnte.

»Ich bin jedenfalls froh, dass du sie dabeihattest. Danke, dass du mich gerettet hast.« Sie schluckte schwer, ihre Augen wanderten über die Leiche, die neben ihr lag. »Was wollten sie wohl von uns?«

»Ich weiß es nicht. Geld jedenfalls nicht, und Zufall kann es eigentlich auch nicht gewesen sein. Niemand käme auf die Idee, dass hier heute noch jemand langgehen würde.« Red sah kurz zu dem zweiten Angreifer, der immer noch bewusstlos auf dem Boden lag. »Aber ich weiß schon, wie wir das herausbekommen werden.« Unter seinen Fingern, mit denen er immer noch Sierras Hinterkopf berührte, fühlte er eine leichte Erhebung. »Hier hast du eine Beule, glaube ich.«

Sierra zuckte zusammen. »Korrekt.«

Langsam begann sie, sich aufzusetzen, und Red half ihr dabei. Ihr Gesicht war noch blasser als sonst, aber nach den Ereignissen war das auch völlig normal.

»Ist dir schwindelig? Übel?«

»Nein, glücklicherweise nicht.« Sierra stützte sich auf Reds Arm und erhob sich vorsichtig. Schließlich stand sie sicher und trat einen Schritt zurück. »Alles in Ordnung.« Sie blickte auf den bewusstlosen Mann. »Wir sollten wohl die Polizei rufen.«

Red verzog das Gesicht. »Ja, vermutlich. Ich möchte aber erst Clint anrufen. Er ist mein Vorgesetzter und kann sich mit den örtlichen Behörden auseinandersetzen.« Das war vermutlich auch dringend nötig, denn die Polizei sah es extrem ungern, wenn ein Soldat als Zivilperson jemanden erschoss.

»Wir haben nichts Unrechtes getan! Wenn uns jemand angreift, müssen wir uns ja wohl verteidigen dürfen. Sollten wir uns umbringen lassen?« Sierra hatte die Hände in die Hüften gestemmt, ihre Augen blitzten.

»Wenn es nach der Polizei geht, vermutlich schon. Vielleicht hätten wir die Angreifer aber auch mit unserem Charme davon überzeugen sollen, uns nicht zu belästigen.«

Sierra schnaubte. »Ja, das ist total realistisch.«

Red genoss es, mit einer Frau zusammen zu sein, die solche Dinge genauso sah wie er. Eine Frau, die nie Soldat gewesen war, wäre jetzt hysterisch geworden, doch Sierra schien trotz ihrer Verletzungen ruhig und gefasst zu sein. Dadurch konnte er sich darauf konzentrieren, die Situation zu regeln.

»Kannst du Clint anrufen? Dann werde ich mich um unseren Freund hier kümmern.« Er deutete auf den Bewusstlosen.

»Ja, natürlich.« Sierra zog ihr Handy heraus und schaltete es an. »Soll ich ihm irgendwas Bestimmtes sagen?«

»Einfach nur, was geschehen ist, und dass wir hier dringend Unterstützung brauchen. Wenn er nicht selbst kommen kann, weil er schon zu Hause ist, soll er bitte Bull schicken.«

Zwar war sein XO nicht so ein geborener Diplomat wie Clint, aber er ließ sich durch nichts aus der Ruhe bringen. Das konnte durchaus von Vorteil sein, wenn die Polizei anfing, sich aufzuspielen.

»Alles klar.«

Während Sierra die Nummer wählte, hockte Red sich neben den Bewusstlosen. Er zog ein Taschentuch heraus und benutzte es, um dessen Jacken- und Hosentaschen zu überprüfen. Behutsam breitete er den Inhalt auf einem weiteren Tuch aus und schoss Fotos davon. Besonders das Portemonnaie war von großem Interesse für ihn, und er machte weitere Aufnahmen von den Papieren, Kassenbons und Fotos. Vielleicht konnten sie damit etwas über die Angreifer herausfinden, das ihnen half, die Gründe für deren Tat zu ermitteln. Anschließend stopfte

Red alle Dinge zurück und wandte sich dann dem Toten zu, um dort die ganze Prozedur zu wiederholen.

Sierra sah ihm dabei zu, während sie mit Clint telefonierte und ihm berichtete, was passiert war. Sie schwieg einen Moment, offensichtlich stellte Clint ihr Fragen. »Ja, es geht uns so weit gut. Allerdings machen wir uns Sorgen, wie die Sache bei der Polizei ankommen wird. Könntest du vielleicht hierherkommen?« Ihre Miene hellte sich etwas auf. »Super, danke.« Sie nannte ihm ihren genauen Standort und beendete dann das Gespräch. Ihre Blicke trafen sich. »Clint kommt sofort, es kann aber etwas dauern, weil er schon nach Richmond unterwegs war. Soll ich jetzt die Polizei anrufen?«

Red sah auf die Uhr. »Vielleicht warten wir damit noch ein wenig, damit Clint die Gelegenheit hat, herzukommen, bevor sie eintreffen.«

22

Sierra bemühte sich, nicht auf den Toten zu blicken, und beobachtete stattdessen Nathan, der unruhig auf und ab lief. Das konnte sie gut nachvollziehen: Wären ihre Beine nicht immer noch so wackelig, würde sie das Gleiche tun. In ihrer Zeit bei der Navy hatte sie schon einige gefährliche Situationen erlebt, aber sie hatte nie damit gerechnet, hier draußen – und noch dazu in Begleitung eines SEALs – angegriffen zu werden. Trotz seiner körperlichen Verfassung hatte Nathan besser durchgehalten, als sie es erwartet hätte. Vor allem wäre sie ohne ihn jetzt vielleicht tot.

Ein Schauder lief durch ihren Körper, als sie sich an das Gefühl der kalten Klinge an ihrer Kehle erinnerte. Die Angreifer hatten es eindeutig ernst gemeint, das war aus jeder ihrer Bewegungen deutlich geworden. Sierra hatte sich gegen den Mann gewehrt, so gut es ihr möglich gewesen war, aber gegen sein Messer hatte sie unbewaffnet nichts ausrichten können. Seltsamerweise hatte sie keine Sekunde gezögert, als sie verstanden hatte, was Nathan plante. Sie hatte ihm ein Zeichen gegeben und war dann abgetaucht.

Zumindest hatte sie das versucht, doch der Verbrecher hatte sie noch im Tod umklammert und mit sich zu Boden gezogen. Instinktiv hatte sie darauf vertraut, dass Nathan nicht danebenschießen würde – was nach seiner monatelangen Gefangenschaft durchaus hätte passieren können. Nicht einmal bei Leuten, die sie seit Jahren kannte, hätte sie sich so bedingungslos fallen lassen.

Doch hier … Vielleicht hatte es an dem Ausdruck in Nathans Augen gelegen, der Ruhe und Zuversicht ausgestrahlt hatte. In diesem Moment war er ganz SEAL gewesen, keine Spur mehr von dem verletzten und zurückhaltenden Mann, als den sie ihn kennengelernt hatte. In dieser Situation war sie heilfroh darüber gewesen, dass der Soldat in ihm herausgekommen war, doch jetzt hätte sie gern den alten Nathan wieder. Wenn sie ganz ehrlich war, konnte sie jetzt gut eine Umarmung gebrauchen, aber sie mochte ihn nicht darum bitten. Nathans Miene deutete darauf hin, dass ihm der Sinn momentan eher nach anderen Dingen stand.

Ein Stöhnen lenkte Sierras Aufmerksamkeit auf den noch lebenden Angreifer. Nathan hatte ihm mit dessen Gürtel die Hände gefesselt, und falls ihn das allein nicht von einer Flucht abhielt, tat es vielleicht die Pistole, die Nathan immer noch in der Hand hielt. Dass er sie im Notfall auch benutzen würde, hatte er ja bereits bewiesen.

Offenbar hatte Nathan nur darauf gewartet, dass der Angreifer aufwachte, denn sofort hockte er sich neben ihn. »Warum haben Sie uns angegriffen?«

Der Mann sah ihn nur stumm an, offenbar war er nicht bereit, Fragen zu beantworten.

»Sehen Sie Ihren Kumpan dort?« Nathan deutete mit der Pistole in Richtung des Toten. Die Augen des anderen weiteten sich. »Dann wissen Sie, dass ich nicht scherze. Ich will wissen, was Sie von uns wollten.«

Wieder schwieg der Mann, mit dem Blick folgte er jeder Bewegung der Pistole.

»Es ist offensichtlich, dass es kein Geld war. So dumm, in dieser gottverlassenen Gegend auf Spaziergänger zu warten, sind Sie nicht, also gehe ich davon aus, Sie sind uns gefolgt. Warum? Ich glaube nicht, dass ich Sie schon jemals gesehen habe, von daher kann es nichts Persönliches sein.« Er wandte sich an Sierra. »Kennst du ihn?«

Stumm schüttelte sie den Kopf. Sie war den beiden Männern noch nie begegnet – jedenfalls nicht bewusst.

Nathans Hand schoss vor, und er packte den Mann am Kragen. »Wenn Sie nicht wollen, dass die Sache noch viel unangenehmer wird, sollten Sie langsam anfangen zu reden. Ich bin momentan nicht in besonders geduldiger Stimmung.«

An der Stelle des Verbrechers hätte Sierra spätestens jetzt angefangen zu reden, aber der ließ sich offenbar selbst mit vorgehaltener Waffe nicht dazu bewegen.

»Also gut, wenn Sie nicht reden, haben Sie für mich auch keinen Wert mehr.« Nathan löste die Sicherung der Waffe und presste den Lauf unter das Kinn des Mannes.

Automatisch trat Sierra einen Schritt vor und streckte die Hand in Nathans Richtung aus. »Nicht, er ist es nicht wert.«

Nathan drehte den Kopf zu ihr, und Sierra erschrak, als sie seinen toten Blick sah. Jetzt erinnerte er sie kein bisschen mehr an den Mann, den sie in den letzten Tagen kennengelernt hatte. Doch dann zwinkerte er ihr zu, und seine Augen füllten sich mit Wärme. Erleichterung überkam sie, dicht gefolgt von Scham, dass sie für einen Moment tatsächlich gedacht hatte, Nathan würde den Mann einfach so töten. Sie spürte, wie ihre Wangen sich verfärbten, und drehte sich rasch um, damit Nathan es nicht bemerkte.

»Eins, zwei …«

»Hey, Lady, das wollen Sie doch wohl nicht zulassen!« In der Stimme des Mannes schwang Furcht mit.

Rasch unterdrückte Sierra das Lächeln, das sich auf ihrem Gesicht breitzumachen drohte, und drehte sich langsam wieder um. »Ihr Kumpan wollte mich töten. Warum sollte ich Mitleid mit Ihnen haben?«

»Er wollte Sie nicht töten, nur …«

Sie trat einen Schritt näher an ihn heran. »Nur was?« Mit einem Finger zeigte sie auf die Wunden an ihrem Hals. »Das hier kam mir sehr real vor. Sie lügen nur, um sich zu retten.«

»Ich lüge nicht!« Der Blick des Mannes wanderte von ihr zu Nathan und wieder zurück. »Sie waren nur … Beifang.«

Ungläubig starrte Sierra ihn an. »Beifang? Wollen Sie einen bewaffneten Überfall wirklich mit einem harmlosen Fischzug vergleichen? Was für ein Mensch sind Sie überhaupt?«

Sein Gesicht verzerrte sich zu einer abschätzigen Grimasse. »Auf jeden Fall besser als eine Frau, die sich allein in der Gesellschaft eines Mannes aufhält, mit dem sie nicht verheiratet ist. Sie gehören ausgepeitscht und eingesperrt.«

Entsetzt zuckte Sierra zurück. »Wie bitte?« Wut baute sich in ihrem Innern auf, bis sie glaubte, platzen zu müssen. Dann sah sie, wie Nathan leicht den Kopf schüttelte.

»Ich denke, wir kommen der Sache schon näher. Aus Ihren Äußerungen schließe ich, dass Sie nicht unbedingt das Christentum praktizieren. Lassen Sie mich raten, Sie sind Moslem?«

Der Mann spuckte aus. »Du glaubst doch nicht, dass ich mit dir darüber reden werde? Meine Religion geht nur mich etwas an, sonst niemanden. Erst recht keinen Ungläubigen.«

Nathan schüttelte den Kopf. »Ein einfaches ›Ja‹ hätte auch gereicht.«

Das Gesicht des Gefangenen war inzwischen dunkelrot angelaufen, offenbar hatten sie seine Achillesferse getroffen. »Du wirst nicht davonkommen. Wenn wir keinen Erfolg haben, werden andere geschickt, die die Aufgabe erledigen.«

Nathan grinste hämisch. »Und welche Aufgabe soll das sein? Sich von mir verprügeln oder töten zu lassen? Ach nein, ich weiß: mir ein wenig Bewegung zu verschaffen, damit ich schneller wieder fit werde. Danke dafür.«

Sierra wusste, was Nathan tat, trotzdem lief ihr ein Schauder über den Rücken bei der Vorstellung, einen Mord als Übung anzusehen.

Wie beabsichtigt rastete der Angreifer völlig aus. Trotz seiner Fesseln und der Waffe versuchte er, sich auf Nathan zu stürzen, doch der brachte ihn schnell wieder unter Kontrolle. »Das Lachen wird dir noch vergehen, Ungläubiger, wenn du erst wieder am Pfahl hängst! Dein Meister freut sich schon auf deine Rückkehr. Und diesmal wird dich niemand befreien.«

Schockiert starrte Sierra den Mann an. Hatte er damit tatsächlich das gemeint, was sie vermutete? Ein Blick in Nathans Gesicht bestätigte ihren Verdacht. Verschwunden waren die Amüsiertheit und Leere, die darin gelegen hatten. Stattdessen hatte er jeden Muskel in seinem Körper angespannt und wirkte, als würde er jeden Moment auf den Mann schießen.

Um das zu verhindern, ging Sierra rasch zu ihm und baute sich zwischen ihm und dem Verbrecher auf. Ihre Stimme hielt sie so leise, dass nur Nathan sie verstehen konnte. »Mach das nicht, er ist es nicht wert.« Sie legte ihre Hand auf seine und rieb sanft über seine Haut.

Es dauerte einen schier unendlichen Moment, bis die Anspannung Nathans Arm verließ und er die Waffe senkte. »Du hast recht.« Seine Stimme klang rau. »Aber es würde mich wahnsinnig befriedigen.«

Auf eine sehr unzivilisierte Weise konnte sie das sogar verstehen, aber sie war froh, dass Nathan sich so gut unter Kontrolle hatte. Sie wusste nicht, ob ihr das in seiner Situation gelingen würde. Sich vorzustellen, dass die Hand seines Entführers so weit reichen könnte … Wie hatten die Terroristen ihn bloß gefunden? Nathan hatte sicher nicht seine Adresse dort hinterlassen …

Sierras Herz machte einen Satz, als Nathan plötzlich herumwirbelte und die Waffe auf jemand anderen richtete, der hinter ihr stand.

»Nicht schießen, ich bin es nur.«

Noch nie war sie so froh gewesen, Clints Reibeisenstimme zu hören. Schnell drehte sie sich zu ihm um und erschrak, als sie sah, wie nah er ihr gekommen war, ohne dass sie es bemerkt hatte. Wäre er ein weiterer Verbrecher gewesen, hätte sie keine Chance gehabt.

»Danke, dass du gekommen bist.« Nathan schien sich wieder ein wenig unter Kontrolle zu haben.

Clint neigte den Kopf. »Habt ihr schon die Polizei gerufen?«

»Noch nicht. Wir wollten sicher sein, dass du da bist, wenn sie eintreffen.«

»Das bin ich ja jetzt. Ruf sie an, Sierra. Sag am Telefon am besten so wenig wie möglich über die Hintergründe, falls es noch weitere Täter gibt.«

Daran hatte Sierra noch gar nicht gedacht. Unbehaglich sah sie sich um, bevor sie das Handy herauszog.

»Keine Angst, es ist niemand in der Nähe, ich habe mich vorher umgesehen.«

Prüfend blickte sie ihn an. Hieß das, er hatte das Gespräch mit dem Angreifer mitbekommen? Seiner Miene war nichts anzumerken, aber Sierra hatte das Gefühl, dass er Bescheid wusste. Schließlich wählte sie den Notruf und meldete den Überfall. Auf die Frage, ob jemand verletzt wurde, gab sie nur die beiden Angreifer an. Nach einigen Minuten Gespräch und der Zusage, dass jemand kommen würde, legte sie auf. Schon allein von dem Telefonat war sie völlig geschafft, sie mochte sich gar nicht vorstellen, wie sie sich fühlen würde, wenn die Polizisten hier waren.

Als sie sich zu Nathan und Clint umdrehte, bemerkte sie, dass die beiden offenbar eine ganze Unterhaltung führten, ohne einen Ton von sich zu geben. Jedenfalls kam es ihr so vor, aber das konnte auch an der überstandenen Aufregung liegen. Noch jetzt zitterten ihr die Beine, und sie hatte Mühe, sich aufrecht zu halten. Nur ihre Ausbildung als Soldatin gab ihr die Kraft, so zu tun, als wäre alles in Ordnung. An den Blicken, die Clint und Nathan ihr zuwarfen, konnte sie ablesen, dass die beiden nur auf ihren Zusammenbruch warteten. Energisch hob Sierra das Kinn und straffte die Schultern. Nicht umsonst hatte sie sich jahrelang mit ihren männlichen Kollegen auseinandergesetzt.

Wenn sie es musste, konnte sie genauso lange durchhalten wie jeder Mann. Es musste ja niemand wissen, dass sie danach doch zusammenbrach und sich schwor, niemals wieder in eine solche Situation zu geraten. Als hätte sie je die Wahl gehabt. Wobei: Sie hätte Nein sagen können, als Clint sie gebeten hatte, sich um Nathan zu kümmern – dann wäre sie zumindest nicht in diese Sache hier verwickelt worden. Andererseits hätte sie ihn dann aber auch nie kennengelernt. Und das wäre doch … bedauerlich.

Sierra schüttelte den Kopf. Nein, auch wenn sie vorher gewusst hätte, was passieren würde, hätte sie ihn nicht im Stich gelassen. Er brauchte ihre Hilfe, und es wäre falsch gewesen, sie ihm zu versagen, nur weil sie Angst vor dem Leben hatte. Davor, noch einmal etwas für einen Mann zu empfinden und ihm so nahezukommen, dass er ihr wehtun könnte.

»Geht es dir gut?« Clints Stimme erklang so unvermittelt neben ihr, dass Sierra abrupt den Kopf hob.

»Ja, natürlich.« Die Antwort kam viel zu schnell und klang deshalb unecht, das hörte sie selbst. Daher räusperte sie sich und versuchte es erneut: »Den Umständen entsprechend, würde ich sagen. Allerdings geht es mir jetzt wesentlich besser als vorhin mit dem Messer an der Kehle.« Allein der Gedanke daran brachte sie zum Zittern, deshalb schob sie ihn schnell beiseite.

»Das kann ich mir vorstellen.« Besorgt blickte Clint sie an. »Soll ich mir die Wunde ansehen?« Mit dem Finger deutete er auf das Taschentuch, das Sierra sich noch gegen den Hals presste.

»Nein, lieber nicht, ich fürchte, wenn ich jetzt versuche, das Tuch wegzunehmen, reißt wieder etwas auf. Es ist nur ein flacher Kratzer, mehr nicht.« Jedenfalls hoffte sie das.

»Okay, aber wenn du deine Meinung änderst, sag Bescheid. Und lass dich gleich von den Sanitätern behandeln, wenn sie eintreffen.«

Sierra warf einen Blick zu Nathan hinüber, der etwas abseits stand und in die Dunkelheit starrte. »Zuerst ist Nathan dran. Er ist schwerer verletzt als ich.«

Scharf blickte Clint sie an. »Woher weißt du das?«

»Ich trainiere mit ihm und kenne daher seine Bewegungen, wenn er keine Schmerzen hat – oder zumindest nicht so starke. Das hier sieht anders aus.« Sie deutete auf seine steife Haltung und die Art, wie er sein Bein schonte. »Wenn du mich fragst, wusste der Angreifer genau, in welch schlechtem Zustand Nathan sich körperlich befindet, und hat keinerlei Rücksicht darauf genommen – ganz im Gegenteil.«

Clint nickte langsam. »Red ist zäh, er wird das schnell hinter sich lassen.«

Einerseits stimmte sie ihm da zu, andererseits hatte sie aber auch Angst, dass er sich nach dieser Attacke noch weiter in sich zurückzog. Er hatte gerade erst damit begonnen, ein wenig aus sich herauszukommen und sich wieder mehr zuzutrauen. Hoffentlich machte der Überfall das nicht zunichte.

Das Geräusch einer Sirene zerriss die angespannte Stille und schwoll immer mehr an. Sierra schnitt eine Grimasse, als sie sah, wie Nathan zusammenzuckte. Dann wurde seine Haltung noch starrer und seine Miene grimmiger. Offenbar erwartete er, dass das Zusammentreffen mit der Polizei nicht besonders angenehm werden würde.

»Sollte noch jemand in der Nähe sein, wird er spätestens jetzt das Weite suchen.« Auch Clint schien nicht glücklich zu sein.

»Hast du auf dem Parkplatz einen Wagen gesehen?«

Auf Nathans Frage hin schüttelte Clint den Kopf. »Außer deinem nicht.«

Sierra kam es vor, als wirkte Nathan daraufhin noch in sich gekehrter.

Fragend blickte sie von einem zum anderen. »Ihr meint, es gab noch jemanden, der es auf Nathan abgesehen hat und der noch mal versuchen wird, ihn in die Finger zu bekommen?«

»Im Moment ist niemand in der Nähe, keine Angst. Sie werden sich erst mal zurückziehen und sich dann überlegen, ob sie wirklich eine weitere Attacke starten wollen. Sie wissen jetzt, dass Red nicht wehrlos ist.«

»Das hätten sie auch vorher wissen können, und sie haben ihn trotzdem angegriffen!« Sierra hatte keine Ahnung, wie Clint so ruhig bleiben konnte. Und auch Nathan wirkte so, als ginge es in dem Gespräch um jemand anderen.

Er trat jetzt näher an sie heran und senkte die Stimme. »Keine Angst, ich werde dafür sorgen, dass du nicht noch einmal in Gefahr gerätst.«

Sierra blickte ihn an, als wäre er ein Alien. »Glaubst du wirklich, ich mache mir Sorgen um *mich*? Ich will nicht, dass *dir* etwas geschieht, du Idiot!«

Nach ihrem Ausbruch blieb es einen Moment lang still, dann räusperte sich Clint. »Ich denke, ich werde den Polizisten ein Stück entgegengehen, damit sie uns heute noch finden.«

Sierra blickte ihm nach, während er mit großen Schritten in Richtung Parkplatz strebte. Sie wünschte, er würde hierbleiben, auch wenn es ihr peinlich war, dass er ihren kleinen Ausbruch miterlebt hatte. Aber alles war besser, als jetzt mit Nathan allein zu sein. Oder fast allein, schließlich hatten sie mit dem zweiten Angreifer immer noch ein Publikum. Dieser Tatsache schien sich auch Nathan bewusst zu sein, denn er trat dicht neben Sierra, bevor er sie mit leiser Stimme ansprach.

»Sierra.« Als sie nicht reagierte, berührte er mit den Fingerspitzen ihre Hand. »Sieh mich an.«

Seine Stimme war hypnotisch, sie konnte sich ihr nicht entziehen. Langsam drehte sie ihm das Gesicht zu. Wäre es heller gewesen, hätte sie den Ausdruck in seinen Augen sicher besser deuten können. So sah sie jedoch nur ein leichtes Glitzern darin.

»Danke, dass du dich um mich sorgst. Ich weiß das wirklich zu schätzen. Aber ich bin immer noch ein SEAL und somit nicht wehrlos, wenn noch einmal jemand versuchen sollte, mich anzugreifen. Im Gegenteil: Jetzt bin ich vorgewarnt und werde sicher niemanden mehr so dicht an mich heranlassen.«

Sierras Kehle wurde eng. »Aber du bist nicht unverwundbar! Was ist, wenn nächstes Mal einfach jemand auf dich schießt? Oder wenn es zu viele sind?«

»Die Gefahr besteht immer, aber ich verspreche dir, vorsichtig zu sein. Wir wollen ja nicht, dass deine ganze Arbeit mit mir umsonst war, oder?«

Nathans Versuch, ein wenig Humor in die Situation zu bringen, ließ Sierra nur den Kopf schütteln. »Du bist wirklich ein Idiot.«

Schief grinste Nathan sie an. »Gut, dass du das auch schon gemerkt hast. Ein Grund mehr, dich in Zukunft von mir fernzuhalten.« Auf einmal wirkte er todernst.

»Das kannst du vergessen.« Sierra wusste nicht, woher diese

plötzliche Überzeugung kam, aber ihr Entschluss stand fest. »Ich werde dafür sorgen, dass du so schnell wie möglich wieder auf den Beinen bist und diesen Mistkerlen in den Arsch treten kannst.«

»Sierra …«

»Spar dir den Atem. Mich hat noch nie jemand von etwas abgebracht, für das ich mich einmal entschieden hatte.«

Nathan schwieg, aber es war ihm deutlich anzusehen, dass er die Diskussion später fortsetzen würde. Dazu war Sierra gern bereit, doch egal, was er sagte, sie würde ihren Willen durchsetzen. Wenn er ganz ehrlich war, musste er sowieso zugeben, dass er sie brauchte, solange sein Körper sich noch nicht ganz wieder erholt hatte.

Clints Rückkehr verhinderte jede weitere Unterhaltung. Anscheinend hatte die Polizei gleich einen Mannschaftswagen ausgesandt und auch mehrere Krankenwagen. Innerhalb von Sekunden war die vorher so ruhige Landschaft angefüllt mit Stimmen und Geräuschen. Sierra wurde von Nathan und Clint getrennt und zuerst von einem Sanitäter behandelt, bevor sich ein Detective zu ihr gesellte und sie befragte. Zwar bemühte der sich, freundlich zu ihr zu sein, aber es war ihm deutlich anzusehen, was er davon hielt, wenn Soldaten Zivilisten töteten. Auch wenn es Notwehr gewesen war.

Sierra wurde wie ein Opfer behandelt, Nathan dagegen wie ein Täter. Die Polizisten waren wenig sanft, als sie ihm Handschellen anlegten und ihn den Weg hinauf zu den Fahrzeugen führten. Clint versuchte, mäßigend einzuwirken, doch selbst er erreichte nicht viel, außer dass der Detective noch ein wenig misstrauischer wurde, was den Ablauf der Ereignisse anging. Zum Teil konnte Sierra das sogar verstehen: Es klang wirklich recht unwahrscheinlich, dass ihnen jemand bis hierher gefolgt war, um sie dann zu überfallen.

Der verletzte Angreifer wurde kurz untersucht und dann auf einer Trage zum Parkplatz transportiert, der Tote wurde direkt am Tatort gelassen, damit sich ein Gerichtsmediziner mit ihm befassen konnte. Als Sierra am Parkplatz ankam, war von Nathan schon nichts mehr zu sehen. Clint stand jedoch noch dort und redete mit dem Detective. Als er sie sah, warf er ihr ein beruhigendes Lächeln zu.

»Ich kümmere mich um alles, mach dir keine Gedanken.«

Sierra hoffte, er hatte wirklich so viel Einfluss und konnte dafür sorgen, dass fair mit Nathan umgegangen wurde. Nach allem, was der erlebt hatte, musste es für ihn die Hölle sein, wie ein Verdächtiger behandelt und eventuell sogar eingesperrt zu werden. Aber egal, was passierte, Sierra würde auf jeden Fall für ihn da sein.

23

Als Red mitten in der Nacht endlich zu Hause ankam, wollte er einfach nur noch ins Bett kriechen und alles vergessen. Aber er wusste, das würde ihm sowieso nicht gelingen – dafür war er noch viel zu aufgewühlt. Sein Haus lag im Dunkeln, doch er hatte auch nichts anderes erwartet. Clint war lange bei ihm geblieben und hatte den Weg für seine Freilassung geebnet, aber irgendwann war auch er aufgebrochen, um bei seiner Familie zu sein. So, wie er Clint seit seiner Rückkehr behandelt hatte, war es ein Wunder, dass sein Freund überhaupt noch so viel für ihn getan hatte. Dafür war Nathan ihm wirklich dankbar, und er hoffte, er würde Clint das alles irgendwann zurückzahlen können.

Sierra war schon eher von der Polizei entlassen worden, nachdem sie ihre Aussage gemacht hatte. Eine Freundin hatte sie abgeholt und danach hoffentlich in ein Krankenhaus gebracht, damit ihre Verletzungen behandelt wurden. Zu gerne hätte Nathan sie noch einmal gesehen, um sicherzustellen, dass es ihr auch wirklich gut ging, aber vermutlich war es am besten, wenn er sich erst einmal von ihr fernhielt. Trotzdem sollte sie zumindest für einige Zeit bewacht werden, falls die Angreifer irgendwie herausfanden, wer sie war, und glaubten, durch sie an ihn heranzukommen.

»Danke.« Red bezahlte den Taxifahrer und stieg aus. Sein Wagen stand vermutlich immer noch auf dem Parkplatz am Wanderweg – sofern die Polizei ihn nicht abgeschleppt hatte –, deshalb war er gezwungen gewesen, sich ein Taxi zu nehmen.

»Einen schönen Abend.« Der Taxifahrer grüßte zum Abschied, indem er einen Finger hob.

»Ihnen auch.« Sanft schlug Red die Tür zu und humpelte dann zum Haus, während das Taxi wendete und die Auffahrt wieder zurückfuhr.

Alles an seinem Körper schmerzte, zum Teil wegen des Kampfes, aber auch, weil er sich während der Zeit bei der Polizei total verspannt hatte. Sämtliche seiner Muskeln waren verkrampft, und er wusste nicht, ob er sich jemals wieder entspannen würde. Im Moment hielt er das für ausgeschlossen.

Red steckte den Schlüssel ins Schloss und drehte ihn herum. Sowie er in den Hausflur trat, fiel jede Müdigkeit von ihm ab. Wie angewurzelt blieb er stehen und lauschte. Es war totenstill, trotzdem war er sich völlig sicher, nicht allein zu sein. Irgendjemand war hier und lauerte in der Dunkelheit.

Automatisch griff er nach seiner Pistole, doch die war von der Polizei als Beweismittel einbehalten worden. Lautlos schloss Red die Tür hinter sich und trat einen Schritt vor. Durch die Glasscheiben und die Laterne vor dem Haus wurde er von hinten beleuchtet, während derjenige, der sich in seinem Haus aufhielt, Schutz in der Dunkelheit suchen konnte. Ein deutlicher Vorteil, besonders wenn der Gegner dazu auch noch bewaffnet war. Geduckt bewegte Red sich vorwärts, bis er in dem langen Gang ankam, der die Zimmer der unteren Ebene miteinander verband. Auch hier lag alles im Dunkeln, nur aus dem Wohnzimmer schien ein leichter Schimmer zu kommen.

Hatte er vorhin eine Lampe angelassen, bevor er mit Sierra zum Spaziergang aufgebrochen war? Es war durchaus möglich. Aber das erklärte nicht sein Gefühl, beobachtet zu werden, das mit jeder Sekunde stärker wurde. Instinktiv wandte Red dem Wohnzimmer den Rücken zu und schlich stattdessen in die andere Richtung. Dorthin, wo die Treppe ins Obergeschoss führte und die Dunkelheit noch dichter scheinen ließ. Es dauerte einen Moment, bis Reds Augen sich vollständig an die Schwärze gewöhnt hatten, dann konnte er weitere Umrisse erkennen.

Einer davon sah eindeutig aus wie ein Mann. Sofort ließ Red sich in die Hocke sinken und ignorierte dabei seine schmerzenden Muskeln. Wenn der Eindringling gut war, hatte er ihn auch gesehen und würde nun zum Angriff ansetzen, solange er noch im Vorteil war. Ein leises Knarren ertönte, als sein Gegner das Gewicht verlagerte. Dann verstummte das Geräusch abrupt, und Red glaubte fast, den stummen Fluch des Mannes zu hören. Es war ein deutlicher Pluspunkt, dass Red jede einzelne Diele seines Hauses kannte und genau wusste, wohin er treten durfte.

Deshalb setzte er sich langsam wieder in Bewegung. Er würde seinen Angreifer nur dann besiegen, wenn er nahe genug an ihn herankam, um ihn mit den Händen außer Gefecht zu setzen. Zwar konnte er auch versuchen, sich in sein Schlafzimmer zu schleichen und seine Ersatzpistole zu holen, doch das würde zu lange dauern. Eine weitere Möglichkeit wäre, ein Küchenmesser als Waffe einzusetzen, aber dafür müsste er am Wohnzimmer vorbei, und sein Schatten würde ihn verraten.

Blieb also nur der direkte Kampf, auch wenn Red darauf heute gern verzichtet hätte. Er atmete tief durch und schüttelte alles andere von sich ab. Glücklicherweise war diesmal wenigstens Sierra nicht hier und konnte somit nicht in Gefahr geraten. Dieser Gedanke bewirkte, dass Reds Wut sich noch steigerte. Vorhin im Naturschutzgebiet hätte nicht viel gefehlt und Sierra wäre getötet worden. Einfach so, weil sie in seiner Gesellschaft gewesen war.

Er würde nicht zulassen, dass noch einmal jemand angegriffen wurde, nur weil man es auf ihn abgesehen hatte. Red presste die Zähne zusammen und nahm sich einen Moment Zeit, um in den Kampfmodus zu kommen. Früher war es ihm leichtgefallen, alles abzustreifen und die Zone zu erreichen, in der er an nichts dachte außer der bevorstehenden Auseinandersetzung. Doch jetzt ging ihm alles und nichts im Kopf herum, und es gelang ihm nicht, seine Gefühle zu kontrollieren. Vor allem musste er immer an das denken, was der Angreifer im Wald gesagt hatte. Wäre Sierra nicht dabei gewesen, hätte er geglaubt, er hätte es sich nur eingebildet. Die Hand seines afghanischen Entführers konnte unmöglich so weit reichen.

Aber anscheinend war es doch möglich, auch wenn der Verletzte vor der Polizei so getan hatte, als wüsste er von nichts und wäre nur ein harmloser Spaziergänger gewesen, den Red ohne Vorwarnung angegriffen hätte. Doch selbst die Polizei hatte irgendwann einsehen müssen, dass der Typ log, besonders angesichts der Verletzungen, die Sierra davongetragen hatte. Die Polizei davon zu überzeugen, dass die Tat in Zusammenhang mit einer internationalen Terrorgruppe stand, war allerdings sicher unmöglich.

Immer näher schlich Red sich an den Eindringling heran, der sich beinahe unnatürlich still verhielt. Wäre nicht das leichte Quietschen des Bodens gewesen, hätte Red fast geglaubt, er hätte Gespenster gehört. Aber nein, er *fühlte* die Anwesenheit eines anderen Menschen, es war, als stünde eine unsichtbare Mauer zwischen ihnen. Wenn der andere einigermaßen gut war, würde er auch ihn wahrnehmen und merken, dass er sich immer weiter näherte. Die Frage war, was der Angreifer dagegen tun würde. Wenn er einfach eine Pistole zog und um sich schoss, war das ziemlich ungünstig, denn hier gab es nicht viel Deckung.

Da es Red nichts brachte, weiter zu warten, entschied er sich schließlich zum Angriff. Ohne Vorwarnung stürzte er vor und riss den Mann mit sich zu Boden. Der gab einen dumpfen Laut von sich, als er unter ihm landete, erholte sich aber erschreckend schnell von der Überraschung. Bevor Red ihn mit einem harten Griff auf dem Boden halten konnte, hatte der Gegner sich bereits wieder aufgerappelt und versuchte nun seinerseits, Red zu bändigen. Dummerweise war der Mann deutlich kräftiger als er und machte es ihm verflucht schwer.

Verbissen kämpfte Red um die Oberhand, auf gar keinen Fall würde er sich noch einmal von jemandem verletzen oder verschleppen lassen. Eher würde er sterben.

»Lieutenant Payne, sind Sie das?« Die weibliche Stimme erklang hinter Red.

Es dauerte einen Moment, bis er die Frage registriert hatte, und dann mindestens noch einmal genauso lange, bis er ihren Sinn verstand. Er erstarrte. Sein Gegner tat es ihm gleich, bevor er einen unterdrückten Fluch ausstieß.

»Gehen Sie zurück ins Wohnzimmer, hier ist ein Eindringling.«

Red schloss die Augen, als er die Stimme des Angreifers erkannte. Halb verärgert, halb erleichtert seufzte er auf. »Was machst du hier, Bull? Und warum zum Teufel greifst du mich in meinem eigenen Haus an?«

Licht flammte auf, und Red war froh, dass er die Augenlider zugekniffen hatte.

»Red? Shit, tut mir leid, du bist so reingeschlichen, dass ich gedacht habe, es wäre jemand anders.« Bull beugte sich über ihn. »Geht es dir gut?«

Da der Lichtstrahl jetzt nicht mehr auf sein Gesicht fiel, wagte Red es, die Augen wieder zu öffnen. Harte Linien zogen sich über das Gesicht seines XOs, der ihn besorgt anblickte.

»Langer Tag.« Dankbar ergriff Red die Hand, die Bull ihm entgegenstreckte, und ließ sich auf die Füße ziehen. Dabei versuchte er zu verschleiern, dass seine Muskeln zitterten und er sich kaum auf den Beinen halten konnte. Unauffällig lehnte er sich gegen das Treppengeländer. »Was machst du hier?« Er blinzelte in Richtung Wohnzimmer. »Und was macht *sie* hier?«

Bevor Bull antworten konnte, trat Sierra zu ihnen. »*Sie* hat sich Sorgen um dich gemacht. Offenbar zu Recht, wenn ich dich so ansehe.« Sie hob eine Hand, als wollte sie Red damit übers Gesicht streichen, ließ sie jedoch wieder sinken.

Bull schnitt eine entschuldigende Grimasse. »Wir sind hierhergekommen, damit du nicht von jemandem überrascht wirst. Außerdem hat Clint uns gebeten, auf Lieutenant Morgan aufzupassen. Offenbar denkt er, sie könnte noch in Gefahr sein.«

Müde rieb Red sich über die Augen. »Aber ist es nicht irgendwie kontraproduktiv, sie ausgerechnet in mein Haus zu setzen, wenn es jemand auf mich abgesehen hat?«

»Das war meine Entscheidung. Ich habe gesagt, dass ich hierherkomme, und ihnen keine Wahl gelassen.« Entschlossen blickte Sierra ihn an. »Ich lasse mich auch von dir nicht vertreiben, also gib dir gar keine Mühe.«

Da er sich kaum noch auf den Beinen halten konnte, beschloss Red, diese Diskussion auf später zu verschieben. »Spricht irgendwas dagegen, dass ich mich auf mein Sofa setze?«

Während Bull stumm den Kopf schüttelte, nahm Sierra ihn am Arm und führte ihn ins Wohnzimmer, als wäre sie eine Pflegerin im Altenheim. Er wollte sich losreißen, doch irgendwie brachte er es nicht über sich, Sierra wegzustoßen. Also humpelte er stumm neben ihr her und ignorierte Bulls erstaunten Blick. Sollte sein XO doch denken, was er wollte, solange er es für sich behielt. Im Wohnraum angekommen ließ Red sich auf das Sofa sinken und stützte die Ellbogen auf die Knie. Es war ihm peinlich, wie sehr er außer Atem war und wie schnell sein

Herz klopfte. Glaubte er wirklich, er könne jemals wieder als SEAL arbeiten?

Schließlich blickte er zu Bull auf, der sich zwischen ihm und der Zimmertür aufgebaut hatte, als erwartete er, ihn jederzeit verteidigen zu müssen. »Bist du alleine hier?«

»Ja, wir wechseln uns ab, ich werde in ein paar Stunden abgelöst.«

»Das ist wirklich nicht …«

Mit finsterem Gesichtsausdruck unterbrach Bull ihn. »Doch, das ist es. Noch einmal lassen wir nicht zu, dass dir was passiert, während wir in der Nähe sind.«

Red wollte dagegen protestieren, aber er konnte sehen, wie sehr seine Entführung auch den Männern seines Teams geschadet hatte. Einen Kollegen und Freund zu verlieren war für jeden von ihnen schlimm, aber dass jemand direkt aus ihrer Mitte heraus verschwand und nicht wieder auftauchte, musste doppelt so hart sein. Sicher fragten seine Männer sich schon seit Monaten, ob sie irgendetwas hätten tun können, um seine Entführung zu verhindern. Jetzt war er zwar wieder da, aber die Ungewissheit würde nicht so schnell vergehen.

Deshalb nickte Red seinem XO nur zu. »Danke. Hat sich hier irgendwas getan, während ich weg war?«

»Nein, alles ruhig.« Bull verzog den Mund. »Ich war gerade bei meinem Rundgang auf der anderen Seite, als ich dachte, ich hätte ein Motorengeräusch gehört. Aber als ich hier ankam, war es weg, und dein Wagen stand auch nicht vor der Tür.«

»Taxi. Keine Ahnung, wo mein Jeep jetzt ist.« Red wandte sich an Sierra, unter deren Augen sich dunkle Ringe abzeichneten. »Hat dir denn niemand gesagt, wo du schlafen kannst?«

Sie hob die Schultern. »Ich habe nicht gefragt. Außerdem wollte ich wach sein, wenn du eintriffst.«

Diese Aussage gefiel Red mehr, als er sich eingestehen

mochte. Sierra war es also wichtig, zu wissen, dass es ihm gut ging. »Ich zeige dir dein Zimmer. Und morgen überlegen wir, was wir zu deinem Schutz tun können.«

Normalerweise hätte er sich sofort damit befasst, aber da Bull hier war, gönnte er sich noch eine kurze Auszeit. Er war so müde, dass er kaum noch geradeaus sehen konnte.

»Das ist nett, danke. Ich möchte dir wirklich nicht noch mehr Arbeit machen.«

Glücklicherweise war es kein großer Aufwand – früher hatte er immer ein oder zwei Zimmer für Gäste bereitgehalten, und offensichtlich hatte Clint sich darum gekümmert, dass die Gästebetten vor seiner Rückkehr frisch bezogen worden waren. Wahrscheinlich hatte sein Freund darauf spekuliert, dass Sierra oder jemand anders hier übernachten würde, um für sein Wohlergehen zu sorgen. Gestern hätte Red dieser Umstand noch aufgeregt, heute war er einfach nur dankbar dafür.

Langsam stieg er die Treppe hinauf und ging den langen Flur entlang, der zu seinem Schlafzimmer führte. An der Tür, die davor lag, hielt er an und öffnete sie. Der Raum war hell und geräumig, in der Mitte der Wand stand ein breites Bett. Es war zwar noch nicht vollständig renoviert, und Fußboden und Tapete sahen etwas altmodisch aus, aber es war alles sauber und ordentlich. In einer kleinen Wandnische gab es sogar ein Waschbecken samt Spiegel – etwas, das heute nicht mehr so häufig vorkam.

»Hier ist es. Ich hoffe, es ist in Ordnung, auch wenn es nicht ganz so modern ist.« Er trat zur Seite, damit Sierra an ihm vorbeischauen konnte.

»Es ist wunderbar.« Da er sie gerade beobachtete, konnte er erkennen, dass sie ihr Lob wirklich ernst meinte.

Reds Anspannung ließ etwas nach. »Handtücher müssten im Schrank sein. Dusche und Toilette findest du hinter der Tür auf der anderen Seite des Gangs.« Er trat zurück auf den Flur und deutete in die fragliche Richtung. »Brauchst du noch etwas? Zahnbürste? Seife?«

»Nein, danke, ich habe immer ein kleines Set im Auto, das reicht für eine Nacht.«

Stirnrunzelnd sah Red sie an. »Ich habe dein Auto gar nicht gesehen. Hast du woanders geparkt?«

Röte stieg in Sierras Wangen. »In deiner Garage. Clint meinte, das wäre sicherer.«

Froh, dass sein Freund sich um Sierra gekümmert hatte, nickte Red. »Das ist es. Du kannst es ruhig so lange darin stehen lassen, wie du möchtest, und auch jederzeit dort parken. Es gibt genug Platz für zwei Wagen.«

»Okay, danke.« Ihr Blick glitt über sein Gesicht. »Du siehst müde aus, ich lasse dich jetzt mal schlafen.« Ein schwaches Lächeln hob ihre Mundwinkel. »Gute Nacht, Nathan.«

Unwillkürlich trat er näher zu ihr. Mit den Fingern strich er sanft über den kleinen Verband an ihrem Hals. »Geht es dir auch wirklich gut? Was haben die Ärzte zu deinen Verletzungen gesagt?«

Ihre Augen verdunkelten sich. »Es ist alles in Ordnung, nur ein paar oberflächliche Schnitte und Abschürfungen. Dank dir ist nicht mehr passiert.«

Die hilflose Wut, die immer noch in ihm schwelte, brodelte erneut hoch. »Dank mir bist du überhaupt erst in diese Situation geraten! Wärst du nicht bei mir gewesen …«

Sierra unterbrach ihn. »Hör auf damit, dich trifft keine Schuld, und ich würde auch nie auf die Idee kommen, sie bei dir zu suchen. Ich bin freiwillig mit dir spazieren gegangen und froh, dass du während des Angriffs bei mir warst.« Sie holte tief Luft. »Und jetzt möchte ich, dass du dich ausruhst und deinem Körper die Erholung gibst, die er benötigt. Ich weiß genau, welche Schäden der Kampf bei dir angerichtet hat. Aber darum werden wir uns morgen kümmern, wenn wir beide etwas wacher sind.«

Eine Weile blickte Red sie nur stumm an, dann nickte er. »Aye, Ma'am.«

Ihr Lächeln erreichte sogar ihre Augen. »Das war kein Befehl, aber ich freue mich, dass du mir die Sache nicht noch erschwerst.«

»Darauf würde ich nie kommen.« Er zwinkerte ihr zu.

Das brachte Sierra zum Lachen. »Ja, genau.« Einen Moment lang betrachtete sie ihn schweigend, die Hand schon auf die Türklinke gelegt. »Ich bin froh, dich getroffen zu haben, Nathan Redfield.«

Ihre Worte brachten etwas in ihm zum Schmelzen. »Und ich bin froh, dass du geblieben bist und dich nicht von mir hast vertreiben lassen.«

Sierras Miene wurde weicher. »Du weißt doch, wir Navy-Soldaten sind aus härterem Holz geschnitzt. Schlaf gut, Nathan.«

Bevor er etwas erwidern konnte, hatte sie die Tür leise hinter sich ins Schloss gezogen. Einen kurzen Augenblick blieb Red unschlüssig vor dem Zimmer stehen, dann drehte er sich um und kehrte wieder ins Erdgeschoss zurück. Er fand Bull am Fenster des Wohnzimmers, den Blick in die Dunkelheit gerichtet. Als sein Freund ihn hinter sich hörte, drehte er sich zu ihm um.

»Eine tolle Frau, du solltest sie behalten.«

Red verdrehte die Augen, auch wenn Bulls Worte tatsächlich seine eigenen Gedanken widerspiegelten. »Sie ist meine Therapeutin, Bull. Sie soll nur meinen Körper wieder fit kriegen, sonst nichts.«

»Warum kann man nicht beides verbinden? Ich habe mich

mit ihr unterhalten, während wir auf dich gewartet haben, und ich denke schon, dass sie dich sehr mag.«

Mit den Fingern massierte Red seine schmerzende Stirn. »Könnten wir uns bitte nicht über so etwas unterhalten? Nach diesem Tag bin ich wirklich nicht in Stimmung.«

Ergeben hob Bull die Hände. »Okay, kein Problem, das verstehe ich. Aber wir werden das Gespräch irgendwann fortsetzen – glaub nicht, dass du mir entkommst.«

Mit einem tiefen Seufzer ließ Red sich auf das Sofa sinken. »Wenn du darauf bestehst.« Sie wussten beide, dass keiner den anderen dazu zwingen würde, über irgendetwas Privates zu reden. Seit Reds Gefangenschaft tänzelten seine Kameraden extrem vorsichtig um ihn herum und bemühten sich, ihn nicht aufzuregen.

Bulls Miene wurde jetzt noch grimmiger. »Mir gefällt die Sache mit dem Angriff nicht. Das war gezielt und kein Zufall.«

»Der Ansicht bin ich auch. Hat Clint dir erzählt, was der Typ gesagt hat?«

»Dass sie dich wieder entführen wollten? Ja. Aber für mich passt das irgendwie nicht. Die normalen afghanischen Terroristen haben keine Beziehungen in die USA und würden sie auch ganz sicher nicht für so eine Sache nutzen. Was hätte der Mistkerl davon, dich wieder nach Afghanistan zu bringen? Er müsste eigentlich gemerkt haben, dass er aus dir nichts herausholen kann.«

Geistesabwesend rieb Red über seine Narbe. »Das sollte man annehmen.«

»Das passt nicht zusammen. Die Art, wie du entführt wurdest, die Länge deiner Gefangenschaft und jetzt das hier. Irgendetwas steckt dahinter, von dem wir noch nichts wissen.«

Red zögerte noch kurz, dann entschied er, Bull zu erzählen, was ihm schon seit Tagen im Kopf herumging. Vielleicht hatte sein XO eine Idee, wie er herausfinden könnte, ob wirklich ein Anschlag geplant war. Als er seinen Bericht beendet hatte, blieb Bull eine Weile still stehen und starrte Red nur an. Es war nicht zu erkennen, was in seinem Kopf vor sich ging, und für einen kurzen Moment wurde Red unsicher. Was, wenn seine Leute ihn für verrückt hielten? Wenn sie ihm nicht mehr vertrauten, so wie früher? Er glaubte nicht, dass er das ertragen könnte.

»Shit!« Bull strich sich mit beiden Händen über den kahlrasierten Schädel. »Hast du schon mit Clint darüber geredet?«

Langsam schüttelte Red den Kopf. »Zuerst wusste ich nicht, ob ich mir die Sache nicht nur eingebildet hatte, und dann habe ich entschieden, dass ich zuerst mehr Infos brauche, bevor ich das Ganze offiziell machen kann.«

»Okay, was hast du bisher?«

Bitter lachte Red auf. »Nicht viel. Im Moment bin ich gerade dabei, das, was ich zu wissen glaube, mit den Anschlägen der letzten Monate zu vergleichen, um zu sehen, ob meine Informationen nicht bereits veraltet sind und ich zu spät komme. I-Mac hat mir eine Liste zusammengestellt.«

»Gut, das ist ein Anfangspunkt. Wenn du willst, helfe ich dir morgen dabei.«

Ein Gefühl der Erleichterung durchströmte Red und ließ ihn schwanken. »Danke, das wäre gut. Aber warum nicht jetzt gleich?«

Bull zog eine Augenbraue hoch. »Weil ich Wache halten muss und du deinen Schlaf brauchst. Du bist momentan völlig nutzlos.«

Das brachte Red zum Grinsen. »Wie nett!«

Sein Freund hob die massigen Schultern. »Die reine Wahrheit.«

»Na dann werde ich mich wohl mal zurückziehen, um meinen Schönheitsschlaf nicht zu verpassen. Schaffst du das hier auch, oder hast du alles verlernt, seit ich nicht mehr auf euch achte?«

Als Antwort zeigte Bull ihm den Mittelfinger und drehte sich dann wieder zum Fenster um.

Seltsamerweise war Reds Stimmung wesentlich besser, als er die Treppe zum Obergeschoss hinaufging. Ob das an der Unterhaltung mit Bull lag oder daran, dass Sierra nur wenige Meter von ihm entfernt schlief, konnte er nicht sagen. Vielleicht an beidem.

24

Sierra schreckte aus einem unruhigen Schlaf auf und lag einen Moment mit wild klopfendem Herzen da. Sie wusste nicht, was sie geweckt hatte, aber sie war froh darüber, denn ein Albtraum nach dem anderen hatte sie gequält – über den Angriff heute und verschiedene Schreckensszenarien aus ihrer Zeit bei der Navy bis hin zu den Ereignissen vor zwei Jahren. Rasch schwang Sierra die Beine aus dem Bett und setzte sich auf. Mit zitternden Fingern strich sie sich das feuchte Haar aus dem Gesicht und starrte in die Dunkelheit. Durch den dicken Vorhang drang kein Lichtstrahl ins Zimmer, und sie hatte das Gefühl, in einem Sarg eingeschlossen zu sein.

In ihrer kleinen Wohnung kannte sie jeden Zentimeter, doch in diesem Haus war alles anders, selbst die kleinsten Geräusche machten sie nervös. Hier ein Knarren, da ein Quietschen und ein leichtes Poltern, als wäre etwas heruntergefallen. Schließlich hielt sie es nicht mehr aus und schaltete die Nachttischlampe an. Sie blickte sich um, sah jedoch nichts. Alles wirkte noch genauso friedlich wie vor dem Einschlafen. Erleichtert, aber auch genervt von sich selbst sackte Sierra in sich zusammen. Normalerweise war sie nicht so schreckhaft, doch heute war wohl alles zusammengekommen und hatte ihr eine Gefahr vorgegaukelt, die es gar nicht gab.

Da sie jetzt sowieso nicht mehr schlafen konnte, stand sie auf und goss sich ein Glas Wasser ein. Innerlich fühlte sie sich wie ausgetrocknet: Ihre Lippen waren spröde, die Zunge lag wie ein Stück Holz in ihrem Mund. Als Therapeutin kannte sie die

Auswirkungen von Todesangst auf den Körper – egal, ob wirklich erlebt oder nur im Traum, die Symptome waren die gleichen. Doch Sierra weigerte sich, der Angst nachzugeben. Natürlich hatte sie heute kurzzeitig in Lebensgefahr geschwebt, aber das war nichts im Vergleich zu dem, was Nathan durchgemacht hatte. Und das über viele Monate.

Trotzdem war er während der Gefahrensituation heute mehr oder weniger gelassen geblieben und hatte einfach nur das getan, was nötig gewesen war. Und auch sonst wirkte er überraschend … ruhig. Manchmal vielleicht sogar zu ruhig.

Was war, wenn er seine Gefühle nur unterdrückte und sie irgendwann aus ihm herausbrechen würden? Bei jemandem mit seinen Fähigkeiten konnte das sehr gefährlich werden, sowohl für ihn selbst als auch für jeden in seiner Nähe. Sierras Herz zog sich bei dieser Vorstellung zusammen. Zwar ging Red zu einem Militärpsychologen, aber sie bezweifelte, dass er sich dort wirklich öffnete. Gerade Soldaten taten das nur sehr selten, meist waren sie der Ansicht, dass sie als starke Männer – oder Frauen – alles mit sich ausmachen mussten.

Sierra schnitt eine Grimasse. Okay, dazu musste sie sich selbst auch zählen, sie hatte die Besuche beim Psychologen ebenfalls gehasst und die Therapie so schnell wie möglich beendet. Eigentlich war sie nur dorthin gegangen, um ihre Eltern zu beruhigen. So nett die Psychologin auch gewesen war, Sierra hatte es nicht geschafft, sich ihr zu öffnen und das zu sagen, was sie wirklich beschäftigt hatte. Dass sie völlig am Boden zerstört gewesen war und sich gefragt hatte, was sie falsch gemacht hatte. Warum so etwas gerade ihr passiert war. Warum sie es nicht hatte kommen sehen.

So viele Warums, und nie hatte sie die Antworten darauf gefunden. Auch heute konnte sie sich die Tat noch nicht erklären. Aber mit der Zeit hatte sie gelernt, damit zu leben und zu akzeptieren, dass es so passiert war. Dass sie vermutlich nichts hätte tun können, um es zu verhindern. Nur nachts und in ihren schwachen Momenten fielen ihr tausend Dinge ein, die sie hätte anders machen müssen, Erlebnisse, bei denen ihre Alarmglocken hätten schrillen müssen. Doch damals hatte sie die Veränderungen an Scott ignoriert oder versucht, sie sich wegzuerklären.

Heute wusste sie, dass das der Weg ins Verderben war, aber sie konnte es auch nicht mehr ändern. Sie musste damit leben und versuchen, das Beste daraus zu machen, anderen bei den Dingen zu helfen, bei denen sie selbst versagt hatte. Vielleicht konnte sie auch Nathan irgendwie helfen, wieder in seinem Leben Fuß zu fassen und das Geschehene vielleicht nicht zu vergessen, aber wenigstens zu verarbeiten.

Doch wem machte sie hier eigentlich etwas vor? Wenn es ihr früher nicht gelungen war – bei einem Menschen, den sie in- und auswendig zu kennen geglaubt hatte –, was sollte sie dann bei einem beinahe Fremden erreichen? Nein, das sollte sie lieber den Fachleuten überlassen.

Sierra schlang die Arme um ihren Oberkörper und lehnte sich gegen das Fensterbrett. Durch einen Spalt blickte sie nach draußen, doch der Mond, der sich gerade hinter Wolken verborgen hatte, spendete zu wenig Licht, um wirklich etwas erkennen zu können. Was vielleicht auch ganz gut war, sonst wäre sie noch versucht gewesen, am Fenster Posten zu beziehen und das Haus zu bewachen. Ein Schauder lief ihr über den Rücken, und sie wandte sich rasch ab. Nathans Kollegen waren Profis, sie würden nicht zulassen, dass jemand hier eindrang. Außerdem hatte Nathan eine sehr gute Alarmanlage, wie Bull ihr versichert hatte. Trotzdem war der Gedanke, dass jemand, während sie schlief, versuchen könnte, ins Haus zu kommen, alles andere als angenehm.

Okay, besser, sie dachte nicht mehr daran, sonst würde sie nie wieder einschlafen. Unruhig lief sie durch den Raum und versuchte, irgendetwas zu finden, das sie ablenken würde. Zu Hause hätte sie sich jetzt ein Glas heiße Milch gemacht oder vielleicht auch ein wenig gelesen. Doch sie bezweifelte, dass Nathan die Art von Büchern besaß, die sie bevorzugte. Die Vorstellung, wie er heimlich erotische Liebesgeschichten las, brachte sie beinahe zum Lachen. Gleichzeitig strömte Wärme durch ihren Körper, die sie jedoch sofort zurückdrängte. Es war nicht gut, solchen Fantasien nachzuhängen.

Es war zu gefährlich, Nathan näher an sich heranzulassen und den Gefühlen nachzugeben, die sich immer stärker in ihrem Innern bemerkbar machten. Ja, Nathan war nicht Scott, aber das würde trotzdem nicht gut ausgehen. Als könnte Nathan ihre Gedanken lesen, ertönte im gleichen Moment ein rauer Laut aus dem Nebenzimmer. Wie erstarrt blieb Sierra stehen und lauschte auf weitere Geräusche. Es dauerte nicht lange, bis ein Stöhnen zu hören war, dicht gefolgt von einem lauten Poltern. Bevor sie darüber nachdenken konnte, war Sierra schon bei der Tür.

Als sie die Hand an die Klinke legte, hielt sie einen Moment inne, bevor sie sie schließlich hinunterdrückte. Ein leises Quietschen ertönte, während sie die Tür öffnete, und automatisch hielt Sierra den Atem an. Der Flur war still und leer. Erleichtert stieß sie die Luft wieder aus. Es war sowieso eine dumme Idee gewesen, nachzusehen. Sie sollte sich wieder in ihr Zimmer zurückziehen und versuchen zu schlafen. Der Morgen würde früh genug anbrechen, und sie hatte den Verdacht, dass es ein anstrengender Tag werden würde. Bestimmt würde die Polizei sie noch einmal befragen wollen, und außerdem war sie sich ziemlich sicher, dass Clint und Nathan den Angriff von gestern nicht einfach so auf sich beruhen lassen würden. Erst recht nicht, wenn mit großer Wahrscheinlichkeit noch jemand auf freiem Fuß war, der es auf Nathan abgesehen hatte.

Gerade als Sierra die Tür wieder schließen wollte, drang ein furchtbarer Laut aus Nathans Zimmer, der ihr die Nackenhaare zu Berge stehen ließ. Es klang fast so, als käme er von einem Tier, langgezogen und gequält. Sierras Füße bewegten sich wie von selbst und liefen den Flur entlang zu Nathans geschlossener Tür. Dort zögerte sie erneut. Vielleicht sollte sie besser seinen Freund holen, damit der nach ihm sah. Ein weiteres Stöhnen entschied die Sache für sie. Auf keinen Fall konnte sie ihn noch länger leiden lassen, wenn sie die Möglichkeit hatte, es zu beenden.

Entschlossen drückte sie die Klinke hinunter und öffnete die Tür. Raue Atemzüge erfüllten die Luft, das Bett quietschte, als Nathan sich unruhig bewegte. Sierra konnte die Angst, die von ihm ausging, förmlich spüren. Was auch immer er gerade erlebte, es musste furchtbar sein. Noch viel schlimmer als das, wovon sie geträumt hatte. Wahrscheinlich würde Nathan sich freuen, wenn er nur ihre Albträume hätte. Ein weiterer schmerzerfüllter Laut zog sie ans Bett. In einer Steckdose brannte ein kleines Nachtlicht, deshalb konnte sie erkennen, wie Nathan sich auf der Matratze krümmte. Die Decke war verdreht und mehrfach um seinen Körper gewickelt.

Kein Wunder, dass er schlecht träumte – das musste sich anfühlen, als wäre er gefesselt. Das Gesicht hatte er ins Kissen gepresst, als versuchte er, irgendwie zu entkommen. Jeder Muskel in seinem Körper war angespannt und vibrierte. Vorsichtig beugte Sierra sich zu ihm hinunter und legte eine Hand auf seinen Oberarm. Sofort erstarrte er, die Muskeln wurden zu Granit.

»Nathan? Wach auf, es ist nur …« Mit einem erschrockenen Aufschrei brach Sierra ab, als Nathan sich unvermittelt bewegte.

Bevor sie auch nur reagieren konnte, hatte er sie gepackt und durch die Luft geschleudert. Hart landete sie auf dem Boden neben dem Bett, ihr Kopf schlug gegen die Wand. Wie betäubt blieb sie sitzen und konnte nicht begreifen, was gerade passiert war. Nathan hatte sich so schnell bewegt, dass sie überhaupt keine Zeit gehabt hatte, sich irgendwie zur Wehr zu setzen. Schmerz drang durch ihre Benommenheit, und Sierra gab ein hilfloses Stöhnen von sich. Ihr Kopf …

Ohne weitere Vorwarnung landete etwas Schweres auf ihr. Zuerst konnte ihr Verstand nicht erfassen, was vor sich ging, doch dann erkannte Sierra, dass Nathan sie brutal zu Boden drückte. Einer seiner Arme lag über ihrer Kehle, seine Beine umschlangen ihren Oberkörper und hinderten sie daran, die Arme zu bewegen. Immer fester wurde der Druck, ihre Lunge krampfte sich zusammen, als sie keinen Sauerstoff bekam. Verzweifelt kämpfte Sierra gegen Nathan an, doch es war, als merkte er das nicht einmal. In einem letzten Versuch zog sie die Beine an und stieß mit den Knien gegen Nathans Rücken. Für einen Sekundenbruchteil löste sich das Gewicht von ihrer Kehle, und sie schöpfte Atem und neuen Mut.

»Nathan! Ich bin es …«

Wieder presste sich der Arm unerbittlich gegen ihren Hals, und sie wusste, dass sie sterben würde. Weiße Punkte flimmerten vor ihren Augen, ihr ganzer Brustkorb fühlte sich an, als bestünde er aus Feuer. Tränen liefen ihr über die Wangen. Nein! Sie wollte nicht sterben. Nicht so. Nicht durch Nathans Hand. Panik erfasste sie, schlimmer als damals, als sie ebenfalls das Gefühl gehabt hatte, zu sterben. Nur mit dem Unterschied, dass sie noch eine Chance bekommen hatte und es ihr gelungen war, zu entkommen. Jetzt dagegen war sie wie gelähmt.

Ihr Puls hämmerte, während ihr jeder Instinkt in ihrem Körper zuschrie, dass sie verdammt noch mal atmen solle. Doch es ging nicht.

Unerwartet flammte das Licht auf, und sie konnte Nathan über sich sehen. In seinen Augen brannte ein Hass, den sie noch nie zuvor bei ihm bemerkt hatte. Seine Gesichtszüge waren verzerrt, an seinem Hals traten die Muskeln und Sehnen hervor. So sah also der Mann aus, der sie töten würde. Sie wünschte, sie hätte ihn nicht gesehen und mit dem Ausdruck in Erinnerung behalten, mit dem er sie noch vor wenigen Stunden angeschaut hatte. Sierras Augen schlossen sich.

»Oh, shit.«

Aus der Ferne meinte sie, einen Fluch zu hören, doch er ging in dem Rauschen unter, das ihre Ohren füllte. Sie begann zu schweben, ihr Körper schien sich vom Boden zu lösen, obwohl sie ihn noch deutlich unter sich spüren konnte. Es war ein seltsames Gefühl. Ihr Bewusstsein schwand immer mehr, und sie wusste, dass sie jetzt sterben würde. Vermutlich sollte sie sich dagegen wehren, doch dazu hatte sie keine Kraft mehr. Sie schwebte …

Unvermittelt löste sich das Gewicht von ihr, ein lautes Krachen ertönte. Weitere Flüche folgten und seltsam dumpfe Laute. Sierra wollte sich nicht darum kümmern, doch dann wurde mit einem Schlag wieder alles klar, die betäubende Schicht um sie herum verschwand. Ihre Lunge zog sich zusammen, dann begann sie zu husten. Schmerz durchzog ihren ganzen Körper, während sich ihr Inneres zusammenkrampfte und sie um Atem kämpfte. Nur sehr langsam wurde der Schmerz erträglich, das Rauschen in ihren Ohren nahm ab. Trotzdem hörte sie für eine lange Zeit nur ihre eigenen rauen Atemzüge, alles andere drang nur gedämpft zu ihr durch.

Als sie eine Berührung an ihrem Arm spürte, zuckte Sierra

heftig zusammen. Instinktiv versuchte sie zu entkommen, indem sie sich noch enger an die Wand hinter sich presste. Doch dadurch fühlte sie sich nur noch eingeengter, wie ein Tier in der Falle, ohne die Möglichkeit zur Flucht. Ein Wimmern entfuhr ihr.

»Ms. Morgan? Ich bin es, Bull … äh … Lieutenant Payne. Sie sind in Sicherheit.« Eine tiefe Stimme durchbrach die schützende Blase, die ihre Ohren umgab.

Payne? Ach ja, das Teammitglied von … Sowie Nathans Name durch ihren Kopf hallte, zog sich alles in ihr zusammen. Ihre Augen flogen auf, und sie blickte sich hektisch um.

»Sind Sie verletzt? Soll ich einen Krankenwagen rufen?« Besorgnis klang in Lieutenant Paynes Stimme mit. Wachsam sah Sierra ihn an. Tiefe Falten hatten sich in seine Stirn und Mundwinkel gegraben, Unbehagen lag in seinen Augen.

»Ich …« Es kam nur ein Krächzen heraus, das selbst ihr in den Ohren wehtat. Deshalb schloss sie den Mund wieder und beschränkte sich darauf, den Kopf zu schütteln. Sogar diese kleine Bewegung tat höllisch weh. Etwas Feuchtes lief über ihren Hals, und Sierra wischte es automatisch mit der Hand weg. Leuchtend rote Flüssigkeit überzog ihre Fingerspitzen. Es dauerte einen Moment, bis sie begriff, dass es Blut war. Ihr Herz begann wieder zu hämmern, Furcht kroch über ihr Rückgrat.

Die Lippen des SEALs pressten sich zusammen. Sanft hielt er ihre Hand fest, mit der sie sich automatisch erneut am Hals berühren wollte. »Nicht anfassen, ich sehe mir das an.« Als er sich vorbeugte, wich Sierra panisch zurück. »Ich tue Ihnen nichts, Sierra.« Dass er ihren Vornamen benutzte, sollte wohl beruhigend wirken, aber eigentlich hielt sie nur still, weil sie gar nicht weiter nach hinten ausweichen konnte.

Der Lieutenant zupfte an irgendetwas, dann schnitt er eine

Grimasse. »Die Schnitte vom Überfall sind anscheinend wieder aufgegangen und bluten leicht. Ich kann sie neu verbinden, wenn Sie wirklich nicht zum Arzt wollen.«

Sierra zögerte, nickte dann aber verhalten. So ungern sie auch von jemandem berührt werden wollte – ihr Wunsch, in ein Krankenhaus zu fahren, war noch wesentlich geringer. Erneut blickte der SEAL sie durchdringend an, bevor er sich langsam erhob. Von Sierras Position aus wirkte er riesig und viel einschüchternder als vorher. Unwillkürlich hielt sie den Atem an, bis der Lieutenant sich ein paar Schritte von ihr entfernt hatte. Als sie die Luft ausstieß, bekam sie einen weiteren Hustenanfall, der ihr fast die Besinnung raubte. Nachdem das Schlimmste vorbei war, wischte Sierra sich die Tränen aus den Augen und sah auf.

Ihr Herz setzte einen Schlag aus, als sie direkt in Nathans Augen blickte. Er lehnte ein Stück entfernt von ihr mit dem Rücken an der Wand, Blut lief ihm aus dem Mundwinkel. Sein Gesicht war wachsbleich, die Lippen wirkten bläulich. Fast schien es, als wüsste er überhaupt nicht, wo er war oder was gerade passiert war. Dann glitt sein Blick nach unten, und anscheinend bemerkte er das Blut an Sierras Hals und auf ihrer Kleidung. Sofort wurde er noch blasser, seine Augen weiteten sich. Ein Ruck ging durch seinen Körper, und er begann, sich aufzurichten.

»Sierra …« Seine Stimme klang rau, als wäre er selbst gerade gewürgt worden.

Der Wunsch, ihm die Verzweiflung zu nehmen, die so deutlich in seinen Augen stand, widersprach Sierras Instinkt, zu fliehen und sich in Sicherheit zu bringen. Hin- und hergerissen starrte sie Nathan einen Moment lang nur an, dann gewann der Fluchtinstinkt, und sie rappelte sich auf. Sierra schwankte, ein Flimmern entstand vor ihren Augen, während es gleichzeitig in ihrem Hinterkopf pochte. Doch davon ließ sie sich nicht aufhalten. Mit der Hand stützte sie sich an der Wand ab und machte einen Schritt nach vorn, dann noch einen. Schließlich hielt sie es nicht mehr aus und lief los. Die Geschwindigkeit gab ihr genügend Stabilität, um nicht zu taumeln.

So schnell sie konnte, lief sie an Nathan vorbei, der gerade aufstehen wollte, um ihr zu folgen. Er streckte seine Hand nach ihr aus, doch sie wich ihm aus und schlüpfte durch die Tür.

»Sierra!« Sein Ruf klang gequält.

Für einen Augenblick blieb Sierra stehen, doch dann hastete sie in ihr Zimmer und schloss die Tür hinter sich. Sie musste sich jetzt um sich selbst kümmern. Das Erlebnis kam zu dicht an die Handlung ihrer Albträume heran, es hatte zu viele Wunden in ihr aufgerissen, die noch kaum verheilt gewesen waren. Schnell drehte sie den Schlüssel herum und lehnte sich dann mit dem Rücken an die Tür. Ihre Beine gaben unter ihr nach, langsam sank sie zu Boden. Eine Träne löste sich aus ihrem Auge und lief ihr über die Wange.

Als kurz darauf ein Klopfen dicht an ihrem Ohr ertönte, zuckte sie vor Schreck zusammen.

»Sierra? Es tut mir leid, ich … ich weiß nicht, was passiert ist. Ich habe geschlafen und …« Nathan brach ab. Durch die Tür konnte sie ihn laut atmen hören.

Sierra unterdrückte den Impuls, sich die Hände auf die Ohren zu pressen und damit alles auszublenden, was Nathan sagen würde.

»Ich wollte das nicht. Es tut mir furchtbar leid. Ich wünschte, ich könnte es ungeschehen machen, aber …«

Sie glaubte ihm, dass er das nicht gewollt hatte, und auch, dass es ihm leidtat. Im Grunde gab sie ihm auch gar nicht die Schuld für den Vorfall. Sie hätte wissen müssen, dass es keine gute Idee war, einen SEAL aus einem Albtraum aufzuwecken. Ihre eigene Dummheit wäre ihr beinahe zum Verhängnis geworden. Und Nathan hätte es sich nie verziehen, wenn sie gestorben oder ernsthaft verletzt worden wäre. Eine weitere Träne rollte ihr über die Wange und tropfte auf ihren Schoß.

»Bitte, Sierra, rede mit mir. Ich muss wissen, dass es dir gut geht.«

Doch ihre Kehle war so zugeschnürt, dass sie keinen Ton herausbrachte. Stattdessen kamen immer neue Tränen, und sie begann zu zittern. Das war vermutlich der Schock oder auch einfach die Erkenntnis, dass sie ihre Vergangenheit immer noch nicht verarbeitet hatte. Wie sollte sie je ein neues, normales Leben beginnen, wenn die alten Wunden immer wieder aufbrachen? Das konnte und wollte sie keinem Mann zumuten. Erst recht nicht Nathan, der schon genug andere Sorgen und Probleme hatte. Er brauchte jemanden, der heil war und seine ganze Kraft darauf verwenden konnte, ihm ins Leben zurück zu helfen. Und das war ganz bestimmt nicht sie.

Sie war ein Wrack oder vielmehr eine leere Hülle, die nichts mehr zu geben hatte.

Über ihr bewegte sich der Türgriff, und sie erstarrte. Dann fiel ihr ein, dass sie abgeschlossen hatte. »Sierra, wenn du jetzt nicht irgendetwas sagst, trete ich die Tür ein, um festzustellen, ob dir irgendetwas fehlt.«

Nein, sie konnte ihm jetzt nicht gegenübertreten! »Bitte geh.« Die Worte waren kaum lauter als ein Flüstern, doch Nathan schien sie trotzdem zu hören.

Als er ihr antwortete, klang seine Stimme ganz nah. »In Ordnung. Ich verstehe, dass du mich nicht sehen willst. Aber bitte lass Bull herein, damit er sich deine Verletzungen ansehen kann. Du kannst die Tür gefahrlos öffnen, ich werde nicht in der Nähe sein. Tu das bitte, damit ich sicher bin, dass ich dich nicht ernsthaft verletzt habe. Das könnte ich mir nie verzeihen.«

Ein Geräusch ertönte, das so klang, als würde Nathan über die Tür streichen, dann herrschte Stille. Sierra hatte sich gerade davon überzeugt, dass er wirklich gegangen war, als es erneut klopfte. Sie biss sich auf die Lippe, um nicht aufzuschreien.

»Ms. Morgan? Sierra? Ich bin es, Lieutenant Payne. Red ist nach unten gegangen, Sie können die Tür jetzt aufmachen.«

Sierra lehnte den Kopf gegen die Tür und schloss die Augen. Dachten sie wirklich, dass Nathans Abwesenheit die Sache besser machte? Aber sie wusste, die beiden würden keine Ruhe geben, bis sie sich hatte verarzten lassen. Deshalb wischte sie sich die Tränen aus dem Gesicht und zog sich langsam hoch. Jeder Knochen und Muskel in ihrem Körper schmerzte, und das Pochen in ihrem Kopf wurde immer stärker. Sie wollte nur noch ins Bett und sich einfach unter der Decke verkriechen. Vielleicht war danach alles nicht mehr so schlimm. Bitter lachte Sierra auf. Ja, das war ein sehr realistischer Wunsch. Und er hatte noch nie funktioniert.

Schließlich stieß sie einen tiefen Seufzer aus und drehte den Schlüssel herum. Bevor sie die Tür allerdings öffnete, zögerte sie. Was war, wenn Nathan doch auf der anderen Seite stand? Sie glaubte nicht, dass sie der Konfrontation jetzt schon gewachsen war.

»Ms. Morgan?«

Sierra riss sich zusammen und zog die Tür auf. Fast war sie ein wenig enttäuscht, dass tatsächlich nur Payne vor ihr stand. *Das war dumm.* Sie sollte froh sein, dass Nathan ihren Wunsch respektierte und ihr den Freiraum gab, den sie dringend benötigte.

Kopfschüttelnd trat sie zurück und ließ den SEAL eintreten. »Bringen wir es hinter uns.«

25

Red konnte Stimmengemurmel hören, aber keine einzelnen Worte verstehen. Eigentlich hätte er unten bleiben und Sierra so weit wie möglich aus dem Weg gehen sollen, aber er hatte es nicht mehr ausgehalten. Mit beiden Händen rieb er sich über das Gesicht. Wie hatte er nur so die Kontrolle verlieren können? Es hatten doch schon öfter Frauen bei ihm übernachtet, und nie war etwas passiert. In seinem Kopf war immer das Wissen verankert gewesen, dass er nicht allein war. Aber heute … Die Albträume hatten ihn fest im Griff gehabt, so sehr, dass er nur noch reagiert hatte, als ihn jemand berührte. Gott, er hätte Sierra töten können! Wenn Bull nicht gerade noch rechtzeitig eingegriffen hätte, wäre er jetzt vielleicht ein Mörder.

Das Herz hämmerte ihm gegen die Rippen, sein Mund war staubtrocken. Vorsichtig berührte Red sein Kinn dort, wo Bulls Faust ihn getroffen hatte. Sein Freund war nicht gerade zimperlich gewesen, sondern hatte ihn schnell und effizient von seinem Opfer getrennt. Red war erst richtig aufgewacht, als er quer durch den Raum geflogen und schmerzhaft auf dem Boden gelandet war. Zuerst hatte er gedacht, er wäre erneut angegriffen worden, doch im grellen Licht der Lampe hatte er Bull sofort erkannt und jede Gegenwehr eingestellt. Glücklicherweise. Auf keinen Fall wollte er seinen Freund verletzen.

Dann hatte er Sierra gesehen, das Blut an ihrem Hals und auf ihrer Kleidung. Laut keuchend hatte sie nach Atem gerungen. Ihre Augen waren riesengroß gewesen, das Weiße blutunterlaufen, was in ihrem aschfahlen Gesicht geradezu gespenstisch gewirkt hatte. Tränen waren ihr über die Wangen gelaufen, aber Red glaubte nicht, dass Sierra sie überhaupt bemerkt hatte. Genauso wenig wie die verzweifelten Laute, die sie von sich gegeben hatte. Oder wie sie sich hin und her gewiegt hatte, als versuchte sie, dadurch ihren Halt wiederzufinden. Am schlimmsten aber war der Moment gewesen, als ihre Blicke sich getroffen hatten. Angst und Trauer hatten in ihren Augen gestanden und noch etwas anderes, das Red nicht definieren konnte. Misstrauen vermutlich.

Es versetzte ihm einen Stich, dass er ihr Vertrauen verloren hatte, die Nähe, die sich in den letzten Tagen zwischen ihnen aufgebaut hatte. All das hatte er mit einer instinktiven Tat zunichtegemacht. Aber vielleicht war es auch besser so, was hätte er Sierra schon zu bieten? Weitere Ausfälle, bei denen er sie verletzte oder vielleicht sogar tötete? Nein, es war besser, wenn sie sich möglichst weit von ihm entfernt hielt. Allerdings war das schwierig, solange sie nicht wussten, ob noch jemand hinter ihm her war. Auf keinen Fall würde er zulassen, dass Sierra noch einmal in Gefahr geriet – sei es durch die Angreifer oder ihn selbst.

Vielleicht konnte Clint sie mit zu sich nach Hause nehmen und dort beschützen. Wobei: Da er in Richmond wohnte, würde Sierra ihre Therapiestunden nicht mehr wahrnehmen können – oder nur noch mit viel Aufwand. Sicher wäre sie davon nicht sonderlich begeistert. Vor allem konnte Red sie auch nicht dazu zwingen, zu Clint zu ziehen, nicht einmal für ein paar Tage. Sie musste es freiwillig tun. Hier bei ihm würde sie allerdings auch nicht bleiben wollen – nicht nach dem, was passiert war. Bestimmt würde sie morgen früh in ihren Wagen steigen und nie wieder zurückkehren. Er konnte es ihr nicht verdenken.

Trotzdem tat es verdammt weh, und er wusste nicht, was er

dagegen tun sollte. Vielleicht … Ruckartig richtete er sich auf, als sich die Tür von Sierras Zimmer öffnete und Bull heraustrat. Dessen finsterer Gesichtsausdruck sprach Bände. Wortlos packte er Red am Arm und zog ihn mit sich zur Treppe. Red machte sich los, folgte ihm aber bereitwillig. Er wollte sowieso mit ihm sprechen.

Unten angekommen gingen sie ins Wohnzimmer. Bull ließ sich auf das Sofa fallen und sah Red durchdringend an. Der hätte sich am liebsten gewunden, doch er ließ den Blick still über sich ergehen. Bis er es nicht mehr aushielt.

»Danke.«

Bull stieß einen tiefen Seufzer aus. »Ich bin froh, dass ich rechtzeitig da war.«

»Und ich erst!« Nervös begann Red, im Raum auf und ab zu gehen. »Ich dachte wirklich, ich werde angegriffen. Da war dieser Traum und …« Er brach ab.

»Du brauchst mir nichts zu erklären. Ich weiß, dass du Sierra nie absichtlich verletzt hättest. Aber vielleicht wäre es gut, wenn du dich von ihr fernhältst, bis du dich wieder unter Kontrolle hast. Das ist die Gefahr, die unsere Ausbildung mit sich bringt: Wir reagieren instinktiv und tödlich.«

Red blickte aus dem Fenster, damit Bull seinen Gesichtsausdruck nicht sah. »Das war bisher nie ein Problem für mich.« Mit beiden Händen stützte er sich auf die Fensterbank und lehnte seine Stirn an die kühle Scheibe. »Ich hätte sie beinahe getötet, Bull. Vielleicht sollte ich nicht mehr versuchen, zu meinem normalen Leben zurückzukehren. Ich könnte nicht damit leben, wenn andere Menschen dadurch zu Schaden kämen.«

»Das verstehe ich. Aber du musst dir ein wenig Zeit geben, das alles zu verarbeiten. Nach dem, was heute passiert ist, stehst du noch unter Adrenalin, das ist völlig normal. Vielleicht hättest du deine Tür abschließen sollen.«

Red stieß ein Schnauben aus. »Ich habe nicht damit gerechnet, dass Sierra in mein Zimmer kommt.«

Bulls Augenbrauen hoben sich. »Nicht? Ich dachte, ihr ständet euch recht nahe.«

»Wie kommst du denn auf die Idee? Sie ist meine Physiotherapeutin, nichts weiter.« Red wusste, dass sein Protest ein wenig zu heftig ausfiel, um glaubwürdig zu sein, doch er konnte es nicht ändern.

»Tatsächlich? Dann habe ich mir das wohl eingebildet. Und Clint auch.«

Clint. Natürlich. Red hätte wissen müssen, dass sein Freund den Mund nicht halten konnte, obwohl er normalerweise kaum die Zähne auseinanderbrachte. »So wird es sein.«

»Dann ist es ja egal, wenn sie dich nicht mehr wiedersehen will.«

Das Loch in Reds Brustkorb wurde größer. »Hat sie das gesagt?«

Zufrieden grinste Bull ihn an. »Wie ich es mir dachte: Sie bedeutet dir rein gar nichts.«

Wütend funkelte Red ihn an. »Sehr witzig. Glaubst du nicht, ich habe im Moment andere Probleme als mein Liebesleben?«

Sofort wurde Bull wieder ernst. »Doch, das glaube ich. Tut mir leid, ich fand es nur vorhin so schön, zu sehen, wie du auf Sierras Anwesenheit reagiert hast. Es wirkte fast …« Er brach ab und blickte zu Boden.

»Normal?« Red konnte nicht verhindern, dass Sarkasmus in seiner Frage mitschwang.

Bull sah ihn direkt an. »Ja.«

»Danke für deine Ehrlichkeit. Und ja, ich mag Sierra, okay? Aber wie wir heute gesehen haben, ist sie ohne mich deutlich besser dran. So etwas darf einfach nicht noch einmal passieren.« Lieber würde er sterben, als Sierra erneut zu verletzen.

»Das wird es nicht.« Bull klang zuversichtlicher, als Red sich fühlte.

»Woher weißt du das?« Er biss sich auf die Lippe, aber die Frage war ihm bereits herausgerutscht.

»Weil du jetzt weißt, dass es ein Problem gibt, und Sierra auch. Du wirst sehen: Zusammen werdet ihr eine Lösung finden, die für euch beide richtig ist.«

Red war sich da nicht so sicher, aber er zog es vor, Bull zu glauben. »Seit wann bist du der Experte in Liebesdingen?«

Bull hob die Schultern. »Irgendeiner muss den Job ja übernehmen.«

Amüsiert schüttelte Red den Kopf. Tex hätte er so etwas schon eher zugetraut, aber nicht Bull, der sich normalerweise aus allem heraushielt, was nichts mit dem Job zu tun hatte. Aber vielleicht hatten sie sich in den letzten Monaten alle verändert, nicht nur er selbst. Ein SEAL-Team war eine Einheit, sie lebten, kämpften und starben Seite an Seite. Wenn einem von ihnen etwas zustieß, traf das zwangsläufig auch die anderen. Das war schon so gewesen, als bei dem Hubschrauberabsturz fünf ihrer Teammitglieder gestorben waren – warum sollte es jetzt anders sein?

Ernst blickte er Bull an. »Es tut mir leid.«

Sein Freund schob die Augenbrauen zusammen. »Was tut dir leid?«

»Dass ich in dem Staudamm nicht richtig aufgepasst habe. Ich hätte bemerken müssen, dass jemand in meiner Nähe war und …«

Bull unterbrach ihn. »Das ist ja wohl nicht dein Ernst! Dich trifft keinerlei Schuld an deiner Entführung, das hätte jedem von uns passieren können. Und ich bin mir ziemlich sicher, dass du es diesen Bastarden nicht leicht gemacht hast.«

Er hatte sich zumindest darum bemüht, aber so ganz war

es ihm nicht gelungen. Deshalb zuckte er nur mit den Schultern. »Ich glaube, das war das Schlimmste an der Sache: dass ich mich trotz meiner Ausbildung und all meinen Fähigkeiten nicht befreien konnte.«

»Das kann ich mir vorstellen. So wäre es wohl jedem von uns ergangen. Aber du hast gewonnen, du lebst noch und bist frei. Sie haben verloren.«

»Nicht, solange der Anführer noch da draußen ist und es hier irgendwelche Leute gibt, die mich entführen oder umbringen wollen. Vielleicht würde ich mich besser fühlen, wenn ich wüsste, dass dieser Mistkerl tot ist oder wenigstens in Gefangenschaft. Aber so habe ich die ganze Zeit diese Ahnung, dass die Sache noch nicht erledigt ist.«

»Irgendwann wird er einen Fehler machen, und wir werden ihn schnappen. Daran musst du glauben.«

Bitter lachte Red auf. »Ich glaube an gar nichts mehr.«

»Das wirst du wieder. Und bis es so weit ist, glaube ich einfach für dich mit.«

Einen Moment lang schwieg Red, dann nickte er seinem Freund zu. »Danke. Auch dafür, dass du hier bist. Du musst sicher morgen wieder früh raus.«

»Deshalb ist es gut, dass ich es als SEAL gewohnt bin, auch mit weniger Schlaf auszukommen.« Bull grinste ihn schief an.

»Dann halte ich dich besser nicht länger von deinem Job ab. Wie wäre es, wenn du die eine Hausseite überwachst und ich kümmere mich um die andere? Ich kann jetzt sowieso nicht mehr schlafen.«

Offenbar verstand Bull, dass er eine Aufgabe brauchte, denn er stimmte sofort zu. Red warf einen sehnsüchtigen Blick in Richtung Treppe.

Bull legte ihm die Hand auf dic Schulter. »Warte bis morgen, Sierra braucht ein wenig Zeit, um sich zu beruhigen.«

Red stieß einen tiefen Seufzer aus. »Ich weiß. Es ist nur … ich kann es nicht ertragen, dass sie leidet. Erst recht nicht, wenn ich dafür verantwortlich bin.«

»Das verstehe ich.«

Hoffentlich war sie morgen bereit, mit ihm zu reden. Er wollte sich wenigstens bei ihr entschuldigen. Außerdem musste er sie sehen und sicherstellen, dass er ihr keinen bleibenden Schaden zugefügt hatte. »Meinst du, sie wird sich wieder erholen?«

»Körperlich auf jeden Fall.«

Das beruhigte ihn nicht wirklich. Er wusste, wie es war, ein Erlebnis nicht vergessen zu können und genau zu wissen, dass das Leben nie wieder so sein würde wie vorher. Das wollte er Sierra nicht antun. Sie sollte glücklich sein und ein unbeschwertes Leben führen. Selbst wenn das bedeutete, dass er sie nie wiedersehen durfte. Ein scharfer Stich fuhr ihm durchs Herz. Um sich davon abzulenken, konzentrierte er sich auf etwas anderes: den möglichen Anschlag. Sein Traum war wieder sehr intensiv gewesen, mehr eine Erinnerung als nur ein Albtraum. Und er hatte ein neues Mosaiksteinchen bekommen, das er nun in das Puzzle einfügen musste.

»Woran denkst du?«

»Mir ist etwas eingefallen, das mit einem möglichen Anschlag in Verbindung stehen könnte.« Red nahm das Notizbuch vom Tisch und notierte das neueste Indiz. »Es ist nicht viel, aber für mich erhöht es die Wahrscheinlichkeit, dass ein Anschlag geplant ist.«

Bull trat neben ihn und blickte auf die Notizen. »Und was ist das?«

»Der Anführer stand irgendwann vor der Tür zu meinem Gefängnis und hat zu irgendjemandem gesagt, der Westen würde bald erkennen, dass sich der Islam nicht aufhalten lasse.« Die Worte schmeckten bitter auf seiner Zunge. »Sie würden sich mit Blut und Feuer dafür rächen, dass Fremde in ihr Land kämen und ihnen ihren Glauben aufzwingen wollten. Und danach gäbe es keinen Zweifel mehr daran, wer die neuen Herrscher seien. Die Säulen der Demokratie würden fallen.«

»Also das, was wir schon seit Jahren von sämtlichen Terroristen in Afghanistan und diversen anderen Ländern hören. Die vom IS geben auch ständig solche Plattitüden von sich, inklusive der Drohung, den Islamischen Staat in den Westen auszudehnen und alle Ungläubigen zu unterjochen.« Wut und Resignation schwangen in Bulls Antwort mit.

»Ja. Es könnte natürlich nur Gerede sein, aber zusammen mit den anderen Bemerkungen des Anführers klingt es für mich, als wäre ein großer Anschlag im Westen geplant.« Er konnte sich noch gut an die Anschläge in New York und Washington, D.C. erinnern und wollte so etwas nie wieder erleben. Weder hier noch in einem anderen Land. Wenn er das irgendwie verhindern konnte, würde er es tun.

»Möglich. Aber ohne wirklich konkrete Hinweise wird es schwer, dagegen vorzugehen. »Westen« könnte ja überall sein, in Europa, hier oder sonst wo. Da bräuchten wir irgendetwas Genaueres.«

Frustriert warf Red das Notizbuch auf den Tisch. »Glaubst du, das weiß ich nicht? Aber falls ich was Genaueres gehört haben sollte, ist es mir noch nicht wieder eingefallen. Ich versuche schon alles, um mich zu erinnern, aber das meiste ist verschwommen.«

Ruhig blickte Bull ihn an. »Das war kein Vorwurf, lediglich eine Feststellung. Wir versuchen es einfach weiter, und wenn dir etwas einfällt, werden wir dafür sorgen, dass der Anschlag nicht gelingt.«

Das »wir« klang auf jeden Fall gut. Aber Red hatte auch nicht daran gezweifelt, dass er sich auf sein Team verlassen konnte. »Ich weiß. Es ist nur so frustrierend, wenn man glaubt, etwas zu wissen, es einem aber einfach nicht mehr einfällt. Da möchte man so lange mit dem Kopf gegen die Wand schlagen, bis es rausfällt.«

»Lass das lieber, ich bezweifle, dass es helfen würde.«

»Haha, witzig.« Mit den Händen fuhr Red sich durch die Haare. »Aber im Ernst, was kann ich jetzt tun? Ich kann doch nicht einfach abwarten, bis ich mich irgendwann vielleicht noch einmal erinnere. Was ist, wenn der Anschlag stattfindet und ich ihn irgendwie hätte verhindern können?«

»Vermutlich solltest du damit zum Oberkommando gehen. Vielleicht können die von den Geheimdiensten irgendwelche Infos bekommen, die zu deinen Erinnerungen passen. Auf jeden Fall kann es nicht schaden, andere Leute mit einzubeziehen. Je mehr daran beteiligt sind, desto mehr Hinweise lassen sich sammeln und miteinander in Verbindung bringen.«

Red war klar, dass Bull recht hatte, aber er zögerte noch. »Ich glaube nicht, dass das Oberkommando mich ernst nehmen wird. Wahrscheinlich halten sie meine Hinweise für die Fantasien eines Irren. Was, wenn sie das zum Anlass nehmen, mich endgültig rauszukatapultieren?«

»Das will ich nicht hoffen, aber meiner Meinung nach musst du das riskieren, Red. Jetzt zählt es nur, den Anschlag zu verhindern.«

»Aber was, wenn sie nichts tun?«

Grimmig blickte Bull ihn an. »Dann geht es auf ihre Kappe, wenn doch ein Attentat stattfindet. Du hast dann aber deine Pflicht getan und brauchst dir keine Vorwürfe zu machen.«

»Und die Menschen sind trotzdem tot.« Allein der Gedanke daran ließ ihn innerlich zu Eis erstarren. Ein Anschlag war der Albtraum eines jeden Soldaten, weil man einfach nichts dagegen tun konnte.

»Wenn das Oberkommando sich stur stellt, werden wir selbst versuchen, der Sache weiter auf den Grund zu gehen. Das wird dann zwar schwieriger, aber wir werden nicht aufgeben. Okay?«

Ein wenig erleichterte es Red, dass er nicht mehr allein war. »Okay.«

»Gut. Und jetzt such dir eine Hausseite aus, die du überwachen möchtest.«

»Aye, Sir!« Red salutierte zackig und schnitt dann eine Grimasse, als sich seine steifen Muskeln bemerkbar machten. Doch der Gedanke an sein schönes weiches Bett wurde überlagert von der Erinnerung daran, wie Sierra verletzt und verängstigt in der Ecke seines Zimmers gekauert hatte. Er glaubte nicht, dass er jemals wieder in Ruhe dort schlafen konnte. Da war es bedeutend besser, Wache zu halten – das war Routine, etwas, das ihn beruhigte.

Um Bulls wissendem Blick zu entgehen, drehte er sich rasch um. »Ich nehme die Vorderseite. Wann kommt deine Ablösung?«

»Tex ist gegen drei Uhr hier. Wieso?«

»Damit ich ihn nicht aus Versehen erschieße.«

Bulls Schnauben folgte Red bis in den Flur. Er ging in sein Büro, von dem aus er einen guten Blick auf die Zufahrt hatte. Aus der Schublade seines Schreibtischs nahm er seine Ersatzpistole und ein Kampfmesser und machte sich dann innerlich auf eine lange Wache gefasst. Während er nach Bewegungen Ausschau hielt, kehrten seine Gedanken immer wieder zu Sierra zurück. Ob sie schon schlief? Oder lag sie immer noch wach und versuchte zu verstehen, was geschehen war? Vielleicht träumte sie auch davon, wie er sie angriff und beinahe umbrachte. *Gott, bloß das nicht.*

Es war ein Fehler gewesen, sie so nahe an sich herankommen zu lassen. Um genau zu sein, hätte er gar nicht erst die Therapie mit ihr anfangen, sondern sie gleich am ersten Tag rauswerfen sollen, so wie es sein erster Impuls gewesen war. Er hatte gewusst, dass er nicht in der Verfassung war, sich mit anderen Menschen zu umgeben. Er hätte nie dem Bedürfnis nachgeben dürfen, sich in der Nähe einer hübschen jungen Frau aufzuhalten, die noch dazu mit ihren Händen Wunder bewirken konnte.

Jetzt zahlte sie den Preis dafür, dass er schwach geworden war. Den Fehler würde er nicht noch einmal begehen. Erst recht nicht, wenn ihr nicht nur von ihm Gefahr drohte, sondern auch von irgendwelchen Verbrechern, die es eigentlich auf ihn abgesehen hatten. Irgendetwas musste er tun, um sicherzustellen, dass sie aus der Schusslinie kam.

Red wusste nicht, wie lange er schon am Fenster gestanden und die schwach beleuchtete Zufahrt beobachtet hatte, als er eine Bewegung in den Büschen sah. Sofort war er hellwach und starrte so lange auf die Stelle, bis seine Augen zu brennen begannen. Doch es war nichts mehr zu sehen. Vielleicht war es auch nur der Wind gewesen, aber eigentlich glaubte er das nicht. Dazu war das Ganze zu regelmäßig abgelaufen. Schnell schlich Red durchs Haus und blieb in der Tür zum Wohnzimmer stehen. Im Dunkeln war Bulls Silhouette kaum auszumachen.

»Möglicher Feindkontakt.«

Bull drehte sich zu ihm um. »Was hast du gesehen?«

»Eine Bewegung in den Büschen.«

Sein Freund blickte auf sein Handy. »Das war Tex, er hat mir eben eine Nachricht geschrieben, dass er gleich da ist.«

Erleichtert lehnte Red sich an den Türrahmen. »Dann sollte er seine Anschleichtechnik noch mal üben, falls er nicht gesehen werden wollte.«

Ein Klopfen ertönte an der Terrassentür, und Bull ging hin, um sie zu öffnen. »Das kannst du ihm gerne selbst sagen.«

Vermutlich war es nicht klug, jemanden zu beleidigen, der einem einen Gefallen tat und seine Nachtruhe opferte. Deshalb hielt Red seinen Mund, als Tex eintrat und sich die Regentropfen aus seinen langen Haaren schüttelte.

»Du bist sogar pünktlich.« Bull schien kein Problem damit zu haben, gegen seinen Freund zu sticheln.

»Schön, auch dich zu sehen. Und ich bin immer pünktlich, wenn es wichtig ist.«

Damit hatte er allerdings recht. Um eine weitere Diskussion zu verhindern, mischte Red sich ein. »Danke, dass du das machst, Tex.«

Sein Freund drehte sich zu ihm um. »Das ist doch Ehrensache. Aber was machst du hier unten? Ich dachte, du schläfst.«

Da Red ihm nicht erzählen wollte, warum er nicht mehr schlief, zuckte er nur mit den Schultern. »Ich kann nicht schlafen. Außerdem ist es nicht richtig, wenn ich es anderen überlasse, mein eigenes Haus zu überwachen, während ich faul rumhänge.«

»Du hättest es dir verdient. Aber hey, wenn du es so willst, umso besser. Gibt es hier eigentlich auch was zu trinken?«

Das war so typisch für Tex, dass es Red beinahe so vorkam, als wäre er nie weg gewesen. »Das solltest du eigentlich wissen. Der Kühlschrank ist voll, bedien dich.«

Während er Tex nachblickte, gesellte Bull sich zu ihm. Als der CO ihn ansprach, hielt er seine Stimme ungewöhnlich leise. »Soll ich noch hierbleiben?«

Die Worte »wegen Sierra« schwangen unausgesprochen in seiner Frage mit. »Nein, danke, das ist nicht nötig. Ich habe nicht vor, noch mal zu schlafen, solange sie im Haus ist.«

Prüfend blickte Bull ihn an, dann nickte er. »Okay. Dann mache ich mich mal auf den Weg. Wenn irgendwas ist, ruf an. Was die Sache mit dem Anschlag angeht, überleg es dir. Oder sprich mit Clint darüber, er wird dir sicher etwas raten können.«

»Das werde ich.« Red war sich ziemlich sicher, dass er sich den Rest der Nacht das Hirn darüber zermartern würde.

26

I-Mac betrachtete die Fotos, die Red ihm letzte Nacht geschickt hatte, und las noch einmal die Nachricht dazu. Darin bat Red ihn, die Identität der beiden Männer zu überprüfen, die ihn und seine Therapeutin am letzten Abend überfallen hatten, und festzustellen, ob sie irgendwelche Verbindungen nach Afghanistan oder zu irgendwelchen terroristischen Gruppierungen hatten. Auf den Fotos waren die Führerscheine der beiden Männer zu sehen und noch einige andere Dinge, die sie in ihren Taschen gehabt hatten. Auf den ersten Blick sahen sie nicht wie Terroristen aus und auch nicht, als kämen sie aus dem Mittleren Osten. Aber das konnte täuschen, deshalb rief I-Mac die nötigen Programme auf, mit denen er innerhalb von Sekunden die wichtigsten Dinge über die beiden Männer herausfinden konnte.

Er war sich ziemlich sicher, dass die Polizei das Gleiche tun würde, aber vermutlich nicht an der Oberfläche kratzte, um zu sehen, was sich darunter verbarg. I-Mac dagegen würde so tief buddeln, bis er irgendeinen Grund dafür fand, warum diese beiden Männer Red angegriffen hatten. Aus Spaß kam sicher niemand auf die Idee, einen SEAL zu attackieren.

I-Mac gab die erste Führerschein-ID ein und wartete darauf, dass der Computer die Informationen ausspuckte. Mit einem dezenten »Ping« erschien der Datensatz. Wie schon das Foto wirkte auch das Leben des Mannes völlig unauffällig, auf keinen Fall wie das von jemandem, der in der Lage war, einen anderen zu verletzen oder sogar zu töten. I-Mac überprüfte den Namen des Toten und stieß auf Fotos desselben Mannes. Auch die Daten stimmten bei allen Suchanfragen überein. Als Beruf war in der Datenbank »Versicherungsvertreter für Hausrat« angegeben, und wenn I-Mac ehrlich war, sah der Mann auch genauso aus. Ein ordentlicher Haarschnitt gab ihm ein konservatives Aussehen, ein freundliches Halblächeln hob seine Mundwinkel. Hinter der randlosen Brille wirkten seine Augen verwaschen, blickten aber direkt in die Kamera.

Wahrscheinlich hätte ihn jeder als vertrauenswürdig bezeichnet – ein echtes Plus in seiner Branche. Trotzdem war er offensichtlich dazu bereit gewesen, Red zu entführen. Das passte einfach nicht zusammen. Es sei denn, der Mann auf dem Führerschein war gar nicht derjenige, der Red angegriffen hatte. Hätte I-Mac selbst so etwas vor, würde er wahrscheinlich auch nicht seine echten Papiere mitnehmen. Kurzentschlossen öffnete er eine andere Internetseite und gab dort den Namen ein. Sofort erschienen mehrere Bilder, die er mit dem Führerscheinbild verglich. Sie stimmten mehr oder weniger überein. Aber das schloss immer noch nicht aus, dass der Tote die Daten und Fotos nicht doch gestohlen hatte.

Deshalb hackte I-Mac sich als Nächstes in die Datenbank der zuständigen Polizeidienststelle – was beinahe lächerlich einfach war – und sichtete das vorhandene Material. Darunter war auch ein Autopsiefoto, und als er den perfekten Kopfschuss sah, pfiff er leise durch die Zähne. Offenbar hatte Red während seiner Gefangenschaft nichts verlernt, was seine Schießfähigkeiten anging. In einer solchen Situation so präzise zu treffen war eine echte Kunst. Aber deshalb hatte I-Mac das Foto nicht aufgerufen.

Schnell verglich er den Toten mit dem Bild auf dem Führerschein und entschied dann, dass es sich um den gleichen Mann handelte. Zwar war das Führerscheinfoto schon einige Jahre alt, und im Tod waren die Muskeln im Gesicht des Verdächtigen erschlafft, doch es war mit neunzigprozentiger Wahrscheinlichkeit Todd Hastings aus Washington, D.C. Da I-Mac so nicht weiterkam, wiederholte er die gleiche Prozedur mit dem zweiten Mann, der ebenso von der Polizei erkennungsdienstlich behandelt worden war. Er hatte etliche Prellungen und Kratzer im Gesicht, aber auch seine Identität bestätigte sich. Kevin Prescott war von Beruf Ingenieur und wohnte in einem Vorort von D.C.

Keiner von beiden war bisher mit der Polizei in Berührung gekommen, offenbar hatten sie ein völlig unbescholtenes Leben geführt. Beide waren verheiratet, Hastings hatte sogar zwei Kinder. Es war völlig unerklärlich, warum diese Männer Red angegriffen hatten. So etwas in der Art stand auch im Polizeibericht, zusammen mit der Vermutung, dass Red den Angriff irgendwie provoziert haben musste. Einerseits konnte I-Mac verstehen, dass die Polizisten in alle Richtungen ermittelten, andererseits sprachen alle Beweise dafür, dass es sich genauso zugetragen hatte, wie Sierra Morgan und Red es ausgesagt hatten.

Da der Bericht wenig ergiebig war, begann I-Mac, tiefer zu graben. Vor allem interessierte ihn auch, woher Hastings und Prescott sich kannten. Sie wohnten an unterschiedlichen Orten, und auch beruflich ließ sich keine Verbindung zwischen ihnen herstellen. Würde I-Mac bei der Polizei arbeiten, würde er den überlebenden Angreifer so lange ausfragen, bis der sich in Widersprüche verwickelte. Dummerweise konnte er nicht direkt in die Ermittlungen eingreifen, das würde die Polizei sofort persönlich nehmen und jede Zusammenarbeit verweigern. Eine Notiz besagte, dass Kevin Prescott noch nicht vernehmungsfähig war – das war ganz ungünstig. I-Mac speicherte alles ab und beendete dann die Verbindung zum Polizeinetz.

Er würde später noch einmal nachschauen, ob man weitere Informationen und das Vernehmungsprotokoll eingestellt hatte. Eines stand jedenfalls fest: Ihm gefiel die ganze Sache nicht. Irgendetwas stank daran zum Himmel, und er konnte nicht verstehen, warum die Polizei das nicht ebenfalls bemerkte.

Die Frage war, was er jetzt noch machen konnte, um so schnell wie möglich den Hintergrund der Attacke herauszufinden. Er würde auf jeden Fall das Übliche tun: im Internet alle Informationen zu den beiden Männern und ihren Familien heraussuchen, unter anderem auf Facebook-Profilen und in anderen sozialen Kanälen. Er würde schon herausbekommen, welche Verbindung zwischen den zweien bestand. Schwieriger würde es allerdings werden, zu ermitteln, ob sie mit irgendwelchen Terroristen kooperierten. Offenbar waren sie ja bisher nirgends aufgefallen, was bedeutete, dass sie ziemlich clever und vorsichtig agierten, wenn sie wirklich terroristische Neigungen hatten. Vermutlich wussten nicht einmal ihre Familien davon.

Am liebsten würde er mit den Frauen der Angreifer sprechen und ihre Häuser durchsuchen, das würde vermutlich die meisten Ergebnisse bringen. Aber dazu hatte er ebenfalls keine Befugnis und würde sie auch nie bekommen. Er konnte nur hoffen, dass die Polizei das für ihn übernahm und dann sehr gründlich vorging. Wie leicht konnten wichtige Informationen übersehen werden und für immer verloren gehen. Red hatte nicht geschrieben, ob er den Verdacht hatte, dass diese Männer auch etwas mit dem möglichen Anschlag zu tun haben könnten. Wenn es so wäre, musste man schnell handeln, um zu verhindern, dass wertvolle Spuren vernichtet wurden.

Frustriert starrte I-Mac auf den Bildschirm und verfluchte seine Lage. Er war es gewohnt, für das Militär zu recherchieren, und musste sich so gut wie nie mit der örtlichen Polizei auseinandersetzen – oder befürchten, dass die in seine Recherchen hineinpfuschte. Dieser Fall war jedoch anders gelagert: Die Militärpolizei hatte hier keinerlei Handhabe, da die Angreifer Zivilpersonen waren und das Verbrechen in Reds Freizeit begangen wurde. Somit hatte es – zumindest an der Oberfläche – nichts mit seinem Job als SEAL zu tun.

Es wäre alles viel einfacher, wenn I-Mac am Ort des Geschehens wäre. Er erinnerte sich wieder an sein Gespräch mit Devil und beschloss, dass er dessen Vorschlag, zur Ostküste zu fliegen, beherzigen sollte. Die Kinder konnte er allerdings nicht mitnehmen, sie mussten zur Schule gehen, und außerdem würde er sie unter keinen Umständen einer solchen Situation aussetzen. Wenn es tatsächlich jemand auf Red abgesehen hatte, waren sie in seinem Haus nicht in Sicherheit. I-Mac wusste zwar noch nicht, wie er es Nurja beibringen sollte, dass er ohne sie fliegen würde, aber irgendwie würde ihm das schon gelingen.

Andererseits mochte er sie auch nicht allein lassen, besonders nicht, da immer noch nicht geklärt war, wo ihr Onkel und ihre Tante abgeblieben waren. Bisher hatte sie noch niemand gesehen. Nurjas letzte Hoffnung war, dass sie bei ihrer jüngsten Tochter Unterschlupf gefunden hatten, die sehr abgelegen lebte, aber I-Mac war sich da nicht so sicher. Ihre Tante musste doch wissen, dass sie sich Sorgen machen würde, wenn sie sich nicht meldete, und auch ihre eigenen Kinder fanden es ungewöhnlich, dass sie so lange nichts von ihr gehört hatten. Irgendetwas war passiert, davon war er überzeugt, und Nurja spürte es ebenfalls.

Inzwischen schlief sie keine Nacht mehr durch, in jeder freien Sekunde saß sie am Telefon und hoffte, dass es endlich klingeln würde. Dass sie endlich von ihren Verwandten die erlösende Nachricht erhalten würde. Doch es geschah nichts.

Heftig rieb I-Mac sich über die Stirn. Er hasste es, sich so hilflos zu fühlen und Nurja nicht helfen zu können. Besonders, da es im Grunde genommen seine Schuld war, dass sie sich jetzt in dieser Lage befanden. Aber diese Gedanken brachten ihn auch nicht weiter, ganz im Gegenteil.

Das Klingeln des Telefons riss ihn aus seinen Überlegungen. I-Mac griff nach dem Hörer und presste ihn an sein Ohr. »MacPhearson.«

»Hier ist Devil. Ich wollte nur Bescheid sagen, dass wir jetzt die Starterlaubnis für die Mission haben.«

Abrupt setzte I-Mac sich auf. »Tatsächlich? Hat sich irgendwas an der Lage geändert? Das Oberkommando hat sich doch sicher nicht dazu entschlossen, um die lokale Bevölkerung zu schützen.«

Ein Schnauben drang durch die Leitung. »Damit liegst du richtig. Es geht mehr ums Prinzip und darum, den Terroristen dort unten eine Lektion zu erteilen. Offenbar wurden ja nicht alle verhaftet, als wir Red rausgeholt haben, sonst wäre das Dorf nicht Tage später angegriffen worden. Ich denke mal, sie wollen auch verhindern, dass andere Terroristen auf die Idee kommen, es könnte sich lohnen, amerikanisches Militärpersonal als Geiseln zu nehmen. Wenn wir jetzt nicht hart durchgreifen, passiert das vielleicht öfter.«

»Macht diese Schweine fertig! Wir haben immer noch nichts von Nurjas Verwandten gehört, ich befürchte, dass sie in die Fänge der Terroristen geraten sind oder vielleicht sogar schon getötet wurden. Wenn ihr dort seid …«

»… werden wir sehen, ob wir sie finden können. Es wäre hilfreich, wenn du mir alle Infos über sie und auch Fotos von ihnen schickst, damit wir sie erkennen.«

»Das mache ich sofort. Danke.«

»Kein Problem.« Devil schwieg einen Moment. »Hast du

was von Red gehört? Ich hatte irgendwie das Gefühl, dass da irgendetwas passiert.«

»Dein Gefühl war richtig.« I-Mac berichtete ihm schnell, was vorgefallen war, und schloss damit, dass er gerade dabei war, alles über die Angreifer herauszufinden.

Devil stieß einen Fluch aus. »Das kann kein Zufall sein. Irgendetwas geht da vor, und ich befürchte, das war erst der Anfang. Wird Red beschützt?«

»Ich glaube, es ist immer jemand von seinem Team bei ihm. Und wie man gesehen hat, ist Red auch nicht gerade wehrlos.«

»Das hatte ich auch nicht angenommen. Ich habe immer noch das Gefühl, dass du dort sein solltest. Hast du darüber nachgedacht?«

I-Mac schnitt eine Grimasse. »Ja. Ich werde so schnell wie möglich hinfliegen.«

»Gut. Sprich mit Matt und Hawk, vielleicht haben sie noch irgendeine Idee, was man tun kann.« Im Hintergrund waren Stimmen zu hören. »Ich muss jetzt los. Ich denke, da ist etwas ganz Großes im Gange, das wir unbedingt verhindern müssen. Ich wünschte wirklich, ich hätte nähere Informationen dazu, aber das ist alles, was mir mein Gefühl sagt. Sollte ich mehr erfahren, werde ich dir natürlich sofort Bescheid sagen.«

»Mach das. Und passt auf euch auf.«

»Bis demnächst.« Devil unterbrach die Verbindung.

I-Mac ließ den Hörer sinken und starrte einen Moment lang darauf. Wenn Devil sagte, dass etwas passieren würde, gab es keinen Zweifel daran. I-Mac wünschte nur, er wüsste, was und wo. So konnten sie nur im Dunkeln stochern und hoffen, dass sie rechtzeitig einen Hinweis bekamen. Er hasste so etwas.

Red wusste nicht, wie Clint das hinbekommen hatte, aber es war tatsächlich immer jemand von Team 8 zum Wachdienst im Haus. Einerseits war er froh darüber, denn er konnte nicht die ganze Zeit wachbleiben und vor allem nicht alle Seiten des Hauses gleichzeitig überwachen. Andererseits hinderte ihn das aber auch daran, in Ruhe mit Sierra zu reden. Tex hatte sie in die Stadt begleitet, und er hatte nicht mehr als einen kurzen Blick auf sie erhascht. Eigentlich war er dagegen, dass sie wegfuhr, aber sie hatte darauf bestanden, die Termine mit ihren Patientinnen wahrzunehmen. Immerhin war sie so nie allein, und danach würde sie wieder hierherkommen, weil sie noch einen Therapietermin hatten. Allerdings wusste er nicht, ob sie den jetzt überhaupt noch wahrnehmen würde.

Der Tag streckte sich wie Kaugummi. Red hasste es, untätig herumzusitzen, aber viel mehr konnte er im Moment nicht tun. Bisher hatte er noch nichts von I-Mac gehört. Die Polizei hatte sich auch noch nicht wieder gemeldet, nur eine kurze Mitteilung war eingegangen, dass er in den nächsten Tagen noch einmal befragt werden sollte. Darauf freute er sich schon besonders. Es gab doch nichts Erhebenderes, als wie ein Verdächtiger behandelt zu werden, obwohl er das Opfer war. *Opfer* … Er hasste das Wort.

Außerdem bezweifelte er, dass die Polizei ihm irgendetwas Nützliches zu den beiden Angreifern erzählen würde, deshalb setzte er all seine Hoffnung auf I-Mac und dessen Talent, Informationen zu beschaffen. Bis dahin musste Red sich irgendwie beschäftigen. Vielleicht sollte er wieder damit anfangen, an seinem Haus zu werkeln, aber das war seiner Genesung vermutlich nicht besonders zuträglich. Sierra würde ihm … Red stoppte den Gedanken abrupt. Nein, Sierra würde gar nichts dazu sagen, weil sie nichts mehr mit ihm zu tun haben wollte. Er würde sich an einen anderen Therapeuten gewöhnen müssen.

Seine Laune sank noch tiefer. Er wollte keinen neuen Therapeuten, er wollte Sierra! Und das nicht nur, weil sie gut in ihrem Job war. Doch alles, was vielleicht gestern noch möglich gewesen war, hatte er mit seinem Angriff zerstört. Er hätte sich besser unter Kontrolle haben und merken müssen, dass es Sierra war, der er gerade die Kehle zudrückte! Aber das hatte er nicht, und jetzt musste er mit den Konsequenzen leben. An Sierras Stelle würde er auch nichts mehr mit sich zu tun haben wollen. Zuerst wurde sie fast von einem Verbrecher getötet und dann auch noch von ihrem Patienten – zwei Mordversuche innerhalb weniger Stunden.

Es klingelte, und Red war dankbar für die Gelegenheit, seinen düsteren Gedanken zu entfliehen. Rasch ging er hinunter und blickte durch das kleine Fenster in der Tür, bevor er diese öffnete und Clint hineinließ.

»Müsst ihr etwa alle nicht arbeiten?«

Als Antwort zog Clint lediglich eine Augenbraue hoch. »Auch dir einen guten Morgen. Bei so einer netten Begrüßung fühlt man sich gleich doppelt willkommen.«

Verlegen schnitt Red eine Grimasse. »Tut mir leid. Ich freue mich, dass du hier bist.«

»Schon besser.« Prüfend blickte Clint ihn an. »Du siehst furchtbar aus.«

»Danke.« Die ironische Antwort kam automatisch. »Dir ist schon klar, dass ich gestern überfallen wurde?«

»Irgendwie schon, schließlich war ich da. Aber das meinte ich nicht. Was ist danach noch passiert?«

»Du meinst, außer dass die Polizisten mich behandelt haben, als wäre ich ein Verbrecher?«

Clint zuckte zusammen. »Ich habe versucht, ihnen die Situation zu erklären, aber anscheinend hat das nicht gefruchtet. Leider stehen sie außerhalb meines Einflusses.«

Red unterdrückte einen Seufzer. »Das habe ich auch nicht

erwartet, und es sollte kein Vorwurf sein. Du hast schon mehr als genug getan, indem du überhaupt gekommen bist.«

»Das war doch selbstverständlich.«

Ja, bei Clint war es das wohl. »Hast du noch was von der Polizei gehört? Haben sie etwas über die Männer herausgefunden?«

»Nein, bei mir hat sich niemand gemeldet. Und das werden sie wohl auch nicht. Sie waren sowieso nicht glücklich darüber, dass ich am Tatort war. Solange wir nicht irgendwie beweisen können, dass der Überfall mit deiner Tätigkeit als SEAL zu tun hatte, haben wir keinerlei Handhabe, und es bleibt ein Fall für die Zivilpolizei.«

»Dann hoffen wir, dass I-Mac irgendetwas bewegen kann. Ich habe ihm Fotos vom Tascheninhalt der beiden Angreifer geschickt.«

Clints Miene entspannte sich. »Gute Idee. Wenn jemand etwas herausfindet, dann ist es I-Mac.«

»Ich hoffe, er meldet sich heute noch.« Red zögerte. »Ich muss mit dir über etwas sprechen. Hast du Zeit?«

»Natürlich.«

Genau das schätzte er so an Clint: Er hatte immer ein offenes Ohr für die Probleme seiner Untergebenen und Freunde. Und vor allem ging er völlig vorurteilslos damit um. Trotzdem war Red nervös, immerhin verschwieg er seine Gedanken nun schon seit einiger Zeit und hätte sie Clint als seinem Vorgesetzten eigentlich sofort melden müssen. Schweigend gingen sie ins Wohnzimmer, wo Red auf einen Sessel deutete, während er selbst sich auf das Sofa setzte. Unruhig rieb er sich über die Oberschenkel und starrte auf den Boden.

»Spuck's aus.« Clints Stimme klang ruhig wie immer.

Red atmete tief ein und ließ die Luft langsam wieder entweichen. Schließlich blickte er Clint direkt in die Augen und erzählte ihm dann von seinen Albträumen und Erinnerungen. Er ließ nichts aus und endete mit seinem Verdacht, dass ein Anschlag geplant sein könnte. Während des Berichts war Clints Miene immer düsterer geworden.

»Bist du sicher?«

Hart lachte Red auf. »Gar nichts von alldem ist sicher. Es kann auch alles nur Einbildung sein. Aber soll ich deshalb die Hände in den Schoß legen und so tun, als wäre nichts? Was ist, wenn dann doch etwas passiert, das ich vielleicht irgendwie hätte verhindern können?«

Clint nickte. »Du hast recht, wir müssen es auf jeden Fall überprüfen. Und dem Oberkommando melden, damit sie im Ernstfall geeignete Maßnahmen ergreifen können.«

Reds Puls erhöhte sich. »Meinst du, sie werden mir glauben? Beim letzten Gespräch haben sie mir nahegelegt, die SEALs zu verlassen und etwas zu tun, das mich geistig nicht so fordert.«

»So haben sie das nicht gesagt. Und ja, wir müssen es melden, selbst wenn sie dir nicht glauben sollten. Wenn etwas passiert und hinterher herauskommt, dass du Informationen für dich behalten hast, kannst du dafür angeklagt werden.«

Über diesen Aspekt hatte er noch gar nicht nachgedacht. »Du hast recht. Glaubst du mir?«

Fest blickte Clint ihm in die Augen. »Ich glaube dir, dass du etwas gehört hast, das so klang, als wäre ein Anschlag geplant. Ob es wirklich so ist, kann keiner von uns wissen. Genau deshalb müssen wir weitere Informationen sammeln und versuchen herauszubekommen, ob wirklich etwas im Busch ist.«

Ein Gefühl der Erleichterung überschwemmte Red. »Danke.«

»Aber eine Frage habe ich noch: Warum erzählst du mir erst jetzt davon?«

Red zog unwillkürlich den Kopf ein. »Weil ich mir erst nicht sicher war, ob das, was ich geträumt habe, wirklich passiert ist, und dann wollte ich warten, bis ich genug Informationen zusammen hatte, mit denen man etwas anfangen kann. Es könnte ja auch sein, dass der Anschlag bereits verübt wurde und ich gar nichts mehr ausrichten kann. Deshalb habe ich mir von I-Mac eine Liste mit den Anschlägen der letzten Monate schicken lassen.«

»Ach, mit I-Mac kannst du darüber reden, aber mit mir nicht? Ich nehme mal an, Bull weiß auch schon Bescheid?« Es war Clint anzusehen, dass ihn das verletzte und enttäuschte.

»Mit Bull habe ich letzte Nacht geredet. Aber du hast recht: Ich hätte zuerst mit dir darüber sprechen sollen. Es tut mir leid.«

»Jetzt ist es ja nicht mehr zu ändern. Falls dir aber noch etwas Neues einfällt, sag mir bitte sofort Bescheid. Je mehr Infos wir haben, desto höher ist die Wahrscheinlichkeit, dass das Oberkommando etwas unternimmt.«

»Das mache ich, versprochen.«

»Gut.« Nachdenklich sah Clint sich um. »Wo ist Sierra?«

Reds Gesichtsmuskeln spannten sich an. »Im Studio bei ihren Patientinnen.«

Überrascht runzelte Clint die Stirn. »Hältst du das für sinnvoll? Was ist, wenn sie dort überfallen wird?«

»Sie ist ein eigenständiger Mensch. Ich kann sie nicht zwingen hierzubleiben, wenn sie das nicht will.«

Irgendetwas musste ihn verraten haben, denn Clint blickte ihn scharf an. »Was ist passiert?«

»Du meinst, außer dass wir angegriffen wurden und Sierra fast getötet worden wäre?«

Clints Miene entspannte sich ein wenig. »Denkst du nicht, ich kenne dich jetzt lange genug, um zu wissen, dass du mir etwas verschweigst?«

Doch, das war Red nur allzu sehr bewusst. »Bin ich etwa verpflichtet, dir alles zu erzählen?«

»Nein, das bist du nicht. Aber ich hoffe, du weißt, dass du über alles mit mir reden kannst, besonders wenn es dich belastet, so wie jetzt gerade.« Clints Stimme wurde härter. »Außerdem fühle ich mich verantwortlich, weil ich Sierra hierhergebracht habe und weiß, dass sie keinen weiteren Stress vertragen kann. Sie sieht vielleicht nicht so aus, aber sie hat Furchtbares durchgemacht.«

Scham stieg in Red auf. Er war unglaublich egoistisch gewesen und hatte Sierra bisher nur benutzt. Als Hilfe für seine Therapie, als weibliche Gesellschaft, als Resonanzboden für seine Probleme. Hatte er sie einmal gefragt, wie es ihr ging? Was sie sich vom Leben wünschte? Ob sie überhaupt Zeit hatte, sich ständig mit ihm zu befassen? Nein. Stattdessen hatte er immer mehr von ihr verlangt und sie sogar in Gefahr gebracht.

Er räusperte sich. »Ich hatte letzte Nacht einen Albtraum. Sierra hat mich wohl gehört und versucht, mich zu wecken. Daraufhin habe ich sie angegriffen.«

Clint fluchte unterdrückt. »Das ist nicht gut.«

»Das weiß ich selbst! Ich würde es gern rückgängig machen, wenn ich könnte, aber das geht leider nicht. Wäre Bull nicht gewesen, hätte ich sie wahrscheinlich getötet.« Red stand auf und ging zum Fenster. Heute hatte der Anblick seines Gartens offenbar seine sonst so entspannende Wirkung auf ihn verloren. »Deshalb ist sie gegangen, und ich konnte ihr nicht nach. Ich kann verstehen, dass sie nichts mehr mit mir zu tun haben will, das war unverzeihlich.«

»So leid es mir tut, aber das ist es vermutlich wirklich.«

Red wirbelte zu Clint herum. Insgeheim hatte er gehofft, sein Freund würde ihn beruhigen und ihm helfen, wieder mit Sierra in Kontakt zu kommen. Doch Clints Miene war düster.

»Bist du sicher? Es war ein Unfall und …«

Clint unterbrach ihn. »Das weiß ich, und Sierra wird es auch wissen. Aber es ähnelt einfach zu sehr dem, was sie schon einmal erlebt hat und weswegen sie in den letzten zwei Jahren einen großen Bogen um alle Männer gemacht hat. Deine Attacke wird sie zwangsläufig an diese Zeit erinnert haben, und ich fürchte, sie wird nicht bereit sein, das Risiko noch einmal einzugehen.«

Red senkte den Kopf und starrte auf seine Hände, deren Knöchel weiß hervorstachen, weil er sie so fest um das Fensterbrett klammerte. »Wer hat sie damals angegriffen?«

Bedauern lag in Clints Blick. »Das kann ich dir nicht sagen. Aber es hat ihr Vertrauen tief erschüttert, und außerdem hat sie sich selbst einen Teil der Schuld gegeben. Ich hätte sie wohl nicht dazu überreden sollen, dich als Patienten anzunehmen, aber ich dachte, es würde ihr guttun. Und dir auch.«

Reds Herz war schwer, als er sich wieder zu Clint umdrehte. »Das hat es auch. Bis gestern Abend war alles in Ordnung, und ich dachte …« Er brach ab und schluckte. Die Worte blieben ihm in der Kehle stecken und kamen nicht mehr heraus. Aber was sollte es auch bringen, über etwas zu reden, das sowieso vorbei war? »Ist ja jetzt auch egal. Ich hoffe nur, Sierra kann die Sache irgendwann vergessen.«

»Es ist nicht egal.« Clints Stimme klang unerwartet heftig. »Früher hast du auch nie aufgegeben.«

Red fühlte sich wie ein Hundertjähriger, als er sich wieder aufs Sofa setzte. »Früher war ja auch alles anders. Ich habe inzwischen gelernt, dass es manchmal besser ist, nicht weiterzumachen. Hier geht es ja auch nicht darum, was ich will, sondern darum, dass es Sierra gut geht. Ich bin sicher, ohne mich ist sie besser dran – und das aus mehreren Gründen.«

Clint neigte den Kopf. »Mag sein. Aber ich bin trotzdem der

Meinung, ihr solltet noch einmal miteinander reden. Wenn das hilft, kann ich auch in der Nähe bleiben, wenn Sierra sich dann sicherer fühlt.«

»Danke für das Angebot. Ich will mich auf jeden Fall bei ihr entschuldigen – wenn sie dann entscheidet, dass sie mich nicht mehr sehen will, werde ich das akzeptieren.«

27

Sierra versuchte wirklich, sich auf ihre Patientinnen zu konzentrieren, aber es gelang ihr einfach nicht. Vermutlich hätte sie die Termine heute lieber absagen sollen, doch sie hatte gehofft, die Arbeit würde sie ablenken. Teilweise tat sie das auch, aber immer wieder ertappte Sierra sich dabei, dass sie mit den Gedanken ganz woanders war. Während sie den Überfall der beiden Verbrecher relativ gut verkraftet hatte, machte ihr Nathans Angriff wesentlich mehr zu schaffen. Rein vom Verstand her wusste sie, dass er noch in seinem Albtraum gefangen gewesen war und sie nicht absichtlich angegriffen hatte. Doch ihre Gefühle waren in Aufruhr, und sie hatte keine Ahnung, ob sie sich jemals wieder in seiner Nähe sicher fühlen konnte.

All das war Scotts Schuld. Seinetwegen hatte sie ein großes Vertrauensproblem gegenüber Männern, das durch Nathans Angriff noch weiter erschüttert worden war. Auch wenn er nicht ganz bei Sinnen gewesen war, es konnte jederzeit wieder passieren, und sie glaubte nicht, dass sie das ertragen könnte. Es war einfach zu viel in ihr zerstört, um sich noch einmal einer solchen Gefahr auszusetzen. Ihre sorgsam aufgebaute Welt würde das nicht überleben.

»Sierra? Ist alles in Ordnung?« Nickys Stimme drang unerwartet in ihre Gedanken.

Mit Mühe zwang sie sich in die Gegenwart zurück. Als sie den besorgten Blick ihrer Patientin sah, spürte sie, wie ihre Wangen heiß wurden. »Es tut mir leid, ich scheine mich heute nicht richtig konzentrieren zu können.«

Nicky lächelte sie an. »Das ist mir aufgefallen.« Sofort wurde sie wieder ernst. »Ist irgendwas mit deinem Hals? Du berührst ihn ständig.«

Ertappt ließ Sierra die Hand sinken. Sie hatte sich extra einen Rollkragenpullover angezogen, damit man den Verband nicht sah, doch das brachte natürlich nichts, wenn sie die Finger nicht davon lassen konnte. »Nein, alles in Ordnung.« Die Lüge gefiel ihr nicht, aber sie mochte auch mit niemandem über das reden, was geschehen war. »Entschuldige, ich werde versuchen, mich besser zu konzentrieren. Es ist wichtig, dass du deine Übungen bekommst.«

»Nicht, wenn es dir dabei schlecht geht. Du hast mir schon so viel geholfen, das kann ich sowieso nie zurückgeben.« Nicky setzte sich auf und griff nach dem Rollstuhl, um sich hochzuziehen.

»Nicky …« Als Sierra sah, dass ihre Patientin sich nicht umstimmen lassen würde, half sie ihr in den Rollstuhl und legte ihr durch eine Landmine zerstörtes Bein behutsam auf die Fußstütze. Die Ärzte hatten ein Wunder bewirkt und den Unterschenkel und Fuß retten können, aber dennoch waren die Gliedmaßen so schwer verletzt worden, dass Nicky damit nie wieder normal würde gehen können. Wenn die Therapie jedoch gut lief – und danach sah es momentan aus –, würde sie nur noch eine Gehhilfe benötigen, um sich fortzubewegen. Das war wesentlich mehr, als Nicky und alle anderen vor einigen Monaten erwartet hätten, als sie mehr tot als lebendig aus dem Kriegsgebiet ausgeflogen worden war.

Sierra nahm sich vor, ihr die Stunde nicht zu berechnen – das war das mindeste, was sie tun konnte. »Ich hole Rob.« Nickys Bruder wartete wie immer in dem kleinen Aufenthaltsraum. Durch das Unglück war die Familie noch näher zusammengerückt und tat alles, damit Nicky bald wieder auf den Beinen war. Diese Unterstützung war unglaublich wichtig, leider hatte nicht jede von Sierras Patientinnen so viel Glück.

Nachdem sie Nicky und Rob verabschiedet hatte, stand sie einen Moment unentschlossen in ihrem Studio. Sie wusste nicht, was sie jetzt tun sollte. Nicky war ihre letzte Patientin für heute gewesen, am Nachmittag hätte sie eigentlich einen Termin mit Nathan, aber den würde sie nicht wahrnehmen. Sie würde ihm sagen, dass er sich einen neuen Therapeuten suchen musste. Vielleicht konnte sie ihm einen empfehlen und … Nein, sie sollte sich da ganz heraushalten. Nathan würde dem- oder derjenigen schon erzählen, welche Übungen sie gemacht hatten und was ihm besonders gutgetan hatte.

Langsam ging Sierra in ihr Büro, um ihren Rucksack zu holen. Es brachte nichts, sich hier noch länger aufzuhalten. Besser, sie nutzte die Zeit, um noch einige Einkäufe zu erledigen und dann einen ruhigen Abend zu verbringen. Den konnte sie auch dringend gebrauchen. Noch immer fühlte sie sich völlig zerschlagen, die Wunden an ihrem Hals pochten, und sie hatte Probleme beim Schlucken. Sie würde sich einen heißen Kamillentee machen und die Füße hochlegen. Vielleicht ein gutes Buch lesen oder ein wenig fernsehen und früh ins Bett gehen. Mit ganz viel Glück würde sie vielleicht sogar schlafen können.

Ein Schauder lief durch ihren Körper, als sie sich vorstellte, welche Albträume sie mit hoher Wahrscheinlichkeit heimsuchen würden. Von Scott, dem Überfall, aber ganz sicher auch von Nathan. Wie sein Arm sich immer stärker auf ihre Kehle gedrückt hatte und sie nichts dagegen hatte tun können. Wie sie immer schwächer geworden war und am Ende sogar das Bewusstsein verloren hatte. Sierra schlang die Arme um ihren Körper und atmete tief durch. Was geschehen war, ließ sich nicht mehr ändern, aber sie durfte nicht wieder in das gleiche tiefe Loch fallen wie damals. Noch einmal würde sie das auf keinen Fall überleben.

Vielleicht hätte es geholfen, wenn sie damals noch mit Scott hätte sprechen können, um auch für sich einen Abschluss zu finden und vor allem eine Erklärung für das Ganze zu bekommen. Vermutlich war das auch der Punkt, der sie am meisten belastet hatte: dass sie nie wirklich verstanden hatte, was falsch gelaufen war. Doch leider hatte Scott ihr nicht mehr sagen können, was genau ihm gefehlt hatte oder wo sie einen Fehler gemacht hatte. Sie war völlig ratlos und mit dem Gefühl zurückgeblieben, dass es irgendwie ihre Schuld gewesen war.

Wenn sie nicht wollte, dass ihr das Gleiche mit Nathan passierte, musste sie etwas unternehmen. Auch wenn die Situation zwischen ihnen etwas anders war, spürte sie trotzdem, dass eine letzte Aussprache ihr helfen würde, die Sache für sich abzuschließen. Jedenfalls soweit das möglich war. Entschlossen richtete sie sich auf. Ja, das war die richtige Entscheidung. Es würde zwar nicht einfach werden, ihm noch einmal gegenüberzutreten, aber sie konnte auch nicht noch etwas unerledigt zurücklassen. Das würde sie innerlich zerreißen.

Rasch nahm sie sich ihren Rucksack und verließ die Praxis. Nachdem sie sorgfältig abgeschlossen hatte, eilte sie zu ihrem Wagen, der direkt vor dem Gebäude parkte, und stieg ein. Während sie durch den Feierabendverkehr in die Außenbezirke von D.C. fuhr – genau wie Zehntausende anderer Pendler auch –, steigerte sich ihre Unruhe immer mehr. Sie wusste nicht, wie sie darauf reagieren würde, Nathan wiederzusehen. Heute Morgen war sie absichtlich so früh losgefahren, um ihm nicht zu begegnen. Diesmal allerdings würde sie ihm in die Augen sehen und mit ihm sprechen müssen. Wenn sie nicht gerade mitten im stockenden Verkehr gestanden hätte, wäre sie jetzt umgedreht und geflohen. So aber wurde sie immer weiter in Nathans Richtung getrieben.

Bevor sie es sich noch einmal anders überlegen konnte, fuhr sie schließlich seine Auffahrt hinauf und hielt vor dem Haus an. Sie schaltete den Motor aus und blieb dann bewegungslos sitzen. So sehr sie es auch wollte, sie konnte sich nicht dazu bringen, den Schlüssel abzuziehen und auszusteigen. Ein Zittern lief durch ihren Körper und wurde immer stärker. Was tat sie hier? Wieso war sie nicht ihrem ersten Impuls gefolgt und hatte sich zu Hause verkrochen – und einfach nur darauf gewartet, dass der Tag zu Ende ging. Als sich unvermittelt die Fahrertür öffnete, stieß Sierra einen erschrockenen Schrei aus.

»Alles in Ordnung, ich bin es nur, Clint.«

Die Reibeisenstimme war nicht zu verkennen. Sierra ließ sich wieder in den Sitz zurücksinken und presste eine Hand auf ihr wild klopfendes Herz. »Du hast mich fast zu Tode erschreckt.«

»Tut mir leid, ich dachte, du hättest mich gesehen. Du hast jedenfalls genau in meine Richtung geblickt, als ich aus dem Haus gekommen bin.«

»Ich war in Gedanken.« Immer noch unentschlossen blieb sie sitzen. »Vermutlich sollte ich lieber nach Hause fahren.«

Clint ergriff ihre Hand. »Nein, das solltest du nicht. Es ist dort nicht sicher, solange wir nicht wissen, was diese Kerle genau wollten. Außerdem denke ich, es wäre für euch beide gut, wenn du noch mal mit Nathan redest.«

Sierra schnitt eine Grimasse. »Er hat es dir erzählt?«

»Ja.« Mehr sagte er nicht dazu, und Sierra war ihm unendlich dankbar dafür. »Ich verstehe es, wenn du die Therapie abbrichst, aber ich finde es sehr wichtig, dass ihr euch erst noch einmal aussprecht, damit ihr die Sache hinter euch lassen könnt.«

»Deshalb bin ich eigentlich auch hergekommen, aber jetzt frage ich mich, ob es wirklich so eine gute Idee war. Was ist, wenn ich es nicht ertrage, in einem Raum mit ihm zu sein?« Sie hob eine Hand, als Clint etwas erwidern wollte. »Ich weiß, Nathan hat das nicht absichtlich gemacht, und ich gebe ihm auch keine Schuld daran. Es ist nur …« Sie brach ab und hob hilflos die Schultern.

»Ich verstehe das.« Ermutigend legte Clint ihr eine Hand auf die Schulter. »Und so gern ich auch sehen würde, dass ihr beiden die Sache beilegt – ich weiß, es ist besser, einen Schlussstrich zu ziehen, wenn es einem von euch dabei nicht gut geht.«

Sierra zwang sich zu einem schwachen Lächeln. »Danke.«

Aufmerksam sah Clint sich um. »Wir sollten jetzt reingehen. Ich glaube zwar nicht, dass die Typen mitten am Tag zuschlagen, aber ich will auch kein Risiko eingehen.«

Sofort nahm Sierras Anspannung wieder zu. Während sie über Nathan nachgegrübelt hatte, war es ihr gelungen, die anderen Angreifer aus ihrem Gedächtnis zu verdrängen. Doch jetzt brachte der Gedanke sie dazu, sich ihren Rucksack vom Beifahrersitz zu schnappen und mit Clints Hilfe auszusteigen.

»Geh schon mal ins Haus, ich fahre deinen Wagen schnell in die Garage.«

»Aber …«

Clint schob sie sanft in Richtung Haustür. »Nur zur Sicherheit. Du kannst jederzeit wieder fahren.«

Da sie wusste, dass sie sich auf Clints Wort verlassen konnte, nickte Sierra und ging langsam zum Haus. Als sie sah, dass Nathan in der Tür stand, wäre sie fast wieder umgedreht, doch dann hob sie ihr Kinn und überbrückte die letzten Meter zum Haus. Nathan hatte die Hände in die Hosentaschen geschoben, vermutlich, um ihr zu vermitteln, dass er sie nicht angreifen würde. Seltsamerweise hatte sie davor gar keine Angst mehr, als sie ihm nun gegenüberstand. Sie verspürte nur eine Unruhe, keine Furcht. Vielleicht, weil sie in Nathans Augen eine gewisse Erleichterung zu erkennen glaubte – darüber, sie zu sehen. Und ein Bedauern, das sich mit ihrem deckte.

Als Nathan sich nicht rührte, wurde sie unsicher. »Kann ich reinkommen?«

Sofort trat er zurück. »Natürlich. Entschuldige, ich habe wohl meine Manieren vergessen.«

Zögernd trat Sierra ein und schloss dann die Tür hinter sich. Im Flur war es düster, und sie spürte, wie erneut Angst in ihr hochkroch. Wenn sie nicht sofort wieder aus dem Haus flüchten wollte, brauchte sie Licht und Gesellschaft. Nathan schien das zu spüren, denn er knipste die Deckenlampe an und tauchte damit alles in Helligkeit. Dann ging er voraus ins Wohnzimmer, seine Hände immer noch in den Hosentaschen vergraben. Die Therapeutin in Sierra sah sofort, wie steif er sich hielt und dass er leicht hinkte. Offenbar machte ihm seine alte Beinverletzung wieder zu schaffen.

Es juckte ihr in den Fingern, ihm zu helfen, aber sie wusste, das war keine gute Idee. Zuerst mussten sie miteinander reden, dann konnte sie entscheiden, ob und wie es weitergehen würde. Vielleicht konnte sie ihm einen Bekannten empfehlen, der ihrer Meinung nach ein sehr guter Therapeut war. Allerdings wusste sie auch, wie eigen Nathan darin war, wer ihn berühren durfte und mit wem er zusammenarbeiten wollte. Nach dem, was er erlebt hatte, war das sicher auch nicht verwunderlich.

Anstatt sich hinzusetzen, lehnte Nathan sich mit der Hüfte an die Fensterbank, die Hände hielt er weiterhin außer Sicht. »Setz dich doch. Möchtest du etwas trinken?«

»Nein, danke.« Langsam ließ Sierra sich in einen Sessel sinken, hielt sich aber so, dass sie jederzeit fliehen konnte, wenn es nötig werden sollte.

Nathan war anzusehen, dass er das bemerkte, doch er sagte nichts dazu, sondern presste lediglich kurz die Lippen zusammen. »Sierra ...« Er brach ab und blickte zur Tür.

Sierra folgte seinem Blick und entdeckte Clint, der so wirkte, als wäre er lieber woanders.

»Möchtet ihr mich dabeihaben?« Es klang, als ginge es um eine Wurzelbehandlung beim Zahnarzt.

Nathan wandte sich an Sierra. »Legst du Wert darauf? Ich könnte es verstehen.«

Einen Moment lang war Sierra unsicher, dann schüttelte sie den Kopf. »Nein, aber danke für das Angebot, Clint.«

»Dem schließe ich mich an.«

Erleichterung malte sich auf Clints Zügen ab. »Okay. Aber falls etwas sein sollte, ich bleibe in Rufweite.«

»Alles klar.« Nathan wartete, bis Clint im Flur verschwunden war, bevor er Sierra wieder anblickte. »Danke für das Vertrauen. Ich weiß, ich habe das nicht verdient, nach dem, was ich gestern getan habe.«

Da Sierra ihrer Stimme nicht traute, nickte sie nur. In ihrem Innern wirbelten die unterschiedlichsten Gefühle durcheinander: Unsicherheit, Verständnis, Misstrauen, Mitgefühl und noch einige andere, die sie nicht definieren konnte. Sie kam sich vor wie auf einem Karussell und wusste nicht, wann es endlich wieder anhalten würde, damit sie aussteigen konnte. Nathan schien ihr Schweigen als Zustimmung zu verstehen – ein Muskel begann in seiner Wange zu zucken.

»Es tut mir wirklich leid, Sierra. Ich wollte dir nie wehtun. Das, was ich getan habe, ist unentschuldbar, das ist mir völlig klar. Trotzdem hoffe ich, du kannst mir irgendwann verzeihen, dass ich mich nicht unter Kontrolle hatte.« Er atmete tief durch. »Als du versucht hast, mich zu wecken, war ich gerade mitten in einem Albtraum. Ich habe gedacht, du wärst ...

jemand anders, deshalb habe ich um mein Leben gekämpft. Normalerweise lernt man als SEAL, sich zu kontrollieren und in jeder Situation einzuschätzen, ob man angegriffen wird oder nicht. Leider scheine ich diese Fähigkeit in meiner Gefangenschaft eingebüßt zu haben.« Nathan schwieg einen kurzen Moment, in seinem Gesicht arbeitete es. »Das ist natürlich keine Entschuldigung für meine Tat, ich wollte dir nur erklären, wie es dazu kam.«

Deutlich konnte Sierra den Selbsthass in Nathans Augen sehen und auch die echte Reue, die er empfand. Etwas in ihr gab nach, und plötzlich wusste sie, dass es falsch wäre, Nathan mit Scott zu vergleichen. Die beiden hatten aus völlig unterschiedlichen Beweggründen gehandelt, und im Gegensatz zu Nathan hatte Scott es in vollem Bewusstsein getan. Zwar war Sierra sich immer noch nicht sicher, ob sie Nathans Nähe ertragen würde, aber sie konnte ihm zumindest verzeihen.

»Es war auch meine Schuld. Mir hätte bewusst sein müssen, dass es gefährlich sein kann, einen Elitesoldaten aus einem Albtraum zu wecken.« Sie blickte auf ihre Hände. »Ich konnte es nur nicht mit anhören, wie du gelitten hast.«

»Sierra.« Seine Stimme klang gequält. »Wenn ich es irgendwie rückgängig machen könnte, würde ich es tun.«

»Das geht leider nicht. Wir können nur weitermachen und sehen, ob wir die Sache überwinden können.« Sierra zwang sich, Nathan anzusehen. »Ich möchte nur, dass du dir keine Vorwürfe mehr machst. Es war ein Versehen, und es ist glücklicherweise glimpflich ausgegangen. Lassen wir es dabei bewenden und versuchen wir, es hinter uns zu lassen.«

Nathan wirkte, als fiele es ihm schwer, an seinem Platz stehen zu bleiben. »Danke, das ist mehr, als ich gehofft hatte.«

»Um eines möchte ich dich aber noch bitten.«

»Alles. Sag mir nur, was du haben möchtest, ich tue alles.«

Mit festem Blick sah Sierra ihn an. »Nimm die Hände aus den Hosentaschen.« Nathan zögerte sichtlich. »Willst du jetzt jedes Mal, wenn wir uns sehen, deine Hände verstecken?«

Schließlich zog Nathan sie aus den Hosentaschen und ließ sie an seinen Seiten herunterbaumeln. Sie sahen rot und rissig aus. Sofort stand Sierra auf und ging zu ihm hinüber. Alarmiert blickte Nathan ihr entgegen, rührte sich aber nicht. Vermutlich hatte er Angst, sie würde sofort flüchten, wenn er sich bewegte. Was durchaus passieren konnte, doch Sierra hoffte, dass sie nicht so feige war. Je näher sie Nathan kam, desto heftiger klopfte ihr Herz. Ihre Finger zitterten, während sie die Hand nach ihm ausstreckte. Als sie ihn berührte, durchzuckte sie eine Art elektrischer Schlag. Nathan schien es genauso zu gehen, denn sein Atem stockte.

Sierra nahm ihren ganzen Mut zusammen und hob seine Hände an, um sie besser sehen zu können. Sie wirkten, als hätte sie jemand mit Sandpapier bearbeitet, an der rechten Hand waren die Knöchel aufgeschlagen. »Was ist mit dir passiert?«

»Nichts.« Seine Stimme klang gepresst.

Durchdringend sah sie ihm in die Augen. »Willst du mich wirklich anlügen?«

Sämtliche Muskeln in Nathans Gesicht spannten sich an, die Narbe färbte sich weiß. »Dein Blut war an meinen Händen, ich konnte es nicht ertragen.«

»Deshalb hast du sie geschrubbt, bis sie roh waren?« Nathan nickte knapp. »Und dann hast du noch jemanden geschlagen? Ich hoffe, es war nicht Lieutenant Payne.«

»Natürlich nicht. Ich bin mehr als dankbar, dass Bull mich rechtzeitig gestoppt hat. Es war eine Wand.«

Verwirrt blickte sie ihn an. »Was?«

Nathan hielt seine verletzte Hand hoch. »Ich habe eine Wand geschlagen. Dummer Fehler, denn sie war stärker als ich. Das kommt davon, wenn man in einem alten Steinhaus wohnt.«

Die Anspannung in Sierras Innerem löste sich ein wenig. »Nächstes Mal nimm ein Kissen.«

Nathan hob einen Mundwinkel. »Ich werde dran denken.«

Impulsiv beugte Sierra sich vor und pustete über die Wunden. »Besser?«

Nathan schloss die Augen. Er sah aus, als hätte er Schmerzen. »Viel besser, seit du hier bist.« Als seine Lider sich hoben, war seine Iris dunkler als sonst. »Danke.«

In diesem Moment erkannte Sierra, dass sie die richtige Entscheidung getroffen hatte. Für Nathan, aber auch für sich selbst. Mittlerweile war er ihr zu wichtig, um ihn wegen eines Fehlers aus ihrem Leben zu verbannen, das spürte sie mehr als deutlich. Sie konnte ihn nicht einfach aufgeben, und damit würde sie auch weder ihm noch sich selbst helfen. Trotzdem wollte sie gern verstehen, was so eine heftige Reaktion in ihm ausgelöst hatte.

»Ich nehme an, so etwas ist dir vorher noch nicht passiert. Wovon hat dein Traum gehandelt?« Sie konnte es sich zwar denken, brauchte aber Gewissheit, um die Sache für sich abschließen zu können.

Innerhalb von Sekunden wandelte sich Nathans Miene. Es war erschreckend, mit anzusehen, wie sein Gesicht jegliche Farbe verlor und eine Mischung aus Entsetzen, Scham und hilfloser Wut in seine Augen trat. »Ich möchte dich damit nicht belasten. Es ist schlimm genug, dass es in meinem Kopf ist.«

Doch Sierra ließ nicht locker. »Vielleicht ist meine Vorstellung davon aber noch viel schlimmer als die Wirklichkeit.«

Sofort schüttelte er den Kopf. »Glaub mir, das kann gar nicht sein. Es ist ein Traum beziehungsweise eine Erinnerung, die ich immer wieder habe. Ich komme nicht davon los, egal, was ich versuche. Das ärgert mich, weil es genau das ist, was der Anführer wollte: dass ich mich schuldig fühle.«

»Warum solltest du das tun? Alles, was dort geschehen ist, ist allein die Schuld dieser Terroristen und nicht deine.«

»Das weiß ich, theoretisch zumindest. Aber ich denke immer, dass sie nicht gestorben wäre, wenn ich nicht …«

Die Erwähnung einer Frau versetzte Sierra einen Stich, auch wenn sie sich innerlich sofort dafür schalt. »Wer war sie?«

Nathan schüttelte den Kopf. »Ich weiß es nicht. Sie lebte in einem der Lager, ich glaube, es war das zweite nach meiner Entführung. Shirin war ihr Name. Ihre Aufgabe war es, mir das Essen zu bringen.« Hart lachte er auf. »Wenn man es so nennen konnte. Sie hat nie etwas gesagt oder mich angesehen. Es stand auch immer ein Wächter dabei, der aufgepasst hat, dass es keinen Kontakt zwischen uns gab.« In Nathans Augen lag ein Ausdruck, als wäre er gerade weit weg und könnte das Lager und diese Shirin wieder vor sich sehen. »Eines Nachts ist Shirin auf einmal gekommen und hat mir heimlich ein Stück Brot gebracht. Danach hat sie mir immer wieder etwas zugesteckt, aber nie mit mir geredet. Ich konnte ihr ansehen, dass sie Angst hatte, aber sie hat es trotzdem getan. Manchmal denke ich, ohne sie würde ich vielleicht jetzt nicht mehr leben.«

»Wegen des Essens?«

»Nein, weil ich mir nach ihrem Tod vorgenommen habe, dafür zu sorgen, dass dieser Bastard es bereut, jemals Hand an sie gelegt zu haben.« Seine Stimme klang so tödlich, dass Sierra unwillkürlich einen Schritt zurücktrat. Nathan bemerkte ihre Bewegung, und sofort trat ein sorgenvoller Ausdruck in seine Augen. »Entschuldige, ich wollte dich nicht erschrecken.«

Weil sie nicht zugeben wollte, dass sie tatsächlich einen Augenblick lang Angst vor ihm gehabt hatte, lenkte Sierra ihn schnell ab. »Wie ist sie gestorben?« Als sie den Schmerz in Nathans Augen sah, wollte sie die Frage am liebsten wieder zurücknehmen. Aber sie musste es auch wissen, wollte Nathans Dämonen verstehen.

»Ich habe keine Ahnung, wie sie es herausbekommen haben, aber anscheinend wussten sie irgendwann, dass Shirin zu mir gekommen ist und mir geholfen hat. Eines Tages haben sie sie vor meine Zelle geschleift und mich beschuldigt, ich hätte sie beschmutzt. Gleichzeitig haben sie ihr vorgeworfen, sie hätte sich mit mir eingelassen. Shirin war verzweifelt und hat beteuert, nie mit mir gesprochen oder sonst etwas getan zu haben. Ich habe das Gleiche gesagt, aber den Anführer hat das nicht interessiert. Es war ihm richtig anzusehen, wie viel Spaß es ihm gemacht hat, Shirin zu bestrafen und an ihr ein Exempel zu statuieren. Zugleich diente es dem Zweck, dass es niemand anders mehr wagen würde, mir zu helfen. Danach wusste jeder, was passieren würde, wenn man zu freundlich zu mir war.«

Nathan fuhr sich mit der Hand übers Gesicht und drehte sich dann zum Fenster um. Eine Weile stand er stumm da, dann erzählte er leise weiter: »Sie haben mich gezwungen, dabei zuzusehen, wie sie Shirin ausgezogen und dann nacheinander geschlagen und vergewaltigt haben.« Seine Stimme brach, und er räusperte sich. »Immer wieder hat Shirin ihre Peiniger angefleht, sie gehen zu lassen, oder mich, ihr zu helfen. Doch das konnte ich nicht, so sehr ich es auch wollte. Ich habe darum gebeten, sie zu verschonen, aber darüber hat der Anführer nur gelacht. Am Ende lag sie einfach da und hat in den Himmel gestarrt. Ich glaube, ihr Geist war gebrochen.« Die Muskeln in Nathans Körper waren angespannt, seine Fingerknöchel weiß, so sehr klammerte er sich am Fensterbrett fest. »Sie haben Shirin weggeschleppt, als wäre sie ein Stück Vieh. Ich glaube, sie ist an dem Tag gestorben.«

Sierra wischte sich die Tränen aus den Augen. Ihr Mund war

wie ausgetrocknet, ihr Brustkorb schmerzte. Zögernd legte sie ihre Hand auf Nathans Rücken und spürte, wie er zusammenzuckte. Dann entspannte er sich etwas und lehnte sich leicht in ihre Berührung. »Es tut mir sehr leid für Shirin und auch, dass du das durchmachen musstest. Aber du weißt, es war nicht deine Schuld, oder? Du hast sie nicht darum gebeten, dir zu helfen.«

»Das nicht, aber ich hätte ihr sagen müssen, dass sie nicht wiederkommen soll. Ich wusste, wie gefährlich es für sie war. Aber ich habe nichts gemacht, weil ich so hungrig war und meine Kräfte bewahren wollte, um irgendwann einen Fluchtversuch zu starten. Wenn ich nicht gewesen wäre, würde sie heute noch leben.«

Sanft rieb Sierra über seinen Rücken. »Das kann sein. Aber sie hat bei einer Terroristengruppe gelebt: Sie muss gewusst haben, auf was sie sich eingelassen hat.«

Abrupt wirbelte Nathan zu ihr herum, seine Augen waren gerötet. »Deshalb hat sie noch lange nicht so einen quälenden Tod verdient.«

Sierra wäre am liebsten zurückgewichen, doch sie hielt ihre Position. »Nein, das hat sie nicht. Aber wenn du das zu nah an dich heranlässt und dich deswegen schuldig fühlst, hat der Anführer gewonnen. Genau das wollte er damit erreichen. Die Frau war ihm dabei völlig egal – sein Ziel war es, dich zu brechen und dafür zu sorgen, dass du dir nicht noch einmal helfen lässt, falls das überhaupt noch jemand gewagt hätte. Hat er das geschafft?«

Nathans innere Zerrissenheit war deutlich zu sehen. »Ich weiß es nicht. Manchmal denke ich, ja.«

»Das ist normal. Solange du dagegen ankämpfst und dir vor allem dein normales Leben zurückeroberst, bist du der Sieger. Ich glaube an dich.«

28

Forschend blickte Red in Sierras hellbraune Augen und erkannte, dass sie es ernst meinte. Sie glaubte tatsächlich daran, dass er die Folgen seiner Gefangenschaft überwinden konnte und wieder ins normale Leben zurückfinden würde. Und das, nachdem er sie in der letzten Nacht angegriffen und fast getötet hatte. Sie war wirklich eine unglaubliche Frau, und er wusste nicht, womit er es verdient hatte, dass sie jetzt hier vor ihm stand. Besonders nach der Geschichte, die er ihr gerade erzählt hatte. Er hatte unendliches Leid über eine Frau gebracht, die seinetwegen gestorben war – es konnte passieren, dass auch Sierra ihr Leben verlor, wenn sie sich mit ihm abgab.

Nein, das würde er nicht zulassen! Da sie auf eine Reaktion von ihm zu warten schien, neigte er den Kopf. »Danke, das bedeutet mir sehr viel.«

Der Hauch eines Lächelns überzog ihr Gesicht. »Dann wirst du kämpfen?«

Automatisch richtete er sich gerader auf. »Natürlich, ich bin ein SEAL. Aufgeben gibt es für uns nicht.« Er musste ihr ja nicht sagen, dass er schon mehrfach kurz davor gewesen war. Aber jetzt ging es nicht mehr nur um sein Leben, sondern auch um ihres – und das vieler anderer Menschen, wenn wirklich ein Anschlag geplant war.

»Gut.« Ihre Miene strahlte Zufriedenheit aus.

Red zögerte. So glücklich er auch über Sierras Rückkehr war, er musste trotzdem wissen, was in ihrer Vergangenheit vorgefallen war. Was hatte dazu geführt, dass sie so vorsichtig gegenüber Männern war? Laut Clints Andeutungen war ihr etwas Ähnliches widerfahren wie gestern mit ihm, und diese Vorstellung konnte er nicht ertragen. Er brauchte Gewissheit. »Darf ich dich etwas fragen?«

Vorsicht trat in Sierras Augen, dann nickte sie. »Was?«

Da er nicht wusste, wie er so eine Frage dezent stellen sollte, platzte er einfach damit heraus. »Was ist dir damals passiert?« Als er sah, dass sie blasser wurde, beeilte er sich, fortzufahren: »Ich weiß, es geht mich nichts an, aber seit du angedeutet hast, dass du auch Schlimmes erlebt hast, und Clint mir vorhin fast den Kopf abgerissen hätte, als er gehört hat, was ich getan habe, gärt diese Frage in mir.«

Sierra öffnete den Mund, schloss ihn dann jedoch gleich wieder. Red konnte deutlich sehen, wie sie mit sich kämpfte. Schließlich nickte sie. »Ich weiß nicht, ob ich wirklich darüber sprechen kann, aber ich werde es versuchen.«

Ein Gefühl der Erleichterung kam in ihm auf, weil sie ihn nicht ausschloss, sondern bereit war, ihre Vergangenheit mit ihm zu teilen. »Danke.«

In diesem Moment ertönte ein Klopfen an der Tür, und gleich darauf wurde sie geöffnet. Clint steckte den Kopf herein. »Entschuldigt die Störung. Red, du hast Besuch.«

Sofort kehrte die Anspannung in seinen Körper zurück. »Weitere Angreifer?«

Ein kurzes Lächeln glitt über Clints Gesicht. »So würde ich sie nicht bezeichnen.«

»Wir greifen nur die an, die uns ärgern.« Die Männerstimme erklang hinter Clints Rücken.

Sie kam Red bekannt vor, aber er konnte sie gerade nicht zuordnen. Von seinem Team war es jedenfalls niemand. »Das habe ich nicht vor, also kommt herein.«

Clint trat ins Wohnzimmer, dicht gefolgt von zwei weiteren

Personen. Als Red sie erkannte, konnte er sie einen Moment lang nur anstarren. »Wie …?«

I-Mac grinste ihn an. »Mit dem Flugzeug, oder dachtest du, wir wären einmal durchs ganze Land gefahren?« Er trat näher und gab Red die Hand. »Es ist gut, dich zu sehen, vor allem schon so fit.«

Nurja war etwas zögerlicher. »Hallo. Du siehst gut aus.«

Das war absolut gelogen, aber das war Red im Augenblick egal. Erinnerungen strömten auf ihn ein: Sie waren zwar etwas verschwommen, aber er konnte sich an Nurjas Stimme erinnern und daran, wie sie ihm versprochen hatte, dass man ihn befreien würde. Und das war tatsächlich geschehen. Er verdankte ihr sein Leben, denn wesentlich länger hätte er nicht mehr durchgehalten.

Red ergriff ihre Hand und hielt sie fest. »Vielen Dank für alles, was du für mich getan hast. Ohne dich – euch – wäre ich jetzt tot.«

Röte stieg in Nurjas Wangen. »Das haben wir gerne gemacht.«

I-Mac nickte zustimmend. »Nachdem wir die Info erhalten hatten, dass du mit großer Wahrscheinlichkeit in dem Lager festgehalten wirst, mussten wir etwas unternehmen.«

Nein, das mussten sie nicht, aber dass sie es trotzdem getan hatten, obwohl sie einander gar nicht so gut kannten, zeigte, was für tolle Menschen sie waren. »Ihr hättet nicht euer Leben dafür riskieren sollen.«

»Das war es wert.« Nurjas Antwort war einfach, aber wirkungsvoll. Dass sie so dachte, machte Red sprachlos.

Glücklicherweise übernahm Clint. »Ich bin euch auch sehr dankbar. Es hat mich wahnsinnig gemacht, immer auf neue Informationen zu warten und dann doch nichts tun zu können, weil das Oberkommando es verboten hat.«

»Warum haben sie das getan?« Sierras Frage erinnerte Red daran, dass sie noch hinter ihm stand.

Rasch drehte er sich zu ihr um. »Weil sie dachten, ich wäre schon tot. Oder falls nicht, dass ich sowieso bereits sämtliche Geheiminformationen weitergegeben hätte und somit nutzlos für die Navy wäre.«

Wut blitzte in Sierra Augen auf. »Das ist unglaublich! Diese …«

Red unterbrach sie schnell. »So ist es leider im Militär, und das weiß man, bevor man SEAL wird.«

»Richtig ist es deshalb trotzdem nicht.«

»Nein, das ist es nicht.« Red legte ihr eine Hand auf den Rücken und schob sie ein Stück vor. »Tut mir leid, ich hätte euch vorstellen müssen. Sierra, das sind I-Mac, ein SEAL aus Coronado, und Nurja. Sie stammt aus Afghanistan und lebt seit dreieinhalb Jahren in den USA. Nurja, I-Mac, das ist meine Physiotherapeutin Lieutenant Sierra Morgan. Sie war auch bei der Navy.«

»Sehr erfreut.« Sierra gab erst Nurja die Hand, dann I-Mac. »Habe ich das richtig verstanden, dass Sie Nathan gerettet haben?«

»Wen?«

Red spürte, wie seine Ohren heiß wurden. »Sie meint mich.«

I-Mac lachte. »Das weiß ich doch, ich wollte dich nur ein bisschen ärgern.« Er wandte sich an Sierra. »Gerettet hat ihn ein SEAL-Team. Nurja und ich waren als Privatleute dort und haben nur den Tipp verifiziert, dass Red in einem Lager gefangen gehalten wird.«

»Das war sicher sehr gefährlich. Ich bewundere Ihren Mut und bin froh, dass Sie ihn gefunden haben und selbst heil rausgekommen sind.«

I-Mac schlang seinen Arm um Nurjas Schultern. »Darüber

sind wir auch sehr froh.« Doch sein Lächeln verschwand wieder, und es war ihm anzusehen, dass etwas in ihm arbeitete.

Red musste dringend mit ihm reden, nur wollte er das nicht unbedingt in Sierras Gegenwart tun. Dann erinnerte er sich an seine Gastgeberpflichten. »Kann ich euch etwas anbieten? Nach der langen Reise seid ihr sicher hungrig und durstig.«

»Gerne. Können wir uns vielleicht auch irgendwo ein wenig frisch machen?«

»Natürlich. Möchtet ihr wieder die gleichen Zimmer nehmen wie letztes Mal?« Sie lagen im Erdgeschoss und waren damit gut zugänglich für jemanden, der im Rollstuhl saß. Allerdings tat I-Mac das offenkundig nicht mehr, zumindest war das Gefährt nirgends zu sehen.

I-Mac sah Nurja an, die für sie beide antwortete. »Das ist nett, danke. Es reicht aber ein Zimmer.« Ihre Wangen nahmen eine leichte Färbung an, aber sie sah Red fest in die Augen.

Innerlich grinste er, denn er hatte schon damals vermutet, dass ihre Beziehung sich in diese Richtung entwickeln würde, und war froh, dass es nun endlich so gekommen war. »Kein Problem. Es müsste eigentlich alles vorhanden sein. Wenn ihr noch etwas anderes braucht, sagt einfach Bescheid.«

»Danke. Wir sind bald wieder da.« I-Mac nahm Nurjas Hand und verließ mit ihr das Zimmer.

Als sie im Flur verschwunden waren, sahen Red und Clint sich grinsend an. »Habe ich was verpasst?«

Clint hob die Schultern. »Keine Ahnung.«

Normalerweise hielt Red sich aus Beziehungsdingen anderer SEALs völlig raus, aber in diesem Fall freute es ihn wirklich, dass es bei Nurja und I-Mac offensichtlich gut lief. Er kannte kein Paar, das dieses Glück mehr verdient hätte als die beiden, nachdem sie bereits so viel erlitten hatten.

»Hast du die zwei hierherbestellt?«

»Nein, ich habe keine Ahnung, weshalb sie hier sind.«

»Vielleicht wegen der Fotos, die ich ihm geschickt hatte. Allerdings hatte ich eher einen Anruf oder eine Mail erwartet.«

»Wir werden es erfahren. Am besten kümmere ich mich jetzt erst mal um die beiden.« Clint ging zur Tür, doch Red hielt ihn auf.

»Das sollte ich machen.«

Stirnrunzelnd blickte Clint zu ihm zurück. »Nein, ich habe euch vorhin unterbrochen. Warum setzt ihr euer Gespräch nicht fort, während ich mich um alles andere kümmere?«

Es war immer wieder interessant, zu beobachten, wie Clint seinen Willen durchsetzte. Auch wenn es diesmal Red selbst traf. Da er jedoch tatsächlich noch mit Sierra sprechen wollte, hatte er nichts dagegen einzuwenden. »Das klingt gut.«

Clint nickte ihm zu und trat auf den Flur. Dort senkte er die Stimme, sodass nur Red ihn hören konnte. »Versau es nicht.«

Red schnitt eine Grimasse. »Noch mehr, meinst du? Ich bemühe mich.« Er schloss die Tür hinter sich und kehrte zu Sierra zurück. »Entschuldige die Unterbrechung.«

Sierra lächelte ihm zu. »Ich finde es schön, die Menschen kennenzulernen, die für deine Rettung verantwortlich sind. Die beiden sind ein bemerkenswertes Paar.«

»Das sind sie. Ich kann dir ihre Geschichte nicht erzählen, das sollen sie selbst machen, aber nur so viel: Es ist unglaublich, was sie durchlebt haben und dass sie trotzdem zusammengekommen sind.«

Sierra nickte. »Ich kann es ihnen ansehen.«

Ja, das konnte sie als Physiotherapeutin wahrscheinlich. Auch wenn I-Mac sich fast wieder so bewegte wie vor seinen Verletzungen, war Sierra es gewohnt, auf sämtliche Anomalien zu achten. Und Nurjas Narben im Gesicht waren ohnehin für jeden sichtbar. Im Moment interessierte Red allerdings etwas ganz anderes. »Ich weiß, dass es dir nicht leichtfällt, aber kannst du mir erzählen, was geschehen ist?«

Sierra tat gar nicht erst so, als wüsste sie nicht, wovon er sprach. Ihre Miene verschloss sich, Schmerz und Kummer traten in ihre Augen. »Ich werde es versuchen, aber ich kann nichts versprechen. Ich rede sonst nicht darüber, mit niemandem.«

»Danke, dass du es versuchst. Das bedeutet mir sehr viel. Setz dich. Lass dir so viel Zeit, wie du brauchst.« Er selbst nahm in dem weiter entfernt stehenden Sessel Platz, weil er spürte, dass sie jetzt keine Nähe ertragen konnte. Es fiel ihm zwar extrem schwer, weil sein Instinkt ihn dazu drängte, sie festzuhalten und ihr zu zeigen, dass sie nicht allein war. Aber vermutlich würde sie auch nicht gerade ihn wählen, wenn sie jemanden suchte, der ihr Halt gab und sie beschützte. Nicht nach dem, was er gestern getan hatte. Fast hatte er Angst davor, zu hören, warum sie Männern gegenüber so zurückhaltend war.

Sierra verschränkte ihre Hände ineinander und atmete tief durch. »Scott, mein Verlobter, war auch Soldat, allerdings bei den Marines. Dieser Job war alles für ihn, er ging förmlich darin auf. Er war überall auf der Welt im Einsatz, vor allem aber in Afghanistan. Wir haben uns immer nur dann gesehen, wenn gerade keiner von uns beiden im Auslandseinsatz war. Dann, vor etwa zweieinhalb Jahren, habe ich einen Anruf erhalten, dass Scott bei einer Explosion schwer verletzt wurde.« Sie brach ab und blickte auf ihre Hände hinunter. Es war deutlich zu sehen, wie sehr sie mit ihren Gefühlen kämpfte.

Kein Wunder – so eine Nachricht zu bekommen war immer hart für die Angehörigen. Viel mehr beschäftigte Red jedoch die Information, dass Sierra verlobt gewesen war. Oder war sie es immer noch? Nein, das konnte er sich nicht vorstellen. Nicht nach dem, was Clint angedeutet hatte. Am liebsten hätte er nachgefragt, doch er wusste, dass Sierra die Geschichte in ihrer eigenen Geschwindigkeit erzählen musste.

»Zuerst war er ein paar Monate im Krankenhaus, wo man seine Verletzungen versorgt und seinen Zustand stabilisiert hat, dann in einer Reha-Einrichtung. Scott hatte einen Unterschenkel verloren, er bekam dann eine Prothese und begann, damit zu laufen. Aber natürlich konnte er seinem geliebten Beruf nicht mehr nachgehen, er wurde aus dem Marine Corps entlassen. Ich habe mich von der Navy freistellen lassen, damit ich mich um ihn kümmern konnte, als er wieder zu Hause war. Wir hatten uns gerade zusammen ein kleines Haus am Stadtrand gemietet, die Hochzeit hätte später in dem Jahr stattfinden sollen. Sogar über Kinder hatten wir schon gesprochen.« Ihre Stimme zitterte.

Red wusste, dass die Erzählung ein schlechtes Ende nehmen würde – es war unausweichlich. Wenn ein Partner schwer verletzt wurde und sich daraufhin das ganze Leben änderte, war das immer eine große Belastung für Paare. Er konnte sich nicht vorstellen, dass Sierra ihren Verlobten jemals im Stich gelassen hätte, erst recht nicht, wenn der verletzt gewesen war.

Als Sierra nicht weitersprach und völlig in ihre Gedanken vertieft schien, beugte Red sich vor. »Was ist geschehen?« Seine Stimme war sanft, trotzdem zuckte Sierra zusammen.

Tränen standen in ihren Augen, als sie aufblickte. »Obwohl Scott gesundheitlich große Fortschritte gemacht hat, wurde seine Stimmung immer schlechter. Er hatte Stimmungsschwankungen, aggressive Schübe und immer wieder Albträume. Ich habe ihm gesagt, dass er weiter zum Psychologen gehen soll, doch er hat sich geweigert. Auch seine Familie ist nicht mehr zu ihm durchgedrungen, er hat sich immer weiter zurückgezogen. Er wollte seine Freunde nicht mehr sehen, und irgendwann war ich die Einzige, die er noch in seiner Nähe duldete.

Aber egal, was ich versucht habe, ich bin nicht mehr zu ihm durchgedrungen. Er hat mir vorgeworfen, ich würde ihn nur noch als Krüppel und Patienten sehen und ihn gar nicht mehr lieben. Aber das stimmte nicht. Ich hätte alles für ihn getan.« Sierra richtete sich gerader auf. »Ich *habe* alles für ihn getan. Gekocht, gewaschen, mit ihm Übungen gemacht, meine Geldreserven aufgebraucht, weil ich, statt zu arbeiten, für ihn da sein wollte. Aber das hat ihm alles nicht gereicht. Er wollte, dass ich die Navy verlasse. Wenn er schon nicht mehr seinen Traumberuf ausüben konnte, sollte ich es auch nicht tun.«

Unruhig rutschte Red auf dem Sessel herum. So eine Art von Abhängigkeit war nie gut. »Das hast du hoffentlich nicht getan.«

»Nein. Es war das Letzte, was mir noch aus unserem früheren Leben geblieben war. Ich war bereit dazu, mich beurlauben zu lassen – das hatte ich ja auch schon getan –, aber nicht, den Job endgültig aufzugeben. Von irgendetwas mussten wir ja auch später mal leben, es sah nicht so aus, als hätte Scott vor, jemals wieder arbeiten zu gehen, obwohl er bis auf ein leichtes Hinken wieder völlig in Ordnung war. Aber ein Bürojob war ihm nicht gut genug.« Sierra presste die Hand vor den Mund. »Ich sollte nicht so über ihn reden, es war sehr schwer für ihn. Der Verlust des Beines und seines Jobs als Marine hat ihn sehr belastet. Ich hätte ihn irgendwie dazu zwingen sollen, mit jemandem zu reden, der sich mit so etwas auskennt. Aber ich habe immer gedacht, er fängt sich wieder und braucht nur ein wenig mehr Zeit, um zu erkennen, dass sein Leben immer noch lebenswert ist. Dass wir immer noch eine Zukunft haben.«

Vermutlich war es nie zu dieser Erkenntnis gekommen, sonst säßen sie jetzt nicht hier. »Aber du bist jetzt nicht mehr bei der Navy.«

»Nein. Ich konnte nicht mehr damit leben – danach.«

Angespannt beugte Red sich vor. Jetzt kam das, vor dem er sich am meisten fürchtete: der Grund, warum Sierra so … gebrochen wirkte – als wäre ihr ein großer Teil ihrer selbst genommen worden. Das Glück. Die Lebensfreude. Hatte dieser egoistische Mistkerl von einem Verlobten sie verlassen und sich eine andere gesucht, die das tat, was er von ihr verlangte? Wenn ja, würde Red ihn finden und ihm klarmachen, was für ein Idiot er gewesen war. Er selbst war ja auch dafür bekannt, dass er manchmal etwas schwer von Begriff war und sich und andere bis aufs Äußerste belastete, aber er würde nie auf die Idee kommen, eine Frau so zu behandeln. Oder jemand anderen.

»Ich hatte damals angefangen, ein paar Stunden in der Woche in einer Physiotherapiepraxis mitzuarbeiten, weil wir dringend Geld brauchten. Scott bekam zwar eine kleine Versehrtenrente, doch die reichte nicht, und solange ich beurlaubt war, stand ich völlig ohne Geld da. Wenn wir etwas essen wollten, musste ich das Geld dafür verdienen. Scott passte das nicht, er hat mich beschuldigt, ihn im Stich zu lassen und mich lieber zu vergnügen.«

Reds Hände ballten sich zu Fäusten. »Ich hoffe, du hast ihm die Meinung gesagt.«

Langsam schüttelte Sierra den Kopf. »Ich habe ihm gesagt, dass wir das Geld brauchen, dass ich nicht einfach die Hände in den Schoß legen und unser Leben so akzeptieren kann, wie es war. Dass ich etwas tun muss, um nicht verrückt zu werden.« Sie schluckte. »Scott hat sich nicht dazu geäußert, aber sich danach noch weiter zurückgezogen.«

»Vielleicht hat er erkannt, dass du recht hast und er sich nicht mehr so aufführen sollte wie ein selbstsüchtiger Idiot. Ich habe dafür nur eine Sitzung gebraucht.«

»Leider nicht.« Ihre Stimme klang tränenerstickt. »Stattdes

sen hat er ein paar Tage später auf mich gewartet, als ich von der Arbeit gekommen bin. Er hat mir wieder vorgeworfen, dass ich ihn hintergehen würde, und mich angeschrien, dass er das nicht mehr zulassen würde.« Ein Zittern lief durch ihren Körper, und sie schlang die Arme um sich. »Dann hat Scott mich geschlagen. Da ich damit nicht gerechnet habe – davor hat er noch nie die Hand gegen mich erhoben –, habe ich das Gleichgewicht verloren und bin nach hinten gestürzt. Ich bin mit dem Kopf gegen eine Kommode geschlagen. Wie lange ich bewusstlos war, weiß ich nicht, aber als ich wieder zu mir kam, hatte Scott sich einen Stuhl geholt und saß einfach nur da und beobachtete mich. Da wurde mir endgültig klar, dass irgendetwas bei ihm völlig falsch lief.«

Entsetzt starrte Red sie an. »Er hat dir nicht geholfen? Dich versorgt?« Wie konnte jemand, der einen anderen Menschen angeblich liebte, so etwas tun? Das war ihm völlig unverständlich.

Bitter lachte Sierra auf. Doch es klang mehr wie ein Schluchzen. »Nein. Stattdessen hat er die Zeit genutzt, um eine Pistole zu holen. Er hat sie direkt auf mein Herz gerichtet. Als Soldat wusste er genau, wohin er zielen musste.« Wie furchtbar die Erinnerung war, stand ihr deutlich ins Gesicht geschrieben. Sie hatte sogar die Hände erhoben, als müsste sie noch jetzt die Kugel abwehren.

Red konnte sich nicht vorstellen, wie schrecklich das alles für sie gewesen sein musste. Vom eigenen Verlobten niedergeschlagen und dann mit einer Waffe bedroht zu werden …. Kein Wunder, dass sie jetzt keinem Mann mehr vertrauen konnte. Da Sierra noch lebte, hatte dieser Scott ja offenbar von seinem Plan abgelassen. Für Red stand jetzt schon fest: Er würde diesen Kerl aufsuchen und dafür sorgen, dass der nie wieder einer Frau so etwas antun konnte. Mit angehaltenem

Atem wartete er darauf, dass Sierra mit ihrer Erzählung fortfuhr.

Als sie ihn ansah, spiegelte sich der Schrecken jenes Moments in ihren Augen wider. »Er hat gesagt, er könnte so nicht mehr leben, und er würde nicht zulassen, dass er mich auch noch verliert.«

Dieser Kerl hatte eine verdammt seltsame Art, das zu zeigen. Aber das sagte Red nicht laut. Stattdessen presste er die Lippen zusammen.

»Ich habe ihn angefleht, nichts zu tun, das er nicht mehr rückgängig machen kann. Dass das Leben noch so viel für ihn bereithält und er nur diese Phase überwinden muss.« Dunkle Schatten überzogen ihr Gesicht, und in ihren Worten schwangen Verzweiflung und Bedauern mit. »Dadurch wurde er erst richtig wütend. Ich habe ihn vorher noch nie so außer Kontrolle gesehen. Nichts, was ich gesagt habe, schien ihn zu beruhigen. Ganz im Gegenteil. Er hat mit der entsicherten Waffe herumgefuchtelt, den Finger immer am Abzug. Ich wusste, es war nur eine Frage der Zeit, bis mich eine Kugel treffen würde. Deshalb habe ich das getan, was ich in der Ausbildung gelernt hatte: Wenn eine Situation aussichtslos ist, zieht man sich am besten zurück. Doch Scott wollte mich nicht gehen lassen. Als ich zur Tür zurückgewichen bin, ist er mir gefolgt. Ich wollte gerade durch die Öffnung tauchen, als sich ein Schuss gelöst hat.« Sie schob ihr Sweatshirt von der Schulter und zeigte Red die runde Narbe, die dort prangte. »Glücklicherweise hat er alle wichtigen Organe verfehlt.«

Red musste sich auf seine Hände setzen, um nicht zu Sierra zu gehen und mit den Fingern über ihre Narbe zu streichen. Außerdem wollte er sicherstellen, dass es ihr jetzt gut ging – ihren Herzschlag spüren und die Wärme ihrer Haut. Aber das war nicht richtig, vor allem, weil ihr Verlobter nicht der Einzige gewesen war, der versucht hatte, sie umzubringen. Er selbst hatte sie ebenfalls beinahe getötet, wenn auch nicht absichtlich. Jetzt wusste er, was Clint damit gemeint hatte, dass Sierra bereits Ähnliches erlebt hatte. Umso erstaunlicher war es, dass sie ihm offenbar verziehen hatte und sogar wieder hierhergekommen war. Sierra war eine unglaubliche Frau, verletzlich, aber gleichzeitig auch unglaublich stark.

Red räusperte sich. »Darüber bin ich sehr froh.«

Ihr Blick traf seinen. »Ich auch. Offenbar war Scott selbst ein wenig erschrocken, als er gesehen hat, dass ich blute, jedenfalls habe ich diesen Moment genutzt, um zu fliehen. Unsere Nachbarn haben mich aufgenommen, und von dort habe ich die Polizei gerufen. Ich wollte zwar nicht, dass Scott verhaftet wird, aber mir ist endgültig klar geworden, dass er Hilfe braucht und ich sie ihm nicht geben kann. Durch seine Verletzung ist irgendetwas in ihm zerbrochen und hat ihn zu diesem wütenden Mann gemacht.«

Dass sie immer noch Ausreden für ihn fand, war bemerkenswert. Wenn Red jemand so etwas angetan hätte, wäre er ganz bestimmt nicht traurig gewesen, denjenigen hinter Gittern zu sehen. Oder in einer Anstalt.

Eine Träne lief über Sierras Wange. »Die Polizei ist dann gekommen und hat unser Haus gestürmt. Ich habe bei den Nachbarn gewartet, bis mich einer der Polizisten geholt hat.« Sie brach ab und wischte sich die Tränen mit der Hand ab. »Scott war bereits tot, als sie eintrafen, er hat sich selbst erschossen. Ich weiß nicht, ob er das getan hat, weil er mich verletzt hat und darüber verzweifelt war oder ob er sein Leben wirklich nicht mehr so weiterführen wollte. Vielleicht war es schon die ganze Zeit sein Plan gewesen, erst mich und dann sich selbst zu töten. Ich weiß nicht, welche Begründung mir lieber wäre.«

Keine von beiden vermutlich. Denn beide liefen darauf hinaus, dass ihr Verlobter sie nicht genug geliebt hatte, um mit ihr alt zu werden. »Es tut mir sehr leid.« Das war viel zu wenig, aber Red wusste nicht, was er sonst zu einer so tragischen Geschichte sagen sollte – außer, wie gern er Sierra jetzt halten und trösten würde. Außerdem würde er ihr am liebsten versichern, dass er ihr so etwas nie antun würde.

»Danke.« Sierras Augen waren gerötet, ihre Wangen blass. Sie stand auf. »Entschuldige, ich glaube, ich muss ein wenig allein sein.«

Red erhob sich ebenfalls. »Bist du sicher?«

»Ja.« Ein Zittern lief durch ihren Körper.

»Dann such dir einfach ein Zimmer und schließ die Tür. Wir werden dich nicht stören.« Auch wenn es ihm gar nicht gefiel, sie allein zu lassen.

Sierra nickte ihm zu und flüchtete dann beinahe aus dem Wohnzimmer.

Red ließ sich wieder in den Sessel sinken und stützte das Gesicht in seine Hände. Was hatte er getan?

29

Ein leises Klopfen ertönte an der Tür des Trainingsraums, in den Red sich zurückgezogen hatte, nachdem Sierra ihm die Geschichte ihres Verlobten erzählt hatte. Clint war noch irgendwo im Haus, aber Red hatte keine Lust auf eine Unterhaltung verspürt. Stattdessen hatte er ein leichtes Training absolviert. Dabei konnte er besser nachdenken, und vor allem tat es seinem Körper gut. Inzwischen schmerzte die Bewegung auch nicht mehr ganz so sehr wie am Anfang. Hätte Sierra ihn dabei gesehen, hätte sie das Training sicher sofort abgebrochen.

»Ja?« Red nahm sich ein Handtuch und wischte sich den Schweiß vom Gesicht.

Die Tür öffnete sich, und I-Mac trat ein. Anerkennend pfiff er durch die Zähne. »Wow, warum habe ich den Raum vor zwei Jahren nicht gesehen? Tolle Geräte.«

Red schnitt eine Grimasse. »Ich glaube, wir hatten damals andere Probleme.« Zum Beispiel, dass sich ein entflohener afghanischer Terrorist plötzlich als Ex-CIA-Agent erwiesen hatte, der es auf einige ihrer Freunde abgesehen hatte. Dabei hatte es auch einen Angriff auf das Haus durch Blacks Männer gegeben, bei dem nicht nur I-Mac beinahe gestorben wäre. Hätte Nurja den Angreifer nicht erschossen, wäre der Computerexperte inzwischen längst unter der Erde.

»Das stimmt allerdings.« I-Mac lehnte sich an die Wand neben der Tür. »Scheint so, als würden wir uns immer nur sehen, wenn es gerade um Leben und Tod geht.«

Wo er recht hatte … »Das sollten wir dringend mal ändern. Ihr seid hier jederzeit willkommen.«

I-Mac grinste ihn an. »Das gilt auch für unser Haus in San Diego. Sofern du gerne bei fünf Kindern wohnen möchtest, die selten mal alle zur gleichen Zeit still sind.«

Red schaffte es gerade noch, seine Miene ausdruckslos zu halten. Im Grunde hatte er nichts gegen Kinder, aber mit so vielen wäre er vermutlich überfordert. »Danke, ich werde wohl doch ein Hotelzimmer nehmen.«

»Du kannst auch gerne deine Sierra mitbringen.«

Dieser Satz ließ alles in Red erstarren. »Sie ist nicht ›meine‹ Sierra.« Erst recht nicht nach dem, was letzte Nacht geschehen war.

Verwundert sah I-Mac ihn an. »Seltsam, ich hatte den Eindruck, dass es zwischen euch funkt.«

Red hatte Mühe, seine Zähne auseinanderzubringen. »Es ist kompliziert.«

Offenbar schien I-Mac zu merken, dass er ein sensibles Thema berührt hatte, denn er ruderte sofort zurück. »Es geht mich ja auch nichts an. Ich wollte damit nur ausdrücken, dass du gerne auch jemanden mitbringen kannst, wenn du mal vorbeikommst.«

Red neigte den Kopf. »Danke. Erst mal muss ich jetzt versuchen, fit zu werden und wieder in die Teams zu kommen. Wenn mir das gelingt, werde ich wohl in den ersten Monaten nicht viel freie Zeit haben. Falls aber nicht …« Er brach ab und hob die Schultern. »Vielleicht ist dann eine Tour Richtung Westen genau das Richtige.«

I-Mac nickte mitfühlend. »Ich war auch da, wo du jetzt stehst. Mit dem Unterschied, dass bei mir relativ schnell klar war, dass ich nie mehr in den aktiven Dienst zurückkehren werde. Aber du hast noch eine Chance. Ich drücke dir auf jeden

Fall die Daumen, dass du es schaffst.« Reds Kehle war wie zugeschnürt, aber I-Mac schien auch keine Antwort zu erwarten. »Wenn du mit dem Training fertig bist, sollten wir uns an die Arbeit machen. Ich habe ein ganz schlechtes Gefühl, was diesen Anschlag angeht – und Devil auch, was die Sache noch viel dringender macht.«

»Natürlich. Warum suchst du nicht schon mal Clint? Ich komme dann sofort.«

»Alles klar.« I-Mac ging zur Tür und drehte sich dann noch einmal zu ihm um. »Und Red, ich bin wirklich extrem froh, dich wiederzusehen. Ich soll dich von den anderen grüßen.«

Red räusperte sich. »Danke. Könntest du bitte auch allen, die versucht haben, mich zu finden, meinen Dank ausrichten? Irgendwann werde ich mal eine große Party veranstalten, um das gebührend zu feiern. Vorzugsweise im Sommer, damit wir grillen können.«

I-Mac grinste ihn an. »Das klingt perfekt. Es wird zwar sicher zeitlich nicht einfach, aber irgendwie werden wir das hinkriegen.«

Alle zur gleichen Zeit an einen Ort zu bekommen war bei so vielen SEALs und TURT/LE-Agenten sicher unmöglich, aber zur Not würde Red sich etwas einfallen lassen. Seltsamerweise freute er sich sogar darauf, obwohl er noch vor wenigen Minuten gesagt hätte, dass er keinerlei Lust auf eine Feier verspürte. Doch I-Mac hatte ihm klargemacht, dass er nicht allein war – nie allein gewesen war – und viele sich um ihn Gedanken gemacht hatten. Auch bei Joe Spade würde er sich bald melden müssen, schließlich war er derjenige gewesen, der überhaupt erst den Hinweis geliefert hatte, wo das Terroristenlager zu finden war.

Aber das hatte noch Zeit, zuerst mussten sie herausbekommen, ob ein Anschlag geplant war, und wenn ja, wo. Es machte

Red nervös, dass er immer noch keine konkreten Hinweise darauf hatte, obwohl er spürte, dass sie noch irgendwo in seinem Kopf vergraben waren. Was blockierte seine Erinnerungen so? Red schüttelte den Kopf und verließ den Trainingsraum. Es brachte nichts, darüber nachzugrübeln – dann verschwand die Information nur noch tiefer in seinem Gedächtnis. Irgendwann würde es ihm wieder einfallen, vermutlich wenn er gerade etwas völlig anderes tat. Die Frage war nur, ob es dann nicht schon zu spät war.

Nachdem er schnell geduscht und sich umgezogen hatte, ging Red die Treppe wieder hinunter. Es war erstaunlich, wie viel besser das schon ging als noch vor einigen Tagen. Hoffnung keimte in ihm auf, dass er vielleicht doch wieder in den aktiven Dienst zurückkehren konnte. Aber das war im Moment zweitrangig. Jetzt musste er all seine Kraft in die Suche nach der Wahrheit investieren.

Nach einer kurzen Suche fand er Clint, Nurja und I-Mac in der Küche. Sie unterbrachen ihr Gespräch, als er dazustieß, aber Red bekam noch mit, dass Clint und I-Mac sich über die neuesten Entwicklungen in ihrem jeweiligen Privatleben, aber auch über SEAL Team 11 unterhielten, dessen CO Clint bis vor einigen Jahren gewesen war. Red wusste, dass Clint die Westküste und seine Freunde dort vermisste, doch für Karen war er bereit gewesen, das alles aufzugeben. Und er hatte es noch keinen Tag bereut. Trotzdem hatte er den Kontakt zu Team 11 immer gehalten, vor allem zu seinem besten Freund Matt Colter, der gleichzeitig mit Clints Schwester Shannon liiert war.

»Möchtet ihr etwas essen? Ihr seid sicher hungrig nach dem Flug.«

I-Mac blickte Nurja an und nickte dann. »Das kann nicht schaden. Wir haben zwar zwischendurch ein bisschen was gegessen, aber das ist auch schon Stunden her.«

»Ich habe vorhin schon geschaut, du hast nicht genug für alle im Haus. Wie wäre es, wenn wir Pizza oder etwas anderes bestellen?«

Dankbar blickte Red Clint an. »Gute Idee.« Er wandte sich an seine anderen Gäste: »Was hättet ihr denn gerne? Ist Pizza in Ordnung, oder mögt ihr lieber asiatisch oder etwas anderes?«

I-Mac grinste ihn an. »Ich esse alles, solange es kein MRE ist.«

Dem konnte Red nur zustimmen. MREs – Meal Ready to Eat – schmeckten einfach grauenhaft, und man konnte oft gar nicht identifizieren, um was für ein Essen es sich überhaupt handelte. Die Beschriftung hatte schon oft für einige Verwirrung, aber auch Lacher gesorgt. In einer Kampfsituation ging es jedoch nur darum, die Energiezufuhr zu gewährleisten, da war der Geschmack egal. So unglaublich es schien, aber Red vermisste selbst die schlechten Seiten einer Mission.

»Red?« Clints Stimme riss ihn aus seinen Gedanken.

»Ja?«

»Du warst gerade irgendwie abgetaucht. Alles in Ordnung?«

Nicht nur Clint sah ihn besorgt an, sondern auch Nurja und I-Mac. »Ja, natürlich. Es war nur die Erinnerung an MREs und wie furchtbar die sind.«

Clint verdrehte die Augen. »Ich glaube, die hat noch niemand wirklich lecker gefunden. Obwohl: Ich glaube, Mad könnte einer der wenigen sein, die noch nie darüber gejammert haben. Aber der ist ja auch verrückt.«

I-Mac grinste. »Das stimmt allerdings.«

»Ich frage mich ja, wie meine Schwester es mit dem Kerl aushält.« In Clints Stimme schwang ein Unterton mit, wie ihn nur jahrelange Freundschaft mit sich brachte.

»Indem sie ihn als Anschauungsmaterial für ihre Romane

nutzt.« Erschrocken schlug Nurja sich die Hand vor den Mund, während die anderen nach einer Schrecksekunde zu lachen begannen.

Clint warf ihr einen gequälten Blick zu. »Bitte, ich möchte nichts weiter darüber hören.«

»Tut mir leid, ich …«

I-Mac unterbrach sie. »Clint scherzt nur, keine Angst.«

Scheu blickte Nurja zu Clint hinüber, der ihr zunickte. »Oh, gut. Ich hätte wirklich nichts sagen sollen. Shannon ist eine Freundin, und sie war immer gut zu mir.«

»Keine Sorge, Shannon hätte selbst darüber gelacht. Matt ist verrückt nach ihr und sie nach ihm, daran gibt es keinen Zweifel. Und wenn ich ehrlich bin, denke ich, dass die beiden für immer zusammengehören. Aber sagt das bloß nicht Matt.«

Red grinste. »Dein Geheimnis ist bei uns sicher.«

»Danke.« Clint wurde ernst. »Meinst du, Sierra möchte auch etwas essen?«

Erschrocken erkannte Red, dass er das beinahe vergessen hätte. »Ich werde sie fragen.«

Eilig ging er hinaus, zögerte dann aber vor der verschlossenen Wohnzimmertür. Offenbar war sie hierher zurückgekehrt, nachdem er gegangen war. Er hatte ein wenig Angst davor, Sierra wiederzusehen. Doch dann straffte er entschlossen die Schultern und klopfte an die Tür. Als keine Antwort kam, öffnete er sie leise, um Sierra nicht zu wecken, falls sie schlafen sollte. Aber sie war hellwach. Wie gebannt saß sie vor dem Fernseher und verfolgte das Geschehen auf dem Bildschirm.

»Sierra?«

Sie drehte den Kopf zu ihm, ihre Augen waren weit aufgerissen. »Hast du das gehört? Es gab mehrere Terroranschläge in Paris!«

Langsam trat Red in den Raum. Das Herz hämmerte in seiner Brust, während ihm ein Wort immer wieder durch den Kopf hallte: *Anschläge!* Übelkeit kam in ihm auf, als er sich fragte, ob er die Ereignisse vielleicht hätte verhindern können, wenn er nur schneller auf seine Erinnerungen reagiert hätte. Mit der Hand tastete er nach der Lehne des Sessels und ließ sich dann hineinsinken. Wie betäubt starrte er auf den Fernseher.

Es dauerte nicht lange, bis sich auch die anderen im Wohnzimmer eingefunden hatten, nachdem Nathan nicht in die Küche zurückgekehrt war. Wenn sie ehrlich war, spürte Sierra eine gewisse Erleichterung, dass sie nicht mehr mit ihm allein war. Er war unheimlich still geworden, seit sie ihm von den Anschlägen erzählt hatte. Wie ein Schlafwandler hatte er sich in den Sessel fallen lassen und keinen Ton mehr von sich gegeben. Sie fragte sich, ob er überhaupt noch atmete, er schien wie erstarrt. Ja, die Anschläge waren furchtbar, und auch sie war entsetzt darüber, aber sie hätte nicht erwartet, dass ein SEAL sich davon völlig aus der Fassung bringen ließ. Es sei denn, er dachte … Abrupt setzte Sierra sich auf.

»Es ist nicht deine Schuld, Nathan. Nur diese elenden Terroristen tragen die Verantwortung für die Attentate.« In der Sekunde, als sie anfing zu sprechen, wurde es still im Zimmer, und alle sahen sie an. Verlegen hob sie die Schultern. »Ich wollte es nur gesagt haben, auch wenn es uns allen klar ist.« Allen außer Nathan offensichtlich, denn auf dessen Gesicht war deutlich abzulesen, dass er sich schuldig fühlte.

In Clints Wange zuckte ein Muskel. »Bist du sicher, das ist der Anschlag, den dein Entführer geplant hat?«

»Nein. Aber er könnte es sein, zumindest ist er in der westlichen Welt verübt worden. Die meisten anderen Anschläge fanden irgendwo in den Krisengebieten im Osten statt.« Ihm war anzuhören, wie frustriert er war. »Ich war nicht schnell genug.« Er deutete auf den Fernseher. »All diese Menschen hätten vielleicht nicht sterben müssen.« Sein Finger zitterte sichtbar.

»Das ist Unsinn.« I-Macs Stimme klang ruhig. »Aber ich werde versuchen herauszubekommen, wer hinter diesen Anschlägen steckt und ob es irgendetwas mit deinem Entführer zu tun hat. Gleichzeitig werden wir auch hier weitermachen. Solange wir den Anführer der Terroristen noch nicht haben, könnten jederzeit neue Anschläge geplant werden.« Sein Blick streifte erst Nurja, dann Sierra. »Eigentlich dürfte ich nichts davon sagen, solange Zivilisten im Raum sind, aber ich gehe davon aus, dass die Sache unter uns bleibt: Team 11 ist gerade auf dem Weg nach Afghanistan, um dort einerseits zu versuchen, den Rest der Terrorgruppe auszuhebeln, aber auch, um die verschleppten Dorfbewohner zu finden und zu retten.«

Nurja schlug sich eine Hand vor den Mund und gab einen erstickten Laut von sich. »Glaubst du, Amira und Baschir sind …?«

I-Macs Miene wurde weicher. Er trat zu seiner Freundin und schlang einen Arm um sie. »Ich weiß es nicht. Aber wenn sie dort sind, wird Devil sie finden.«

Der Ausdruck auf Nathans Gesicht wurde noch düsterer. »Sie sind nur meinetwegen in Gefahr.«

»Nein. Wenn überhaupt, ist es meine Schuld, weil ich sie mit reingezogen habe.« I-Mac war deutlich anzusehen, wie schlecht er sich fühlte.

Tröstend berührte Nurja seine Hand. »Dann ist es aber auch meine Schuld, weil ich uns dorthin geführt habe.«

»Verdammt, könnt ihr jetzt mal damit aufhören, euch die Schuld an allem zu geben? Das hält man ja nicht aus!«

Nach Clints Ausbruch herrschte für ein paar Sekunden Stille, dann sprachen Nathan und I-Mac gleichzeitig. »Das musst du gerade sagen!« Ihre Blicke trafen sich, und sie begannen zu grinsen.

Sierra konnte sich nicht davon abhalten, sich einzumischen: »Offenbar kennen dich deine Freunde sehr gut, Clint.«

Der hob nur die Schultern, doch um einen seiner Mundwinkel zuckte es. »Mag sein.« Dann wurde er wieder ernst. »Wir sollten uns jetzt wirklich an die Arbeit machen. Wenn die Anschläge in Paris nichts mit dem zu tun haben, was Red in Afghanistan gehört hat, müssen wir langsam herausfinden, was die Terroristen geplant haben. Außerdem möchte ich wissen, wer diese Kerle waren, die euch überfallen haben, und ob sie irgendetwas mit den Terroristen zu tun haben.«

I-Mac verzog das Gesicht. »Oberflächlich gesehen scheinen es ganz normale Männer zu sein, die weder irgendeine Verbindung zu Red noch zueinander haben. Trotzdem waren sie zusammen dort im Wald und bereit, euch zu verletzen oder sogar zu töten. Es ergibt einfach keinen Sinn. Und das macht mir Sorgen. Ich habe meinen Laptop mit und werde mich gleich wieder an die Arbeit machen. Zur Not gehe ich auch zu deren Häusern und sehe mich da um. Irgendeinen Hinweis muss es ja geben.«

»Vor allem nach dem, was der verletzte Angreifer zu dir gesagt hat.« Sierra blickte Red an. »Für mich hörte es sich so an, als wollten er und sein Kumpan dich entführen und zurück nach Afghanistan bringen.«

I-Mac nickte zustimmend. »Schon allein deshalb muss da irgendwo eine Verbindung bestehen. Wir müssen sie nur finden.«

Nathan schnaubte. »Und das alles möglichst noch heute. Bei der Polizei brauchst du gar nicht erst nachzufragen, die haben sich noch nicht mal entschieden, ob ich nicht doch der Bösewicht in der Geschichte bin.« Das konnte Sierra leider nur bestätigen. Sie hatte die Reaktion der Polizisten gesehen. Was sie daran besonders wütend gemacht hatte, war, dass man sie gleichzeitig wie ein Opfer behandelt hatte. Nur weil sie klein und blond war und sich niemand vorstellen konnte, dass sie jemandem schadete, während man Nathan mit seinen Narben direkt als Verbrecher eingestuft hatte. Sie war es so leid!

Grimmig blickte I-Mac zu Nathan hinüber. »Ich habe auch nicht erwartet, dass die Polizei mit mir redet. Aber ich habe so meine Methoden, das zu umgehen.«

Vermutlich waren die illegal, doch das war Sierra gleich, solange sie dadurch die gewünschten Ergebnisse erhielten. Sie war immer für Datenschutz, aber nicht, wenn es sich um erwiesene Verbrecher handelte. Die hatten ihrer Meinung nach jeden Schutz verwirkt.

»Setz dich dran, ich bestelle jetzt das Essen. Sierra, möchtest du auch Pizza?«

Sierra wusste zwar nicht, ob sie viel herunterbringen würde, aber sie nickte Clint trotzdem zu. »Keine Pilze, wenn es geht.«

»Alles klar.« Clint verließ den Raum.

I-Mac ging ebenfalls zur Tür und wandte sich dann noch einmal zu Nathan um. »Kann ich wieder dein Büro nutzen?«

»Natürlich. Du kennst dich ja schon aus. Wenn du meinen PC brauchst, kann ich dir das Passwort sagen.«

Über I-Macs Gesicht huschte ein Lächeln. »Nimm's mir nicht übel, aber mein Laptop ist wesentlich schneller, und ich habe darauf alle Programme, die ich brauche. Ansonsten weiß ich aber dein Passwort noch vom letzten Mal.«

Nathans Augenbrauen zuckten hoch. »Und wenn ich das geändert habe?«

Ungerührt sah I-Mac ihn an. »Hast du?«

»Nein, aber wenn ich es hätte …«

»… hätte ich es vermutlich in wenigen Minuten geknackt.«

Ein Lachen brach aus Nathan heraus. »Angeber.«

»Reine Fakten.« I-Mac zwinkerte Sierra zu, bevor er in Richtung Büro davonging.

Nurja wirkte ein wenig verlegen. »John wollte nicht unhöflich sein …«

Nathan unterbrach sie sanft. »Das weiß ich, wir haben uns nur ein wenig aufgezogen.«

Erleichtert lächelte sie ihn an. »Das macht er mit den anderen SEALs und TURTs auch öfter, aber ich kann immer noch nicht erkennen, wann sie scherzen und wann sie es ernst meinen. Es gibt so viele Untertöne in eurer Sprache, die ich gar nicht bemerke.«

Sierra schüttelte den Kopf. »Dein Englisch ist wirklich hervorragend, besonders dafür, dass du noch nicht so lange hier bist.«

Stolz malte sich auf Nurjas Gesicht ab. »Ich habe viel geübt, auch mit den Kindern. Sie sprechen schon fast wie gebürtige Amerikaner.«

»Was sie gerade nicht erwähnt hat, ist, dass ich in Sprachen völlig untalentiert bin und sie schon allein deshalb Englisch lernen musste, damit wir uns überhaupt verständigen können.« I-Mac war noch einmal zurückgekehrt und lächelte Nurja jetzt zu.

Zu Sierras Überraschung gab Nurja ihm lachend recht. »Das war auch ein Grund.«

Etwas blitzte in I-Macs Augen auf, und er hielt ihr die Hand hin. »Kommst du kurz mit rüber? Ich brauche deine Hilfe.«

Sierra war sich ziemlich sicher, dass er seinen Laptop auch allein hochfahren konnte, doch Nurja schien nicht zu merken, dass sie geradewegs in eine Falle lief, als sie I-Mac auf den Flur folgte. Kurz darauf hörte Sierra ein leises Keuchen und dann ein verlegenes »John!«.

30

Um nicht auf die Tür zu starren, drehte Sierra sich um und begegnete Nathans Blick. Sie hatte gar nicht mehr daran gedacht, dass sie jetzt mit ihm allein war, nachdem alle anderen das Zimmer verlassen hatten.

»Ich mag deine Freunde, und ich finde es toll, dass sie alles tun, um dir zu helfen.« Sie selbst hatte zwar auch Freunde gehabt, aber die meisten hatten sich nach Scotts Tod zurückgezogen, vermutlich weil sie nicht wussten, wie sie mit ihr umgehen sollten.

»Ich bin sehr froh, sie zu haben.« Nathans Miene hatte sich verdüstert, doch sie mochte ihn nicht darauf ansprechen.

»Vielleicht …«

»Sierra …«

Sie sprachen gleichzeitig und brachen wieder ab. Eine Weile schwiegen sie, nur um dann erneut im gleichen Moment loszureden.

»… sollten wir …«

»Du brauchst nicht …«

Erneut verstummten sie. Dann gab Sierra Nathan ein Zeichen, als Erster weiterzusprechen.

Er verzog den Mund. »Damit könnten wir zum Zirkus gehen.«

»Und ich dachte, das hier wäre ein Zirkus.«

Ein Grinsen breitete sich auf seinem Gesicht aus, verschwand jedoch ebenso schnell wieder. »So könnte man es auch sehen. Was ich aber sagen wollte: Es sieht so aus, als würden wir alle den Rest des Tages arbeiten. Wenn du möchtest, kannst du dir ein anderes Zimmer hier im Haus suchen und dich irgendwie beschäftigen, oder es kann dich auch jemand woanders hinfahren, wo du genauso in Sicherheit bist. Es ist schlimm genug, dass du in die Sache mit reingezogen wurdest – du sollst jetzt nicht noch mehr Zeit deswegen verlieren.«

Ärger stieg in ihr hoch. »Versuchst du gerade, mich loszuwerden? Wenn du dich erinnerst: Ich war dabei, als diese Kerle dich überfallen haben, also hänge ich auch in der Sache drin. Natürlich will ich wissen, was ihr über sie herausfindet.« Sie trat näher an ihn heran. »Und was den Anschlag betrifft: Auch da interessiert mich logischerweise, ob noch einer stattfinden wird. Ja, ich bin nur Physiotherapeutin und kein SEAL oder Computerfachmann, aber ein bisschen was habe ich in meiner Zeit bei der Navy auch gelernt und bin nicht völlig nutzlos. Also nein, ich werde nicht gehen, sondern genau hier bleiben. Versuch ruhig, mich daran zu hindern.« Entschlossen verschränkte sie die Arme über der Brust.

Nathan lehnte sich vor, sodass nur noch wenige Zentimeter sie trennten. Seine grünen Augen wirkten dunkler als sonst. »Ich wollte dich nur schützen und dir einen Ausweg ermöglichen, falls du nicht dabei sein willst. Wenn du lieber hierbleibst, freue ich mich darüber.«

Sierra befeuchtete ihre trockenen Lippen. »Okay.«

Obwohl Nathan sich nicht bewegte, schien er noch näher zu kommen. »Okay was?« Klang seine Stimme rauer als vorher? Sein Blick hing jedenfalls an ihrem Mund.

»Ich akzeptiere deine Erklärung und entscheide mich dafür, hierzubleiben und euch zu helfen.«

»Gut.« Sein Atem strich über ihre Lippen und ließ sie kribbeln.

Sierra biss die Zähne darauf, um sich daran zu hindern, ihren Mund auf den von Nathan zu pressen. Das wäre eine ganz schlechte Idee, auch wenn sie es noch so sehr wollte. Sie durfte auf keinen Fall vergessen, dass er sie beinahe getötet hatte. Es war zwar ein Versehen gewesen, trotzdem sollte sie eigentlich Angst vor ihm haben. Wenigstens ein bisschen. Aber sie verspürte nur Vorsicht, gepaart mit heißem Verlangen. Eine unglaublich schlechte Kombination.

»Sierra …«

»Ja?« Es war ihr peinlich, wie belegt ihre Stimme klang.

Nathan war jetzt so nah, dass sie seine Wärme fühlen konnte. »Sagst du mir, was du bei unserer Zirkusnummer sagen wolltest?«

Für einen Moment blickte sie ihn nur verwirrt an, dann begann sich der Nebel in ihrem Gehirn zu lichten. »Oh.« Schnell trat sie einen Schritt zurück, um nicht weiter in Versuchung zu geraten, sich an Nathan zu schmiegen und ihn zu küssen. »Ich wollte nur sagen: Vielleicht sollten wir nachsehen, welche neuen Informationen es zu den Anschlägen in Paris gibt, und sie dann mit dem vergleichen, an was du dich erinnerst. Vielleicht finden wir so Übereinstimmungen – oder eben Unterschiede.«

Nathan sah an ihr vorbei zum Fernseher, seine Augen wirkten plötzlich trostlos. Schließlich nickte er langsam. »Das ist eine gute Idee.«

Sierra ging zum Sofa und setzte sich. Dann zog sie das Notizbuch zu sich heran. »Darf ich?«

Nathan hob die Schultern. »Natürlich. Es steht aber noch nicht viel drin.«

»Das können wir ja ändern. Wenn du darüber redest, kommen dir vielleicht noch weitere Erinnerungen, und wir können die Sache besser eingrenzen.«

Nathan wirkte zwar nicht überzeugt, aber er setzte sich

trotzdem neben sie. Dabei hielt er genug Abstand, dass seine Nähe nicht ihre Konzentration störte. Jedenfalls nicht zu sehr. Und Sierra war sich sicher, dass er das mit voller Absicht tat.

Er schlug das Notizbuch auf und zog einen Zettel heraus. »Hier ist die Liste mit den Anschlägen der letzten Monate.« Mit den Fingern schob er das Blatt zu ihr hin.

Sierra nahm sich einen Stift und schrieb ans Ende der Liste: *Frankreich, Paris, 13. November 2015.* Dann fügte sie die Orte und die bisherige Zahl der Toten und Verletzten hinzu.

Nathan sah ihr dabei zu. »Es fällt immer mehr auf, dass die Terroristen nicht mehr die ganz großen Anschläge planen, sondern mehrere kleinere am gleichen Ort. Dadurch sind die Vorbereitungen weniger auffällig und die Planungen deutlich flexibler.« Er deutete auf den Fernseher. »Ein Stadion, mehrere Straßencafés, ein Musikclub. Die Attentäter konnten sich in der Menge verstecken, und da sie in verschiedenen Ecken der Stadt agiert haben, hatten sie leichtes Spiel. Die Sicherheitskräfte konnten gar nicht überall sein.«

Aufnahmen entsetzter, panischer und trauernder Menschen füllten den Bildschirm, und Sierra musste sich zwingen, nicht wegzusehen. Als Scott sie so unvermittelt angegriffen hatte, war sie wie gelähmt gewesen, dann hatte die Angst eingesetzt. Das Entsetzen hatte sie erst erfasst, als die Polizei ihr mitgeteilt hatte, dass ihr Verlobter sich umgebracht hatte. Und zuletzt war die Trauer gekommen. Trauer um das, was einmal gewesen war, um den Menschen, in den sie sich verliebt hatte. Um das, was nie mehr geschehen würde. Keine Hochzeit, kein gemeinsames Leben, keine Kinder. Mit Scott war auch all das gestorben, was Sierra sich für ihre Zukunft vorgestellt hatte.

»Sierra?«

Wie aus weiter Ferne drang Nathans Stimme an ihr Ohr. »Ja?«

»Vielleicht ist es besser, wenn wir uns das jetzt nicht ansehen. Die Informationen können wir uns dann auch im Internet holen.«

Sierra riss sich zusammen. »Keine Angst, ich kann das ertragen. Mir tun nur die armen Leute so leid, deren Leben nie wieder so sein wird wie vorher.«

Nathan wandte den Blick wieder in Richtung Fernseher und wurde blasser. Mit einem Fluch schaltete er den Apparat aus. »Ganz ehrlich? Ich glaube nicht, dass *ich* das ertrage. Die Bilder, die Geräusche und noch dazu der Gedanke, dass ich es vielleicht hätte verhindern können. Das macht mich verrückt.«

Verlegen erkannte Sierra, dass sie nur daran gedacht hatte, wie die Bilder auf sie wirkten. Es war ihr gar nicht in den Sinn gekommen, dass Nathan darunter leiden könnte. Wann war sie so selbstbezogen geworden? »Ich verstehe das. Du hast recht, es bringt uns nicht weiter. Momentan ist das meiste vermutlich sowieso nur reine Spekulation.«

Erleichtert begegnete Nathan ihrem Blick. »Konzentrieren wir uns lieber darauf, die Liste noch einmal durchzugehen und mit dem zu vergleichen, was ich über den Anschlag zu wissen glaube.«

»Eine gute Idee.« Sie sah ihn durchdringend an. »Wir werden es herausfinden, Nathan, da bin ich mir ganz sicher.«

Er lächelte schief. »Wenigstens einer von uns.«

Sierra beugte sich vor und nahm seine Hände. »Du …«

»Störe ich?«

Clints Stimme ließ sie zusammenzucken, und sie riss schnell die Hände weg, bevor sie sich zur Tür umdrehte. »Nein, natürlich nicht. Wie kommst du darauf?«

Unbehaglich hob Clint die Schultern. »Es sah so aus, als würdet ihr …« Er brach ab. »Egal, ich habe meinen Laptop aus dem Auto geholt.«

Normalerweise hätte der plötzliche Themenwechsel Sierra amüsiert, aber sie war noch damit beschäftigt, die Röte zu bekämpfen, die sich auf ihrem Gesicht breitzumachen drohte. Dabei hatten sie noch nicht einmal irgendwas getan!

»Den können wir gut gebrauchen. Setz dich, wir wollten gerade anfangen.«

Clint folgte der Aufforderung und nahm in einem Sessel Platz. »Die Pizza kommt in einer halben Stunde, wir haben also noch etwas Zeit.«

Zeit. Genau das war das Problem. Wie sehr sie sich auch bemühten – es konnte sein, dass es bereits zu spät war. Kein Wunder, dass Nathan einen so gehetzten Gesichtsausdruck hatte. Sie mussten unbedingt herausfinden, was in seinem Kopf vergraben war. Nur wie?

Unvermittelt kam Sierra ein Gedanke, und sie setzte sich kerzengerade auf. »Nathan, bist du schon mal hypnotisiert worden?«

Seine entsetzte Miene sprach Bände. »Nein.«

»Vielleicht wäre das eine Möglichkeit, deine vergrabenen Erinnerungen hochzuholen.«

Nathan blickte ihr fest in die Augen. »Nur über meine Leiche.« Er betonte jedes einzelne Wort.

Mit so einer Reaktion hatte Sierra schon gerechnet. Ihr war es genauso gegangen, als ihre Psychologin den Vorschlag gemacht hatte. Wer verlor schon gern die Kontrolle über das, was er tat oder sagte, während jemand anders in seinem Kopf herumkramte? Aber eine ihrer Patientinnen hatte es ausprobiert, und es hatte ihr sehr geholfen. Natürlich war das ein anderer Fall gewesen, aber wenn Hypnose ihnen dabei helfen könnte, auch nur ein Menschenleben zu retten, war es zumindest einen Versuch wert. Deshalb rutschte Sierra auf dem Polster vor und machte sich bereit, Nathan davon zu überzeugen.

Red wurde immer frustrierter, je länger er auf den Zettel vor sich starrte. Warum zum Teufel konnte er sich nicht an mehr Details erinnern? Natürlich konnte es auch sein, dass er gar keine weiteren Einzelheiten von der Anschlagsplanung mitbekommen hatte und sich somit auch gar nicht erinnern konnte. Aber er hatte das Gefühl, dass sich noch irgendetwas in seinem Kopf befand – etwas, das von entscheidender Bedeutung war. Er musste sich einfach daran erinnern! Sich hypnotisieren zu lassen, wie Sierra es vorgeschlagen hatte, kam allerdings nicht infrage. Mal davon abgesehen, dass er das selbst nicht wollte, war es für Mitglieder der Spezialeinheiten überhaupt nicht erlaubt, außer es fand unter kontrollierten Bedingungen in den Räumen der Navy statt. Und dem würde er sich auf keinen Fall unterziehen. Es musste einen anderen Weg geben, die Tür zu seinen Erinnerungen aufzustoßen.

Immer wieder hatten sie sich über das informiert, was in Paris geschehen war, und er hatte versucht, es mit seinen wenigen Erinnerungsfetzen in Einklang zu bringen, doch es war ihm nicht gelungen. Irgendetwas daran schien … falsch. Es war nur ein Gefühl, aber möglicherweise täuschte er sich auch. Diese Unsicherheit, dieses Zweifeln an sich selbst kannte er normalerweise gar nicht, und es machte ihn wahnsinnig.

Clint riss ihn aus seinen Gedanken. »Du musst morgen früh zum Oberkommando, um dort Bericht zu erstatten. Was die dort dann daraus machen, ist nicht mehr deine Sache. So können sie dir aber nichts mehr vorwerfen, du hast deine Pflicht getan.«

Bitter lachte Red auf. »Glaubst du das wirklich? Wenn sie mich loswerden wollen – und davon können wir ausgehen –, dann werden sie diese Gelegenheit mit Freude nutzen.«

Clint rutschte in seinem Sessel nach vorne. »Ich werde alles in meiner Macht Stehende tun, damit das nicht passiert. Jedenfalls nicht wegen so einer Sache.« Jedes seiner Worte vibrierte förmlich vor Emotionalität.

Red neigte den Kopf. »Das weiß ich und dafür bin ich dankbar. Aber ich glaube nicht, dass du viel zu sagen haben wirst. Diese Entscheidung wird weiter oben getroffen.«

»Dann werde ich …«

Schnell unterbrach Red ihn. »Nein, ich möchte nicht, dass du meinetwegen deine Karriere aufs Spiel setzt. Das ist es nicht wert. Aber versprich mir, dass du einen guten Ersatz für mein Team suchst, wenn es so weit ist.« Allein die Vorstellung, nicht mehr mit seinen Leuten zusammenzuarbeiten, schnürte ihm die Kehle zu. »Lass nicht zu, dass sie wieder auseinandergerissen werden.«

»Ich verspreche es.« Clints Miene zeigte mehr als deutlich, dass er jetzt lieber woanders wäre.

»Danke.« Es würde verdammt wehtun, wenn er seinem Job nicht mehr nachgehen könnte. Seit Red alt genug war, darüber nachzudenken, hatte er immer nur ein SEAL werden wollen. Er konnte sich gar nichts anderes vorstellen. Aber vermutlich würde er sich bald überlegen müssen, was er mit dem Rest seines Lebens anfangen wollte. Irgendwann wäre dieser Tag sowieso gekommen, aber er hatte gehofft, es würde noch eine Weile dauern.

Aus den Augenwinkeln schaute er zu Sierra hinüber, die ziemlich wütend aussah. Alarmiert tauschte er einen Blick mit Clint, der sofort aufstand und den leeren Pizzakarton aufhob.

»Ich … äh … bringe das hier mal weg. Bei der Gelegenheit kontrolliere ich auch gleich noch mal die Alarmanlage. Kann also etwas dauern.«

Red wollte ihm »Feigling« nachrufen, aber er ließ es, weil er Sierra nicht in Verlegenheit bringen wollte.

»Das ist einfach nicht fair!« Ihre Stimme zitterte vor Ärger.

Mit einem tiefen Seufzer wandte Red sich ihr wieder zu. »Nein, das ist es nicht, aber wann ist es das schon? Was dir geschehen ist, war auch nicht fair. Oder dass meine Männer getötet wurden. Oder was Nurja durchleiden musste. Oder I-Mac. Ich könnte noch Dutzende anderer Beispiele aufzählen. Meiner Erfahrung nach ist das Leben selten fair. Selbst wenn man alles tut und sich bemüht, ist das noch keine Garantie dafür, dass es am Ende gut wird.«

»Das finde ich sehr traurig. Ich möchte daran glauben können, dass man sein eigenes Schicksal zum Besseren beeinflussen kann.«

Erstaunlich, dass Sierra sich diesen Glauben nach ihren Erlebnissen hatte bewahren können. »Mit einer positiven Einstellung kann man sicher etwas erreichen und verbessern, aber trotzdem hat man nur selten wirklich die Kontrolle.«

»Vermutlich habe ich mich deshalb selbstständig gemacht, weil ich einfach das Gefühl brauchte, mein Schicksal zumindest zu einem großen Teil selbst bestimmen zu können. Und ich muss sagen, es geht mir damit wesentlich besser als zu der Zeit, als ich bei der Navy Sanitäterin war. Vielleicht solltest du so etwas auch mal probieren.«

Red verzog den Mund. »Dummerweise habe ich keinerlei Talent als Physiotherapeut. Oder in sonst etwas, das man im zivilen Bereich gebrauchen könnte.«

»Wie wäre es mit …« In diesem Moment ging die Tür auf, und Sierra brach ab.

31

I-Mac trat ein, dicht gefolgt von Nurja und Clint. Ihren Mienen war anzusehen, dass sie keine guten Nachrichten hatten. Sofort wuchs Reds Anspannung. »Was hast du herausgefunden?«

»Ich habe eine Verbindung zwischen den beiden Männern entdeckt. Sie sind beide in einer geheimen Facebook-Gruppe, in der Unterhaltungen in irgendeinem Code geführt werden. Die Postings habe ich an einen Freund geschickt, der ein Experte im Code-Knacken ist. Es war gut, dass ich sie abgespeichert hatte, weil eins der Mitglieder sie kurz danach gelöscht hat. Sämtliche Namen habe ich mir aber notiert, vielleicht kommt dir ja einer davon bekannt vor.« I-Mac reichte Red eine Liste.

Insgesamt standen acht Namen auf dem Zettel, doch Red kannte keinen davon. Kopfschüttelnd gab er I-Mac das Blatt zurück. »Die sagen mir nichts.«

»Das dachte ich mir. All diese Männer wohnen rund um Washington, D.C. Außer dieser Gruppe konnte ich keine Gemeinsamkeiten feststellen. Es gibt aber eine Ähnlichkeit zwischen ihren Lebensläufen: Im Zeitraum zwischen 2005 und heute ist bei jedem von ihnen ein großer Bruch zu finden. Sie haben irgendwo im Land gelebt, meist in der Mitte oder im Westen, doch dann sind sie an die Ostküste gezogen, nachdem ihre nächsten Angehörigen gestorben waren. Soweit ich es erkennen kann, waren sie alle eher Einzelgänger mit wenigen sozialen Kontakten, bis sie hierherzogen. Einige haben seitdem geheiratet und sogar Kinder bekommen. Sonst sind keine Auffälligkeiten zu erkennen.«

Red fand das schon auffällig genug. »Sind sie alle amerikanische Staatsbürger, so wie die beiden Angreifer?«

»Ja. Es lässt sich keinerlei Verbindung zu irgendwelchen afghanischen oder sonstigen arabischen Ländern herstellen. Sie scheinen auch keiner terroristischen Vereinigung anzugehören, jedenfalls war darüber nichts zu finden.«

Natürlich – wieso sollte auch mal etwas einfach sein? »Wie lange wird dein Freund für die Decodierung brauchen?«

»Das kann ich nicht sagen. Ich denke, das kommt auf den Schwierigkeitsgrad an und auch darauf, wann er Zeit hat. Der Kontakt läuft nur über E-Mail, und er hat noch nicht geantwortet.« I-Mac hielt sein Handy hoch. »Aber ich erfahre es sofort, wenn es so weit ist.«

Clint mischte sich ein. »Okay, in der Beziehung können wir momentan nichts machen. Aber können wir irgendwie herausbekommen, ob einer von den anderen Männern die beiden Angreifer gefahren hat?«

I-Macs Miene glättete sich. »Ich tippe auf diesen Hendricks. Er war es, der die Postings gelöscht hat, die anderen waren zu der Zeit nicht online. Wahrscheinlich weiß er, dass seine Kumpane bei der Polizei sind, und hat deshalb sämtliche Informationen verschwinden lassen.«

Red blieb skeptisch. »Es könnte aber auch einer von den anderen im Auto gesessen haben oder jemand, den wir noch gar nicht kennen.«

Ein zufriedenes Grinsen hob I-Macs Mundwinkel. »Theoretisch würde ich dir da zustimmen, aber praktisch habe ich die GPS-Koordinaten seines Handys überprüft.« Er machte eine dramatische Pause. »Und dabei kam heraus, dass er gestern Abend genau dort am Parkplatz gewesen ist.«

Angespannt beugte Sierra sich vor. »Und was machen wir jetzt? Ich nehme mal an, wir können nicht einfach zu seinem Haus fahren und mit ihm sprechen, oder?«

»Das könnten wir schon, aber es würde uns vermutlich nicht weiterbringen, weil wir keinerlei Befugnisse haben, ihn mitzunehmen und richtig zu befragen. Und da wir ihm nicht wirklich was beweisen können – schließlich könnte er ja auch zufällig dort gewesen sein –, können wir ihn auch nicht verhaften lassen.« Clint sah nicht glücklich darüber aus.

»Und wenn wir die Polizei darauf aufmerksam machen? Müssten sie dann nichts unternehmen?«

I-Mac schnitt eine Grimasse. »Das, was ich gemacht habe, war nicht gerade legal. Und auch dafür gilt: Wir haben keine legal erworbenen Beweise. Die Polizei würde ihn nie verhaften oder auch nur befragen.«

Doch Sierra wollte sich noch nicht geschlagen geben. »Und wenn man sie anonym auf ihn aufmerksam macht? Wären sie nicht verpflichtet, der Sache nachzugehen?«

Red beantwortete ihre Frage: »Theoretisch schon, aber wer weiß, wann sie das machen würden. Und selbst wenn sie dort hinfahren und ihn befragen: Er wird einfach lügen, und sie können ihm nichts nachweisen. Seine Handy-Daten können sie erst dann einsehen, wenn er ein Verdächtiger ist.«

Mit einem lauten Seufzer ließ Sierra sich ins Polster zurücksinken. »Das ist unbefriedigend.«

»Ja, das ist es.« Aber Red hatte bereits so lange mit diesem Mist zu tun, dass er sich schon beinahe daran gewöhnt hatte. Allerdings ging es diesmal nicht nur um sein Leben, sondern möglicherweise auch um das der Menschen, die ihm nahestanden. Deshalb war er nicht bereit, einfach so aufzugeben. »Vielleicht sollte ich aber trotzdem mal zu ihm fahren und sehen, wie er reagiert.«

»Nein!«

»Auf keinen Fall!«

»Das geht nicht.«

Die Reaktionen kamen prompt und waren ziemlich laut. Red hatte nichts anderes erwartet.

Schließlich setzte Clint sich durch. »Du wirst keinen Fuß vor dieses Haus setzen, solange du noch in Gefahr bist.«

Red hob die Augenbrauen. »Und wer soll mich daran hindern? Du vielleicht?«

Clints Miene war eisig. »Wenn es sein muss, ja.«

Bevor die Situation eskalierte, mischte I-Mac sich ein: »Ich halte es auch für wenig sinnvoll, wenn Red dort hingeht. Was ist, wenn der Typ dich einfach erschießt, sobald du dich dem Haus näherst? Es sollte jemand anders hingehen, den er nicht gleich erkennt.«

Reds Magen krampfte sich zusammen. »Ich will nicht, dass jemand von euch meinetwegen in Gefahr gerät. Das ist es nicht wert.«

»Warum sollte es das nicht wert sein? Du hast dein Leben auch schon oft für andere riskiert.« Clint sah aus, als meinte er das völlig ernst.

Einen Moment lang starrte Red seinen Freund nur an. »Das war mein Job. Das hier ist was anderes.«

Clints Blick brannte vor Intensität. »Du hast nicht nur dabei geholfen, Black unschädlich zu machen, sondern warst auch sofort mit deinem Team bereit, meine Familie zu beschützen, als es die *Krieger Gottes* auf uns abgesehen hatten. Ohne dich wären Karen und Maya jetzt vermutlich tot. Glaubst du, das könnte ich jemals wiedergutmachen?«

In Reds Kehle bildete sich ein Kloß, der ihn am Sprechen hinderte. Tatsache war, dass er alles tun würde, um seine Freunde, die eigentlich mehr wie seine Familie waren, zu schützen. Und deswegen würde er auch auf keinen Fall zulassen, dass Clint sich seinetwegen in Gefahr begab und Maya ihren Vater verlor, wenn etwas schiefging. Red räusperte sich. »Das brauchst du auch gar nicht. Ich habe es gern getan.«

»Das weiß ich. Aber genauso gern tue ich auch etwas für dich, wenn es dir irgendwie hilft.« Clint hob eine Hand, als Red etwas erwidern wollte. »Ich würde natürlich nicht allein gehen, sondern mit Rückendeckung. Was glaubst du, wer die ganze Zeit dein Haus überwacht?«

Red blickte sich um, als könnte er durch die Mauern sehen. »Sag nicht, die armen Schweine stehen die ganze Zeit in der Kälte herum? Hast du ihnen wenigstens auch Pizza besorgt?«

Clint schnaubte. »Da ich nicht wollte, dass sie den Pizzaboten überfallen und unsere Pizza klauen, natürlich.«

»Danke.« Warum hatte er nicht selbst daran gedacht, sich um sein Team zu kümmern? Vielleicht war er wirklich nicht mehr in der Lage, als CO zu arbeiten. »Trotzdem finde ich, ihr tut schon genug. Ich kann nicht auch noch von euch verlangen, irgendeinen Typen aufzusuchen und ihn zu fragen, ob er mich zufällig entführen oder umbringen will.«

Genervt sah Clint ihn an. »Du verlangst es ja auch nicht, sondern wir bieten es dir an. Freiwillig. Ohne Verpflichtung.«

Red wusste, wann er verloren hatte. Er würde es Clint sowieso nicht ausreden können. Vermutlich war sein Freund noch dickköpfiger als er selbst. Deshalb nickte er ihm nur kurz zu und wandte sich dann an I-Mac. »Habt ihr sonst noch was herausgefunden?«

»Ich habe mir gerade noch mal den neuesten Stand von Paris angeschaut: Bisher geht man von über hundert Toten aus, mehreren hundert Verletzten. Die Anschläge scheinen einen islamistischen Hintergrund zu haben. Teilweise waren es Selbstmordattentate, an anderen Orten haben sie mit

Maschinengewehren auf die Leute geschossen. Die Behörden versuchen jetzt, die Täter zu identifizieren und mögliche Komplizen zu finden. Die ganze Aktion war offensichtlich koordiniert und darauf abgestimmt, möglichst viel Schrecken zu verbreiten.« I-Mac war anzusehen, wie wütend ihn das machte. »Einige der Täter haben anscheinend versucht, in ein Fußball-Stadion zu kommen, in dem gerade ein Freundschaftsspiel zwischen Frankreich und Deutschland stattfand. Es ist ihnen aber nicht gelungen, deshalb haben sie sich draußen vor den Wachposten in die Luft gesprengt. Man stelle sich vor, sie wären ins Innere des Stadions vorgedrungen.«

Hätten sie sich dort gut platziert und Bomben mit einer großen Reichweite benutzt, hätten sie damit mehr Menschen töten können, als 2001 bei den New Yorker Anschlägen umgekommen waren. So gesehen hatten die Pariser noch Glück gehabt, aber Red glaubte nicht, dass sie das auch so sehen würden. Vermutlich überwogen momentan noch der Schrecken und das Entsetzen, dass solche Taten überhaupt möglich gewesen waren – besonders da man nach dem Anschlag vom Januar auf ein Satiremagazin die Präsenz von Polizei und Militär verstärkt hatte. Das Gefühl von Sicherheit war offenbar trügerisch gewesen. Und das Gleiche oder noch Schlimmeres konnte jederzeit auch woanders geschehen. Kein Land war so gut geschützt, dass es jeden Anschlag verhindern konnte.

Genau das machte Red so nervös. Wenn er wirklich Informationen zu einem weiteren Anschlag hatte, musste er sich ganz dringend daran erinnern, bevor es zu spät war. Je mehr er über die Anschläge in Paris hörte, desto weniger hatte er den Eindruck, dass der Anführer der Terroristen darüber gesprochen hatte.

»Paris war es nicht, oder?« Sierras Frage riss ihn aus seinen Gedanken.

Dass sie seine Miene so gut deuten konnte, gab ihm zu denken. Und es zeigte ihm auch, dass er nicht mehr länger das schlechte Gefühl ignorieren durfte, das langsam in ihm zur Gewissheit wurde. Deshalb nickte er knapp. »Nein, ich denke, nicht.«

»Shit.« Clints Äußerung traf wie immer den Kern.

»Soll ich dir hier unten ein Zimmer zurechtmachen?«

Sierra schreckte hoch, als Nathan sie ansprach. Während sie darauf warteten, etwas von Clint und den anderen SEALs zu hören, mussten ihr die Augen zugefallen sein. Rasch richtete sie sich auf. »Nein, danke, es geht schon. Ich möchte wissen, ob sie den Kerl erwischt haben.«

»Wir wecken dich, wenn sich was tut.« Vorsichtig setzte er sich in einigem Abstand neben sie.

Sierra konnte in Nathans Augen sehen, dass er den Grund kannte, warum sie so müde war. Deshalb bot er ihr vermutlich auch ein Zimmer hier unten an, anstelle des Raumes, in dem sie letzte Nacht geschlafen hatte. Oder vielmehr: nicht geschlafen.

»Das ist nicht nötig, aber danke für das Angebot.«

Einen Moment lang schaute Nathan sie forschend an, dann nickte er. »Solltest du es dir anders überlegen, sag mir einfach Bescheid.«

Zögernd lächelte sie ihn an. »In Ordnung.«

Sierra ließ den Blick durch den Raum schweifen. I-Mac und Nurja waren wieder ins Arbeitszimmer zurückgekehrt, nachdem sie noch eine Weile über die Anschläge in Paris und die möglichen Konsequenzen gesprochen hatten. Dass es einen islamistischen Hintergrund gab, war deutlich zu erkennen, die Frage war nur, wer genau die Täter waren. Hatten sie allein gehandelt, oder stand eine Terrororganisation im Hintergrund? Die Geheimdienste warnten, dass so etwas jederzeit wieder und überall in Europa passieren könne. Obwohl die Täter bereits vorher einschlägig bekannt gewesen waren, war es den Behörden trotzdem nicht gelungen, sie von ihrer Tat abzuhalten. Das machte Sierra Angst.

Wie kamen solche jungen Männer darauf, nicht nur ihr eigenes Leben wegzuwerfen, sondern auch anderen Menschen so viel Schaden zuzufügen? Woher kam dieser ganze Hass? Natürlich kannte sie die ganzen Gründe, die von den Experten angeführt wurden, aber für sie klangen die wie Ausreden. Jeder hatte die Wahl, was er aus seinem Leben machen wollte, ob er anderen Leuten schaden wollte oder nicht. Diese Terroristen waren für sie einfach nur Massenmörder. Egal, was ihnen in ihrem Leben zugestoßen war – nichts gab ihnen das Recht, so etwas zu tun. Schon gar nicht, wenn sie aus irgendeinem Irrglauben heraus handelten.

»Es tut mir wirklich leid, Sierra.«

Nathans Bemerkung riss sie aus ihren düsteren Überlegungen. Fragend blickte sie ihn an. »Was?«

In seiner Wange zuckte es. »Alles. Dass ich dich überhaupt erst in diese Sache mit hineingezogen habe. Dass ich mich nicht unter Kontrolle hatte. Dass ich so getan habe, als wäre alles mit mir in Ordnung, obwohl es ganz offensichtlich nicht so war. Ich hätte nie …« Er verstummte und blickte dann in eine andere Richtung. »Ab sofort werde ich meine Schlafzimmertür immer abschließen, wenn jemand anders im Haus ist.«

Irgendetwas daran gefiel Sierra nicht, auch wenn sie sich eigentlich darüber freuen müsste, dass er sich solche Gedanken über ihre Sicherheit machte. »Prinzipiell könnte das funktionieren, aber was ist, wenn du mal eine Frau hierher einlädst?«

Sowie die Frage aus ihrem Mund war, wünschte Sierra, sie könnte sie wieder zurücknehmen. Wie kam sie dazu, ihn so etwas Intimes zu fragen? Das ging sie doch überhaupt nichts an! Auch wenn sie für einen kurzen Moment gehofft hatte … Der Gedanke verflog sofort, als sie Nathans verzweifelte und gleichzeitig entschlossene Miene bemerkte.

»Das tue ich nicht mehr.«

Verwirrt sah Sierra ihn an. »Nie wieder? Das ist eine lange Zeit. Was machst du dann, übernachtest du bei ihr?« Es tat ihr weh, nur daran zu denken, dass Nathan eine andere Frau lieben könnte. Was war nur mit ihr los? Er hatte jedes Recht, ins Bett zu gehen, mit wem auch immer er das wollte.

»Nein.« Die Antwort klang angespannt.

»Und wie soll das funktionieren? Rein, raus und dann getrennte Schlafzimmer? Ich glaube nicht, dass eine Frau so etwas auf Dauer mitmacht.«

Nathans Augen hatten sich bei ihren Worten verdunkelt. Wie hypnotisiert starrte Sierra in das Grün und sah einen Glanz darin, den sie nicht deuten konnte. Sein Gesicht bewegte sich ein wenig in ihre Richtung, doch Sierra achtete nicht weiter darauf. Zu fasziniert war sie von seinem Blick. Automatisch lehnte sie sich ebenfalls vor und zuckte erschreckt zusammen, als ihre Lippen sich berührten. Das war doch gar nicht ihre Absicht gewesen, aber sie wollte auch nicht damit aufhören …

Nathan schien es ebenso zu gehen, mit der Zungenspitze berührte er ihre Lippen. Oh Gott, es war Wahnsinn, was sie hier tat, trotzdem konnte sie sich nicht stoppen. Zu sehr hatte sie auf diesen Kuss gewartet. Ihr Mund öffnete sich wie von selbst, und Nathan vertiefte ihre Verbindung. Sierras Vorsicht wurde von ihrem Verlangen fortgespült, und sie ließ sich tiefer in den Kuss sinken. Als hätte er ihre Kapitulation gespürt, rückte Nathan noch näher heran, hielt sie jedoch nicht fest. Aber das brauchte er auch gar nicht, sie war völlig von ihren Gefühlen gefesselt. Selbst ein Erdbeben hätte sie nicht von ihm trennen können.

Sierra konnte nicht anders, sie musste ihn einfach berühren. Zögernd legte sie ihre Handflächen an seine Brust und spürte das schnelle Klopfen seines Herzens. Es passte perfekt zu ihrem galoppierenden Herzschlag. Immer höher wanderten ihre Hände, strichen über seinen Hals und legten sich dann um seinen Kopf, um ihn noch näher an sich zu ziehen. Es fühlte sich so gut an, ihre Finger durch seine etwas zu langen Haarsträhnen gleiten zu lassen, seine Wärme zu spüren und zu wissen, dass er überlebt hatte und hier bei ihr war. Ihre Kehle schnürte sich zu bei dem Gedanken, dass er jetzt tot sein könnte.

»Sierra …« Reds Stimme drang rau an ihre Lippen.

Da sie jetzt nicht reden wollte und es auch nicht konnte, küsste sie ihn mit all den Gefühlen, die sich in ihr aufgestaut hatten. Nathan gab einen kratzigen Laut von sich, dann stürzte er sich wie ein Verhungernder auf sie. Wie ein elektrischer Stoß fuhr die Lust durch ihren Körper, ließ sie wünschen, sie wären irgendwo anders, allein, und die Welt um sie herum wäre verschwunden. Keine Menschen, kein Terror, kein Kummer. Nur sie beide und ihre Gefühle. Gott, sie konnte sich nicht erinnern, wann sie das letzte Mal so etwas empfunden hatte. Vielleicht … nie. Und das machte ihr wirklich Angst.

Nathan schien ihr Zögern zu spüren, denn er rückte ein wenig von ihr ab. Sofort fühlte sie den Verlust, und alles in ihr zog sich zusammen. *Nein!* Sie würde sich das nicht nehmen lassen. Nicht von jemand anderem und erst recht nicht von ihrer Angst. Lange genug hatte sie nur zugesehen und sich nicht getraut, wieder eine neue Beziehung zu beginnen. Und auch wenn sie nicht wusste, wohin diese Sache führen würde, wollte sie diesen Moment der Nähe unbedingt. Dieses Aufflackern tief vergrabener Emotionen. Das Gefühl starker körperlicher Anziehung. Denn daran bestand kein Zweifel: Irgendetwas an Nathan zog sie an, trotz der Narben und Albträume.

Vielleicht war sie dumm und lud sich damit weiteren Schmerz auf, doch das war ihr im Moment egal. Jetzt zählte nur, ihr Verlangen endlich zu stillen. Das Prickeln zu spüren, das Nathan in ihr auslöste. Deshalb zog sie ihn wieder zu sich heran.

»Hör nicht auf.« War das wirklich ihre Stimme, die so fremd klang?

Nathan blickte sie so intensiv an, dass sie es beinahe körperlich spüren konnte. Offenbar verstand er, dass sie es ernst meinte, denn er lehnte seine Stirn an ihre und atmete tief aus. »Gott, Sierra. Ich weiß, ich sollte das nicht tun, aber ich möchte es so sehr.«

Ihre Lippen kribbelten unter seinem Blick. »Warum tust du es dann nicht?«

»Ich möchte dir nicht wehtun.« In seinen Augen lag eine solche Sehnsucht, dass ein Zittern durch ihren Körper lief.

»Das wirst du nicht. Ganz im Gegenteil.« Sie klang sicherer, als sie sich fühlte, aber sie würde sich nicht von ihrer Befangenheit abhalten lassen.

Etwas flammte in seinen Augen auf, sein Griff an ihrem Rücken festigte sich. »Du sagst es mir, wenn du aufhören möchtest, ja?«

»Natür…« Nathans Mund lag auf ihrem, bevor sie das Wort zu Ende gesprochen hatte.

Sierra schloss die Augen und ließ sich fallen. Es fühlte sich richtig an – egal, was sonst noch war. Jetzt und hier passierte genau das, was passieren sollte. Nach einer Weile verlor sie jegliches Gefühl für die Zeit, es existierten nur noch Nathan und sein unglaublicher Kuss.

»Oh, entschuldigt, ich wollte nicht stören. Bin schon wieder weg.«

Es dauerte einen Moment, bis Sierra Clints Bemerkung registrierte. Eigentlich tat sie es auch nur, weil Nathan sich ruckartig von ihr löste und damit den Zauber brach, der sie gefangen hielt. Verlegen rutschte sie ein Stück von ihm ab und blickte zur Tür, doch Clint hatte sie bereits wieder hinter sich geschlossen. Hitze stieg in Sierras Wangen, und sie presste die Hände darauf, um sie zu kühlen.

»Sierra, sieh mich an.«

Jetzt erst bemerkte sie, dass sie Nathans Blick bisher ausgewichen war. Sie ließ die Hände sinken und wandte sich ihm zu.

Besorgt schaute er sie an. »Alles in Ordnung bei dir?«

Offenbar dachte er, sie bereute den Kuss, aber das Gegenteil war der Fall. Am liebsten hätte sie ewig damit weitergemacht. »Ja. Ich ärgere mich nur, dass wir gestört wurden.«

Seine Gesichtszüge entspannten sich, der Hauch eines Lächelns umspielte seinen Mund. »Das geht mir auch so. Wahrscheinlich hätten wir gar nicht erst damit anfangen sollen.«

Verwirrt und ein wenig verletzt sah Sierra ihn an. »Nicht? Dann bereust du es?«

Nathan nahm ihre Hände und drückte sie sanft. »Nein, ganz und gar nicht. Aber ich ziehe es vor, so etwas im privaten Rahmen zu tun. Ich hätte dich gerne noch viel länger geküsst.« Wieder lag sein Blick auf ihrem Mund.

Sierra zerfloss fast innerlich, doch sie wusste, dass ihre Zeit – zumindest für den Moment – abgelaufen war. »Wir sollten Clint vielleicht wieder reinholen und hören, was sein Ausflug ergeben hat.«

Mit einer Grimasse erhob sich Nathan. »Ja. So leid es mir auch tut, momentan gibt es wichtigere Dinge, um die wir uns kümmern müssen.« Noch immer hielt er ihre Hand fest, beinahe schien es so, als könnte er es nicht über sich bringen, sie loszulassen. »Können wir später darüber reden?«

»Das sollten wir wohl.« Wobei Sierra etwas anderes, deutlich Körperlicheres vorziehen würde. Der vernünftige Teil von ihr erkannte dagegen, dass es tatsächlich besser wäre, darüber zu reden, bevor es noch weiter ging.

»Dann ist das ein Date.« Zögernd ließ Nathan sie los, dann ging er zur Tür und öffnete sie. »East?«

Sierra zuckte zusammen, als Nathan laut Clints Spitznamen rief. Sie hatte noch nie erlebt, dass er die Stimme erhob. Das zeigte ihr, wie sehr er sich in ihrer Gegenwart bisher unter Kontrolle gehalten hatte und warum der Vorfall von letzter Nacht an ihm zehren musste. Für sie war es ein Schock gewesen, keine Frage, aber für ihn, für jemanden, der gelernt hatte, sich immer im Griff zu haben, musste es noch viel schlimmer sein. Besonders nach dem Kontrollverlust während seiner Gefangenschaft. Es musste ihm vorgekommen sein, als hätten die Terroristen ihm seine ganze Selbstsicherheit genommen, obwohl er sich nicht mehr in ihrer Hand befand.

Nathan kam zu ihr zurück, blieb aber in einiger Entfernung neben dem Sofa stehen. Anscheinend wollte er sich nicht mehr neben sie setzen. Ein wenig schmerzte sie das, gleichzeitig war sie jedoch auch froh darüber: So würde er sie zumindest weniger ablenken.

32

Vorsichtig wurde die Tür zum Wohnzimmer aufgeschoben, dann steckte Clint seinen Kopf herein. »Alles jugendfrei?«

Nathan schnaubte. »Sehr witzig. Sind die anderen auch da?«

»Jup, ich habe auch I-Mac und Nurja Bescheid gesagt. Sie kommen gleich.«

Also gab es tatsächlich etwas zu berichten. Unruhig rutschte Sierra auf dem Sofa herum und sah, dass Nathan ebenfalls ein wenig nervös war, auch wenn er das besser verstecken konnte. Stoisch stand er vor dem Fenster, die Arme über der Brust gekreuzt. Nur das leichte Zucken in seiner Wange und die angespannten Muskeln in den Armen verrieten ihn.

Nacheinander traten die beiden SEALs ins Zimmer, dicht gefolgt von I-Mac und Nurja. Schließlich waren alle versammelt, und sie konnten endlich erfahren, was der Besuch bei dem Verdächtigen gebracht hatte.

Clint blieb in der Nähe der Tür stehen. Ihm war nicht viel anzusehen, aber auf Sierra wirkte er nicht besonders zufrieden. Angespannt beugte sie sich vor.

»Was hat er gesagt?« Nathans Frage zeigte, dass er ebenfalls am Ende seiner Geduld war.

»Gar nichts.« Clint verzog den Mund. »Er war schon ausgeflogen.« Kurz erzählte er, wie sie in die Wohnung eingebrochen waren und sie leer vorgefunden hatten. Kein einziges persönliches Stück war mehr in den Räumen gewesen, geschweige denn etwas, das den Mann mit einem geplanten Anschlag in Verbindung gebracht hätte.

Als Clint berichtete, wie sie fast mit einigen Polizisten zusammengetroffen wären, die direkt nach ihnen in die Wohnung gekommen waren, hielt Sierra unwillkürlich den Atem an. »Ihr seid wirklich aus dem Fenster geklettert? Im vierten Stockwerk?«

Bull antwortete ihr: »Ja, war kein Ding. Wir haben es gerade noch rechtzeitig auf den Balkon der Wohnung darunter geschafft.«

»Und sie haben euch geglaubt, dass ihr zum Spaß im Dunkeln draußen auf dem Balkon sitzt?« Diese Frage kam von Nathan.

Tex hob die Schultern. »Sieht so aus. Glücklicherweise hat die Wohnungsbesitzerin uns erst danach entdeckt.«

»Und sie hat nicht die Polizei gerufen? Ich an ihrer Stelle hätte das gemacht.« Es musste furchtbar sein, fremde Leute auf dem Balkon zu entdecken. Noch dazu drei Männer, die alles andere als ungefährlich aussahen. Sierra war sich ziemlich sicher, dass sie zu Tode erschrocken wäre.

Bull schnitt eine Grimasse. »Sie war etwa hundert und fand es wohl toll, dass ihr gleich drei Männer einen Besuch abstatteten. Besonders nachdem Tex seinen Charme – oder was er dafür hält – aufgedreht hat.«

Tex stieß ihm in die Rippen. »Hey, immerhin habe ich uns dort rausgebracht. Hätte sie nur dich Griesgram gesehen, würden wir jetzt noch auf dem Balkon sitzen. Oder hätten draußen runterklettern müssen. Wie war das noch mit der Masse und der Schwerkraft?« Bedeutungsvoll blickte er auf Bulls wuchtige Gestalt.

»Sehr witzig, du …«

Clint unterbrach Bull. »Das ist ja alles sehr interessant, aber könnten wir zum Thema zurückkommen?« Er wandte sich an Nathan. »Fazit ist: Der Typ ist abgehauen, und wir haben keinen Hinweis darauf, wohin. Es sah auch nicht so aus, als würde er noch mal zurückkommen.« Sein Ärger über diesen Fehlschlag war ihm deutlich anzumerken.

»Ich denke, das zeigt, dass er wirklich was mit der Sache zu tun hat. Niemand würde sein Leben einfach so von einem Tag auf den anderen aufgeben.«

I-Mac mischte sich ein. »Ich werde mal bei seiner Firma anrufen, vielleicht wissen die was. Falls nicht, können wir davon ausgehen, dass sein Verschwinden ungeplant war. Außerdem überprüfe ich seine Handy-Daten, vielleicht haben wir Glück, und er hat sein GPS an, falls er das Telefon überhaupt bei sich hat.«

Sierra beugte sich vor. »Ich kann mir das alles nicht erklären. Warum machen diese Leute das? Es scheinen doch ganz normale, unbescholtene amerikanische Bürger zu sein. Warum sollten sie Nathan etwas tun wollen? Hätten sie ihn wirklich entführt und nach Afghanistan gebracht, wie der eine Mann angedeutet hat? Was sollte das bringen?«

»Vielleicht hat der Anführer noch eine Rechnung mit mir offen.« Nathans Stimme klang gepresst.

Nachdenklich strich Clint sich über seine kurzen Haare. »Mag sein, aber würde er dafür einen solchen Aufwand betreiben? Es muss ziemlich schwierig für ihn gewesen sein, dich überhaupt zu finden und dann noch irgendwelche Leute zu aktivieren, die dich entführen. Dafür müsste der Anführer eine große Macht besitzen, und auf den Fotos der bekannten Terroristen, die ich dir gezeigt habe, hast du ihn nicht erkannt. Wie kann so jemand völlig unter dem Radar bleiben?« Clint hörte sich genauso frustriert an wie der Rest der Mannschaft.

»Indem er immer in Bewegung bleibt, sich nie öffentlich in seiner Funktion als Terrorist zeigt und nicht offiziell die Verantwortung für irgendwelche Anschläge übernimmt. Davon abgesehen sind die Augen von Militär, Politik und Öffentlichkeit derzeit auf den IS in Syrien und im Irak gerichtet – es interessiert kein Schwein mehr, was in Afghanistan passiert.« Entschuldigend blickte I-Mac zu Nurja, die jedoch bestätigend nickte.

»Trotzdem gehe ich davon aus, dass er nicht allein arbeitet. In meinen Erinnerungen hat er immer mit jemandem telefoniert, wenn es um den Anschlag ging.«

»Auf Englisch oder Arabisch?«

Verwirrt sah Nathan I-Mac an. »Was?«

»Ob er während der Telefonate Englisch oder Arabisch gesprochen hat. Es könnte ja sein, dass er dich damit irgendwie herauslocken wollte.«

Nathans Miene wurde düsterer. »Das kann nicht sein, er wusste ja gar nicht, dass ich inzwischen Arabisch konnte. Mit mir hat er immer auf Englisch geredet. Am Telefon war es Arabisch. Wahrscheinlich hat er auch nur deshalb manchmal in meiner Gegenwart telefoniert – weil er dachte, ich verstehe ihn sowieso nicht.«

Bull sah ihn irritiert an. »Und seit wann beherrschst du Arabisch? Bisher waren Sprachen nicht unbedingt deine Stärke.«

»Sind sie auch immer noch nicht. Aber wenn dein Leben davon abhängt, lernst du so etwas relativ schnell. Jedenfalls die einfachen Befehle.« Unwillkürlich strich Nathan sich über die Rippen. »Eine Zeitlang hatte ich einen Mitgefangenen, der sowohl Englisch als auch Arabisch sprach. Er hat mich ein wenig unterrichtet, wenn wir nicht gerade anderweitig beschäftigt waren.« Sein Blick wanderte zum Fenster, als könnte er dort Trost finden. »Ich weiß nicht, was aus ihm geworden ist. Irgendwann kam er nicht mehr zurück.«

Sierra musste sich zwingen, sitzen zu bleiben und nicht zu Nathan zu gehen. Er sah so verloren aus, so allein mit seinen schrecklichen Erinnerungen. Die Geschichte machte ihr außerdem bewusst, wie leicht auch Nathan nicht mehr hätte zurückkommen können. Dann hätte sie ihn nie kennengelernt und nie gespürt, wie die Mauer aus Eis um sie herum langsam zu schmelzen begann. Sie konnte auch sehen, wie sehr es seine Freunde geschmerzt hätte, wenn er dort gestorben wäre. Der Verlust wäre vermutlich unersetzbar gewesen. Sierra stellte fest, dass ihre Freunde zwar sicher ebenfalls traurig wären, wenn sie sterben würde, aber die Verbindung zwischen den SEALs war noch etwas ganz anderes. Wahrscheinlich hatten die gemeinsamen Erlebnisse sie viel fester zusammengeschweißt, als es eine normale Freundschaft je könnte.

Sie musste zugeben, dass sie ein wenig neidisch darauf war. Gleichzeitig schämte sie sich für solche Gefühle. Es war ihre eigene Schuld, dass sie keine so engen Freundschaften geschlossen hatte. Irgendwie hatte es ihr immer genügt, eher lockere Kontakte zu pflegen.

Sierra blinzelte und konzentrierte sich wieder auf Nathan. »Das tut mir leid.«

Überrascht sah er zu ihr hinüber und nickte dann. »Irgendwann werde ich versuchen herauszufinden, wer er war und was aus ihm geworden ist.«

Möglicherweise würde ihm das nie gelingen, aber Sierra wusste, dass er nicht aufgeben würde.

I-Mac räusperte sich. »Ich werde dann mal sehen, was ich über unseren Flüchtigen und die anderen Männer aus der Gruppe noch herausfinden kann. Irgendwie werden wir ihn aufspüren.« Schnell verließ er den Raum, dicht gefolgt von Nurja.

Nathan wirkte skeptisch. »Ich hoffe sehr, dass er etwas findet, sonst weiß ich nicht, wie man in der Sache noch an weitere Informationen kommen sollte.«

»Wenn jemand etwas findet, dann ist es I-Mac. Gib ihm ein wenig Zeit.« Vermutlich wollte Clint beruhigend klingen, aber man merkte ihm an, dass auch seine Zuversicht nicht besonders groß war. »Und was die Sache mit dem Terroristen-Anführer in Afghanistan angeht: Wenn Devil und Team 11 ihn finden, bekommen wir sicher mehr Informationen über den Anschlag.«

»Ja, wenn.« Nathan äußerte das, was sie alle dachten.

Es dauerte nicht einmal eine halbe Stunde, bis I-Mac wieder ins Wohnzimmer stürmte. Red erstarrte innerlich, als er den Ausdruck in den Augen des Computerexperten sah. »Ihr glaubt nicht, was ich gefunden habe!«

»Mittlerweile bin ich bereit, alles zu glauben.« Clints Kommentar erntete zustimmendes Nicken.

I-Mac schnitt eine Grimasse. »Mach mir doch nicht immer meinen Auftritt kaputt.« Sofort wurde er wieder ernst. »Leider ist das Handy von diesem Hendricks nicht mehr aktiv, zumindest gibt es keine aktuellen GPS-Daten. Ich habe sie nachverfolgt, sie enden gestern Abend in der Nähe der Wohnung.«

»Mist.« Bulls Fluch war noch vergleichsweise harmlos gegenüber dem, was in Reds Kopf ertönte.

»Und deshalb bist du so aufgeregt? Ohne GPS-Daten sind wir aufgeschmissen und werden ihn nie schnell genug finden.« Damit waren sie dann wirklich auf den verhafteten Angreifer angewiesen, und Red bezweifelte, dass der reden würde.

Genervt verdrehte I-Mac die Augen. »Nein, natürlich bin ich nicht nur gekommen, um euch diese Info zu bringen. Allerdings ärgert es mich immer wieder, dass mittlerweile alle Welt weiß, dass die Geräte mit GPS selbst dann senden, wenn ein Handy ausgeschaltet ist. Früher war das viel einfacher. Aber zurück zum Thema: Da GPS keine Option ist, habe ich Hendricks Anrufliste überprüft. Alle Telefonate waren völlig harmlos, ich habe jedenfalls keinerlei Verbindungen zu den anderen Männern oder dem Angriff auf Red finden können. Ein Anruf stach allerdings heraus: Er ging zu einer Nummer hier in den USA, die nirgends registriert ist. Nach einiger Recherche habe ich herausgefunden, dass es sich um einen Weiterleitungsanschluss handelt, mit dem man die wahre Nummer des Gesprächspartners verschleiern kann. Zumindest dann, wenn niemand gründlich nachforscht.«

»Und? Hast du nachgeforscht?« Red wusste, wie ungeduldig er klang, aber er konnte es nicht ändern. Zu viel hing davon ab, dass sie diese Verbrecher endlich zu fassen bekamen.

»Natürlich.« Er machte eine kleine, effektvolle Pause. »Der Anruf ging nach Afghanistan.«

Es war totenstill im Raum, nicht einmal ein Atemzug war zu hören. Es dauerte einen langen Moment, bis schließlich Clint wieder das Wort ergriff. »Also gibt es eine Verbindung zwischen diesen amerikanischen Angreifern, der geheimen Facebook-Gruppe und Reds Entführung in Afghanistan.«

»Sieht so aus. Das sind natürlich keine harten Beweise, die vor irgendeinem Gericht standhalten würden, aber ich denke mal, für uns sind sie ausreichend. Es ist so gut wie unmöglich, dass dieser Typ zufällig genau an dem Tag in Afghanistan anruft, an dem seine zwei Kumpane Red angreifen und er selbst sich mit seinem Auto auf dem Parkplatz am Tatort aufhält.«

Angespannt beugte Red sich vor. »Hast du versucht, das Handy von seinem Gesprächspartner in Afghanistan zu orten?«

Fast ein wenig beleidigt blickte I-Mac ihn an. »Natürlich. Dummerweise scheint der ein Gerät ohne GPS zu nutzen. Eine genaue Ortung ist damit nicht möglich. Aber durch die normale Triangulation habe ich zumindest das ungefähre Gebiet bestimmt, in dem sich Hendricks Gesprächspartner zu der Zeit aufgehalten hat.«

»Das funktioniert?«

»Klar. Dafür überprüft man innerhalb des Mobilfunknetzes, über welchen Funkmast das Signal gesendet wurde. In diesem Fall war es eine kleine Stadt in relativer Nähe zu dem Lager, in dem Red gefunden wurde.«

Reds Hände ballten sich zu Fäusten, und es lief ihm heiß und kalt den Rücken hinunter. Das war die Verbindung, die sie gesucht hatten! Aber er konnte immer noch nicht verstehen, wie die Männer auf ihn gestoßen waren. Er war sich ganz sicher gewesen, dass er seine Identität nie preisgegeben hatte. Wie hatte der Anführer ihn hier gefunden? Und wer waren diese amerikanischen Männer, die sich mit so einem Terroristen verbündeten? Es ergab einfach keinen Sinn.

»Red!« Eine Hand legte sich auf seine Schulter und drückte sie. Automatisch schreckte Red zurück. Er stolperte nach hinten, bis sein Rücken die Wand berührte. Vor ihm konnte er eine große Gestalt wahrnehmen, doch deren Gesichtszüge blieben verschwommen. Sein Herzschlag war so laut, dass er ihm in den Ohren dröhnte und alles andere ausblendete.

»Red, es ist alles in Ordnung, du bist zu Hause. In Sicherheit.«

Die vertraute Stimme drang zu ihm durch, doch es dauerte noch einige quälende Sekunden, bis seine Sicht sich wieder klärte. Clint stand vor ihm und beobachtete ihn besorgt. Ein Blick in die Runde zeigte Red, dass die anderen ihn mitleidig ansahen. Selbst in Sierras hellbraunen Augen schimmerte Bedauern. Das gab ihm den Rest. Die Wände schienen sich auf ihn zuzubewegen und ihm die Luft abzuquetschen. Seine Kehle zog sich zusammen.

Hastig schob er sich an Clint vorbei. »Entschuldigt mich. Ich muss allein sein.«

Um ihn herum herrschte Stille, als er geradezu aus dem

Zimmer floh. Selbsthass stieg in ihm auf, bis er glaubte, daran ersticken zu müssen. Ein roter Schleier hatte sich vor seine Augen gelegt und ließ ihn alles nur noch verschwommen sehen. So schnell es seine Verletzungen zuließen, taumelte er durch den schmalen Gang und die Treppe zum Obergeschoss hinauf. Sein Atem ging so schnell, dass seine Rippen schmerzten. Ein Rauschen ertönte in seinen Ohren, und sein Gehirn begann, seine Funktionen einzustellen. Nach und nach versagten Red die Sinne, als würde sein Körper sich einfach ausschalten.

Die letzten Meter zu seinem Schlafzimmer stolperte er nur noch vorwärts, die Hände ausgestreckt, um sich im Notfall an einer Wand oder Tür abzustützen. Wie ein Betrunkener, der nicht mehr in der Lage war, es bis zu seinem Bett zu schaffen. Die Zähne fest aufeinandergebissen zwang Red sich, weiterzugehen. Er war ein SEAL, verdammt noch mal! Noch nie in seinem Leben hatte er so etwas wie eine Panikattacke gehabt, und das machte ihm Angst. Er fühlte sich, als würde er ohne einen Rettungsring mitten auf dem Meer treiben und langsam untergehen. Und es gab nichts, was er dagegen tun konnte.

Die letzten Schritte bis zu seinem Bett waren zu viel. Kurz davor brach er zusammen, seine Beine gaben einfach nach, und er landete unsanft auf dem Boden. Mühsam versuchte er, sich wieder hochzustemmen, doch er schaffte es nicht. Stattdessen kroch er langsam weiter, während ihm die Sicht immer weiter schwand. *Bitte nicht …*

»Nathan? Oh Gott!« Die Frauenstimme erklang hinter ihm. *Sierra!* Sie erschien ihm wie ein Rettungsanker, jemand, der ihn im Hier und Jetzt hielt.

Wenn sie ihn berühren würde, könnte er sich vielleicht wieder in die Realität zurückhangeln. Gleichzeitig wollte er nicht, dass sie ihn so völlig außer Kontrolle sah. Besonders nicht nach dem, was letzte Nacht passiert war. Sicher hatte sie Angst vor ihm und würde danach nicht mehr in seine Nähe kommen wollen. Allerdings verstand er nicht, was sie dann hier in seinem Zimmer tat. Es musste sie doch daran erinnern, dass er sie fast getötet hätte. Aber sie war hier. Eine Verlockung wie eine Sirene oder Meerjungfrau. Red schloss die Augen und ließ sich fallen.

33

Kühle Finger berührten seine Wange. Es war nur ein Hauch, beinahe wie ein Traum. Sie beruhigten seine angespannten Nerven und ließen in ihm ein Gefühl von Frieden aufkommen, das er lange nicht mehr verspürt hatte. Mit einem Seufzer sank er tiefer in das weiche Bettzeug. Es fühlte sich so gut an, als würde er auf einer Wolke liegen und … *Weich?* Soweit er sich erinnern konnte, war er auf dem Boden zusammengebrochen. Wie konnte der sich so weich anfühlen?

Reds Augen flogen auf, und er erstarrte. Sierra saß auf einem Stuhl neben seinem Bett – es waren ihre Finger, die ihn so sanft berührten. Aber was tat sie hier? Seine Anspannung kehrte zurück. Wenn er sie wieder angegriffen hatte …

»Er ist jetzt wach, du kannst ruhig gehen.« Sie sah zur Tür und lächelte. »Danke.«

Red folgte ihrem Blick. Clint lehnte an der Wand und betrachtete ihn forschend. Als er erkannte, dass Red tatsächlich wach war und keine Gefahr bestand, dass er Sierra etwas antun würde, nickte er knapp und verließ dann das Zimmer.

»Was …?« Er räusperte sich. »Was tust du hier?«

Besorgnis war deutlich in ihren Augen zu erkennen. »Ich habe mir Sorgen um dich gemacht, deshalb bin ich dir gefolgt. Du bist kurz vor deinem Bett zusammengebrochen und nicht mal aufgewacht, als Bull dich die letzten Meter getragen hat.« Sie beugte sich vor und blickte ihm tief in die Augen. »Was war mit dir los?«

Verlegen versuchte Red, wegzusehen, doch Sierras Blick

hielt ihn gefangen. Wenn das Oberkommando etwas davon erfuhr, würden sie ihn auf keinen Fall wieder für Missionen einsetzen. Offenbar hatte schon der bloße Gedanke an seine Gefangenschaft gereicht, um ihn in diesen Zustand zu versetzen. Wie sollte er so je wieder ein halbwegs normales Leben führen?

»Nathan.« Verständnis und Wärme traten in Sierras hellbraune Augen. »Du brauchst es mir nicht zu sagen, wenn du nicht möchtest. Ich kann mir vorstellen, wie schwierig das alles für dich sein muss. Aber du hast hier Freunde, die dich ganz sicher nicht im Stich lassen werden, egal, was du tust oder sagst.«

Damit hatte sie vermutlich recht, aber seine Männer verließen sich auch darauf, dass er sie während der Missionen führte. Ohne Zweifel, ohne Angst, ohne einen Zusammenbruch. Wenn er das nicht schaffte, war er zwar immer noch ihr Freund, aber er würde nicht mehr zum Team gehören. Er wäre allein. Erst jetzt wurde ihm klar, warum er sich einen Beruf ausgesucht hatte, in dem er zu einer engen Gemeinschaft von Menschen gehörte, auf die er sich jederzeit verlassen konnte. Die ihn nie im Stich lassen würden. Offenbar hatte ihn die Tatsache, dass seine Eltern ihn aufgegeben hatten, doch tiefer beeinflusst, als er bisher gedacht hatte.

Tief atmete er durch. »Die Vorstellung, dass diese Terroristen in der Lage sind, mich hier einfach so zu überfallen, macht mich krank. Als ich befreit wurde, hatte ich gehofft, ich könnte diese Monate irgendwann hinter mir lassen und wieder zu meinem alten Leben zurückfinden. Doch mit jedem Tag erscheint mir das unwahrscheinlicher.«

Sierra streichelte mit dem Daumen seine Wange. »Wenn wir diese Kerle erst haben, wird sich dein Leben immer mehr normalisieren.«

Red brachte es nicht über sich, ihr zu sagen, wie naiv dieser Gedanke war. Gleichzeitig wünschte er, es wäre so einfach. Dass er eines Morgens aufwachen würde und die Welt wieder so wäre, wie er sie kannte. Doch das würde nicht geschehen. Irgendwie musste es ihm gelingen, damit zurechtzukommen und einen neuen Weg für sich zu finden. Wenn es nach ihm ginge, würde Sierra ihn auf diesem Weg begleiten, aber das konnte er ihr nicht antun. Sie war so jung und hatte noch so viel vor sich. Es wäre nicht fair, sie an einen arbeitslosen, vernarbten Veteranen zu binden. Sofern sie das überhaupt wollte. Vielleicht war sie auch einfach nur nett, weil sie Mitleid mit ihm hatte.

Der Gedanke schmerzte mehr, als er zugeben wollte. Mit Mühe hielt er seine Stimme ruhig. »Danke, dass du bei mir geblieben bist.«

Ihr Lächeln war wie ein Sonnenstrahl. »Sehr gerne. Ich hatte das Gefühl, du brauchst jemanden, der bei dir ist, wenn du aufwachst.«

Er mochte nicht zugeben, wie richtig sie damit lag. »Es war aber gut, dass du Clint dazugeholt hast. So hat wenigstens jemand aufgepasst, dass ich dir nicht wehtue.«

Sierras Augen wurden dunkler, Schmerz lag darin. »Ich glaube nicht, dass du mir jemals etwas tun würdest, wenn du wach bist, aber im Moment möchte ich nicht mit dir in einer Situation sein, in der du denkst, du wärst woanders. Es tut mir leid, Nathan.«

Er berührte ihre Finger. »Das muss es nicht. Ich bin froh, dass du dich selbst schützt. Wenn dir etwas passieren würde …«

Sofort unterbrach sie ihn. »Mir wird nichts passieren.« Sie richtete sich ein wenig auf und löste damit ihre körperliche Verbindung. »Warum ruhst du dich nicht ein bisschen aus?«

»Ich bin nicht müde. Außerdem muss ich mithelfen, diese Verbrecher zu fassen, bevor sie noch Schlimmeres anrichten.«

Als er sich aufsetzen wollte, legte Sierra ihm die Hand auf die Schulter und drückte ihn zurück. »Das wirst du. Aber im Moment warten wir sowieso nur darauf, dass I-Mac etwas herausfindet. Das geht nicht schneller, wenn du unten bist. Besser, du schonst deine Kräfte für morgen oder wann immer er die Informationen bekommt.«

Red versuchte es erneut. »Aber ich …«

Diesmal sah Sierra ihn streng an. »Nathan Redfield, willst du wirklich deiner Physiotherapeutin widersprechen, wenn sie dir eine ärztliche Anweisung gibt?«

Red konnte sich gerade noch ein überraschtes Grinsen verkneifen. »Nein?«

Ihre Augenbrauen hoben sich. »War das eine Frage?«

»Nein, Sir!«

»Dann ist es ja gut.« Ihre Stimme wurde wieder sanfter. »Ich weiß, dass du heute Vormittag schon einige Übungseinheiten gemacht hast. Übertreib es bitte nicht. Wenn du zu viel willst, machst du mehr kaputt, als du gewinnst. Ich verspreche dir, dass ich dich immer so weit fordern werde, wie es dein Körper aushält, ohne dass du Schaden nimmst. Okay?«

Red ließ sich zurücksinken. »Okay.«

»Gut. Dann gehe ich jetzt wieder nach unten.« Als sie aufstehen wollte, hielt Red sie an der Hand fest. Erschreckt zuckte sie zusammen, entspannte sich aber sofort wieder.

»Kannst du noch ein wenig bei mir bleiben?« Sierra zögerte sichtlich. »Bitte.« Schon der Gedanke, hier allein zu sein, nur mit seinen Erinnerungen und Befürchtungen, erschien ihm unerträglich.

Zu seiner Erleichterung setzte sie sich wieder hin. »Noch ein paar Minuten, bis du eingeschlafen bist.«

»Danke.«

Red sagte ihr nicht, dass er gar nicht die Absicht hatte, zu schlafen. Sowie er die Augen schloss, erschien wieder das Kaleidoskop aus Erinnerung an seine Gefangenschaft. Der Anführer, Shirin, der fremde Gefangene … sie alle vermischten sich zu einer Symphonie des Grauens in seinem Kopf. Und er konnte sie nicht abstellen, egal, wie sehr er es versuchte. Aber wenn Sierra bei ihm war, wenn er ihre Stimme hörte oder sie ihn berührte, wurden die Bilder in den Hintergrund gedrängt. Als sie ihn geküsst hatte, war in seinem Kopf nichts anderes gewesen als Verwunderung und Dankbarkeit. Und Verlangen.

Auch jetzt regte es sich wieder in ihm, doch er drängte es zurück. Sierra sollte nicht denken, dass er einen Hintergedanken hatte, als er sie zum Bleiben überredet hatte. Es reichte ihm vollkommen, ihre Nähe zu spüren und sie ansehen zu dürfen. Erst jetzt fiel ihm auf, dass sie im Gegensatz zu den meisten anderen Frauen an der Ostküste nicht geschminkt war. Seiner Meinung nach hatte sie es auch überhaupt nicht nötig, aber es war sehr ungewöhnlich. Er versuchte, sich zu erinnern, ob sie vor einigen Stunden auch schon kein Make-up getragen hatte oder ob das von Anfang an der Fall gewesen war.

Ihre helle Haut war ohne jeden Makel, und er wusste aus erster Hand, dass sie genauso weich war, wie sie aussah. Trotz ihrer hellen Haarfarbe waren ihre Brauen und Wimpern von Natur aus dunkler, was ihre hellbraunen Augen umso eindrucksvoller hervorhob. Reds Blick glitt zu ihrem Mund, der leicht gerötet war, als wäre sie gerade ausgiebig geküsst worden. Er wünschte, es wäre so gewesen. Ein schmerzhaftes Ziehen machte sich in seinem Brustkorb breit, das er sich nicht erklären konnte, und ein rauer Laut entschlüpfte seiner Kehle. Verlegen hob er den Blick und bemerkte, dass Sierra ihn beobachtete. Ihren Gesichtsausdruck konnte er allerdings nicht deuten.

»Rutsch ein Stück.«

Zuerst dachte Red, er hätte sich verhört, doch dann verstand er, dass er von ihr abrücken sollte. Vielleicht hatte sie das Verlangen in seinem Gesicht erkannt und befürchtete nun, dass er sich auf sie stürzen würde. Das geschah ihm recht, er hätte sich besser unter Kontrolle haben sollen. Woran lag es, dass er in ihrer Gegenwart regelmäßig die Selbstbeherrschung verlor? Mit einem flauen Gefühl im Magen rutschte er schließlich zur Mitte des Bettes. Je weiter er sich von ihr entfernte, desto stärker wurden seine Erinnerungen. Red biss die Zähne zusammen und schloss die Augen.

Die Matratze bewegte sich unter ihm, dann berührte etwas seine Seite. Er hob die Lider und erstarrte, als er sah, dass Sierra sich neben ihn gelegt hatte. Wie konnte sie das tun, nach dem, was er ihr letzte Nacht angetan hatte? Es war ein Wunder, dass sie überhaupt noch mit ihm in einem Zimmer sein wollte, geschweige denn in einem Bett. Steif lag er da und wagte kaum zu atmen oder eine Bewegung zu machen, mit der er Sierra erschrecken könnte. Es fühlte sich so gut an, ihre Nähe und Weichheit an seinem Körper zu spüren. Wenn er gekonnt hätte, hätte er sie an sich gezogen und das Gefühl genossen, nach so langer Zeit endlich wieder eine Frau im Arm zu halten. Doch er tat es nicht, aus Angst, sie zu vertreiben.

Schweigend lagen sie eine Weile nebeneinander. Seit sie bei ihm war, waren die Bilder und Stimmen in seinem Kopf verstummt, er befand sich ganz im Hier und Jetzt. Sierra war wie eine Schutzmauer, deren Stärke ihn umgab, wenn er sie berührte. Ihm stockte der Atem, als sie sich noch enger an ihn schmiegte und ihre Hand auf seine Brust legte. Das leichte Kitzeln ihres Atems an seinem Hals fühlte sich gleichzeitig wunderbar und beängstigend intim an. Seine Kehle schnürte sich zu, als er sich vorstellte, wie es sein musste, eine Frau wie Sierra wirklich lieben zu können und sich ein Leben mit ihr aufzubauen. Doch das war nicht möglich, solange noch die Gefahr bestand, dass er sie unbeabsichtigt verletzen oder gar töten könnte. Das Risiko war einfach zu groß.

»Nathan.«

Es kostete ihn viel Überwindung, den Kopf zu drehen und sie anzublicken. »Ja?« Das Wort kam rau aus seinem Mund.

»Entspann dich. Ich beiße nicht.« Der Schalk in ihrer Stimme überraschte ihn.

»Das hatte ich auch nicht angenommen.« Noch immer schaffte er es nicht, seine Atmung unter Kontrolle zu bringen. Er klang, als wäre er gerade einen Marathon gelaufen.

»Warum liegst du da sonst wie ein steifes Brett?« Sie stützte den Kopf in ihre Handfläche und blickte auf ihn hinunter. Sofort wich jegliche Heiterkeit aus ihren Zügen. »Wenn du nicht möchtest, dass ich dich berühre, sag es bitte.«

»Nein!« Etwas ruhiger fuhr er fort: »Ich mag es, wenn du in meiner Nähe bist. Es hält die … Geister fern.« Hitze stieg in seine Ohren, als er hörte, wie albern das klang. Es würde ihn nicht wundern, wenn Sierra sich jetzt ganz schnell von hier verabschiedete und sich jemanden suchte, der nicht so bedürftig war. »Ich verstehe es aber, wenn du etwas anderes zu tun hast.« *Oder einfach keine Lust, sich mit einem solchen Verlierer wie mir abzugeben.*

»Das habe ich nicht.« Ihr Gesicht war seinem so nah, dass er die feinen Linien in ihren Augenwinkeln sehen konnte. »Und selbst wenn, würde ich trotzdem hierbleiben. Wenn ich dir irgendwie helfen kann, dann möchte ich das tun, Nathan. Und wenn es nur für ein paar Minuten Ruhe und Frieden ist.« In ihren Augen konnte er sehen, dass sie genau wusste, wovon sie sprach.

»Danke.« Seine Stimme klang erstickt, und er räusperte sich. »Nicht nur für jetzt, sondern auch dafür, dass du mich nicht aufgegeben hast, nachdem ich bei unserem ersten Treffen so blöd zu dir war. Ohne dich hätte ich vermutlich nicht mehr den Mut gefunden, noch einmal um meinen Job und mein Leben zu kämpfen.«

Sierra lächelte ihn an. »Das glaube ich zwar nicht, aber ich bin froh, dass ich dir helfen konnte. Du bist aber auch ein Traumpatient, sehr fokussiert und bereit, alles für eine schnelle Genesung zu tun.« Dann wurde sie wieder ernst. »Du hast auch mir geholfen. Ich war in meinem Dasein gefangen und habe überhaupt nicht gemerkt, dass ich mich von allem entfernt hatte, was das Leben lebenswert macht. Glücklicherweise hast du mich aufgerüttelt und mir gezeigt, dass es auch noch etwas anderes gibt als Arbeit.«

»Ich wünschte nur, das wäre unter anderen Bedingungen passiert und du wärst jetzt nicht in Gefahr.«

Sierras Miene wurde weicher. »Daran gebe ich dir nicht die Schuld. Überhaupt: Wenn du wirklich die Vergangenheit hinter dir lassen willst, musst du anfangen, dir selbst zu verzeihen.«

»So wie du das getan hast?« Wieder war sein Mund schneller als sein Verstand. »Sierra, es tut mir leid …«

Sie unterbrach ihn. »Nein, du hast völlig recht damit. Ich sollte hier nicht etwas predigen, was mir selbst jahrelang nicht gelungen ist.« Langsam beugte sie sich zu ihm hinunter und sah ihm fest in die Augen. »Trotzdem: Mach nicht den gleichen Fehler wie ich.«

Red schluckte hart. »Ich versuche, mich zu bessern.«

»Gut.« Sierra rutschte ein Stück von ihm ab. »Eigentlich wollte ich dich beruhigen, stattdessen habe ich dich nur noch mehr aufgeregt, das tut mir leid. Ich sollte lieber gehen, damit du ein wenig Ruhe bekommst.«

Ein Gefühl von Panik durchzuckte Red. Sie durfte ihn nicht verlassen! »Bitte, geh nicht!« Seine Hand schoss in ihre Richtung, doch er konnte sich gerade noch daran hindern, Sierra zu berühren. Stattdessen legte er die Finger flach auf die Matratze. »Bitte, Sierra.« Er konnte sich nicht erinnern, jemals um etwas gebettelt zu haben.

Zögernd blickte sie ihn an. »Aber ich rege dich nur auf.«

»Nicht, wenn du mich nur festhältst und wir die Unterhaltung auf später verschieben.« Ob sie die Verzweiflung hören konnte, die in seinem Vorschlag mitschwang?

Ihre Miene war undeutbar. »Ah, so eine Beziehung willst du also mit mir, ja?«

»Ich …« Red schloss die Augen und atmete tief durch. »Entschuldige, du hast völlig recht, es ist nicht fair dir gegenüber.« Ein lautes Stöhnen ließ ihn seine Augen aufreißen.

Sierra starrte ihn genervt an. »Wir müssen wirklich an deinem Selbstvertrauen arbeiten, wenn du so schnell aufgibst. Das war ein Scherz!«

Red bemühte sich um ein schiefes Grinsen. »Ich scheine meinen Humor irgendwo verloren zu haben.«

Unerwartet rückte Sierra wieder an ihn heran und nahm ihre vorherige Position ein. »Keine Angst, wir werden ihn wiederfinden.«

Erleichtert schloss Red die Augen. »Wir«, das klang ausgesprochen gut.

34

Als Red aufwachte, war Sierra verschwunden, und die Sonne schien durch das Fenster in sein Schlafzimmer. Ein Blick auf den Wecker zeigte ihm, dass er eindeutig verschlafen hatte. Zum ersten Mal seit er vor all diesen Monaten nach Afghanistan aufgebrochen war, hatte er nicht nur eine Nacht durchgeschlafen, sondern auch keinerlei Albträume gehabt. Er fühlte sich ausgeruht und erfrischt, so als wäre ein Teil der Belastung von ihm abgefallen. Das war natürlich eine Illusion – die Erinnerungen und Träume würden wiederkommen. Aber er war dankbar dafür, dass er sich wenigstens für kurze Zeit wie ein normaler Mensch vorkam. Und das hatte er Sierra zu verdanken.

Oder hatte er nur geträumt, dass sie sich zu ihm gelegt hatte? Nein, er konnte noch den Abdruck ihres Kopfes im Kissen erkennen, und vor allem roch es nach ihr. Tief sog er den Duft ein und spürte Verlangen in sich aufsteigen. Doch er unterdrückte es sofort wieder – in diesem Zustand wollte er ganz sicher nicht auf den Stützpunkt fahren und mit dem Oberkommando sprechen. Schließlich hing vom Ausgang des Gesprächs nicht nur die Vereitelung des geplanten Anschlags ab, sondern auch seine weitere Karriere bei den SEALs.

Ein Teil seines guten Gefühls verschwand und wurde durch Anspannung ersetzt. Nein, er würde sich seine Stimmung nicht durch solche Gedanken kaputtmachen lassen. Wenn er mit dem Oberkommando sprach, musste er ruhig und gefasst wirken. So wie ein SEAL, nicht wie ein Opfer, das körperliche und psychische Probleme hatte. Eigentlich war er recht zuversichtlich, dass er das durchziehen konnte, sofern ihm niemand dumm kam. Was allerdings durchaus passieren konnte. Er hatte schon unter den besten Voraussetzungen wenig Geduld mit der verwaltungstechnischen Seite der Navy.

Kopfschüttelnd stieg er aus dem Bett und machte sich schnell fertig. Seine Uniform würde er erst nach dem Essen anziehen, das Weiß zog Flecken magisch an. Außerdem wollte er niemanden mit seinen Reihen an Ordensbändern blenden. Dieser Gedanke entlockte ihm ein Grinsen. Als hätten die anderen, und vor allem Clint, nicht genauso viele davon. Red dienten sie ohnehin nur als Bestätigung dafür, dass er seine Arbeit richtig gemacht hatte. Tatsächlich reichte es ihm, wenn er und sein Team einen Auftrag erfolgreich ausgeführt hatten – genau dafür begaben sie sich schließlich immer wieder in Gefahr.

Deshalb war der letzte Auftrag in Afghanistan für ihn auch trotz seiner Entführung ein Erfolg. Sie hatten Devil und Amy aus einer Höhle in den Bergen gerettet, den Terroristenanführer, der die beiden hatte töten wollen, gefangen genommen und die Bomben im Staudamm entschärft. Damit hatten sie vielen Menschen das Leben gerettet. Nicht alle Missionen liefen so gut ab. Wäre Red nicht entführt worden, hätte er zu Hause mit seinem Team ordentlich gefeiert und es sich eine Weile gut gehen lassen. Sein nächster Urlaub war bereits geplant gewesen, es hatten nur wenige Tage gefehlt.

Da seine Gedanken schon wieder abzudriften begannen, beeilte er sich, ins Erdgeschoss zu kommen, wo die anderen bereits auf ihn warteten. Oder vielmehr Clint und Sierra, von I-Mac und Nurja sowie den anderen SEALs war nichts zu sehen. Kein Wunder, irgendwann mussten sie ja auch mal trainieren und konnten nicht ständig hier herumhängen.

»Tut mir leid, ich habe verschlafen. Ihr hättet mich wecken sollen.«

Clint hob eine Augenbraue. »Dir auch einen guten Morgen. Du brauchtest den Schlaf. Ich habe es nicht über mich gebracht, dich zu wecken. Unser Treffen mit dem Oberkommando ist auch erst um zehn Uhr, das schaffen wir locker.«

Red setzte sich neben Sierra an den Tisch. »Danke, dass du bei mir geblieben bist.«

Ein Lächeln hob ihre Mundwinkel. »Das habe ich gerne gemacht.« Forschend blickte sie ihn an. »Du hast besser geschlafen, oder?«

»Es scheint so. Ich kann mich nicht daran erinnern, irgendwann aufgewacht zu sein oder geträumt zu haben.«

Sierra nahm einen Schluck Kaffee. »Du warst ganz ruhig und entspannt.«

Hastig warf Red einen Blick hinüber zu Clint, der mit dem Rücken zu ihm am Herd stand, und senkte dann die Stimme. »Bist du die ganze Nacht geblieben? Wenn ich dir etwas getan hätte …«

Sofort unterbrach Sierra ihn. »Nicht die ganze Nacht, aber einen Teil. Hätte ich gemerkt, dass du unruhig wirst, wäre ich sofort gegangen. Und Clint war auch nicht weit, er hat in meinem Zimmer geschlafen.« Eine leichte Röte überzog ihre Wangen. »Also in dem Zimmer, das ich letzte Nacht hatte.«

Dass sie so etwas für ihn tat, machte ihn sprachlos. »Ich weiß nicht, wie ich dir dafür danken soll.«

»Das brauchst du nicht. Aber ich würde mich freuen, wenn du dich wieder erholst und ein gutes Leben führst.«

Red neigte den Kopf. »Ich bemühe mich.«

Ihr Lächeln wärmte ihn. »Gut.«

Clint kam zum Tisch zurück und legte ihm einen Pancake auf den Teller. »Iss, solange er heiß ist.«

Ungläubig starrte Red darauf. »Im Ernst, du hast mir Pancakes gemacht?«

Clint hob verlegen die Schultern. »Kein Problem, Maya liebt die Dinger, ich mache sie ständig.« Ein leises Lachen erklang neben Red, das es ihm schwer machte, ernst zu bleiben. Clint warf Sierra einen drohenden Blick zu. »Was ist daran so lustig?«

Sie wedelte mit der Hand. »Gar nichts. Ich weiß, dass die Männer der Hunter-Familie auch kochen können. Es zu sehen ist aber trotzdem lustig, weil ihr so groß seid. Bei euch wirken die Pfannen wie Spielzeug.«

»Okay, das lasse ich gelten. Zu Hause habe ich auch vernünftiges Kochgeschirr, aber Red hier besteht ja darauf, weiter die alten Sachen von seiner Tante zu benutzen.«

Red schnaubte. »Das klingt so, als würde ich ihre Kleidung tragen.« Sierras Lachen war wie Balsam für seine Seele. Er wandte sich ihr zu. »Meine Tante hatte wunderbare gusseiserne Pfannen, so etwas gibt es heutzutage kaum noch. Warum sollte ich die wegwerfen und mir irgendein minderwertiges Zeug kaufen?«

»Damit ich beim Kochen männlicher aussehen kann und nicht ausgelacht werde.«

Red schüttelte den Kopf. »Ist gut, ich werde extra für dich eine neue Pfanne kaufen, wenn du darauf bestehst, hier öfter zu kochen.«

Clint ignorierte ihn und wandte sich stattdessen an Sierra. »Mist, ich hatte gehofft, dass er endlich mal wieder für uns kocht.«

»Nicht, wenn du mir sogar eigene Pancakes machst.«

Amüsiert blickte Sierra von einem zum anderen. »Ist das bei euch immer so?«

Ein schmerzhafter Ausdruck huschte über Clints Gesicht. »Früher ja.« Die Antwort kam so rau aus seinem Hals, dass sie kaum zu verstehen war. Abrupt wandte Clint sich wieder zum Herd um und beschäftigte sich mit einem neuen Pancake.

Ein dicker Kloß saß in Reds Hals. Zwar hatte er gewusst, dass seine Entführung an den anderen nicht spurlos vorübergegangen war, aber er hätte nicht gedacht, dass ihre Beziehung sich dadurch so ändern würde. Genau genommen war es schon nicht mehr ganz so wie früher gewesen, seit sein Team mit dem Hubschrauber abgestürzt war. Damals hatte er Clint übel genommen, dass der ihm nicht erlaubt hatte, so lange bei seinen toten Kameraden zu bleiben, bis sie ausgeflogen wurden. Stattdessen hatte er darauf bestanden, dass Red in ein Krankenhaus gebracht wurde. Allerdings hatte er ihm dadurch vermutlich sein Bein gerettet – wäre er noch länger mit der Verletzung herumgelaufen, hätte es sicher nicht mehr ordentlich gerichtet werden können.

Offenbar brauchte Red immer einen Schuldigen, auf den er seinen Schmerz und seine Wut lenken konnte. Und jedes Mal hatte Clint unfreiwillig diese Rolle übernommen. Vielleicht weil er derjenige war, dem Red am meisten vertraute. Das war furchtbar unfair, und es war ihm peinlich, dass er so lange für diese Erkenntnis gebraucht hatte. Es war ein Wunder, dass Clint ihn nicht längst aufgegeben hatte. Stattdessen war er immer für ihn da gewesen und hatte alles getan, um ihn jedes Mal sicher nach Hause zu bringen.

»Tut mir leid.« Mehr brachte er nicht heraus.

Clint schien ihn jedoch auch so zu verstehen, seine Haltung wirkte angespannt. »Das muss es nicht. Ich verstehe, dass du nicht anders handeln konntest. Hauptsache, du weißt, dass ich immer für dich da bin, egal, was passiert.«

Red begegnete Sierras Blick, und er sah den feuchten Schimmer in ihren Augen. Aufmunternd nickte sie ihm zu. »Danke.« Das war an Clints Rücken gerichtet.

»Iss, sonst wird er kalt.« Sierra schien sein Dilemma bemerkt zu haben und bot ihm einen Ausweg. »Die sind wirklich irre lecker, du musst mir unbedingt das Rezept geben, Clint.«

»Es gibt kein offizielles, aber ich kann dir aufschreiben, wie ich es mache.«

»Super, danke.«

Red schluckte seinen Bissen hinunter. »Es stimmt, der ist wirklich großartig.«

»Du brauchst gar nicht so überrascht klingen.« Clints gegrummelte Antwort ließ ihn schmunzeln.

»Das war einfach eine Feststellung.« Er schnitt sich ein weiteres Stück ab. »Hat I-Mac noch etwas herausgefunden?«

Stirnrunzelnd drehte Clint sich zum Tisch um. »Er ist dabei, das Leben sämtlicher Personen in dieser Gruppe nachzuvollziehen. Irgendwo muss es einen Anknüpfungspunkt geben. Bisher hat er aber noch keinen entdeckt. Wenn er nichts findet, müssen wir uns etwas anderes überlegen. Zur Not müssen wir uns die Männer selbst vornehmen. Vielleicht redet ja einer von denen, wenn wir genug Druck ausüben.«

Red hielt das für ziemlich unwahrscheinlich. Wenn sie wirklich zu den Terroristen gehörten, würden sie eher sterben, als ihre »Sache« zu verraten – was immer die auch war. »Wie sieht es mit dem Code aus? Wurde der schon geknackt?«

»Nein, es scheint, als wäre der ziemlich kompliziert. Aber I-Macs Bekannter ist zuversichtlich, dass er das heute hinbekommt.«

Im Prinzip ging das unheimlich schnell, trotzdem hatte Red das Gefühl, dass ihnen die Zeit davonlief. Mit jeder Sekunde, die verging, legte sich ein Schatten über sie, der unweigerlich in die Katastrophe führen würde. Es musste ihnen einfach gelingen, den Anschlag zu verhindern!

Beruhigend legte Sierra ihre Hand auf seine. »Wir kriegen sie.«

Red wünschte, er hätte ihre Zuversicht. »Ich hoffe es.« Er wandte sich an Clint. »Sonst noch etwas?«

»Nurja versucht, im Netz irgendetwas über einen geplanten Anschlag zu entdecken. Bisher findet sie aber nur die üblichen Gerüchte, nichts Konkretes.«

»Und was sagen die Gerüchte?«

Clint schnitt eine Grimasse. »Ein großer Anschlag wird angekündigt, der die westliche Welt zum Einsturz bringen wird. Die Ungläubigen werden … blablabla. So etwas findet sich hundertfach. Das meiste davon ist sicher nur Gerede, es werden auch nie irgendwelche konkreten Ziele genannt. Sie sagen, Frankreich war nur der Anfang.«

Behutsam legte Red die Gabel auf dem Teller ab. Clints Worte hatten seine Befürchtungen, dass etwas Furchtbares passieren würde, nur verstärkt. Er konnte es in jeder Faser seines Körpers spüren. Die Haare auf seinen Armen stellten sich auf, ein Zittern lief durch seinen Körper. Der Griff um seine Hand wurde fester und verankerte ihn in der Realität. Besorgnis lag in Sierras Blick, doch sie wich nicht einen Millimeter vor ihm zurück, obwohl sein Gesichtsausdruck sicher finster war.

»Nathan, wir werden alles tun, was möglich ist, um den Anschlag aufzuhalten. Zur Not informieren wir die Behörden und …«

»Nein.«

»Auf keinen Fall.«

Red und Clint sprachen gleichzeitig. Erleichterung erfasste Red, weil sein Vorgesetzter die Sache offenbar genauso sah wie er. Da Sierra ihn verwirrt ansah, versuchte er, ihr seine Ablehnung zu erklären. »Solange wir keine konkreten Informationen haben, würde uns sowieso niemand ernst nehmen. Was aber noch viel schlimmer wäre: Unser Verdacht könnte zu den Tätern durchsickern, und sie könnten daraufhin ihre Planung ändern. Vielleicht verlegen sie den Zeitpunkt des Anschlags vor oder wählen ein anderes Ziel. Damit stünden wir wieder ganz am Anfang.«

»Das verstehe ich. Aber wie wollt ihr die Täter überhaupt alleine finden? Ihr könnt sie ja noch nicht mal überwachen lassen oder verhaften. Oder haben die SEALs neuerdings entsprechende Befugnisse?«

In Clints Wange zuckte ein Muskel. »Dummerweise nicht. Aber das ist mir egal. Wenn es darum geht, Menschen zu schützen, werde ich es tun. Egal, ob das legal ist oder nicht. Lieber wäre es mir allerdings, wenn das Oberkommando auf die Bedrohung reagiert und etwas unternimmt.«

Ruhig blickte Sierra ihn an. »Dann würdet ihr es ihnen überlassen und nicht selbst weiterermitteln?«

»Das habe ich nicht gesagt.«

Sierra nickte. »Wie erwartet.« Sie holte tief Luft. »Egal, was passiert, ich bin dabei.«

Kälte überkam Red. »Sierra …«

»Das ist nicht verhandelbar.«

Jetzt wünschte er sich erst recht, das Oberkommando würde etwas unternehmen, damit Sierra nicht noch mehr in die Sache verwickelt wurde. Es war schon schlimm genug, dass ihr ganzes Leben seinetwegen zum Stillstand gebracht worden war. Apropos … »Was ist mit deinen Patientinnen? Hast du keine Termine?«

Ihr Blick sprach Bände. »Willst du wirklich, dass ich das Haus verlasse?«

Verdammt, daran hatte er nicht gedacht. »Nein. Es tut mir leid, ich würde dir anbieten, meinen Fitnessraum zu benutzen, aber wir sollten deine Patientinnen nicht in Gefahr bringen.«

»Ich sage zwar nicht gerne Termine ab, aber in diesem Fall

ist es mir recht. Momentan kann ich mich sowieso nicht gut konzentrieren, und sie verdienen meine volle Aufmerksamkeit.«

Es gefiel Red gar nicht, dass Sierra seinetwegen nichts verdiente, aber er würde dafür sorgen, dass sie entschädigt wurde. Das war das mindeste, was er tun konnte.

»Red, bist du mit dem Essen fertig? Wir müssen gleich los.«

Er schnitt eine Grimasse. Beinahe hätte er es geschafft, seinen Termin beim Oberkommando zu vergessen. »Sofort.« Schnell schob er sich den Rest des Pancakes in den Mund. Leider schmeckte der jetzt nur noch wie Pappe. Durch die Erinnerung an das bevorstehende Gespräch war Red jeglicher Geschmackssinn abhandengekommen.

»Soll ich dich begleiten?« Sierra war anzusehen, dass sie genau wusste, was er gerade dachte.

»Nein, danke. So gern ich dich auch dabeihätte, es ist besser, wenn du hierbleibst.« Ehrlich gesagt wollte er auch nicht, dass sie mitbekam, was das Oberkommando zu ihm sagen würde. Vermutlich brauchte er hinterher einige Zeit, um damit zurechtzukommen.

Clint mischte sich ein. »Es werden ein paar Männer hierbleiben, die das Haus schützen. Du bist in Sicherheit.«

»Danke.« Trotzdem wirkte Sierra ein wenig verloren.

»Du kannst gerne alles hier im Haus benutzen.« Red lächelte sie an. »Erhol dich ein wenig von mir.«

Genervt verdrehte sie die Augen. »Ich werde mich bemühen.« Nachdem Clint die Küche verlassen hatte, trat sie näher und senkte die Stimme. »Viel Glück. Und wenn die vom Oberkommando nicht kapieren, dass sie handeln müssen, ist das deren Schuld, nicht deine. Okay?«

Red konnte nicht anders, er stahl sich einen sanften Kuss. »Okay.« Nur widerwillig löste er sich wieder von Sierra. »Ich gebe dir gleich noch meine Pistole, damit du dich hier sicher fühlst.«

Unsicherheit glitt über ihr Gesicht. »Ich weiß nicht …«

Als sie nicht weitersprach, nahm Red ihre Hand. »Wenn du nicht möchtest, sag es mir. Aber ich würde mich besser fühlen, wenn ich wüsste, dass du dich zur Not wehren kannst.«

»In Ordnung. Und nun geh, damit du nicht zu spät kommst.«

Ja, Unpünktlichkeit würde ihn in den Augen des Oberkommandos nicht unbedingt glaubwürdiger erscheinen lassen. Obwohl er vermutlich ohnehin keine Chance hatte, seinen alten Status in der Navy zurückzubekommen. Es hatte einmal eine Zeit gegeben, in der man seinem Urteil vertraut hatte. Damals hatte er zumindest während einer Mission frei entscheiden können, was zu tun war, wenn etwas Unvorhergesehenes passierte. Aber diese Freiheit würde nie wiederkommen. Selbst wenn er wieder in den aktiven Dienst dürfte, würde jeder seiner Schritte immer von Misstrauen begleitet werden. Und das war Gift in einem Team.

Umso schwerer fiel es ihm, sich von Sierra zu trennen. »Wir sprechen später?«

Beruhigend lächelte sie ihn an. »Natürlich. Viel Glück.«

Red nickte ihr zu und folgte Clint auf den Flur. Sowie er sich ein wenig von Sierra entfernte, wuchs seine Anspannung. Woran auch immer es lag, aber Sierras Anwesenheit schien ihn mehr zu beruhigen als alles andere. Es war, als könnte er durch sie den Mann sehen, der er vor der Entführung gewesen war. In den Momenten, wenn er mit ihr zusammen war, konnte er für kurze Zeit vergessen, was geschehen war, und das war eine unglaubliche Erleichterung. Nachdem er seine Uniform angezogen und alles eingesteckt hatte, was er brauchen würde, kehrte er ins Erdgeschoss zurück. Clint wartete bereits auf ihn, trug allerdings immer noch seine Zivilkleidung.

Erstaunt hob Red die Augenbrauen. »So willst du dort aufkreuzen?« Plötzlich kam ihm ein erschreckender Gedanke. »Oder kommst du gar nicht mit rein?«

»Doch, natürlich. Meine Uniform ist in meinem Büro.« Clint legte eine Hand auf Reds Schulter. »Ich werde dich keine Sekunde allein lassen.«

Es war geradezu lächerlich, wie schnell er durch diese einfache Aussage sein inneres Gleichgewicht wiederfand. »Danke.«

I-Mac kam aus dem Büro und reichte ihm ein paar Zettel. »Das ist alles, was ich bisher über deine Angreifer habe. Vielleicht hilft es ja. Eine Verbindung zu Afghanistan oder Terroristen habe ich aber bis auf den einen Anruf nicht gefunden.«

»Es muss reichen. Danke.« Red nahm die Zettel entgegen und nickte I-Mac zu. »Ich hoffe, die Codes bringen uns etwas weiter. Bis später.«

I-Macs Miene drückte Zuversicht aus. »Das werden sie.«

Red wünschte, er hätte auch so viel Vertrauen. Aber er wusste, was alles schiefgehen konnte. Nicht jeder Code war zu knacken, bei manchen fand man nie die Referenz, nach der er erstellt worden war. Oder es war zu spät. Das war momentan das größte Problem: Sie hatten nicht viel Zeit, den Code zu entschlüsseln und die Nachrichten zu deuten. Der Anschlag konnte jeden Moment stattfinden, vielleicht fuhren die Attentäter bereits jetzt zu ihren Zielen und …

»Tief durchatmen.«

Clints ruhiger Befehl durchdrang seine beginnende Panikattacke. Von sich selbst genervt nahm Red einen tiefen Atemzug. »Gott, ich hasse das!«

»Gib dir ein wenig Zeit. Niemand erwartet, dass du jetzt schon alles überwunden hast. Eigentlich hast du sogar schon viel mehr Fortschritte gemacht, als es normalerweise der Fall wäre. Mach einfach so weiter.«

Red öffnete die Tür zur Garage und antwortete erst, als er sie hinter ihnen wieder geschlossen hatte. »Ich bemühe mich. Danke für eure Unterstützung.«

Clints Miene heiterte sich ein wenig auf. »Gerne. Und wie es aussieht, ist auch Sierra bereit, dir zu helfen.«

Sofort spannte sich Reds Kiefer an. »Wie meinst du das? Wenn du denkst, dass irgendetwas …«

Clint hob eine Hand. »Ich denke gar nichts, und es geht mich auch nichts an. Aber ich habe Augen im Kopf, und mir ist aufgefallen, wie du sie ansiehst. Und wie sie dich ansieht. Ich freue mich darüber, sie ist eine ganz besondere Frau.«

»Würdest du das auch sagen, wenn ich nicht entführt worden wäre und keine Frau bräuchte, die mich pflegt – was du ja anscheinend glaubst? Warum hast du sie mir früher nie vorgestellt? Dachtest du, ich wäre nicht gut genug für sie?« Die Worte sprudelten ohne Filter aus Red heraus. Er wusste, er war unfair, aber er konnte sich nicht bremsen.

Kopfschüttelnd sah Clint ihn an. »Du solltest mich besser kennen. Ich habe dir Sierra deshalb nicht vorgestellt – und übrigens auch keinem anderen Mann –, weil sie noch nicht bereit dazu war, sich wieder mit Männern zu umgeben. Jetzt ist sie es, auch dank deiner Hilfe.« Er verzog den Mund. »Ich würde sogar eine Schwester mit dir verbandeln, wenn ich noch eine hätte, die nicht glücklich liiert ist.«

Die Antwort seines Freundes löste den Knoten in seiner Brust. Er bemühte sich um mehr Leichtigkeit. »Dann sei froh, dass sie alle vergeben sind. Es reicht, dass du Matt in der Familie hast. Mit uns beiden wärst du völlig überfordert.«

Clints Grimasse zeigte, dass er das ähnlich sah. »Allerdings wären dann vielleicht meine beiden besten Freunde irgendwann meine Schwäger. Es gibt Schlimmeres.«

Darin konnte Red ihm nur vorbehaltlos zustimmen. Seit er

während der Heilung seines Beins einige Zeit auf der Ranch von Clints Eltern verbracht hatte, fühlte er sich beinahe wie ein Teil der Familie. Für ihn war es ein Schlüsselerlebnis gewesen, den Alltag einer ganz normalen Familie mitzubekommen. Wie sie miteinander umgingen, wie sich jeder für den anderen freute oder um ihn bangte. Am liebsten hätte er sich adoptieren lassen, aber Angela und George waren mit sechs eigenen Kindern samt stetig wachsendem Anhang sicher schon völlig ausgelastet und brauchten nicht noch jemanden, der um ihre Aufmerksamkeit buhlte.

Vielleicht sollte er demnächst noch einmal nach Montana fahren, um sich darüber klar zu werden, wie sein Leben weitergehen sollte. Er wusste, die Hunters würden ihn mit offenen Armen empfangen, allerdings würde er sich dafür auch von Sierra entfernen müssen. Ob er das konnte, ohne einen Rückfall zu erleiden? Er hatte keine Ahnung, und das machte ihm Angst. Auf keinen Fall wollte er von einem Menschen abhängig sein, der ihn dann am Ende doch wieder verlassen würde. Sierra war nicht so wie seine Eltern, aber er konnte auch nicht erwarten, dass sie ihr ganzes Leben umkrempelte, um mit jemandem wie ihm zusammen zu sein. Das wäre nicht fair ihr gegenüber. Trotzdem graute es ihm davor, sie gehen lassen zu müssen.

Seine Stimme klang rau, als er sich an Clint wandte. »Lass uns fahren.«

35

Unruhig lief Sierra von Zimmer zu Zimmer, blickte aus dem Fenster und kehrte wieder um, wenn Nathans Wagen immer noch nicht die Auffahrt hinauffuhr. Wie lange dauerte das denn noch? Wenn sie wenigstens wüsste, dass es ein gutes Zeichen war, doch sie hatte absolut keine Ahnung. Vielleicht war das Oberkommando schon dabei, zu planen, wie man die Terroristen aufhalten konnte, vielleicht brauchten sie aber auch einfach nur unheimlich lange, um Nathan auszufragen. Würde er dort in Einzelheiten erzählen müssen, was ihm während seiner Gefangenschaft angetan worden war? Das würde ihm sicher nicht guttun.

Als Nathan ihr von Shirin erzählt hatte, hatte ihn das sehr mitgenommen – er war danach richtig erschöpft gewesen. Davon abgesehen hatte er sich in ihrer Gegenwart freiwillig geöffnet. Würde man ihn dazu zwingen, würde ihm das schaden, davon war Sierra überzeugt. Sie war unglaublich stolz auf die Fortschritte, die er in den letzten Tagen gemacht hatte – die Befragung könnte all das zunichtemachen. Wahrscheinlich hätte sie doch mitfahren sollen, und sei es nur, um ihn zu unterstützen. Doch er hatte sie dort nicht gewollt. Zum Teil konnte sie das sogar verstehen, doch der andere Teil von ihr fühlte sich zurückgesetzt.

Von sich selbst genervt schüttelte sie den Kopf. Nathan kannte sie erst kurze Zeit, natürlich nahm er sie dann nicht überall mit hin. Davon abgesehen hatte sie auch nicht gerade das Verlangen, noch einmal den Stützpunkt zu betreten. Früher hatte sie sich dort wohlgefühlt, aber seit Scotts Tod hatte sie ihn gemieden. Zu viele schmerzhafte Erinnerungen würden dort auf sie einstürmen, Erinnerungen, die sie zu vergessen suchte – nicht, dass ihr das bisher besonders gut gelungen wäre.

»Er wird schon wieder zurückkommen.« I-Macs Bemerkung riss sie aus ihren Gedanken.

Tief atmete sie durch und drehte sich dann zu ihm um. »Da es sein Haus ist, hatte ich das auch angenommen. Ich möchte nur endlich wissen, was das Oberkommando zu der ganzen Sache gesagt hat. Glaubst du, sie werden etwas unternehmen?«

I-Mac hob die Schultern. »Man sollte meinen, sie hätten mittlerweile genug gelernt, um zu wissen, dass man einen möglichen Anschlag nicht auf die leichte Schulter nimmt.«

Irgendwie war das keine Antwort. I-Macs Miene war weitgehend neutral, aber in seinen Augen glaubte Sierra Skepsis zu erkennen. »Ich hatte in meiner Zeit dort nicht so viel mit dem Oberkommando zu tun, deshalb kann ich das schlecht einschätzen. Für mich wäre es logisch, wenn sie der Sache nachgehen und dafür sorgen würden, dass die Männer dieser Facebook-Gruppe überprüft und befragt werden.«

I-Mac nickte bestätigend. »Ja, das wäre logisch. Aber ich fürchte, so wird es nicht laufen. Sie hassen Überraschungen. Vor allem aber hassen sie SEALs, die nicht mehr so funktionieren, wie sie es gewohnt sind. Außerdem haben sie auf dem Gebiet der USA keinerlei Befugnisse, sie müssten das Ganze also an FBI, NSA und andere Dienste weiterleiten. Und die würden Beweise verlangen, die aber nicht existieren. Davon abgesehen möchte das Oberkommando sicher nicht, dass jemand von Reds Entführung erfährt. Dann müssten sie ja rechtfertigen, dass jemand, der psychische Probleme hat, immer noch in Uniform herumläuft.«

Die Wut, die sich schon die ganze Zeit über in Sierra aufgestaut hatte, brach sich Bahn. »Aber es ist doch nicht Nathans Schuld, dass er entführt wurde! Dafür ist er sogar in ausgesprochen gutem Zustand und …«

I-Mac hob die Hände. »Wir wissen das, aber das Oberkommando wird immer auf Sicherheit setzen. Im Moment ist Red für sie ein Risiko. Wenn sie seinem Wort glauben, und es stellt sich heraus, dass die Männer ganz harmlos sind, hat das Konsequenzen.«

»Ja, aber wenn sie nichts tun, und es gibt wirklich einen Anschlag, den sie eventuell hätten verhindern können, was machen sie dann?«

»Die Sache unter den Tisch kehren und hoffen, dass niemand darüber reden wird.«

Sierra schob ihr Kinn vor. »Dann haben sie sich getäuscht. Wenn sie nichts unternehmen, werde ich es tun.« Damals bei Scott hatte das Marine Corps genau das Gleiche getan: Es ließ seine Veteranen generell allein, wenn sie nicht mehr arbeitsfähig waren. Für Marines und Navy wurden sie dadurch unrentabel und abgestoßen, als wären sie nur Dinge und keine Menschen.

I-Mac lächelte sie an. »Ich denke, das wird nicht nötig sein. Sollte es irgendwelche falschen Entscheidungen geben, wird Clint da schon ordentlich Druck machen. Und er ist dort ja nicht irgendwer, den sie einfach ignorieren können. Er steht höher auf der Leiter als Red und sein Team, vor allem aber ist er bei der Truppe sehr beliebt. Die Männer hören auf ihn. Wenn er mit dem Oberkommando nicht zufrieden ist, wird sich das auf den ganzen Stützpunkt auswirken.«

»Das ist gut.«

Trotzdem machte sie sich Sorgen darüber, was es für Nathan bedeuten würde, wenn ihm das Oberkommando nicht glaubte. Er brauchte jetzt jeden Halt, er musste das Gefühl haben, ernst genommen zu werden, damit sein Selbstbewusstsein sich weiter aufbaute.

Ein Schuss ertönte, und Sierra zuckte automatisch zusammen.

Verlegen hob I-Mac die Schultern. »Entschuldige, das ist mein E-Mail-Programm. Ich habe eine neue Nachricht bekommen.« Er drehte sich zum Laptop um und öffnete das Programm. An der Art, wie sich sein Rücken versteifte, konnte Sierra erkennen, dass es um etwas Wichtiges gehen musste.

Sofort trat sie hinter ihn. »Was ist?«

I-Mac antwortete, ohne sie anzusehen. »Mein Freund hat sich wegen des Codes gemeldet. Er denkt, es handelt sich um einen arabischen Code, der sich aus Zeichen und Buchstaben zusammensetzt. Allerdings kann er kein Arabisch und kommt deshalb nicht weiter.« Hastig stand er auf. »Ich werde Nurja holen, sie wollte mit den Kindern telefonieren und ist deshalb in unserem Zimmer. Wenn sie mit ihm zusammenarbeitet, können sie ihn vielleicht gemeinsam knacken.«

Sierra blieb allein im Büro zurück und fühlte sich seltsam nutzlos. Jeder hier hatte eine Aufgabe, nur sie saß einfach nur herum und sorgte sich. Im Ernstfall könnte sie zwar auch das Haus verteidigen, aber solange die SEALs da waren, war sie ihnen nur im Weg. Wenn jemand verletzt war, konnte sie ihn versorgen, aber sie hoffte, dazu würde es gar nicht erst kommen. Außer ihren physiotherapeutischen Kenntnissen hatte sie keinerlei Talente, die in dieser Situation nützlich wären. Sie hatte sogar den Verdacht, dass Nathan und Clint deutlich besser kochen konnten als sie.

Aber vielleicht konnte sie trotzdem irgendeine Mahlzeit vorbereiten, falls die Männer bei ihrer Rückkehr Hunger hatten. Zuerst wollte sie allerdings hören, ob Nurja dem Code-Experten helfen konnte. Es dauerte nicht lange, bis die beiden zurückkamen. Nurja war blass, ihre Miene angespannt. Aber sie wirkte auch fest dazu entschlossen, die Aufgabe zu meistern.

I-Mac setzte sich wieder vor den Laptop und zog sein Handy heraus. »Er hat mir eine Nummer genannt, unter der wir ihn erreichen können.« Rasch wählte er sie und schaltete den Lautsprecher an. Zu dritt warteten sie angespannt darauf, dass sich jemand meldete.

»Ja.« Es war eindeutig eine elektronische Stimme, die blechern und abgehackt klang.

»Hier ist Barbarossa.« Als I-Mac seinen Codenamen nannte, schnitt er eine Grimasse.

»Nett, mal persönlich mit dir zu sprechen. Ich nehme an, du hast meine Mail erhalten.«

»Ja. Wie sicher bist du, dass es sich um einen arabischen Code handelt?«

Es entstand eine kleine Pause. »Sehr sicher. Ich kann versuchen, jemanden zu finden, der mir mit der Sprache hilft, aber das kann etwas dauern. Die Person muss ja auch vertrauenswürdig sein, und wir wollen niemanden aufscheuchen.«

»Ich habe hier jemanden, der perfekt Arabisch spricht und absolut vertrauenswürdig ist.« Dabei sah er Nurja an, die zustimmend nickte.

Ein Knistern drang durch die Leitung. »Bist du da absolut sicher?«

»Natürlich!« Das kam vermutlich heftiger heraus, als I-Mac es beabsichtigt hatte. Beruhigend legte Nurja ihm die Hand auf die Schulter.

»Ah, ich verstehe.« Ein Klappern ertönte. »Wo ist diese Person gerade?«

»Hier.«

Am anderen Ende erklang ein blechernes Lachen. »Und wo ist hier?«

I-Mac zögerte kurz. »D. C.«

»Perfekt. Dann würde ich vorschlagen, wir treffen uns und arbeiten zusammen an der Sache. Das geht schneller als übers Telefon.«

»Du bist auch in D. C.?«

Irgendwie fand Sierra es nicht besonders vertrauenerweckend, dass I-Mac nicht einmal wusste, wo sein Freund lebte.

»Zurzeit ja. Ich schicke dir die Adresse gleich per Mail. Präg sie dir schnell ein, die Mail löscht sich nach zehn Sekunden von selbst. Kommt alleine. Sobald ich merke, dass jemand anders in der Nähe ist, werde ich verschwinden und den Kontakt abbrechen. Verstanden?«

»Ja. Ich muss allerdings erst noch mit dem Übersetzer sprechen.«

»Mach das schnell, mein Angebot gilt nur für eine begrenzte Zeit. Sende mir eine Bestätigung per Mail, wenn du das Treffen willst.«

»Alles klar. Danke für deine Hilfe.«

»Kein Problem. Du weißt doch, Codes faszinieren mich, besonders, wenn sie gut gemacht sind.« Ein Klicken war zu hören.

I-Mac ließ das Handy sinken und steckte es schließlich weg, während sein Blick auf Nurja lag. »Ich will dich nicht in Gefahr bringen.«

»Ich denke, er ist dein Freund? Außerdem bist du bei mir, da kann mir doch gar nichts passieren.« Ganz sicher klang Nurja aber dennoch nicht.

»›Freund‹ wäre übertrieben, wir haben uns nie gesehen oder persönlich miteinander gesprochen. Der Kontakt verlief bisher immer über E-Mail. Wir haben uns in einem Forum kennengelernt, in dem es um … äh … kreative Methoden zur Informationsbeschaffung ging. Aber bisher habe ich nie einen Grund gehabt, ihm nicht zu vertrauen. Vor allem ist er ein Spezialist in seinem Bereich. Die Behörden würden jemanden wie ihn am liebsten sofort einstellen, aber er arbeitet lieber freiberuflich und sucht sich die Aufträge aus.«

»Das genügt mir. Außerdem haben wir keine Zeit zu verlieren. Wenn in diesem Code wirklich etwas versteckt ist, das mit Reds Angreifern oder einem Anschlag zu tun hat, dann müssen wir es versuchen. Sag ihm zu.«

I-Mac stand auf und schloss sie in seine Arme. »Du bist unglaublich, Nurja. Am liebsten würde ich dich in Watte packen, damit du nie in Gefahr gerätst.«

Sie lehnte ihre Wange an seine Brust. »So funktioniert das Leben aber nicht. Solange du bei mir bist, fühle ich mich sicher.«

Ihre Lippen trafen sich zu einem sanften Kuss.

Eigentlich wollte Sierra sich umdrehen, um den beiden etwas Privatsphäre zu geben, doch es gelang ihr nicht. Ihre Liebe war in jeder Geste, in jedem Wort zu spüren, und Sierra fühlte sich darin gefangen. Sie freute sich für I-Mac und Nurja, gleichzeitig war sie jedoch auch ein wenig neidisch. Oder vielmehr traurig, weil sie nicht so eine Beziehung hatte, in der sie sich geborgen fühlen konnte. Bei einem Mann, der für sie sterben würde, wenn es sein musste. Würde Nathan das tun? Ja, das glaubte sie schon. Vermutlich würde er sein Leben aber auch für eine Unbekannte hergeben, weil es für einen SEAL einfach dazugehörte, andere zu schützen.

Innerlich schüttelte Sierra den Kopf. Worüber dachte sie hier eigentlich nach? Nurja und I-Mac waren ein Paar, während sie und Nathan sich bisher gerade einmal geküsst hatten. Sie würden noch sehr viele Hürden überwinden müssen, bevor aus ihnen ein Liebespaar werden konnte. Sofern Nathan das überhaupt wollte. Vielleicht fühlte er sich einfach nur körperlich zu ihr hingezogen, weil sie die erste Frau war, die er seit seiner Gefangenschaft regelmäßig sah. Dieser Gedanke steigerte ihre Stimmung nicht gerade.

»Kommst du hier alleine zurecht, wenn wir wegfahren?«

Sierra konzentrierte sich wieder auf I-Mac. »Natürlich. Es sind ja noch einige Wachen hier, und Nathan und Clint müssten auch bald wiederkommen. Aber ist es wirklich sicher, dort alleine hinzufahren?«

Ein Muskel zuckte in I-Macs Wange. »Wir müssen es versuchen. Wenn wir mit einer ganzen Mannschaft anrücken, wird er uns bestimmt nicht reinlassen.«

Er setzte sich an den Schreibtisch und tippte eine kurze Nachricht ein. Beinahe sofort kam die Antwort. I-Mac öffnete die E-Mail, die wie versprochen eine Adresse enthielt. Sie befand sich in Langley Park, nur wenige Kilometer außerhalb von D.C. Schnell prägte Sierra sie sich ein, damit sie den anderen sagen konnte, wo I-Mac und Nurja sich aufhielten.

»Langley Park liegt in Maryland, ein paar Kilometer nordöstlich von D.C. Je nach Verkehr müsstet ihr in etwa einer halben Stunde dort ankommen.« Wie angekündigt verschwand die E-Mail wie von Geisterhand.

I-Mac rief eine Karte auf und betrachtete sie einen Moment lang. »Okay, das sollte gut zu finden sein.« Er fuhr seinen Laptop herunter und klappte ihn zu. »Brauchst du noch etwas, Nurja?«

»Ich gehe kurz zum Zimmer, bin sofort wieder da.« Auf die ihr eigene stille Art durchquerte sie den Raum.

Als sie weg war, blickte I-Mac Sierra an. »Erzähl den anderen, wo wir sind und was wir dort tun. Ich versuche, mich zwischendurch zu melden, damit ihr wisst, dass es uns gut geht, aber ich habe keine Ahnung, ob ich von dort durchkomme. Solltet ihr in zwei Stunden nichts von uns gehört haben, schick einen Rettungstrupp.« Er sah deutlich ernster aus als normalerweise. »Ich hoffe, ich tue das Richtige. Sollte Nurja etwas passieren …«

»Du wirst ja sicher nicht unbewaffnet gehen. Dein Freund hat keinen Grund, euch etwas zu tun. Und da du ihn schon wesentlich länger kennst, als diese Sache hier läuft, sollte er nichts damit zu tun haben. Vermutlich ist er ein kleiner, dürrer Computer-Geek, und ihr werdet zusammen Donuts essen, während ihr den Code knackt.«

Damit zauberte sie I-Mac ein Lächeln ins Gesicht. »Das könnte durchaus sein. Ich hoffe es jedenfalls.« Er stand auf und klemmte sich den Laptop unter den Arm. »Du weißt die Adresse noch?«

»Ja. Zur Sicherheit notiere ich sie mir gleich.«

Sofort wurde I-Mac wieder ernst. »Nichts Schriftliches.«

»Okay. Viel Glück.«

Der SEAL umarmte sie kurz und trat dann schnell zurück. »Danke. Und falls ich das noch sagen darf: Ich denke, du bist gut für Red. Lass dich nicht von ihm vertreiben.«

Sierra spürte, wie ihre Wangen sich erhitzten. »Wir sind nicht …« Ein Blick von I-Mac brachte sie zum Verstummen. »Es ist kompliziert.«

»Das ist es immer. Ich habe drei Jahre auf Nurja gewartet, und es hat sich gelohnt.«

Ein Geräusch ertönte aus Richtung Tür, und sie drehten sich gleichzeitig um. Nurja stand dort, eine leichte Röte überzog ihr Gesicht.

Sofort eilte I-Mac zu ihr. »Nurja …«

Ihr Blick glitt zu Sierra. »John hat recht. Es lohnt sich. Ich hätte nie gedacht, dass ich so glücklich werden könnte.« Ihre Hand umfasste die von I-Mac. »Wollen wir gehen?«

»Ja. Ich hole mir nur noch ein paar Waffen.« Er lächelte Sierra zu. »Bis später.«

»Seid vorsichtig.«

I-Mac nickte. Zusammen mit Nurja verließ er das Zimmer, und Sierra blieb allein zurück. Warum kam es ihr so vor, als wäre alles Leben aus dem Haus gesogen worden? Um nicht länger darüber nachgrübeln zu müssen, ging sie in die Küche und begann damit, eine Mahlzeit vorzubereiten. Auch wenn das nicht ihre liebste Betätigung war, hatte sie so wenigstens etwas zu tun.

Red konnte Clints Blick auf sich spüren, doch er sah ihn nicht an, sondern konzentrierte sich weiterhin auf die Straße. Das war das Einzige, was ihn noch zusammenhielt.

»Sie werden irgendwann einsehen, dass sie einen Fehler begangen haben.«

Clints Kommentar entlockte Red ein Schnauben. »Wann denn? Wenn es schon zu spät ist? Sie haben mir gar nicht richtig zugehört. Es hat sie viel mehr interessiert, dass ich mich doch an meine Zeit in Gefangenschaft erinnern kann und es ihnen nicht sofort gemeldet habe. Sie haben mir sogar vorgeworfen, dass ich dem Psychologen nicht die Wahrheit gesagt habe! Sollten meine Gespräche mit Dr. Greene nicht eigentlich geheim sein? Und dann wundern sie sich, warum man da nichts von Bedeutung erzählt!«

»Darüber bin ich auch nicht glücklich. Du kannst sicher sein, dass ich dem Oberkommando meine Meinung sagen werde. Sie werden dir zuhören und dich gerecht beurteilen.«

Tatsächlich hatte Clint dem Oberkommando schon sehr deutlich gesagt, was er von dessen Verhalten hielt. »Danke, aber ich glaube nicht, dass das was bringt. Und ich möchte auch nicht für jemanden arbeiten, der mir nicht mehr traut. Wie soll ich denn jemals wieder eine Mission durchführen, wenn ich dabei wie ein Anfänger bei jedem Schritt kontrolliert werde?

Du weißt selbst, dass es so nicht funktioniert. Ich würde höchstens mein Team in Gefahr bringen.«

Clints Schweigen war Zustimmung genug. Auch wenn Red gerne gehört hätte, dass er sich irrte, war er dennoch dankbar dafür, dass sein Freund ihn nicht anlog. Das hätte er nicht ertragen.

»Es tut mir leid.« Völlige Aufrichtigkeit lag in Clints Worten.

»Mir auch.« Reds Kehle war so zugeschnürt, dass seine Erwiderung gepresst klang. »Die Frage ist aber, was wir jetzt machen. Wenn wirklich ein Anschlag geplant ist, können wir nicht warten, bis das Oberkommando eventuell einsieht, dass es einen Fehler begangen hat. Wir müssen jetzt handeln.«

»Wahrscheinlich hoffen sie, dass der nächste Anschlag wieder in Europa stattfindet und sie damit nichts zu tun haben werden. Es ist erschreckend, wie kurzsichtig immer wieder gedacht wird. Oder vielmehr: gar nicht. Der Terrorismus und das Vorrücken des IS sind ein Problem, das uns alle angeht, und zwar nicht nur die christlich geprägten Länder, sondern auch die muslimischen. Man sieht ja in Syrien und im Irak, wie sie mit Muslimen umgehen, die sich ihnen nicht fügen.«

In seiner Zeit als SEAL hatte Red vieles gesehen, das er nie wieder vergessen würde. Grausames, aber auch den Mut der Menschen, während sie Widerstand gegen die Terroristen leisteten. Nurja war ein gutes Beispiel dafür. »Ja, man sollte annehmen, das hätte sich langsam herumgesprochen.«

»Du hast aber recht, wir können nicht einfach die Hände in den Schoß legen und darauf warten, dass sich jemand anders rührt. Wir werden weiter nachforschen und uns an andere Dienste wenden, sobald wir konkretere Informationen haben. Viel mehr können wir momentan leider nicht tun.«

Das wusste Red, und es machte ihn wahnsinnig. Er hatte noch nie besonders viel Geduld gehabt, aber jetzt war sie fast aufgebraucht. Seine Hände schlossen sich fester um das Lenkrad. »Hoffentlich kann Devil etwas herausfinden, wenn er die Terrorgruppe aushebt.« Der Gedanke, dass sein Folterer bald selbst Gefangener sein könnte, verschaffte ihm eine unheimliche Befriedigung. Sollte er in die USA ausgeliefert werden, konnte Red sich vorstellen, ihn zu besuchen und dem Bastard zu zeigen, dass der ihn nicht gebrochen hatte. Dass er letztendlich gewonnen hatte.

Clint blickte auf die Uhr. »Sie müssten bald dort ankommen, dann werden wir etwas erfahren. I-Mac hat Devil die ungefähren Koordinaten des Telefonats mit unserem dritten Mann zugeschickt. Hoffen wir, dass sich die Terroristen dort aufhalten.«

Red hasste es, keine eindeutigen Informationen zu haben und vor allem selbst nichts unternehmen zu können. Wie gerne wäre er jetzt dort mit einem eigenen Team und würde sich selbst darum kümmern, dass der Entführer seine gerechte Strafe erhielt. Noch wichtiger war ihm allerdings, dass Nurjas Verwandte lebend gefunden und vor den Terroristen geschützt wurden. Nurja hatte schon genug verloren – es durfte nicht noch mehr werden.

»Hauptsache, sie bringen den Anführer zum Reden. Er kam mir sehr von sich überzeugt vor und nicht leicht zu erschüttern. Ich fürchte, das wird länger dauern.«

Clint presste die Lippen zusammen. »Wir werden es sehen. Konzentrieren wir uns erst mal darauf, was wir von hier aus tun können.«

Red wusste, dass sein Freund recht hatte, aber sein dumpfes Gefühl, dass ihr Tun nicht reichen würde, verstärkte sich immer mehr. Oft genug hatten sie gesehen, wie einfach es für Terroristen war, selbst in gut gesicherten Bereichen Anschläge zu verüben. Kleine Zellen konnten mehr oder weniger unsichtbar agieren. Wenn sie einige wenige Grundregeln beachteten, war es beinahe unmöglich, sie vor dem Anschlag aufzuspüren.

Da sein Stresslevel wieder neue Höhen erreichte, war Red froh, als sie endlich bei seinem Haus ankamen. Er parkte in der Garage und wartete, bis Clint ebenfalls ausgestiegen war, bevor er die Alarmanlage überprüfte. Zufrieden, dass in seiner Abwesenheit offenbar alles ruhig gewesen war, gab er den Code ein und öffnete dann die Tür zum Haus. Clint zog das Funkgerät heraus und fragte beim Team nach, ob etwas vorgefallen war. Nachdem er eine negative Antwort erhalten hatte, ging Red rasch durchs Haus, auf der Suche nach Sierra.

Das Büro war leer, selbst I-Macs Laptop war verschwunden. Auch im Wohnzimmer war niemand, und Red begann langsam, sich Sorgen zu machen. Eigentlich hatte er erwartet, dass zumindest Sierra schon auf sie warten würde, nachdem es auf dem Stützpunkt so lange gedauert hatte. Unruhe erfasste ihn, die er kaum unterdrücken konnte. Er brauchte jetzt ihre Nähe, den beruhigenden Einfluss, den sie auf ihn zu haben schien. Immer schneller hastete er durch die Flure und ließ Clint hinter sich zurück.

Vielleicht hatte sie sich nach oben in ihr Zimmer zurückgezogen und ruhte sich ein wenig aus. Die Vorstellung, sich neben sie zu legen und sie einfach nur beim Schlafen zu beobachten, löste in ihm eine Sehnsucht aus, die er schon lange nicht mehr verspürt hatte. Ob sie wohl etwas dagegen hätte?

Abrupt blieb er stehen, als er einen Blick in die Küche warf. Sie sah aus, als wäre darin ein Warenlager explodiert. Mitten in dem Chaos stand Sierra und rührte mit einem finsteren Gesichtsausdruck in einem Topf. Der Anblick war so unerwartet, dass Red sie einfach nur staunend betrachten konnte. In seinem Innern regte sich ein Gefühl, das ihm beinahe Angst machte. Er lehnte sich gegen den Türrahmen und verschränkte die Arme über der Brust. Wenn es nach ihm ginge, könnte er stundenlang hier stehen und Sierra beim Kochen zusehen. Oder was auch immer sie dort tat.

Als hätte sie ihn gespürt, hob sie plötzlich den Kopf, und ihre Augen weiteten sich. »Oh, ihr seid zurück! Ich habe dich gar nicht gehört.« Mit fahrigen Bewegungen strich sie die Schürze zurecht, die sie sich umgebunden hatte. »Eigentlich wollte ich hiermit fertig sein, wenn ihr kommt. Aber irgendwie …« Hilflos zuckte sie mit den Schultern.

Red stieß sich vom Rahmen ab und schlenderte in den Raum. »Kann ich dir helfen?«

Sierra seufzte laut. »Ich fürchte, mir ist nicht mehr zu helfen.«

Die Verzweiflung in ihrer Stimme brachte ihn zum Grinsen. »Das glaube ich nicht.« Er warf einen Blick in den Topf. »Was sollte das werden?«

Mit einer Grimasse schleuderte sie den Löffel in die bräunliche Masse. »Siehst du? Ich bin eine hoffnungslose Köchin.«

»Das macht nichts.«

»Du bist der erste Mann, der das zu mir sagt. Ich glaube, wir sind füreinander bestimmt.« Ihre Wangen röteten sich, als sie erkannte, was sie gesagt hatte. »Ich …«

Red ließ sie nicht ausreden. »Vielleicht sind wir das tatsächlich.«

36

Nurja folgte John in ein Gebäude, das wie eine alte Fertigungshalle aussah. Von außen wirkte es heruntergekommen und stillgelegt, doch innen bot sich ein ganz anderes Bild. Ein zweites Gebäude lag hinter den alten Mauern versteckt, modern und großzügig gebaut. Dazwischen waren sogar Blumenbeete angelegt, Bäume rankten sich dem künstlichen Himmel entgegen, der mit vielen Lampen bestückt war. Es war wie eine verwunschene Oase, die Nurja staunend betrachtete. Wer kam auf die Idee, ein Haus mit Garten in ein anderes Gebäude zu bauen? Seit sie in den USA lebte, hatte sie ja schon viel Verrücktes gesehen, aber das hier übertraf alles. Offenbar ging es John ebenso, denn auch er wirkte ein wenig überwältigt.

»Was ist das hier?« Nurja hielt ihre Stimme leise, aus Angst, die beinahe unheimliche Stille zu stören. Fast erwartete sie, das Summen von Bienen zu hören oder das Rascheln der Blätter im Wind. Doch das gab es hier natürlich nicht.

»Ich habe keine Ahnung.« John nahm ihre Hand. »Aber wir werden es vermutlich gleich herausfinden.« Noch einmal kontrollierte er sein GPS-Gerät: Dies war definitiv die Adresse, die sein Freund ihm geschickt hatte.

Kaum hatte er ausgesprochen, als die Haustür einen Spalt aufsprang. »Tragt ihr Waffen bei euch?« Wieder ertönte die elektronische Stimme.

»Natürlich.«

»Legt sie in die Kiste neben der Haustür, bevor ihr reinkommt. Ich dulde keine Waffen in meinem Haus.«

John wirkte nicht gerade glücklich darüber, aber schließlich tat er, was von ihm verlangt wurde. Nurja folgte seinem Beispiel, auch wenn sie die kleine Pistole nur sehr ungern ablegte. Hintereinander traten sie in den großzügigen Flur, John immer direkt vor ihr, um sie zur Not schützen zu können. Auch wenn das ihre Angst um ihn erhöhte, genoss sie es, wie er sich immer um ihre Sicherheit kümmerte. Am liebsten hätte sie ihre Hand auf seinen Rücken gelegt, aber sie wollte ihn nicht ablenken.

Das war auch gut so, denn in diesem Augenblick ging eine weitere Tür auf. Wieder ertönte die Stimme: »Falls du denkst, ich würde das Messer in deinem Gürtel nicht bemerken, muss ich dich enttäuschen. Zieh ihn aus und lass ihn dort liegen.«

Mit eckigen Bewegungen, die seinen Ärger zeigten, folgte John der Aufforderung. Nurja sah ihm nervös dabei zu. Es gefiel ihr gar nicht, unbewaffnet in eine unbekannte Situation zu gehen, aber sie hatten wohl keine Wahl, wenn sie den Code knacken wollten.

»Jetzt zufrieden?«

»Ja. Kommt herein.« Das Licht im Vorraum wurde langsam ausgeblendet, während es im nächsten Raum heller wurde. Ein deutliches Zeichen, wohin sie gehen sollten.

Das Haus war hell eingerichtet und gut beleuchtet, trotzdem hatte Nurja das Gefühl, von allen Seiten eingeschlossen zu sein. Als würde sie tief unter die Erde gehen, obwohl sie das gar nicht tat. Wie jemand hier leben konnte, war ihr ein Rätsel.

Unerwartet nahm John ihre Hand und drückte sie sanft. »Alles in Ordnung? Wir können auch gehen, wenn es dir hier nicht gut geht.« Er flüsterte fast.

Nurja antwortete ebenso leise. »Nein, es ist zwar merkwürdig hier, aber wir brauchen diesen Code. Ich könnte nicht damit leben, wenn Menschen sterben müssten, nur weil ich zu ängstlich war.« Sie hob ihr Kinn. »Geh voraus, ich folge dir.«

Johns Lächeln war zugleich liebevoll und stolz. »Danke.«

Nurja war über sich selbst erstaunt: Normalerweise vermied sie alle Situationen, in denen sie in Gefahr geraten könnte, aber in letzter Zeit hatte sie schon mehrfach Entscheidungen getroffen, die alles andere als sicher gewesen waren. Tatsächlich verspürte sie sogar einen Hauch von Aufregung und Neugier auf das, was als Nächstes passieren würde. Und sie wurde nicht enttäuscht. Sie durchquerten ein Wohnzimmer, in dem es jeglichen Komfort gab, inklusive eines riesigen, äußerst bequem wirkenden Sofas, eines flackernden Kamins und eines großen Bücherregals, das eine ganze Wand einnahm. Der Boden war aus edlem Holz, das an ausgewählten Stellen von flauschigen Teppichen bedeckt war.

»Bitte weiter durch die hintere Tür.«

Erst jetzt sah Nurja, dass sich neben dem Bücherregal die nächste Tür geöffnet hatte. Sie lag ein wenig versteckt, sodass man sie auf den ersten Blick gar nicht wahrnahm. Wer auch immer diesen Raum konzipiert hatte, musste sich etwas dabei gedacht haben. Überhaupt wirkte hier alles sehr geplant, und alles schien genau am richtigen Platz zu liegen. Als stammte es direkt aus einer Zeitschrift für Innenarchitektur und würde nicht wirklich genutzt. Aber warum investierte jemand so viel Geld, um sich dann gar nicht hier aufzuhalten?

»Ich hoffe, das ist jetzt die letzte Tür, wir haben keine Zeit zu verschenken.« John klang inzwischen etwas verstimmt. Falls dieser »Freund« sie an der Nase herumführte, würde John nicht gut darauf reagieren, so viel war offensichtlich.

»Bitte etwas Geduld, ihr seid die ersten Gäste, die ich hier je hatte, und ich muss mich absichern, dass alles funktioniert.« Anscheinend waren auch überall Mikrofone versteckt.

Hinter John trat Nurja durch die Tür und blieb abrupt stehen, weil sie ihm sonst in die Hacken gelaufen wäre.

»Heilige Scheiße!«

John fluchte selten in ihrer Gegenwart, deshalb blickte sie neugierig an ihm vorbei. Mit offenem Mund sah sie sich in dem Raum um. Er war fensterlos und wirkte mehr wie eine Schaltzentrale als ein Büro. Überall waren Computer und Monitore aufgebaut und diverse andere Geräte, die Nurja nicht kannte. Für John war es sicher genau das, was er sich unter dem Paradies vorstellte. Es dauerte einige Zeit, bis sie zwischen all dem Technikkram eine Person erblickte. Zu ihrer Überraschung war es eine Frau. Sie hatte dunkle, zerzauste Haare und trug eine Brille, die fast zu groß für ihr Gesicht schien. Ihre bequeme Kleidung deutete darauf hin, dass sie nur selten das Haus verließ.

Stumm beobachtete sie John, ein leichtes Lächeln hob ihre Mundwinkel. »Hallo, schön, dass wir uns endlich mal persönlich treffen.« Damit ging sie auf John zu und streckte ihm die Hand entgegen. »Ich bin Dave.«

Nurja trat neben John, um seinen Gesichtsausdruck sehen zu können. Er wirkte wie erstarrt, seine Augen waren geweitet. »Du bist Dave? Ich dachte …« Verwirrt brach er ab.

Die Frau lachte. »Du dachtest, ich wäre ein Mann? Das passiert mir häufiger. Meist lasse ich die Leute in dem Glauben – das ist einfacher und vor allem sicherer für mich. Wenn sie einen Mann suchen, werden sie mich gar nicht beachten.«

»Sollte ich fragen, wer dich sucht?« Ein wenig schien John sich von seiner Überraschung erholt zu haben, auch wenn sein Blick immer noch fassungslos über die Frau glitt.

»Nein, besser nicht. Ihr seid hier sicher, das ist alles, was ihr wissen müsst.« Sie blickte Nurja an. »Bist du die Übersetzerin?«

Beinahe erschrocken drehte John sich zu ihr um. »Oh, tut mir leid, ich hätte euch vorstellen sollen. Das hier ist Nurja, meine Freundin. Sie arbeitet unter anderem für die Navy als Übersetzerin.« Stolz schwang unüberhörbar in seiner Stimme mit.

»Freut mich.« Dave drückte kurz Nurjas Hand und ließ sie dann wieder los. Sie deutete auf die Einrichtung des Raums. »Das ist mein Büro. Hier findet man alles, was man zum Codeknacken braucht, und noch ein paar andere nützliche Dinge. Bisher gab es noch keinen Code, den ich nicht irgendwann entschlüsselt hätte.«

»Genau deshalb bin ich zu dir gekommen. Das Problem ist aber die fehlende Zeit. Wir müssen so schnell wie möglich erfahren, was in der Facebook-Unterhaltung gesagt wurde.«

»So viel hatte ich schon verstanden. Denkst du, sonst hätte ich euch hierher eingeladen?« Sie schnitt eine Grimasse. »Das klang jetzt unhöflicher als beabsichtigt. Ich bin wohl keine Gesellschaft mehr gewohnt.«

Fasziniert beobachtete Nurja die Frau. Sie strahlte eine seltsame Mischung aus Selbstsicherheit und Scheu aus. Wie kam eine Frau wohl dazu, ein solches Leben zu führen? Es musste ihr doch klar sein, dass sie auf diese Weise das normale Leben da draußen vollkommen verpasste. Zwar hatte Nurja in Afghanistan auch nicht viele Freunde gehabt, aber sie war nie wirklich allein gewesen. Sie wusste gar nicht, ob sie eine so extreme Isolation überhaupt durchstehen könnte. Dave – oder wie auch immer sie in Wirklichkeit hieß – musste ungeheuer stark sein, um das auszuhalten und dabei noch halbwegs normal zu bleiben. Zumindest wirkte sie so.

Sie deutete jetzt auf einen Computerplatz. »Bitte, setzt euch doch. Kann ich euch etwas zu trinken anbieten?«

Fragend sah John zu Nurja hinüber und lehnte dann dankend ab, als sie den Kopf schüttelte. »Wie gehen wir jetzt am besten vor?«

Dave setzte sich auf den Schreibtischstuhl und öffnete ein Programm. »Ich zeige euch, was ich bisher habe, und dann können wir brainstormen, wie wir herausfinden, was die Grundlage des Codes sein könnte. Dafür brauchen wir das arabische Sprachwissen.« Sie blickte Nurja an. »Wie gut bist du?«

Nurja reckte die Schultern. »Ich stamme aus Afghanistan, seit drei Jahren bin ich hier.«

Diese Aussage ließ Daves Augenbrauen in die Höhe schießen. »Also sehr gut, wenn ich davon ausgehe, dass du in so kurzer Zeit beinahe perfektes Englisch gelernt hast.«

Nurja fühlte, wie Röte ihren Hals hinaufkroch. Sie hatte gelernt, immer bescheiden zu bleiben, deshalb machte es sie verlegen, wenn jemand ihre Kenntnisse hervorhob.

»Ja, das ist sie.« John hatte damit offensichtlich keine Probleme.

Nurja lächelte ihn an und wandte sich dann wieder an Dave. »Ich komme zurecht.«

»Super, dann bist du die perfekte Person, um mir beim Codeknacken zu helfen. Dein Freund darf uns assistieren.«

Sein empörter Blick brachte Nurja zum Lachen. »Ich glaube, das hat noch keiner zu ihm gesagt, wenn es um Computerdinge ging.«

Dave grinste sie an. »Er wird es überleben.« Sofort wurde sie wieder ernst. »Okay, machen wir uns an die Arbeit.«

Interessiert beugte Nurja sich vor, als nach ein paar Klicks Ziffern- und Buchstabenreihen auf dem Bildschirm erschienen, die jeweils in Dreierketten unterteilt waren. Doch so lange sie auch darauf starrte, sie konnte keine Wörter darin erkennen, die einen Sinn ergaben. »Und daraus sollen wir jetzt irgendwelche Nachrichten machen?«

»Ja. So gut wie jeder Code ist knackbar, man muss nur wissen, worauf er aufbaut. In diesem Fall vermute ich, wie gesagt, dass es sich um einen arabischen Code handelt. Die lateinischen Zahlen und Buchstaben müssen von uns in arabische Wörter umgewandelt werden. Dafür werden die Häufigkeiten bestimmter Buchstaben und Zahlen mit denen im arabischen Alphabet verglichen. Und genau dafür brauche ich jemanden, der die Sprache beherrscht. Ich bräuchte wahrscheinlich Wochen, um mich da durchzuhangeln.«

Das klang so furchtbar kompliziert, dass Nurja einmal tief durchatmete. »Okay, fangen wir an.«

Dave grinste John an. »Sie gefällt mir.«

Die Landung auf dem Flugfeld in der Nähe von Kabul verlief genauso ereignislos wie der gesamte Flug. Das ganze Team hatte sich bemüht, auszuruhen und so viel Schlaf zu bekommen wie möglich, damit sie nach der Ankunft sofort in den Einsatz gehen konnten. Devils Gefühl sagte ihm, dass sie keine Sekunde verschwenden durften, wenn sie das Schlimmste verhindern wollten. I-Mac hatte ihm den neuesten Stand der Ermittlungen gemailt. Der Zusammenhang zwischen dem Angriff auf Red und dem möglichen Anschlag machte ihm Sorgen. Wenn Reds Entführer wirklich so gute Kontakte in die USA hatte und dort auf eine ganze Gruppe unauffälliger amerikanischer Männer zurückgreifen konnte, würde es schwierig werden, mögliche Anschlagspläne zu vereiteln. Wie sollte man gegen einen Feind vorgehen, der versteckt mitten unter einem lebte?

Doch Devil schüttelte die Gedanken ab und konzentrierte sich voll auf die Mission. Wenn es ihnen gelang, den Anführer der Terroristen gefangen zu nehmen, hatten sie vielleicht eine Chance, seine Pläne zu vereiteln. Ihre Mission bestand aus zwei Zielen: erstens die verbliebenen Terroristen auszuräuchern und ihren Anführer gefangen zu nehmen, zweitens die Dorfbewohner zu finden und zu befreien. Mit etwas

Glück konnten sie beides an einem Ort erledigen und mussten nicht noch lange suchen. Joe Spade hatte ihnen passendes Kartenmaterial geliefert und einen möglichen Standort gekennzeichnet, von wo aus das Handy des Anführers ein Funksignal gesendet hatte. Die Mission war nicht ganz so genau ausgearbeitet wie sonst, aber sie wollten verhindern, dass der Terrorist sich aus dem Gebiet entfernte und untertauchte. Außerdem zählte für die möglichen Gefangenen jede Minute.

I-Mac hatte ihn inständig darum gebeten, Nurjas Verwandte zu finden und zu retten, und Devil würde alles dafür tun, obwohl es im offiziellen Auftrag des Oberkommandos nicht enthalten war. Doch das störte ihn nicht, er hatte auch früher schon Befehle etwas großzügiger ausgelegt, als seine Vorgesetzten sie angedacht hatten. Wenn sein Gefühl sich zwischendurch meldete, hörte er in den allermeisten Fällen darauf, ohne vorher lange über die Konsequenzen nachzudenken. Amy hatte ihn wie immer gebeten, vorsichtig zu sein und kein zu großes Risiko einzugehen, aber sie wusste genauso gut wie er, dass er einfach tun musste, was sein Instinkt ihm sagte.

Zusammen mit seinem Team verließ er das Flugzeug und lief geduckt über den Asphalt zu dem wartenden Hubschrauber. Normalerweise bevorzugte er es, sich einem Ziel mit eigenen Fahrzeugen zu nähern. Da sie sich jedoch noch einige hundert Kilometer davon entfernt befanden, würde es in diesem Fall zu lange dauern, und sie würden noch einen Tag warten müssen – ein Angriff im hellen Tageslicht wäre viel zu gefährlich. Nein, es war besser, sie beeilten sich jetzt und erwischten den Terroristen möglichst unvorbereitet. Egal wie, sie würden ihn kriegen. Das, was er Red angetan hatte, sollte nie wieder passieren.

Im Hubschrauber angekommen betrachtete Devil sein Team und erkannte zufrieden, dass seine Männer genauso entschlossen waren, den Terroristen das Handwerk zu legen, wie er. Obwohl sich die SEALs von West- und Ostküste normalerweise eher selten über den Weg liefen, hatten sie Team 8 inzwischen schon mehrmals bei offiziellen und privaten Missionen getroffen, und es waren einige Freundschaften unter den Mitgliedern entstanden. Das lag zum Teil natürlich auch daran, dass Reds Team 8 zu Clint Hunter gehörte, der früher wiederum CO von Devils Team 11 gewesen war. Deshalb hatte jeder von ihnen Reds Entführung sehr persönlich genommen und alles dafür getan, ihn zu finden.

Devil selbst war damals noch wochenlang in Afghanistan geblieben und hatte als Ersatz-CO mit Reds Team sämtliche Spuren verfolgt, doch die waren alle im Sande verlaufen. Die Stimmung im Team war immer schlechter geworden, je länger die Suche gedauert hatte. Sie hatten mit dem Schlimmsten gerechnet, und es wäre vermutlich leichter für alle Beteiligten gewesen, Reds Leiche zu finden, als die ganze Zeit mit der Ungewissheit zu leben. Im Nachhinein waren sie natürlich froh, dass er noch lebte und sich langsam erholte, aber es gab nichts Schlimmeres für einen SEAL, als ein Teammitglied in Feindesland zurückzulassen.

Jeder von ihnen trug ein Kopfhörerset, um miteinander in Kontakt bleiben zu können. Der Lärm im Hubschrauber war allerdings so hoch, dass sie kaum etwas verstehen konnten. Deshalb gab Devil ein Handzeichen, als sie sich dem Gebiet näherten, in dem man sie absetzen würde. Ein paar Kilometer würden sie noch zu Fuß überbrücken müssen, um nicht frühzeitig entdeckt zu werden. Aber solche Märsche waren sie gewohnt, dafür trainierten sie schließlich ständig. Sie mussten nur darauf achten, schnell genug zu sein, damit sie den Schutz der Dunkelheit noch für ihren Angriff nutzen konnten.

Als der Hubschrauber dicht über dem Boden schwebte, öffnete der Mechaniker die Tür, und sie sprangen nacheinander hinaus. Ohne ein weiteres Wort duckten sie sich unter den Rotoren hinweg und liefen los. Die Richtung hatten sie sich unterwegs eingeprägt, und die GPS-Geräte an ihren Handgelenken sorgten dafür, dass sie auf Kurs blieben. Der Boden bestand aus einer Mischung aus Sand und kleinen Steinen, nicht gerade ideal, um sich darauf schnell vorwärts zu bewegen, aber damit konnten sie umgehen.

In Rekordzeit erreichten sie das kleine Dorf, in dem sie die Terroristen und auch die Gefangenen vermuteten. Devil konnte nur hoffen, dass die Informationen richtig waren und sie nicht an einer völlig falschen Stelle suchten. Doch normalerweise konnte man sich auf die Intel von Joe Spade verlassen. Schließlich hatte er auch den Hinweis auf Reds Aufenthaltsort gefunden. Dieses Dorf lag gar nicht so weit entfernt davon, etwa fünfzig Kilometer Luftlinie. Devil hätte erwartet, dass die Terroristen sich nach der Befreiung viel weiter zurückziehen würden, um nicht einem Gegenschlag zum Opfer zu fallen.

Aber I-Macs Funkdaten sagten etwas anderes. Die Koordinaten des Handys, das von dem dritten Mann angerufen worden war, lagen eindeutig in diesem Gebiet. Zwar war es nur eine Vermutung, dass das Handy tatsächlich dem Anführer der Terroristen gehörte, aber Devil hatte ein gutes Gefühl. Als sie Red befreit hatten, hatten sie das »Aufräumen« anderen überlassen müssen, und er fragte sich immer noch, ob das ein Fehler gewesen war. Vielleicht wäre es ihnen gelungen, eine Spur des Anführers zu finden und ihn gleich auszuschalten. Doch ihre Anweisungen waren klar gewesen: schnell rein, Red befreien und dann mit ihm wieder raus.

Je näher sie dem Dorf kamen, desto mehr konzentrierte Devil sich auf das Ziel. Wie gewohnt war Cat als Späher vorausgeeilt und meldete regelmäßig, ob es irgendwelche Hindernisse auf ihrem Weg gab. Bisher sah alles ruhig aus. Trotzdem spürte Devil ein Prickeln im Nacken, und das war nie ein gutes Zeichen.

»Achtung, haltet die Augen offen. Du besonders, Cat.« Seine Stimme drang nicht weiter als bis zu dem kleinen Mikrofon vor seinem Mund. Bestätigendes Klicken antwortete ihm. Seine Männer hatten gelernt, seinem Gefühl zu vertrauen.

Solange sie mitten in der Natur waren, trugen sie Nachtsichtgeräte und konnten damit die Details der Umgebung ganz gut erkennen. Erst wenn sie in die Nähe des Dorfes kämen, würden sie sie absetzen, um nicht geblendet zu werden.

Ein Blitz zuckte durch Devils Kopf, und er gab den Männern sofort ein Zeichen, anzuhalten und sich auf den Boden zu kauern. Devil konnte nie sagen, woher seine Vorahnungen kamen, doch sie waren zu hundert Prozent zutreffend. Während er auf dem Boden lag und die Umgebung durch das Nachtsichtgerät betrachtete, wusste er plötzlich, was geschehen würde. »Cat, runter!«

Es war kein Laut zu hören, die Stille strapazierte seine ohnehin schon angespannten Nerven.

»Sollen wir …?« Docs Stimme drang durch den Kopfhörer.

»Still.« Mit dem Gewehr im Anschlag wartete Devil auf das, was all seine Sensoren zum Vibrieren gebracht hatte. Schließlich hielt er es nicht mehr aus. »Langsam vorwärts. Sichert nach allen Seiten ab.«

Vielleicht hätten sie doch erst alles auskundschaften sollen, aber die Zeit hatte so gedrängt, dass er sich dagegen entschieden hatte. Deshalb lernten die SEALs sehr früh zu improvisieren. Eine Situation konnte sich jederzeit ändern, und sie mussten sich schnell anpassen und die Mission trotzdem beenden.

»Cat?«

»Versucht, genau in meine Fußspuren zu treten.« Die Stimme des Spähers klang gepresst.

Erleichtert atmete Devil auf. Cat lebte noch, er hatte schon das Schlimmste befürchtet. Allerdings musste es einen Grund für seine Warnung geben, deshalb wandte Devil sich an die anderen: »Tut, was er sagt.«

Vorsichtig gingen sie vorwärts, einen Blick immer auf die kaum sichtbaren Spuren gerichtet, die Cats Stiefel hinterlassen hatten. Es dauerte nicht lange, bis der Späher in Devils Nachtsichtgerät auftauchte. Er hockte auf dem Boden, den Blick auf etwas vor sich gerichtet.

Als er sie hörte, hob er eine Hand. »Kommt nicht näher.«

Devil gab den anderen ein Zeichen und arbeitete sich dann langsam zu Cat vor. »Was hast du gefunden?«

Sein Teamkollege drehte den Kopf zu ihm um. »Das galt eigentlich auch für dich.«

Devil schnaubte. »Also, was ist?«

Cat deutete vor sich auf den Boden. »Hier hat jemand Tretminen vergraben. Danke übrigens für die Warnung, sonst wäre ich direkt reingelaufen. Sie war im Dunkeln nicht zu erkennen.«

Seine Fußspitze befand sich nur wenige Zentimeter von einer kleinen Erhöhung entfernt. *Verdammt, das war knapp gewesen.* »Gern geschehen. Das war vermutlich nicht die einzige, oder?«

»Ganz sicher nicht. Die Frage ist, wie wir jetzt am besten dorthin kommen, ohne uns in die Luft zu jagen oder jemanden auf uns aufmerksam zu machen.«

Eine gute Frage, auf die Devil im Moment auch keine Antwort hatte.

37

Nach dem Abendessen, das dank Nathans Hilfe doch noch gelungen war, saß Sierra zusammen mit ihm, Clint, Bull und Tex im Wohnzimmer, wo sie überlegten, wie sie weiter vorgehen sollten. Sierra konnte nicht wirklich viel dazu beitragen, aber sie war froh, dass man sie nicht ausgeschlossen hatte.

Die Frustration war Bull ins Gesicht geschrieben. »Ich kann nicht verstehen, wieso das Oberkommando deine Hinweise nicht ernst nimmt! Wollen sie etwa, dass ein weiterer Anschlag passiert?«

Clint antwortete für Nathan, der seit ihrer Rückkehr verdächtig still war. »Das denke ich eher nicht. Aber du weißt ja, bei denen geht nichts ohne handfeste Beweise. Und die haben wir leider noch nicht.«

Ein Schnauben entfuhr Nathan. »Ja, und es hilft natürlich auch nicht, dass die Infos von mir kamen. Wahrscheinlich denken die, dass ich entweder mit den Terroristen zusammenarbeite oder durch die Folterungen geistig nicht mehr ganz auf der Höhe bin.« Bitterkeit lag in seinen Worten.

»Red …«

Doch der unterbrach Clint. »Du warst dabei. Glaubst du ernsthaft, die haben auch nur einmal die Möglichkeit in Betracht gezogen, dass ich die Wahrheit sagen könnte? Die hätten doch zumindest eine Arbeitsgruppe bilden können, die Informationen dazu sammelt.«

Clints Schweigen und düsterer Gesichtsausdruck waren Antwort genug. »Ich werde noch mal mit ihnen reden.«

»Tu das, aber ich plane lieber für den Fall, dass sie sich weiter stur stellen und wir die Sache alleine herausbekommen müssen.« Nathan wandte sich an Sierra. »Haben I-Mac und Nurja gesagt, wann sie wiederkommen?«

»Nein. Aber ich habe mir die Adresse gemerkt für den Fall, dass sie nicht zurückkommen.«

Ein Muskel zuckte in Nathans Wange. »Gut. Aber ich glaube, wir rufen erst mal dort an, bevor wir hinfahren.« Er zog sein Handy heraus und wählte eine Nummer. Er wartete nur wenige Augenblicke, dann steckte er es zurück. »Mailbox.«

»Shit.« Clint verzog den Mund. »Entschuldige, Sierra.«

»Du erinnerst dich, dass ich in der Navy war? Ich kenne mindestens genauso viele Flüche wie du.«

Für einen kurzen Moment heiterte Clints Miene sich auf. »Das glaube ich zwar nicht, aber gut, dass es dir nichts ausmacht. Ich fürchte, wir werden hier noch öfter fluchen, bis die Sache vorbei ist.«

»Solange ich mitmachen darf, ist alles in Ordnung.«

Tex grinste sie an. »Ich kann es kaum erwarten.«

»Fordere sie nicht …« Ein Klingeln unterbrach Nathan.

Clint zog sein Handy hervor und blickte auf das Display. »Unterdrückte Nummer.« Er schaltete auf Lautsprecher und nahm das Gespräch an.

»Ja?«

»Hier ist I-Mac.« Seine Stimme klang so klar, als würde er neben ihnen sitzen.

»Wir wollten gerade schon ein Team vorbeischicken. Wo seid ihr?«

»Immer noch bei meinem … Freund. Wir haben den Code noch nicht geknackt, aber wir machen so lange weiter, bis wir ihn haben. Ich wollte nur Bescheid sagen, dass wir heute nicht zurückkommen werden, es sei denn, wir erreichen bald was.«

Clint presste die Lippen zusammen. »Hältst du das für eine gute Idee?«

Am anderen Ende der Leitung entstand eine kleine Pause. »Wir müssen wissen, was in diesen Nachrichten steht, und hier haben wir das richtige Equipment. Ich habe noch ein wenig recherchiert und herausgefunden, dass zumindest einer der Männer eine Identität gestohlen hat. Der wahre Todd Hastings ist vor einiger Zeit spurlos verschwunden – und er sah völlig anders aus. Ich schicke dir gleich zwei Fotos. Es könnte sein, dass völlig unschuldige Männer getötet wurden und man dann ihre Identität benutzt hat, um den Verbrechern hier rund um Washington und New York eine Tarnung zu bieten. Das würde auch dazu passen, dass es sich bei den Identitätengebern durchweg um Männer handelt, die keine nahen Verwandten mehr hatten. In manchen Fällen sind die Eltern oder Geschwister kurz vor dem Umzug gestorben.«

Sierras Herz begann härter zu klopfen. Konnte jemand wirklich so kalt sein, irgendwelche Menschen umzubringen, nur um ihre Identität zu klauen? Sie hatte schon davon gehört, dass die Sozialversicherungsnummern von Toten missbraucht wurden, aber das hier war eine ganz neue Dimension. Wie sollte man solche Menschen je aufspüren?

Der Angriff auf Nathan und die codierte Unterhaltung auf Facebook deuteten darauf hin, dass die Männer nichts Gutes im Schilde führten. Und wenn sie einmal so mühelos untergetaucht waren, was sollte sie dann daran hindern, es wieder zu tun? Neue Identitäten, ein neues Leben. Vielleicht hatten sie auch mehrere Identitäten und konnten je nach Belieben ihr Leben wechseln wie alte Unterhosen. Hätten sie nicht versucht, Nathan zu entführen, wäre ihnen nie jemand auf die Spur gekommen.

»Und noch etwas …« I-Macs Tonfall verhieß nichts Gutes.

»Reds Angreifer, der überlebt hatte, ist heute Nachmittag gestorben. Die Ärzte sind sich nicht sicher, ob es eine natürliche Todesursache war oder ihn jemand beseitigt hat. Von ihm werden wir also ganz bestimmt keine Aussage mehr bekommen. Die Polizei ist nicht erfreut, aber ich denke nicht, dass sie jetzt noch groß ermitteln werden, nachdem es außer Sierra und Red keine Zeugen des Vorfalls mehr gibt und die beiden Täter nicht mehr leben.«

Eine Reihe von Flüchen war die Antwort. Nathan sprang auf und trat zum Fenster. Die Muskeln in seinen Oberarmen zuckten, als er sich am Fensterbrett festhielt.

»Dann sollten wir die anderen Männer aufsuchen und hoffen, dass die nicht auch verschwunden oder tot sind.« Clint hörte sich an, als hätte er rostige Nägel gekaut.

»Ich fürchte, dafür ist es zu spät. Ich habe die Namen noch mal überprüft. Zwei wurden von Familien oder Freunden als vermisst gemeldet, einer ist angeblich tot. Die Leiche war aber so verbrannt, dass nicht mehr festzustellen ist, ob tatsächlich er in dem Auto saß. Über zwei andere konnte ich nichts finden, aber auch sie haben die letzten Tage nichts mehr auf Facebook oder irgendwo anders gepostet. Ich schicke dir die Namen und Adressen per Mail, Clint, damit du nachschauen kannst.«

Je mehr I-Mac berichtete, desto schlimmer wurde es. Sierra konnte sich nicht vorstellen, wie sich das erst für Nathan anfühlen musste. Nicht nur, dass das Oberkommando ihm nicht glaubte, jetzt verschwanden auch noch reihenweise die Verdächtigen. »Sind sie untergetaucht?«

»Entweder das, oder sie wurden beseitigt, um nichts von den Plänen verraten zu können.«

Nathan drehte sich nicht um, als er sprach. »Hast du auch noch positive Nachrichten?«

»Nein, tut mir leid. Sowie wir den Code geknackt haben,

melde ich mich. Übrigens könnt ihr mich nicht anrufen, mein Handy funktioniert hier nicht. Falls etwas ist, schreibt mir eine E-Mail.«

»Machen wir. Danke für den Bericht.« Clint beendete die Verbindung und blickte die anderen an. »Jetzt können wir eigentlich nur noch hoffen, dass Devil und Team 11 erfolgreicher sind und der Anführer redet.«

Sie wussten alle, wie gering diese Wahrscheinlichkeit war, aber niemand sagte etwas darauf. Eine Weile herrschte Schweigen, das erst von einem »Ping« durchbrochen wurde.

Clint sah wieder auf sein Handy. »I-Mac hat die Namen und Adressen geschickt.« Er warf einen Blick zu Bull und Tex hinüber. »Wie wäre es mit noch einem Versuch?«

Beide nickten sofort. »Wir holen unsere Sachen.«

Als sie aus dem Zimmer waren, drehte Nathan sich um. Ein entschlossener Ausdruck lag auf seinem Gesicht. »Ich komme mit.«

»Das ist keine gute Idee. Du weißt, dass sie es auf dich abgesehen haben. Außerdem, was ist, wenn wir wieder außen an der Fassade runterklettern müssen? Das würdest du im Moment nicht schaffen.«

Nathan schob das Kinn vor. »Das ist mir völlig egal. Ich werde mich hier nicht weiter verkriechen und euch die Arbeit machen lassen.«

»Du willst Sierra also alleine lassen?«

Er zögerte.

Abwehrend hob Sierra beide Hände. »Lasst mich aus dem Spiel. Ich brauche keinen Babysitter und werde auch nicht als Argument herhalten.« Zwar hätte sie Nathan am liebsten bei sich behalten, aber sie konnte sich vorstellen, wie sehr er es hasste, bevormundet zu werden.

Er warf ihr einen langen Blick zu, bevor er sich schließlich an Clint wandte. »Siehst du. Ich komme mit.«

Beschwörend sah Clint ihn an. »Bitte, Red, sei vernünftig. Ich verstehe, dass du mitwillst, aber du hättest sowieso nichts davon. Entweder treffen wir sie gar nicht erst an, oder wir nehmen sie mit hierher zur Befragung. Im entscheidenden Moment wärst du also dabei. Es bringt nichts, wenn du dich wegen so einer Sache verletzt. Wenn es um etwas wirklich Wichtiges geht, dann verspreche ich dir, dass ich dich ganz sicher nicht hierlassen werde.«

Zuerst dachte Sierra, Nathan würde wieder ablehnen, doch schließlich nickte er. »Aber wehe, ihr lasst euch umbringen oder befragt jemanden ohne mich.«

»Ich verspreche es hoch und heilig.« Clint legte ihm eine Hand auf die Schulter. »Du glaubst nicht, wie gerne ich dich dabeihätte, aber das ist es einfach nicht wert.«

Bull tauchte in der Tür auf. »East, kommst du?«

Clint ließ seine Hand fallen und nickte Sierra im Vorbeigehen zu. Wahrscheinlich war das seine Art, sie darum zu bitten, sich um Nathan zu kümmern. Sierra nickte zurück und sah ihm nach, während er den Raum verließ. Als sie sich wieder umdrehte, hatte Nathan sich erneut dem Fenster zugewandt und starrte in die Dunkelheit hinaus. Sie wünschte wirklich, sie hätte eine Ahnung, wie sie ihn aufmuntern konnte, aber ihr fiel einfach nichts ein. Die Situation war ungerecht, dagegen konnte sie nichts tun. Also wählte sie das Mittel, das ihr immer half, wenn sie zu viel grübelte.

»Wollen wir ein wenig trainieren? Je schneller du richtig fit bist, desto besser. Und ich könnte auch ein wenig Bewegung vertragen.«

Immerhin drehte Nathan sich zu ihr um und ignorierte sie nicht weiterhin. »Okay. Es ist ja nicht so, als hätte ich im Moment etwas Besseres zu tun.«

Sierra runzelte die Stirn. »Glaubst du, ich finde es so lustig, hier die ganze Zeit eingesperrt zu sein? Du warst ja immerhin schon draußen, während ich hier nur herumhänge.«

Sofort trat Nathan auf sie zu. »Entschuldige, das war idiotisch von mir. Es tut mir sehr leid, dass du meinetwegen hier gefangen bist. Ich wünschte, ich könnte etwas daran ändern.«

»Ich habe das nicht gesagt, damit du dich schlecht fühlst oder entschuldigst. Es war nur eine Erklärung, wie ich mich fühle.«

Nathan sah aus, als wollte er noch etwas sagen, doch er überlegte es sich offensichtlich anders. »Danke, ich würde gerne ein wenig trainieren. Das hilft hoffentlich auch, den Frust abzubauen.«

»Dann treffen wir uns gleich im Fitnessraum, ich ziehe mich schnell um.«

Ohne eine Antwort abzuwarten, verließ Sierra das Wohnzimmer und hastete die Treppe hinauf. Da sie Nathan nicht so lange mit seinen Grübeleien allein lassen wollte, beeilte sie sich. Während sie die Treppe wieder hinunterlief, band sie sich noch die Haare zum Zopf. Atemlos platzte sie in den Fitnessraum und blieb abrupt stehen. Nathan stand nur mit einer engen Boxershorts bekleidet im Zimmer, in den Händen hielt er seine Trainingshose. Noch immer waren die Spuren der Folter deutlich zu sehen, aber er war nicht mehr ganz so dünn wie anfangs. Sein Körper hatte sich wieder ein wenig aufgefüllt, die Muskeln waren deutlich sichtbar. Sierra ballte die Hände zu Fäusten, um nicht in Versuchung zu geraten, ihn zu berühren.

Langsam drehte Nathan sich zu ihr um. »Oh, du bist schon da. Ich ziehe mich schnell an.«

»Meinetwegen brauchst du das nicht.« Sowie die Worte aus ihrem Mund waren, fühlte Sierra, wie sie rot anlief. Oh Gott, wieso hatte sie das gesagt? Trotz ihrer Verlegenheit blickte sie ihm weiterhin fest in die Augen.

Deshalb sah sie auch, wie seine Pupillen sich weiteten und die grüne Iris beinahe verschluckten. »Warum?« Seine Stimme klang so rau, dass sie ihn kaum verstand.

Sie hätte sich jetzt damit herausreden können, dass sie als Therapeutin so einen besseren Zugriff auf seinen Körper hätte, was sogar der Wahrheit entsprach. Aber als sie den Mund öffnete, purzelte der wahre Grund heraus: »Ich sehe dich gerne an.«

Seine Augenbrauen zogen sich zusammen. »Mit den ganzen Narben? Das kann ich mir kaum vorstellen.«

Sierra trat näher an ihn heran. »Es ist so. Natürlich würde ich dir wünschen, dass du nie in Gefangenschaft geraten wärst und nicht so viel Leid hättest erdulden müssen, aber trotzdem kann ich deinen Körper schön finden. Oder vielmehr dich in deiner Gesamtheit.«

Nathan wirkte immer noch skeptisch. »Ich bin derzeit viel zu dürr und schaffe es gerade mal, mich von A nach B zu bewegen, ohne umzufallen. Schön ist für mich etwas anderes.«

Im Grunde konnte sie seinen Standpunkt verstehen, aber es ärgerte sie auch, dass er sich immer noch darauf reduzierte. Ohne länger darüber nachzudenken, zog sie ihr T-Shirt über den Kopf, sodass ihre runde Narbe an der Schulter zum Vorschein kam. »Findest du mich etwa wegen meiner Narben hässlich?«

Ihr Herz klopfte schneller, während sie auf seine Antwort wartete. Sein Blick lag auf ihren Rippen, und sie spürte, wie sich ihre Brustwarzen unter dem knappen Sport-BH zusammenzogen. Was hatte sie sich dabei gedacht? Nathan streckte den Arm aus und strich mit den Fingerspitzen über die Narbe. Ein Schauer lief durch ihren Körper, doch sie blieb einfach stehen.

Nathan blickte ihr direkt in die Augen. »Nein, natürlich finde ich dich deswegen nicht hässlich.«

»Und warum sollte es mir dann mit dir nicht genauso gehen?«

Er öffnete den Mund und schloss ihn dann wieder. Schließlich schüttelte er den Kopf. »Es wäre ziemlich dumm, dich davon abzubringen, mich schön zu finden, oder?«

»Ja.«

Nathan verzog die Lippen zu einem schiefen Grinsen. »Dann lasse ich das doch lieber. Und ignoriere die Tatsache, dass du offensichtlich blind bist.«

Ihr Herz wurde leichter. »Sehr schlau von dir.«

Warm legte sich seine Hand auf ihre Rippen. »Das denke ich auch.« Sein Gesicht kam immer näher. »Ich finde dich übrigens auch ungeheuer attraktiv. Was mich aber noch mehr beeindruckt, ist dein Charakter. Dein Mitgefühl anderen gegenüber, deine Hingabe für deinen Beruf und deine Patienten. Die Art, wie du dich schwierigen Situationen anpasst. Dein …« Weiter kam er nicht, denn Sierra beugte sich vor und verschloss seinen Mund mit ihrem. Sie brauchte keine Aufzählung, was er an ihr mochte – im Moment wollte sie einfach nur sein Verlangen spüren.

Und das bekam sie. Als hätte sie mit ihrem Kuss die Fesseln gesprengt, die er sich selbst auferlegt hatte, schlang er die Arme um sie und zog sie dicht an sich. Genau genommen verlor sie den Boden unter den Füßen, weil er sie einfach hochhob, damit sie weiterhin in Mundhöhe blieb. Sie wollte dagegen protestieren, aus Angst, er könnte sich verletzen, doch sie brachte es nicht über sich. Dann spürte sie unter ihren Füßen etwas Festes und erkannte, dass er sie zur Hantelbank gebracht hatte, auf der sie jetzt stand. Damit brauchte er nicht mehr ihr gesamtes Gewicht zu halten und hatte vor allem die Hände frei.

Das wusste sie sehr zu schätzen, denn er strich jetzt mit den

Fingern über ihre Rippen und berührte dabei die Außenseiten ihrer Brüste. Sofort zogen sich ihre Brustspitzen noch fester zusammen, und Sierra musste ein Stöhnen unterdrücken. Es fühlte sich so gut an, endlich wieder von einem Mann zärtlich berührt zu werden, sich ihm hinzugeben und seinen Kuss zu schmecken. Sein Schaft drückte sich durch den Stoff seiner Shorts in ihren nackten Bauch. Sierra konnte sich nicht vorstellen, wie es für ihn sein musste, nach so langer Gefangenschaft wieder eine Frau in den Armen zu halten. Genau genommen war er deutlich zurückhaltender, als sie es erwartet hätte. Das lag sicher an seiner antrainierten Selbstkontrolle.

Einerseits fühlte sie sich dadurch wertgeschätzt, andererseits wollte sie aber, dass er genauso wie sie selbst ein wenig die Kontrolle verlor und nur noch durch seine Begierde geleitet wurde. Ruhelos fuhr sie mit den Händen über seinen Rücken und krallte sie schließlich in seine etwas zu langen Haare. Dann zog sie ihren Kopf etwas zurück und biss Nathan in die Unterlippe. Sein ganzer Körper schien zu erstarren.

Er hob die Lider und starrte sie mit weit aufgerissenen Augen an. »War ich zu grob?«

Sierra unterdrückte einen Seufzer. »Nein, ganz im Gegenteil.«

Es dauerte einen Moment, doch dann verstand er ihren Wink, und auf seinem Gesicht zeichnete sich ein schiefes Grinsen ab. »Dann muss ich mich wohl mehr anstrengen.«

Ein Prickeln lief durch ihren Körper. »Ja, das solltest du.«

Verlangen flammte in seinen Augen auf. »Nur, wenn du dir auch das nimmst, was du möchtest.«

Sierra trat näher und rieb sich an ihm. »Das hatte ich vor.«

Ohne ein weiteres Wort festigte sich sein Griff und sein Mund stürzte sich auf ihren. Diesmal war der Kuss viel intensiver, beinahe verzweifelt schlangen sich ihre Zungen umeinander. Nathans raue Handflächen strichen fiebrig über ihren Körper, ließen keine Stelle aus, die er erreichen konnte, ohne den Kuss zu beenden. Seine Finger schoben den Bund ihrer Leggins hinunter und strichen dann über ihren knappen Slip. Der Druck seiner Erektion an ihrem Bauch wurde stärker, und Sierra bewegte sich automatisch gegen ihn. Offenbar deutete er ihr Verhalten richtig, denn er zog eilig die Leggins weiter hinunter und hob das Bündchen ihres Slips an.

Das Gefühl seiner Fingerspitzen an ihrem Po war unglaublich. Sierra ließ die Hände über seinen Rücken wandern bis hinunter zu seiner Boxershorts. Ohne zu zögern, schob sie ihre Finger unter den Stoff und legte sie um Nathans festen Po. Sie gab einen zufriedenen Laut von sich, der sich zu einem Stöhnen wandelte, als Nathan mit einem Finger über ihre Spalte strich. Das kitzelte, war aber gleichzeitig hocherotisch.

Sierra drängte ihren Oberkörper noch enger an Nathan heran, während sie den Po fester in seine Hände schob. In diesem Moment hatte sie alle Hemmungen verloren und agierte völlig schamlos. Aber das war ihr egal. Sie brauchte ihn, jetzt und hier. Sofort. Als eine seiner Hände aus ihrem Slip verschwand, gab sie einen enttäuschten Laut von sich. Dann spürte sie seine Finger am Verschluss ihres BHs und hielt automatisch den Atem an.

Als der Stoff sich wie durch Zauberhand von ihrem Körper löste, presste sie ihre schmerzenden Brüste wieder an Nathans nackte Haut. Seine Brusthaare kitzelten an den empfindlichen Spitzen, und sie rieb sich an ihm, bis sie meinte, aus der Haut fahren zu müssen. Da der BH noch an ihren Armen hing und sie störte, zog sie die Hände widerwillig aus Nathans Shorts und warf den Stoff beiseite. Ohne Vorwarnung beendete Nathan den Kuss, doch bevor sie protestieren konnte, wanderte sein Mund an ihrem Hals hinunter bis zu ihren Brüsten. Mit den Händen, die er wieder um ihren Po gelegt hatte, schob er sie so weit nach vorn, bis er mit der Zunge ihre Spitze erreichte.

Erregung schoss wie ein Feuer von ihrer Brust direkt in ihren Unterleib. Ein atemloser Schrei entfuhr ihr, den sie sofort unterdrückte. Nathan nahm die Spitze in seinen heißen Mund und saugte erst vorsichtig, dann immer härter daran. Sierra schaffte es nicht, die verlangenden Laute zurückzuhalten, die aus ihrer Kehle drangen. Instinktiv legte sie die Hände um den Bund seiner Boxershorts und schob sie langsam nach unten. Sein heißer Schaft legte sich hart gegen ihren Oberschenkel.

Diesmal war es Nathan, der aufstöhnte. Sein Atem strich über ihre empfindliche Brustwarze und brachte sie zum Zittern. »Nathan.« Sein Name war nur ein Hauch.

38

Als er seinen Namen so verlangend aus Sierras Mund hörte, war es um Red geschehen. Er hatte wirklich versucht, sich zurückzuhalten und langsam zu machen, aber er hatte keine Kraft mehr, seine Beherrschung und Kontrolle weiter aufrechtzuerhalten. Vor allem nicht, nachdem Sierra seinen Schaft aus der einengenden Boxershorts befreit hatte und er so nah am Ziel seiner Träume war. Er küsste, leckte und knabberte an ihren Brustspitzen, bis sie sich unruhig bewegte und immer wieder diese verlangenden Laute ausstieß, die ihn beinahe kommen ließen.

Rasch zog er ihren Slip mitsamt der Leggins an ihren Beinen hinunter und half ihr, den Stoff über ihre Füße zu ziehen. Jetzt war sie völlig nackt. Er nahm sich einen Moment Zeit, ihren Anblick zu genießen: Sie war schlank, gleichzeitig aber auch muskulös, was sie vermutlich ihrem Beruf zu verdanken hatte. Völlig natürlich öffnete sie ihre Beine ein Stück, als er eine Spur aus Küssen darüber zog. Ihre Muskeln zuckten, während er über ihre Haut leckte oder daran knabberte. Gleichzeitig gruben sich ihre Finger in seine Haare. Der leichte Schmerz an seiner Kopfhaut verstärkte seine Erregung noch.

Automatisch legten sich seine Hände wieder um ihren Po, während er den Duft ihrer Erregung in sich einsog. Ihre Schamhaare waren etwas dunkler als ihr Haupthaar. Der goldene Glanz verlockte ihn, sie dort zu kosten. Gespannt schob er die Zunge vor und strich damit über ihre weiche Haut. Sierra stöhnte tief auf und schob die Beine weiter auseinander.

Eine deutlichere Einladung brauchte Red nicht. Gierig leckte er über ihre Klitoris und blickte gleichzeitig an ihr hinauf. Ihre überraschend fülligen Brüste schwangen im Rhythmus ihrer Bewegungen auf und ab, die Augen hatte sie geschlossen. Verzückung lag auf ihrem Gesicht, ihre geröteten Lippen waren leicht geöffnet.

Als könnte sie seinen Blick spüren, hob sie die Augenlider und sah ihn direkt an. Dann löste sie die Hände aus seinen Haaren, und ein Gefühl des Bedauerns überkam ihn. Allerdings nur so lange, bis sie ihre Finger an ihrem Körper hinaufgleiten ließ und schließlich über ihre Brüste legte. Sein Schaft pochte schmerzhaft, es fehlte nicht viel und er würde kommen, ohne dass Sierra seine Erektion berührt hatte. Seine Zunge spielte mit ihrer Klitoris, während er beobachtete, wie sie die Finger um ihre Brustspitzen legte. Die Nippel waren bereits von seinem Saugen gerötet, doch jetzt wurden sie noch dunkler, als Sierra langsam daran zupfte.

Red schob sich dichter an sie und begann an ihrer Klitoris zu saugen. Ihre Hüfte zuckte – ein deutliches Zeichen dafür, dass sie kurz vor dem Höhepunkt stand. Er legte die Hände fester um ihren Po und strich mit einem Finger durch ihre Spalte, bis er ihren Anus fand. Ein tiefes Stöhnen und immer heftigere Bewegungen waren die Folge. Sie schien nicht zu wissen, ob sie sich gegen seinen Mund drängen sollte oder gegen seine Finger. Red machte es ihr leichter, indem er sich von beiden Seiten enger an sie presste. Mit der Zunge schlüpfte er in ihren Eingang, während er gleichzeitig fester gegen ihren Anus drückte.

»Mehr!« *Der Bitte kam er doch gern nach.*

Er ließ die Zungenspitze wieder über ihre Klitoris streichen, während er seinen Finger tief in ihren Eingang tauchte, um ihn zu befeuchten. Als er ihn wieder herausziehen wollte, drückte

Sierra ihm ihre Hüfte entgegen, um das zu verhindern. Red zog ihn trotzdem heraus, führte aber einen anderen Finger in sie ein. Gleichzeitig presste er seinen nun feuchten Finger gegen ihren Anus. Er spürte einen kleinen Widerstand, dann glitt er tief in sie. Sein Penis pochte vor Verlangen, doch er ignorierte ihn. Es war unglaublich, hier mit Sierra zu sein, zu sehen und zu spüren, wie sehr sie ihn begehrte.

Ihr Körper bewegte sich beinahe tänzerisch an seinen Fingern auf und ab. Sie spreizte die Beine weiter und gab ihm damit einen noch besseren Zugang. Red nutzte ihn, um mit den Zähnen über ihre Klitoris zu kratzen, bevor er stark daran saugte. Ein hoher Laut entfuhr Sierra. Ihre Finger pressten ihre Brustwarzen zusammen, und ihre Hüfte bog sich in seine Richtung. Red folgte ihrer wortlosen Bitte und pumpte seine Finger heftig in ihren Körper. Fast wie in Zeitlupe erreichte sie den Orgasmus und sackte dann in sich zusammen. Gerade noch rechtzeitig fing Red sie auf und trug sie zu der Bodenmatte. Dort setzte er sie sanft ab und legte sich dann neben sie.

So sehr sein eigener Körper auch nach mehr verlangte – er genoss es, ihr dabei zuzusehen, wie sie langsam auf die Erde zurückkehrte. Ihre Wangen und ihr Dekolleté waren gerötet, ihre Brüste hoben sich bei jedem raschen Atemzug. Am liebsten hätte er sie berührt, aber er wollte sich ihr nicht aufdrängen. Ihm reichte es auch, wenn er sie einfach nur ansehen durfte. Es war taghell im Raum, jede Kleinigkeit war gut zu erkennen. Besonders faszinierte ihn das kleine Muttermal an ihrer Hüfte. Sierra seufzte zufrieden auf, und er richtete seinen Blick schnell wieder auf ihr Gesicht.

Sie hatte die Augen geöffnet und sah ihn verträumt an. Die meisten Frauen, die er kannte, wären jetzt unsicher und würden sich erst einmal etwas suchen, um sich zu bedecken. Sierra nicht. Stattdessen streckte sie sich genüsslich.

Ihre Mundwinkel hoben sich zu einem Lächeln. »Das war nicht ganz das Training, das ich gemeint hatte.«

Red stützte den Kopf auf seine Hand. »Nicht? Dann müssen wir es wohl noch mal probieren, bis wir es richtig hinbekommen.«

Sie lachte. »Noch richtiger, und ich bekomme einen Herzinfarkt.«

»Ich werde schon auf dich aufpassen.« Was tat er hier eigentlich? Lag er wirklich nackt auf dem Boden seines Fitnessraums und flirtete mit Sierra? Er hätte nicht gedacht, dass er das überhaupt noch könnte. Offenbar war es wie mit dem Fahrradfahren – man verlernte es nie.

Langsam glitt ihr Blick an seinem Körper nach unten. Als sie seine immer noch harte Erektion sah, weiteten sich ihre Augen. »Oh, da müssen wir wohl noch ein wenig trainieren.« Wie als Antwort darauf hob sein Schaft sich ihr entgegen. Mit der Zunge befeuchtete sie ihre Lippen. Seltsam schüchtern sah sie ihn. »Darf ich?«

»Das ist ein Witz, oder?« Red rollte sich auf den Rücken und verschränkte die Hände über seinem Kopf. »Mach mit mir, was du willst.«

Wie sich herausstellte, wollte Sierra ihn von Kopf bis Fuß berühren und küssen. Er hatte das Gefühl, dass sie keinen Zentimeter ausließ, während sie mit gespreizten Beinen auf ihm hockte. Dabei machte sie keinen Unterschied zwischen narbiger und normaler Haut. Offenbar hatte sie wirklich kein Problem damit, dass er aussah wie ein Flickenteppich. Das half ihm mehr als alles andere dabei, sich zu entspannen und ihre Berührungen zu genießen. Als sich ihre Hände um seinen Schaft schlossen, zuckte er wie unter einem Stromschlag zusammen.

»Du darfst mich ruhig anfassen.«

Mit Mühe öffnete Red die Augen und blickte Sierra fragend an. »Was?«

»Du brauchst dich nicht an der Matte festzuhalten, du kannst mich gerne berühren.«

Das musste sie ihm nicht zweimal sagen. Sofort legte er die Hände um ihre Hüften und schob sie weiter nach oben. Dadurch war ihr Mund in Reichweite, und er gab ihr einen langen, intensiven Kuss. Sierra folgte ihm sofort, während sie die Hände an seinem Schaft auf und ab gleiten ließ. Ihre Brustspitzen rieben über seinen Brustkorb und heizten sein Verlangen weiter an. Er war so darin gefangen, dass er erst nicht mitbekam, wie sie die Hüften auf seinen Schaft senkte. Erst als sich ihr heißes Fleisch um ihn schloss, wachte er aus seiner Trance auf.

Sofort hielt er ihre Hüften fest, sodass er nicht tiefer in sie dringen konnte. »Nein, warte!«

Sierra hielt inne. »Warum?«

»Ich … habe … kein Kondom.«

Einen Moment lang sah sie ihn nur an. »Ich nehme die Pille, und in deinen Krankenakten habe ich gelesen, dass du keine Krankheiten hast. Mir reicht das aus, aber wenn du nicht mit mir …«

»Doch!« Gott, er konnte gar nicht sagen, wie sehr er es wollte.

Sierra lächelte ihn an. »Dann solltest du aufhören, mich festzuhalten.«

Er zog so schnell die Hände weg, dass Sierras Abwärtsbewegung erst von seinen Oberschenkeln gestoppt wurde. Gemeinsam stöhnten sie auf. Es fühlte sich unglaublich gut an, so tief in ihr zu sein, jede ihrer Zuckungen zu spüren. Dann begann sie, sich zu bewegen, und Red wusste, dass er nicht mehr lange durchhalten würde. Mit den Händen an ihrem Po versuchte er, ihre Bewegungen ein wenig zu dirigieren, damit er noch ein wenig Zeit hatte, doch Sierra ließ sich nicht bändigen. Ihre kurzen Fingernägel bohrten sich in seine Brust, und er genoss den leichten Schmerz.

Schließlich hielt er es nicht mehr aus, er musste sich bewegen. In kurzen harten Stößen hoben seine Hüften sich ihr entgegen. Sierra passte sich sofort seinem Rhythmus an und sorgte damit dafür, dass er noch tiefer in sie drang. Jedes Mal drang ein Keuchen aus ihrem Mund, ihre Finger gruben sich noch tiefer in seine Brust. Mühsam gelang es ihm, eine Hand von ihrer Hüfte zu lösen und zwischen ihre Körper zu schieben. Mit dem Daumen rieb er über ihre Klitoris und entlockte ihr damit ein weiteres langgezogenes Stöhnen. Ihre Brustspitzen hatten sich zu harten Punkten zusammengezogen, ihre Augen waren geschlossen, während sie den Kopf in den Nacken geworfen hatte.

Ihr Anblick war so erotisch, dass er schon deshalb beinahe kam. Aber er wollte, dass sie zusammen den Höhepunkt erreichten. Deshalb biss er die Zähne zusammen und bewegte seine Hüften noch schneller. Mit Daumen und Zeigefinger zog er an ihrer Klitoris und presste einen Finger seiner anderen Hand gegen ihren Eingang. Bei seinem nächsten Stoß schlüpfte der Finger mit hinein und dehnte sie noch weiter. Sierra erstarrte über ihm, dann stieß sie einen gedämpften Schrei aus.

Das war das Zeichen für Red, dass er sich endlich gehen lassen konnte. Mit einer schnellen Bewegung rollte er sie herum, sodass sie unter ihm lag, und pumpte dann weiter in sie. Seine Hände stützte er neben ihrem Oberkörper auf, um sie nicht zu erdrücken. Er wollte sie küssen, aber dafür waren die Bewegungen zu heftig. Deshalb lehnte er nur seine Stirn gegen ihre, während seine Erregung immer weiter wuchs. Es war fast schmerzhaft – seine Hoden hatten sich so fest zusammengezogen, dass ihm jede winzige Berührung wie ein Schlag vorkam.

Heftig zuckte Red zusammen, als Sierras Finger seine Brustwarzen berührten. Hitze wanderte sein Rückgrat hinauf, und er wusste, dass es nur noch eine Frage von Sekunden war. Sierra schien das auch zu spüren, denn sie öffnete ihre Beine breiter und gab ihm damit vollen Zugang zu ihrem Körper. Ihre Finger schlossen sich um seine Brustwarzen und zogen daran. Mit einem letzten mächtigen Stoß vergrub er sich in ihr und ließ den Orgasmus durch seinen Körper rauschen. Dann brach er auf Sierra zusammen, das Gesicht in ihr Haar gepresst.

Schwer atmend lag er auf ihr, während sein Körper immer wieder zuckte. Er konnte sich nicht erinnern, jemals so viel während eines Liebesakts gespürt zu haben, sich jemals so gehen gelassen zu haben. Normalerweise behielt er immer die Kontrolle, sogar während des Höhepunkts. Doch jetzt fühlte er sich so schwach wie ein Neugeborenes und gleichzeitig so gut, als wäre alles Schlechte aus seinem Leben verschwunden. Das war natürlich nur eine Illusion, aber Red beschloss, sie so lange zu genießen, wie sie andauerte.

Sierra rührte sich ein wenig unter ihm, doch als er von ihr abrücken wollte, schlang sie die Arme um seinen Rücken und hielt ihn auf sich fest. »Bleib.« Ihre Stimme klang tiefer als sonst.

Ein Schauer lief durch Reds Körper, und er presste sich so dicht an Sierra, wie es nur ging. Sein Schaft war tief in ihr, und ihre Beine schlangen sich um seine Hüften, als hätte sie seine Gedanken gehört und wollte ihn daran hindern, sie zu verlassen. Das war ihm nur recht – wenn es nach ihm ginge, würde er sie sowieso nie wieder verlassen. Allerdings könnte es einige spöttische Reaktionen nach sich ziehen, wenn die anderen zurückkamen und sie so vorfanden. Im Moment wäre ihm das sogar egal, aber er bezweifelte, dass Sierra so begeistert davon wäre.

Deshalb hob er nach einigen Minuten widerwillig den Kopf. Sierras Augen waren geschlossen, es sah aus, als würde sie schlafen. Sanft küsste er sie auf die Nasenspitze und wartete, bis sie die Lider hob. »So leid es mir tut, wir sollten wirklich langsam aufstehen. Es kann nicht besonders bequem sein auf dem harten Boden und mit meinem Gewicht auf dir.«

Sierras Arme und Beine schlossen sich fester um ihn. »Mir egal.«

Das brachte ihn zum Lachen. »Mir aber nicht. Dein Körper gefällt mir so, wie er ist, platt würde er komisch aussehen.«

Sie streckte ihm die Zunge heraus, rührte sich sonst aber nicht.

»Dir ist schon klar, dass die anderen jederzeit wiederkommen könnten und die Tür hier nicht abgeschlossen ist?«

Es dauerte einen Moment, bis die Worte zu ihr durchdrangen, dann weiteten sich ihre Augen alarmiert. »Hast du etwas gehört?«

»Nein, keine Angst. Trotzdem möchte ich nicht, dass sie dich nackt sehen.«

Ihr Griff löste sich, und er setzte sich auf. Der Anblick, wie sie nackt und befriedigt vor ihm lag, löste etwas in ihm aus, das er nicht deuten konnte. Zärtlichkeit, Besitzdenken, Verlangen.

Als er sich nicht rührte, legte sie ihre Hand auf seine Brust. »Alles in Ordnung?«

Innerlich schüttelte Red den Kopf. »Ja, natürlich. Ich konnte mich nur gerade nicht dazu bringen, dich gehen zu lassen.«

Ihr Gesichtsausdruck wurde weicher. »Es muss ja nicht für lange sein.«

Sein Herz klopfte schneller, als er verstand, dass sie das hier nicht nur als einmaliges Ereignis ansah. »Gut.« Trotzdem erhob er sich nur sehr ungern. Es fühlte sich plötzlich so an, als wären sie meilenweit voneinander entfernt, obwohl sie direkt hier vor ihm saß.

Red hielt ihr eine Hand hin und half ihr hoch.

»Danke.« Sie beugte sich vor und küsste ihn auf das Schlüsselbein. »Für alles.«

Da seine Kehle wie zugeschnürt war, nickte er nur. Schnell wandte er sich ab und suchte die überall verstreute Kleidung zusammen. Als er sich wieder zu Sierra umdrehte, sah er, dass ihr Blick auf seinem Po gelegen hatte und jetzt auf seinem Schaft ruhte. Unter ihrer Aufmerksamkeit füllte er sich langsam wieder. Schnell drückte Red ihr die Kleidung in die Hand und zog sich mit seinem Haufen in die andere Ecke des Raumes zurück. Er atmete erst wieder tief durch, als sie beide vollständig bekleidet waren.

Mit geübten Bewegungen richtete Sierra ihren Zopf. »Und? Möchtest du noch trainieren?«

Wie ein pawlowscher Hund reagierte sein Körper sofort auf das Reizwort. »Hm …«

Die Röte in Sierras Wangen vertiefte sich. »Ich rede von der Physiotherapie.«

Entschuldigend zuckte Red mit den Schultern. »Das weiß ich. Mein Körper verbindet Training jetzt aber mit etwas anderem, wesentlich Befriedigenderem.«

Das entlockte Sierra ein leichtes Lächeln. »Meiner auch. Aber das heißt nicht, dass wir jetzt mit der Physiotherapie schlampen sollten. Du brauchst die regelmäßige Bewegung, um wieder richtig in Form zu kommen.« Sie hob die Hand, bevor er etwas erwidern konnte. »Ja, ich habe gesehen, dass du schon ziemlich gut in Form bist, aber ich denke, für deine Vorgesetzten wird das nicht zählen.«

Die Erinnerung an sein Treffen mit dem Oberkommando verdüsterte seine Stimmung. »Nein, erst recht nicht, was die Psyche angeht.«

»Ich habe viele Soldaten in der Navy erlebt, die unter PTSD litten und sich nicht getraut haben, es zu melden, aus Angst, dass man sie dann sofort aus dem Militärdienst entlassen würde. Stattdessen haben sie begonnen, heimlich irgendwelche Psychopharmaka zu schlucken, die ihren Zustand noch verschlimmert haben. Anstatt das Problem offensiv anzugehen und die Leute dabei zu unterstützen, wieder gesund zu werden, hat man die Sache unter den Teppich gekehrt. Und dann wundern die sich über die hohe Zahl von Soldaten, die nicht mehr in ihr normales Leben zurückfinden und vielleicht sogar andere verletzen oder töten.«

Red konnte sich vorstellen, dass Sierra als Sanitäterin noch wesentlich mehr davon mitbekommen hatte als er. In den Reihen der SEALs kam so etwas seltener vor als im normalen Militärdienst, weil sie bereits während der Ausbildung einen harten Test durchliefen. Aber hin und wieder gab es jemanden, der dem Druck nicht mehr standhielt und den Dienst quittierte. Vor ein paar Jahren hatte sich ein Commander während seines Einsatzes in Afghanistan erschossen. Diese Nachricht war damals wie eine Schockwelle durch die Gemeinde der SEALs gegangen.

»Es wird gerne vergessen, dass Soldaten auch Menschen sind. Nicht jeder kommt mit dem zurecht, was er im Krieg sieht oder erlebt. Aber ich fürchte, es wird sich nie wirklich ändern. Es ist einfacher, immer neue Soldaten auszubilden, als sich gut um die bereits vorhandenen zu kümmern und ihnen die Hilfe zu geben, die sie benötigen.«

Sierra verzog den Mund. »Das ist ein Grund, warum ich nicht allzu traurig war, als ich die Navy verlassen habe. Dann bin ich lieber mein eigener Chef und achte selbst darauf, wie es mir geht.«

»Und du kümmerst dich auch um deine Patienten. Mir hast du jedenfalls dabei geholfen, aus dem Tief herauszukommen. Es ist natürlich noch ein weiter Weg, das weiß ich selbst, aber du hast den Anfang geschaffen.«

Auf ihrem Gesicht breitete sich ein Lächeln aus. »Das freut mich. So, jetzt hast du aber genug Zeit geschunden. Wenn du heute noch etwas schaffen willst, bevor die anderen zurückkommen, sollten wir jetzt anfangen.«

Sie hatte zwar das Wort Training nicht erwähnt, aber sein Körper reagierte trotzdem. Damit sie es nicht bemerkte, setzte er absichtlich eine finstere Miene auf. »Sklaventreiberin.«

Ihr Lächeln wurde breiter. »Ganz genau. Und du stehst darauf.«

39

Als sie endlich das Dorf erreichten, blieben ihnen nur noch wenige Minuten bis zur Dämmerung. Wegen der im Sand vergrabenen Sprengfallen waren sie viel langsamer vorwärts gekommen als geplant. Normalerweise würden sie jetzt darüber nachdenken, sich wieder zurückzuziehen und bis zur nächsten Nacht zu warten. Aber sie wussten, was auf dem Spiel stand: Ein weiterer Tag konnte den Tod unzähliger Menschen bedeuten.

Deshalb gab Devil das Zeichen, die Mission fortzusetzen. Sein Team war gut trainiert und auf das vorbereitet, was vor ihnen lag. Trotzdem hätte er lieber nicht im Morgengrauen angegriffen. Die Nachtsichtgeräte hatten sie schon vor einiger Zeit abgesetzt, damit ihre Augen sich an die Dunkelheit gewöhnten. Heute hingen die Wolken tief, was ihnen vielleicht dabei helfen würde, ihre Anwesenheit noch eine Weile zu verschleiern. Allerdings hatte ein leichter Nieselregen eingesetzt, der ihre Kleidung durchnässte und die ganze Angelegenheit sehr unangenehm werden ließ. Die Temperaturen lagen nur wenige Grad über dem Gefrierpunkt, sie mussten dafür sorgen, dass ihre Finger weiterhin beweglich blieben.

Cat war von seinem Spähposten zu ihnen zurückgekehrt. »Sieht alles ruhig aus. Es gibt einige Wachen, die aber nicht besonders aufmerksam scheinen.«

Kein Wunder, wenn sie eine Nachtschicht hinter sich hatten. Das konnte ein Vorteil sein, den sie nutzen würden. »Okay. Wir gehen vor wie besprochen. Geht kein unnötiges Risiko ein.

Versucht, so lange wie möglich unentdeckt zu bleiben. Unser Ziel ist nur, den Anführer gefangen zu nehmen und die möglichen Gefangenen zu lokalisieren.«

Für den Rest würde dann ein Team der Marines sorgen. Ein Funkspruch würde genügen, und sie würden innerhalb von Minuten via Hubschrauber hier landen. Aber zuerst mussten die SEALs die Hauptgefahr ausschalten und dann dafür sorgen, dass die entführten Dorfbewohner nicht in die Schusslinie gerieten. Eine nicht ungefährliche Aufgabe, vor allem, da die Terrorgruppe unbekannt war und sie weder deren Anzahl noch Bewaffnung kannten. Aber genau aus diesem Grund gingen sie ja zuerst rein und sorgten dafür, dass die Gegenwehr nicht allzu heftig ausfallen würde.

Nachdem Devil von seinen Männern das Zeichen erhalten hatte, dass sie alle bereit waren, schlichen sie in Zweierteams in das Dorf. Zuerst blieb alles ruhig, niemand schien ihre Anwesenheit zu bemerken. Das war auch gut so, denn sie würden das ganze Dorf absuchen müssen, um den Anführer zu finden. Jeder von ihnen hatte ein Porträt von ihm dabei, das ein Zeichner nach Reds Beschreibung angefertigt hatte, damit sie ihn auch erkennen würden, wenn er vor ihnen stand. Joe Spade hatte ihnen ein paar Hinweise gegeben, in welchem Bereich des Dorfes sich am meisten abspielte und wo besonders viele Männer mit Gewehren zu finden sein würden. Das schien eher den Südteil zu betreffen, deshalb fing Devil genau dort an.

Hoffentlich war der Anführer überhaupt vor Ort, sonst wäre ihre ganze Aktion umsonst. Wenn er sich nicht hier befand, würde er sicher untertauchen, sobald er erfuhr, dass das Dorf vom Militär eingenommen wurde. Bisher hatte Devil allerdings noch kein schlechtes Gefühl, deshalb ging er erst einmal vom Bestfall aus. Um alles andere konnte er sich dann immer noch sorgen, wenn es so weit war. Wie immer bei einem

Einsatz leerte er alles aus seinem Gehirn, was ihn nur ablenken würde.

Dann gab er Doc, mit dem er ein Zweierteam bildete, ein Zeichen, und sie betraten im Schatten eines baufälligen Gebäudes das Dorf. Eng an die Wand gepresst beobachteten sie die Umgebung. Devil hatte den Lageplan genau studiert und eine Ahnung, wo sie den Anführer finden könnten. Es gab ein Gebäude, das ein wenig herausstach, es wirkte – zumindest aus der Ferne – in besserem Zustand und immer gut bewacht. Dort würde er es zuerst probieren. Dummerweise lag es mehr oder weniger im Zentrum der Ansiedlung. In der Dunkelheit hätten sie sich ohne Probleme anschleichen können, doch jetzt wurde es mit jeder Minute schwieriger.

Noch warfen die Häuser tiefe Schatten, aber die würden sich bald auflösen und ihnen die Deckung nehmen. Deshalb verschwendete Devil keine weitere Zeit und bewegte sich, so schnell es ging, auf das Ziel zu. Während er sie nach vorne absicherte, tat Doc das nach hinten. Zu Anfang hatten sie Glück, doch je näher sie dem Dorfkern kamen, desto mehr Menschen waren unterwegs. Da sie noch kein Aufsehen erregen wollten, bemühten sie sich, allen Begegnungen aus dem Weg zu gehen. Plötzlich kam ihnen jedoch ein Mann entgegen. Er trug ein Gewehr bei sich, schien also einer der Terroristen zu sein. Besonders aufmerksam war er nicht, anscheinend ging er davon aus, dass niemand bis hierher vordringen konnte, ohne entdeckt zu werden.

Als er sie sah, blieb er ruckartig stehen, und seine Augen weiteten sich. Er öffnete den Mund, kam aber nicht mehr dazu, einen Warnruf auszustoßen. Devil sprang vor und schlug ihm den Schaft seines Gewehrs gegen die Schläfe. Ohne einen Laut von sich zu geben, sackte der Mann zusammen. Mit Docs Hilfe schleppte Devil ihn schnell hinter einen Vorsprung, wo sie ihn bewusstlos zurückließen. Spätestens jetzt mussten sie ihre Mission innerhalb weniger Minuten beenden. Wenn jemand den Mann entdeckte und der erzählte, was passiert war, würde die Jagd auf sie eröffnet werden.

Devil schaltete sein Mikrofon an. »Feindkontakt. Die Zeit läuft.«

Bestätigende Klicks antworteten ihm.

Doc richtete sich auf, nachdem er den Puls des Mannes gefühlt hatte. »Halbe Stunde maximal, wenn ihn niemand findet.«

»Dann los.« Er würde auf keinen Fall ohne den Anführer von hier weggehen. Nicht nach dem, was der Red angetan hatte. Und schon gar nicht, wenn er auch noch Informationen zu einem möglichen Anschlag hatte.

Erneut schlichen sie vorwärts, doch es wurde immer schwieriger, unentdeckt zu bleiben. Mehr als einmal retteten sie nur sein Instinkt und ihre schnellen Reflexe. Aber sie kamen ihrem Ziel näher: Das sagte ihm die Karte in seinem Kopf und auch sein Gefühl. Außerdem ließ es sich an der höheren Geschäftigkeit und Wachsamkeit ablesen. Als sie um eine Ecke biegen wollten, wurde der Weg von zwei Männern blockiert, die sich leise auf Paschtu unterhielten. Devils Sprachkenntnisse waren eher rudimentär, auch wenn Amy begonnen hatte, ihn zu unterrichten. Deshalb ließ er Doc den Vortritt, der sich ganz gut in der Sprache verständigen konnte.

Nachdem er eine Weile gelauscht hatte, kehrte der Teamarzt zurück. Seine Augen glitzerten in seinem mit Tarnfarben geschminkten Gesicht. »Einer der beiden hat sich darüber beschwert, dass er sich die halbe Nacht um die Ohren schlagen musste, um einen Transport für den Anführer zu organisieren. Der will ihn heute Morgen inspizieren.«

Also war er hier! Ein Gefühl der Genugtuung kam in Devil

auf. Sie würden ihn schnappen, und dann würde er erfahren, was die USA mit Terroristen machten, die ihre Soldaten entführten und folterten. »Dann sollten wir ihm einen kleinen Besuch abstatten.«

»Es kommt noch besser: Der andere sagte, er musste die ganze Nacht vor diesem Haus Wache halten, weil sich der Anführer mit einer der Frauen vergnügen wollte.«

Manchmal war Glück während einer Mission einfach unerlässlich. »Sehr gut. Wollen wir ihn wecken?«

Docs Zähne blitzten hell in seinem geschwärzten Gesicht auf. »Aber unbedingt.«

Da die beiden Terroristen weiterhin vor der Tür standen und nicht so aussahen, als würden sie sich in nächster Zeit fortbewegen, wählten Devil und Doc ein Fenster für den Einstieg. Nachdem sie sichergestellt hatten, dass es keine Alarmanlage gab, brachen sie es lautlos auf. Während Doc Wache hielt, schlüpfte Devil in das dunkle Haus. Als er überprüft hatte, dass der Raum leer war, gab er Doc ein Zeichen, ihm zu folgen.

Dann öffnete er sein Mikrofon. »Sind im Haus, angeblich soll der Anführer hier sein.« Anschließend gab er noch die Koordinaten durch, damit das Team wusste, wo sie sich aufhielten.

»Nähern uns den Hütten mit Gefangenen. Hören Gemurmel.« Cats Stimme drang beinahe lautlos durch den Kopfhörer.

»Seid vorsichtig.« Devils Warnung war eigentlich überflüssig, weil sein Team immer vorsichtig war, aber sein Gefühl sagte ihm, dass es nicht ganz so einfach werden würde, wie er hoffte.

»Verstanden.«

Devil gab Doc ein Zeichen und bewegte sich zur Tür. Sie ließ sich ohne Probleme öffnen, der Flur dahinter war leer. Lautlos bewegten sie sich durch das Erdgeschoss des Hauses, die Gewehre im Anschlag und auch die Messer in Griffweite. Wenn es irgendwie ging, mussten sie den Anführer und jeden anderen, der sich im Haus aufhielt, möglichst geräuschlos in ihre Gewalt bringen, damit die Wachen draußen es nicht bemerkten. Damit würden sie nicht nur sich selbst in Gefahr bringen, sondern auch den Rest des Teams und die Gefangenen. Der untere Teil des Hauses war leer. Ein Raum war allerdings abgeschlossen, und Devil vermutete, dass sich dahinter jemand befand. Da der Schlüssel von außen steckte, hielt sich derjenige vermutlich nicht freiwillig dort auf.

Zuerst mussten sie sich aber um den Anführer kümmern. Erst wenn der in ihrer Gewalt war, konnten sie es sich leisten, auch andere Dinge anzugehen. Die Treppe ins Obergeschoss war in gutem Zustand, sodass es ihnen gelang, sie völlig geräuschlos zu erklimmen. Das war auch gut so, denn am oberen Ende lehnte ein Wächter mit dem Rücken zu ihnen an der Wand. Das Gewehr hielt er nur locker in der Hand, es schien nicht so, als erwartete er Ärger. Devil lächelte grimmig. Umso besser für sie. Von hinten schlich er sich an und legte einen Arm um die Kehle des Mannes, während er ihm gleichzeitig Mund und Nase zuhielt.

Verspätet begann der Wächter sich zu wehren, doch er hatte keine Chance. Doc nahm ihm ebenso leise die Waffen ab, damit sich nicht aus Versehen ein Schuss löste und den Anführer oder andere Wachen alarmierte. Es dauerte weniger als zwei Minuten, bis der Mann in Devils Armen zusammensackte. Lautlos ließ er ihn zu Boden gleiten und fesselte ihn rasch mit Kabelbindern, während Doc dessen Lebenszeichen prüfte und ihm dann einen Knebel umband. Anschließend luden sie ihn in einem ungenutzten Raum ab. Es schien ein Mädchenzimmer zu sein. Ein Prickeln lief über Devils Nacken, und er wandte sich rasch ab.

Offenbar war ihm sein Gefühl im Gesicht abzulesen, denn

Doc folgte ihm sofort. Bevor sie die weiteren Räume überprüften, legte sein Teamkollege ihm eine Hand auf den Arm und fragte ihn per Zeichen, ob bei ihm alles in Ordnung sei. Devil nickte knapp. Das war zwar nicht ganz die Wahrheit, aber er würde sich bedeutend besser fühlen, wenn sie dieses Schwein von einem Folterer endlich in ihrer Gewalt hatten. Doc zögerte einen Moment, dann ließ er ihn los und bedeutete ihm, voranzugehen.

Hinter einer Tür hörten sie Geräusche, raue Laute, Stöhnen, eine Männerstimme. Devil spürte mit jeder Faser seines Körpers, dass sie hier den Anführer finden würden. Trotzdem zwang er sich, erst die anderen Räume zu überprüfen, um keinen weiteren Wachposten zu übersehen. Als sie das Obergeschoss gesichert hatten, kehrten sie zu der geschlossenen Tür zurück, und Devil drückte die Klinke hinunter. Mit einem leisen Quietschen schwang die Tür auf. Was Devil dahinter sah, ließ Wut und Ekel in ihm hochkochen. Ein Mann hockte nackt im Bett und hielt mit den Armen eine ebenfalls nackte Frau bäuchlings auf die Matratze gedrückt, während er sie vergewaltigte. Jedenfalls ging Devil davon aus, dass sie sich nicht freiwillig in diesem Bett aufhielt.

Der Mann rief etwas, ohne sich umzudrehen. Offenbar dachte er, einer der Wächter sei hereingekommen. Das erleichterte ihre Aufgabe. Devil stürmte vorwärts und hielt dem Unbekannten sein Messer an die Kehle. »Zurück, ganz langsam.«

Als der Mann ihm das Gesicht zudrehte, konnte Devil erkennen, dass es tatsächlich der Terrorist war, den Red beschrieben hatte. Ein Gefühl tiefer Befriedigung überkam ihn.

»Wer seid ihr?« Ganz offensichtlich versuchte der Anführer Zeit zu gewinnen. Wahrscheinlich hoffte er, dass ihm seine Männer zu Hilfe kamen oder er die Gelegenheit erhielt, sich seine Waffen zu schnappen, die auf dem Boden neben seiner Kleidung lagen.

»Dein schlimmster Albtraum. Geh von ihr runter, aber vorsichtig.« Zur Bekräftigung seiner Worte ritzte Devil ihm mit dem Messer die Haut ein.

Völlig gelassen löste der Terrorist sich von der Frau, die daraufhin einen schmerzerfüllten Laut von sich gab, und stand schließlich vor dem Bett. Nur an seinen Augen konnte man erkennen, dass eine gewaltige Wut in ihm tobte. »Was jetzt?«

Aus den Augenwinkeln sah Devil, dass Doc sich um die Frau kümmerte, die sich auf dem Bett zusammengekrümmt hatte und lautlos weinte. Offenbar hatte sie gelernt, immer still zu sein, um bloß keinen Ärger auf sich zu ziehen. Devils Magen zog sich zusammen. Ohne darüber nachzudenken, holte er aus und schlug dem Anführer mit der Faust ins Gesicht. Der gab einen stöhnenden Laut von sich und kippte um. Befriedigt rieb Devil über seine schmerzenden Knöchel.

»Was war das jetzt?«

Docs Frage lenkte seinen Blick zurück zum Bett. »Ich hatte irgendwie das Bedürfnis, ihm den selbstgefälligen Ausdruck aus dem Gesicht zu wischen.«

Doc schüttelte den Kopf. »Das kann ich absolut verstehen, aber wenn dich jemand anders fragt, sag lieber, dass er fliehen wollte.«

Devil nickte. »Natürlich. Was ist mit der Frau?«

Wütend verzerrte Doc das Gesicht. »Es ist keine Frau, sondern ein Mädchen, vielleicht vierzehn Jahre alt.« Er hatte eine Decke um sie gewickelt, nur ein paar schwarze Haarsträhnen schauten noch heraus.

»Dieses Schwein!« Jetzt wünschte Devil, er hätte noch viel härter zugeschlagen. Ob der Terrorist noch Lust hätte, sich an unschuldigen Mädchen zu vergehen, wenn er aus einer Schnabeltasse trank? Aber er hielt sich zurück, ihre Mission stand im Vordergrund. Solange der Anführer noch reden konnte, musste Devil alles über den Anschlag von ihm erfahren.

Während Doc leise auf das Mädchen einredete, wartete Devil ungeduldig darauf, dass der Terrorist wieder aufwachte. In der Zwischenzeit durchwühlte er dessen Kleidung und legte die Waffen zur Seite. Er fand keine Ausweispapiere oder sonst etwas Schriftliches, das ihnen die Identität des Anführers verraten hätte. Im Grunde hatte er das auch nicht erwartet, aber es hätte ihre Aufgabe vielleicht etwas einfacher gemacht. Als sich der Kerl immer noch nicht rührte, stupste Devil ihn mit der Schuhspitze in die Rippen. Wieder reagierte er nicht.

Devil beschloss, sich erst bei seinem Team zu melden, bevor er sich den Anführer energischer vornahm. »Wir haben ihn, Koordinaten wie gehabt. Wie sieht es bei euch aus?«

»Gefangene lokalisiert. Etliche Wachen in der Nähe. Bei den Lichtverhältnissen ist es schwierig, unentdeckt zu bleiben. Sollen wir auf das Eintreffen der Verstärkung warten und nur eingreifen, wenn es zu Übergriffen kommt?« Cats Stimme klang angespannt.

»Ja, geht keine Gefahr ein.« Auf keinen Fall wollte er jetzt noch ein Mitglied seines Teams verlieren.

»Braucht ihr da Verstärkung?«

»Derzeit nicht, aber es wäre nicht schlecht, wenn jemand die Tür bewachen könnte.« Er hatte keine Lust, von jemandem überrascht zu werden, der beschloss, mal im Haus des Anführers nach dem Rechten zu sehen.

»Wird gemacht.«

Devil schaltete das Mikrofon aus und verzog den Mund, als er sah, dass der Terrorist immer noch regungslos auf dem Boden lag. »Man glaubt es nicht. Er kann monatelang irgendwelche Leute foltern, aber bei einem Schlag ins Gesicht verliert er sofort das Bewusstsein.«

»Wie fest hast du denn zugeschlagen? Soll ich mal nachsehen, ob er noch lebt?«

Devil hockte sich neben den Mann und legte seine Hand an dessen Halsschlagader. »Lebt noch.« Er zog sich einen Stuhl heran und setzte den Terroristen darauf. Anschließend band er dessen Hände und Füße mit Kabelbindern an das massive Holz. So schnell würde er jetzt nicht mehr entkommen können.

Dass sein Gegner ausgeschaltet war, gab Devil außerdem die Möglichkeit, noch einmal ins Erdgeschoss zu gehen und zu überprüfen, ob die Tür noch abgeschlossen war und niemand anders hatte eindringen können. Diesmal schloss er auch die Tür zu dem Raum auf, der ihnen zuvor schon aufgefallen war. Auf dem Bett lag eine Frau, eines ihrer Handgelenke war mit einer Kette an die Wand gebunden. Auf ihrer Haut prangten große Blutergüsse und Abschürfungen – es war deutlich, dass sie sehr gelitten hatte. Devils Hass auf den Anführer steigerte sich immer mehr, bis er glaubte, daran ersticken zu müssen.

Da er hier momentan nichts ausrichten konnte, zog er sich leise wieder zurück und schloss auch die Tür wieder ab, damit die Frau nicht in die Schusslinie geriet, falls es zum Kampf kam. Auf dem Weg zurück zum Schlafzimmer überprüfte er noch einmal die Fesseln des Terroristen, den sie im Flur überwältigt hatten. Er war inzwischen wieder aufgewacht und gab gedämpfte Laute von sich. In seinen Augen stand Hass. Devil ignorierte ihn und kehrte stattdessen lieber zum Anführer zurück. Das Zeitfenster, ihn zum Reden zu bringen, war nicht besonders groß. Sowie die anderen Truppen eintrafen, würden sie ihn in deren Hände übergeben müssen, was eine Befragung deutlich schwieriger machen würde.

Doc sah ihn fragend an.

»Alles ruhig unten. In dem abgeschlossenen Raum befindet sich eine Frau, sie ist schlimm zugerichtet.«

»Soll ich …?«

Devil unterbrach ihn. »Im Moment können wir nicht viel tun, und es ist sicherer für sie, wenn sie erst mal dort bleibt.«

Nach einem letzten Blick auf das Mädchen unter der Decke stand Doc auf und kam zu dem Anführer hinüber. Nachdem er dessen Lebenszeichen überprüft hatte, gab er Devil ein Zeichen. »Nur zu, er hört dich.«

Devil zog sich einen weiteren Stuhl heran und setzte sich direkt vor den Terroristen. »Hältst du es für besonders mutig, so zu tun, als wärst du bewusstlos?«

Langsam hob der Mann den Kopf und blickte Devil starr an.

»Ah, eine Wunderheilung. Sehr gut, dann können wir ja beginnen.« Demonstrativ hielt Devil das Messer hoch. »Wie heißt du?«

Verachtung lag in der Miene des Mannes. Offenbar hatte er nicht vor, irgendetwas zu sagen.

»Wir wissen, dass du unsere Sprache verstehst, du kannst also mit dem Theater aufhören.« Devil wartete einen Moment, doch es kam immer noch keine Antwort. »Schöne Grüße übrigens von unserem Freund. Er war ziemlich angetan von deiner Gastfreundschaft und würde sich gerne dafür auf die gleiche Art revanchieren. Das würde dir doch sicher gefallen, oder? Ein paar Monate tägliche Folter, kaum Essen und Trinken, das ist nur was für starke Männer.« Devil lachte verächtlich. »Ich schätze, du würdest es nicht mal einen Tag aushalten.«

»Amerikaner.« Er spuckte aus, als er das Wort sagte. »Alles verweichlichte Muttersöhnchen, die so tun, als wollten sie die Welt retten, dabei richten sie nur noch mehr Schaden an. Aber da ihr mir damit helft, stört ihr mich nicht besonders.« Er beugte sich vor, seine dunklen Augen glühten. »Ihr habt keine Ahnung davon, wie man einen Mann zum Schreien bringt. Was für ein Gefühl das ist, so viel Macht zu haben.«

Devil musste sich beherrschen, nicht noch einmal zuzuschlagen. Stattdessen blieb er äußerlich ruhig. »Ich persönlich finde es nicht sonderlich erstrebenswert, jemanden zu foltern. Was hat man davon?«

Der Anführer grinste. »Sehr viel. Wie geht es denn meinem Lieblingsprojekt? Ich war noch nicht ganz fertig mit ihm, aber ich nehme an, dass er sich noch gut an mich erinnert. Ich muss sagen, es war ein echtes Vergnügen, mich mit ihm zu beschäftigen. Noch nie hat ein Mann meine Gastfreundschaft so lange ausgehalten.«

Devils Hand ballte sich zur Faust, aber er hielt sich zurück. Es würde sie nicht weiterbringen, wenn er den Bastard noch einmal bewusstlos schlug. »Er hat dafür gesorgt, dass deine beiden Männer in den USA niemanden mehr entführen können. Hast du hier nicht genug andere Leute, die du foltern kannst? War er so gut, dass du ihn unbedingt zurückhaben musstest?« Als der Terrorist nichts sagte, beugte Devil sich vor. »Du wirst ihn nie bekommen, so viel steht fest.«

Etwas blitzte in seinen Augen auf. »Doch, das werde ich. Und er wird seine Bestimmung erfüllen, so wie ich es geplant habe.«

»Und was soll die sein?«

Verächtlich lächelte der Terrorist ihn an. »Das werde ich dir sicher nicht sagen. Nur so viel: Er wird mir helfen, mein Ziel zu erreichen. Und wenn es erst mal so weit ist, werdet ihr schon merken, was ich meine.«

Noch immer war der Verbrecher viel zu siegesgewiss für Devils Geschmack. Was für einen Trumpf glaubte er noch im Ärmel zu haben? Es musste ihm doch klar sein, dass er gefangen genommen und vor Gericht gestellt werden würde und dass sein Plan gescheitert war.

»Ist dir bewusst, dass wir deine kleine Gruppe von Niemanden in den USA gesprengt haben? Sie werden deine Befehle nicht mehr befolgen.«

Das Lächeln des Anführers erlosch. »Das glaube ich nicht.«

Ungerührt zählte Devil die Namen der Männer auf. Natürlich sagte er nicht dazu, dass sie nur die Namen kannten, bisher aber noch keinen der Männer gefasst hatten. Das würde der Anführer auch nie erfahren, schließlich war er jetzt in ihrer Hand. »Wir wissen von eurem Plan und werden ihn verhindern.«

Prüfend blickte der Mann ihn an, dann begann er zu lachen. »Ihr habt gar nichts. Du versuchst mich zu täuschen.« Er beugte sich vor, soweit es seine Fesseln zuließen. »Es wird dir nicht gelingen.«

Die Geduld verließ Devil, und er stand rasch auf. Mit einer Hand packte er die Kehle des Anführers, mit der anderen hielt er das Messer an dessen Oberarm. »Ganz sicher? Wir können dich zum Reden bringen, wenn wir das wollen. Überleg dir, ob du dir das wirklich antun willst. Denn letztendlich wirst du mir alles sagen, was ich wissen will.«

»Und wenn nicht?«

Die Spitze des Messers drang in seine Haut. »In diesem Fall wird die Sache sehr, sehr schmerzhaft für dich.«

»Dann verrate ich dir mal ein Geheimnis: Ich mag Schmerz in allen Formen.« Er schob seinen Arm etwas vor, und das Messer bohrte sich noch tiefer in sein Fleisch. Ein Ausdruck von Euphorie glitt über sein Gesicht.

Angewidert trat Devil zurück. So würden sie nie etwas aus ihm herauskriegen. Aber es gab eine Sache, die vermutlich bei jedem Mann funktionierte, besonders wenn er gerne Frauen vergewaltigte. Das Messer beschrieb einen Bogen und kam kurz vor dem Penis des Terroristen zum Stillstand. Ein Zentimeter weiter, und es würde ihm in die Haut schneiden. Automatisch versuchte der Anführer, mit dem Stuhl weiter nach hinten zu rutschen, doch Devil hielt ihn fest.

»Okay, versuchen wir es so, vielleicht verstehst du dann, wie ernst es mir ist. Du hast nicht nur einen Freund von mir verletzt, sondern planst auch noch einen Anschlag. Wenn du deine liebsten Teile noch ein wenig länger behalten willst, sagst du mir jetzt, wann und wo er stattfinden soll und wer deine Komplizen sind.«

»Das würdest du nicht tun, dafür seid ihr Amerikaner viel zu zimperlich.« Aber seine Stimme klang nicht mehr ganz so selbstsicher wie vorher.

Devil schob sein Gesicht dicht an ihn heran. »Bist du ganz sicher? Sieh mir in die Augen, dann wirst du bemerken, dass es mir todernst ist. Entweder du sagst mir, was ich wissen will, oder du singst demnächst Sopran. Und ich hoffe sehr, dass dich die anderen Gefangenen so behandeln werden, wie du die Frauen hier behandelt hast.«

Einen Moment lang sah ihm der Terrorist in die Augen, dann grinste er ihn an. »Nein, das tust du nicht. Du würdest aus dem Militär ausgeschlossen werden.«

Devil biss die Zähne zusammen. »In dem Fall wäre es mir das wert. Ich habe gesehen, was du diesem Mädchen angetan hast. Eigentlich sollte ich ihr das Messer überlassen, sie hätte sicher keinerlei Skrupel.« Natürlich würde er das nie tun, aber das musste der Bastard ja nicht wissen. Als der nicht reagierte, legte Devil ihm das Messer an einen seiner Hoden. »Fangen wir doch klein an und arbeiten uns weiter vor. Wo soll der Anschlag stattfinden?«

Die Spitze drang ein wenig in die empfindliche Haut und entlockte dem Anführer ein Keuchen. »Bei euch!«

Ein kalter Schauder lief Devil über den Rücken, und sein Nacken prickelte. »Wo genau?« Das Messer bohrte sich etwas tiefer.

»Wash…ington.«

Verdammt! »Genauer!«

Ein gequälter Schrei entrang sich dem Terroristen.

»Devil …«

Docs Fluch erklang beinahe gleichzeitig mit einem Schuss. Der Körper des Anführers zuckte, Feuchtigkeit sprühte Devil entgegen. Rasch zog er das Messer zurück, um den Terroristen nicht schwerer zu verletzen. Gleichzeitig warf er den Stuhl um und duckte sich daneben hinter das Bett. Es dauerte einen Moment, bis er verstand, dass sie nicht von den Terroristen angegriffen wurden. Das Mädchen stand in die Decke gehüllt neben dem Bett und hielt immer noch die Pistole des Anführers in beiden Händen. Ihre Augen waren geweitet, das Gesicht totenblass. Aber ihre Finger zitterten nicht, während sie weiterhin auf den Anführer zielte.

40

»Nicht!« Mit beschwichtigend erhobenen Händen näherte Doc sich dem Mädchen, während er sowohl auf Englisch als auch Arabisch auf sie einredete. »Wir brauchen noch Informationen von ihm. Ich weiß, dass du ihn tot sehen möchtest, das geht uns genauso, aber zuerst muss er sagen, was er weiß.«

Über den Kopfhörer meldete sich der Rest des Teams. »War das ein Schuss? Woher kam der? Alles in Ordnung? Ist jemand verletzt?«

»Wir sind in Ordnung, ich melde mich später wieder.« Devil ließ das Mädchen keine Sekunde aus den Augen. Warum hatte er nicht erkannt, welche Gefahr von ihr drohte? Nicht unbedingt für ihn und Doc, aber für den Anführer. Er konnte sie verstehen, an ihrer Stelle hätte er auch so gehandelt, aber damit hatte sie ihnen eventuell die letzte Chance genommen, etwas über den Anschlag zu erfahren.

Das Mädchen schrie etwas, das Devil nicht verstand. Er gab Doc ein Zeichen, sich darum zu kümmern, und wartete nur so lange, bis sein Teamkollege die Hände des Mädchens mit der Pistole nach oben gedrückt hatte, bevor er sich neben den Anführer kniete und dessen Zustand überprüfte. Sein Herz sank, als er sah, dass die Kugel in den Rücken eingedrungen und aus dem Brustkorb wieder ausgetreten war. Ein großes Loch prangte dort, wo vorher nur glatte Haut gewesen war. Mit einem Fluch riss Devil das Laken vom Bett und presste es auf die Wunde, obwohl er jetzt schon wusste, dass es vergebens sein würde.

Schock malte sich auf den Zügen des Terroristen ab, sein Mund stand röchelnd offen, die Augen waren geweitet. Blutiger Schaum bildete sich auf den Lippen, ein Zeichen, dass seine Lunge betroffen war. Verdammt!

»Am…eri…kaner.« Ein Husten schüttelte ihn.

Devil drückte kräftiger auf den Brustkorb, um das Blut zu stillen, und beugte sich tiefer nach unten, um den Anführer besser verstehen zu können. »Sag mir, wo genau der Anschlag stattfinden soll. Und wann.«

Zu seiner Überraschung stieß der Terrorist ein Lachen aus. »Zu … spät. Es ist … alles in … Gang gesetzt.« Hass trat in seine Augen. »Ich … hoffe, ihr werdet … leiden. So … wie mein Land.«

»Willst du wirklich, dass der Westen sich wieder an deinem Land rächt und noch mehr Unglück über deine Leute bringt?«

»Das … würdet ihr sowieso.« Ein weiterer Hustenanfall schüttelte ihn. Dann schlossen sich seine Augen.

Devil schlug ihm gegen die Wangen. »Bleib wach. Unser Sanitäter …«

»Zu … spät. Außerdem …« Sein Mund verzog sich zu einem blutigen Grinsen. »… werden nicht … wir als die Schuldigen … verurteilt … werden.«

Wieder prickte es in Devils Nacken. »Was meinst du damit?«

»Wer…det es … herausfinden. Bald.«

»Das …« Devil brach ab, als er erkannte, dass der Terrorist ihn nicht mehr hören konnte. »Verdammt!« Mühsam kam er auf die Beine und wandte sich dann an Doc. »Was zum Teufel sollte das? Damit ist unsere einzige Chance zerstört, mehr über den Anschlag herauszufinden! Ich hatte ihn fast so weit …«

Ruhig blickte Doc ihn an. »Ja, mit Mitteln, die nicht unbedingt den Genfer Konventionen entsprachen.«

Die Wut in Devil kochte über. »Erinnerst du dich noch

daran, was dieser Bastard Red angetan hat? Oder der Frau hier?«

»Das ist mir völlig bewusst. Trotzdem heißt es nicht, dass wir uns auf sein Niveau begeben sollten.«

Docs ruhige Entgegnung schmerzte. »Das hatte ich auch nicht vor. Ich habe ihn lediglich ein wenig motiviert, ich hatte nicht die Absicht, ihn ernsthaft zu verletzen.«

»Gut zu wissen.«

Da ihr Feind tot war, richtete Devils Ärger sich gegen Doc. »Kannst du mir sagen, wie es sein kann, dass dieses Mädchen direkt vor deinen Augen an die Waffe gekommen ist?«

Docs Gesicht spannte sich an. »Sie hat mich überrascht. Ich hätte nicht damit gerechnet, dass sie so etwas versuchen würde. Eindeutig ein Fehler, für den ich auch geradestehen werde.«

Das nahm Devil den Wind aus den Segeln. Doc war ein guter SEAL und immer ein Teamplayer. Er selbst hätte auch darauf achten müssen, was das Mädchen tat, schließlich hatte er das Kommando. Mit einem tiefen Seufzer strich er sich über das Gesicht. Etwas Feuchtes an seiner Hand ließ ihn hinunterblicken. *Blut.* Erst jetzt erinnerte er sich daran, dass ihm etwas entgegengesprüht war. Wunderbar. Er zog ein Tuch heraus und wischte sich damit das Gesicht ab.

»Hat sie irgendwas gesagt? Warum hat sie das getan?«

Tiefer Ärger lag in Docs Augen. »Musst du das wirklich fragen? Wenn er mir so etwas angetan hätte, dann hätte ich das Gleiche gemacht, wenn ich eine Waffe in Reichweite gehabt hätte.«

Damit hatte er völlig recht, aber trotzdem hatten sie damit vermutlich jede Möglichkeit verloren, den Anschlag noch zu verhindern. Die Information musste so schnell wie möglich weitergegeben werden, damit entsprechende Maßnahmen ergriffen werden konnten. Wenn die Terroristen wirklich Washington, D. C. als Ziel auserkoren hatten, konnte das zu einem Desaster werden.

Devil schaltete das Mikrofon an. »Gimmick, schick eine Nachricht an Clint Hunter. Der Anführer ist tot. Bevor er gestorben ist, hat er noch gesagt, dass der Anschlag in D. C. stattfinden wird, und zwar bald. Er sagte, es sei alles in Gang gesetzt, wir könnten es nicht mehr aufhalten. Und noch irgendwas Merkwürdiges: dass sie nicht als die Schuldigen dastehen würden. Ich nehme an, er meinte seine Terrorgruppe. Mehr habe ich nicht aus ihm herausbekommen.«

»Wird erledigt.«

Cat mischte sich ein. »Ich habe die Verstärkung angefordert, sie sollten in ein paar Minuten da sein. Durch den Schuss herrscht hier einige Aufregung, ihr werdet bald Besuch bekommen.«

Das hatte Devil schon fast befürchtet. »Alles klar. Snake, hast du eine gute Position?«

»Habe euch im Blick. Das könnte Ärger geben, es sammeln sich immer mehr Männer, die sich in eure Richtung bewegen. Von hier aus kann ich nicht alle erreichen, deshalb ist Jackie auf dem Weg zur anderen Seite.«

»Was macht ihr, Cat und Q?«

»Wir arbeiten daran, die Gefangenen in Sicherheit zu bringen, damit sie nicht als Geiseln genommen werden können oder ins Kreuzfeuer geraten.«

»Gut. Doc und ich werden im Haus bleiben, hier sind zwei weibliche Gefangene. Meldet euch, wenn es etwas Neues gibt.«

Bestätigende Klicks ertönten, und Devil schaltete das Mikrofon aus. Er trat zum Fenster und blickte vorsichtig durch einen Spalt. Draußen war die Dämmerung dem Tag gewichen, es gab nur noch wenige Schatten, in denen sie sich verstecken konnten, sollten sie das Haus verlassen. Auch für sein Team da draußen wurde es immer gefährlicher, sie konnten nur hoffen, dass die Verstärkung schnell genug kam und sie einen offenen Kampf mit den zahlenmäßig deutlich überlegenen Terroristen vermeiden konnten.

»Wie sieht es aus?«

Devil wandte sich zu Doc um. »Mit jeder Minute schlechter. Wir sollten nach unten gehen, um die Tür und die Fenster im Erdgeschoss zu schützen. Wenn jemand hier hereinkommt, sitzen wir in der Falle.«

Das Mädchen rührte sich, unter der Decke war es kaum zu sehen. Es rief etwas auf Paschtu, das Devil nicht verstand. »Was sagt sie? Und sag ihr, sie soll leiser reden, wir wollen niemanden auf uns aufmerksam machen.« Er verzog den Mund. »Noch mehr als durch den Schuss.«

Doc sagte etwas zu ihr und sah dann wieder auf. »Sie fragt nach ihrer Mutter und will zu ihr.«

»Das kann ich ja verstehen, aber wir haben im Moment andere Probleme. Von ihr ausgelöst, möchte ich noch hinzufügen.«

Statt einer Antwort rollte Doc mit den Augen, bevor er sich wieder der Jugendlichen zuwandte und leise auf sie einsprach. Devil ging in der Zeit wieder zum Fenster, es machte ihn nervös, wenn er nicht sah, was vor sich ging. Inzwischen hatten sich noch mehr Männer zusammengerottet. Sie gestikulierten zum Haus hin und schienen sich noch uneinig, wie sie vorgehen sollten. Vielleicht waren sie sich nicht sicher, ob ihr Anführer noch lebte, und wollten nichts tun, was ihm missfallen könnte. Gut so, je länger sie sich Zeit ließen, desto besser für sein Team.

»Devil, sie sagt, ihre Mutter wäre hier im Haus.«

Vor seinen Augen tauchte das Bild der übel zugerichteten Frau auf. Sein Magen zog sich zusammen. »Dann ist sie diejenige, die unten in dem Raum eingesperrt ist. Sag ihr, wir gehen zu ihr.« Vielleicht würde sie ihnen dann ohne Probleme folgen.

Während Doc wieder mit dem Mädchen sprach, machte Devil ein Foto vom Gesicht des Anführers, in der Hoffnung, dass sie ihn irgendwann doch noch identifizieren konnten. Anschließend sammelte er die Waffen auf, die neben dem Bett lagen. Wenn sie angegriffen wurden, konnten sie jede Waffe gebrauchen, die sie fanden. In der Kleidung entdeckte er noch ein Handy, das er ebenfalls einsteckte. Vielleicht enthielt es Informationen, die ihnen weiterhelfen würden. Offenbar hatte Doc es geschafft, dem Mädchen zu vermitteln, dass sie ihm nichts Böses wollten, denn es stand langsam auf. Die Decke hielt es weiterhin fest um sich gewickelt. Die Jugendliche schwankte, wich jedoch vor Doc zurück, der sie stützen wollte. Ihr Gesicht wirkte unfassbar jung und verletzlich. Prellungen leuchteten lila auf ihren blassen Wangen.

Anstatt zur Tür zu gehen, schlurfte sie in die Mitte des Zimmers, wo der Terrorist auf dem Boden lag. Eine schier endlose Zeit sah sie einfach nur auf ihn hinunter, dann wandte sie sich ab. Heiße Wut stand in ihren Augen, aber auch Befriedigung, dass ihr Peiniger jetzt tot war. Devil konnte das nachvollziehen, doch er wusste nicht, wie sie damit klarkommen würde, einen anderen Menschen getötet zu haben. Im Moment überwog noch der Hass und betäubte alle anderen Gefühle, doch irgendwann würden die Albträume kommen. Das hätte er ihr gern erspart. Jetzt war es zu spät, sowohl für sie als auch für das Ziel, mehr Informationen über den Anschlag zu bekommen. Gewonnen hatte eigentlich nur der Anführer – wenn man davon absah, dass er jetzt tot war.

Devil ließ Doc und das Mädchen vorgehen und folgte ihnen dann ins Erdgeschoss. Zielsicher ging die Jugendliche zu dem Raum und schloss die Tür auf. Ein gequälter Laut entrang sich ihr, dann stürzte sie hinein. Doc folgte ihr schnell, und auch Devil blickte in den Raum. Er war zu klein, um mehr als zwei Leute darin aufzunehmen, deshalb blieb er an der Tür stehen. Das Mädchen hatte sich neben dem Bett auf die Knie geworfen und den Kopf an der Brust seiner Mutter vergraben, während es herzzerreißend schluchzte. Selbst Devil wurde die Kehle eng, und er war froh, dass Amy nicht hier war. Sie war sehr empfänglich für die Gefühle anderer Menschen und würde extrem darunter leiden.

Die Frau reagierte überhaupt nicht auf ihre Tochter – das machte Devil Sorgen. »Doc, sieh nach, was ihr fehlt. Aber mach nicht zu lange, ich brauche dich draußen.«

Schnell zog er sich zurück und trat zu einem der kleinen Fenster. Die Terroristen waren noch näher gerückt, und er konnte mit bloßem Auge erkennen, dass sie bis an die Zähne bewaffnet waren. Die meisten trugen Gewehre oder Pistolen bei sich, einige waren mit langen Messern und Macheten bewaffnet. Wenn sie den Sturm auf das Haus eröffneten, würde es schwer werden, sich zu verteidigen. Selbst mit dem Rest des Teams draußen. Zu zweit konnten sie sich nicht nach allen Seiten verteidigen, und irgendwann würde die Meute das mitbekommen. Vielleicht machten sie es sich aber auch einfach und zündeten das Haus an. Vermutlich würden sie damit jedoch warten, bis sie ohne Zweifel wussten, ob der Anführer tot war.

»Cat, wie lange noch?«

Die Antwort kam prompt: »ETA: drei Minuten.«

Okay, das könnten sie eventuell schaffen. »Wie wäre es mit einer kleinen Ablenkung zur Verwirrung?«

»Schon in Arbeit.« Das kam von Q. So wie Devil den Tüftler des Teams kannte, würde das etwas Großes werden.

»Versuch, niemanden zu töten. Vielleicht weiß einer von denen etwas von den Anschlagsplänen.«

Q schnaubte. »Das hatte ich auch nicht vor.«

»Es geht los.« Snakes Warnung drang durch den Kopfhörer.

Zeitgleich schlug etwas gegen die Haustür, die in ihren Angeln erzitterte. Mehrere solcher Stöße würde sie nicht aushalten, so viel war sicher. Das Holz war eher dünn und so alt, dass es brüchig wirkte. Vermutlich würde es auch nur mit viel Glück mögliche Kugeln abhalten, aber das war immer noch besser als gar kein Schutz.

Ein Knall ertönte, und das Schlagen erstarb abrupt, genau wie die Stimmen vor dem Haus. Durch einen Spalt sah Devil, dass ein Mann reglos vor der Tür lag, eine Axt neben sich. Offenbar hatte Snake die Bedrohung mit einem Schuss beseitigt. Die Terroristen standen einen Moment wie erstarrt da, bevor sie brüllend ihre Waffen erhoben und auf das Haus zustürmten.

»Doc, ich brauche dich hier. Sag den Frauen, sie sollen sich auf den Boden legen!« So würden sie wenigstens nicht von Schüssen getroffen werden, aber das half ihnen auch nicht, wenn die Terroristen das Haus einnahmen.

Gerade als die ersten Männer kurz vor dem Haus waren, ertönte eine gewaltige Explosion. Der Boden bebte, Möbel wurden verrückt, Geschirr fiel auf den Boden und zerbrach. Devil hielt sich an der Wand fest, um nicht von den Füßen gehoben zu werden. Es klingelte in seinen Ohren, und er brauchte einen Moment, bis er wieder etwas hören konnte.

»Verdammt, was war das?«

»Die versprochene Ablenkung.« Genugtuung klang in Qs Stimme mit.

»Was hast du in die Luft gejagt? Den ganzen Ort?«

»Nein, nur ihr Waffenlager. Selber schuld, wenn sie so viel C4 ungeschützt rumliegen lassen.«

Devil musste grinsen. »Gute Arbeit.«

»Danke.«

Durch den Spalt sah er, dass die Terroristen sich in eine Richtung umgewandt hatten, vermutlich betrachteten sie das von Q inszenierte Spektakel. Dann wurden die ersten Rufe laut, Männer liefen fluchend in Richtung der Explosion. Nur wenige blieben zurück, die wahrscheinlich die Aufgabe hatten, das Haus zu bewachen. Vielleicht dachten sie auch, ihre Angreifer seien ganz woanders, schließlich war der Schuss auch aus einer anderen Richtung gekommen.

Doc trat neben ihn. »Manchmal erinnert mich Q wirklich an Rock. Besonders mit seinem Hang zu spektakulären Explosionen.«

Roderic »Rock« Basilone war Qs Vorgänger gewesen, bevor er zu den TURTs gewechselt war. »Stimmt. Was ist mit der Frau?«

Ein Schatten zog über Docs Gesicht. »Ich kann es nicht genau sagen. Sie wurde schlimm zugerichtet, verprügelt, ausgepeitscht, Verbrennungen – alles, was man sich vorstellen kann. Ob sie nicht reagiert, weil sie vielleicht Hirnverletzungen hat, oder ob sie sich von allem zurückgezogen hat, kann ich nicht sagen. Dafür müsste ein CT gemacht werden.« Er blickte zum Raum zurück. »Ich möchte die beiden Frauen mitnehmen, wenn die Verstärkung eintrifft.«

Da sie eigentlich vorgehabt hatten, den Anführer mitzunehmen, hatten sie jetzt noch ein wenig Platz. Allerdings war ihr Hubschrauber vermutlich nicht für einen Krankentransport ausgerüstet. »Ich weiß nicht …«

»Wenn sie hierbleibt, wird sie vermutlich sterben. Außerdem wurden die beiden offensichtlich hier im Haus des Anführers gefangen gehalten. Vielleicht haben sie irgendwas mitbekommen, das mit den Anschlagsplänen zu tun hat.«

Das hielt Devil zwar eher für unwahrscheinlich, aber er

brachte es nicht über sich, den beiden Frauen die Hilfe zu verweigern. Nicht nach dem, was er gesehen hatte. »In Ordnung.«

Doc nickte ihm dankend zu.

»Achtung, jemand versucht, von hinten ins Haus einzusteigen. Ich kriege ihn von hier nicht.« Snakes Warnung ließ sofort alles andere in den Hintergrund treten.

Devil wirbelte herum und durchquerte schnell den Raum. »Bleib du vorne, Doc.«

Ein Knirschen erklang aus dem Zimmer, das von dem großen Eingangs- und Wohnbereich abging. Bei dem kurzen Rundgang nach ihrem Eintreffen hatte Devil gesehen, dass es sich um die Küche handelte – oder das, was hier als Küche galt. Es gab einen alten Ofen und nicht viel anderes. Aber das machte es ihm einfacher, den Überblick zu behalten. Der Eindringling hatte nichts, wohinter er in Deckung gehen konnte. Er selbst allerdings auch nicht, deshalb war hier Schnelligkeit gefragt. Devil warf einen kurzen Blick in den Raum und zog sich sofort wieder zurück.

Ein Mann war gerade dabei, durch das Fenster zu klettern, in der Hand hielt er eine Pistole. Da Devil nicht noch mehr Aufmerksamkeit auf das Haus ziehen wollte, steckte er seine eigene Pistole weg und zog das Messer heraus. Er wartete, bis der Terrorist den Raum durchquert hatte, dann griff er an. Mit einem gezielten Tritt entfernte er die Schusswaffe aus der Gleichung und verpasste dem Mann anschließend einen Kinnhaken. Völlig überrumpelt taumelte sein Gegner zurück. Devil setzte nach und rang ihn zu Boden. Ein kurzer Schlag mit dem Griff des Messers gegen seine Schläfe reichte, um ihn außer Gefecht zu setzen.

Innerhalb von Sekunden hatte Devil ihn gefesselt und ließ ihn in der Küche zurück. »Erledigt. Sind noch andere auf dieser Seite unterwegs, Snake?«

»Negativ. Dafür sehe ich die Hubschrauber. Ich schätze mal, die Tangos werden gleich alle versuchen, ihren eigenen Hintern zu retten.«

Erleichterung überkam Devil. Zwar waren sie für jede Art des Kampfes ausgebildet und konnten sich auch gegen eine größere Übermacht behaupten, aber normalerweise zogen sie es vor, dem aus dem Weg zu gehen. SEAL-Einsätze waren dafür da, sich irgendwo hinein- und wieder hinauszuschleichen, ohne dass man überhaupt bemerkt wurde. Hier hatte das leider nicht ganz so gut funktioniert, von daher war Devil ausnahmsweise dankbar für die Unterstützung durch die Marines. Außerdem würden sie so nicht ihre wertvolle Zeit dafür verschwenden, die ganze Sache abzuwickeln.

Devil kehrte zu Doc zurück, der weiterhin aus dem vorderen Fenster blickte. »Sie ziehen sich zurück.«

»Gut. Sowie die Hubschrauber landen, schnappen wir uns die Frauen und verschwinden hier.«

Nachdenklich blickte Doc zu dem kleinen Zimmer. »Soll ich sie schon mal darauf vorbereiten?«

Devil schnitt eine Grimasse. »Ich glaube, wir überraschen sie lieber, ich habe keine Lust auf lange Diskussionen.« Er öffnete sein Mikrofon. »Cat, wie sieht es mit den Gefangenen aus, sind alle in Sicherheit?«

»Ja, so weit schon. Aber ich bin froh, wenn ich sie abtransportieren lassen kann.«

Sie würden erst in ein Krankenhaus gebracht werden und anschließend wieder nach Hause oder wo immer sie auch hinwollten. »Hast du Nurjas Verwandte gefunden?« I-Mac hatte ihnen ein Foto mitgegeben, das er von Nurja bekommen hatte.

Einen Moment lang herrschte Stille. »Ja. Sie sind … ziemlich mitgenommen.«

Shit. Das hatte er befürchtet. »Bring sie zu unserem Hubschrauber, wir müssen sowieso zum Krankenhaus wegen der beiden Frauen.« Auf keinen Fall wollte er, dass Nurja noch mehr Verluste zu erleiden hatte – erst recht nicht, wenn diese daraus entstanden waren, dass sie ihnen geholfen hatte, Red zu finden.

»Alles klar.«

Devil wartete, bis die Hubschrauber gelandet und die Terroristen beschäftigt waren, bevor er noch einmal durchs ganze Haus lief und nach irgendwelchen Hinweisen auf den Anschlag suchte. Doch es gab nichts, noch nicht einmal irgendwelche persönlichen Unterlagen des Anführers. Vermutlich hatte er irgendwo noch ein anderes Haus, in dem er wirklich lebte. Aber das zu finden würde Zeit kosten, die sie nicht mehr hatten.

Als es draußen ruhiger wurde, ging er mit Doc zu dem kleinen Raum. Die Frauen kauerten in einer Ecke, das Mädchen hatte schützend die Arme um den Körper seiner Mutter geschlungen. Die Jugendliche imponierte Devil: Nach allem, was sie überstanden hatte, strahlte sie immer noch eine unglaubliche Stärke aus. Misstrauisch blickte sie ihnen entgegen. Devil blieb draußen stehen, um Doc mehr Raum zu geben. Er redete mit dem Mädchen auf Paschtu. Zuerst schüttelte es nur den Kopf, dann gab es eine Antwort, die selbst Devil verstand: *Nein.*

»Doc, bring sie dazu, sonst bleiben sie hier. Wir haben keine Zeit mehr.«

Das Mädchen sah ihn an, dann Doc. Der übersetzte Devils Worte. Zum ersten Mal wirkte die Jugendliche unsicher. Sie sah ihre Mutter an, dann wieder Doc. Was auch immer sie sagte, führte dazu, dass Docs Stimme noch sanfter wurde, als er auf sie einredete. Schließlich nickte sie zögernd.

»Was hat sie gesagt?«

»Sie kommen mit. Sie wollte sichergehen, dass ihre Mutter

eine gute medizinische Versorgung erhält und auf keinen Fall wieder in die Hände dieser Schlächter fällt – ihre Worte, nicht meine. Ich habe ihr versprochen, dass wir alles tun werden, um ihnen zu helfen und sie zu beschützen.«

»Glaubst du, das werden wir halten können? Wir haben unsere Befehle.«

Ein Ausdruck purer Entschlossenheit trat in Docs Augen. »Oh ja, das werden wir. Und wenn ich sie mit in die USA nehmen muss.«

Da Devil ihn gut genug kannte, um zu wissen, dass er das todernst meinte, nickte er nur und führte das Mädchen dann zum Hubschrauber, während Doc die Mutter trug. Nachdem das Team komplett war und auch Nurjas Tante und Onkel an Bord waren – deren Zustand Devil noch schlimmer schien, als Cat ihn beschrieben hatte –, hoben sie endlich ab. Während der Hubschrauber sich immer weiter von dem Lager entfernte, wurde Devil das Gefühl nicht los, dass sie versagt hatten.

41

Red hatte gerade fertig geduscht und war wieder auf dem Weg nach unten, als Clint, Bull und Tex zurückkamen. Seine Hochstimmung nach dem wunderbaren »Training« mit Sierra verflog sofort, als er ihre angespannten Mienen sah. Offenbar war auch diese Suche vergebens gewesen. *Verdammt!*

»Waren sie auch verschwunden?«

Clint nickte. »Ja. Die Wohnungen waren leer geräumt, es gab keine Hinweise, wo sie jetzt sein könnten.«

»Das war abzusehen, obwohl ich mir ein anderes Ergebnis gewünscht hätte.«

»Ja. Aber das ist nicht alles. Wollen wir ins Wohnzimmer gehen?« Clint sah sich um. »Wo ist Sierra?«

Ein Hitzeschwall durchströmte Reds Körper. »Sie macht sich gerade frisch. Wir haben trainiert.«

Forschend sah Clint ihn an. »Es scheint zu wirken, deine Bewegungen sind wesentlich fließender als vorhin.«

Red unterdrückte das in ihm aufsteigende Lachen. »Ich fühle mich auch besser.«

Diese Aussage quittierte Clint mit einer hochgezogenen Augenbraue, aber er verzichtete glücklicherweise darauf, ihn auszufragen oder eine Bemerkung zu seinem Verhältnis zu Sierra zu machen. »Das ist gut.«

Bull räusperte sich. »Ich hole Sierra.«

Das war auch gut so, denn Red wusste nicht, ob er die Finger von ihr hätte lassen können, wenn er sie direkt nach ihrer Dusche gesehen hätte: Sicher war ihre Haut von der Hitze gerötet, der süßliche Geruch ihres Shampoos würde ihm in die Nase steigen und … Ein Ellbogenhieb in seine Rippen holte ihn wieder in die Gegenwart zurück.

»Hey, das tat weh! Sei froh, dass das nicht meine verletzte Seite war, sonst würde Sierra dich einen Kopf kürzer machen.«

Diesmal schossen beide Augenbrauen seines Freundes in die Höhe. »Ehrlich? Du musst mir jetzt schon mit einer Frau drohen, anstatt dich selbst zu verteidigen?«

Red hob die Schultern. »Wenn es um ihre Patienten geht, ist Sierra gefährlicher als jeder SEAL.« Das war natürlich ein wenig übertrieben, aber Reds Laune war zu gut, um sich weiter mit Clint zu kabbeln.

Der schüttelte nur den Kopf und ging ihm voraus ins Wohnzimmer. Dort ließ er sich mit einem Seufzer in den Sessel sinken und starrte vor sich hin. Das war kein gutes Zeichen, genauso wenig wie die Sorgenfalten, die sich in seine Stirn gegraben hatten. Normalerweise konnte man von Clints Pokerface keinerlei Gefühle ablesen, doch diesmal musste ihn irgendetwas sehr beschäftigen. Es herrschte eine beinahe unheimliche Stille in dem Raum, während sie auf Sierra und Bull warteten.

Schließlich hielt Red es nicht mehr aus. »Wollt ihr etwas zu trinken haben?«

»Hast du Whiskey?«

Red starrte seinen Freund an. »Ist das dein Ernst?«

Wieder seufzte Clint. »Ja. Aber mach lieber ein Bier draus, es wäre nicht gut, wenn ich mich jetzt betrinke.«

»Für mich auch eins, danke.« Tex schien ebenfalls ungewöhnlich bedrückt. Sonst war er immer für einen Scherz oder einen lockeren Spruch zu haben, doch heute blieb er stumm.

Das machte Red noch nervöser. Irgendetwas Schlimmes musste passiert sein. Schnell holte er das Bier aus dem Kühlschrank und stellte die Flaschen auf den Couchtisch. »Bedient euch.«

Erleichtert atmete er auf, als nach wenigen Minuten Sierra und Bull dazukamen. Ihr Blick traf seinen, Wärme lag in ihren Augen. Als Clint sich räusperte, wandte sie den Blick schnell ab. »Tut mir leid, dass ihr auf mich warten musstet. Aber ich bin froh, dass ihr gesund zurück seid.«

»Danke. Wie schon gesagt war die Aktion ein Reinfall, bei beiden Männern war niemand mehr zu Hause, und es gab auch keine Hinweise, wo sie sein könnten, oder irgendwelche Informationen zu einem möglichen Anschlag. I-Mac hatte auch die jeweiligen Arbeitgeber der gesamten Gruppenmitglieder kontaktiert: Keiner von ihnen hat gekündigt oder Urlaub eingereicht. Sie sind einfach nicht zur Arbeit erschienen.«

Das beunruhigte Red. Offenbar rechneten die Männer nicht damit, jemals wieder in ihr normales Leben zurückzukehren. Sie waren einfach verschwunden und hatten alles zurückgelassen. Ihre Arbeit, ihre Familien, ihre Freunde. Genauso, wie es Attentäter überall auf der Welt taten, denen nichts etwas bedeutete, außer ihrem großen Ziel, möglichst viel Schaden anzurichten.

»Ich habe auch eine Nachricht von Team 11 bekommen. Sie haben den Terroristenanführer in ihre Gewalt gebracht und begonnen, ihn zu befragen.«

Reds Herz begann schneller zu klopfen, und ihm brach der Schweiß aus. In dem Versuch, die Reaktionen seines Körpers zu unterdrücken, ballte er die Hände zu Fäusten. »Was sagt er?« Seine Stimme klang unnatürlich rau, aber er entschuldigte sich nicht dafür.

Clint verzog den Mund. »Ich weiß keine Details, aber anscheinend ist er gestorben.«

»Was?« Eigentlich sollte er froh darüber sein, dass sein Folterer nicht mehr lebte – und das war er auch –, aber gleichzeitig wünschte er, er wäre derjenige, der ihn getötet hätte.

»Wie gesagt, mehr Infos habe ich darüber nicht. Wenn du noch was wissen willst, musst du Devil fragen, sobald er wieder im Land ist.« Clint zog sein Handy heraus und rief ein Foto auf, das er Red zeigte. »Ist das der Kerl, der dich entführt hat?«

Es war ein Schock, den Terroristen tot zu sehen. Seine Augen starrten leer nach oben, sein Mund hing ein Stück offen, rötlicher Schaum bedeckte ihn. Das Bild ließ sich kaum mit dem lebendigen Mann vergleichen, der Red mit solcher Freude gefoltert hatte. Widerwillig rief er sich dessen Gesichtszüge ins Gedächtnis und nickte schließlich. »Ja, das ist er – war er.«

»Gut.« In Clints Antwort schwang Befriedigung mit. »Nicht so gut ist allerdings, dass er kaum etwas sagen konnte, bevor er gestorben ist. Aber das, was er gesagt hat, ist höchst brisant: Ort des Anschlags soll Washington, D. C. sein, und er wird bald stattfinden. Anscheinend wurde alles schon in Gang gesetzt und kann nicht mehr aufgehalten werden.«

Eine Weile herrschte angespannte Stille. Dann meldete Tex sich zu Wort. »Sind wir sicher, dass die Aussage vertrauenswürdig ist? Vielleicht wollte er damit nur seine Angreifer foppen. Sozusagen als Rache für seinen Tod.«

»Das kann sein, aber wir müssen davon ausgehen, dass es wirklich einen Anschlag in D. C. geben wird. Dazu würde auch passen, dass die Männer der Gruppe verschwunden sind, die Red entführen wollte. Für mich deutet das alles auf diese Region hin und auch darauf, dass es in Kürze stattfinden wird. Ich hoffe, Devil meldet sich bald wieder, dann kann ich ihn noch mal danach fragen. Seine Nachricht kam wohl direkt aus dem Einsatz. Das zeigt auch, wie ernst er die Aussage des Terroristen genommen hat.« Clint atmete tief ein. »Unser Problem ist jetzt, dass der Kopf hinter dieser Sache tot ist und das Ganze auch nicht mehr abblasen kann. Vermutlich wird es trotz seines Todes durchgeführt werden.«

Red sprang auf. Er hielt es nicht mehr aus, still zu sitzen. Aufgewühlt ging er zum Fenster und starrte hinaus. »Was können wir jetzt noch machen?«

Ein Anschlag auf die Hauptstadt der USA war der absolute Albtraum. Noch immer hatten sich viele Amerikaner nicht vollständig von den Anschlägen des elften Septembers in New York und D.C. erholt, eine erneute Gefährdung würde eine nie gekannte Massenpanik auslösen. Viele Menschen würden sterben oder schwer verletzt werden. Das Vertrauen in die Regierung, das Militär und die Geheimdienste würde einen neuen Tiefpunkt erreichen. Die Märkte würden destabilisiert werden. Das konnten sie auf keinen Fall zulassen, irgendetwas mussten sie tun, um die Attentäter zu stoppen, bevor die ihren Plan ausführen konnten – worin auch immer der bestand.

»Die überlebenden Terroristen werden befragt, aber ich fürchte, das dauert viel zu lange, um rechtzeitig ein Ergebnis zu bringen.«

»Sie wissen nichts. So wie ich den Anführer einschätze, hat er niemandem etwas von seinem Plan erzählt. Wenn ich mich recht erinnere, war er immer allein mit mir, wenn er am Telefon über das Thema gesprochen hat. Vielleicht könnte man seine Handydaten analysieren und darüber denjenigen finden, mit dem er die Sache geplant hat. Allerdings würde wohl auch das zu lange dauern, weil ich kein genaues Datum liefern kann, wann diese Telefonate stattgefunden haben. Vielleicht hätte sein Stellvertreter etwas gewusst, aber der ist tot. Den neuen kannte er noch nicht lange genug, um ihn einzuweihen – denke ich jedenfalls. Wenn Team 11 dort keine weiteren Informationen findet, ist diese Spur tot.« Zumindest solange Red sich nicht endlich daran erinnerte, ob in seiner Gegenwart noch irgendetwas über den Anschlag gesagt worden war.

Bull nahm einen tiefen Schluck von seinem Bier. »Bleiben also noch die codierten Nachrichten auf Facebook und die Typen hier. Irgendwie muss es doch möglich sein, sie wiederzufinden. Wozu gibt es überall Überwachungskameras?«

»Wir können nur darauf hoffen, dass I-Macs Freund so gut ist, wie er gesagt hat. Und dass I-Mac selbst noch etwas über die Männer herausfindet. Vielleicht gibt es Spuren im Netz, anhand derer man erkennen kann, was sie in den letzten Monaten so getrieben haben.« Red versuchte, positiv zu klingen, aber er war sich nicht sicher, ob ihm das gelang.

»Ich nehme mal an, I-Mac hat schon alle Lebenswege miteinander verglichen und Ähnlichkeiten herausgefunden. Gibt es irgendetwas, wo die Wege der Männer sich gekreuzt haben könnten?« Es war das erste Mal, dass Sierra etwas sagte. Ihr Gesicht war kalkweiß, ihre Stimme zitterte leicht. Kein Wunder, sie war es sicher nicht gewohnt, mit Terroranschlägen umzugehen. Der Gedanke, dass so ein Anschlag auch ihre Familie und Freunde treffen könnte, musste beängstigend sein.

»Das Problem ist ja, wenn die Männer tatsächlich fremde Identitäten angenommen haben, wissen wir eigentlich nichts über sie. Und ansonsten haben sie alle unterschiedliche Berufe, andere Ausbildungen, keine Gemeinsamkeiten im Privatleben, verschiedene Hobbys. Aber wir können noch mal mit I-Mac darüber reden.« Clints Gesichtsausdruck zeigte, wie wenig er es genoss, dem Computerexperten sagen zu müssen, dass jetzt alle Hoffnungen auf ihm ruhten.

Sierra nickte. »Vielleicht kann er uns eine Liste mit seinen bisherigen Erkenntnissen schicken, damit wir auch ein bisschen was tun können. Natürlich keine hochspezialisierten Sachen, aber ganz normale Internetrecherchen bekomme ich auch hin.« Ungesagt schwang bei ihr mit, dass alles besser war, als nur hier herumzusitzen.

Red war genau der gleichen Meinung. »Ich habe hier die volle Ausrüstung, er kann es an meine E-Mail-Adresse schicken. Vielleicht können wir irgendwie herausfinden, wo die Männer in den letzten Tagen und Wochen waren, und damit den Ort des Anschlags etwas eingrenzen.« Das war zwar nur ein verzweifelter Versuch, aber viel mehr konnten sie momentan sowieso nicht machen.

Clint stand auf. »Okay, dann sage ich ihm das.« Er blickte Bull und Tex an. »Was haltet ihr davon, wenn wir rumfahren und mit den bekannten Familien und Freunden der Männer sprechen? Vielleicht können die uns noch irgendwelche Tipps geben, was die Typen in letzter Zeit gemacht haben.«

Bull wirkte skeptisch. »Glaubst du wirklich, die werden mit uns reden? Warum sollten sie das tun? Wir haben nicht mal einen Polizeiausweis.«

»Ja, aber an die Polizei können wir uns wohl kaum wenden: Wenn wir denen erzählen, dass wir keinerlei Beweise haben, rühren die keinen Finger. Oder sie würden erst mal selbst ermitteln wollen, was Wochen dauern kann. Ich gehe davon aus, dass es dann schon zu spät ist.« Seine Stimme wurde leiser. »Ich werde Karen und Maya zu meinen Eltern nach Montana schicken.«

Red starrte ihn an. »Glaubt du wirklich, Karen wird gehen? Du weißt, dass sie ihren Job im Pentagon sehr ernst nimmt.«

»Ja, das tut sie. Aber Maya ist ihr wichtiger. Wenn es um Mayas Sicherheit geht, wird sie es tun.«

»Könnten wir die Sache nicht öffentlich machen, damit die Bevölkerung vorgewarnt ist?« Bittend sah Sierra sie an. »Wir können die Menschen doch nicht unwissend in ihr Verderben laufen lassen.«

Clint schüttelte den Kopf. »Ich wünschte, das wäre eine Option, aber das würde nur zu einer Massenpanik führen. Oder zur Lynchjustiz, weil irgendwelche Leute Jagd auf jeden machen, der für sie nach einem Attentäter aussieht.«

»Das sehe ich ein, aber ich finde, man sollte die Männer der Facebook-Gruppe öffentlich suchen lassen. Irgendwer hat sie vielleicht gesehen und kann uns Hinweise darauf geben.«

»Leider besteht dann die Gefahr, dass sie entweder ganz untertauchen oder die Pläne für den Anschlag kurzfristig ändern und uns damit jede Möglichkeit nehmen, das Ganze noch irgendwie aufzuhalten. Solange sie sich an den Plan halten, haben wir eventuell noch eine Chance, sie rechtzeitig zu stoppen.«

Red mischte sich ein. »Es könnte aber auch sein, dass sie den Plan sowieso schon geändert haben, nachdem meine Entführung nicht funktioniert hat und zwei ihrer Kumpane tot sind. Oder dass sie noch was ändern, falls sie erfahren, dass der Terroristenanführer ebenfalls nicht mehr lebt.«

Clint presste die Lippen zusammen. »Hoffen wir einfach, dass sie bei ihrem Plan bleiben. Oder dass sie sich entschieden haben, den Anschlag abzublasen. Das wäre die beste Option. Dann hätten wir – oder die zuständigen Behörden – genug Zeit, sie zu finden und zu eliminieren.«

Red kam ein Gedanke. »Wie wäre es, wenn wir Tom fragen, ob er uns bei den Befragungen hilft?«

Tom Carter war Detective beim MPDC, der Metropolitan Police von D.C., und bearbeitete dort Fälle von Identitätsdiebstahl. Red hatte ihn vor Jahren beim Sport kennengelernt, und er war nach und nach zu einem guten Freund geworden – einem der wenigen, die Red außerhalb der SEALs hatte. Seit er aus der Gefangenschaft zurück war, hatte er sich noch nicht wieder bei ihm gemeldet, weil er nicht wusste, wie er ihm das alles erklären sollte, ohne geheime Informationen zu verraten. Vielleicht dachte Tom inzwischen auch, er wäre an einer Freundschaft nicht mehr interessiert.

Skeptisch blickte Bull Red an. »Glaubst du wirklich, er würde uns dabei helfen? Er ist ein netter Kerl, keine Frage, und auch ein guter Polizist, aber ein geplanter Anschlag ist sicher eine Nummer zu groß für ihn. Er würde vermutlich zu seinen Vorgesetzten gehen, und dann haben wir ein Problem.«

Red hob die Schultern. »Ich weiß nicht, ob er uns dabei hilft, aber ich bin mir hundertprozentig sicher, dass er uns nicht verrät, selbst wenn er nicht mitmacht.«

Clint mischte sich ein. »Vor Monaten hat Tom bei mir angerufen und gefragt, wo du bist. Ich habe ihm damals nur gesagt, du seist auf einer längeren Mission. Ich muss zugeben, ich habe völlig vergessen, ihm Bescheid zu sagen, dass du wieder da bist, obwohl ich es ihm versprochen hatte. Es könnte also sein, dass er ein wenig sauer ist.«

»Sehr wahrscheinlich sogar, weil ich mich noch nicht bei ihm gemeldet habe, seit ich wieder hier bin.« Und vermutlich hätte er es auch jetzt nicht getan, wenn sie nicht Toms Hilfe brauchen würden. So verhielt man sich nicht als guter Freund.

»Ich bin mir sicher, er wird verstehen, warum du dich nicht gemeldet hast, Nathan.«

Grimmig lächelte er Sierra an. »Hoffen wir es. Also, was meint ihr, soll ich ihn anrufen?«

Nach einiger Beratung stimmten alle zu. Während Clint im Büro eine Mail an I-Mac schrieb, ging Red in den Fitnessraum, um Tom anzurufen. Er wollte dabei kein Publikum, es war ihm so schon unangenehm genug. Genau dieses Verhaltensmuster – sich nur dann bei jemandem zu melden, wenn man etwas wollte – hasste er normalerweise wie die Pest. Es erinnerte ihn zu sehr an seine Mutter. Aber jetzt war es auch nicht mehr zu ändern, diese Kröte würde er schlucken müssen.

Langsam zog er sein Handy heraus und wählte Toms Nummer. Sein schlechtes Gewissen wuchs, als er sich an die vielen Nachrichten erinnerte, die Tom ihm auf der Mailbox und per SMS hinterlassen hatte. Er hätte sich wirklich früher melden sollen. Ein Freizeichen ertönte, dann noch eins. Es dauerte einige Sekunden, bis sich schließlich jemand meldete. »Ja?«

»Tom? Hier ist Red.«

Einen langen Moment herrschte völlige Stille, und Red fürchtete schon, dass Tom die Verbindung einfach beendet hatte. Dann erklang ein tiefer Atemzug. »Du lebst also doch noch.«

Red zuckte zusammen. »Ja. Es tut mir leid, dass ich mich bisher noch nicht gemeldet habe.«

»Wie lange bist du schon im Land?« Es klang beinahe so, als wüsste Tom die Antwort bereits.

»Seit ein paar Wochen.«

Wieder herrschte Stille. »Ah, und in diesen Wochen hast du nicht daran gedacht, dich vielleicht mal zu melden und mir zu sagen, dass du noch lebst? Du hast doch sicher die vielen Nachrichten gesehen, die ich dir hinterlassen habe.«

»Ja.« Mehr konnte Red nicht sagen, weil seine Kehle zugeschnürt war.

»Entschuldige, Red, ich freue mich, dass du noch lebst, aber …«

Red unterbrach ihn, weil er spürte, dass Tom das Gespräch beenden wollte. »Ich brauche deine Hilfe.« Das war ein Satz, der ihm nur sehr schwer über die Lippen kam.

Wieder ein tiefes Einatmen. »Worum geht es?«

In einem langen Wortschwall erzählte Red ihm von dem Angriff auf ihn, den anderen Männern und ihrem Verschwinden. Nur den Zusammenhang mit einem geplanten Anschlag ließ er fürs Erste aus. »Wir würden jetzt gerne mit den Familien und Freunden sprechen, um herauszufinden, ob die Männer sich vor ihrem Verschwinden seltsam verhalten haben oder es irgendwelche Informationen gibt, wo sie jetzt sein könnten.«

»Warum bist du damit nicht zur Polizei gegangen? Die ist für solche Fälle zuständig, weißt du?« Tom klang reserviert.

»Als ich nach dem Angriff dort war, hat mir niemand geglaubt. Sie haben mich eher so behandelt, als wäre *ich* der Verbrecher, nur weil ich einen der Angreifer töten musste.«

Ein Schnalzen ertönte, dann ein tiefer Atemzug. »Vergiss nicht den anderen, den du krankenhausreif geschlagen hast.«

Red erstarrte. »Woher weißt du davon?«

»Tja, das ist eine interessante Geschichte. Einer meiner Kollegen wusste, dass ich mit dir befreundet bin, und hat mich informiert, als dein Name in einem Bericht auftauchte. Ich war ziemlich erstaunt, dass du wieder im Land bist und es offenbar nicht für nötig befunden hast, mich zu kontaktieren. Erst recht nicht, nachdem du überfallen wurdest. Ich habe den Fall verfolgt und darauf gewartet, dass du dich meldest. Doch das hast du nicht.«

Der Vorwurf hing laut und deutlich zwischen ihnen. »Tom, es tut mir leid …«

»Das sagtest du schon. Ich will keine Entschuldigung von dir, sondern verstehen, warum du dich nicht gemeldet hast. Vielleicht habe ich irgendetwas falsch verstanden, aber bis zu deinem Verschwinden vor sechs Monaten dachte ich, wir wären befreundet.«

Red schluckte hart. »Das waren wir … *sind* es noch, hoffe ich. Du weißt, dass meine Missionen der Geheimhaltung unterliegen, ich kann dir also nicht erzählen, wo ich war oder was ich gemacht habe.«

»Das ist mir klar. Ich will auch nur wissen, warum du dich in den letzten Wochen nicht gemeldet hast.«

Genau vor dieser Frage hatte er sich gefürchtet. »Ich konnte es nicht. Ich war …« Red brach ab, weil er nicht wusste, wie er es sagen sollte.

Tom wartete noch einige Sekunden, doch als nichts weiter kam, seufzte er. »Irgendwie war das noch nicht die ausführliche Erklärung, die ich mir erhofft hatte. Aber kommen wir noch mal zu deiner Bitte zurück: Was denkst du, kann ich da tun?«

»Ich hatte gehofft, du könntest zusammen mit ein paar meiner Kollegen zu den Familien und Freunden hinfahren und mit ihnen reden. Du hast eine Polizeimarke, mit dir werden sie sprechen.«

»Ach, so wenig nur? Und ich dachte schon, ich soll etwas Verbotenes tun, wie zum Beispiel eine Ermittlung vortäuschen, die es gar nicht gibt.«

»Tom …« Sein Tonfall klang dringlich.

»Weißt du was? Ich komme bei dir vorbei, und dann kannst du versuchen, mir deutlich zu machen, warum ich so etwas für dich tun sollte.«

»Nein …« Doch es war zu spät, Tom hatte bereits aufgelegt. »Shit.«

Einen Moment lang gab Red der Versuchung nach, seinen Kopf an die Wand zu lehnen, dann riss er sich wieder zusammen. Wenn er ihre Freundschaft retten wollte, würde Tom ihn sowieso irgendwann sehen. Es wäre ihm nur lieber gewesen, wenn er sich dabei etwas mehr wie er selbst fühlen würde – und nicht die ganze Zeit an einen möglichen Anschlag denken müsste. Mit einem tiefen Seufzer ging er zurück ins Wohnzimmer.

Die anderen blickten ihm gespannt entgegen. »Er kommt vorbei. Ich fürchte, er ist noch sauer auf mich und wird uns schon deshalb nicht helfen. Wir brauchen gute Argumente, wenn wir ihn überzeugen wollen.« Das Problem war nur, dass sie keine wirklich guten Argumente hatten, wenn sie den Anschlag nicht erwähnen konnten.

42

Sierra fiel es äußerst schwer, nicht zu Nathan hinüberzugehen und ihn zu berühren. Seine Anspannung war deutlich in seiner steifen Körperhaltung zu erkennen. Obwohl er sich um eine ausdruckslose Miene bemühte, konnte sie geradezu spüren, wie sehr ihn der Besuch seines Freundes belastete. Sie konnte nur vermuten, dass er sich vor dessen Reaktion auf seinen Zustand fürchtete. Sicher war es schwer für ihn, einem anderen Mann gegenüber eine Schwäche zu zeigen. Wobei nur er selbst seine Narben als Schwäche empfand, eigentlich zeigten sie, wie stark er war, weil er diese Tortur überlebt hatte. Aber das musste er selbst erkennen, er würde es ohnehin nicht glauben, wenn es ihm jemand anders sagte.

Als die Türklingel läutete, zuckten alle zusammen. Es war beinahe lustig, zu sehen, wie gestandene SEALs auf die Ankunft eines Freundes reagierten. Bull sprang auf. »Ich gehe.«

Nathan stand wieder auf seinem üblichen Platz vor dem Fenster, die Arme über der Brust verschränkt. Auf seinem Gesicht lag ein finsterer Ausdruck, der sich nur unwesentlich aufhellte, als Bull mit einem anderen Mann das Zimmer betrat. Neugierig betrachtete Sierra ihn und schüttelte amüsiert den Kopf, als sie feststellte, dass selbst ein Freund von Nathan, der kein SEAL war, irgendwie doch wie einer aussah. Tom war groß und schlank, aber es war ihm anzusehen, dass er viel trainierte.

Er blickte sich jetzt im Zimmer um und blieb dann abrupt stehen, als er Nathan entdeckte. Über seine Miene zuckte etwas, das Sierra als Schmerz deutete, dann wurde sein Gesicht wieder ausdruckslos. »Hallo Red, gut, dich zu sehen.«

Nathan schien ein wenig lockerer zu werden, wirkte aber immer noch vorsichtig. »Tom. Danke, dass du gekommen bist.«

Sein Freund ignorierte sämtliche Signale dafür, dass er nicht näher kommen sollte, und trat dicht vor ihn. Zu Sierras Überraschung lachte Tom schnaubend auf. »Ja, du wirkst richtig glücklich, mich zu sehen. Aber ich habe inzwischen gelernt, dass man dich zu deinem Glück zwingen muss, wenn man überhaupt mal weiterkommen will.« Sierra hielt den Atem an, als er ohne Vorwarnung nach vorn trat und Nathan schulterklopfend umarmte.

Der erstarrte zuerst, dann trat ein seltsamer Ausdruck auf sein Gesicht. Schließlich, nach schier endlosen Sekunden, erwiderte er die Umarmung. Schmerz huschte über seine Miene, dicht gefolgt von Erleichterung. Vielleicht kannte dieser Tom Nathan wirklich besser als die meisten anderen Menschen. Alle anderen hatten sich nicht getraut, ihn einfach so anzufassen. Andererseits wussten die aber auch, was er durchlebt hatte. Wobei Sierra schwören könnte, dass Tom es zumindest ahnte.

Clint räusperte sich. »Hallo Tom.«

Langsam löste der Polizist sich von Nathan und drehte sich zu den anderen um. Wut schimmerte in seinen dunklen Augen. »Wer war das? Ich bringe ihn um.«

Nathan legte ihm von hinten eine Hand auf die Schulter. »Er ist bereits tot.«

»Gut.« Tiefe Befriedigung schwang in dem einen Wort mit. »So, jetzt aber zur Sache: Hallo, Jungs. Lange nicht gesehen. Und auch nichts gehört.« Die letzte Bemerkung galt eindeutig Clint.

»Meine Schuld, ich habe es in der Hektik einfach vergessen. Es tut mir leid.«

Tom nickte ihm zu. »Vergeben. Wollt ihr mir jetzt erklären, was eigentlich los ist? Und ich meine nicht die jugendfreie Kurzversion, die Red mir auftischen wollte.« Sein Blick glitt hinüber zu Sierra. Sofort hellte seine Miene sich auf. »Ich glaube, wir kennen uns noch nicht. Es scheint auch nicht so, als wollte uns jemand vorstellen, deshalb tue ich das jetzt einfach selbst. Ich bin Tom Carter, und Sie sind …?«

Automatisch lächelte Sierra ihn an. »Sierra Morgan, ich freue mich, Sie kennenzulernen.«

Nathan verließ seinen Stammplatz und stellte sich neben sie. So dicht, dass kein Zweifel an seinem Anspruch auf sie bestand. »Sierra war Lieutenant bei der Navy, jetzt ist sie eine grandiose Physiotherapeutin.« *Und sie gehört mir.*

Das klang so deutlich mit, dass Sierra sich nicht sicher war, ob er es nicht doch laut ausgesprochen hatte. Tom jedenfalls registrierte es sofort, Vergnügen blitzte in seinen Augen auf. »Ich freue mich auch. Vielleicht …«

Nathan unterbrach ihn. »Wir sollten jetzt wirklich zur Sache kommen. Es geht um viel mehr, als dir bewusst ist, Tom.«

Sofort wurde der Charmeur in ihm von dem knallharten Polizisten ersetzt. »In Ordnung, erzählt mir alles von Anfang bis Ende. Wenn es die Geheimhaltung betrifft, umschifft sie einfach, sodass ich trotzdem verstehe, worum es geht.« Offenbar war er es gewohnt, sich gegen die SEALs durchzusetzen und hatte kein Problem damit. Sierra mochte ihn schon jetzt.

Je länger der Bericht dauerte, desto härter wurde Toms Miene. »Meint ihr nicht, dass die Geschichte ein bisschen zu groß für euch ist? Wenn es sich wirklich um Terroristen handelt und ein Anschlag stattfindet, könnt ihr dafür belangt werden, dass ihr kritische Informationen zurückgehalten habt.«

Clint beugte sich vor. »Glaubst du nicht, wir würden das gerne an jemand anderen übergeben? Das Oberkommando hat sich nicht dafür interessiert, sie denken, Red bildet sich die Sache nur ein. Und wir haben genau genommen auch immer noch keine festen Beweise. Im Moment sind das alles noch Mutmaßungen. Deshalb wollen wir ja mit den Familien sprechen, um uns ein genaueres Bild über die Männer machen zu können. Wenn wir einen von ihnen finden könnten, würde uns das sehr weiterhelfen.«

»Sowie wir richtige Beweise haben, geben wir die Sache sofort an die Behörden weiter.« Nathan blickte seinen Freund direkt an. »Wenn es eine andere Möglichkeit gäbe, würden wir sie gerne nutzen. Aber du weißt selbst, dass erst dann ermittelt wird, wenn handfeste Hinweise auf ein Verbrechen existieren. Dass es keine Spur von den Männern gibt, wird man vermutlich nicht als Verbrechen werten, weil es ja eindeutig so aussieht, als wären sie freiwillig verschwunden. Außerdem haben wir keinen Beweis dafür, dass eine Verbindung zwischen ihnen besteht. Die Facebook-Gruppe ist inzwischen gelöscht worden.«

Tom rieb sich über die kurzen dunklen Haare. »Dir ist schon klar, dass du mich hier in eine Zwickmühle bringst, oder?« Er wartete Nathans Antwort gar nicht erst ab. »Okay, wider besseres Wissen werde ich euch helfen. Aber ich erwarte von euch, dass ihr sofort zu den Behörden geht, wenn bei den Befragungen etwas herauskommt, das auf einen Anschlag hindeutet.«

Ein Ausdruck der Erleichterung malte sich auf Nathans Gesicht ab. »Danke. Clint, Bull und Tex werden dich begleiten.«

Toms Augenbrauen zogen sich zusammen. »Warum kommst du nicht mit?«

»Ich will niemanden verschrecken.« Bevor sein Freund etwas sagen konnte, fuhr er fort: »Außerdem lasse ich Sierra nicht allein. Sie könnte genauso im Fokus stehen wie ich, nachdem sie mit mir zusammen gesehen wurde und auch bei dem Angriff dabei war.«

Das zweite Argument nahm Tom den Wind aus den Segeln. Er lächelte Sierra zu. »Wenn Sie meine Freundin wären, würde ich Sie auch nicht alleine lassen wollen.«

Hitze stieg ihr in die Wangen. »Ich …«

»Tom.« In Nathans Stimme klang eine Warnung mit.

»Was? Ich sage nur die Wahrheit.« Er tastete seine Jackentaschen ab. »Okay, fahren wir, bevor ich es mir noch mal anders überlege.« Ohne auf die SEALs zu warten, verließ er das Zimmer.

Kopfschüttelnd blickte Clint ihm nach. »Ich weiß gar nicht, warum du den Kerl so magst.«

Nathan grinste schief. »Vielleicht, weil er dir so ähnlich ist, wenn es darum geht, Befehle zu erteilen?«

Clint schnaubte, kommentierte das aber nicht weiter. »Bleibt hier, okay? Wenn irgendwas sein sollte, bin ich per Handy erreichbar.«

»*Sehr* ähnlich …« Als Clint ihn nur ansah, ohne etwas zu sagen, gab Nathan schließlich nach. »Ja, natürlich bleiben wir hier, wo sollten wir auch hin? Seid vorsichtig, wir wissen nicht, ob irgendwelche Familienmitglieder oder Freunde mit drinhängen.«

Clint nickte ihm zu und folgte dann Bull und Tex nach draußen. Es war Nathan anzusehen, wie gerne er mit ihnen mitgefahren wäre.

Sierra berührte ihn am Arm. »Ich bin froh, dass du hier bei mir bist.«

Seine Miene wurde etwas weicher. »Ich auch. Nur, was machen wir jetzt?«

»Wir gehen ins Büro und sehen nach, ob I-Mac uns die Liste geschickt hat. Wer weiß, vielleicht finden wir ja irgendetwas, das die Männer miteinander verbindet.«

Vermutlich war diese Hoffnung weit hergeholt, aber sie durften einfach nichts unversucht lassen. Nicht, wenn ihr Scheitern bedeutete, dass hier in ihrer Stadt ein Anschlag verübt wurde.

Red gelang es kaum noch, seine Frustration zu verbergen. Egal, was sie versuchten, sie schienen keinen Schritt weiterzukommen. Würden sie wirklich tatenlos zusehen müssen, wie der Anschlag geschah, Menschen in den Tod riss und das Land ins Chaos stürzte? Es musste doch irgendetwas geben, das sie tun konnten. Irgendetwas, das auch einen Erfolg versprach und nicht nur wieder in einer Sackgasse endete. Da er nichts von I-Mac gehört hatte, nahm er an, dass der Code immer noch nicht geknackt war.

Auch Clint hatte sich noch nicht wieder gemeldet, vermutlich war bei den Befragungen nichts herausgekommen. Das hatte er fast schon befürchtet: Wenn die Männer es geschafft hatten, so lange unentdeckt unter fremden Identitäten zu leben, waren sie sicher nicht so dumm, sich ihren Familien oder Freunden anzuvertrauen oder irgendetwas Verdächtiges zu tun, das zu Fragen geführt hätte. Ihr geheimes Leben hatten sie wahrscheinlich so gut verborgen, dass nicht einmal jemand per Zufall darauf stoßen würde.

Schließlich hielt Red es nicht mehr aus, er musste sich bewegen. Schon immer hatte er Schwierigkeiten damit gehabt, über längere Zeit still zu sitzen. Das schaffte er nur, wenn er auf einer Mission war und ein Ziel vor Augen hatte. Aber im Privatleben zog er es vor, aktiv zu sein, etwas zu bewegen und nicht nur zuzuschauen. Nach seiner Gefangenschaft hatte sich dieses Bedürfnis nur noch verstärkt. Abrupt schob er den Stuhl zurück und begann im Raum auf und ab zu gehen.

Sierra blickte nur kurz auf und fokussierte sich dann wieder auf das Papier, das vor ihr lag. Im Gegensatz zu ihm schien sie deutlich mehr Geduld zu besitzen und sich auch konzentrieren zu können, wenn er wie ein eingesperrtes Tier durch den Raum tigerte. Hinter ihr blieb er stehen und sah auf ihre zu einem unordentlichen Zopf gebundenen Haare hinunter. Ungebeten tauchte die Erinnerung auf, wie es gewesen war, mit den Fingern hindurchzufahren. Aber er sollte seine Gedanken jetzt besser nur auf den Anschlag lenken, alles andere musste warten, bis sein Leben nicht mehr einem Thriller glich.

Neben Sierras Ellbogen lag eine Karte von D.C. und Umgebung, auf der die Wohn- und Arbeitsorte der Männer mit Kreuzen markiert waren. Daraus ergab sich ein Muster, das viel zu perfekt war, um Zufall zu sein. Plötzlich elektrisiert nahm Red die Karte in die Hand und starrte darauf. Auch bei näherer Betrachtung blieb das Muster bestehen.

»Was siehst du dir da an?« Sierras Blick traf seinen. »Hast du etwas entdeckt?«

Red hielt ihr die Karte hin. »Wahrscheinlich nichts, das uns wirklich weiterhilft, aber ich finde es extrem auffällig, wie die Männer sich verteilt haben. Niemand wohnt in der Nähe eines anderen, alle arbeiten in völlig unterschiedlichen Stadtteilen. Das muss Absicht gewesen sein. Wahrscheinlich wollten sie so verhindern, dass sie sich jemals im normalen Leben begegnen.«

»Oder sie sichern sich so den Zugang zu allen Gegenden. Jemand, der in der Nähe wohnt oder arbeitet, fällt dort nicht auf. Vielleicht haben sie sogar so weit gedacht, es möglichen Ermittlern besonders schwer zu machen, von ihnen auf den Ort des Anschlags zu schließen.«

Red schnitt eine Grimasse. »Das ist ihnen tatsächlich wunderbar gelungen.« Er rieb sich über das Gesicht. »Hast du etwas entdeckt, das uns weiterhilft?«

Nachdenklich starrte Sierra wieder auf ihr Blatt. »Ich weiß es nicht.« Mit ihrem Stift tippte sie auf den Zettel. »Es gibt einige

Gemeinsamkeiten zwischen den Männern: Sie sind alle weiß und dem Papier nach keine Moslems. Keiner von ihnen ist je mit der Polizei in Kontakt gekommen oder wurde gar verurteilt. Sie alle üben geregelte Berufe aus, die unterschiedlicher nicht sein könnten. Von dem her, was ich im Internet über sie finden konnte, scheinen sie so weit ganz gut mit ihren Mitmenschen auszukommen, sind aber nie mittendrin im Geschehen. Es scheint mir sogar fast so, als würden sie sich bemühen, nicht öffentlich aufzufallen. Was ich aber am Bemerkenswertesten finde: Sie sind alle zwischen fünfundzwanzig und fünfunddreißig Jahre alt und in den letzten fünf Jahren hier in die Gegend gezogen. Wir wissen, wo sie angeblich herkamen, aber da sie andere Identitäten angenommen haben, würde mich interessieren, wo sie wirklich gelebt haben und was sie dort geprägt hat.«

Das ging Red allerdings auch so. »Ich wüsste nicht, wie wir das herausbekommen sollten, besonders so schnell. Aber ich werde I-Mac eine Nachricht schreiben und ihm sagen, was uns aufgefallen ist. Vielleicht bringt ihn das auf eine Idee, oder er kann noch etwas dazu beitragen.«

Und währenddessen verflog kostbare Zeit, und der Anschlag rückte immer näher. Als SEAL wollte Red seine Ausrüstung anlegen und mit seinem Gewehr auf Jagd gehen, doch das würde ihn in dieser Situation nicht weiterbringen.

Sierra starrte weiter auf die Liste. Irgendetwas war da noch, das konnte sie spüren. Sie versuchte, ihren Kopf von allem anderen freizumachen und sich nur noch auf die Wörter auf dem Zettel zu konzentrieren. Langsam verschwammen die Buchstaben vor ihren Augen. Unvermittelt verbanden sich die Punkte in ihrem Gehirn, und sie gab einen Laut von sich. Sofort war Nathan bei ihr. Seine Wärme an ihrer Seite tat ihr gut, und sie lehnte sich instinktiv gegen ihn.

»Hast du noch etwas herausgefunden?« Hoffnung lag in seiner Stimme.

Zögernd deutete Sierra auf die Berufe der Männer. »Ich weiß es nicht genau, aber mir ist gerade aufgefallen, dass sie alle zusammen genau die Jobs haben, die man für die Planung eines Anschlags gut gebrauchen kann. Einer ist bei einem Transportunternehmen beschäftigt, dort hat er Zugriff auf Lieferwagen und Ähnliches. Ein anderer ist Elektrotechniker, ein weiterer Chemiker. Zusammen könnten sie sicher eine Bombe bauen. Einer arbeitet in einem Baumarkt – der käme an die nötigen Teile heran. Dann gibt es noch einen, der bei der Stadt in der Abteilung Gebäudemanagement arbeitet. Er hatte sicher Zugriff auf Informationen zu allen öffentlichen Gebäuden. Die anderen passen auch sehr gut in das Muster.« Sie sah zu Nathan auf. »Natürlich kann das alles Zufall sein, aber ich würde sagen, eine geheime Terrorzelle kann gar keine besser platzierten Mitglieder haben.«

Nathans Miene war anzusehen, dass er ihr zustimmte. »Also wurden die gestohlenen Identitäten vermutlich ganz gezielt ausgewählt, nicht nur nach dem passenden Alter, sondern auch noch nach der richtigen Ausbildung. Oder sie haben sich ihre Berufe nach dem späteren Bedarf ausgewählt und mit dem Anschlag gewartet, bis alle an ihrem jeweiligen Platz waren.«

Das setzte ein erschreckend hohes Maß an Planung und Geduld voraus. Und vor allem eine totale Kaltblütigkeit der Männer, die geschäftliche und private Verbindungen eingegangen waren und dabei die ganze Zeit gewusst hatten, dass sie all diesen Menschen irgendwann schaden oder sie im schlimmsten Fall sogar töten würden. »Indem sie alle in einem anderen Bereich tätig waren, konnten sie sichergehen, dass ihre Zusammenarbeit überhaupt nicht auffallen würde.«

»Und da die Facebook-Gruppe geheim war, konnte auch

niemand von außen eine Beziehung zwischen ihnen erkennen. Es hätte erst gegen einen von ihnen ermittelt werden müssen, um diese Sache überhaupt auf den Schirm zu bekommen. Selbst darauf haben sie geachtet und die Gruppe sofort gelöscht, als zwei der Mitglieder verhaftet beziehungsweise getötet wurden. Hätte I-Mac nicht so schnell reagiert, wären wir nie auf die anderen Männer gestoßen.«

Nervös biss Sierra sich auf die Lippe. »Meinst du, sie wissen, dass wir hinter ihnen her sind?«

Nathan hob die Schultern. »Möglich ist es, aber ich glaube, sie verlassen sich darauf, dass sie ihre Spuren gut verwischt haben und die Zeit für uns zu kurz sein wird, um sie noch rechtzeitig zu finden.«

»Was ist, wenn sie damit recht haben?« Die Vorstellung, dass jemand versuchen könnte, einen Anschlag auf ihre Heimatstadt zu verüben, machte Sierra nervös. Glücklicherweise wohnte ihre Familie außerhalb und würde vermutlich nicht betroffen sein, doch viele Freunde und Bekannte lebten hier und auch ihre Patientinnen. Am liebsten hätte Sierra sie alle gewarnt und gebeten, wegzufahren, doch das konnte sie nicht tun.

Nathan nahm ihre Hand. »Wir werden alles dafür tun, sie aufzuhalten.«

»Ich weiß …« Sie schluckte hart. »Ich habe nur Angst, dass es nicht reichen wird.«

Seine Augen verdunkelten sich. »Das geht mir genauso. Ich schicke eine Nachricht mit dem, was du herausgefunden hast, an I-Mac. Vielleicht kann er noch tiefer graben, besonders im Hinblick darauf, wofür genau sie bei ihrer Arbeit zuständig waren. Am wichtigsten ist sicher der Mitarbeiter des Gebäudemanagements. Wenn wir Glück haben, kann I-Mac sich vielleicht in seine Geschäftsmails oder eine amtsinterne Datenbank hacken.« Während er sprach, tippte er bereits.

Nur wenige Minuten nachdem er die Mail abgeschickt hatte, klingelte sein Handy. Er stellte es auf laut, damit Sierra mithören konnte. »Ja?«

»Hier ist I-Mac. Ich fürchte, ihr habt recht, diese Häufung an ›nützlichen‹ Berufen ist wirklich auffällig. Wenn wir Zeit hätten, könnten wir die Kollegen der Männer befragen, ob sie sich für bestimmte Dinge besonders interessiert haben, aber mitten in der Nacht werden wir die nicht zu fassen bekommen. Und morgen kann es schon zu spät sein. Aber ich werde es im Hinterkopf behalten. Vielleicht finde ich auch im Mailverkehr oder den internen Datenbanken etwas.« Er räusperte sich. »Weshalb ich aber eigentlich anrufe: Ich habe das Foto des Anführers durch verschiedene Datenbanken gejagt, aber es gab keinen Treffer. Wir wissen also immer noch nicht, wer er eigentlich ist.«

Sierra sah, wie Nathans Finger sich fester um sein Handy schlossen. Beruhigend legte sie ihre Hand auf sein Knie und erntete dafür einen dankbaren Blick.

»Eigentlich sollte mir sein Name egal sein, aber ich will trotzdem wissen, wer er ist. Woher er kam und was ihn zu so einem folternden, mordenden Bastard gemacht hat. Und wie es sein kann, dass die Geheimdienste ihn überhaupt nicht auf dem Radar hatten.«

»Das verstehe ich. Uns geht es genauso nach dem, was er Nurjas Verwandten angetan hat. Jedenfalls habe ich das Bild auch im Internet vergleichen lassen, und da habe ich einen Treffer erhalten.«

Abrupt richtete Nathan sich auf. »Wo?« Jeder Muskel seines Körpers war angespannt.

»Auf einem Foto, das Rekruten in einem Trainingslager des IS zeigt. Wie es scheint, reichte es unserem *Freund* nicht, Anführer einer afghanischen Terrorgruppe zu sein – er strebte nach mehr.«

Nathan war anzusehen, wie sehr ihn diese Nachricht traf. »Ich habe es geahnt. Und es passt auch zu dem, was Devil berichtet hat: dass der Bastard meinte, man würde ihn nicht mit dem Anschlag in Verbindung bringen. Natürlich nicht, wenn der IS dafür die Verantwortung übernimmt. Denen wird es eine Freude sein, wenn sie ihren Erzfeind endlich empfindlich treffen können.«

I-Mac brummte zustimmend. »Und es wird etwas Großes sein, kein kleiner, schneller Schlag einer Splittergruppe, sondern ein von langer Hand geplanter, vernichtender Anschlag.«

Seine Worte ließen Sierra erzittern. »Oh Gott.«

Diesmal war es Nathan, der ihre Hand berührte. »Wir werden diese Schweine erwischen, bevor sie ihren Plan verwirklichen können. Und wenn es das Letzte ist, was wir tun.«

Falls er sie damit beruhigen wollte, verfehlte er sein Ziel. Sie hatte nicht nur Angst um all die anderen Menschen, sondern auch um Nathan und sein Team, die ihr Leben riskierten, um die Terroristen aufzuhalten. Die Vorstellung, ihn zu verlieren, war furchtbarer, als sie es nach der kurzen Zeit, die sie sich erst kannten, erwartet hätte. Das konnte nur eines bedeuten: Irgendwann in den letzten Tagen war er in ihr Herz geschlüpft. Gott, wie hatte sie nur so unvorsichtig sein können? Sie hätte wissen müssen, wie weh es tun würde, ihn wieder zu verlieren. Was war aus ihrer Überzeugung geworden, nie wieder einen Mann so nah an sich heranzulassen, dass er sie verletzen könnte?

43

»Sierra.« Nathans raue Stimme holte sie aus ihren panischen Gedanken zurück in die Gegenwart.

Sie blinzelte ihn an und stellte fest, dass er das Telefonat beendet hatte. Seine Hände lagen auf ihren Schultern, während er sie besorgt musterte. So kurz nach ihrer schmerzlichen Erkenntnis hatte sie Mühe, ihm in die Augen zu sehen. Am liebsten hätte sie sich in ihr Zimmer zurückgezogen, doch das konnte sie nicht tun, wenn so viel auf dem Spiel stand. »Ja?«

»Geht es dir gut?«

Sierra verzog das Gesicht. »Ist das eine ernst gemeinte Frage? Ich bin starr vor Angst, dass es diesen Terroristen gelingen könnte, hier einen Anschlag zu verüben.«

Sein Griff wurde fester. »Das verstehe ich. Mir geht es genauso und ich bin sicher, den anderen auch. Wenn du aussteigen willst, kann ich das nachvollziehen. Ich kann dich irgendwo hinbringen, wo du in Sicherheit bist und …«

»Wage es nicht, Nathan Redfield! Ich bin kein Püppchen, das beim ersten Anzeichen von Gefahr zusammenbricht.«

Ein vorsichtiger Ausdruck trat auf sein Gesicht. »Das habe ich auch nicht angenommen. Es tut mir nur leid, dass ich dich hier mit reingezogen habe. Das war nicht meine Absicht.«

Sierra seufzte innerlich. »Das weiß ich, und ich gebe dir auch ganz sicher keine Schuld. Trotzdem gefällt mir die Situation nicht. Aber ich werde hierbleiben, solange es eben dauert. Ich gehöre zum Team, falls dir das noch nicht aufgefallen ist.«

Sein erleichtertes Lächeln traf sie direkt ins Herz. »Doch,

das ist es. Und ich bin sehr dankbar dafür. Wenn das hier vorbei ist, wie wäre es …« Er brach ab, als es an der Tür klingelte. »Das werden die anderen sein. Können wir später reden?«

Stumm nickte Sierra. Insgeheim war sie froh, dass er unterbrochen worden war, denn sie wusste nicht, wie ihre Antwort ausgefallen wäre. In ihr wirbelten die Gefühle durcheinander und ließen sie keinen klaren Gedanken fassen.

Mit einem letzten Blick auf sie ging Nathan zur Tür und kam kurze Zeit später mit seinen Freunden zurück. Sierra folgte ihnen ins Wohnzimmer und versuchte, anhand ihrer Mienen zu erkennen, wie erfolgreich die Besuche gewesen waren, doch an keinem der Gesichter war irgendeine Regung abzulesen. Das war der Nachteil, wenn man sich mit SEALs abgab. Selbst Toms Gesichtsausdruck war betont neutral.

»Und, was habt ihr erfahren?« Nathan klang genauso ungeduldig, wie Sierra sich fühlte.

Tom ließ sich in einen Sessel fallen. »Nicht wirklich viel. Es ist schnell deutlich geworden, dass die Männer ihre Familien nach Strich und Faden belogen haben. Oder vielmehr hat nie jemand auch nur ansatzweise erahnt, wie es hinter ihrer Fassade aussah. Die Frauen oder Freundinnen dachten tatsächlich, sie hätten nette, völlig normale Ehemänner oder Lebensgefährten. Die Freundschaften waren auch eher oberflächlich, die Typen haben nie irgendwo angedeutet, dass sie ein Problem mit dem Land hätten.«

»Haben sie vielleicht irgendwas dagelassen, was uns helfen könnte?«

Clint schüttelte den Kopf. »Nein. Sie haben alles mitgenommen, als sie verschwunden sind. Handys, PCs, Tablets, Aufzeichnungen. Es gibt nur noch Möbel, Bücher und Ähnliches.«

»Ich werde meine Kollegen morgen anweisen, Fingerabdrücke zu nehmen und die Wohnungen noch mal genauer zu durchsuchen. Vielleicht können wir so wenigstens die wahre Identität herausfinden. Nicht, dass die uns weiterhelfen wird.« Toms Frustration war deutlich zu hören.

»Was ist mit dem angeblich Toten? Er kann doch unmöglich seine ganzen Sachen mitgenommen haben.«

Bull verzog das Gesicht. »Das war lustig: Er hat es irgendwie geschafft, während seines Unfalls sowohl das Handy als auch den Laptop dabeizuhaben und außerdem irgendwelche wichtigen Unterlagen. Ist alles vollständig verbrannt. Seine untröstliche Ehefrau hat hinterher festgestellt, dass die Festplatte ihres PCs zu Hause durch einen unerklärlichen Virus gelöscht wurde.«

Ja, das glaubte man sofort. Allerdings konnte Sierra verstehen, dass die Familien und Freunde den Männern vertrauten – sie hatten nie einen Grund gehabt, es nicht zu tun. »Also kommen wir auf diese Weise nicht weiter?«

Tom hob die Schultern. »Ich habe mir die Handynummern der Männer geben lassen, vielleicht kann euer Computerexperte damit etwas anfangen. Allerdings könnte es sein, dass sie so schlau waren, die Geräte zu beseitigen, damit sie niemand nachverfolgen kann.«

Clint sah Nathan an. »Habt ihr noch etwas herausgefunden?«

Nathan berichtete kurz von ihren Vermutungen und von dem, was I-Mac in der Zwischenzeit entdeckt hatte. Nachdem er geendet hatte, herrschte eine beinahe gespenstische Stille.

»Shit.« Tex' Fluch passte perfekt.

Tom beugte sich vor. »Wir sollten damit unbedingt zu den Behörden gehen. Wenn wirklich der IS dahintersteckt, dann werden diese Männer finanziell gut ausgestattet sein. Eine kleine Splittergruppe, die sich dilettantisch verhält, ist eine Sache, aber eine gut geplante und finanziell reich ausgestattete Terrorzelle, die offenbar seit Jahren genau auf diesen Anschlag hingearbeitet hat … Das ist eine Nummer zu groß für uns. Wir brauchen Zugang zu allen Informationen, die damit in Zusammenhang stehen könnten.«

Nathan schnaubte. »Glaubst du wirklich, die ganzen ABC-Dienste kooperieren mit uns? Wahrscheinlich bekriegen die sich noch untereinander über die Zuständigkeiten. Davon abgesehen sind sämtliche Informationen, die wir haben, immer noch keine Beweise dafür, dass es einen Anschlag geben wird. Die Männer könnten einfach gemeinsam beschlossen haben, eine neue Kommune zu gründen. Oder sie machen einen Kegelausflug. Oder was auch immer. Nichts verbindet sie mit dem IS. Nach dem Gesetz sind es rechtschaffene amerikanische Bürger, die sich noch nie etwas haben zuschulden kommen lassen. Die Familien und Freunde werden sicher gerne bezeugen, dass es ganz nette, anständige Männer waren. Oder etwa nicht?«

Widerwillig verzog Tom den Mund. »Das mag sein, aber irgendetwas müssen wir tun.«

»Wir finden echte Beweise, und dann melden wir sie sofort an das FBI.« Clint blickte auf sein Handy. »Ich habe dort einen Kontakt, mit dem wir schon früher zusammengearbeitet haben.«

Nathan rieb sich über die Schläfe, als hätte er dort Schmerzen. »Meinst du den Agenten, der in Tennison übernommen hat?«

»Ja.« Mehr sagte Clint dazu nicht, und Sierra fragte sich, was dort vorgefallen war. Außer Tom und ihr schienen alle genau zu wissen, worum es ging.

Der Detective blickte von einem zum anderen. »Und wenn wir den Agenten jetzt schon informieren?«

»Das geht nicht, er würde uns sofort verbieten, weiter zu

ermitteln. Und wenn wir damit aufhören, ist die Wahrscheinlichkeit relativ groß, dass der Anschlag stattfinden wird. Bis die Behördenmaschinerie erst einmal angelaufen ist und die Zuständigkeiten geklärt wurden, wird es zu spät sein.«

Genervt fuhr Tom sich mit den Händen durchs Haar. »Das macht mich wahnsinnig. Ich bin Polizist und verpflichtet, solche Vorgänge zu melden.«

Sierra konnte nachvollziehen, in welcher Zwickmühle er sich befand.

Nathan blickte ihn ernst an. »Wenn du lieber gehen willst, verstehe ich das. Ich möchte auf keinen Fall, dass du Ärger bekommst, weil du uns geholfen hast.«

Erregt sprang Tom auf. »Verdammt noch mal, Red! Du solltest mich besser kennen. Es geht mir nicht darum, ob ich Ärger bekomme. Ich will nur das Richtige tun, um diesen Anschlag zu verhindern.« Mit dem Finger deutete er in Richtung Stadt. »Das sind auch meine Leute da draußen!«

Zerknirscht neigte Nathan den Kopf. »Ich weiß. Und ich wünschte, ich wüsste, was richtig ist. Unser einziger Vorteil besteht im Moment darin, dass wir schnell handeln können, wenn wir einen Hinweis bekommen. Und wir sind in der Bekämpfung von Terroristen ausgebildet. Wir wissen, wie sie ticken und wie sie reagieren, wenn sie merken, dass jemand hinter ihnen her ist.«

Vermutlich würden sie sich selbst und alles andere in die Luft jagen, wenn sie sich bedroht fühlten. Ein Schauder lief Sierra über den Rücken. Wie wollten die SEALs mit ihren wenigen Männern einen solchen Anschlag verhindern? Wenn die Attentäter noch nicht einmal ihr eigenes Leben schätzten, warum sollten sie es dann bei anderen tun? Das hieß, Clint und den anderen blieb nur die Wahl, die Terroristen möglichst unauffällig zu töten, bevor sie ihre Pläne in die Wege leiten konnten. Aber was war, wenn die Männer sich alle an verschiedenen Orten aufhielten? Wenn jemand anders den Job übernahm, sobald einer ausfiel?

»Das weiß das Antiterrorteam des FBI bestimmt auch. Und sie sind nicht nur zu dritt.«

Ein Muskel zuckte in Nathans Wange. »Das sind wir auch nicht. Ich zähle hier schon vier Männer.«

Clint sprang ihm bei. »Und draußen steht noch der Rest des Teams.«

Bevor sie wusste, was sie tat, öffnete Sierra den Mund. »Ich mache auch mit.«

Nathans Kopf ruckte zu ihr herum. »Sierra …«

Sie ließ ihn nicht ausreden. »Falls ihr es schon vergessen habt, ich habe eine militärische Ausbildung und kann durchaus eine Waffe abfeuern.«

»Das ist uns bewusst, aber …« Diesmal verstummte Nathan freiwillig.

»Ich bin eine Frau. Ist es das, was du sagen wolltest? Ich finde, ich habe genauso ein Recht darauf, mein Land … meine Stadt zu verteidigen wie ihr. Ja, ich bin kein Mann und auch kein SEAL, aber ich bin alles andere als nutzlos.«

»Das hat auch niemand behauptet, Sierra.« Beschwichtigend sah Clint sie an. »Aber du bist schon seit einigen Jahren nicht mehr im Training.«

»Falsch. Ich trainiere regelmäßig mit der Waffe, und was die körperliche Fitness angeht, kann ich es bestimmt mit euch aufnehmen.«

Tom mischte sich ein. »Vielleicht sollten wir diese Diskussion zurückstellen. Zuerst brauchen wir überhaupt erst mal eine Spur, und dann würde ich sagen, dass wir jeden Mann – oder jede Frau – gebrauchen können, wenn es wirklich zu einem Kampf gegen die Terroristen kommt.«

Nathan warf ihm einen langen Blick zu. »Dann machst du weiter mit?«

Genervt schüttelte Tom den Kopf. »Hast du mir überhaupt zugehört? Gott, ich hasse diese dickköpfigen SEALs.«

»Hey!«

»Das …«

Die Situation war so absurd, dass Sierra zu lachen begann, und als die SEALs sie böse anfunkelten, verstärkte sich der Lachreiz sogar noch. Er wurde so heftig, dass ihr die Tränen kamen und ihre Kiefermuskeln sich verkrampften.

Nathan trat zu ihr und berührte sie am Arm. Ein halbes Lächeln lag auf seinem Gesicht. »Alles okay?«

Sierra wischte sich mit der Hand über die Augen und versuchte, sich wieder zu beruhigen. »Ja … es …« Erneut begann sie zu lachen.

Amüsiert schüttelte Nathan den Kopf. »Ich weiß nicht, ob ich es wirklich gut finde, wenn du dich über uns lustig machst. Andererseits mag ich es, wenn du lachst. Ein echtes Dilemma.«

Tex stöhnte laut. »Gott, Red, zeig ein wenig Rückgrat! Deine Freundin findet uns offensichtlich lächerlich.«

»Womit sie völlig recht hat.« Tom konnte sich offensichtlich nicht zurückhalten und musste noch einen draufsetzen.

Das brachte ihm erneute Proteste der SEALs ein und einen gezielten Rippenstoß von Bull. »Klappe, Ermittler.«

Bevor die Lage weiter eskalieren konnte, riss Sierra sich zusammen. »Tut mir leid, ich fand eure Reaktion nur so lustig.«

»Es gibt hier anscheinend gewisse Leute, die gerne gefährlich leben.« Tex warf Tom einen düsteren Blick zu.

»Oh, ich zittere in meinen Slippern.«

Diesmal musste auch Nathan lachen, und Sierra betrachtete ihn staunend. So hatte sie ihn noch nie gesehen – so losgelöst von allem, was ihn belastete. Seine Freunde schienen auch völlig überrascht zu sein und starrten Nathan an. Abrupt verstummte sein Lachen, und die Unsicherheit kroch erneut über seine Miene. Bevor jemand etwas sagen konnte, klingelte ein Handy.

Nathans Gesichtsausdruck verdüsterte sich, als er das Gespräch annahm. »Ja?«

Es war noch auf laut gestellt, deshalb konnten sie alle deutlich I-Macs aufgeregte Stimme hören. »Ich glaube, ich habe etwas gefunden.«

Automatisch hielt Red den Atem an, während er I-Mac zuhörte. »Was? Sag bitte, dass wir eine Spur haben!«

»Ich denke schon. Ich habe diesen Gebäudemanager überprüft, vielmehr habe ich mir seine GPS-Daten angesehen.«

»Ich dachte, die Handys sind alle nicht mehr zu verfolgen?«

Anscheinend hatte I-Mac Clints Frage gehört. »Jetzt nicht mehr, aber ich habe mir angesehen, wo er in den letzten Wochen war. Einige Orte wie sein Haus oder sein Büro konnte ich gleich ausschließen, dann noch Supermarkt-Besuche und Ähnliches. Aber es gibt einen Ort, den er in letzter Zeit ein paarmal aufgesucht hat, dessen Zweck ich nicht wirklich erkenne. Laut den Unterlagen aus der Behörde handelt es sich um eine Lagerhalle, die zurzeit nicht vermietet ist.«

»Vielleicht hat er sich für seinen Job dort umgesehen oder sie Interessenten gezeigt.« Trotz seiner Einwände begann Reds Herz schneller zu schlagen.

»Mag sein, aber davon steht nichts in den Unterlagen. Auch in seinen Firmen-E-Mails und seinem Terminkalender ist nichts dazu zu finden.« I-Mac machte eine kurze Pause. »Es kann sein, dass es nichts mit dem geplanten Anschlag zu tun hat, aber ich denke, es ist eine Überprüfung wert. Vor allem, weil wir sonst nichts haben.«

»Waren die Handys der anderen auch mal dort in der Nähe?« Clint behielt wie immer einen kühlen Kopf.

»Ich habe noch nicht alle überprüfen können, aber bisher Fehlanzeige. Es wäre ja auch dumm, wenn sie sich früher dort hätten blicken lassen. Falls sie da waren, dann erst, nachdem sie ihre Handys eliminiert hatten.«

Red blickte die anderen an. »Ich bin dafür, dass wir nachsehen. Sollte dort nichts sein, wissen wir es wenigstens.«

Nach kurzem Zögern nickte Clint zustimmend. »Wie sieht es mit euch aus?« Seine Frage galt Bull und Tex.

»Wir sind dafür. Ich informiere das Team.« Rasch ging Bull aus dem Raum.

Sierra stand auf, und ihre Miene wirkte so entschlossen, dass Reds Herz sich zusammenzog. »Ich komme mit.«

»I-Mac, ich melde mich gleich noch mal.« Red beendete die Verbindung. »Sierra …«

Sie unterbrach ihn. »Wir hatten diese Diskussion schon. Ich bleibe ganz sicher nicht hier. Außerdem: Wenn ihr das ganze Team mitnehmt, wer sollte mich dann hier beschützen?«

Das war tatsächlich ein Argument. Natürlich konnten sie ein oder zwei Männer hierlassen, doch wenn es tatsächlich zu einem Kampf mit den Attentätern kam, wären sie ziemlich geschwächt. Hilflos blickte Red Clint an, der auch nicht glücklich wirkte, aber schließlich unmerklich die Schultern hob. Es blieb ihm überlassen, wie er mit Sierra verfahren sollte.

Sein Blick fiel auf Tom, der ungewöhnlich still war. »Könntest du vielleicht …«

Doch sein Freund schüttelte bereits den Kopf. »Oh nein, ich werde ganz sicher nicht hierbleiben. Wenn in diesem Lagerhaus wirklich mutmaßliche Terroristen sind, dann werdet ihr jeden Mann brauchen.«

»Du bearbeitest Fälle von Identitätsdiebstahl.«

»Und? Denkst du, die Verbrecher sind immer so freundlich, wenn wir sie erwischen? Ich kann mit einer Waffe umgehen, falls es das war, was du andeuten wolltest.«

Mit einem tiefen Seufzer gab Red auf. Er würde sie sowieso nicht umstimmen und konnte ihnen auch schlecht befehlen, zu Hause zu bleiben. »Okay, fahren wir, bevor wir noch mehr Zeit mit Diskussionen verschwenden.« Er wandte sich an Clint. »Haben wir Ausrüstung hier?«

Sein Freund blickte ihn an, als wäre er ein Außerirdischer. »Natürlich haben wir alles dabei. Dachtest du, wir würden in so einer Situation nackt kommen? Wir haben alles im Wagen, übrigens auch deine Sachen.«

Dankbar nickte Red ihm zu. »Dann los.«

Während Clint und Tom das Zimmer verließen, hielt Red Sierra zurück. »Willst du das wirklich tun? Du musst niemandem etwas beweisen, Sierra.«

Sie schnaubte. »Das Gleiche könnte ich über dich sagen. Ich bin wenigstens ganz gesund, während du noch Verletzungen hast und so etwas nicht mal in Erwägung ziehen solltest. Aber ich habe dich auch nicht gefragt, ob du nicht lieber hierbleiben willst.« Ihre Augen glühten vor Ärger.

Red umfasste ihre Hände und lehnte seine Stirn an ihre. »Entschuldige, es war nicht meine Absicht, dich zu verletzen oder deine Fähigkeiten anzuzweifeln. Ich habe nur Angst, dass dir was passieren könnte. Diese Typen sind zu allem bereit. Wenn sie sich in die Enge getrieben fühlen, werden sie auf alles schießen, was sich bewegt. Oder vielleicht zünden sie auch eine Bombe.«

Er konnte spüren, wie Sierra erzitterte.

»Glaubst du, ich habe keine Angst um dich? Oder um Clint und die anderen? Oder auch um all die Menschen da draußen, die nicht einmal ahnen, dass sie schon bald tot sein könnten?

Wenn ich etwas dazu beitragen kann, das zu verhindern, dann werde ich es tun.« Ihre Stimme klang fest entschlossen.

Red holte tief Luft, um sich zu beruhigen. »Okay, holen wir uns diese Schweine.«

Als er zurücktrat, lächelte Sierra ihn an. »Wir werden es schaffen, Nathan. Oder zumindest alles Menschenmögliche tun, um diesen Anschlag zu verhindern.«

Red war sich zwar nicht so sicher, dass sie es schaffen würden, aber als SEAL hatte er schon etliche Missionen erfüllt, die vorher als unmöglich angesehen worden waren. Auf jeden Fall würden sie bis zum letzten Moment kämpfen, und er glaubte nicht, dass er ein besseres Team dafür finden würde. Und das schloss Sierra und Tom genauso mit ein wie I-Mac und Nurja. Dieser Gedanke erinnerte ihn daran, dass er I-Mac noch Bescheid sagen musste, wofür sie sich entschieden hatten. Obwohl der sich das wahrscheinlich schon denken konnte.

»Geh schon mal zu den anderen, ich rufe schnell I-Mac an.« Und vielleicht konnte er die Zeit auch nutzen, sich mental darauf vorzubereiten, wieder gegen Terroristen kämpfen zu müssen. Das letzte Mal war einige Monate her, und er hatte seitdem nicht mehr trainiert. Vor allem aber hatte er einen Teil seines natürlichen Selbstvertrauens verloren. Früher hatte er selten an einer Entscheidung gezweifelt, doch jetzt fühlte er sich nicht mehr so sicher.

Verständnis lag in Sierras Augen. »Bis gleich.«

Red sah ihr nach, als sie das Zimmer durchquerte. Sie hatte das Kinn in die Höhe gereckt, und ihre Schritte waren lang und federnd. Ja, sie war eindeutig in einem wesentlich besseren körperlichen Zustand als er – und sah auch noch bedeutend besser aus. Kopfschüttelnd drehte Red sich zum Fenster um, während er I-Macs Nummer wählte und ihm ihre Entscheidung mitteilte. I-Mac gab ihm die genaue Adresse des Lagerhauses und Instruktionen, wie sie sich dem Gebäude am besten nähern konnten. Dann schickte er Red Satellitenbilder aufs Handy, die sie zur weiteren Planung brauchen würden.

»Passt auf euch auf.«

Red konnte das Bedauern hören, das in I-Macs Stimme mitschwang, weil er wieder einmal einem Kampf fernbleiben musste. Inzwischen wusste Red genau, wie schwer so etwas war. »Machen wir. Schick mir eine Mail, wenn du noch etwas herausfinden solltest. Und I-Mac …« Er stockte. »… wenn irgendetwas passieren sollte, wende dich sofort an die Behörden. Vielleicht können sie das Schlimmste noch verhindern.«

»Natürlich. Aber ich bin echt sauer, wenn ihr euch umbringen lasst. Also sorg dafür, dass ihr heile zurückkommt.«

Der Spruch entlockte Red ein Lachen. »Das ist ein Argument. Bis später.« Jeglicher Anflug von Heiterkeit verflüchtigte sich, als er das Handy wegsteckte und den anderen nach draußen folgte.

44

Nach einer kurzen Besprechung und Planung des Einsatzes stiegen sie in drei verschiedene Autos und fuhren in das Lagerhaus, das sich am Stadtrand befand. Red konnte sich nicht vorstellen, dass dort die Bombe explodieren sollte – sofern es überhaupt eine gab und die Gruppe nicht eine andere Art von Anschlag plante –, denn die Gegend war nicht sehr belebt und bot damit nicht die Form von Aufmerksamkeit, die diese Terroristen brauchten. Nach den Anschlägen des elften Septembers waren die Sicherheitsmaßnahmen in allen öffentlichen Gebäuden, Monumenten und Parks massiv verstärkt worden. Da jedoch seitdem nie wieder etwas passiert war, galt mittlerweile eine niedrigere Sicherheitsstufe.

Es wurde immer noch viel kontrolliert und patrouilliert, und überall hingen Überwachungskameras, doch es gab garantiert noch etliche Schlupflöcher – und die hatten die Terroristen in den Jahren, die sie hier lebten, sicher alle gefunden. Oder sie hatten sich selbst welche geschaffen, die sie nun nutzen konnten. Genau das war das Problem bei einheimischen Terroristen: Sie lebten unerkannt im Land und konnten mehr oder weniger tun und lassen, was sie wollten, solange sie nicht erwischt wurden. Niemand konnte sie bei der Einreise auf Fahndungsfotos erkennen, und der Geheimdienst war nicht in der Lage, ihre Schritte nachzuvollziehen. Sie waren unsichtbar, wie Geister.

In Europa hatte man es ja nicht einmal geschafft, potenzielle Verdächtige so zu überwachen, dass die Anschläge von Paris hätten verhindert werden können. Wie sollte man dann erst etwas bemerken, wenn die Terroristen als ganz normale Bürger getarnt waren? Hätten die Männer Red nicht überfallen und hätte I-Mac die Facebook-Gruppe nicht gefunden, wären sie nie enttarnt worden. Red würde weiterhin in seinem Haus sitzen und sich fragen, ob er langsam verrückt wurde, und niemand würde etwas von dem geplanten Anschlag wissen.

Doch die Männer hatten diesen einen Fehler begangen: Sie hatten versucht, ihn zu entführen. Warum hatten sie das getan? Es hätte ihnen doch klar sein müssen, dass sie damit Gefahr liefen, sich zu enttarnen. Aber vermutlich hatten sie gedacht, er wäre ein leichtes Opfer – jemand, der sich nicht wehren würde. Wut stieg wieder in ihm auf. Er war ein SEAL, verdammt noch mal! Wenn diese Typen hier lebten, müssten sie wissen, was das bedeutete. Ein SEAL kämpfte bis zum letzten Atemzug – egal, in welchem Zustand er sich befand. Erst recht, wenn er jemand anderen zu beschützen versuchte.

Sein Blick glitt zu Sierra, die stumm neben ihm auf dem Rücksitz saß. Er hätte alles getan, um sie zu schützen. Selbst wenn er sich dabei hätte selbst opfern müssen. Wenn sie in die Hände des Anführers gelangt wäre … Sämtliche Muskeln in seinem Körper zogen sich zusammen, und er ballte die Hände zu Fäusten. Die Vorstellung, dass dieser Bastard sie berühren und ihre weiche Haut mit Messer und Peitsche zerstören könnte, hob seinen Mageninhalt. Heftig schluckte er und versuchte, die schrecklichen Bilder aus dem Kopf zu bekommen. Sierra war hier, und sie lebte, nur das zählte.

Unauffällig schob er seine Hand in ihre Richtung und berührte ihren Oberschenkel mit den Fingerspitzen. Den Blick hielt er dabei nach vorn gerichtet. Es dauerte nicht lange, bis Sierra ihre Hand in seine schob und sie sanft drückte. Clint und Tom schienen nicht zu merken, was hinter ihnen vorging, deshalb wagte Red einen kurzen Blick zur Seite. Sierra starrte geradeaus, aber auf ihren Wangen hatte sich eine leichte Röte gebildet. Stumm verschränkte sie die Finger mit seinen, und auch den Rest der Fahrt über sagte sie nichts. Doch das störte Red nicht. Es fühlte sich einfach richtig an, hier mit Sierra zusammen zu sein, dafür brauchte er keine Worte.

Als ihm Clints fragender Blick im Rückspiegel begegnete, hob er nur die Augenbrauen, ließ Sierras Hand aber keine Sekunde los. Es war ihm völlig egal, dass seine Kollegen ihn sicher noch eine Weile deswegen aufziehen würden.

Langsam näherten sie sich der Gegend, in der die Lagerhalle stand, und Red ignorierte alles andere, während er sich mental auf den Einsatz vorbereitete. Widerwillig ließ er Sierras Hand los und überprüfte ein letztes Mal seine Ausrüstung. Es war seltsam, sie wieder zu tragen, gleichzeitig fremd und vertraut. Nachdem er sich vergewissert hatte, dass sich alles dort befand, wo es sein sollte, und seine Pistole geladen und schussbereit war, zog er sein Handy heraus und checkte noch einmal seine Mails, bevor er es ausschaltete. I-Mac hatte sich nicht gemeldet, deshalb gab er Clint ein Zeichen, dass sie die Mission fortsetzen konnten.

Sie parkten ein paar Straßen weiter und näherten sich dann zu Fuß dem Lagerhaus. In ihrer schwarzen Kleidung waren sie in der Dunkelheit nicht zu sehen, selbst Sierra und Tom hatten sie so ausstaffiert. Und Red musste zugeben, dass die beiden sich tatsächlich nicht schlecht schlugen. Zwar bewegten sie sich nicht ganz so lautlos und schnell wie die SEALs, aber für Zivilisten kamen sie nahe daran. Da Red noch nicht wieder voll einsatzbereit war, führte Bull das Team an. Es war seltsam für ihn, sich in seinem eigenen Team als Außenseiter zu fühlen, aber er war froh, noch einmal mit ihnen im Einsatz zu sein. Vielleicht zum letzten Mal …

Schnell schob Red den Gedanken beiseite und konzentrierte sich ganz auf seine Aufgabe. Die bestand darin, die Flanke zur Straßenseite zu schützen, solange sie sich außerhalb des Gebäudes befanden. I-Mac hatte auf den Plänen eine Seitentür markiert, durch die sie am besten unbemerkt in die Halle eindringen konnten. Normalerweise würden sie einen solchen Einsatz wesentlich länger und ausführlicher planen, doch da jede Sekunde entscheidend sein konnte, hatten sie heute nicht diesen Luxus. Stattdessen würden sie auf ihre langjährige Erfahrung zurückgreifen und ein Szenario verwenden, das sie auf dem Stützpunkt hunderte Male trainiert hatten.

Die Seitentür bestand aus Metall und wurde von Bull beinahe lautlos geöffnet, während der Rest des Teams Wache stand. Red sorgte dafür, dass alle sicher in das Gebäude kamen, bevor er die Tür leise hinter ihnen schloss. Sie ließ sich nicht mehr schließen, deshalb winkte er Sierra heran. »Bewach die Tür.«

Erst sah es so aus, als wollte sie dagegen protestieren, aber schließlich salutierte sie nur. »Ja, Sir.«

Reds Magen krampfte sich zusammen, als er sie dort zurückließ. Am liebsten hätte er sie immer in seiner Nähe behalten, doch der Rest des Teams wurde für einen möglichen Angriff benötigt. Zwar war ein Teil von ihm froh, dass Sierra dadurch etwas weiter vom eigentlichen Geschehen entfernt blieb. Aber auch ihre Aufgabe war nicht ungefährlich – wenn jemand durch diese Tür kam … Sofort verdrängte Red den Gedanken. Er lenkte ihn nur ab.

Das Team fächerte aus, um mehr Gebiet abdecken zu können. Die kleineren Räume in der Nähe der Tür waren leer, vielleicht waren sie früher als Büros oder Werkstätten genutzt worden. Jetzt standen nicht einmal mehr Möbel darin. Auf jeden Fall war so eine ungenutzte Lagerhalle ein wunderbares Versteck für Terroristen, die einen Anschlag planten. Die Gegend war nachts und am Wochenende verwaist, niemand würde sich wundern, wenn sich hier einige Leute trafen.

Das Gebäude hatte auch kaum Fenster, die dazu noch ziemlich verdreckt waren. Niemand konnte hineinsehen und die Terroristen beobachten, sie waren hier sicher. Hoffentlich fühlten sie sich auch zu sicher, das würde die Mission wesentlich vereinfachen. Im ganzen Gebäude war kein Laut zu hören, und das machte Red nervös. Entweder wussten die Terroristen schon, dass man ihr Versteck entdeckt hatte, und würden das Feuer eröffnen, sobald sie jemanden sahen, oder sie waren gar nicht hier. Red konnte nicht sagen, welche der Möglichkeiten ihm weniger gefiel.

Noch wachsamer als vorher bewegten sie sich weiter auf die große Halle zu. Dort würden sie vermutlich keine Deckung mehr haben oder wenn nur sehr spärliche. Ein idealer Hinterhalt für ihre Gegner. Die mussten nur warten, bis sie ins Freie traten und dann … Red schüttelte den Kopf und fokussierte sich wieder auf seine Aufgabe. Sie alle trugen ein Headset, doch niemand sagte etwas. Die Taschenlampen hatten sie ausgeschaltet, damit sie durch das Licht nicht ihre Position verrieten. Allerdings war es dadurch auch so dunkel, dass sie kaum etwas erkennen konnten. Die wenigen Straßenlaternen draußen schafften es nicht, das Innere des Gebäudes durch die verschmutzten Fenster zu beleuchten. Nur ein ganz schwacher Schimmer zeigte, wo sich die Wände der Halle befanden. Alles dazwischen lag in tiefster Dunkelheit.

»Zugriff.« Tonlos drang Bulls Stimme durch den Kopfhörer.

Im Gegensatz zur Polizei mussten sie sich nicht ankündigen, bevor sie ein Gebäude oder einen Raum stürmten – was durchaus Leben gefährden konnte. Stattdessen warteten sie, bis sie in einer guten Position waren, bevor sie sich überhaupt bemerkbar machten. Red meinte, in einer Ecke der Halle dunklere Schatten zu sehen, aber sie waren zu groß, um zu Menschen zu gehören. Es musste etwas anderes sein. Langsam bewegte er sich darauf zu, jede Deckung ausnutzend, die er finden konnte.

Auch wenn er nicht viel sehen konnte, hatte er lange genug mit dem Team zusammengearbeitet, um ungefähr zu wissen, wo sich jeder von ihnen gerade befand. Die Anspannung wurde immer größer, während sie darauf warteten, dass der Feind sich zeigte. Doch es blieb weiterhin still. Entweder versteckten die Männer sich oder aber es war niemand hier. Einige Minuten verharrten sie auf ihren Positionen. Red kam es wie eine Ewigkeit vor. Deshalb atmete er erleichtert auf, als Clint etwas sagte. »Licht.«

Sofort flammten alle Taschenlampen auf und beleuchteten das, was vor ihnen lag. Kein Gewehrfeuer erklang, nichts bewegte sich. Die Ansammlung von Autos stand einfach nur da, einige waren neuer, einige älter. Teurere Modelle standen neben billigeren – passend zu den verschiedenen falschen Identitäten der Terroristen. Rasch zählte Red sie durch. Die Anzahl stimmte. Der Knoten in seinem Magen zog sich enger zusammen. »Es sind acht.«

»Gehen wir dichter dran, aber vorsichtig.«

Langsam trat Red aus seinem Versteck, jederzeit bereit, wieder in Deckung zu gehen. Doch es geschah nichts. Beinahe wünschte er, Devil wäre hier und hätte eins seiner »Gefühle«. Red hatte leider nicht seine Instinkte, dennoch fühlte das Gebäude sich für ihn leer an. So als wären sie die einzigen Lebewesen hier – vielleicht mit Ausnahme einiger Mäuse oder Vögel. Trotzdem würde er nicht sein Leben darauf verwetten, deshalb blieb er vorsichtig, als er sich langsam den Fahrzeugen näherte.

Bull und Tex taten es ihm gleich, während die anderen noch

in Deckung blieben und ihnen Feuerschutz gaben. Red erreichte als Erster die Autos und blickte hinein. Es saß niemand darin, dennoch blieb er wachsam, während er eines umrundete und ins Innere leuchtete. Auf der Rückbank lag etwas, das wie ein Schlafsack aussah. Snacks und eine Wasserflasche befanden sich auf der Mittelkonsole. Offenbar hatte sich hier jemand zumindest für einige Zeit aufgehalten.

»Leer.«

»Hier auch.«

»Ebenso.«

Nacheinander überprüften sie alle Fahrzeuge, bis sie sich davon überzeugt hatten, dass sich niemand darin befand und auch nicht dahinter oder darunter versteckte. »Alles gesichert.«

Red zog sein Handy heraus und öffnete die Liste, die I-Mac über die Männer zusammengestellt hatte. Dort waren auch die Kennzeichen der Wagen notiert, mit denen sie verschwunden waren. Ein Vergleich zeigte, dass es genau die waren, die vor ihnen standen. Damit hatten sie jetzt auch keinen Anhaltspunkt mehr, mit was für einem Fahrzeug die Gruppe zum Anschlag fahren würde. Wütend schlug Red mit der Faust auf ein Dach. Sofort wirbelten alle zu ihm herum, die Gewehre richteten sich auf ihn.

Verlegen hob Red die Hände. »Sorry. Ich habe gerade die Kennzeichen verglichen, das hier sind definitiv die Autos unserer Terroristen. Und zwar vollständig.«

An den Mienen der anderen konnte er ablesen, dass sie verstanden, was das bedeutete. Clint fing sich als Erster. »Okay, sehen wir uns den Inhalt der Wagen genauer an, vielleicht gibt es irgendwo einen Hinweis auf den Anschlag oder darauf, was für ein Auto sie jetzt fahren. Oder wo sie sein könnten.«

»Es sieht aus, als hätten sie hier zumindest die letzte Nacht verbracht.« Wären sie nur etwas früher hier gewesen, hätten sie die Terroristen hochgehen lassen können. Sie waren nur einen Tag zu spät – einen verdammten Tag!

Bull öffnete eine Autotür. »Die Bastarde haben nicht mal abgeschlossen.«

»Wahrscheinlich dachten sie, dass sie ihre irdischen Besitztümer sowieso nicht mehr brauchen.« Das kam von Tex.

»Ruhe.« Clints knapper Befehl wurde sofort befolgt.

Red öffnete den Kofferraum des ihm am nächsten stehenden Wagens und blickte hinein. Es lagen einige Kabel und andere elektronische Teile darin, aber nichts, was ihnen irgendwie weiterhelfen würde. Leise schloss er die Klappe wieder und öffnete die hintere Tür. Ein Kissen fiel ihm entgegen, und er fing es automatisch auf. Als Nächstes tastete er den Schlafsack ab, dann untersuchte er den Fußraum. Außer weiteren Essenspackungen und einigen Utensilien wie Deo und Rasierschaum fand er zunächst nichts, doch dann entdeckte er ein Navigationsgerät in der Schublade unter dem Beifahrersitz. Mit angehaltenem Atem schaltete er es an.

Es schien unendlich lange zu dauern, bis es endlich hochgefahren war. Schließlich leuchtete der Startbildschirm auf, und Red ließ sich die letzten Routen anzeigen. Es gab keine. Auch keine Favoriten oder irgendetwas anderes, das ihnen helfen würde, den Anschlagsort zu finden. Zuerst wollte Red das Gerät zurück ins Auto werfen, aber dann steckte er es doch ein. Vielleicht konnte I-Mac die Routen wiederherstellen.

»Hast du was?« Clints Frage ließ ihn hochblicken.

»Ein Navi, es ist aber alles gelöscht. Ich nehme es für I-Mac mit.«

Clint nickte ihm zu.

Den anderen schien es genauso zu gehen wie ihm, ihre Gesichter wurden immer grimmiger, während sie ein Auto nach dem anderen überprüften. Ob die Terroristen sich vorgestellt hatten, wie jemand ihre nichtssagenden Hinterlassenschaften fand? Hatten sie über die Idioten gelacht, die verzweifelt versuchten, den Anschlag zu verhindern, und ihnen immer mindestens drei Schritte hinterherhinkten?

Das erinnerte Red an die vielen Male, als sie in Afghanistan versucht hatten, Osama bin Laden und andere Anführer zu finden, nur um immer wieder zu scheitern. Aber irgendwann machte jeder mal einen Fehler, und dann konnten sie doch noch zuschlagen. Diesmal fehlte ihnen allerdings die Zeit dazu.

Red öffnete die nächste Autotür und griff nach dem Schlafsack. Ohne Vorwarnung explodierte der nach oben und schleuderte ihn zurück. Dank seiner Reflexe schaffte er es jedoch, sich an dem Nachbarwagen festzuhalten und nicht zu Boden zu gehen. Dann sah er, wie sich der Schlafsack fortbewegte, und handelte, ohne zu überlegen. Er warf sich darauf und hielt das zappelnde Bündel fest. Den Lauf seiner Waffe presste er dorthin, wo er den Kopf des Terroristen vermutete. »Still liegen bleiben, wenn du noch etwas länger leben willst.«

Sofort stellte der Schlafsack jede Bewegung ein. Mit dem Knie presste Red den Körper nach unten. Er traf Bulls Blick. »Zurück, sofort.« Wenn der Kerl eine Bombe am Körper hatte, wollte er nicht, dass sein Team getroffen wurde.

Sein XO sah aus, als wollte er protestieren, doch dann nickte er nur. Bull gab den anderen ein Zeichen, und sie zogen sich ein Stück zurück. Nicht so weit, wie Red es gerne gesehen hätte, aber er wusste, mehr würden sie ihm nicht geben. Nach einem tiefen Atemzug lockerte er seinen Griff etwas und begann dann, den Schlafsack langsam wegzuziehen. Zuerst gab es noch einen Widerstand, doch der erschlaffte bald. Mit einem Ruck zog Red ihn das letzte Stück herunter und warf ihn dann beiseite. Seine Waffe hielt er weiter an den Kopf des Mannes gepresst. Ein Wust zu langer, ungewaschener Haare verbarg das Gesicht.

Red runzelte die Stirn. Das passte nicht zu dem Bild, das er sich von den Terroristen gemacht hatte. »Dein Name.« Als er keine Antwort bekam, presste er den Lauf der Waffe fester gegen den Kopf. »Sag mir, wer du bist, sonst schieße ich.« Aus den Augenwinkeln konnte er sehen, wie Clint näher trat.

»Red …« Sein Name war nur durch den Kopfhörer zu vernehmen.

Er sah Clint direkt an und schüttelte den Kopf. Eine Bewegung ließ ihn wieder nach unten blicken. Sein Gefangener zitterte am ganzen Körper. Während des Angriffs hatte Red seine Taschenlampe fallen gelassen, deshalb konnte er jetzt kaum etwas sehen, aber irgendwie kam ihm der Terrorist seltsam schmächtig vor. Mit den Händen tastete er den Körper ab, konnte jedoch keine Drähte oder irgendetwas anderes entdecken, das auf eine Bombe hindeutete. Er musste es riskieren.

»Mehr Licht.«

Sofort hielten die anderen den Strahl ihrer Taschenlampen in seine Richtung. »Was zum Teufel ist das?« Das kam von Tex.

Red antwortete nicht, sondern schob stattdessen den Haarwust zur Seite. Ein panisch aufgerissenes Auge starrte ihn an. Jetzt erklärte sich auch die schmächtige Statur – vor ihm lag ein Kind, vielleicht zwölf Jahre alt, wenn überhaupt. Sofort reduzierte er den Druck der Waffe etwas, nahm sie aber nicht ganz weg. Es konnte immer noch sein, dass die Terroristen ihnen eine Falle gestellt hatten.

»Es ist ein Junge. Denke ich.« Viel mehr als das Gesicht war nicht zu sehen, und die unförmige Kleidung gab auch nichts preis.

Red bemühte sich, seine Stimme sanfter klingen zu lassen, hielt den Jungen aber an der Schulter fest, damit er nicht zu flüchten versuchte. »Sag uns, wer du bist und was du hier tust, dann passiert dir nichts.« Zumindest nicht, solange er nichts mit dem Anschlag zu tun hatte.

»Ich b…bin Jamie.« Es war fast nur ein Flüstern.

»Okay, Jamie, und was machst du hier?«

Das Zittern wurde stärker. »Ich … schlafe hier manchmal. Wenn es … draußen kalt ist.«

Red spürte Mitleid in sich aufsteigen, doch er unterdrückte das Gefühl. Mitleid konnte tödlich sein. »In dem Auto?«

Heftig schüttelte der Junge den Kopf. »In einem … der Räume hinten. Die Autos sind sonst nicht hier.«

»Hast du gesehen, wer sie hergebracht hat?«

Jamie zögerte und nickte schließlich.

Aufregung breitete sich in Red aus. Vielleicht gab es doch noch einen Durchbruch. »Wer war es?«

»Weiße Männer. Sie sind gestern gekommen und haben ihre Autos in der Halle geparkt. Dann haben sie die Nacht hier verbracht.«

»Warst du im Gebäude?«

»Ja.«

Reds Griff wurde automatisch fester, und der Junge zuckte erschreckt zusammen. Sofort lockerte Red seine Hand. »Hast du gehört, was sie gesagt haben?«

»N…nein, sie waren … zu weit weg. Ich habe mich nicht … näher herangetraut, aus Angst, dass sie mich … verjagen.«

Innerlich fluchend ließ Red den Jungen los. Er würde ihnen auch nicht weiterhelfen können. »Wann sind sie aufgebrochen?«

»Vor ein paar Stunden.« Jamie rieb sich die Stelle an seiner Schulter, wo Red ihn festgehalten hatte.

»Hast du gesehen, ob sie etwas mitgenommen haben?«

Der Junge schüttelte den Kopf. »Sie sind nur in den Van eingestiegen und weggefahren.«

Red erstarrte. »Welchen Van? Kannst du ihn beschreiben?«

»Er war weiß, mit einer schwarzen Beschriftung an der Seite.«

Das war der erste vernünftige Hinweis seit Ewigkeiten! »Was stand drauf?«

Der Junge senkte den Kopf, und seine Haare verdeckten sein Gesicht. »Weiß nicht.«

Ein guter Lügner war er jedenfalls nicht. »Sag es mir. Du kannst mir nicht erzählen, dass du dich nicht mehr daran erinnerst.«

»Es war dunkel.« Das kam genuschelt heraus.

»Wie lange stand der Van dort?«

Ein Schulterzucken. »Ein paar Tage.«

Red widerstand dem Drang, Jamie zu schütteln. »Der Van stand dort mehrere Tage, und du willst mir sagen, dass du dir nie den Schriftzug angeschaut hast? Das glaube ich dir nicht.«

Der Junge hob trotzig den Kopf und schob das Kinn vor. »Mir egal, es war so.«

Mühsam kratzte Red die letzten Reste seiner Geduld zusammen. »Es ist wirklich wichtig, dass du mir die Wahrheit sagst, Jamie. Diese Männer haben etwas Schlimmes vor, und wir versuchen, das zu verhindern.«

Jamie starrte ihm offen ins Gesicht. »Die Männer sahen aber nicht böse aus.« Ungesagt schwang darin mit: im Gegensatz zu dir.

Für einen Moment hatte Red vergessen, dass er für ein Kind sicherlich furchterregend aussah in seiner Kampfausrüstung und mit der Narbe in seinem Gesicht. Instinktiv zog er sich ein Stück zurück und drehte seinen Kopf so, dass die Narbe im Dunkeln lag.

45

»Gib jetzt nicht auf, Nathan.« Sierras Stimme drang so klar durch den Kopfhörer, als stünde sie direkt neben ihm. »Du hast ihn gleich.«

Red hatte gar nicht mehr daran gedacht, dass sie jedes Wort mithören konnte. Aber sie hatte recht, er durfte jetzt nicht aufgeben. Die Zeit lief ihnen davon. »Sie sahen vielleicht nicht so böse aus, aber sie sind es. Deshalb muss ich jetzt wissen, was auf dem Van stand, damit wir sie finden können.« Als Jamie ihn nur schweigend ansah, benutzte er das letzte Druckmittel: »Wenn du nicht reden willst, muss ich die Polizei rufen. Und die wird das Jugendamt verständigen.«

Selbst im schwachen Licht war zu sehen, wie dem Jungen die Farbe aus dem Gesicht wich. »Das würden … Sie nicht tun.«

»Doch, das werde ich, wenn es sein muss. Diese Sache ist zu wichtig.« Er kam sich vor wie das letzte Schwein, als er sah, dass Jamies Unterlippe zitterte und seine Augen sich mit Tränen füllten.

»Ich weiß es nicht … weil ich nicht lesen kann!« Nach dem Ausbruch vergrub er das Gesicht in seiner Armbeuge.

Red schloss kurz die Augen. Verdammt, sie waren so nah dran gewesen! In den Gesichtern seines Teams konnte er sehen, dass auch sie die Hoffnung verloren hatten. Unbeholfen legte er seine Hand auf die Schulter des Jungen. »Ist ja gut.« Eigentlich war nichts gut. »Fällt dir vielleicht sonst noch irgendetwas ein? Haben die Männer irgendetwas Ungewöhnliches gemacht?«

Langsam hob Jamie den Kopf. Tränenspuren zogen helle Streifen durch sein schmutziges Gesicht. »Sie … haben ein Feuer gemacht und irgendwelche Zettel reingeworfen.« Mit einem Finger deutete er in eine Ecke der Halle. »Da hinten.«

Red hob den Kopf und sah, dass Tex bereits in die angegebene Richtung unterwegs war. Zwar hätte er selbst auch gern nachgesehen, ob noch irgendetwas zu retten war, doch der Junge war jetzt wichtiger. Er war ihr einziger Zeuge, und er sah so aus, als würde er jeden Moment zusammenbrechen. Vermutlich hatte er seit einiger Zeit nicht mehr richtig gegessen, vielleicht sogar seit vielen Jahren nicht. Wenn es stimmte, dass er nicht lesen konnte, hatte er möglicherweise nie eine Schule besucht. Red wusste genau, wie es war, von seinen Eltern nicht beachtet oder ganz abgeschoben zu werden. Nur hatte er das Glück gehabt, andere Menschen zu finden, denen er nicht egal gewesen war. Er hatte nie auf der Straße leben müssen, so wie Jamie.

Für ihn war es keine Frage, was er als Nächstes tun würde. Langsam erhob er sich und streckte Jamie seine Hand hin. »Komm, verschwinden wir hier.«

Hoffnung zeichnete sich auf dem Gesicht des Jungen ab. »Ihr lasst mich gehen und ruft nicht die Polizei?«

»Nein, du kommst mit uns.«

Der hoffnungsvolle Ausdruck verschwand und wurde durch Furcht ersetzt. »Das will ich nicht. Ich kenne euch nicht mal. Vielleicht seid ihr die Verbrecher, nicht diese anderen Typen.«

Red konnte ihm die Skepsis nicht verdenken. »Wir sind die Guten.«

Doch Jamie war nicht überzeugt. »Das kann jeder sagen.« Inzwischen hatte er sich aufgerappelt und die dünnen Arme über der Brust gekreuzt.

»Wir sind SEALs.« Normalerweise half das immer, um die Leute davon zu überzeugen, dass sie zu den Guten gehörten.

»Du lügst. SEALs dürfen im Inland überhaupt nicht operieren. Ein obdachloser Kriegsveteran hat mir davon erzählt.« Jamie sah ihn an, als wäre er ein Massenmörder.

Hilflos warf Red einen Blick zu Clint hinüber, der jedoch nur genervt den Kopf schüttelte. Daraufhin wandte er sich wieder Jamie zu. »Es ist egal, ob du mir glaubst oder nicht, du wirst mit uns kommen. Hier ist es zu gefährlich für dich.«

Jamie schob sein Kinn vor. »Ich bin hier immer zurechtgekommen.«

»Was glaubst du, was passiert, wenn diese Typen zurückkehren? Glaubst du, die finden es lustig, dass du ihren Kram durchwühlt und darin geschlafen hast?«

Obwohl er sich um eine gelassene Miene bemühte, war deutlich die Angst in Jamies Augen zu sehen. »Sie werden mich nicht sehen.«

»Glaubst du das wirklich? Wenn sie merken, dass jemand hier war, werden sie dich so lange suchen, bis sie dich finden. Vielleicht haben sie hier auch Kameras installiert.« Das war zwar eher unwahrscheinlich, und Red war sich auch ziemlich sicher, dass die Terroristen nicht zurückkommen würden, aber das musste der Junge ja nicht wissen.

Leise drang Clints Stimme an sein Ohr. »Red, wir haben keine Zeit für lange Diskussionen.«

Als wenn er das nicht selbst wüsste! Aber er wollte den Jungen auch nicht mit Gewalt verschleppen. Es war einfacher, wenn er freiwillig mitkam.

Tex meldete sich über den Kopfhörer. »Ich habe alle Reste des Lagerfeuers eingesammelt.«

»Okay, sind alle Autos durchsucht worden?«

»Bin gleich beim letzten.« Red konnte sehen, wie Bull einige Meter entfernt die Fahrertür eines Geländewagens öffnete.

Widerstrebend wandte er den Blick ab und richtete seine Aufmerksamkeit erneut auf den Jungen. »Hör zu, wir können dich besch…« Er brach ab, als ein Fluch durch die Halle drang.

Bull richtete sich abrupt auf. »Raus hier, sofort!« Noch während er sprach, hechtete er bereits über die Motorhaube des nächsten Wagens. »Bombe.«

Shit. Die Zeit zum Reden war abgelaufen. Red biss die Zähne zusammen, packte den Jungen und warf ihn sich über die Schulter, während er loslief. Da die Autos ihn behinderten, kostete es ihn wertvolle Sekunden, bis er endlich freie Bahn hatte.

»Schneller, sie geht gleich hoch!«

Flüche klangen durch die Halle. Das Geräusch schwerer Kampfstiefel auf Beton und nicht zuletzt Reds eigener Herzschlag übertönten alle anderen Geräusche in seinen Ohren. Wenn Bull sagte, es gäbe eine Bombe, dann rannte man besser so schnell, wie man konnte. Dummerweise schaffte sein Körper momentan nicht so viel wie sonst, besonders nicht mit Jamies zusätzlichem Gewicht. Aber der Wunsch, nicht von einer Bombe zerrissen zu werden, war Motivation genug, um alles aus sich herauszuholen. Dennoch reichte es nicht.

Ein ohrenbetäubender Knall erklang, gefolgt von einem lauten Rauschen und einer heißen Druckwelle, die Red von den Füßen holte und mehrere Meter weit schleuderte. Er bemühte sich, den Jungen zu schützen und trotzdem möglichst elegant abzurollen, doch es war unmöglich. Die Wucht des Aufpralls presste ihm die Luft aus der Lunge und ließ ihn Sterne sehen. Gleichzeitig wusste er, dass er keine Zeit hatte, sich hier auszuruhen – wenn das Feuer die Benzintanks der anderen Wagen erreichte, würden auch sie explodieren. Zu dem Zeitpunkt wollte er möglichst nicht mehr in der Nähe sein. Schon jetzt war die Hitze kaum auszuhalten.

Sein ganzer Körper schmerzte, doch Red ignorierte es. Mühsam rappelte er sich wieder auf und berührte die Schulter des Jungen. Keine Reaktion. Reds Magen zog sich zusammen, aber er konnte sich jetzt nicht darum kümmern, zuerst musste er sie beide in Sicherheit bringen. Er schob die Arme unter Jamies Körper und hob ihn hoch. Das zusätzliche Gewicht zog ihn nach unten, seine Beine drohten nachzugeben. Red biss die Zähne zusammen und lief los. Vermutlich war es eher ein Taumeln, aber solange es ihn in Richtung Ausgang brachte, war das in Ordnung.

In dem flackernden Licht konnte er die anderen nur noch schemenhaft sehen. Gott, hoffentlich waren alle rausgekommen, er konnte nicht noch mehr Teammitglieder und vor allem Freunde verlieren! Der Gedanke gab ihm die Kraft, es bis zum Gang zu schaffen, der zu den kleineren Räumen führte. Durch den Kopfhörer hörte er Stimmen, doch er konnte sie nicht zuordnen oder die Worte verstehen. Mit Ausnahme von Bull war er am dichtesten an dem Wagen dran gewesen, als der explodiert war – vermutlich hatten seine Trommelfelle darunter gelitten. Red versuchte, etwas zu sagen, aber es kam nur ein Keuchen heraus.

Kein Wunder, er war noch lange nicht wieder in der Form, die er brauchte, um an einem echten Einsatz teilzunehmen. Aber in diesem Fall hatten sie keine Wahl gehabt, und es ging auch nicht darum, sein eigenes Leben zu retten. Er musste vor allem dafür sorgen, dass auch die anderen lebendig und hoffentlich unverletzt hier rauskamen.

In diesem Moment nahm ihm jemand Jamie aus den Armen, und Red stürzte sich instinktiv weiter vor zur Tür. Dann katapultierte er sich nach draußen und lehnte sich an die Außenwand des Gebäudes, während er versuchte, wieder genug Luft zu bekommen. Kühle Hände berührten ihn, jemand sprach eindringlich auf ihn ein. Es dauerte einen Moment, bis er den Blick so weit fokussieren konnte, dass er erkannte, wer vor ihm stand. Ein Gefühl der Erleichterung durchströmte ihn, als er sah, dass Sierra gesund und unverletzt schien.

Sie legte ihm die Hand an die Wange »Bist du okay? Bist du verletzt?«

»Mir geht … es gut.« Er rang nach Atem. »Kümmere dich … um Jamie. Sorg dafür … dass er nicht abhaut.«

Besorgt blickte sie ihn an, dann nickte sie. »Lass dich verarzten.« Dann wandte sie sich um und eilte zu Bull, der den Jungen gerade vorsichtig auf den Boden legte.

Red richtete sich auf und sah sich um. Weitere Gestalten schälten sich aus der Dunkelheit. Rasch zählte er sie durch und kam schließlich auf die gewünschte Zahl. Offenbar waren alle der Explosion entkommen. Beruhigt atmete er durch und begann prompt wieder zu husten.

Clint tauchte neben ihm auf. Sein Gesicht war von Rauch geschwärzt. »Wir sollten hier schnell verschwinden, die Polizei kommt sicher gleich, und wir haben Besseres zu tun, als die Nacht auf der Wache zu verbringen.«

Damit hatte er völlig recht, und die Beweise für die Anwesenheit der Terroristen verbrannten sowieso gerade. Selbst wenn etwas davon übrig bleiben sollte, würde man es erst in mehreren Tagen bergen können. Bevor Red antworten konnte, ertönte eine weitere Explosion, und die Wand hinter ihm erzitterte.

»Ja, hauen wir ab. Sind alle so weit in Ordnung?«

»Nur ein paar kleinere Blessuren. Dich hat es am stärksten erwischt, weil du näher dran warst als wir anderen.«

»Bull …«

»War schneller als du. Aber das ist auch kein Wunder, du hattest schließlich noch den Jungen. Gut, dass du ihn mit rausgebracht hast.«

Red schob die Augenbrauen zusammen. »Was hätte ich denn sonst machen sollen? Ihn da sterben lassen?«

»Natürlich nicht.« Clint drehte sich zu Sierra um, die noch immer neben Jamie hockte. »Sehen wir zu, dass wir hier verschwinden.« Er zögerte, wahrscheinlich um sich zu vergewissern, dass Red ihm folgen konnte.

»Keine Angst, ich komme schon.« Auf keinen Fall wollte er schon wieder mit der Polizei sprechen. Er humpelte vorwärts und blieb neben Sierra stehen. »Wie geht es ihm?«

Besorgt blickte sie zu ihm hoch. »Er ist noch bewusstlos. Wahrscheinlich ist er beim Sturz mit dem Kopf aufgeschlagen. Mehr kann ich dazu hier nicht sagen.«

Clint schaute Bull an. »Nimmst du ihn?«

Red wollte protestieren, schwieg dann aber. Es war sinnvoller, wenn er sich in seinem geschwächten Zustand darauf konzentrierte, selbst zum Auto zu kommen. Sierra blieb neben ihm, während sie zu den Wagen liefen, und er bemühte sich, ihr nicht zu zeigen, was ihm alles wehtat. Das würde sie noch früh genug sehen, wenn sie wieder zu Hause waren. Am Auto angekommen setzten sie sich schnell hinein, damit Bull ihnen den Jungen reichen konnte. Der schien immer noch bewusstlos, seine Augen waren geschlossen, der Mund hing schlaff herunter.

Sierra bettete seinen Kopf in ihren Schoß und schob ihm sanft die Haare aus dem Gesicht. Zu sehen, wie sie sich um den Straßenjungen kümmerte, löste ein warmes Gefühl in Red aus, das er sich nicht erklären konnte.

Vorsichtig hob Sierra Jamies Augenlider an. »Scheint so weit in Ordnung zu sein. Aber falls er nicht bald aufwacht, müssen wir ihn unbedingt in ein Krankenhaus bringen.«

Red presste die Lippen aufeinander, um ihr nicht zu sagen, dass sie sich das nicht leisten konnten. Die Verletzung des Jungen ging nur dann vor, wenn sie lebensbedrohlich war. Auch Clint blieb still, was darauf hindeutete, dass er genauso dachte. Ihm musste die ganze Sache viel näher gehen, schließlich hatte er auch ein Kind. Der Wagen setzte sich jetzt in Bewegung, und kurz darauf rasten sie durch die menschenleeren Straßen, weg von der Lagerhalle, in der immer wieder Explosionen ertönten. Erst als sie so weit entfernt waren, dass niemand sie mehr mit dem Vorfall in Verbindung bringen konnte, verlangsamte Bull die Fahrt.

»Was ist da überhaupt passiert? Wo kam plötzlich die Bombe her?«

Im Rückspiegel sah er, wie Bull das Gesicht verzog. »Die war die ganze Zeit da, sie wurde aber erst aktiviert, als ich die Tür des Wagens geöffnet habe.«

»Entschärfen war nicht möglich?«

Bull schüttelte den Kopf. »Zu wenig Zeit, der Zünder war auf zwanzig Sekunden eingestellt. Das hätte nie gereicht.«

»Okay. Es ist zwar ärgerlich, aber wenn alle so weit unverletzt sind, ist noch nichts verloren.« Er wandte sich an Clint. »Hat Tex den verbrannten Papierkram mitgenommen?«

»Ja. Tom hat gesagt, er kennt jemanden, der ein Spezialist darin ist, verbrannte Papiere wieder lesbar zu machen – sofern etwas zu retten ist.«

Hoffentlich würde es funktionieren. »Gut. Die Frage ist nur, wie lange derjenige dafür braucht.«

»Tom meint, normalerweise deutlich mehr als nur ein paar Tage, aber er wird versuchen, die Sache so dringend wie möglich zu machen. Deshalb kommt er auch nicht mit zu dir, sondern fährt gleich weiter, wenn er die anderen abgesetzt hat.«

Also hatten sie eventuell eine Spur, nur dass sie jetzt noch nicht darauf zurückgreifen konnten und es am Ende möglicherweise zu lange dauern würde. Red massierte seine schmerzenden Schläfen. Am liebsten würde er ein paar Tage durchschlafen, aber das war jetzt nicht möglich. Auch Sierra sah erschöpft aus, wirkte jedoch mit den streng zurückgekämmten Haaren und der schwarzen Kampfbekleidung gleichzeitig so, als könnte sie nichts aus der Fassung bringen.

Jamie war immer noch unnatürlich blass, aber seine Atmung ging regelmäßig. Während Red ihn beobachtete, zuckten seine Augenlider ein paarmal, dann hoben sie sich. Verwirrt ließ der Junge den Blick hin und her huschen, dann erstarrte er, als er Sierra über sich entdeckte. Fast sah es aus, als würde er gar nicht mehr atmen. »Mom?«

Sierras Lächeln war traurig. »Nein, leider nicht, Jamie. Mein Name ist Sierra.«

Reds Herz zog sich zusammen, als er sah, wie die Hoffnung in Jamies Blick erstarb.

»Oh. Wer sind Sie?« Er sah sich im Innern des Wagens um. »Und wo bin ich?« In seiner Stimme schwang Furcht mit.

»Keine Angst, wir werden dir nichts tun. Es gab eine Explosion, erinnerst du dich?«

Jamie wollte den Kopf schütteln, brach aber mit einer schmerzverzerrten Grimasse ab. »Nein.« Sein Blick glitt zu Red. »Den da kenne ich. Er …« Der Junge verstummte. Dann versuchte er hektisch, sich aufzusetzen. »Ich will hier raus!«

46

Sierra saß auf der Bettkante und blickte auf den Jungen hinunter. Es hatte sehr lange gedauert und viele gute Worte gebraucht, bis sie ihn beruhigt und überredet hatte, mit ins Haus zu kommen. Einerseits war sie froh, dass er nicht mehr bewusstlos war, andererseits wäre es bedeutend einfacher gewesen. Nathan hatte erstaunlich viel Geduld bewiesen, und sie wusste, dass seine frühere Drohung mit der Polizei und dem Jugendamt nur eine Täuschung gewesen war. Zuerst hatte sie sich über seine Gelassenheit gewundert, doch dann war ihr eingefallen, dass er selbst auch nicht bei seinen Eltern, sondern bei seiner Großtante aufgewachsen war. Vermutlich erkannte er etwas von sich in Jamie wieder.

Nach langen Diskussionen hatte der Junge sich dazu bereit erklärt, unter die Dusche zu gehen. Hilfe hatte er nicht gewollt, dafür sei er viel zu alt, wie er mehrfach betont hatte. Also hatte Sierra vor der Badezimmertür gewartet, bis er wieder herausgekommen war. Die dicke Beule an seinem Kopf machte ihr immer noch Sorgen, aber er schien dadurch nicht beeinträchtigt zu werden. Nachdem sie ihn noch einmal untersucht hatte, war Sierra sich sicher, dass er nicht schwerer verletzt war. Sie würde nur seinen Schlaf überwachen und ihn hin und wieder aufwecken, um sich zu vergewissern, dass er keine Gehirnblutung hatte.

Nachdem sie ihm von Nathan ein T-Shirt und eine Shorts besorgt hatte, die beide mindestens drei Nummern zu groß waren, hatte sie Jamie in das Bett in ihrem Gästezimmer gesteckt.

Zwar hatte Nathan noch weitere Zimmer, aber hier oben war es ruhiger, während unten das ganze Team versammelt war, um das weitere Vorgehen zu planen. Am liebsten wäre sie auch dabei, aber es war wichtiger, dass es Jamie gut ging, und an diesem Punkt in der Vorbereitung konnte sie sowieso nicht viel beitragen.

Jamie war immer noch blass, sein Körper spindeldürr. An einem seiner Schneidezähne fehlte ein kleines Stück, und auch sonst erweckte er den Eindruck, als hätte er kein besonders leichtes Leben gehabt. Die Haare sahen aus, als hätte er sie mit einer Heckenschere geschnitten, unregelmäßig hingen sie ihm in leichten Wellen ins Gesicht. Die Farbe war aschblond, seine Augen dagegen strahlten in einem überraschend intensiven Blau. Während Sierra ihm über das Haar strich, zog ihr Herz sich vor Mitgefühl zusammen. Wie war ein Junge wie er nur auf der Straße gelandet?

»Schläft er?«

Sierra zuckte zusammen, als Nathans leise Frage von der Tür her erklang. Rasch stand sie auf und ging zu ihm, um den Jungen nicht zu wecken. »Ja, der Tag hat ihn ziemlich angestrengt.« Sicher hatte auch seine Lebensweise zu seiner Erschöpfung beigetragen. Als er ins Bett geklettert war, hatte er beinahe ehrfürchtig gewirkt, als hätte er schon seit langer Zeit keine normale Schlafstätte mehr aus der Nähe gesehen.

Nathan verzog den Mund. »Nicht nur ihn.« Forschend blickte er sie an. »Geht es dir gut?«

Sie zog eine Augenbraue hoch. »*Ich* bin nicht durch eine Explosion beinahe getötet worden.«

Schon allein der Gedanke daran, dass Nathan hätte sterben können, ließ ihr das Blut in den Adern gefrieren. Genau wie vorhin, als sie aus der Ferne hatte mit anhören müssen, wie er den Jungen gefunden hatte und kurz darauf die Bombe explodiert war. Im ersten Moment hatte sie geglaubt, er wäre tot oder zumindest schwer verletzt, weil kein Laut von ihm mehr durch den Kopfhörer gedrungen war. Sie hatte ja nicht wissen können, dass er bei dem Sturz das Headset verloren hatte. Erst als Bull gemeldet hatte, dass Nathan den Jungen rausbrachte, hatte Sierra wieder zu atmen begonnen.

Ihre Erleichterung, als er aus dem Gebäude getaumelt kam, war so groß gewesen, dass sie ihm am liebsten um den Hals gefallen wäre. Nur sein erbärmlicher Zustand und das Gefühl, dass die SEALs sich dann lustig gemacht hätten, hatten sie daran gehindert. Doch ihr Verlangen, sich in seine Arme zu stürzen, hatte das nicht gemindert. Vor allem nicht, als sie gesehen hatte, wie vorsichtig er mit Jamie umging. Und wie es ihn getroffen hatte, dass der Junge ihn nicht als vertrauenswürdig ansah und sich lieber an sie hielt.

»Woran denkst du?«

»Wie viel Angst ich um dich hatte, als die Bombe explodiert ist.«

In Nathans Augen schimmerte Wärme. »Danke.«

Verwirrt sah sie ihn an. »Wofür?«

»Dass du dir so viel aus mir machst. Und dass du mit Jamie geholfen hast. Ohne dich …« Er hob die Schultern.

»Das ist doch selbstverständlich.« Sie blickte zum Bett hinüber. »Ich glaube, er braucht jemanden, der ihm das Gefühl gibt, etwas wert zu sein.«

»Ja.« Er beließ es dabei, aber Sierra konnte ihm ansehen, dass er sich an seine eigene Kindheit erinnerte. »Ich hätte mich auch um ihn gekümmert, aber ich denke, er hat Angst vor mir.« Mit den Fingern fuhr er die Narbe auf seiner Wange nach. »Was ich durchaus verstehen kann.«

Mitfühlend legte Sierra ihre Hand auf seine. »Wenn er dich erst mal kennenlernt, wird er merken, was für ein guter

Mensch du bist. Jamie ist im Moment jedem gegenüber misstrauisch, weil wir ihn aus seiner gewohnten Umgebung gerissen haben. Er wird merken, dass wir ihm nichts Böses wollen, und sicher bald auftauen.«

Nathan wirkte skeptisch. »Dich mag er jedenfalls schon, und das ist gut.«

»Ich glaube, ich erinnere ihn an seine Mutter. Oder er hat schlechte Erfahrungen mit Männern gemacht und vertraut daher eher einer Frau. Was auch immer seine Gründe sind, sie werden nichts mit dir persönlich zu tun haben. Oder damit, wie du aussiehst.« Mit dem Daumen strich sie über seine Narbe. »Denn ob du es glaubst oder nicht, man bemerkt die Narbe gar nicht mehr, wenn man erst mal in deine Augen geblickt hat.«

Färbten seine Ohren sich tatsächlich rot, oder bildete sie sich das nur ein? Sein Blick glitt über sie, dann durch den Rest des Zimmers, bis er erneut auf ihr landete. »Ich sollte wieder runtergehen.«

Doch Sierra hielt ihn auf, als er sich von ihr lösen wollte. »Hat dir bisher noch nie eine Frau ein Kompliment gemacht?«

Ein Muskel zuckte in seiner Wange. »Doch, aber das war … vorher.«

»Vor was?«

Wut trat in seine Augen. »Bevor ich so aussah.« Er machte eine scharfe Handbewegung.

Sierra hielt seinen Blick fest. »Erinnerst du dich, dass ich bereits alles von dir gesehen habe? Hattest du den Eindruck, dass ich irgendetwas an dir nicht mag? Dass ich dich nicht schön finde?« Als er lange schwieg, hielt sie automatisch den Atem an. Hatte sie ihre Gefühle füreinander wirklich so falsch gedeutet?

»Ich hab gedacht, dass du in dem Moment sicher was anderes im Kopf hattest als meine Narben.« Er zwinkerte ihr zu.

Einen Moment lang schwankte sie zwischen Verärgerung

und Amüsiertheit, dann gewann Letzteres. »Das hatte ich tatsächlich.« Dann wurde sie ernst. »Ich mag es, dich zu berühren und anzusehen, und hoffe, ich kann das bald wieder tun.«

Seine Augen wurden dunkler, und er beugte sich vor. »Sierra.«

Unwillkürlich bewegte sich ihr Gesicht auf seins zu. »Ja?«

In seinen grünen Augen spiegelten sich so tiefe Gefühle, dass Sierra sich darin verlor. »Ich hätte nie gedacht, dass ich jemals eine Frau finden würde, die so für mich fühlt, besonders nicht nach dem, was passiert ist.«

Instinktiv hob Sierra die Hand und legte sie um seine Wange. »Warum denkst du das?«

Schmerz lag in seinen Augen. »Ich war in keiner guten Stimmung, wie du selbst gemerkt hast. Das Einzige, was mich noch irgendwie am Leben gehalten hat, war die Tatsache, dass ich dem Terroristen nicht den Triumph gegönnt habe, mich doch noch tot zu sehen. Aber dann kamst du und warst wie … ein Licht in der Dunkelheit. Du hast mich wahnsinnig angezogen, und je besser ich dich kennengelernt habe, desto mehr sind meine Gefühle für dich gewachsen. Ich …« Er hielt inne und räusperte sich. »Ich kenne mich mit Liebe nicht aus, ich habe nie jemanden geliebt. Aber ich weiß, dass ich mehr für dich empfinde als für jeden anderen Menschen, den ich kenne. Und zwar nicht nur, wenn du mit mir schläfst, sondern auch sonst.« Nathan verstummte und sah sie nervös an, als sie nicht gleich etwas sagte. »Ich kann verstehen, wenn dir das nicht reicht … wenn du lieber einen Mann möchtest, der dich mit seiner Liebe überschütten kann … der dir alles schenkt, was du dir wünschst … der …«

Weiter kam er nicht, denn Sierra hatte ihre Arme um seinen Hals geschlungen und presste ihren Mund auf seinen. Einige Minuten lang küssten sie sich mit all der Leidenschaft, die sich in ihnen aufgestaut hatte.

Dann löste Sierra sich widerwillig von ihm. »Du bist ein Idiot.«

Hoffnungsvoll sah er sie an. »Ist das gut?«

Sierra musste lachen. »Ja, ich denke, in dem Fall schon. Aber mach es dir nicht zur Gewohnheit.«

Erleichtert atmete er auf. »Ich werde es mir merken.«

Sie wurde ernst. »Ich weiß, dass dich im Moment noch ganz andere Dinge beschäftigen – wichtigere Dinge. So lange kennen wir uns ja noch nicht: Du kannst also sicher sein, dass ich nicht gleich eine Liebeserklärung von dir erwartet habe. Ich muss nur wissen, dass ich meine Gefühle in etwas investiere, das auch eine Zukunft hat und nicht nur in meiner Vorstellung existiert.«

Noch einmal streifte Nathan mit den Lippen über ihre. »Was das angeht, kannst du ganz sicher sein. So schnell lasse ich dich nicht wieder gehen.«

Wärme stieg in Sierra auf und erfasste ihren ganzen Körper. »Gut. Und jetzt geh wieder nach unten, die anderen wundern sich sicher schon, wo du abgeblieben bist.«

Nathan salutierte zackig. »Yes, Ma'am.«

Lächelnd sah sie ihm nach, als er sich mit deutlich mehr Schwung im Schritt von ihr entfernte. Sie wusste nicht, ob Nathan sie tatsächlich nicht mehr gehen lassen würde, aber sie war bereit, es herauszufinden. Und das war schon deutlich mehr, als sie nach Scotts Angriff je erwartet hatte.

Das gute Gefühl verließ Red sofort, als er wieder ins Wohnzimmer trat. Die Gesichter der SEALs waren finster, ihre Anspannung deutlich zu spüren. Doc, der Sanitäter des Teams, war immer noch dabei, diverse Blessuren zu verbinden und die Einsatzfähigkeit der Männer zu prüfen.

Clint bemerkte ihn als Erster. »Wie geht es dem Jungen?«

»Er schläft jetzt. Sierra kümmert sich um ihn.« Als ausgebildete Sanitäterin würde sie wissen, was zu tun war, falls es Jamie irgendwann schlechter gehen sollte.

»Gut.« Nachdenklich rieb Clint sich über die Stirn. »Ich wünschte, er hätte uns sagen können, was auf dem Lieferwagen stand. Oder das Kennzeichen. Joe Spade zapft sämtliche Satellitenbilder an, und I-Mac tut das Gleiche mit den Sicherheitskameras überall in D. C., aber wir können schlecht jeden weißen Van überprüfen. Weißt du, wie viele es davon gibt?«

Red verzog den Mund. »Da ich hier wohne, ja.«

Verärgert warf Tex den Stift auf den Tisch, mit dem er sich gerade etwas notiert hatte. »Das heißt also, wir können nichts anderes tun, als abzuwarten, ob Toms Bekannter die Papiere wieder lesbar machen kann oder I-Mac und sein Freund den Code knacken. Immer vorausgesetzt, dass bei einem von beiden überhaupt etwas zu finden ist, das auf den Anschlagsort hindeutet. Wenn die Terroristen schlau waren, haben sie nichts Schriftliches hinterlassen. Und was dann?«

Sie alle wussten, was das bedeuten würde: Es gab keine Möglichkeit, den Terroranschlag aufzuhalten. Es sei denn, die Terroristen wurden durch Zufall entdeckt, aber nachdem die Männer die Sache so lange akribisch geplant hatten, war das mehr als unwahrscheinlich. Vermutlich hatten sie dafür gesorgt, dass nichts schiefgehen konnte. Red wünschte wirklich, sie wüssten mehr über das Leben der Männer – was genau sie bei der Arbeit getan und welchen Zugang sie zu bestimmten Orten und Informationen gehabt hatten. Andererseits würde es vermutlich viel zu lange dauern, das alles durchzugehen und neue Ansatzpunkte zu finden.

»Dann werden wir wieder einmal zu spät sein.« Wie damals bei den Anschlägen auf das World Trade Center und das Pentagon. Auch dort hatte es vorher Hinweise gegeben, die aber nicht beachtet worden waren.

Bull beugte sich vor. Sein Gesichtsausdruck war noch finsterer als sonst. »Was, glaubt ihr, werden sie tun, wenn sie von der Explosion in der Lagerhalle erfahren?«

»Sie werden ihren Plan erst recht durchziehen und vielleicht sogar zeitlich noch vorziehen, weil sie jetzt wissen, dass ihnen jemand auf der Fährte ist. Das Ganze war sicher so etwas wie ein Startschuss für sie, das Zeichen, dass sie definitiv nicht mehr in ihr altes Leben zurückkönnen.« Auch Clints Miene war düster.

»Verdammte Scheißkerle! Wie können sie so etwas den Menschen antun, mit denen sie seit Jahren zusammengelebt und -gearbeitet haben? Kranke Bastarde.« Tex drückte das aus, was sie alle empfanden.

»Es zeigt, dass ihnen nichts etwas bedeutet, außer ihrem höheren Ziel. Sie müssen extrem kaltherzig sein, um so etwas über Jahre zu planen und dabei gleichzeitig Bindungen zu anderen Menschen aufzubauen.« Clint sah aus, als würde er am liebsten jemanden erwürgen.

»Das gehört alles zu ihrer Strategie, sich hier unerkannt aufzuhalten und alles in Ruhe vorzubereiten, ohne jemals in Verdacht zu geraten. Damit, hier jahrelang ganz offen einzureisen und dann auch noch Flugstunden zu nehmen, kommt keiner mehr unauffällig durch. Das wissen auch die Terroristen.« Red spürte, wie seine Kehle sich zusammenzog. »Der Anführer hat mehr als einmal damit geprahlt, dass die Einnahme des Westens nicht mehr zu stoppen sei, weil sie inzwischen schon überall wären. Zu dem Zeitpunkt dachte ich, er sei größenwahnsinnig, aber was, wenn das wirklich die neue Strategie ist? In allen westlichen Ländern Sympathisanten einzusetzen, die bei Bedarf Anschläge verüben oder das Land auf andere Art schädigen?«

Tex schnitt eine Grimasse. »Du meinst, wie bestimmte Präsidentschaftskandidaten?«

»Ich fürchte, die sind einfach nur dumm.« Clint grinste spöttisch.

Red hatte vom Wahlkampf bisher noch nicht viel mitbekommen, doch er neigte dazu, Clint recht zu geben. »Das zeigt aber auch, wie schnell sich die Bevölkerung blenden und verführen lässt. Und sich von selbst in die Richtung der Extremisten bewegt. Wenn die Terroristen schlau genug sind, diese Stimmung auszunutzen, wird die Situation immer schwieriger werden.« Das zu verhindern war Aufgabe der Polizei, des Heimatschutzes und der Geheimdienste. Jamie hatte schon ganz richtig gehört, dass SEALs unter normalen Bedingungen nicht im Inland eingreifen durften. Die Antiterroreinheiten von Polizei und FBI waren zwar nicht schlecht, aber wie die SEALs konnten sie nur dann agieren, wenn ihnen jemand den Befehl dazu gab.

Genau das frustrierte sie alle schon seit Jahren. Natürlich war eine Mission ohne Informationen und richtige Planung nicht durchführbar, doch im Militärapparat dauerte das alles so unendlich lange. Genau deshalb waren ihnen schon viele Terroristen durch die Finger geschlüpft. Nicht selten gelangten Informationen über einen bevorstehenden Zugriff auch in die Hände der Gejagten, bevor der Einsatz überhaupt begonnen hatte. Red schnaubte innerlich. Anscheinend war genau das auch bei der Suche nach ihm selbst ein Problem gewesen: Sofern man überhaupt seinen Aufenthaltsort ermittelt hatte, war er schon wieder woandershin verschleppt worden. Die Vorstellung, dass er vielleicht nach ein paar Wochen schon wieder hätte frei sein können, machte ihn wütend.

Aber da ihm das im Moment nicht weiterhalf, schob er den Gedanken beiseite und konzentrierte sich wieder auf den Anschlag. Wenn sie … Das Klingeln seines Telefons unterbrach seine Gedanken. Rasch zog er es aus der Hosentasche und ging dran. »Ja?«

»Hier ist Tom.«

Endlich! »Was hat dein Kollege zu den verbrannten Papieren gesagt?«

»Ob ich verrückt wäre, damit mitten in der Nacht zu ihm zu kommen. Aber er setzt sich gleich dran. Allerdings kann er nicht versprechen, dass es schnell geht.«

Das hatte Red befürchtet. »Danke.«

Tom räusperte sich. »Red, ich wäre wirklich dafür, dass …«

Red unterbrach ihn. »Das Thema hatten wir schon. Wir haben immer noch nicht genug Beweise, um die Sache jemand anderem zu übergeben. Ich verspreche dir aber hoch und heilig, dass wir die Behörden sofort informieren, wenn wir den Anschlagsort und das Datum herausgefunden haben.« Sofern sie dann noch genug Zeit hatten, um es den Behörden zu überlassen. »Ich melde mich, sowie wir etwas Neues erfahren.« Damit beendete er das Gespräch. Er hatte keine Lust auf weitere Diskussionen, die ohnehin zu nichts führen würden.

47

Nach einer ruhigen Nacht und einem absolut ereignislosen Vormittag war Sierra kurz davor, wahnsinnig zu werden, wenn nicht bald etwas passierte – vorzugsweise, dass sich jemand meldete und ihnen sagte, wo der Anschlag stattfinden würde, damit sie endlich diese Ungewissheit loswurden und zuschlagen konnten. Die SEALs waren es sicher gewohnt, auf den Beginn einer Mission zu warten, doch auch sie reagierten immer dünnhäutiger. Inzwischen hatte sich auch ein SEAL namens Devil gemeldet, der den Einsatz in Afghanistan angeführt hatte. Sein Computerexperte im Team hatte sich das Handy des Terroristenanführers angesehen und dabei nichts entdeckt, was ihnen weiterhelfen würde.

Wenn das Team wieder im Lande war, würde man die Verbindungsnachweise überprüfen, aber das würde sicher längere Zeit in Anspruch nehmen. Selbst wenn dabei noch irgendwelche Hintermänner entdeckt wurden, war es aller Wahrscheinlichkeit nach zu spät, um den Anschlag zu verhindern.

Auch Toms Kollege, der die Papiere untersuchte, hatte bisher noch nichts Entscheidendes herausgefunden. Am leichtesten waren die Führerscheine der Männer zu identifizieren gewesen, aber da sie bereits wussten, wer zu der Gruppe gehörte, brachte sie das nicht weiter. Einige Zettel waren zu stark verbrannt, um daraus noch irgendwelche Informationen zu ziehen, bei anderen würde die Bearbeitung noch dauern.

Dennoch gab es zumindest eine positive Nachricht: Jamie hatte sich über Nacht gut erholt. Allerdings stellte sie das auch vor das Problem, entscheiden zu müssen, was mit ihm passieren sollte. Sie konnten ihn nicht einfach bei sich behalten, spätestens wenn der Anschlag vereitelt worden war, würden sie das Amt verständigen müssen. Jamie würde das überhaupt nicht gefallen, und Sierra befürchtete, dass er versuchen würde, abzuhauen. Im Moment saß er jedoch zufrieden vor dem Fernseher in ihrem Zimmer und schaltete von einem Programm zum nächsten. Anscheinend hatte er so etwas noch nie gemacht, oder es war schon so lange her, dass er sich nicht mehr daran erinnern konnte.

Sierra versetzte es jedes Mal wieder einen Stich, wenn sie sich fragte, warum er in dem jungen Alter bereits auf der Straße lebte, oder sich vorstellte, was ihm dort alles schon zugestoßen sein könnte. Aber sie wusste, dass er nicht darüber reden würde. Immer wenn sie versuchte, mehr über ihn und seine Vergangenheit herauszufinden, wurde er noch verschlossener als sowieso schon. Also gab sie es für den Moment auf und bemühte sich, ihm seinen Aufenthalt so angenehm wie möglich zu gestalten, damit er sich vielleicht doch ein wenig öffnete, sobald er sich sicherer fühlte.

Jedes Mal wenn ein Telefon klingelte, blieb Sierra für einen Moment das Herz stehen, bevor es dann umso schneller weiterklopfte. Doch die entscheidende Information, wo und wann der Anschlag stattfinden sollte, kam einfach nicht. Es gab unzählige Orte, die infrage kämen, wo es hunderte, wenn nicht mehr Menschen treffen würde. Vielleicht würden die Terroristen auch mehrere Bomben zünden oder einfach wahllos auf Menschen schießen, so wie in Paris. Da sie jedoch gemeinsam mit dem Lieferwagen weggefahren waren, bestand noch Hoffnung, dass die Männer zusammenblieben. Natürlich konnte es aber auch sein, dass sie irgendwo weitere Autos abgestellt hatten und sich aufteilen würden.

Als könnte er ihre Unruhe spüren, setzte Nathan sich neben Sierra und legte ihr eine Hand auf die Schulter. »Wir werden sie finden.«

»Woher nimmst du die Sicherheit?« Sie wünschte, sie könnte dieses Gefühl abschütteln, dass etwas Furchtbares passieren würde.

Nathan presste die Lippen zusammen. »Weil wir etwas anderes nicht zulassen werden. Diese Terroristen werden hier keinen Anschlag verüben.«

SEALs mussten wohl so denken, weil sie sich sonst nie in aussichtslos erscheinende Situationen begeben würden, aber ihr selbst half das nicht weiter, weil sie genau wusste, wie schlecht ihre Chancen momentan standen. »Ich wünschte, es wäre schon vorbei. Dieses Warten macht mich wahnsinnig.«

»Nicht nur dich. Sonst können wir wenigstens schon mal eine geeignete Route und den Zugriff planen, aber diesmal tappen wir völlig im Dunkeln. Wir können nur alles so weit vorbereiten, dass wir schnell reagieren können, wenn wir neue Informationen erhalten.«

Falls sie diese Informationen überhaupt erhielten, bevor es zu spät war. Doch das sagte Sierra nicht laut. Nathan war sich dessen garantiert auch so bewusst. Sie bewunderte es, dass er, nach allem was passiert war, noch so ruhig hier sitzen konnte. Auf sie selbst traf das leider nicht zu.

Mit einem entschuldigenden Lächeln stand sie auf. »Ich denke, ich werde noch mal nach Jamie sehen.«

»Danke, dass du dich so um ihn kümmerst.«

»Ich denke, er hat es verdient, in seinem Leben auch mal ein wenig Glück zu haben.«

Wärme trat in Nathans grüne Augen. »Da bin ich mir sicher.«

Bevor sie vor all den anderen Männern noch zusammenbrach und sich in Nathans Arme warf, drehte sie sich lieber um und verließ das Wohnzimmer. Rasch ging sie den Flur entlang, blieb aber wieder stehen, als sie aus der Küche Clints Stimme hörte.

»Bitte, Karen, vertrau mir einfach und fahr mit Maya zu meinen Eltern.« Er schwieg einen Moment. »Nein, ich bin auf keiner offiziellen Mission und habe deshalb keine Schweigepflicht, aber ich kann dir trotzdem nicht erzählen, was los ist.« Frustration war in seiner Stimme zu hören, genauso wie Angst um seine Familie.

Sierra wollte sich leise entfernen, doch auf dem Weg zur Treppe musste sie an der Küche vorbei, sodass Clint sie sehen würde. Zurück ins Wohnzimmer wollte sie aber auch nicht, die Stimmung dort machte sie verrückt. Mit einem stummen Seufzer lehnte Sierra sich an die Wand und schloss die Augen.

»Ich weiß, dass du Waffenexpertin bist und für das Pentagon arbeitest. Ja, deine Geheimhaltungsstufe ist höher als meine, das ist mir auch bewusst. Trotzdem bitte ich dich, mit Maya die Stadt zu verlassen. Du kannst hier nichts tun. Und denk bitte auch an das Baby.«

Sierras Augen flogen auf. Baby? Welches Baby? Sie wusste nichts von … Oh. Ein Lächeln breitete sich auf ihrem Gesicht aus. Die Freude für Clint und Karen vertrieb ein wenig die Kälte in ihrem Inneren. Gleichzeitig wurde ihr aber auch bewusst, weshalb es Clint so wichtig war, dass seine Lebensgefährtin sich nicht in der Stadt aufhielt. Und warum Karen ihn nicht allein lassen wollte. Es war eine verzwickte Lage. Clint würde es sicher viel bedeuten, seine Familie noch einmal zu sehen, gleichzeitig wollte er sie aber auch mit allen Mitteln beschützen.

»Danke, mein Schatz. Ich werde mich sofort bei dir melden, wenn die Situation es erlaubt.« Eine Pause trat ein. »Ich liebe dich auch, mehr als alles andere. Gib Maya einen Kuss von mir.« Seine Stimme klang noch rauer als gewöhnlich.

Sierra spürte, wie ihr die Tränen in die Augen stiegen. Sie erinnerte sich noch gut daran, wie viel Angst sie immer um Scott gehabt hatte, wenn er auf einem Einsatz gewesen war. Die Nachricht von seiner Verletzung hatte sie hart getroffen, weil genau das wahr geworden war, wovor sie sich immer gefürchtet hatte. Schlimmer wäre es nur gewesen, wenn er während einer Mission gestorben wäre. Sie hatte ihn geliebt, aber im Nachhinein betrachtet fragte sie sich, ob ihre Liebe wirklich so groß gewesen war wie die zwischen Clint und Karen. So gewaltig, dass man ohne den anderen nicht mehr weiterleben wollte.

Ein Räuspern riss sie aus ihren Erinnerungen. Ihre Augen flogen auf, und sie spürte, wie Hitze in ihre Wangen schoss, als sie Clint erblickte. »Hallo.« Die lahme Begrüßung verstärkte ihre Verlegenheit noch.

»Wie lange stehst du dort schon?« Seine Miene war angespannt, die hellbraunen Augen wirkten dunkler als sonst.

Sierra befeuchtete ihre Lippen. »Lange genug, um dir zu gratulieren. Ich freue mich für euch.«

Einen Moment lang wich alle Härte aus seinem Gesicht, und ein glückliches Lächeln breitete sich darauf aus. »Ist es nicht unglaublich? Wir hatten gar nicht damit gerechnet und plötzlich …« Er hob die Schultern. »Eigentlich wollten wir diese Zeit genießen, aber dann hatten wir endlich Red befreit, und jetzt ist das hier passiert. Ich habe jeden Tag Angst um Karen, wenn sie ins Pentagon fährt. Es ist sicher ein Topziel für Terroristen.«

»Das mag sein, aber gleichzeitig ist es auch extrem sicher.«

Clint verzog den Mund. »Ja, das haben wir vor 9/11 auch gedacht.«

Wenn es danach ging, war nichts wirklich sicher. »Dann fährt sie zu deinen Eltern?«

»Nein, das ist ihr zu weit weg, und sie möchte nicht fliegen.

Sie fährt zu einer Freundin nach Virginia aufs Land. Das sollte weit genug weg sein.«

Aufmunternd berührte Sierra ihn am Arm. »Ganz bestimmt.« Am liebsten würde sie ihm sagen, er solle zu seiner Frau fahren, damit ihm ebenfalls nichts passieren konnte. Aber sie wusste, Clint würde das niemals tun, solange sein Land in Gefahr war. Stattdessen würde er sich mitten in die Gefahr begeben, und es war durchaus möglich, dass er dabei starb oder schwer verletzt wurde. Spontan umarmte sie ihn und gab ihm einen Kuss auf die Wange. »Danke, dass du mein Freund bist.«

In einer Mischung aus Verwunderung und Verlegenheit sah er sie an. »Das kann ich nur zurückgeben. Ich hoffe, es funktioniert mit dir und Red.« Als er ihren Gesichtsausdruck sah, begann er zu lachen. »Dachtest du wirklich, ich bekomme das nicht mit? Ich müsste schon ziemlich blind sein, um nicht zu sehen, wie Red sich in deiner Nähe verhält.«

Sierra schüttelte den Kopf. »Weiß es der Rest des Teams auch?«

»Natürlich. Ich würde sie auch zurück ins Training schicken, wenn sie das nicht bemerkt hätten.«

»Aber es hat niemand etwas gesagt.«

Clint wurde ernst. »Nach dem, was ihm passiert ist, genießt er noch ein wenig Schutz. Normalerweise würde er gnadenlos aufgezogen werden.«

»Da können wir ja froh sein.« Sierra schlug sich die Hand vor den Mund, als sie erkannte, wie sich das anhörte. »Das meinte ich nicht so.«

»Keine Angst, ich habe dich schon verstanden.«

Verlegen rieb Sierra sich über die Stirn. »Ich bin völlig durcheinander, es ist alles so schnell gegangen. Ich weiß nicht mal, wie das passieren konnte. Nach Scott …« Sie brach ab.

»Vielleicht solltest du dich demnächst mal mit Karen unterhalten. Ich wette, sie würde dir etwas Ähnliches erzählen, wenn es um den Anfang unserer Beziehung geht. Ich kann dazu nur sagen: Manchmal passt es einfach, und dann ist es völlig egal, wie lange man sich schon kennt.«

Sierra konnte sich ein Lächeln nicht verkneifen. »Clint Hunter gibt mir Tipps in Liebesdingen, dass ich das noch erleben darf.« Noch einmal stellte sie sich auf die Zehenspitzen und küsste ihn. »Danke.«

»Jederzeit gerne.«

Aufgeregt beugte Nurja sich vor, als die Buchstaben- und Zahlenkombinationen plötzlich begannen, einen Sinn zu ergeben. »Amerikas Dachboden.« Mit dem Finger tippte sie auf das arabische Wort. Dann runzelte sie die Stirn. »Das sind zwar endlich richtige Wörter, aber ich verstehe trotzdem nicht, was damit gemeint ist. Ich kann mir nicht vorstellen, dass sie den Anschlag auf einem Dachboden verüben.«

John sah sie genauso verwirrt an. »Ich bin da auch überfragt. Vielleicht ist das hier irgendeine lokale Bezeichnung für irgendwas. Oder der Code ist doch noch nicht richtig übersetzt.«

Nurja wandte sich an Dave. »Weißt du …?« Abrupt brach sie ab, als sie bemerkte, wie blass die Code-Expertin geworden war.

Sie hatte sich ihrem PC zugewandt und tippte irgendetwas in eine Suchmaschine. Sekunden später erhielt sie ein Ergebnis, klickte darauf und scrollte herunter, bis sie das fand, was sie offenbar suchte. Mit dem Ende eines Stiftes deutete sie auf den Bildschirm. »Amerikas Dachboden ist ein böser Spitzname für das National Museum of American History. Dort findet heute Abend eine Wahlveranstaltung für die Demokraten statt. Alle Kandidaten und viele der hochrangigen Parteimitglieder werden dort sein.«

John beugte sich vor. »Der Präsident auch?«

Dave schüttelte den Kopf. »Nein, der hält sich aus solchen Dingen heraus.«

Hart blies John den Atem aus. »Das ist gut. Andererseits ist vielleicht genau das der Grund, warum sie sich dieses Ziel ausgesucht haben. Wäre der Präsident dort, wären die Sicherheitsmaßnahmen wesentlich höher.«

»Wie sicher ist es, dass es wirklich um diese Veranstaltung geht?«

Dave hob die Schultern. »Das ist die einzige Veranstaltung, die einen Sinn ergibt – aus Terroristensicht gesprochen. Alles andere erregt nicht so viel Aufmerksamkeit.«

»Andererseits ist dort auch die Originalflagge ausgestellt und vieles andere, was zur amerikanischen Identität gehört. Vielleicht ist es auch eine symbolische Tat.« John hatte die Homepage des Museums aufgerufen und sah sich Bilder der Ausstellungsobjekte an.

»Beides zusammen sollte auf jeden Fall für die Terroristen von Interesse sein.« Dave wandte sich wieder dem Code zu. »Okay, sehen wir uns den Rest an, damit wir sicher sein können, dass wir das richtige Ziel haben. Vielleicht steht auch noch irgendwo ein Datum.«

Nurja wusste nicht, wie die anderen beiden es schafften, so ruhig zu bleiben, ihre Nerven waren zum Zerreißen gespannt. »Wie viele Menschen kommen zu dieser Veranstaltung?«

»Das steht hier nirgends, aber ich würde jetzt mal von fünfhundert bis siebenhundert ausgehen. Solch eine Spendenparty wird sich niemand entgehen lassen, der in Washington einen Namen hat und gleichzeitig die Demokraten unterstützen will.«

Nurja schloss die Augen. So viele Menschen, die sich vielleicht gerade zurechtmachten und auf einen schönen Abend freuten, ohne zu ahnen, dass sie heute sterben könnten. Die Verantwortung, diese Menschen durch ihre Arbeit zu beschützen, lastete schwer auf ihr.

John schien das zu spüren, denn er legte seine Hand auf ihre. »Wir werden alles tun, um diesen Anschlag zu verhindern. Egal, ob er sich gegen eintausend oder nur einen Menschen richtet: Wir lassen nicht zu, dass sich diese Terroristen wie Blutegel hier festsetzen, jahrelang von dem Land profitieren und es dann zu zerstören versuchen.«

Sie verschränkte ihre Finger mit seinen. »Aber was, wenn wir zu spät kommen? Oder es uns nicht gelingt, sie davon abzuhalten?«

Ein Muskel zuckte in Johns Wange. »Das wird nicht passieren.«

Hoffentlich hatte er damit recht, denn Nurja war sich da längst nicht so sicher. Diese Männer hatten es geschafft, sich jahrelang unbemerkt in diesem Land aufzuhalten – vielleicht hatten sie den Anschlag ja so geplant, dass er gar nicht zu verhindern war. Vielleicht war bereits das ganze Museum mit Bomben versehen, die sie mit einem Fernzünder hochjagen würden? Ein Schauder lief durch Nurjas Körper. Dann richtete sie sich entschlossen auf. Es würde niemandem helfen, wenn sie hier vor lauter Sorge ihre Arbeit nicht richtig erledigte. Sie würde ihren Teil tun und hoffen, es würde reichen.

Fest blickte sie John in die Augen. »Okay, machen wir weiter.«

Johns Lächeln löste ein warmes Gefühl in ihr aus, das die Kälte vertrieb. »Du machst das ganz großartig. Ich werde mir schon mal die Pläne ansehen und mir bei Bedarf noch weitere bei Joe Spade besorgen.«

»Vielleicht schaust du dir auch noch mal die E-Mails und den Inhalt des Arbeits-PCs von dem Typen an, der beim Gebäudemanagement gearbeitet hat. Ich wette, er hat sich in letzter Zeit die Pläne vom Museum angesehen.«

»Hervorragende Idee. Gut, dass alles an einen Server angeschlossen ist und ich von hier aus darauf zugreifen kann.« John drückte noch einmal ihre Hand, dann wandte er sich wieder seinem Laptop zu.

Dave schob Nurja erneut den Zettel mit dem codierten Text hin. »Machen wir weiter. Je schneller wir alles übersetzt haben, desto besser.«

Nurja wusste, dass sie recht hatte, trotzdem wurde sie das Gefühl nicht los, dass sie zu spät kommen würden.

48

Am helllichten Tag in Washington, D. C. in ein Museum einzusteigen, das direkt an der Mall lag und gut besucht wurde, war bedeutend schwieriger, als irgendwo im afghanischen Hinterland in eine Festung einzudringen, stellte Red fest. Und dabei hatte er noch gar nicht die senkrechten Außenwände aus hellem Sandstein mit eingerechnet. Es war schon kompliziert gewesen, überhaupt dorthin zu kommen, ohne von jemandem gesehen zu werden. Schließlich hatten sie sich samt ihrer Ausrüstung an der nordöstlichen Ecke des Gebäudes zwischen die Bäume geflüchtet und arbeiteten sich nun von dort aus zur Außenwand vor – die verdammt hoch und glatt aussah. Doch sie mussten den Weg von oben nehmen, unten würden sie nie Einlass bekommen, schon gar nicht mit ihren Waffen.

Wie in den Museen üblich wurden auch hier die Taschen geröntgt, und jeder Besucher musste durch einen Metalldetektor gehen. Eine Gruppe schwer bewaffneter SEALs würde man sofort stoppen, und eine Verzögerung konnten sie sich nicht leisten. Sie mussten sowieso schon damit rechnen, dass wegen der hochkarätigen Veranstaltung abends mehr Sicherheitspersonal als sonst vor Ort war. Man würde garantiert das ganze Museum absuchen und jeden Besucher der Veranstaltung sehr gründlich durchleuchten. Red hoffte allerdings darauf, dass die Sicherheitsleute erst mit ihren Maßnahmen beginnen würden, wenn das Museum für den Besucherverkehr geschlossen war. Das würde ihnen zumindest einige Stunden verschaffen, in denen sie die Terroristen oder mögliche Bomben unbemerkt suchen und beseitigen konnten.

Tom war immer noch der Meinung, dass sie die Behörden verständigen sollten, aber das Problem an der Sache war, dass diese das Gebäude dann sofort in großem Umkreis sperren und durchsuchen würden. Wenn die Terroristen das mitbekamen, würden sie untertauchen und den Anschlag irgendwo anders verüben. Und dann hätten sie keinerlei Hinweise mehr auf das mögliche Ziel. Das konnten sie nicht zulassen. Die Männer mussten jetzt gestellt oder getötet werden, solange sie noch eine Spur hatten.

Es war bereits früher Nachmittag gewesen, als I-Mac sich mit der Nachricht gemeldet hatte, dass der Code geknackt war und der Anschlag an diesem Abend im National Museum of American History stattfinden sollte. Red war zwar schon ein paarmal dort gewesen, aber er hatte keinen Grund gehabt, sich sämtliche Fluchtwege und andere Dinge einzuprägen. Deshalb war es gut, dass I-Mac sowohl Pläne für den Innenbereich des Gebäudes als auch Satellitenbilder vom äußeren Teil mitgeliefert hatte. Zusammen hatten sie dann eine Strategie entwickelt, wie sie vorgehen würden.

Tom und Sierra waren bereits als normale Besucher durch die Vordertür ins Museum gelangt und würden ihre Waffen dann erhalten, wenn sie sich trafen. Am liebsten hätte Red Sierra zu Hause bei Jamie gelassen, doch es war klar, dass sie niemals damit einverstanden gewesen wäre. Also hatte er stattdessen eine Nachbarin gebeten, auf den Jungen aufzupassen. Außerdem war es praktisch, jemanden dabeizuhaben, der das Gebäude erkundete und ihnen sagen konnte, wo Wachleute stationiert waren oder ob irgendein Bereich von den Plänen abwich. I-Mac saß in einem Wagen in der Nähe des Museums und würde von dort aus zum gegebenen Zeitpunkt die Sicherheitskameras manipulieren und die elektronisch gesicherten Türen öffnen, ohne dass ein Alarm erklang.

Stirnrunzelnd blickte Red an der glatten Hauswand hoch und fragte sich, was er sich dabei gedacht hatte. Unter normalen Umständen wäre der Aufstieg kein Problem für ihn, aber er war sich nicht sicher, ob er ihn in seinem derzeitigen Zustand schaffen würde. Glücklicherweise würden die anderen zuerst hinaufklettern und konnten ihn dann notfalls am Seil nach oben ziehen. Er hoffte allerdings, dass es nicht nötig sein würde. Immerhin gab es eine Steighilfe, damit sollte es etwas leichter werden.

Clint sah alle der Reihe nach an. »Alles bereit? Dann los. Schnappen wir uns diese Mistkerle.«

Red sprach in sein Mikrofon. »I-Mac, schalte die Kamera auf dem Dach auf Endlosschleife.« Damit würden die Wachmänner an den Monitoren weiterhin ein leeres Dach sehen.

Eye schoss einen Haken mit dem Seil hinauf, der sich an der Brüstung festklammern würde. Ein paarmal zog er kräftig daran, dann gab er es an Run, ihren Späher, weiter. Der war von der Statur her am leichtesten und kam schneller an einem Seil hinauf als jeder andere. Oben würde er es dann so befestigen, dass es auch massigere Körper halten würde. Ohne erkennbare Probleme kletterte Run hinauf und verschwand dann aus ihrer Sicht. Red atmete erst wieder auf, als sein Kopf über dem Rand der Brüstung auftauchte und er ein Zeichen gab, dass alles bereit war.

Nach und nach hangelten sich die SEALs hinauf, bis nur noch Red unten stand. Hart stieß er den Atem aus, bevor er die Steighilfe befestigte und mit dem Klettern begann. Schon nach wenigen Metern merkte er, wie sehr ihn der Aufstieg körperlich belastete, aber er biss die Zähne zusammen. Er würde sein Team nicht im Stich lassen, egal, was er dafür tun musste.

Als er etwa bei der Hälfte angelangt war, gab es einen Ruck, und das Seil bewegte sich wie von selbst nach oben. Red klammerte sich daran fest und ließ sich das letzte Stück hinaufziehen.

Oben angekommen blickte er in besorgte Gesichter. Er schüttelte den Kopf. »Ich hätte es geschafft.«

Bull hob die Schultern. »Das wissen wir. Aber wir mussten das Seil sowieso hochziehen, damit es keiner entdeckt, und so ging es schneller.«

Obwohl er wusste, dass dies nur eine Ausrede war, sagte Red nichts weiter dazu. Das Team war nur so schnell wie der langsamste Mann, und der war in diesem Fall er. Also konnte er auch keine großen Ansprüche stellen, wenn ihm jemand half. Tex wickelte das Seil auf und versteckte es auf dem Dach. Wenn sie Glück hatten, konnten sie den Rückweg durch das Museum antreten und mussten nicht noch einmal klettern.

Geduckt liefen sie im Schatten des eingeschossigen Aufbaus entlang, bevor sie ihn rasch überwanden und so schnell wie möglich das Dach überquerten, das man vom Gebäude auf der anderen Straßenseite vollständig einsehen konnte. Glücklicherweise waren hier noch keine Wachposten stationiert, vermutlich würden die ihre Positionen erst abends einnehmen. An einem weiteren Aufbau befanden sich mehrere verschlossene Durchgänge. I-Mac öffnete ihnen die Tür, die zu einem Treppenhaus nach unten führte. Völlig lautlos bewegten sie sich die Stufen hinunter, die Gewehre im Anschlag, um bei Gefahr sofort reagieren zu können.

»Sierra, Tom, wie sieht es bei euch aus?«

Die Antwort folgte sofort: »Alles ruhig hier – wenn man von den Schulklassen absieht, die einen Lärm machen, als wären sie im Football-Stadion.« Im Hintergrund waren tatsächlich lautes Geschrei und Getrampel zu hören.

»Es gibt in jedem Raum einen Wachmann, in einigen sogar zwei. Dazu überall Kameras und Sensoren vor den Objekten.«

Letzteres war egal, denn sie wollten ja nichts stehlen. Allerdings stellte sich immer noch die Frage, wie die Terroristen in das Gebäude kommen wollten, ohne gesehen zu werden. Vor allem mussten sie es irgendwie schaffen, die Bombe oder irgendwelche Waffen hineinzubringen. Sonst konnten sie einfach als normale Besucher hereinkommen. Red blieb stehen, als ihm ein Gedanke kam: Vielleicht waren die Bombe und die Waffen längst hier.

»Schaut euch um, ob ihr einen der Männer seht, sie könnten auch wie normale Besucher gekleidet sein.«

»Sind schon dabei.« In Toms Antwort klang eine gewisse Gereiztheit mit.

Clint gab ihm ein Zeichen, das Mikrofon zu schließen, und Red folgte der Anweisung. »Woran denkst du?«

»Ich habe überlegt, wie die Terroristen eine mögliche Bombe oder andere Waffen hierherbringen könnten, und mir ging auf, dass die vielleicht schon lange hier sind. I-Mac sagte, es hätte hier großflächige Renovierungsarbeiten gegeben, die auch noch nicht abgeschlossen sind. Es wäre leicht, die Drähte und sonstigen Stoffe, die man für eine Bombe braucht, in Einzelteilen reinzubringen und dann hier zusammenzubauen. Das Gleiche gilt für die Waffen. Dann könnten sie hier heute einfach so als normale Besucher reinmarschieren.«

»Shit.« Angespannt rieb Clint sich über den Kopf, bevor er sein Mikrofon wieder öffnete. »I-Mac, sag Bescheid, falls du auf den Kameras im Besucherbereich die Tangos entdeckst. Vielleicht sind sie ohne Ausrüstung unterwegs.«

»Bin dran.«

Systematisch suchten sie alle Räume und Nischen ab, die für

den Besucherverkehr gesperrt waren, doch nirgends war etwas zu entdecken, das auf einen geplanten Anschlag hindeutete. In den Bereich, der renoviert wurde, konnten sie erst hinein, wenn die Bauarbeiter Feierabend gemacht hatten. Würden sie vorher dort auftauchen, würde das nur zu Chaos führen. Red blickte auf die Uhr. In einer halben Stunde würde das Haus für die Besucher geschlossen werden, das hieß aber nicht, dass dann niemand mehr hier drinnen unterwegs war. Die normalen Wachleute, aber auch weiteres Sicherheitspersonal für die Veranstaltung würden die Räume durchstreifen und ihre Arbeit erschweren.

Wie wollten die Terroristen das umgehen? Sobald ein Alarm losginge, würde man die Veranstaltung absagen, und sie würden ihr Ziel nicht erreichen. Red glaubte jedenfalls nicht, dass es ihnen reichen würde, nur die Ausstellungsobjekte und das Gebäude zu zerstören. Nein, sie wollten etwas, das die Amerikaner im Innersten treffen würde.

»Ich bin mir nicht ganz sicher, aber ich glaube, ich sehe einen der Tangos.« I-Macs Stimme drang unvermittelt durch den Kopfhörer.

»Wo?«

»Im Ostflügel, zweite Etage. Er trägt Mantel und Hut, beides hellgrau.«

Clint reagierte sofort. »Beobachte ihn weiter. Sierra, Tom, seid ihr da irgendwo in der Nähe?«

Toms Antwort dauerte ein paar Sekunden. »Wir sind im dritten Stock, gehen jetzt runter.«

»Seid vorsichtig, nur beobachten, was er tut. Wir kümmern uns dann um ihn, falls er eine Gefahr darstellt.« Wenn sie Glück hatten, würde der Typ sie direkt zum Versteck führen.

»Alles klar.« Sierras Stimme klang ruhig.

Ein Gong erklang, dicht gefolgt von einer Ansage, dass das

Museum in einer Viertelstunde schließen würde. Red konnte es nicht schnell genug gehen. Es machte ihn nervös, hier tatenlos warten zu müssen, während vielleicht irgendwo im Gebäude gerade die Terroristen eine Bombe scharfmachten.

»Sind jetzt im zweiten Stock. Noch nichts von dem Mann zu sehen.«

I-Mac meldete sich aus dem Auto: »Er ist jetzt im Mittelbereich und geht langsam auf den für die Renovierung abgetrennten Bereich zu. Es ist kein Wachmann in der Nähe.«

Red wünschte, er könnte Sierra sehen, um sicherzustellen, dass es ihr gut ging. Aber sie hatte Tom an ihrer Seite und war noch dazu nicht wehrlos. Allerdings hatten die beiden noch keine Waffen, und das machte die Verfolgung des Terroristen deutlich gefährlicher. Sie konnten nur hoffen, dass der ebenfalls noch unbewaffnet war, weil er als normaler Besucher hereingekommen war. Am meisten störte Red, dass er hier gefangen war und nicht unten bei Sierra sein konnte. Vielleicht hätte er doch lieber Toms Rolle einnehmen sollen, aber dank seiner Narben und der frischen Verletzungen wäre er viel zu auffällig gewesen. Außerdem wussten die Tangos, wie er aussah.

Nein, sein Platz war hier, und er würde alles dafür tun, dass keiner seiner Leute es bereute, ihn mitgenommen zu haben. Vom Anführer zum Sorgenkind, er hasste diese Entwicklung. Würden seine Männer ihn noch respektieren und ihm folgen, wenn sie ihn einmal in diesem Zustand erlebt hatten? Vermutlich schon, wenn er seine alte Stärke wiedergewann, doch ein kleiner Zweifel würde sicher bleiben. Wut auf seinen Entführer und das Schicksal schnürten ihm die Kehle zu, bis er dachte, ersticken zu müssen. Er wünschte, er hätte die Gelegenheit gehabt, ihn selbst zu töten. Es war gut, zu wissen, dass er niemandem mehr etwas tun konnte, aber es stillte nicht seinen

Rachedurst. Seine einzige Befriedigung wäre, wenn er den Anschlag vereiteln und die Terrorzelle zerstören würde. Damit hätte er am Ende doch noch gesiegt.

»Alles in Ordnung?« Clints Frage drang beinahe lautlos an sein Ohr.

Mühsam riss Red sich zusammen. »Ja, mir gefällt nur nicht, dass Sierra sich in Gefahr begibt.«

Clint nickte. »Das geht mir genauso.«

»Können wir uns jetzt wieder auf die Aufgabe konzentrieren?«

Clint beugte sich noch dichter zu ihm. »Ich bin nicht derjenige, dessen Gedanken gerade woanders waren.«

Erwischt. »Kommt nicht wieder vor.«

»Du hast noch eine Viertelstunde, bis wir loslegen.«

Die würde er nicht brauchen. Über seine Beziehung zu Sierra konnte er noch nachdenken, wenn sie ihren Job erledigt hatten – jetzt und hier musste er sich auf das fokussieren, was er tat. Schon mehr als ein Soldat war getötet worden, weil er sich nicht auf seine Aufgabe konzentriert hatte. Er wollte nicht dazugehören. Red nickte Clint zu und begann dann, seine Waffen noch einmal zu kontrollieren. Dabei gelang es ihm normalerweise immer, die Zone zu finden, in der nur noch die Mission zählte.

»Sind jetzt an der Absperrung der Renovierungsarbeiten. Hier ist niemand zu sehen.« Tom hielt seine Stimme so leise, dass sogar Sierra ihn kaum verstand, obwohl sie direkt neben ihm ging. Langsam schlenderten sie an dem hölzernen deckenhohen Zaun entlang, der den Besucherbereich von der Baustelle abtrennte, und betrachteten vorgeblich die dort hängenden Plakate über die zu erwartenden Ausstellungen.

I-Mac meldete sich. »Er ist durch die Tür ganz rechts gegangen. Ich kann leider nicht sehen, was dahinter ist, weil die Kameras wohl für die Renovierung entfernt wurden.«

Tom sah ungefähr so glücklich aus, wie Sierra sich fühlte. Sie mussten wissen, was der Mann im abgesperrten Bereich tat, doch es konnte verhängnisvoll sein, ihm zu folgen. Die ganze Mannschaft von Terroristen konnte dort auf sie warten und sie ausschalten. Oder sie zündeten die Bombe sofort, weil sie sich bedroht fühlten. Noch waren Besucher in den Hallen unterwegs, eine Explosion konnte viele Menschenleben kosten. Ganz zu schweigen von ihren eigenen. Auch wenn Sierra bereit war, ihr Leben zu opfern, um den Anschlag zu verhindern, wollte sie es nicht unbedingt durch Dummheit verlieren.

Ein Schnauben entfuhr ihr, als sie sich daran erinnerte, was alles bei diesem Einsatz schiefgehen konnte. Im Grunde war es beinahe selbstmörderisch, die Terroristen an einem Anschlag zu hindern, wenn man nicht viel mehr wusste, als dass er in diesem Gebäude an diesem Abend stattfinden sollte. Falls diese Informationen nicht sogar veraltet waren. Andererseits hatte I-Mac einen der Terroristen erkannt, was darauf hindeutete, dass sie hier richtig waren.

»I-Mac, wie sicher bist du, dass dieser Mann wirklich einer der Gruppe ist?«

Die Antwort kam prompt: »Sehr sicher. Ich habe ein Bild von ihm gemacht und es mit den anderen verglichen. Er ist es.«

Das war eindeutig und erleichterte Sierra die Entscheidung. »Ich gehe rein.«

Über den Kopfhörer kamen mehrere Proteste, und auch Tom schüttelte den Kopf. »Wir gehen entweder zusammen rein oder gar nicht. Such es dir aus.« Es war ihm anzusehen, dass er das todernst meinte.

Deshalb – und weil sie eigentlich ganz froh war, nicht allein gehen zu müssen – gab sie schließlich nach. »Okay, zusammen.«

»Wartet noch, bis wir da sind. Ihr könnt nicht ohne Waffen …«

Sierra unterbrach Nathan. »Dann kann er längst sonstwo sein. Wir gehen jetzt. Wenn wir uns nicht mehr melden, wisst ihr ja, wo ihr uns suchen müsst.« Das klang deutlich mutiger, als sie sich fühlte. Aber sie würde ihre Aufgabe erfüllen.

»Seid vorsichtig.«

Sie klickte bestätigend, so wie sie es von den SEALs gehört hatte, und wandte sich dann Tom zu. »Wer geht zuerst?«

»Ich. Zur Not kann ich meine Marke herausholen, falls da noch Bauarbeiter sind.«

Sierra nickte ihm zu und wünschte sich zum ersten Mal seit langer Zeit, wieder das vertraute Gefühl der Waffe an ihrer Hüfte zu spüren. Damit würde sie sich wesentlich sicherer fühlen. Tom drückte gegen die Tür, und sie schwang leise quietschend nach innen auf. Automatisch hielt Sierra den Atem an, als Tom hindurchtrat. Das war der Moment, der am gefährlichsten war. Wenn der Mann sie auf der anderen Seite erwartete, konnte er Tom niederschlagen oder töten, bevor der ihn überhaupt sah. Tom blickte sich jetzt zu allen Seiten um und gab ihr dann ein Zeichen, ihm zu folgen. Die Tür schwang leise hinter ihr zu.

Die Baustelle war leer und überraschend aufgeräumt. Es sah so aus, als wäre dieser Abschnitt beinahe fertig und würde bald wieder eröffnet werden. Deshalb hatte der Terrorist einfach so unbehelligt hier hereinspazieren können. Die Frage war nur, wohin er gegangen war. Viel Auswahl gab es nicht, wenn er sich nicht gerade in Luft aufgelöst hatte.

»I-Mac, kannst du auf den Plänen sehen, wohin der Kerl verschwunden sein könnte?«

»Moment, ich sehe nach.« Einen Moment lang blieb es still. »Laut den alten Plänen wärt ihr jetzt in einer Sackgasse, aber in denen vom Umbau ist zu sehen, dass sich rechts hinten bei der Fensterfront ein Durchgang in den nächsten Raum befindet. Der müsste allerdings auch zu sein.«

Da der Mann nicht mehr zu sehen war, hatte er entweder einen Schlüssel, oder auch diese Tür war offen. Wie es aussah, hatten die Terroristen ganz genau vorgeplant. »Wir sehen nach.«

Tom ging wieder vor ihr, offenbar wollte er auch diesmal der Erste sein. Vorsichtig schob er die Tür auf und blickte in den dahinter liegenden Raum. Die Muskeln in seinem Rücken zuckten, bevor er schnell weiterging. Noch wachsamer trat Sierra ebenfalls ein und schloss dann die Tür hinter sich. Der Raum war klein und dunkel, die Lichter waren gedimmt. Es dauerte einen Moment, bis Sierra sah, dass sie nicht allein waren. In einer besonders dunklen Ecke lag etwas, das wie ein Mensch aussah.

»Oh Gott!« Rasch eilte sie dorthin, Tom folgte dicht hinter ihr.

»Sierra, sei vorsichtig, es könnte eine Falle sein.«

Das war ihr bewusst, aber als Sanitäterin drängte alles in ihr danach, sich um jemanden zu kümmern, der eindeutig verletzt war. Andernfalls würde er dort nicht so still liegen. Außer er war tot …

Sierra fiel neben dem leblosen Körper auf die Knie und drehte ihn um. Es war ein Mann, nur in Unterwäsche gekleidet, und seine Hand- und Fußgelenke waren hinter dem Rücken zusammengebunden. Ein Knebel steckte in seinem Mund. Immerhin schien er noch zu leben, sonst wären diese Maßnahmen nicht nötig gewesen. Mit zitternden Fingern berührte sie seine Halsschlagader und fühlte einen gleichmäßigen Puls. Erleichtert zog sie den Knebel herunter und überprüfte dann seine anderen Vitalfunktionen.

Mit halbem Ohr hörte sie zu, wie Tom den anderen einen kurzen Bericht gab. Am Hinterkopf des Bewusstlosen prangte eine große Beule, vermutlich hatte er einen harten Schlag abbekommen. Von der Statur her war er kräftig, sicher war er normalerweise nicht so leicht zu überwältigen. Auf jeden Fall gehörte er nicht zu den Terroristen. Der Mann, dem sie gefolgt waren, hätte allerdings nicht genug Zeit gehabt, jemanden zu überfallen, auszuziehen und zu verschnüren. Also musste mindestens noch ein anderer Terrorist im Haus sein.

Tom schien zu dem gleichen Schluss gekommen zu sein, denn er berichtete es gerade den anderen. Clint drängte darauf, weiter nach dem Terroristen zu suchen, doch Sierra konnte nicht einfach jemanden hier liegen lassen, ohne sicherzustellen, dass es ihm gut ging. Sanft schlug sie ihn auf die Wangen, bis seine Lider sich langsam hoben. Als er sie sah, verspannte sich sein ganzer Körper. Er riss an seinen Fesseln, doch sie lösten sich nicht.

»Wer sind Sie? Was wollen … Sie von mir?« In Sierras Ohren klang seine Stimme viel zu laut, und sie hielt ihm instinktiv eine Hand vor den Mund.

»Eigentlich wollten wir Sie das gerade fragen. Was ist passiert? Hat Sie jemand überfallen?« Sie hob die Hand. »Und sprechen Sie bitte leise.«

»Ich habe niemanden gesehen. Im einen Moment war ich noch allein, im nächsten habe ich Schritte hinter mir gehört. Bevor ich mich umdrehen konnte, spürte ich einen Schmerz an meinem Hinterkopf.« Er schnitt eine Grimasse. »Wie schlimm ist es?«

»Sie haben eine Beule.« In Sierras Stimme schwang ein eindringlicher Unterton mit. »Was tun Sie hier?«

»Ich gehöre zu der Firma, die die Renovierungsarbeiten durchführt. Ich war hier zur Endabnahme.«

»Sind noch andere hier?«

»Nein, ich war der Letzte. Ich habe noch einen Rundgang gemacht, um sicherzustellen, dass auch wirklich alles in Ordnung ist.«

Das war gut, so würde zumindest niemand anders mehr in Gefahr geraten.

»Wo ist meine Kleidung?«

Tom antwortete ihm. »Gestohlen, vermute ich mal. Was hatten Sie an?«

Der Blick des Mannes wurde schärfer. »Warum wollen Sie das wissen?«

Wortlos holte Tom seine Marke heraus und hielt sie dem Mann hin. »Polizei. Hier im Gebäude soll ein Verbrechen begangen werden, und wir versuchen, es zu verhindern. Also beantworten Sie bitte meine Frage.«

»Graue Arbeitshose und ein kariertes Hemd. Können Sie mich jetzt bitte losbinden?«

Sierra wollte ihn befreien, doch Tom legte ihr eine Hand auf den Arm, um sie davon abzuhalten. »Es tut mir leid, aber Sie müssen noch hierbleiben. Wenn jemand merkt, dass Sie verschwunden sind, könnte das zu einer Katastrophe führen.«

Das Gesicht des Mannes wurde noch blasser. »Und wenn der Typ zurückkommt und mich ganz erledigt?«

Tom versuchte, beruhigend zu klingen, aber es gelang ihm nicht ganz. »Dann wären Sie gleich getötet worden. Wenn Sie hier still liegen bleiben, wird Ihnen nichts geschehen.«

Außer es ging eine Bombe hoch. So sehr es Sierra auch widerstrebte, sie musste zugeben, dass Tom recht hatte. Also griff sie nach dem Lappen, der als Knebel gedient hatte. »Es tut mir leid. Wir kommen so schnell wieder, wie es geht.«

»Das können Sie …« Die Worte gingen in undeutliches Gemurmel über, als Sierra ihn erneut knebelte.

Mit einem schlechten Gefühl stand sie auf und ließ den Mann hilflos zurück. Sie hoffte nur, sie würde das nicht bedauern. Stumm folgte sie Tom durch die von I-Mac beschriebene Tür.

49

Für Red war es wie eine Erlösung, als das Museum geschlossen wurde und sie endlich den hinteren Bereich verlassen konnten. Als er gehört hatte, welches Risiko Sierra eingegangen war, hatte ihn das fast wahnsinnig gemacht. Auch jetzt konnte sie jederzeit auf den Terroristen treffen. I-Mac versuchte, ihn mit den Kameras wiederzufinden, hatte ihn jedoch bisher noch nicht entdeckt. Und auch sonst niemanden. Das machte Red nervös. Vielleicht hatten die Terroristen ebenfalls einen Computerspezialisten, der sie für die Kameras der Wachmänner unsichtbar machte.

Das wäre ziemlich ungünstig – sie verließen sich darauf, dass I-Mac sie warnen würde, wenn sie einem Tango zu nahe kämen. Sie konnten nur hoffen, dass die Männer sich bisher nur im hinteren Bereich aufgehalten hatten, in dem es keine Sicherheitskameras gab. Irgendwann würden sie allerdings herauskommen müssen, um die Bombe zu platzieren, und spätestens dann würden die Kameras sie erwischen.

»Okay, los geht's. I-Mac, sag uns, wenn wir reinkommen können.« Clints Stimme klang so ruhig wie immer.

»Kameras im angrenzenden Raum sind auf Zeitschleife. Es ist niemand dort … den ich sehen könnte.« I-Mac klang frustriert. »Passt trotzdem auf.«

»Das tun wir immer.«

Natürlich konnte trotzdem etwas schiefgehen, aber Red hatte das beste Team dabei, das er sich vorstellen konnte. Nicht nur seine Männer, sondern auch Clint und dazu noch Tom und

Sierra und draußen I-Mac, der mit seinem Computer zauberte. Wenn es ein Team schaffen konnte, dann dieses.

Deshalb atmete Red nur einmal tief durch und folgte dann Bull nach draußen. Nachdem die Besucher das Museum verlassen hatten, herrschte im Gang tiefe Stille. Die Sohlen ihrer Kampfstiefel verursachten kein Geräusch auf dem steinernen Boden, während sie in Richtung ihres Ziels schlichen. Red würde zusammen mit Bull, Tex und Doc die dritte Etage kontrollieren, während Clint mit dem Rest des Teams in den zweiten Stock gehen würde, um sich dort mit Sierra und Tom zu treffen und der Spur des Tangos zu folgen.

So sehr es Red auch danach verlangte, bei Sierra zu sein, er wusste, dass es die richtige Entscheidung war. Er musste sich auf die Mission konzentrieren, und das ging nur, wenn er Sierra nicht sah. Zum ersten Mal verstand er, warum bei den SEALs nur Männer zugelassen waren. Nicht, weil Frauen die Arbeit nicht leisten konnten, sondern weil Männer sich zu leicht ablenken ließen, wenn es um das andere Geschlecht ging.

»Achtung, es kommen Leute.«

»Tangos?«

»Negativ. Mitarbeiter des Museums, würde ich sagen, die Stühle und Stehtische bringen.«

Verdammt, so etwas konnten sie jetzt gar nicht gebrauchen. Wie sollten sie nach der Bombe oder den Terroristen suchen, wenn hier so viele Menschen herumliefen? Vor allem würden sich die Wachmänner an den Monitoren wundern, wenn die Mitarbeiter plötzlich von den Bildschirmen verschwanden. »Rückzug, sofort.«

So schnell wie möglich bewegten sie sich auf die Tür zu, die in einen kleinen Hinterraum führte, sofern Red sich die Pläne richtig eingeprägt hatte. »I-Mac, nimm wieder die Live-Aufnahme, wenn wir aus dem Gang sind.«

»Wird gemacht.«

Red öffnete die Tür, überprüfte, ob der Raum leer war, und schlüpfte dann hinein. Der Rest seines Teams folgte ihm, ohne zu zögern. Als die Tür sich hinter ihnen schloss, blieben sie im Dunkeln zurück. Die Enge des Raumes und das fehlende Licht erinnerten Red an seine Gefangenschaft, und ein Zittern lief durch seinen Körper. Jemand legte ihm die Hand auf die Schulter, und Red zuckte erschrocken zusammen. Seine Panik steigerte sich, bis er glaubte, sie keine Sekunde länger auszuhalten.

»Wir sind hier, es ist alles in Ordnung.« Bulls Stimme erklang dicht an seinem Ohr.

Als Red erkannte, dass es seine Hand war, die schwer und doch besänftigend auf seiner Schulter lag, verschwand die Furcht, und ein Gefühl der Erleichterung setzte ein. »Ich weiß.«

I-Macs Stimme ertönte über den Kopfhörer. »Wir sind auf Live-Aufnahme.«

»Wie sieht es bei den anderen aus?« Solange Red sich auf die Mission konzentrierte, würde er nicht in seine Erinnerungen zurückgeschleudert werden. Egal, wie dunkel und eng es hier war.

»Sierra und Tom kann ich weiterhin nicht sehen. Clint und die anderen sind jetzt im zweiten Stock und gehen gleich durch die Tür zur Baustelle.« Und dann würden auch sie für I-Macs Augen unsichtbar sein.

»Gehen rein. Alles ruhig.« Clint klang immer noch so gelassen, als würde er sich auf einem Sonntagsspaziergang befinden.

»Sierra, Tom, wo seid ihr jetzt?«

Es herrschte völlige Stille. Reds Nackenhaare richteten sich auf. Er versuchte, sich zu sagen, dass sie momentan einfach nicht antworten konnten, weil jemand in der Nähe war, oder dass das Signal durch irgendetwas gestört wurde. Aber die Furcht um sie bohrte sich trotzdem tief in sein Herz.

»Clint …«

»Wir sind dran.«

Es war eine gewisse Erleichterung, dass Tom und Sierra nicht allein dort unten waren, aber selbst die wenigen Minuten, die es dauern würde, bis Clint sie fand, konnten zu lange sein.

»Okay, ihr könnt jetzt wieder raus, der Gang ist leer. Aber macht schnell, ich weiß nicht, wie lange die Typen mit dem Aufbau beschäftigt sind.«

Er hatte kaum ausgesprochen, als jemand bereits die Tür öffnete und ein schwacher Lichtstrahl hereindrang. Die vertrauten Gestalten seines Teams wurden sichtbar, und Red atmete heimlich auf. Als Bull an ihm vorbeiging, hielt er ihn kurz auf. »Danke.«

Sein Freund nickte knapp. »Kein Problem.«

Doch, das war es. Im Ernstfall wäre er in diesem Moment eine Belastung für sein Team gewesen. Aber darüber konnte er später nachdenken, jetzt wurde es Zeit, dass sie endlich diese Schweine fanden und den Anschlag verhinderten. In etwa zwei Stunden würden die ersten Gäste der Veranstaltung eintreffen, und das würde die Sache noch viel schwieriger machen. Besser, sie eliminierten die Bedrohung jetzt und verschwanden, bevor sie jemand bemerkte.

Ohne weiteres Kommando liefen sie schnell den Gang entlang, bis sie den Raum erreichten, der ein strategisch günstiges Ziel für die Platzierung einer Bombe abgab. Er lag genau in der Mitte des Gebäudes, und in dem Raum darunter war hinter einer riesigen Glasscheibe die amerikanische Flagge ausgestellt. Wenn jemand hier eine große Bombe anbrachte, würde er nicht nur die Teilnehmer der Veranstaltung gleich nebenan treffen, sondern auch eins der ideell wertvollsten Stücke der Sammlung. Und als Zugabe würde vielleicht noch das gesamte Gebäude in sich zusammenbrechen.

I-Mac meldete sich ohne Vorwarnung. »Ich habe eine weitere schlechte Nachricht: Gerade sind eine Menge Sicherheitsleute angekommen. Momentan halten sie sich noch unten im Eingangsbereich auf, aber sie werden garantiert bald hochkommen.«

Also mussten sie sich noch mehr beeilen. Prinzipiell wurde es den Terroristen dadurch zwar auch schwerer gemacht, aber Red war sich ziemlich sicher, dass die sich nicht von ein paar Wachleuten aufhalten lassen würden. Nicht, wenn sie bereit waren, sich sogar selbst für ihr Ziel zu opfern.

Rasch durchsuchten sie den Raum, konnten aber nichts entdecken, das auf eine Bombe hindeutete. Frustriert sah Red sich um. Irgendwo mussten die Terroristen etwas versteckt haben, es sei denn, sie planten, sich mit Sprengstoffgürteln und Maschinengewehren unter die Menge zu mischen. Dazu brauchten sie sich nur lange genug im Gebäude zu verstecken, abzuwarten, bis alles durchsucht worden war, und dann konnten sie zuschlagen. Aber wäre das nicht zu riskant? Hätte Red die Sache geplant, hätte er sich so abgesichert, dass der Anschlag auch dann stattfand, wenn er selbst ausgeschaltet war.

»Okay, finden wir die Tangos und sorgen wir dafür, dass sie diesen Tag bereuen.«

»Der Gang ist frei, ihr könnt weiter.« Es schien, als könnte I-Mac Gedanken lesen.

»Achtung, wir kommen jetzt raus. Wir sehen uns den Renovierungsbereich an.«

Auch im obersten Stockwerk wurde der gesamte Westflügel renoviert und sollte erst in mehr als zwei Jahren wieder eröffnet werden, wenn den Angaben auf der Homepage zu trauen war. Red ging davon aus, dass die Bauarbeiter wegen der bevorstehenden Veranstaltung auch hier bereits gegangen waren, sodass sie freie Bahn hatten. Diesen Umstand würden die Terroristen bestimmt ebenfalls ausnutzen.

»Achtung, die Sicherheitsleute kommen jetzt hoch, beeilt euch!« I-Macs Zwischenmeldung machte ihnen noch einmal bewusst, wie kompliziert ihre Aufgabe noch werden konnte.

»Wir sind gleich im Baustellenbereich. Schalte die Kameras dann wieder auf live.«

I-Mac schnaubte. »Das hatte ich vor. Bewegt euch, ihr habt noch etwa fünf Sekunden!«

Wieder übernahm Bull die Führung und öffnete die Tür des Renovierungsbereichs. Red folgte ihm und sah sich unbehaglich um. Überall standen Werkzeuge und Materialien herum, die Bodenplatten waren verschwunden, und in den Wänden prangten große Löcher. Hier gab es unzählige Möglichkeiten, eine Bombe oder Waffen zu verstecken. Bull schien das auch so zu sehen, denn er zog das kleine Gerät heraus, mit dem er zumindest bestimmte Sprengstoffe aufspüren konnte. Die anderen verteilten sich und begannen eine schnelle, aber gründliche Suche.

Doch da war nichts. Hätte I-Mac nicht einen der Terroristen gesehen, hätte man annehmen können, sie würden sich am falschen Ort befinden. Dass alles nur eine Finte gewesen wäre und der Anschlag eigentlich woanders stattfinden würde. Aber für Red fühlte es sich hier richtig an. Anlass und Ort passten einfach hervorragend für einen geplanten Anschlag auf die USA. Ein symbolisches Vernichten des Staates und der Demokratie. Es machte ihn nervös, dass sie nichts fanden. Besonders, da ihnen die Zeit langsam davonlief. Vermutlich würden die Sicherheitsleute auch gleich die Renovierungsbereiche kontrollieren. Es wäre ziemlich ungünstig, wenn sie dann noch hier wären.

»Clint, Bericht.«

Wie zuvor schon bei Sierra und Tom kam keine Antwort. Irgendetwas musste dort unten den Empfang blockieren. Vielleicht hatten die Terroristen ein Störsignal errichtet, damit jemand, der sie dort entdeckte, die Information nicht an den Rest der Sicherheitsmannschaft weitergeben konnte. Oder sie saßen dort unten und hatten sein Team überwältigt.

»I-Mac, wie sieht es im zweiten Stock aus?«

»Die Sicherheitsleute kontrollieren gerade die Ausstellungsräume. Im Renovierungsbereich kann ich weiterhin nichts sehen.«

»Und die Tangos?«

I-Mac schnaubte. »Als hätte ich das nicht sofort gemeldet, wenn ich einen gesehen hätte.«

Red schnitt eine Grimasse. »Okay, wir nehmen jetzt die Treppe im Baubereich nach unten.«

Auch die war alles andere als fertig: Das Geländer fehlte, und die Stufen waren von dicken Holzplatten bedeckt, die bei jedem Schritt gefährlich wackelten. Bulls Miene war immer grimmiger geworden, und er behielt das Gerät in der Hand, mit dem er nach Sprengstoff suchte. Immer wieder hielt er es gegen die Wände oder auch die Stufen. Unten angekommen hatten sie immer noch nichts entdeckt. In diesem Bereich gab es nichts, wo man etwas hätte verstecken können, aber Bull ließ es sich trotzdem nicht nehmen, sämtliche Wände abzugehen.

Von den anderen war auch nichts zu sehen, sie mussten sich in einem der hinteren Bereiche aufhalten. »Clint? Tom? Sierra?« Keiner der drei antwortete.

Langsam bewegte Red sich auf den durch eine Wand abgeteilten Bereich zu. Wie von den anderen beschrieben befand sich dort immer noch der gefesselte Mann, der jetzt versuchte, sich möglichst klein zu machen, um nicht entdeckt zu werden.

Red beugte sich kurz zu ihm hinunter. »Keine Angst, wir gehören zu den Guten. Sind die anderen alle durch diese Tür dort hinten gegangen?«

Der Mann nickte heftig und versuchte, etwas zu sagen, doch es war nicht zu verstehen.

»Danke. Es tut mir wirklich leid, aber Sie müssen noch etwas hier ausharren.«

Heftig schüttelte der Mann den Kopf.

Red glaubte, etwas zu hören, das nach Anzeige klang, aber er ignorierte es. Schnell erhob er sich wieder und gab den anderen ein Zeichen, ihm zu folgen. Die Tür führte zu einem weiteren kleinen Ausstellungsraum, der komplett leer war. Es dauerte einen Moment, bis Red den hinter einem Erker versteckten schmalen Durchlass bemerkte. Anscheinend würde hier später die Ausstellungstechnik ihren Platz finden, bislang hing jedoch nur ein wilder Kabelwust von den Wänden. Bull, der ihm gefolgt war, führte sein Gerät an der Wand entlang und fluchte.

»Hast du etwas?«

Wortlos nickte sein Freund. »Ich muss die Wand aufstemmen, anscheinend ist irgendetwas dahinter, das meine Sensoren ausschlagen lässt.«

Das würde allerdings einen ziemlichen Lärm verursachen und ganz sicher die Terroristen anlocken. »Okay. Tex und Doc werden zu deinem Schutz hierbleiben, ich suche die anderen.«

»Nein.« Bulls Miene war noch finsterer geworden als ohnehin schon.

»Wie, nein?«

»Ich erinnere mich noch gut, was passiert ist, als du das letzte Mal alleine losgezogen bist.«

Er allerdings auch. Trotzdem gab es keine andere Möglichkeit. »Es wird mich sicher niemand entführen. Und du brauchst den Schutz hier.«

»Hier erschießen sie dich gleich, meinst du? Welch wunderbare Abwechslung.«

Red rieb sich über die Stirn. »Uns fehlt die Zeit, das auszudiskutieren. Ich bin ein SEAL, Bull, ich kenne meine Aufgabe. Und auch die Risiken. Da draußen sind Terroristen, die bald einige hundert Menschen umbringen wollen. Wir müssen dafür sorgen, dass sie dazu keine Gelegenheit bekommen werden. Ich verstehe deine Bedenken, wirklich, aber ich muss meinen Job machen und du deinen.«

Die anderen hatten stumm daneben gestanden. »Damit hat er recht, auch wenn es mir genauso wenig gefällt.« Tex nickte ihm zu. »Geh.«

Red war schon dabei, sich umzudrehen, als Bull ihn noch einmal festhielt. »Lass dich bloß nicht umbringen!«

Mühsam gelang ihm ein Lächeln. »Das hatte ich nicht vor.« Es fiel ihm schwer, sich von seinem Team zu entfernen, doch es war das Richtige.

Er trat zurück in den anderen Raum und zog den Knebel des Mannes herunter. »Gibt es noch einen anderen Durchgang?«

Zuerst sah es nicht so aus, als wollte der Gefesselte ihm etwas sagen, doch dann überlegte er es sich offenbar anders. »In dem anderen Raum gibt es eine Tür zu einem Versorgungsschacht. Normalerweise ist sie aber immer verschlossen.«

»Danke. Wir werden Sie sofort befreien, wenn die Situation hier unter Kontrolle ist.«

»Ja, das habe ich schon mal gehört und warte immer noch darauf.«

Red konnte es ihm nicht verdenken, dass er säuerlich reagierte. »Sie sind der Erste, an den wir denken werden.«

»Versprechen Sie mir wenigstens, dass Sie hier nichts kaputt machen, was wir gerade renoviert haben.«

Innerlich schnitt Red eine Grimasse. »Wir bemühen uns.«

Während er den Knebel wieder befestigte, erklang aus dem Nebenraum ein dumpfes Knirschen. Bull, der die Wand aufstemmte.

Die Augen des Mannes weiteten sich, und er begann, hinter seinem Knebel zu schimpfen. Red beeilte sich, den Raum wieder zu verlassen. Auf den ersten Blick schien der Nachbarraum keine Tür zu haben, doch auch hier fand er sie wieder hinter einem geschickt angelegten Vorsprung.

»Bull, hörst du mich?«

»Ja.«

»Ich bin jetzt in dem anderen Raum auf dieser Seite, der an der Außenseite des Gebäudes. Dort gibt es eine weitere Tür, die laut dem Handwerker zum Versorgungsschacht führt. Ich werde mich da umsehen.«

»Das gefällt mir nicht.«

»Mir auch nicht. Der Gefangene hat übrigens darum gebeten, dass wir möglichst wenig kaputt machen.«

Bull schnaubte. »Zu spät.«

»Das habe ich befürchtet. Es kann sein, dass die Verbindung gleich abbricht, falls das der Ort ist, an dem auch die anderen sind. Ich melde mich, sobald es wieder geht. Bleibt ihr mit I-Mac in Kontakt.«

»Geht klar. Aber sei vorsichtig da.«

»Mache ich. Jag uns möglichst nicht in die Luft.«

»Ich bemühe mich.«

Kopfschüttelnd öffnete Red die Tür und verschwand in der Dunkelheit.

Sierra versuchte, möglichst leise zu atmen, aber das war gar nicht so einfach, wenn man das Gefühl hatte, demnächst zu ersticken. Das war natürlich nur ihre Einbildung, die Luft hier drinnen war einfach nur schlecht, aber es war genug vorhanden, um sich problemlos einige Stunden hier aufhalten zu können. Wie lange waren sie jetzt schon hier? Es kam ihr endlos lange vor. Sie hatten sich gerade durch den Versorgungsschacht vorgearbeitet, als sie Stimmen vor sich gehört hatten. Da sie den Rest des Teams nicht mehr über Funk erreichen konnten, waren sie langsam weitergegangen, um zu verifizieren, dass es sich bei den Stimmen tatsächlich um die Terroristen handelte.

Irgendwann war der Gang breiter geworden und hatte in einem langgestreckten Raum gemündet, in dem sich die Klimaanlage des Gebäudes befand. Jedenfalls nahm sie an, dass es sich darum handelte. Überall liefen dicke Rohre entlang und das ganze Gebilde gab ein stetiges hohes Summen von sich, das sämtliche Oberflächen vibrieren ließ. Selbst in ihrem Magen löste es Schwingungen aus, die leichte Übelkeit in ihr aufkommen ließen. Vielleicht war das aber auch die Aufregung, denn dort hinten, nur wenige Meter von ihnen entfernt, saßen tatsächlich die Terroristen und diskutierten darüber, ob sie den Handwerker töten sollten, damit er sie nicht verraten konnte.

Unwillkürlich tastete Sierra nach ihrer Waffe, die sie aber natürlich nicht bei sich trug. Tom schien ihre Bewegung zu bemerken, denn er legte ihr beruhigend eine Hand auf den Rücken. Vermutlich ging es ihm ähnlich, und er hätte die Männer, die da so kaltblütig über die Ermordung eines Unbeteiligten sprachen, am liebsten angegriffen. Sierra würde nicht zulassen, dass die Terroristen mit ihrem Vorhaben durchkamen, so viel stand fest. Der Mann war wehrlos, und außer ihr und Tom gab es niemanden, der ihn beschützen konnte.

Ein Geräusch hinter ihnen ließ Sierra herumwirbeln, Tom war noch schneller und zog sie mit sich hinter ein paar Kisten, die dort lagerten. Durch einen Spalt blickte sie dorthin, wo sie gerade noch gehockt hatten. Ein Mann bewegte sich so routiniert den Gang entlang, als wäre er schon öfter hier gewesen.

Die Terroristen schwiegen kurz, klickend wurden die Sicherungen mehrerer Waffen gelöst. Sierra hielt automatisch den Atem an, ließ ihn dann jedoch lautlos entweichen, als der Neuankömmling freudig begrüßt wurde. Offenbar hatten sie bereits auf ihn gewartet.

Er setzte sich nicht zu den anderen, sondern blieb halb im Gang stehen, nur wenige Zentimeter von ihnen entfernt, wodurch er ihnen jede Fluchtmöglichkeit nahm. Sie waren hier gefangen und konnten niemandem sagen, dass sich die Terroristen genau hier befanden. Auch Tom schien das bemerkt zu haben, denn er bewegte sich unruhig. Es dauerte einen Moment, bis Sierra erkannte, dass er eine Nachricht auf dem Handy schrieb. Offenbar versuchte er, den anderen so eine Mitteilung zukommen zu lassen, weil der Funk hier nicht funktionierte. Hoffentlich galt das Gleiche nicht für das Mobilfunknetz.

Am liebsten hätte sie Nathan eine Nachricht geschickt und ihm noch einmal gesagt, wie froh sie darüber war, dass sie ihn kennengelernt hatte, aber sie wagte es nicht. Der Mann war nur wenige Zentimeter von ihr entfernt, sie hatte das Gefühl, er würde es spüren, wenn sie etwas anderes tat, als nur zu atmen. Sie sah ihn nicht einmal an, weil sie befürchtete, er würde es irgendwie bemerken. Deshalb hielt sie den Kopf gesenkt und beobachtete stattdessen die anderen Männer. Eine seltsame Stimmung hatte sich über die Gruppe gelegt, seit der andere angekommen war. Vielleicht war er der Anführer oder jemand, der sich dafür hielt. Sierra hatte ihn nicht lange genug ansehen können, um zu überprüfen, ob er einer der ihnen bekannten Terroristen war. Vielleicht gehörte er auch überhaupt nicht zu der Facebook-Gruppe.

Jemand, der noch gefährlicher war, weil sie gar nichts über ihn wussten. Der Gedanke ließ Sierra schaudern. Die anderen Männer waren schon schlimm genug, weil sie harmlos aussahen und normale Leben geführt hatten, aber trotzdem einen so furchtbaren Anschlag planten.

»Warum habt ihr den Mann überhaupt am Leben gelassen? Ihr wisst doch, dass wir keine Zeugen zurücklassen. Davon abgesehen ist sowieso bald jeder hier im Gebäude tot.« Selbst seine Stimme machte Sierra nervös. Vielleicht weil sie so tief und sympathisch klang und so gar nicht zu seinen Worten passen wollte. Das war ein Mann, der es gewohnt war, Befehle zu erteilen, die dann befolgt wurden.

Einer der anderen Männer stand auf. »Genau deshalb lebt er noch. Es sollen alle zur gleichen Zeit sterben.«

»Dieser Mann ist ein Risiko. Wenn er sich irgendwie befreien kann oder von jemandem gefunden wird, könnte er uns verraten.«

Beinahe bockig verschränkte der junge Mann die Arme vor der Brust. »Ich habe ihn von hinten niedergeschlagen, er weiß gar nichts von uns.«

Die Ungeduld des Anführers war deutlich spürbar. Er trat einen Schritt vor und streifte dabei fast mit dem Saum seines Mantels Sierras Kopf. Sofort duckte sie sich noch tiefer. »Nein, aber jeder, der ihn sieht, weiß sofort, dass hier irgendetwas vorgeht. Heute wird viel Sicherheitspersonal vor Ort sein, sie werden alles überprüfen. Was glaubt ihr, wird passieren, wenn sie einen gefesselten Mann finden? Entweder sagen sie die Veranstaltung gleich ab, oder sie überprüfen jede noch so kleinste Ecke, bevor sie die Leute überhaupt reinlassen. Beides würde unserem Plan schaden.« Seine Stimme wurde härter. »Also kümmere dich darum und schaff den Mann weg, bevor ihn jemand findet.«

Jede Spur von Gegenwehr schwand. »Wohin soll ich ihn denn bringen?«

»Das ist mir völlig egal, solange man ihn dort nicht entdeckt.« Drohend setzte er hinzu: »Und zwar schnell.«

»Ist ja gut, ich kümmere mich darum.« Der Untergebene schob sich an ihm vorbei und bemühte sich, ihn dabei nicht zu berühren.

»Und nimm den anderen Weg, ich will nicht, dass dich jemand sieht.«

Der Jüngere antwortete nicht mehr.

»So, jetzt aber zu einer ganz anderen Frage.« Der Anführer griff nach unten und bekam Sierras Zopf zu fassen. Brutal zog er sie hoch und legte ihr dann einen Arm um die Kehle. »Wie kann es sein, dass ihr es nicht bemerkt, wenn ihr von einer Tussi beobachtet werdet?«

Mit schreckgeweiteten Augen sah Sierra zu, wie die anderen Männer aufsprangen und sich mindestens neun Waffen auf sie richteten.

50

Red schlich den schmalen Gang entlang und versuchte, sich vorzustellen, was mit den anderen geschehen sein mochte. Sie hatten sicher zehn Minuten Vorsprung und konnten inzwischen sonstwo sein. Außer es gab keinen weiteren Ausgang, dann würde er bald auf sie treffen. Aus der Ferne konnte er Stimmen hören, aber er bezweifelte, dass sie zu seinem Team gehörten. SEALs wussten immer, wie weit der Schall Stimmen trug, deshalb redeten sie während einer Mission immer nur ganz leise miteinander – selbst wenn sie glaubten, allein zu sein. Also würde er bald endlich auf die Terroristen treffen. Er wünschte nur, sein Team wäre auch hier.

Andererseits würde ein Kampf in diesem schmalen Gang und ohne Deckung schwierig werden. Wahrscheinlich war es besser, die Terroristen herauszulocken und sie dann in den anderen Räumen zu überrumpeln. Red hörte Schritte und presste sich an die Wand. Es gab nichts, wohinter er sich verstecken konnte, deshalb bewegte er sich schnell vorwärts, um denjenigen, der da kam, zu überraschen, sobald er um die Ecke bog. Das Gewehr hängte er sich über die Schulter und zog stattdessen sein Kampfmesser heraus. Er musste auf jeden Fall verhindern, dass die anderen Männer etwas mitbekamen.

Ein junger Mann kam um die Ecke, er schien gar nicht damit zu rechnen, dass dort jemand auf ihn warten könnte. Seine Augen weiteten sich, und er öffnete den Mund, doch es kam nichts mehr heraus, denn Red hatte ihm bereits den Knauf seines Messers gegen die Schläfe geschlagen. In seinen Armen sackte der Terrorist zusammen. Gerade noch rechtzeitig konnte Red dessen Waffe auffangen, bevor sie zu Boden fiel. Für seine schlanke Figur war der Mann überraschend schwer, wie Red feststellte, als er ihn zuerst mit Kabelbindern fesselte und ihn dann hinter die Rohre legte. Dort würde man ihn nicht so schnell finden.

Red wartete, bis sich sein Atem beruhigt hatte, bevor er vorsichtig weiterschlich. Noch immer hörte er Stimmen, die sich über etwas zu streiten schienen, doch er konnte noch nichts verstehen. Nach einer weiteren Biegung wurde der Gang breiter und endete schließlich in einer Sackgasse. Dort saßen mehrere Männer und diskutierten über irgendetwas. Ein weiterer stand mitten im Gang und hielt etwas vor sich fest. Zuerst konnte Red nur Beine sehen, die mit einer langen Hose bekleidet waren, doch dann bewegte sich die Person, zu der sie gehörten, und hellblondes Haar schimmerte in dem gedämpften Licht.

Sierra! Reds erster Instinkt war, vorwärts zu stürmen und sie zu befreien, doch dann setzte sein Verstand wieder ein. Wenn er das tat, war sie so gut wie tot. Die Männer würden sicher sofort zu schießen beginnen, und Sierra befand sich mitten im Schussfeld. Deshalb presste Red sich stattdessen an die Wand und lugte vorsichtig um die Ecke. Sein Herz klopfte schneller, als er sah, wie Sierra sich gegen den Griff des Mannes wehrte.

»Lassen Sie mich los! Das ist alles ein Missverständnis, ich bin eine Besucherin und habe mich nur verirrt.«

Der Anführer lachte. »Durch den Renovierungsbereich bis hierher? Sehr unwahrscheinlich.« Grob tastete er sie ab. »Keine Waffen.«

Gott, hoffentlich fand er das Headset nicht! Dann würde er Sierra vermutlich sofort erschießen. Oder ihr einfach das Genick brechen. Was hatte er sich dabei gedacht, sie mitkommen zu lassen? Er hatte gewusst, dass er sie dadurch in Lebensgefahr brachte. Eine weitere Durchsuchung brachte nichts zutage, anscheinend war es Sierra gelungen, das Headset vorher loszuwerden. Trotzdem war die Wahrscheinlichkeit immer noch groß, dass die Terroristen sie als mögliche Bedrohung einstuften und beseitigen würden.

Lautlos hob Red sein Gewehr, um im Notfall schießen zu können. Allerdings befand er sich in einer Zwickmühle: Selbst wenn er den Mann erschoss, würde Sierra sicher von den anderen getötet werden. *Verdammt!*

»Ich habe doch gesagt, ich bin eine Besucherin. Warum sollte ich sonst hier sein? Und wer sind Sie überhaupt? Bauarbeiter?«

Sie spielte mit dem Feuer. Es war so leicht, einen Menschen zu töten, wenn man die richtige Motivation dafür hatte.

Gelächter antwortete ihr. »Ja, genau. Wir machen hier gerade Feierabend.«

»Na, dann kann ich ja einfach gehen. Ich werde auch niemandem sagen, dass ich Sie hier getroffen habe.«

Der Anführer mischte sich wieder ein. »Nein, das werden Sie nicht.«

Einer der Männer stand jetzt auf und trat näher heran. »Warte mal, ist das nicht die Frau, die mit diesem SEAL zusammen war, der Hastings und Prescott getötet hat?«

Mit einem stillen Fluch schloss Red die Augen. Das war es, sie würden Sierra töten. Und das bedeutete, er musste schneller sein als diese Mistkerle. Und alle erwischen, bevor eine Kugel in Sierras Richtung flog – unter besseren Bedingungen durchaus machbar, aber da sie genau zwischen ihm und den Männern stand, beinahe unmöglich.

Der Anführer blickte auf sie herunter, mit Gewalt bog er ihren Kopf zurück. »Ist das wahr? Hast du etwas mit diesem Redfield zu tun?«

»Ich habe keine Ahnung, wovon …« Weiter kam sie nicht, denn er gab ihr eine schallende Ohrfeige.

Nur mit allergrößter Beherrschung konnte Red sich davon abhalten, nach vorne zu stürmen und den Bastard mit bloßen Händen auseinanderzureißen.

»Versuch nicht, mich zu täuschen, Frau. Was ist nun, kennst du diesen Redfield?«

Sierra hob das Kinn. »Nein.«

»Sie lügt.« Ein anderer Mann stand auf und zeigte dem Anführer ein Bild auf dem Handy. »Sie war mit ihm im Haus.«

»Dann würde ich gerne wissen, warum ihr sie nicht beseitigt habt, als noch Zeit dafür war.« Zorn war in der Stimme des Mannes zu hören.

»Das Haus wurde die ganze Zeit bewacht, wir hatten keine Chance, sie dort rauszuholen.«

»Okay, aber euch ist doch wohl klar, dass dieser Redfield jetzt auch hier ist, oder? Einer von euch muss einen Fehler gemacht haben, und sie haben herausbekommen, was hier heute stattfinden soll.« Er trat vor und zog Sierra mit sich. »Jahrelang haben wir die Sache geplant und viel Geld in euch investiert. Und ihr versaut es am allerletzten Abend!« Seine Stimme wurde gefährlich leise. »Das wird Konsequenzen haben, darauf könnt ihr euch verlassen.«

Er richtete seine Aufmerksamkeit wieder auf Sierra. »Sag mir, wo dein Freund ist.«

»Nein.« Sierras Antwort klang deutlich und bestimmt.

Reds Herz zog sich vor Angst zusammen. Wenn die Terroristen glaubten, dass sie nicht kooperieren würde, hatten sie keinen Grund mehr, sie am Leben zu lassen. Stumm flehte er Sierra an, etwas zu sagen, das ihr etwas mehr Zeit verschaffte.

Der Mann packte sie am Nacken und schüttelte sie, als wäre

sie ein Hund. Automatisch wollte Red sich nach vorn bewegen, um ihr zu helfen, als sich unvermittelt ein Arm um seinen Brustkorb schlang und ihn zurückhielt. Er wehrte sich dagegen und schlug seinen Ellbogen nach hinten. Ein Grunzen ertönte, das glücklicherweise vom Geräusch der Klimaanlage geschluckt wurde.

»Halt still, verdammt noch mal!« Der Befehl kam beinahe tonlos, aber Red erkannte die Stimme trotzdem sofort.

Einen Moment lang zögerte er noch, dann gab er den Widerstand auf und drehte sich zu Clint um. »Wo wart ihr?«

»Andere Räume überprüfen. Lage?«

»Diese Kerle haben Sierra!« Mühsam hielt Red seine Stimme leise.

Clint sah ihn ernst an. »Das ist mir bewusst. Wie viele sind es? Wie sind sie bewaffnet? Und wo ist Tom?«

Trauer überkam ihn, als ihm klar wurde, dass sein Freund schon tot sein konnte. Andernfalls hätte er Sierra doch niemals allein gelassen, oder? »Ich habe Tom nicht gesehen. Ich glaube, es sind acht Männer. Einen habe ich weiter vorne überwältigt und deponiert.«

»Den haben wir gefunden.« Clint blickte an ihm vorbei auf die Männer. »Dann ist dort einer mehr, als wir wissen.«

»Ich glaube, es ist der, der Sierra hat. Allerdings habe ich ihn noch nicht von vorne gesehen, deshalb kann ich es nicht beschwören.«

»Okay, dann hoffen wir, dass es nicht noch mehr gibt. Wo sind Bull und die anderen?«

»Bombenbeseitigung in einem Nebenraum. Sie sind hinter der Wand versteckt.«

»Shit.« Clint schwieg für einen Moment.

»Ich zähle jetzt bis drei, und wenn du mir dann nicht sagst, wo wir diesen Redfield finden, bist du tot.«

Ein Blick zurück zeigte Red, dass der Anführer Sierra die Mündung einer Pistole an die Schläfe drückte.

»Eins …«

Clint nickte ihm zu. »Geh.«

»Zwei …«

Eilig trat Red um die Ecke. Gleichzeitig suchte er fieberhaft nach einer Möglichkeit, den Mann zu töten, ohne Sierra dabei zu gefährden.

»Dr…«

»Ich bin hier.« Seine Stimme hallte durch den Gang.

Überrascht drehte der Terrorist sich um, nahm die Waffe aber nicht von Sierras Schläfe. »Ah, unerwarteter Besuch, wie nett.« Er winkte ihn näher. »Lassen Sie Ihre Waffen fallen.«

Gehorsam legte Red das Gewehr auf den Boden und zog dann seine Pistole heraus. Auch sie legte er ab. Dabei fiel sein Blick auf Tom, dessen Gesichtsausdruck mörderisch war. Er gab Red ein Zeichen, dass er auf ihn zählen konnte. Red nickte unauffällig.

Der Anführer wirkte zufrieden. »Offenbar bedeutet Ihnen die Frau etwas.«

»Ich versuche nur zu verhindern, dass Unschuldige getötet werden.«

Der Mann lächelte ihn an. »Ein nobles Ziel, wenn auch völlig sinnlos. Niemand, der heute Abend hier erwartet wird, ist unschuldig. Genauso wenig wie Sie.«

»Sie etwa?« Je länger er den Mann ablenken konnte, desto größer war die Wahrscheinlichkeit, dass es dem Team gelang, einen Weg zu finden, sie zu befreien.

Der Mann lachte laut auf. »Gott, nein! Das wäre ja auch ziemlich langweilig.«

»Sie wollen diese Menschen töten, weil Ihnen langweilig ist?« Wie krank konnte man eigentlich sein?

»Aber nein. Wir räumen nur ein wenig auf. Und wenn alles vorbei ist, bauen wir hier eine neue Ordnung auf.«

Red ließ seine Skepsis durchblicken. »Glauben Sie das wirklich? Ein kleiner Anschlag wird überhaupt nichts ändern.«

»Oh doch, Sie werden es sehen.« Seine Miene spannte sich an. »Aber jetzt reicht es mit dem Gelaber. Danke, dass Sie selbst gekommen sind, so muss ich Sie nicht extra suchen lassen. Wenn Sie wollen, können Sie sich noch von Ihrer Freundin verabschieden.«

Langsam wandte Red sich Sierra zu und zog sie in seine Arme. Seine Lippen berührten ihr Ohr. »Wirf dich auf den Boden, wenn es losgeht.«

Als Antwort zwickte sie ihn mit den Fingern in die Seite. Dann spürte er, wie sie sein Messer herauszog und zwischen ihren Körpern versteckte. Nicht zum ersten Mal wurde ihm bewusst, wie fantastisch Sierra war. Selbst in Todesgefahr konnte sie noch klar denken und tat alles, was nötig war.

»So, das reicht jetzt.« Der Anführer riss Sierra zurück und schubste sie in Richtung der anderen Männer. Sie hatte Mühe auf den Füßen zu bleiben, wirbelte aber sofort wieder herum. Das Messer war nirgends zu sehen, sie musste es versteckt haben.

Der Anführer hatte die Pistole auf Reds Brust gerichtet, seine Miene drückte Genugtuung aus. »Ich muss sagen, es ist mir eine gewisse Befriedigung, einen von den angeblich so unbesiegbaren SEALs erledigen zu können. Zu schade, dass ich mir keine Jagdtrophäe nehmen kann.«

Der Mann war eindeutig größenwahnsinnig und ein Sadist. Wut brodelte in Red, und er konnte es kaum erwarten, die Terroristen auszuschalten. Hoffentlich hatten Clint und die anderen genug Zeit gehabt, sich vernünftig zu positionieren – er glaubte nicht, dass der Anführer noch lange zögern würde.

»Sie werden damit nicht durchkommen.« Er wusste, dass jedes Wort verschwendet war, aber vielleicht hatte der Kerl ja noch Redebedarf und verriet ihnen etwas über mögliche Hintermänner.

Ein überhebliches Grinsen war die Antwort. »Oh doch, das werde ich.«

»Was haben Sie davon, hier einen Anschlag zu verüben? Sie sind selbst Amerikaner, nehme ich an. Es ist Ihre eigene Geschichte, die in diesem Gebäude ausgestellt ist.«

Die Augen des Mannes verengten sich, sein Lächeln wurde schärfer. »Was interessiert mich ein Stück Stoff oder was andere in ihren Nachttischen hatten? Mich interessiert nur, wie ich die Zukunft neu gestalten kann. Und dabei wird mir der Anschlag sehr behilflich sein.«

»Was sollte …?«

Der Anführer unterbrach ihn. »Genug geredet, ich habe keine Zeit für so was.« Mit einem deutlichen Klicken löste er die Sicherung seiner Waffe. »Sterben Sie wohl.«

Im letzten Moment bewegte Red sich zur Seite und schlug den Arm des Terroristen nach oben. Ein Schuss löste sich und traf die niedrige Decke. Putz rieselte auf Red nieder. Bevor der Anführer erneut schießen konnte, hatte Red sich auf ihn gestürzt und brachte ihn zu Fall. Es war deutlich zu erkennen, dass er vielleicht mit einer Pistole umgehen konnte, im unbewaffneten Nahkampf dagegen hatte er überhaupt keine Chance. Selbst in seinem Zustand konnte Red ihn mühelos zu Boden ringen und dafür sorgen, dass er sich so schnell nicht mehr rühren würde.

Die anderen Terroristen reagierten verspätet, jedoch immer noch schnell genug, dass Red sich nicht um sie kümmern konnte. Hilflos musste er mit ansehen, wie sich mehrere Männer auf Sierra stürzten. Sein Blick begegnete dem von Tom, der ihm sofort das Gewehr zuwarf und sich selbst mit der Pistole hinter den Kisten in Schussposition brachte. Red wartete nicht darauf, bis sein Team zu ihm aufgeschlossen hatte, sondern gab einen Schuss ab. Sofort wurde das Feuer erwidert, und er musste sich zu Boden werfen, um nicht getroffen zu werden. Aus dieser Lage war es schwer, den Überblick zu behalten, deshalb robbte er sich langsam vor.

Er musste zu Sierra und sie beschützen, egal, was es kostete. Sorgfältig zielte er und traf einen der Männer an der Schulter, der einen lauten Schrei ausstieß. Wenn es nicht anders ging, würde er sie töten, aber sie hatten sich vorher geeinigt, wenn möglich einen oder mehrere Terroristen am Leben zu lassen, um sie befragen zu können. Für Red ging aber der Wunsch vor, Sierra zu beschützen. Wie eine Amazone wirbelte sie herum und richtete mit dem Messer einigen Schaden an. Trotzdem hatten ihre Angreifer den Vorteil, sie waren in der Überzahl und hatten vor allem Schusswaffen. Sie konnten sich wehren, ohne dass sie von der Klinge verletzt wurden.

Einer der Männer legte auf Sierra an, doch Red erschoss ihn, noch bevor der Terrorist den Abzug betätigen konnte. Als er sah, dass Clint und die anderen in Position waren, ließ er das Gewehr fallen und stürmte auf die Männer zu. Die waren ganz auf Sierra konzentriert und bemerkten ihn erst, als er sie erreicht hatte. Er bahnte sich einen Weg, und es war ihm egal, wen er dabei verletzte. Einen Mann packte er einfach und warf ihn wie einen Mehlsack zur Seite. Endlich war er bei Sierra angekommen und berührte sie am Arm. Glücklicherweise erkannte sie ihn früh genug, um den Messerhieb abzulenken. Red warf sich zu Boden und zog Sierra mit sich. Schützend legte er sich über sie, während nacheinander mehrere Schüsse ertönten.

Als das Feuer eingestellt wurde, wälzten sich einige Terroristen am Boden, andere lagen still. Es war vorbei.

Vorsichtig rollte er sich von Sierra herunter und blickte sie besorgt an. »Alles in Ordnung?«

Blut bedeckte einen ihrer Arme und lief aus einer Platzwunde an ihrer Stirn, doch sie nickte. »Ja, und bei dir?«

Aufgrund des Adrenalins in seinem Körper konnte er das gar nicht sagen, aber er ging einfach mal davon aus, dass er nicht lebensgefährlich verletzt war. »Ich lebe noch.«

Langsam breitete sich ein Lächeln auf Sierras Gesicht aus. »Ja. Wir leben noch!«

»Gott sei Dank.« Red vergrub das Gesicht in ihrem Hals. »Ich hatte Angst um dich.« Seine Stimme klang undeutlich.

Sierra schlang die Arme um seinen Hals. »Du um mich? Es war Wahnsinn, dass du aus deinem Versteck gekommen bist!«

Red hob den Kopf. »Hätte ich etwa zusehen sollen, wie du getötet wirst? Ich bin nur froh, dass ich rechtzeitig hier war.« Er sah zur Seite. »Und wir Verstärkung hatten.«

Tom hockte sich neben ihn. »Ich hätte auch eingegriffen, bevor er schießt, aber ohne Waffen konnte ich kaum etwas ausrichten.« Ihm war anzusehen, wie sehr das an ihm nagte.

»Dafür hast du mir danach das Leben gerettet.« Red lächelte ihn an. »Danke.«

»Leute, wir haben ein Problem.« Der Klang von Eyes Stimme ließ Red die Nackenhaare hochstehen.

Rasch erhob er sich und blickte den Scharfschützen an. »Was ist?«

Die anderen scharten sich um ihn. Eye zeigte auf die Hand eines der Terroristen. »Das sieht wie ein externer Zünder aus.«

Das tat es tatsächlich, und die Finger des Mannes hielten ihn auch im Tod noch gedrückt. »Shit.«

Clint behielt wie immer die Ruhe. »Da bisher noch nichts in die Luft geflogen ist, hoffe ich, dass er entweder nicht funktioniert oder die Bombe einen Zeitzünder hat. Auf jeden Fall sollten wir hier ganz schnell raus.«

»Was machen wir mit den Terroristen?«

»Die Lebenden schnell verschnüren. Die holen wir später, sofern hier nicht alles explodiert.« Clint sah Red an. »Tom, Sierra, Red, lauft los. Warnt die anderen und schlagt Feueralarm, wenn ihr draußen seid. Ich möchte, dass das ganze Haus geräumt wird, falls noch weitere Bomben hier versteckt sind.«

»Aber …« Red wollte einwenden, dass es seine Aufgabe war, sich um die Terroristen zu kümmern, doch er wusste, er war wesentlich langsamer als die anderen und sie würden ihn nicht zurücklassen, wenn er nicht mithalten konnte. Das gefiel ihm gar nicht, aber er würde nicht riskieren, dass einer seiner Männer seinetwegen verletzt oder gar getötet wurde. »Okay, ich informiere Bull und die anderen. Wenn die Bomben einen Zeitzünder haben, kann man sie vielleicht noch entschärfen.«

Er griff nach Sierras Hand. »Tom, lauf vor, wir folgen dir. Gib den Sicherheitsleuten Bescheid, damit sie uns nicht aufhalten, und läute den Feueralarm, wenn wir draußen sind.« Red drückte Clints Schulter. »Bleibt nicht zu lange.«

Sein Freund grinste ihn an. »Hatten wir nicht vor.«

Tom wandte sich noch einmal um. »Den Anführer solltet ihr mitnehmen, ich kenne ihn.«

Obwohl Red zu gern wüsste, wer der Kerl war, mussten sie zuerst lebendig hier rauskommen. »Lauf!«

Zu dritt liefen sie los, so schnell das in dem engen Gang möglich war. Red atmete auf, als sie endlich die Tür erreichten. Sie platzten in den Baubereich und hielten kurz an, um sich zu orientieren.

Tom winkte kurz. »Bis später.«

Als sie aus dem kleinen Raum traten, hatte er bereits die Hälfte der großen Halle durchquert. »Du solltest auch …«

Sierra schüttelte bereits den Kopf. »Ich bleibe bei dir.«

Da eine Diskussion zu lange dauern würde und er vermutlich sowieso verlieren würde, gab Red nach und führte sie zu dem kleinen Verschlag. »Wir kommen zu euch rein, Bull.«

Ein Klicken ertönte als Antwort.

Gleich an der Tür wurden sie von Tex empfangen. »Ihr solltet besser …«

»Sind die Bomben aktiviert worden? Wir haben eben die Terroristen unschädlich gemacht, aber einer hat unbemerkt einen Zünder betätigt.«

Tex schnitt eine Grimasse. »Ja, die Dinger leuchteten plötzlich auf wie ein Weihnachtsbaum. Wir dachten schon, wir wären erledigt. Aber es wurde nur ein Timer aktiviert.«

Reds Anspannung verstärkte sich. »Wie viel Zeit haben wir noch?«

»Vier Minuten. So schnell kann Bull nicht alle entschärfen.«

»Alle? Wie viele sind es denn?«

»Vier.«

Red drängte sich in den Raum und sah sich an, was Bull aus der Wand geholt hatte. Auf dem Boden lagen vier blinkende, mit Kabeln und Klebefolie bestückte Bomben. Selbst wenn es Bull gelang, drei zu entschärfen, reichte eine, um hier alles in die Luft zu jagen. 3:45 blinkte auf dem Display. 44 … 43 …

Tief atmete Red durch, dann packte er sich eine der Bomben. »Wir nehmen sie mit und lassen sie draußen explodieren, das ist unsere einzige Chance.«

»Aber draußen sind auch Leute!«

»Nicht, wenn wir schnell genug sind. Los jetzt! Sierra, lauf vor und sorg dafür, dass uns niemand aufhält.«

Die anderen sahen sich an und schnappten sich dann jeder eine Bombe. Red überkam ein Gefühl der Erleichterung, als er losrannte. Glücklicherweise war die Bombe nicht allzu schwer, aber es erforderte trotzdem seine ganze Konzentration, nicht zu stolpern, während sie die Treppe hinabstürmten. »I-Mac, hörst du mich?«

»Ja, was ist da los?«

»Wir haben hier vier aktive Bomben, die wir jetzt rausbringen. In 3:30 müssen wir sie irgendwo detonieren lassen, wo sie möglichst wenig Schaden anrichten. Hast du eine Idee?«

»Shit, ich sehe nach.« Einen Moment lang schwieg er. »Ich habe was. Nehmt am besten die Vordertür.«

»Okay, ist der Weg frei im Gebäude?«

»Bin dabei.« Tom antwortete anstelle von I-Mac.

»Gut, wir kommen jetzt die Treppe runter.«

51

Sierras Herz hämmerte im Takt ihrer Schritte, als sie durch das Treppenhaus nach unten eilte. Vier Männer mit Bomben in den Händen liefen direkt hinter ihr, und sie wagte nicht, sich vorzustellen, was passieren würde, wenn einer von ihnen stolperte oder irgendein falsches Kabel herausriss. Aber wenigstens taten sie etwas, das war deutlich besser als nur herumzusitzen und auf das unausweichliche Ende zu warten. Besondere Sorgen machte sie sich um Red. Sein Körper war eigentlich noch nicht genug in Form für so eine Anstrengung, aber er hielt sich überraschend gut. Wahrscheinlich lag das an all dem Adrenalin in seinem Körper, und weil er es als SEAL gewöhnt war, weit über seine Grenzen hinauszugehen, wenn es darauf ankam.

Trotzdem hoffte sie, das, was I-Mac vorschwebte, war nicht allzu weit entfernt. Absichtlich sah sie nicht auf das Display, sie wollte nicht wissen, wie lange ihr noch blieb, bevor sie von den Bomben zerfetzt wurde. Bisher hatten sie die Treppe für sich gehabt, doch als sie ins Erdgeschoss kamen, hatten sich dort einige Wachleute aufgebaut. Tom redete auf einen Mann in Uniform ein und deutete auf sie.

Die Sicherheitsleute hatten ihre Waffen gezückt, und es sah so aus, als würden sie jeden Moment anfangen zu schießen. Schließlich schien es Tom zu reichen, er schnappte sich ein Mikrofon von der Informationstheke. »Achtung, dies ist ein Polizeieinsatz. Wir entfernen Bomben aus diesem Gebäude, nicht schießen! Ich wiederhole: nicht schießen!«

Schreie ertönten, die Wachmänner rannten in alle Richtungen, um sich in Sicherheit zu bringen. Das war in Ordnung, solange sie ihnen nicht den Weg blockierten.

»Öffnen Sie die Tür nach draußen, schnell!«

Offenbar war zumindest einer der Mitarbeiter noch ansprechbar, denn ein junger Mann eilte zur Tür und schloss sie auf. Es schien unendlich lange zu dauern, bis sie sich schließlich öffnete. Die Glasscheibe glitt zur Seite, und sie konnten endlich nach draußen. Kühle Luft schlug Sierra entgegen und machte ihr bewusst, wie erhitzt sie war.

»Jetzt nach rechts, am Ende der Mall den kleinen Hügel rauf. Zeit: 2:15.« Offenbar hatte I-Mac die Uhr im Blick.

Gott, nur noch zwei Minuten zu haben machte ihr Angst. Was, wenn sie es nicht schafften und mitten in einer Menschenmenge explodierten? Draußen dämmerte es schon, dadurch waren zum Glück weniger Leute unterwegs, als sie gedacht hatte. Trotzdem hielten sich noch etliche Touristen, aber auch Washingtoner hier auf. Hoffentlich taten sie das Richtige, indem sie die Bomben nach draußen brachten. Sierra sah sich um und war froh zu sehen, dass noch alle SEALs dabei waren. Anscheinend hatten sie ihre Geschwindigkeit angepasst und liefen dicht hintereinander, sodass der Radius bei einer Explosion möglichst klein bleiben würde.

»Wo seid ihr?« Das war Clints Stimme, die über den Kopfhörer drang. »Wir haben das Gebäude evakuiert, die Tangos sind auch draußen.«

Sierra fehlte der Atem, um ihm zu antworten. Das übernahm I-Mac für sie. »Auf halbem Weg zum Reflecting Pool.«

Ein schnaubendes Lachen drang durch die Leitung. »Wenn das klappt, wirst du in die Annalen eingehen, I-Mac.«

»Genau deshalb habe ich es vorgeschlagen.« Die Heiterkeit verschwand sofort wieder aus I-Macs Stimme. »1:45, beeilt euch, Leute!«

Sierra hörte Gekeuche, sie wusste aber nicht, ob es von ihr kam oder von den Männern. Da sie es gewohnt waren, lange Strecken im Laufschritt mit schwerem Marschgepäck zurückzulegen, lag es sicher nicht am Gewicht, sondern eher an der Bürde, für das Leben anderer Menschen verantwortlich zu sein. Die wenigen Leute, die sie trafen, suchten sofort schreiend das Weite, als sie sahen, was die Männer mit sich herumtrugen. Falls jemand versuchte, sich ihnen zu nähern, hielt Sierra sie mit der Waffe in Schach. Glücklicherweise gab es nur wenige, die es für sinnvoll hielten, jemanden aufzuhalten, der eine Bombe trug.

Es schien unendlich lange zu dauern, bis sie endlich den kleinen Hügel erklommen hatten und den Reflecting Pool erblickten. Ab hier würden sie nur noch bergab laufen müssen und dann das Stück bis zum Wasser. *Nur noch.* Jede einzelne Sekunde zählte, und Sierra wusste, dass es knapp werden würde. Wenn sie es nicht schafften, wenn sie ein wenig zu langsam waren … Nein, darüber würde sie nicht nachdenken, sie brauchte ihre Kräfte.

Sierra und die Männer holten das Letzte aus sich heraus und beschleunigten ihr Tempo.

»Eine halbe Minute noch. Versenkt die Dinger nicht alle an einer Stelle, sondern so verteilt, dass die Explosion möglichst eingedämmt ist.« I-Mac räusperte sich. »Ich erwarte, dass wir nachher alle zusammen feiern werden. Alles klar?«

»Aye!«

Woher die SEALs noch die Luft dafür hatten, war Sierra ein Rätsel. Sie selbst keuchte, als wäre sie einen Marathon gelaufen.

»Sierra, bleib jetzt … zurück.« Das war eindeutig Red.

Sie verstand, dass er sie schützen wollte, aber es ärgerte sie auch, dass sie nicht wie einer der Männer behandelt wurde.

»Spar dir die … Puste, ich … bleibe … bei euch … bis … zum Ende.«

Da es still blieb, ging sie davon aus, dass ihre Botschaft angekommen war. Gut so. Egal, was passierte, sie würde nicht von seiner Seite weichen. Dann waren sie endlich da. Ruhig und grau lag das langgezogene Wasserbecken vor ihnen. Gott, hoffentlich funktionierte ihr Plan und das Wasser würde die Explosion eindämmen!

»Werft die Bomben möglichst in größeren Abständen in die Mitte des Pools, dort ist das Wasser am tiefsten. Und dann rennt wie der Teufel in die andere Richtung.« Dort gab es Rasenflächen, und ein Stück weiter standen mehrere Baumreihen. Wenn sie es bis dahin schafften, konnten sie eventuell überleben.

Bull meldete sich: »Red, du als Erster, dann Doc, dann Tex und am Ende ich.«

Da Red nicht protestierte, erkannte Sierra, dass er am Ende seiner Kräfte war. Sie blieb bei ihm, während die anderen weiterliefen.

»Ich werfe jetzt. Kommt bloß heil raus, Team 8!«

»Aye, Sir!«

Sierra sah zu, wie Red die Bombe in die Mitte des Pools schleuderte, dann nahm sie seine Hand und lief mit ihm so schnell wie möglich in die andere Richtung.

Aus den Augenwinkeln sah sie, wie die anderen nacheinander das Gleiche taten.

»Noch zehn Sekunden! Bull, los jetzt!«

Ein Platschen ertönte, dann hörte sie nur noch Keuchen und Fluchen über den Kopfhörer.

»Fünf … vier … drei … zwei … Runter jetzt!«

Als hätten sie es vorher einstudiert, warfen sie sich alle zu Boden. Das Gras federte ihren Fall ab. Über ihnen ragten die

Äste eines Baumes in den Himmel. Sierra bedeckte Reds Kopf mit ihren Armen und presste sich dicht an ihn. Ein ohrenbetäubender Knall ertönte, als alle vier Bomben gleichzeitig hochgingen. Sierra schloss die Augen, während die Erde erzitterte. Wasser ergoss sich über sie, lautes Krachen erklang, als Teile der Poolumrandung und des Bodens überall einschlugen. Sierra erwartete, jeden Moment getroffen zu werden, doch wie durch ein Wunder spürte sie keinen Einschlag.

Einige Sekunden lang herrschte eine beinahe unheimliche Stille. Sierra traute sich kaum, die Augen zu öffnen, aus Angst, was sie dann vorfinden würde. Zuerst hob sie die Arme und blickte Nathan ins Gesicht. Seine Augen standen offen. Für einen Sekundenbruchteil dachte sie, er wäre tot, doch dann blinzelte er.

»Hooyah!« Seine Stimme klang rau und deutlich schwächer als normalerweise.

Sierra begann zu lachen und küsste ihn mit all den Gefühlen, die gerade in ihr tobten.

»Teamrapport!« Clints Stimme drang über ihren Kopfhörer, den sie wundersamerweise nicht verloren hatte.

Sierra setzte sich auf und betrachtete Nathan von Kopf bis Fuß. »Sierra und Red, wohlauf.« Als Nächstes blickte sie hinüber zum Becken, das aussah, als hätte es ein Erdbeben einmal in die Luft gehievt und wieder fallen gelassen. Sie schnitt eine Grimasse. »Vom Pool kann man das allerdings nicht sagen.« Und das war verdammt schade, er war erst vor ein paar Jahren vollständig renoviert worden und wirklich schön gewesen.

»Doc, alles klar.«

»Tex, so weit okay, ein paar Kratzer.« Bei einem SEAL konnte das alles von einem gebrochenen Bein bis zu einer tödlichen Wunde bedeuten. Aber seine Stimme klang ganz normal, von daher war es wohl wirklich nichts Lebensbedrohliches.

Ängstlich wartete Sierra auf die letzte Meldung, die aber nicht kam.

»Bull, melde dich.« Clints Stimme klang noch rauer als sonst.

Ein Fluch ertönte. Immerhin ein Lebenszeichen, wenn auch kein wirklich Deutliches.

»Bin auf dem Weg zu ihm.« Sie konnte sehen, wie Doc sich aufrappelte und rasch in Bulls Richtung ging.

Da er weniger Zeit gehabt hatte, lag er deutlich dichter am Becken als der Rest von ihnen. Neben ihr setzte Nathan sich auf und machte Anstalten, ganz aufzustehen, doch Sierra hielt ihn zurück. Sie schaltete ihr Mikrofon aus. »Bleib erst mal sitzen. Es hilft niemandem, wenn du umkippst.«

Nathan drehte ebenfalls das Mikro ab. »Bull ist mein Freund und XO. Ich bin für ihn verantwortlich.«

»Das weiß ich alles, aber warte erst, was Doc sagt.«

Langsam sah Nathan sich um. »Wenn die im Gebäude hochgegangen wären …« Er schüttelte den Kopf und schaltete das Mikrofon wieder an. »East, hast du das FBI informiert?«

»Ja, sie sind schon auf dem Weg.« Da das FBI-Gebäude nicht weit entfernt lag, würden sie innerhalb von Minuten da sein. »Ihr solltet da möglichst bald verschwinden. Wir sind schon auf dem Weg zu euch.«

»Ich komme mit dem Wagen. ETA: zwei Minuten.« Das kam von I-Mac. »Ich sammle euch an der Ostseite des Pools ein.«

»Alles klar.«

»Verdammt!« Das war eindeutig Bull. »Der blöde Pool hat mich fast ertränkt.« Er hustete.

Erleichtert grinste Nathan Sierra an. »Uns auch. Bist du in Ordnung, Bull?«

Ein Grunzen war seine Antwort. Dafür meldete sich Doc. »Ein Stück Beton ist auf seinem Bein gelandet. Aber er sollte es überleben.«

»Danke, wie nett.«

»Aber gerne.«

Sierra ignorierte das Gefrotzel in ihrem Ohr und wandte sich stattdessen an Nathan. »Wir haben es wirklich geschafft.«

Ernst blickte er sie an. »Ja, das haben wir.« Mit zitternden Fingern strich er ihr eine nasse Haarsträhne hinters Ohr. »Aber ich hätte dich beinahe verloren, ich glaube nicht, dass ich das so schnell vergessen kann.«

»Das musst du ja auch nicht. Hauptsache, wir sind alle am Leben und haben den Anschlag verhindert.«

Nathan beugte sich vor und lehnte seine Stirn an ihre. »Ohne dich hätte ich das nicht geschafft. Weißt du, warum ich immer weitergelaufen bin?« Stumm schüttelte sie den Kopf. »Weil ich Angst hatte, dass du mir die Bombe aus der Hand reißt und sie selbst in den Pool wirfst, wenn ich schlappmache.«

Sierra lächelte. »Und damit hättest du völlig recht gehabt.«

Ein warmer Ausdruck trat in seine Augen. »Meine Heldin.« Sanft küsste er sie. »Wenn wir nach Hause kommen …«

»Äh, Red, erinnerst du dich, dass wir alle mithören können?« Ein unterdrücktes Lachen schwang in Clints Stimme mit.

»Spielverderber! Ich wollte hören, was er zu ihr sagt.« Das war Tex.

Nathan verdrehte die Augen, dann hielt er Sierra die Hand hin und half ihr hoch. »Achte nicht auf diese Idioten, die sind nur neidisch.«

Sierra musste lachen. »Ja, sicher.«

Er wurde ernst. »Das, was du heute gemacht hast, war extrem mutig und selbstlos, Sierra. Die anderen wünschen sich bestimmt auch so eine Frau, aber du gehörst zu mir, und ich werde dich nicht mehr gehen lassen.«

Tränen stiegen ihr in die Augen. »Du würdest mich auch gar nicht loswerden.« Sie beugte sich vor und küsste ihn.

»Leute, wir können euch immer noch hören und vor allem auch sehen. Vertagt das doch bitte auf später.« Erneut mischte Clint sich ein.

Sierra schaltete Nathans Mikrofon aus. »Du bist mein Held, Nathan. Denn du hast das alles getan, obwohl du noch nicht in Topform bist. Die Navy wäre wirklich dumm, wenn sie dich gehen lassen würde.«

Damit hatte sie einen Nerv getroffen, das konnte sie sehen. Nathan löste sich ein Stück von ihr und sah zu seinen Männern hinüber. Doc und Tex stützten Bull, während sie sich langsam einen Weg zu ihnen bahnten. Von der anderen Seite kam der Rest des Teams auf sie zu. Nathan wirkte glücklich, wieder von seinen Männern umgeben zu sein.

Als sie alle zusammen waren, räusperte er sich. »Danke, dass ihr an mich geglaubt habt. Guter Job!«

Ein lautes »Hooyah!« war die Antwort.

In diesem Moment raste ein Wagen auf den Pool zu, es war I-Mac. »Euer Taxi ist da. Beeilt euch, da kommt jede Menge Polizei und FBI hinter mir.«

Das ließen sie sich nicht zweimal sagen. Innerhalb einer halben Minute saßen alle bis auf Clint im Wagen. Der legte seine Ausrüstung ab und trat dann vom Wagen zurück. »Ich habe noch eine Verabredung mit Agent Chambers.«

Nathan beugte sich vor. »Soll ich …?«

»Nein, ihr fahrt jetzt. Es ist besser, wenn ich das alleine mache. Wir sehen uns später.« Er schloss die Tür und klopfte auf das Dach.

Sofort trat I-Mac aufs Gas, und der Wagen schoss vorwärts.

Plötzlich fiel Sierra was ein. »Was ist mit Tom?«

»Er ist noch beim Museum und regelt dort die Sache mit der Polizei.«

Sierra konnte Nathan ansehen, wie wenig es ihm gefiel, seine Freunde im Stich zu lassen. Aber schließlich lehnte er sich mit einem Seufzer zurück. »Dafür kriegen sie später ein Extrabier.«

Gelächter erklang – ein deutliches Zeichen dafür, wie erleichtert sie alle waren, dass die Sache so gut ausgegangen war. Sierra lächelte Nathan an und nahm heimlich seine Hand. Trotz all der Angst und Anstrengung war sie froh, genau hier zu sein.

Epilog

Etwas nervös blickte Red durch das Küchenfenster in den Garten hinaus, in dem sich nach und nach die Gäste versammelten. Dies war seine erste Grillparty seit seiner Befreiung, und er wusste nicht, ob er jetzt schon so weit war. Aber es musste sein, schließlich sollte die Party sein Dankeschön an alle sein, die ihm in diesen schweren Wochen geholfen hatten. Selbst das komplette Team 11 von der Westküste sowie einige TURTs waren angereist. Ein Lächeln überzog sein Gesicht, als er Sierra sah, die in dicker Winterjacke geschäftig zwischen den Gästen hin und her eilte. Auch sie war ein Grund dafür, dass er diese Feier veranstaltete. Er wollte, dass sie seine Freunde kennenlernte – und umgekehrt. Und dass etwas Normalität in ihr Leben zurückkehrte – falls man überhaupt davon sprechen konnte, solange sie mit ihm zusammen war.

Auch Jamie lief irgendwo auf dem Grundstück herum. Nach einer Intervention von höherer Stelle hatte das Jugendamt erlaubt, dass der Junge bei ihm bleiben konnte, bis sein Status geprüft worden war. Vermutlich hatte Jamie Glück, dass die Jugendheime derzeit überfüllt waren und er deshalb nicht untergebracht werden konnte. Außerdem war Red sich ziemlich sicher, dass der Junge aus einem Heim sofort wieder abgehauen wäre, und genau das hatte er auch dem Amt gesagt. Ob Red das Richtige tat, konnte er nicht sagen, schließlich war er momentan nicht in der besten Verfassung. Aber alles war besser, als sich Jamie wieder allein auf der Straße vorzustellen. Der Junge konnte auf jeden Fall so lange bei ihm bleiben, wie er wollte.

Normalerweise fanden seine legendären Grillpartys zwischen April und Oktober statt und nicht unbedingt im ungemütlichen Dezember, aber bis dahin hatte er nicht warten wollen – und auch nicht können. Denn es gab etwas, das er seinen Freunden und Teammitgliedern sagen musste, und er stellte sich das leichter vor, wenn er es einmal in großem Stil tat, anstatt es immer wieder erklären zu müssen. Red rieb sich über seine schmerzende Brust. Nein, leicht würde es ganz sicher nicht werden, aber es gab keine andere Möglichkeit.

»Kann ich dir helfen?«

Langsam drehte Red sich zu Clint um, der am Türrahmen lehnte. Seinem Gesichtsausdruck nach zu urteilen bezog sich seine Frage nicht nur auf die Essensvorbereitungen. »Nein, danke, ich habe alles im Griff.« Jedenfalls hoffte er das. Aber egal, ob es ihm gefiel oder nicht, es führte einfach kein Weg an seiner kleinen Ansprache vorbei.

»Okay.« Clint schob die Hände in die Hosentaschen. »Ich hoffe, du weißt, dass ich immer für dich da bin.«

»Ja, das weiß ich.« Red brachte ein schiefes Lächeln zustande. »Danke dafür. Ohne dich wäre ich heute nicht hier.«

»Dafür sind Freunde da. Außerdem kann ich das, was du für meine Familie getan hast, niemals wiedergutmachen.«

Red schüttelte den Kopf. »Das hast du schon längst getan. Und du weißt, dass man so etwas nicht aufrechnen kann. Ich habe es gern getan, und ich nehme an, du auch, obwohl ich ein sturer Bastard war.«

Clint zeigte eins seiner seltenen Lächeln. »Das stimmt allerdings. Aber Sierra hat dich ja glücklicherweise schnell wieder auf die richtige Spur gebracht.«

»Das ist …«

»… die reine Wahrheit.« Clints Grinsen verbreiterte sich. »Und ich finde es toll.«

Lautlos seufzte Red. »Ich auch. Aber wehe, ich muss mir das jetzt ständig von dir anhören.«

»Keine Angst. Das überlasse ich Karen.«

Jetzt stöhnte Red doch auf. Obwohl Karen sonst in die naturwissenschaftliche Richtung tendierte und vieles sehr nüchtern betrachtete, war sie insgeheim eine Romantikerin. Sie liebte es, Freunde und Bekannte zu verkuppeln oder stundenlang darauf herumzureiten, wenn sich jemand verliebt hatte. Red wusste nicht, warum, aber Karen hatte es sich schon sehr schnell zur Aufgabe gemacht, ihm eine Frau zu beschaffen, die ihn glücklich machen würde. Allerdings war ihr das nie gelungen, und es musste sie ungeheuer wurmen, dass es ausgerechnet bei Clint funktioniert hatte.

»Redet sie denn überhaupt noch mit dir, nachdem du ihr die Show gestohlen hast?«

Diesmal zog Clint eine Grimasse. »Ja, tut sie. Sie wirft mir vor, ich hätte geschummelt, weil sie Sierra nicht dazu drängen wollte, wieder auf Männer zuzugehen. Und ich hätte die Sache mit der Physiotherapie vorgeschoben, um sie zu übertrumpfen.«

Red begann zu lachen. »Ehrlich? Ich liebe Karen.«

»Ich hoffe, du meintest das auf eine rein platonische Art und Weise.« Sierra tauchte neben Clint auf. »Aber da unser Freund hier noch nicht auf dich losgegangen ist, gehe ich mal davon aus.«

Reds Herz machte einen Satz, wie immer, wenn Sierra in seine Nähe kam. »Karen meint, er hätte die Physiotherapie nur vorgeschoben, damit wir zusammenkommen.«

Sierra schwieg einen Moment und blickte Clint prüfend an. »Nee, das glaube ich nicht. Wenn er das wirklich gewollt hätte, hätte er einfach einen Befehl erteilt und uns gar nicht gefragt.«

Der Schalk leuchtete aus Clints Augen. »Ganz genau. Dann

werde ich jetzt mal nach der Verkupplungsexpertin sehen, bevor sie irgendwelchen Unsinn macht.«

»Tu das.« Red wandte sich an Sierra. »Fehlt draußen noch irgendetwas?«

Sie schmiegte sich an ihn und schlang die Arme um seine Taille. »Ja. Du. Alle anderen sind inzwischen da.«

Automatisch zog er sie enger an sich. »Ich wäre lieber mit dir allein.«

Sierra lächelte ihn an. »Ich auch mit dir, aber ich finde es schön, deine Freunde kennenzulernen. Das sind wirklich ganz tolle Menschen.«

War es ein Wunder, dass er sie liebte? »Das sehe ich auch so, und ich freue mich, dass du gut mit ihnen zurechtkommst.«

»Dann sollten wir sie vermutlich nicht länger warten lassen.« Ihr Blick lag auf seinem Mund.

Er konnte ihr einfach nicht widerstehen – und er wollte es auch gar nicht. Langsam senkte er den Kopf und küsste sie sanft und verlangend. Sofort öffnete Sierra sich ihm und erwiderte den Kuss. Sooft er sie auch in den letzten Tagen berührt und geliebt hatte, er konnte nie genug davon bekommen. Ihr Geschmack, die Art, wie sie sich ihm ohne jede Scheu hingab und sich dabei auch das nahm, was sie wollte, machten ihn ganz verrückt. Bisher war immer zu viel los gewesen, um das ganz auszukosten, aber in den nächsten Wochen würde er viel Zeit haben, um sich ganz auf Sierra zu konzentrieren.

»Ähem.« Das ganz und gar undezente Räuspern kam aus dem Gang.

Widerwillig hob Red den Kopf und blickte zur Tür. Tom stand dort und hielt eine leere Schüssel in der Hand.

»Was ist?«

»Wenn du nicht willst, dass die Beilagen aufgegessen sind,

bevor das Fleisch auf dem Grill ist, solltest du vielleicht langsam mal rauskommen.«

Reds Seufzer war sicher auch noch bei den Nachbarn zu hören. »Ist ja gut. Noch nicht mal in seinem eigenen Haus hat man ein paar Minuten Ruhe, eine schöne Frau zu küssen.«

Sierras Wangen färbten sich rötlich, aber sie lächelte. »Versuch es einfach später noch mal.«

»Darauf kannst du dich verlassen.« Ihre Blicke trafen sich, und für einen Moment vergaß er alles um sich herum.

»Halloho, ihr seid nicht alleine …« Tom schüttelte den Kopf. »Wenn junge Liebe so ist, bin ich froh, dass ich noch solo bin.«

Red grinste ihn an. »Das sagst du nur, weil du es noch nicht erlebt hast.«

Gleichgültig hob Tom die Schultern. »Vermutlich. Aber ich bin ganz zufrieden, so wie es ist.«

Früher war es Red auch so gegangen, aber er war immer auch ein wenig neidisch auf Karen und Clint gewesen. Er hatte sich nur vorstellen können, wie das war, jemanden zu haben, der immer bei einem war und alles für einen tun würde. Jetzt wusste er, wie sich das anfühlte, und er wollte es nie wieder missen. Aber dies Tom zu erklären würde nichts bringen – man musste es selbst erlebt haben, um es wirklich zu verstehen.

»Okay, dann bringe ich jetzt das Fleisch raus. Ist genug Bier da?«

»Noch schon.«

Sie schnappten sich jeder eine große Platte mit Fleisch und Würstchen und traten damit in den Garten hinaus. Reds Ankunft wurde mit lautem Applaus gefeiert. Offenbar waren seine Gäste wirklich hungrig. Er verneigte sich knapp und stellte seine Platte dann auf den Tisch neben dem Grill. Bull hatte ihn bereits angeheizt und begann nun, den Rost zu belegen. Später würde Red sich darum kümmern, doch erst wollte er seine Gäste begrüßen.

Deshalb trat er vor und räusperte sich. Sofort setzte gespannte Stille ein. Es war ihm unangenehm, so im Mittelpunkt der Aufmerksamkeit zu stehen, doch es musste sein. »Herzlich willkommen zu meiner kleinen Grillparty! Tut mir leid, dass es etwas frisch draußen ist, aber ich wollte mich gerne bei euch allen bedanken. Dafür, dass ihr mich nicht aufgegeben habt und dass ihr mich gesucht und befreit habt.« Er nickte zu Team 11 hin. »Ich war in den letzten Wochen nicht leicht zu ertragen, aber ihr wart trotzdem da und habt mich unterstützt, als ich selbst nicht wusste, ob meine Erinnerung real war. Und ihr habt alles dafür getan, die Terroristen zu finden und unschädlich zu machen.« Sein Lächeln schloss sein Team sowie I-Mac und Nurja, Clint, Tom, Joe Spade und Sierra ein. »Ohne euch hätte ich das nie geschafft. Danke für euer Vertrauen.«

Erneut brandete Applaus auf, gespickt mit lauten Hooyah-Rufen. »Nicht zu vergessen, was Team 11 in Afghanistan geleistet hat.« Mehr durfte er aus Geheimhaltungsgründen nicht dazu sagen, aber jeder wusste, was gemeint war. »Für diejenigen, die noch nicht alles mitbekommen haben: Der Anführer der Terroristen, die mich entführt hatten, ist tot. Anscheinend hatte er Verbindungen zum IS in Syrien, dort wurde er beauftragt, einen Anschlag in den USA zu verüben. Leider konnten die Hintermänner noch nicht gefunden werden. Die Männer, auf die er hier zugegriffen hat, waren tatsächlich Amerikaner. Sie waren unzufrieden und deshalb leichte Beute für die Anwerber. Über Jahre haben sie hier unter falscher Identität gelebt und den Anschlag vorbereitet.« Er fragte sich, wie viele solcher Menschen es hier noch geben mochte. Dieses eine Attentat hatten sie verhindert, aber es konnte jederzeit wieder passieren. So wie in Europa, so wie überall auf der Welt.

»Diese Männer hatten sich regelrecht in die entscheidenden Bereiche vorgearbeitet, ihr Anführer war der Kongressabgeordnete Peterson aus der zweiten Reihe der Demokraten. Er hat wohl gehofft, zum Zug zu kommen, wenn alle demokratischen Kandidaten ausgelöscht wurden, die vor ihm stehen. Mit seiner charismatischen Art und vom IS finanziert hätte er das vermutlich sogar geschafft. Auch bei ihm steht jetzt fest, dass er eine falsche Identität angenommen hat. Sobald er an die Macht gekommen wäre, sollten die US-Behörden systematisch geschwächt werden. Einen Teil sollte ich dazu beitragen: Die wollten mich an den IS verkaufen, um mich dann als Beispiel dafür zu präsentieren, dass die Regierung ihre Soldaten im Stich lässt. Sie haben wohl gehofft, damit einen Skandal inszenieren zu können, und irgendwann wäre ich dann sehr medienwirksam hingerichtet worden.« Allein darüber zu reden ließ seine Kehle ganz trocken werden.

Gemurmel setzte ein, mehrere Flüche erklangen.

Red hob die Hand. »Die überlebenden Terroristen werden wegen Landesverrats und Terrorismus angeklagt. Sie werden ihr restliches Leben im Gefängnis verbringen.« In diesem Fall war es fast schade, dass es hier keine Todesstrafe gab. »Unser Eingreifen wurde von den zuständigen Behörden nicht gerade freundlich aufgenommen, aber glücklicherweise konnte Clint Agent Chambers davon überzeugen, auch diesmal den Einsatz über das FBI laufen zu lassen. Die Danksagungen werden also auch jetzt wieder dort landen, dafür gehen wir aber straffrei aus.«

SEALs waren es gewohnt, wegen der Geheimhaltung so gut wie nie öffentlich als Helden gefeiert zu werden, und das war ihnen auch ganz recht so. Allerdings wünschten sie, man würde die Gesetze so ändern, dass sie einen solchen Einsatz wie den im Museum auch rechtmäßig im Inland vornehmen durften.

Besonders im Hinblick auf den wachsenden Terrorismus innerhalb der USA wäre dies ein echter Gewinn. Aber das würde vermutlich nie passieren oder so lange dauern, dass es zu spät war.

Red räusperte sich. »Das Oberkommando war natürlich wenig begeistert von unserem Alleingang und erst recht nicht davon, dass sie sich vom FBI vorwerfen lassen mussten, wichtige Informationen nicht weitergegeben zu haben. Da sie keine klaren Beweise hatten, wer von uns bei der Sache dabei war, haben sie beschlossen, keine rechtlichen Schritte einzuleiten, vor allem weil wir den Anschlag verhindert haben.«

Erleichtertes Aufatmen war zu hören. Red konnte die Männer verstehen. SEALs lebten für ihren Job – unehrenhaft aus der Navy entlassen zu werden und vielleicht sogar noch eine Anklage vor dem Militärgericht zu bekommen war beinahe schlimmer als der Tod. Red warf einen Blick hinüber zu Clint, der ihm unauffällig zunickte. Tief atmete er durch und wappnete sich innerlich für das, was er jetzt sagen musste.

»Ich bin allerdings raus.« Er hob die Hand, als wütende Rufe erklangen, und wartete, bis die Männer sich beruhigt hatten, bevor er weitersprach. »Das Oberkommando hat diese Sache zum Anlass genommen, mir das Kommando über Team 8 zu entziehen. Ihrer Ansicht nach bin ich körperlich, vor allem aber mental nicht mehr dazu in der Lage, meinen Job als CO zu erfüllen. Ich bin nicht mehr vertrauenswürdig, denn ich habe ihrer Meinung nach geheime Informationen weitergegeben, indem ich euch von dem geplanten Anschlag erzählt habe.« Red schluckte hart. Das hatte ihm am meisten zugesetzt: Vierzehn Jahre lang hatte er sein Leben den Teams gewidmet, unzählige Male sein Leben riskiert, doch als er einmal Hilfe gebraucht hatte, hatte das Oberkommando den Aufwand gescheut und einen Grund gesucht, um ihn loszuwerden.

»Das ist ungerecht!« Tex war wütender, als Red ihn je gesehen hatte.

»Ja, das ist es. Aber mir war es wichtiger, dass ihr keine Strafmaßnahmen zu befürchten habt.« Vor diese Wahl hatte man ihn gestellt. Und es tat ihm nicht leid, dass er sich so entschieden hatte. »Wenn wir ehrlich sind, war es sowieso unwahrscheinlich, dass ich mit meinen Verletzungen noch einmal in den aktiven Dienst zurückkehren würde.« Erst recht nicht bei seinen psychischen Problemen. »Deshalb bin ich froh, dass ich noch einmal mit euch in den Einsatz gehen konnte. Es war mir eine Ehre, mit euch zu dienen.«

Alle schwiegen betreten, dann salutierten sie einer nach dem anderen. *Verdammt, es tat weh, das Team verlassen zu müssen.* Ein dicker Kloß saß Red im Hals und hinderte ihn daran, weiterzusprechen. Dabei half es ihm auch nicht gerade, dass er die Tränen in Sierras Augen sah, als er in ihre Richtung blickte.

Bull richtete sich schließlich auf. »Es war *uns* eine Ehre. Wir werden dich als CO vermissen. Als Freund wirst du uns ja hoffentlich erhalten bleiben.«

»Natürlich.« Aber es würde anders sein, wenn er nicht mehr zum Team gehörte und sie nicht mehr über Missionen sprechen konnten.

»Und was hast du jetzt vor?« Tom blickte ungewohnt ernst.

Mit dieser Frage hatte er bereits gerechnet. »Etwas, das Agent Chambers zu mir gesagt hat, hat mir zu denken gegeben.«

»Sag nicht, du gehst zum FBI!« Das kam von I-Mac.

Red schnitt eine Grimasse. »Keine Angst, Anzüge stehen mir nicht.«

Lachen brandete auf. »Genauso wenig wie lange Befehlsketten.«

Er grinste. »Das auch nicht. Chambers sagte, wenn wir es

schon immer versäumen, die Behörden zu informieren, sollen wir doch eine zivile Truppe gründen, die sich um solche Dinge kümmert.« Einen kurzen Moment verstummte er. »Der Gedanke gefällt mir irgendwie. Nicht darauf warten zu müssen, dass sich irgendjemand ganz oben dazu bequemt, den nötigen Befehl zu geben. Selbstständig einer Sache nachgehen zu können. Nur fachlich kompetente Kollegen zu haben.«

»Hey!«

»Anwesende natürlich ausgenommen.«

Nachdenklich sah Bull ihn an. »Wie weit bist du mit der Planung?«

»Noch ganz am Anfang. Aber im Moment habe ich ja viel Zeit, darüber nachzudenken, wie ich so etwas aufziehen könnte. Auf jeden Fall würde ich sowohl festes Personal anstellen als auch bei Bedarf Spezialisten hinzuziehen.« Dabei blickte er I-Mac und Tom an.

I-Mac hob den Daumen. »Bin dabei, wenn es dich nicht stört, dass ich auf der anderen Seite des Landes lebe. Ich kann dir auch einen Tipp geben, falls du mal einen Codeknacker brauchst.« Er zog Nurja enger an sich. »Und ich kenne eine wunderbare Übersetzerin.«

»Super, ich melde mich dann bei dir.« Red war unglaublich froh, dass ihn noch niemand ausgelacht hatte. Natürlich war der Plan ein wenig irrsinnig und sicher nicht leicht umzusetzen, aber er war einfach nicht für einen Schreibtischjob geschaffen und wollte zur Abwechslung einmal sein eigener Herr sein.

Bull nickte. »Klingt gut. Ich werde sicher nicht mehr allzu lange in der Navy bleiben, dann werde ich mich auf jeden Fall melden.«

Wenn er ehrlich war, hatte Red genau darauf gehofft, aber er wollte auch nicht, dass seine Freunde ihr Leben als SEALs seinetwegen aufgaben. »Du bist jederzeit herzlich willkommen.«

»Hey, das ist unfair, was ist mit mir?« Tex tat, als wäre er beleidigt.

»Du natürlich auch. Ich besorge dann schon mal Klebeband, falls du wieder zu viel redest.«

Gelächter ertönte, der erste Schock schien überstanden zu sein. Erleichtert blickte Red zum Grill. »Ich denke, das erste Fleisch müsste bald so weit sein. Wer hat Hunger?«

»Gott, ich dachte schon, du würdest nie fragen!«

Red grinste Tex an. »Klebeband, du erinnerst dich?«

Der Rest der Party verlief genauso wie unzählige andere davor. Es gab viel zu essen, viel Gelächter und das ein oder andere ernsthafte Gespräch. Auch Tom hatte ihm seine Mitarbeit versprochen, sofern es sich mit seiner Arbeit vereinbaren ließ. Als nach vielen Stunden alle bis auf Sierra gegangen waren oder sich in die Schlafzimmer zurückgezogen hatten, war kaum noch etwas von der trüben Stimmung übrig, die das Ende seiner Karriere als SEAL in ihm ausgelöst hatte. Natürlich bedauerte er es immer noch, aber er hatte das Gefühl, dass es auch in Zukunft nicht langweilig werden würde. Weder beruflich noch privat.

Wie um das zu bezeugen, schlangen sich Sierras Arme von hinten um seinen Körper. Red schloss die Augen und genoss es, jemanden zu haben, der ihn auffing, wenn er Unterstützung brauchte.

Sanft legte sie ihre Hand auf sein Herz. »Geht es dir gut?«

»Jetzt ja.« Red drehte sich in ihren Armen um, damit er ihr ins Gesicht sehen konnte. »Danke.«

Neugierig blickte sie ihn an. »Wofür?«

»Dass du hier bist. Dass du mich in allem unterstützt, was ich tue. Dass du an mich glaubst.«

Sierra lächelte ihn an. »Sehr gern geschehen.« Sie stellte sich auf die Zehenspitzen und begann sein Kinn zu küssen.

Red ließ es geschehen und schob gleichzeitig seine Hände unter ihren Pullover. Mit den Fingerspitzen strich er über ihren samtig weichen Rücken. »Ich weiß nicht, wo ich ohne dich wäre.«

Ein Schauer lief durch ihren Körper. »Das möchte ich mir gar nicht vorstellen.«

»Ich auch nicht.« Sein Mund wurde trocken. »Bleibst du bei mir?«

Sierra sah ihm direkt in die Augen. »Heute Nacht?«

»Das würde mich freuen, aber ich meinte eigentlich für länger.« Verdammt, warum fiel es ihm so schwer, darüber zu reden?

»Wie viel länger? Eine Woche? Einen Monat?«

Allein der Gedanke, sie in so kurzer Zeit wieder verlieren zu können, bewirkte, dass er sie enger an sich zog. »Für eine lange, lange, *lange* Zeit. Gerne für immer, wenn dir das recht ist.« Ängstlich hielt er den Atem an, denn ihre Antwort zählte für ihn mehr als alles andere.

Langsam verzog Sierra den Mund zu einem Lächeln. »Für immer klingt gut.«

Da ihm die Worte fehlten, schlang Red seine Arme fester um sie und hob sie hoch. Seine Lippen senkten sich auf ihre, und er küsste sie, als hinge sein Leben davon ab. Denn genau das tat es.

Die Liebesgeschichte, über die die ganze Welt spricht!

Meredith Wild
HARDWIRED - VERFÜHRT
Aus dem amerikanischen
Englisch von
Freya Gehrke
352 Seiten
ISBN 978-3-7363-0124-5

Erica Hathaway musste früh lernen, was es bedeutet, auf eigenen Beinen zu stehen. Als sie für ihr Internet-Startup einen Investor sucht, trifft sie auf Blake Landon. Blake ist sexy, mächtig und geheimnisvoll und er schmettert ihre aufwändig vorbereitete Präsentation, ohne mit der Wimper zu zucken, als uninteressant ab. Trotzdem fühlt sich Erica auf magische Weise zu Blake hingezogen. Je mehr sie über den Milliardär erfährt, desto deutlicher wird, dass er gute Gründe für seine Entscheidung hatte. Und obwohl sie spürt, dass sie besser die Finger von Blake lassen sollte, gibt sie sich ihrem Verlangen hin

Der Top-Bestseller aus Schweden!

Simona Ahrnstedt
EIN EINZIGES
GEHEIMNIS
Aus dem Schwedischen
von Antje
Rieck-Blankenburg
672 Seiten
ISBN 978-3-8025-9946-0

Alexander de la Grip ist für zwei Dinge bekannt: sein Aussehen und seine Frauengeschichten. Die Medien bezeichnen ihn als „schwedischen Jetset-Prinzen", doch dass Alexander seine Nächte mit Partys und Sex verbringt, um so der Leere in seinem Innern zu entkommen, ahnt niemand. Als er auf die selbstbewusste Ärztin Isobel Sørensen trifft, weiß er sofort, dass sie seine nächste Eroberung sein wird. Aber auch Isobel verbirgt ein Geheimnis: Ihre Non-Profit-Organisation Medpax steckt in finanziellen Schwierigkeiten, und sie braucht dringend Geld. Geld, das Alexander im Überfluss besitzt. Was als Spiel beginnt, wird bitterer Ernst. Und während die beiden sich näher kommen, sind sie gezwungen, alles infrage zu stellen, was sie zu wissen glaubten.

LYX